青春是一种生命精神

陆士清教授学术思想研究文集

陈思和 主编

复旦大学出版社

编辑委员会

张德明　汪　澜　周　励　杨剑龙　白　扬　陈瑞林

陆士清,1933年生,张家港市人,复旦大学中文系教授,知名文学评论家。中国作家协会会员,中国世界华文文学学会名誉副会长,上海作家协会华语文学网顾问。曾任复旦大学中国现代文学教研室、中国当代文学研究室主任,复旦大学台港文化研究所副所长,中国当代文学研究会常务理事兼副秘书长,复旦大学老教授协副理事长,香港世界华文文学联会副监事长。

任责任编委主持22校合作编写的我国第一部正式出版的《中国当代文学史》(三卷本,分别于1980年、1982年和1985年出版)。主编出版了《台湾小说选讲》(上下册,1983年出版)、《台湾小说选讲新编》《白先勇小说选》《王祯和小说选》《新视野,新开拓》(论文集)、《情动江海、心托明月》(评论集),与任上海作协党组书记、专职副主席汪澜共同主编出版了三本《海外华文文学上海论坛文集》:《海外华文文学的今天和明天》《丰富的作家 丰富的文学》和《诗情雅意时代担当》。出版专著《台湾文学新论》《三毛传》(合作,包括大陆版和台湾省版)、《曾敏之评传》(复旦大学出版社版和香港作家出版社版)、《探索文学星空》《笔韵》《血脉情缘》《品世纪精彩》等论著。

2023年3月18日,青春是一种生命精神——陆士清教授学术思想研讨会与会嘉宾合影
陆士清、方林虎、朱刚、王伟、陈思和、汪澜、刘运辉、张德明、蓉子、戴小华、周励、王威、薛海翔、海云、华纯、王耀、方忠、曹惠民(张瑞燕代表)、刘俊、陆卓宁、杨际岚、朱双一、刘红林、樊洛平、王艳芳、凌逾、胡德才、李良、学民、金进、朱文斌、任茹文、张荔、温明明、周桂发、郜元宝、杨剑龙、钱虹、段怀清、苏兴良、梁燕丽、周立民、秦强、孙永超、高鸿、吴敏、王小平、孙思、钱晓茹、张建红、陆秀、韩旭红、陆雨

2021年1月19日朋友们庆贺陆士清八八米寿合影。前排左起薛海翔、汪澜、陆士清、林之果、陈思和、张德明,后排左起孙永超、张建红、喻大翔、朱蕊、周励、杨剑龙、吴敏、余彬、高鸿、陆雨。周立民临时离开,陆秀摄影

2023年1月9日,汪澜、周励代表文友们来家为陆士清庆贺90华诞的合影

1982年6月在暨大召开的首届台港文学学术研讨会代表合影

1987年1月复旦大学台港文学研究室成立留影

1989年4月在复旦召开的第四届台港暨海外华文文学国际学术研讨会代表合影

1994年12月首届香港作家创作研讨会在复旦召开，与会代表在周庄双桥留影

2002年10月在复旦召开的第十二届世界华文文学国际学术,研讨会代表合影

2005年10月在杭西湖之滨庆贺曾敏之先生八八米寿，与会代表合影

2012年4月在复旦召开的世界华文文学学科建设研讨会部分代表合影于扬州瘦西湖

2016年11月13日,"上海论坛"首届会议与会成员合影
上海作协时任和原任党组书记,常务副主席王伟、汪澜,作协华语文学网总编刘运辉
复旦大学中文系华人文化文学研中心正副主任:陈思和、梁燕丽
华文作家:张翎、卢新华、戴小华、施玮、华纯、王琰、周励、薛海翔、叶周
文学评论家:徐学清(书面发言)、钱虹、喻大翔、王列耀、曹惠民、杨剑龙、吴敏、刘俊、陆士清
(名单依对话顺序排列,下同)

2017年10月15日,"上海论坛"第一届会议成员合影
上海作协时任和原任党组书记,常务副主席王伟、汪澜,作协华语文学网总编刘运辉
复旦大学中文系华人文化文学研中心正副主任陈思和、梁燕丽
华文作家:虹影、陈河、陈谦、陶然、黄宗之、老木(李永华)、李长声、朵拉、穆紫荆、梅菁
评论家:贺绍俊、王文胜、曹惠民、刘俊、王海蓝、金进、计红芳、白杨、王列耀、陆士清

2018年11月16日"上海论坛"第二届会议成员合影
上海作协时任和原任党组书记、常务副主席王伟、汪澜,作协华语文学网总编刘运辉
复旦大学中文系华人文化文学研中心正副主任陈思和、燕丽
华文作家:潘耀明、刘荒田、君、林湄、王性初、蓉子、陈和、曾晓文、江岚、张奥列、秀、章平
评论家:金进、方忠、高鸿、登翰、白舒荣、曹惠民、钱虹、王小平、白杨、刘俊、王列耀、陆士清

2018年6月与"北美文学论坛"北奥、叶周、施玮、刘俊、红林等部分代表合影

1999年1月与曾敏之合影于广州

2009年8月与张炯合影于连云港花果山水帘洞前

2021年1月19日与陈思和合影于上海外滩5号

2021年1月19日与张德明合影于上海外滩5号

1987年5月与白先勇、谢晋合影于上海汾阳路150号解放前的白公馆

2019初夏,与白先勇、陈思和、汪澜、段怀清、梁燕丽合影于复旦

1997年1月与陈映真合影与北京

与於梨华合影于於梨华小说研讨会

1995年秋与聂华苓、孙永超合影于复旦大学

2011年11月与余光中合影于香港中文大学

2017年7月与痖弦合影于加拿大温哥华痖弦公寓所门前

1988年冬与非马合影于非马芝加哥寓所

1994年秋与蓉子合影于昆明

1995年12月与戴小华于世界华文女作家创作研讨会

2019年4月与黄维樑合影于韩国外国语大学

2019年冬与张翎合影于上海

2014年11月与张晓林合影于世界华文文学大会

2018年秋与叶周合影于复旦光华楼前

2019年7月与江扬合影于菲律宾华侨抗日纪念馆

2001年5月与陶然、李安东合影于香港

2017年第二届上海论坛期间与王列耀、曹惠民合影于上海作协

2017年第二届上海论坛期间与王列耀、白杨合影于上海作协

2022年秋与汪澜、周励（左）合影于周励上海寓所

1994年秋与洛夫、刘登翰、杜国清于昆明

2007年10月7日至13日，潘耀明率香港世界华文文学联会代表团出访新加坡、马来西亚、泰国，代表团一行与泰华作协司马攻、梦莉、白灵等文友合影于曼谷中华会馆前

2007年7月10日与潘耀明(彦火)、贝钧奇、白舒荣、林耕、钟晓毅、杨际岚、潘梦圆摄于狮城

2009年11月与黄宗汉、李大洲、曾敏之、彦火、张晓林合影于香港

2012年6月与文友们合影于陕西师大

2018年4月与朱双一、⋯惠民、方忠、赵稀方、⋯虹、赵小琪合影于浙大

2018年秋与薛海翔、⋯敏、林之果、戴小华、⋯纯、老木(李永华)合影

2019年9月19日 与薛海翔、林之果、汪澜、卢⋯华、钱虹、吴敏、高鸿、⋯剑龙、周励摄于淮海中路小桥流水饭店

九十岁的陆士清老师（代序）

今年，是陆士清老师的九十寿辰，我们策划编辑的这本纪念文集，终于能够赶在年内正式出版，献给寿星了。我说的"我们"，是陆老师的几个老学生张德明、汪澜和我，加上白杨、剑龙，还有海外作家周励和陈瑞琳等。其实我们也只是发起一个编书的提议，没有想到响应者异常热烈，不到数月，稿子便纷至沓来，很快就编成了这么厚厚的一大本。集稿编辑的工作主要由汪澜、周励、瑞琳他们几个在张罗，我没有具体参与，他们派给我的活只是写一篇序文。现在复旦大学出版社已经把书稿清样送来，我必须尽快完成这个任务，让纪念文集早日出版。

我写下题目：九十岁的陆士清老师。

思路片刻恍惚：陆士清老师与"九十岁"，两者怎么能够联系起来呢？

一般来说，一个人的生命经过九十年的折腾，总是与"衰老"联系在一起。过去的中国人，大约到了六七十岁，就要出门扶手杖，自称"老朽"了。但陆老师是例外，除了一头亮晶晶的白发，除了有点儿耳背，在他身上看不出什么"老"的迹象——我说的还不是指生理方面，主要是指他的精神。首先是他的敏感。不说别的，前几年网络写作刚进入我们的文学生活，很多像我这样年龄的朋友都有点抵触，至多也采取高蹈、矜持的态度，而陆老师却立刻把"网络"这一新生事物引进了自己从事的学科建设。他不但积极支持上海作家协会建立华语文学网，还以此为依托，连续几年组织了高质量的世界华文文学论坛，产生了很好的学术效应。开始筹划这项工作的那一年是2014年，按照虚岁的算法，陆老师已经82岁，他照样走在我们的前头。其次是旺盛的精力。我们称赞一个老人精力旺盛，多半是指他能够外出旅游或者尚且健谈,但是我们的陆老师,精力旺盛则表现为他那么活跃的思维能力。2016年,也就是虚岁84岁那一年,陆老师在首届世界华文文学论坛上宣读了题为《辉耀女性意识的光芒》的长篇论文,几近万言,汪洋恣肆。他谈的是女作家施玮的一部新作的女性意识和女性感受,读长篇小说,写长篇论文,还有神采飞扬的长篇发言,论述的内容都是崭新的、前沿的,道出了人所未道之处。这样的老人,才称得上思路活跃,感情饱满,精力旺盛呢。我读黄炜星、许慧楠两位研究生撰写的《陆士清学术年表》,发现在近十年里,陆老师几乎每年都多次参加全国性的学术会议,发表多篇研究性的学术论文,直到疫情流行前夕。陆老师的生命力旺盛可见一斑。其三是热情。一个高龄老人,通常由于身体逐渐衰弱,生活圈子日益缩小,会慢慢把注意力从外部世界转向内部世界,更多地关心自己的健康和尊严,而难以顾及他人。陆老师则又不一样,与他交往,很难在他身上看到一般老年人常有的倚老卖老的习性。他的热情是对待他人,特别是对待年轻人的一种本能。举一个例子,我在复旦大学曾经指导过为数不多的几个博士生、博士后研究台湾文学或者世界华文文学,这些年轻人毕业后分散在各地高校、学术机关工作,也取得了很好的成绩。我后来才发现,我曾经的学生都成了陆老师的忘年交,他们之间交往非常融洽,而且陆老师对他们的研究事业都付之非常高的热情,给予支持,对他们的学术成果了如指掌。他不但在我面前经常称赞他们的新作,甚至还反复建议我设法把他们调回复旦大学,集中力量发展母校的学科建设。我在热情似火的陆老师面前,真的感到有点惭愧。

  试问:一个九十岁的人,具有思维的敏锐、精力的旺盛、热情的强烈,还能算是一个老人吗?唯有年轻人所具备的特征,在陆老师身上一应俱全,那么,我们能说陆老师是一个老人吗?不是不是,我们与陆老师在一起,就会感受到一种青春扑面的感觉。而这种让人年轻的感觉,不是来自他因勤于锻炼而肌肉强健、因好胃口而脸色红润,也不是来自他因博学而炫耀,都不是的,陆士清老师的年轻活力,来自他的宽阔胸襟与视野,来自他对学科、对学术的赤婴之心。我前面已经指出过,他的敏感是出于对学术的创新追求,他精力旺盛是用之于学术研究和学术活动,他的热情表现在培养更多的青年人才。有了这样一个视域,就会有一个比较高的思想起点。所以,陆老师身上所洋溢的青春活力,是与他这种远大的学术视野和对事业的理想相关联的。

遥想在我考进复旦中文系的时候，陆老师正是一位年富力强的中年教师，兼着一些行政工作，忙忙碌碌地给我们讲述当代文学史课程。那个时候，像复旦大学这样的名校，尤其是在大师如云的中文系，难免会有厚古薄今的学科歧视。在一般人心目中，古代文学要比现代文学的学术含金量高出许多，而现代文学又要比当代文学高出许多，那时当代文学研究者还没有自觉的学科意识，连有些研究现代文学的著名学者都在发表"当代文学不宜成史"的观点。还有一个客观因素是：多年的政治运动在当代文学史上烙下了深刻而惨痛的烙印，令人心有余悸，畏缩不前。所以，对当代文学能否成为一门具有科学性的学科，学界是有争议的。然而陆士清老师是一个在学术上敢于创新，敢于吃螃蟹的人，他不但率先在复旦大学中文系开设了当代文学史课程，而且以复旦大学领衔、联合22个院校同行，群策群力，编写了三册之巨的《中国当代文学史》教材。我没有查核过这部文学史是否就是中国第一部当代文学史，但至少也是全国最早出版的几部文学史之一，它不是概观式地扫描文学现象，而是采取了主流的文学史的编写体例。这部文学史从1978年开始编写，分册出版，第三册直到1984年才最后完成。我于1982年初毕业留校，在陆老师担任主任的语言文学研究所当代文学研究室工作，参与的第一个集体项目，就是这本当代文学史第三册的写作。当时首届茅盾文学奖刚刚评出五部长篇小说，陆老师交给我的任务就是在文学史里专门列一个章节，介绍"茅奖"获奖作品。在四十年后今天的眼光来看，这些获奖作品大部分都被人们遗忘了，但也有个别作品留存了下来。这是一个历史发展的过程，当时陆老师领衔的团队以大胆、敏感的探索精神，为当代文学的经典化、学科化，开辟新的学术道路，做出了可贵的尝试。

上世纪八十年代，中国当代文学学科渐渐被学界重视起来了。然而在陆老师主持统稿的《中国当代文学史》出版的同时，陆老师的学术兴趣却已经转移，他被当代文学领域中一个长期人为遮蔽的领域所吸引，那就是起初被视为禁区的台港文学。八十年代初台湾还没有解严，两岸处于严峻的军事对立之中，但民间破冰之旅已经悄悄启动。最初是一批旅美的海外作家和学者踏入了故乡的土地，他们回乡之路的第一站，往往就选择了上海。作为上海的学术重镇，复旦大学自然而然成了接待海外华人作家、学者最理想的工作站。有些因缘可能出于偶然，但作为接待工作人员的陆士清老师又一次敏锐地看到了一个新的学术天地，他开始把学术热情投注于台湾香港文学。第一批学术成果就是对於梨华、聂华苓、白先勇、王祯和等作家作品的研究，并且很快在1981年开设了台湾文学的选修课程，这大约是乙未年割台以来，第一次在中国高校正式系统讲授台湾文学的课程。我当时还是大四学生，第一次在课堂里闻所未闻地接受了台湾作家作品的介绍。陆老师不但第一次介绍了台湾文学的历史，毫无褒贬色彩地讲解了台湾现代主义思潮和乡土文学思潮，特别不容易的是，还客观地介绍了五十年代台湾"反共文学"、军中文学的一些代表作品，虽然是很初步的，但还是能够比较全面地让我们了解到日寇铁蹄和国民党统治下的台湾文学概貌。这门课唤起了我对台湾文学的研究兴趣，这以后，台湾文学、香港文学以及后来的世界华文文学的发展动态，一直在我的学术视野之内。

从当代文学到台港文学又到世界华文文学，现在它已经发展成为一门独立学科了，早已成为显学。但是真正要做好这门学科的研究与建设，并不容易。学术是有自己的原则和标准的，几十年来，许多学者一直在试图冲破各种各样的清规戒律，冲破各种"左"的思想、"左"的路线障碍，以最大的善意来化解仇恨与敌对情绪，他们一直在努力地完善、推动、深化这门学科。当然，与所有的学科发展一样，这门学科在发展中也会遇到高潮、低潮，有时候顺风顺水，蓬勃活跃，有时候突然触礁，举步维艰。我没有介入到这门学科中去，就是因为犹豫中感觉到其中的许多困难，要化解这些难处，需要大智慧，需要有胆有识有良知，有高度的党性自觉和执行国家意志的灵活性和原则性等先决条件。然而，这些在别人眼里感到很难达到的先决条件，我觉得在陆士清老师身上得天独厚，游刃有余，再加上陆老师具有那种充满亲和力的人际交往能力，那种运筹帷幄的非凡工作能力，以及他对人的真诚、对学术的执着，使得他成为建设这门学科的一面旗帜。四十年弹指一挥间，这门学科在迅速发展，陆老师也随着这门学科一起进步、提升，一起焕发出生命的青春力量。

祝福陆士清老师，继续永葆青春。

2023年9月28日写于鱼焦了斋

目 录

陈思和　九十岁的陆士清老师（代序）　　1

学术思想研究　　1

曹惠民　庾信文章老更成
　　　　——读陆士清　　3

张　炯　他是世界华文文学的先行者
　　　　——贺陆士清同志九十大寿　　9

刘　俊　视野前瞻·胸怀广阔
　　　　——记陆士清教授　　13

钱晓茹　当代意识和人性透视
　　　　——陆士清文学评论的两个亮点　　20

张晓林　历史将永远记住首创精神的传承者
　　　　——贺陆士清老师90华诞　　33

韩旭红　"在场的"学术研究
　　　　——陆士清学术观点刍议　　39

戴冠青　亲和、低调、执着的老将
　　　　——陆士清老师印象　　47

王红旗　开拓者的精神人格与思想风范
　　　　——恭贺陆士清先生90岁华诞　　57

朱育颖　勇立潮头　笑看百川汇海　　64

钱　虹　青山不老，春风依旧
　　　　——我所认识的陆士清教授　　71
袁勇麟　开拓与创新：陆士清先生的台湾文学研究　　79
王列耀　陆士清先生：将生命奉献给学术的典范　　90
王小平　世界华文文学研究的"上海名片"：
　　　　浅谈陆士清教授的学术人生　　96
江少川　华文文学教研征途的引路人　　107
朱双一　陆士清的敏锐眼光、使命担当及其给我们的启示　　113
温明明　情牵民族、心系国是
　　　　——陆士清先生学术思想的淑世精神　　124
王艳芳　莫道君行早，更有早行人
　　　　——作为"先锋学者"的陆士清先生　　132
白　杨　文脉传承与知识谱系的建构
　　　　——陆士清教授与海外华文文学研究　　139
任茹文　从曾敏之研究看陆士清教授的学术风格与人文品格　　145
吴　敏　学术贡献　精神价值
　　　　——陆士清世华文学研究述评　　151
高　鸿　海外华文文学研究先行者陆士清教授的研究魅力　　164
刘红林　陆士清在《世界华文文学论坛》上发表的部分作品综述　　174
樊洛平　满蕴中国知识分子的人间情怀
　　　　——也谈陆士清老师的台湾文学研究　　185

序跋及书评　　193

蒋孔阳　开拓的实绩
　　　　——序《台湾文学新论》　　195
陈思和　香港文坛左翼领军人物曾敏之
　　　　《曾敏之评传》序言　　199
张　炯　《探索文学星空》序　　204

刘登翰	青春是一种生命精神
	——序陆士清文集《品世纪精彩》 212
钟晓毅	历史与审美双重视野下的《曾敏之评传》
	——概览陆士清的写作 216
王列耀 龙扬志	微观史：历史记忆与文本重建
	——评《曾敏之评传》 221
曹惠民	通人与解人
	——读陆士清新著《曾敏之评传》 228
陈　辽	写出曾敏之的三"老"两"新"
	——读陆士清《曾敏之评传》 231
陈涵平	诗心诗笔画诗人
	——读《曾敏之评传》有感 237
杨学民	矗立在历史境域中的一尊雕像
	——读陆士清先生的《曾敏之评传》 242
穆　陶	文传碧海照丹心
	——读《曾敏之评传》 247
蒋守谦	"文章报国"有知音
	——读陆士清《曾敏之评传》 250
苏文华 秦岭雪	《曾敏之评传》再议
	——恭贺陆士清教授九十荣寿 253
胡德才	陆士清·曾敏之·世界华文文学 264
王澄霞	一枝一叶总关情
	——评陆士清主编《情动江海　心托明月》 270
计红芳	不老的声音
	——读陆士清的《探索文学星空》 276
陈　辽	普及的先行者　研究的带头人
	——评陆士清华文文学研究新著《探索文学星空》 279
徐诗颖 李宇涵	以精彩生命品世纪精彩
	——评陆士清先生文集《品世纪精彩》 283

文友情　　289

［德］穆紫荆　敏锐的触角，独特的眼光
　　　　——给陆士清纪念册　　291
江　岚　长管风骚不管愁：为陆士清老师上寿　　301
黄维樑　陆士清，华文文学研究界的元老　　306
［捷］老　木（李永华）　榜样·知己
　　　　——我与陆士清老师的点滴往事　　310
章　平　在曼谷听雨
　　　　——记和陆士清教授在泰国参加国际学术研讨会　　318
朵　拉　无畏无私陆老师　　320
叶　周　致敬华文文学研究的开拓者
　　　　——贺陆士清老师90华诞　　323
［新加坡］蓉　子　青春气贯长虹
　　　　——小记陆士清教授　　328
杨际岚　爱神花园春之声　　331
杨际岚　悠然对夕阳
　　　　——开拓者陆士清教授印象二三　　335
杨学民　世界华文文学的"活字典"　　342
黄宗之　陆士清教授链接起我与上海文坛的姻缘　　344
王宗法　新学科　老朋友
　　　　——我与陆士清教授的交往　　349
海　云　润物无声
　　　　——记陆士清教授　　362
施　玮　学术敏锐、生命真挚
　　　　——记恩师陆士清　　364
白舒荣　谦谦儒雅　海派风采
　　　　——陆士清教授掠影　　371
赵庆庆　陆士清教授与加华文学　　377

李　良	敢遣春温上笔端	
	——致敬鲐背之年陆士清教授	383
薛海翔	最年长的评论者	386
王新民	亦师亦友陆士清	391
苏兴良	我的学术带头人	
	——记陆士清教授	395
陆卓宁	溢满青春本色的"平凡人生"	
	——随感陆士清教授90华诞	399
陈瑞琳	从你面前启航	
	——与陆士清教授在一起的历史片段	403
张　翎	陆师杂记	413
凌　逾	破冰立业华文缘	
	——论陆士清老师的学术贡献	416
周　励	何幸湖山文义重，三秋载得古今情	
	——陆士清教授的世纪精彩与学术成就	421
江　扬	先行者的目光	434
陈　谦	蔼然长者陆士清教授	436
少　君	谦谦君子陆教授	440
方　忠	陆士清与江苏华文文学研究	444
杨剑龙	砥砺前行四十载	
	——贺陆士清先生九十华诞暨研讨会召开	448
饶　蕾	崭新的一天	
	——祝贺陆士清先生九十诞辰	450
戴小华	世界华文文学的先行者	
	——难忘与陆士清老师的二三事	452
王　威	桃李天下　士者至清	456
华　纯	生命礼赞	
	——献给世界华文文学研究的先行者、开拓者	
	陆士清教授	460

宇　秀　他，与在岛屿写作的他们　464
吕　红　缘结世华文学
　　　　——陆士清教授印象记　482
北　奥　海派文人陆士清老师　487

师生情　491

张晓林　甘洒热血　诚滋天下莘莘学子
　　　　愿抛赤心　爱润人类灵魂工程
　　　　——献给恩师陆公八十寿辰　493

张德明　毕生的良师，人生的榜样
　　　　——记我的导师陆士清　495

卢新华　我心目中的陆士清老师　503

汪　澜　师生情缘四十载　509

张　荔　高贵而有尊严
　　　　——记恩师陆士清先生　519

张建红　陆老师帮我策划制作海外华文文学广播节目　523

李安东　春秋不老　古稀重新　525

林　青　从拓荒到收获
　　　　——记台湾文学研究专家陆士清　531

秦昕强　春天的约会
　　　　——感恩陆士清先生二三事　534

孙永超　晴雨人生
　　　　——陆士清先生印象　536

杨幼力　自由、踏实、快乐
　　　　——散记·跟着陆士清老师读书的日子　545

王　琰　文学是缘
　　　　——记与陆士清老师的两次聚会　549

孙　思　师恩，不灭的光照
　　　　——写在陆士清教授九十华诞之际　554

陆　秀　非师非徒非孙女　亦师亦友亦亲人　　563
程　蔚　师生心灵之约　点燃思想火种
　　　　——缅怀复旦大学新闻学院林之果副教授　　566

附　录　571

先行者的学术人生
　　　　——世界华文文学研究专家陆士清教授访谈　　573
陆士清学术年表　593
他与世界华文文学研究一起进步、一起丰厚　606

致答词　612

学术思想研究

笔耕蓝缘著鸿篇砥砺前行
四十载情动江海望台港心托
明月观未来血脉情缘致前
贤文学星空铸经典笔韵人生
有美章以纪品读更精彩

杨剑龙砥砺前行四十载广陵杨锡柏书

庾信文章老更成

——读陆士清

曹惠民

台港澳文学与海外华文文学的研究，已经走过了30多年的不凡历程，取得了不容置疑的可观成就。回望来时路，我们后来者不能够、也不应该忘记那些最早开辟这方研究天地的众多前辈。

他们中有些人已经离开了这个世界，离开了当年他们满怀深情、辛勤耕耘的这方土地。而至今仍然活跃于学界文坛的先行者也还有不少。

总体而言，这些先行者的贡献，至今还没有得到学界充分的肯定和足够的重视。这是学科史上一个明显的薄弱环节，亟待加强。这不仅有利于充实学术史流变的考察与书写，也将对一代代的后继学人提供有益的启示和必要的借镜。

在这些学科先行者的行列中，复旦大学陆士清教授是其中突出的一位。

陆士清，1933年1月生，苏州市张家港人。1950年入无锡人民银行，做过财会工作。1955年考入复旦大学中文系深造，1960年毕业后留校，历任讲师、副教授、教授及中国现代文学教研室主任、中国当代文学研究室主任、台港文化研究所副所长等职。教学和研究的主要方向是中国当代文学、台港与海外华文文学，1994年从复旦大学退休。

从1979年以来，陆士清与华文文学有关的学术活动大体上可分为两个时期：一、在职时期，1979年—1994年；二、退休以后，1994年至今。

1979至1994年的在职期间，陆士清为华文文学的学科建设作出巨大贡献。

在建设和推进华文文学的教学和研究方面，以一门新学科的意识来进行其开拓的工作，陆士清是全国高校中最早的有识之士之一。

1978年，作为发起人之一，他和来自13省、22所高校（包括辽宁大学、华东师范大学、山东大学、山东师大、南京师大、江苏师院——后改为苏州大学、安徽大学、杭州大学、福建师范大学、新疆师范大学、甘肃师大等）的当代文学专业老师合作编撰《中国当代文学史》（三卷本，85万字，福建人民出版社分别于1980年、1981年、1985年出版）。他是该书编委会的责任编委，负责全书的统稿和定稿。在主持编撰建国后正式出版的第一部当代文学史高校教材之时，他就已经意识到，当代文学史不能欠缺台湾文学部分，遂提出设专章将台湾文学写入文学史，但限于当时的条件，编委会认识又不尽一致，这部文学史没能写进台港文学的内容，留下了遗憾。

70年代末至80年代初的三四年时间里，陆士清的教学与研究活动开始围绕着台湾文学这个中心展开，直至以后的整个80年代，陆士清参与或主持了以下四方面的活动与工作，都具有开风气之先的重要意义。

一、开启了大陆与海外华文文学界的互动交流

1979年初夏，於梨华、陈幼石随美国纽约州立大学奥尔巴尼分校代表团访问复旦，陆士清参与了接待，就台湾文学与她们作了交流，并邀请於梨华为中文系学生作了"台湾文学发展现状"的演讲。这是旅外华人作家首次登上大陆高校的讲坛。

聂华苓、郑愁予、李欧梵、杨牧、庄因、刘绍铭、马森等旅美、旅欧作家学者也相继访问了复旦，开启了大陆与海外华文文学界交流的管道。此后，叶维廉、黄维梁、白先勇、陈若曦、曾敏之、山田敬三、许世旭、王润华、周颖南、吕正惠、叶笛、洛夫、张默、余光中、姚一苇、戴小华等数以十计的世界各地的华文作家、学者都曾造访复旦。可以说，复旦大学是大陆高校中与海内外华文作家交流最为频密的大学之一，在这些活动的台前幕后，几乎都有陆士清的身影和辛劳。

二、率先把"台湾文学"课程引进高校的课堂

1981年春，陆士清在复旦大学的课堂上为中文系77级本科生和79、80

级研究生开出了《台湾文学》的选修课,引领了内地高校开设《台湾文学》《台港文学》《海外华文文学》等相关课程的风气(差不多与此略有先后,在此前后,中山大学、暨南大学也开出了相关的讲座)。当年3月29日,新华通讯社为此曾向台港地区和北美发出了专门的电讯稿,电稿称:"上海复旦大学中文系最近开设《台湾文学》课,这是大陆各大专院校首次开设这样的课程。"《解放日报》《光明日报》也作了报道。当年复旦中文系77级的学生陈思和,在30年后还清楚地记得当时的情形:"记得是在1981年,我还在复旦大学中文系念大四的时候,陆士清老师开设了台港文学的课程,在当时大约也是全国高校里最早开设此类课程的先驱者。陆老师讲台湾文学不仅仅讲乡土派和现代派,还介绍了1950年代早期的军中作家,讲司马中原和朱西宁的小说创作,这让我们大开眼界,知道了海峡的另一端还有着多姿多样的文学创作。后来我在学术生涯里多少也涉及台港文学的研究,最初的兴趣就是陆老师教授予我的。"

80年代初期,他还先后在福州、青岛、普陀山的中国当代文学讲习班,南京、马鞍山、常州和上海市委宣传部党校,做过关于台湾文学的讲演。

三、较早开始了对台湾文学作品的编选、出版和"台湾小说课程"教材的建设

1979年,陆士清向海峡文艺出版社的林承璜先生推荐出版於梨华长篇小说《又见棕榈,又见棕榈》,这是大陆出版的第一部旅外华人作家的长篇小说。这年春节期间他写出了有关这方面的第一篇学术论文——《於梨华和她的〈又见棕榈,又见棕榈〉》。之后他编选的《白先勇小说选》《王祯和小说选》《王拓小说选》也相继出版。后来又主编出版《台湾小说选讲》(上、下册,复旦大学出版社,1983年10月)、《台湾小说选讲新编》(复旦大学出版社,1991年9月),作为"台湾小说课程"教材,介绍了更多的作家作品,前者包括赖和、杨逵、吴浊流、钟理和、林海音、陈若曦、陈映真、黄春明等34位台湾作家的57篇小说,后者包括了从陈千武到廖辉英、廖蕾夫、钟延豪、蓝博洲等21位作家的21篇小说,相当全面地展示了自1920年代至1980年代台湾小说的创作风貌。在资料缺乏的当年,这些出版物给广大读者

和研究者提供了阅读和研究的宝贵参考。

四、积极策划、主持和促成了多项重要活动及举措

到1994年退休前,他还积极策划、主持和促成了多项重要活动、举措。

(1)首先是促成了白先勇回国访问。1986年春,王晋民在美国与白先勇晤面,白表示想到上海看看,王回国后将信息转告了陆士清。他即积极沟通策划,终于获得校长的支持,邀请白先勇于次年来复旦讲学,并访问了苏大、南大、扬大和浙大,还促成了白与谢晋合作,将《谪仙记》改编为电影《最后的贵族》。白先勇的来访是两岸交流的重要事件,在海内外产生了广泛的影响。

(2)白先勇的来访、校方对海内外文化交流的重视,使陆士清萌生了适时筹组台港文学研究室的想法,创办并主编不定期内刊《台港文谭》(1988至1992年出版约20期)。在此基础上,1989年1月成立了复旦大学台港文化研究所,他先任副所长、退休后任顾问(所长由潘旭澜、朱文华兼任)。

(3)1988年6月,趁杜国清来复旦讲学之机,策划主持了台湾"笠诗社"创作研讨会。这是在大陆召开的研究台湾文学社团的第一次专题研讨会。

(4)1989年4月,筹备并主持了全国"第四届台港暨海外华文文学国际研讨会",主编出版了论文集,所收论文数超过前三届。

(5)1987年开始,以台湾文学为研究方向招收硕士研究生多届,1990年毕业的林青,是大陆高校中以台湾文学为题撰写毕业论文(《论高阳的历史小说》)的第一位硕士研究生。

(6)复旦大学台港文化研究所与山东省作协、《作家报》合作,在《作家报》上开辟了"台港澳暨海外华文文学"专栏,发表相关论文。这一具有开创性的合作模式延续长达七八年(1991—1998)。

(7)出版个人专著《台湾文学新论》(复旦大学出版社,1993年)及《三毛传》(合著,百花洲文艺出版社版、台湾版),此外发表有关台港文学的论文数十篇。

1994年退休后,陆士清的学术活动丝毫没有松懈,倒似乎因有更多的时

间而更为繁忙了，研究空间由主要关注台湾文学扩大到香港文学、海外华文文学，成果更多，水平也更上层楼。

（1）1994年12月，他在复旦大学策划和主持了"第一届香港作家作品研讨会"，研讨十四位香港作家的作品，出席者包括曾敏之、张文达、陶然、梦如等，创作者与研究者面对面对话，不失为一种讲求实效的研讨会形式，这也是香港回归以前在内地召开的有关香港文学的第一次专题研讨会。

（2）1995年10月，他与戴小华共同策划，在上海宝钢召开了"世界华文女作家创作研讨会"。

（3）2002年5月，中国世界华文文学学会在广州暨南大学正式成立，陆士清被推举为监事长（第二届连任监事长、第三届起任名誉副会长）。是年10月，由他和朱文华教授、李安东副教授共同策划筹备，在复旦大学成功召开了学会成立后的第一次年会——第12届世界华文文学国际学术研讨会。

（4）此后，他出席历届年会和在广州、泉州、厦门举行的"共享文学时空"华文文学国际研讨会、海外华文文学与华文传媒研讨会、海外华文文学与诗学博士生论坛。

（5）参加了在广州增城、河南焦作、江苏徐州、陕西西安举行的几届华文文学高峰论坛。

（6）2006年9月，他在复旦大学策划主办了海外华文女作家协会第九届年会。到会作家100多人。

（7）2010年9月，他与新加坡旅沪作家蓉子协助上海市侨办举办了世界华文作家"品味上海"笔会暨采风活动。

（8）2012年4月，他与梁燕丽副教授和学会一起筹备，在复旦大学召开了由学会主办的"世界华文文学学科建设研讨会"。

（9）此外，他还先后应聘担任了香港《香江文坛》杂志社顾问、世界华文作家联会（香港）副监事长及其会刊《文综》编委、日本华文作家笔会顾问等职。

（10）这期间他出版的专著有《曾敏之评传》（复旦大学出版社版、香港版）、《探索文学星空》（香港文艺出版社）、《笔韵》（复旦大学出版社），主编了《新视野·新开拓》（复旦大学出版社）、《情动江海，心托明月——秦岭雪诗歌评论集》（复旦大学出版社）等；至2012年上半年，他发表的有关台港澳与海外华文文学的论文已超过100篇。

有一位哲人说：一个人做点好事并不难，难在一辈子做好事。同理，一个大学教师、一个学者，做点学问、写几篇论文、出几本书也不难，难的是坚持不懈、痴心不改，几十年如一日而浑然不觉老之将至。这需要非凡的毅力，更需要超拔的识见和不为时流左右的定力。

从45岁到80岁，整整35个年头，陆士清把他的几乎所有精力奉献给了华文文学这个学科，让时间见证了他的执着与定力，可谓老当益壮，老而弥坚。"莫道桑榆晚，为霞尚满天"，用来形容陆士清先生，应是合适贴切的。

曹惠民

苏州大学教授、博士生导师。毕业于北京师范大学中文系和上海华东师范大学研究生院。历任中国世界华文文学学会理事兼学术委员会主任、副会长、名誉副会长，江苏省台港澳暨海外华文文学研究会理事兼副会长、会长、名誉会长等。著有《他者的声音——曹惠民华文文学论集》《多元共生的现代中华文学》《出走的夏娃——一位大陆学人的台湾文学观》《边缘的寻觅——曹惠民选集》；主编《台港澳文学教程》《1898—1999百年中华文学史论》《台港澳文学教程新编》等。

他是世界华文文学的先行者

——贺陆士清同志九十大寿

张 炯

陆士清同志既是我的挚友,也是我景仰的学者。我们相交数十年,在当代文学研究领域和世界华文文学研究领域长期共事,所以,也可以说是一个战壕的亲密战友。今年一月是他满九旬的大寿,却逢疫情猖獗,朋友们为他祝寿,拟编辑一部祝贺他的文集,约我也写一篇,我自然十分高兴地应命。

1979年我奉命筹建了中国当代文学研究会,研究会被批准成立后,听说上海也拟筹建一个当代文学学会,牵头的正是老陆。因为他当时牵头联络了22所高校教当代文学的老师,正在编写一部多卷本的《中国当代文学史》著作。其时,地处南方的广州也酝酿成立个同样的学会,这局面便尴尬了。因为国家有关部门规定,一个学科只能成立一个学会。我便写信给士清兄,希望华东方面不要再立学会。大家都加入中国当代文学研究会。他慨然回信同意并答应参加中国当代文学研究会在昆明举办全国当代文学研讨会。可见,他如何顾全大局。在昆明,我们首次见面,即一见如故。会上,他被选为中国当代文学研究会的常务理事兼副秘书长。从此我们便在中国当代文学研究会共事。昆明会议后,老陆又在上海成立了中国当代文学研究会上海分会。研究会为培养讲授当代文学方面的师资,曾举办多届暑期教师讲习班,他很配合支持。1983年暑期,由他筹备,在上海复旦大学也举办了中国当代文学研究会第三届讲习班,并邀我去讲学。应邀讲学的还有著名作家吴强、茹志鹃、张贤亮,课程内容丰富,来自全国150多位青年教师在讲习班学习了两个星期。而士清牵头并任责任编委的《中国当代文学史》于1980、1981年陆续出版了第一、二卷(第三卷于1985年出版),成为改革开放后首批产生的篇幅较详的当代文学史著作,为开创我国当代文学研究,做出十分难得的贡献。其时，他已加入海外华文文学研究的行列，后担任复旦大学华文文学方面的研究所副所长，从此便全心全意投身这一新的学科。我后来也涉及海外华文文学的探讨，因而差不多每届这方面的全国学术研讨会上，我们都能见面，后来又都被选进中国世界文学学会的领导层，工作中密切配合更多，战友之谊也更深厚。

老陆不仅善于治学，学识广博，他还交游广阔，组织协调能力强。记得1995年，由他与来自马来西亚的戴小华共同策划，获得宝钢领导的支持，复旦大学台港文化研究所主持的在宝钢召开世界华文女作家创作研讨会，邀我去参加。与会的七八位香港、海外的华文女作家和十多位内地学者，都住到宝钢的招待所，座谈海外的女性创作，其中就有来自美国的从甦等人。会间，还安排我们参观了宝钢炼钢、轧钢的大车间，宝钢生态园……后来，宝钢公司还组织女作家到杭州参观，我因为应邀参加杭州市委召开的文化工作会议，所以也一路跟他们同乘一辆车。我不禁想，老陆的交游多广阔，只有他才有这么大"神通"。中国世界华文文学学会在杭州为曾敏之老会长庆祝八十八岁米寿时，也是陆兄与秦岭雪、钟晓毅共同策划，他亲自到杭州安排大家的住宿和祝贺活动。这方面，给我留下深刻的印象！

我因为工作岗位的关系，不得不分散精力去兼顾多种学科的学术平台，对世界华文文学的研究，虽也抽空写点著作，但只能算个"帮闲"。而老陆却能全心全意地投入，因此他这方面的研究，著述丰富，不但《世界华文文学研究文库》出版有他的评论选集《血脉情缘》，他还撰有专著《台湾文学新论》《曾敏之评传》，以及跟人合作的《三毛评传》，更有《探索文学星空》《笔韵》《品世纪精彩》这样厚重的论文选集。为普及台湾文学，他还编选了多种台湾文学作品集。在国内第一代海外华文文学研究者中，他无疑是学术成果卓著、还兼顾学术组织工作的优秀学者之一。

1987年，经过士清兄的努力联络，台湾旅美著名作家白先勇，在离开大陆39年后到上海作破冰之旅，在复旦讲学两个月。士清兄不但细读了白先勇的作品，还陪他参访了苏锡宁杭的高校，后又到访白先勇执教的美国加州大学圣塔巴巴拉校区，与白先勇深入交谈，仔细观察他的创作和治学状况，写了多篇研究白先勇的论文。可见他所下的功夫！

曾敏之前辈早年是优秀的报告文学作家，抗战期间在重庆还写过报道周恩来的报告文学，新中国成立后他还担任过暨南大学的教职和香港《文汇报》的副总编（代总编），是香港作家联会的创会会长和香港世界华文文学联会的首任会长，也是成立中国世界华文文学学会的倡议者和创办者，2002年学会成立时因年龄关系而与我一起出任名誉会长。他一生著述和经历都十分丰富，堪称我国现代文学和当代文学的亲历者。陆士清不但披阅了曾老上千万字的著作，还多次访谈，深入了解曾老的经历，从而写成内涵翔实丰赡的评传。他的评传著作都足见他治学的严谨求实。他还对多位华文文学作家如聂华苓、於梨华、琦君、欧阳子、梦莉、蓉子、周励、戴小华、华纯、施玮等女作家做了专题研究。评论家陈辽曾著专文评论老陆的华文文学研究，高度肯定他的评传著作的学术价值，还认为他的论文集《探索文学的星空》是陆兄"作为普及世界华文文学的先行者和提高华文文学研究水平的带头人三十二年的很好的总结"。（陈辽：《普及的先行者，研究的带头人——评陆士清华文文学研究新著〈探索文学星空〉》）。我曾经应邀为《探索文学星空》一书写序，对士清的学术成就也有较详细的评论，这里就不赘了。

士清兄原籍江苏张家港，为人豪放、谦和，待朋友诚挚、大度。在上海，我去过他家拜访，才知他夫人也是复旦大学的老师，却是福州人，这样，他算是我们福建人的女婿了，我感叹他们伉俪的缘分，也使我倍感亲切！有次，我嫌北京的月饼做得不好吃，他就每年中秋节前总从上海给我邮寄一盒月饼，多年如此，使我非常不好意思。后来我也给他回赠北京的月饼。这才相互约定，双方都不再寄了。他来信总称我为兄，其实，他比我大十个月，是真正的兄长。自从有了手机微信，我们便能时常简短通信，今年初，我才知他夫人因脑梗住医院手术，而他自己也"阳"了住进了医院。着实让我担心！因为，我在去年12月也"阳"过，在家治疗近一个月才见愈。后来他发"微信"告诉我，说他已退烧，见好，我还见他发了不止一则"微信"给朋友们，这才放下心来！但愿我们作为高龄患者，大家都能平安度过这段疫情肆虐的日子，向百岁进军，继续为我国的文学事业做点力所能及的贡献！

2023年元月18日于北京花家地

张　炯

福建福安人，1933年生，1955年考入北京大学。曾任中国社会科学院文学研究所兼少数民族文学研究所所长，《文学评论》主编、中国当代文学研究会会长、中国作家协会副主席。现任中国社会科学院荣誉学部委员，中国作家协会名誉副主席，世界华文文学学会名誉会长。著有《文学真实与作家职责》《新时期文学论评》《走向世纪之交》《新中国文学史》等文学评论理论、文学史著作三十余种，主编《中国文学通史》《中华文学发展史》等大型丛书，曾获鲁迅文学奖、中国图书奖、中国社会科学院最佳研究成果奖等多个奖项。

视野前瞻・胸怀广阔

——记陆士清教授

刘 俊

复旦大学中文系陆士清教授是中国大陆台港暨海外华文文学研究的开创者之一。早在二十世纪八十年代初中国大陆刚刚改革开放后不久（1981年），他就在复旦中文系开设了《台湾文学》课程。因他的这一"创举"，当年新华社为此发了电讯稿，《光明日报》和《解放日报》也专门进行了报道，在海内外产生了很大的影响。1983年，在中国大陆对台湾文学还非常陌生的情况下，陆士清主编了《台湾文学选讲》（上、下册），选取了自二十世纪二十年代初台湾新文学诞生伊始到七十年代末临近他编选之际的台湾著名小说家，如赖和、杨逵、吴浊流、林海音、聂华苓、於梨华、白先勇、陈映真、王祯和、黄春明等人的小说近六十篇，较为系统地向大陆读者（和研究者）介绍台湾文学，这在当时也是一个"创举"——通过对这些不同时期台湾作家小说创作的介绍和简评，陆士清实际上为大陆读者（和学术界）勾勒出了一个二十世纪台湾白话小说发展的历史脉络。

在陆士清开始从事台港暨海外华文文学研究的那个年代，由于历史原因和"传统"惯性，要进行台港暨海外华文文学研究，并不容易——首先就面临着资料缺乏和从头"补课"的困境，为此，陆士清在复旦中文系领导的支持下南下暨南大学，专门用半个月的时间阅读台港文学作品，并在此基础上着手开始准备相关的教学工作。与此同时，陆士清还利用复旦的一些国际交流机会，参与海外作家访问大陆的文学活动，许多台湾作家，如於梨华、白先勇、郑愁予、杨牧等，陆士清就是这样与他们相识的。

在大量阅读作品、努力接触作家的基础上，陆士清的台港暨海外华文文学教学与研究逐步展开。於梨华的长篇代表作《又见棕榈，又见棕榈》就是经他介绍得以在1980年由福建人民出版社出版；他也是最早研究白先勇的大陆学者之一，早在1981年3月，他就写过一篇《论白先勇的小说技巧》，对白先勇体现在小说中的各种艺术技巧，如人物刻画、结构设置、内（主观）外（客观）叙事结合、意识流技巧运用、语言个性化等方面，进行了细致的分析。在那样一个刚刚走出文化"严寒"的时代，陆士清对白先勇小说技巧的研究，无疑是开风气之先、引学术潮流的又一个"创举"！

由于陆士清在台港暨海外华文文学研究领域取得的突出成就，1985年《中国大百科全书》的"现代台湾文学"条目，最终由他来完成。在这篇两万多字的词条内容中，陆士清结合具体作家的评说、分析，对"现代台湾文学"进行了历史梳理和全面概括，在《台湾小说选讲》的基础上，更为完整（不限于小说而包括了诗歌等其他方面内容）地勾画出一个台湾文学"史纲"。

在以后的岁月里，陆士清不但将自己的研究扩大到更多的台港暨海外华文作家，而且还形成了对三毛、曾敏之等台港作家的专项研究。从总体上看，陆士清的台港暨海外华文文学研究具有如下特点。

一、目光敏锐，论域具有前瞻性

陆士清在学术研究上，目光敏锐，论域具有前瞻性。他原本是复旦大学中文系中国现代文学教研室主任，以研究中国现当代文学为主，主持编写过全国第一部正式出版的《中国当代文学史》（三卷本）。然而当改革开放的时代大潮来临、封闭的大门打开之后，他有机会读到了香港出版的《台湾乡土作家选集》，马上意识到了台港暨海外华文文学在中国文学乃至世界（华文）文学中的重要性，于是迅速将自己的学术重点转向了台港暨海外华文文学研究。在进行台港暨海外华文文学研究时，他也具有前瞻意识，从研究台港暨海外华文文学中的重要作家於梨华、白先勇、聂华苓、王文兴、王祯和入手，撰写《於梨华和她的〈又见棕榈，又见棕榈〉》《论白先勇的小说技巧》《试论聂华苓创作思想的发展》和《〈家变〉的对话》等论文，对他们进行深度研析。虽然大陆在刚刚开始"引入"台港暨海外华文文学之时，许多相关的研究论文以介绍背景和作品赏析为主，但陆士清的文章，不但超越了这种

"初级阶段",而且特别注重对台港暨海外华文作家/作品的艺术把握,在呈现它们文学风貌的同时,更强调其在艺术上的特点以及取得的艺术成就——像上面提及的《论白先勇的小说技巧》,就突出地显示了陆士清的学术研究,在当时不但体现了他选择研究领域和研究选题的"开拓性",而且还体现了他在进行研究时切入视角和展开论述的"先锋性"——而"开拓性"和"先锋性",正是陆士清的学术研究具有前瞻性的突出表现。

二、思想解放,观念具有包容度

多年来,陆士清的台港暨海外华文文学研究,一直以一种开放和包容的姿态,理性地面对着台港暨海外华文文学中的各种"现象"——这些"现象"或曾经不容于中国大陆文学,或在中国大陆文学中较为罕见。陆士清既然能以一种前瞻的眼光进入到台港暨海外华文文学研究领域,那他在面对这些与中国大陆现当代文学有着不同历史、不同发展进程、不同文学风貌、不同文学风格的汉语写作之时,就不会再用此前通行的较为僵化的文学观念和思考方式,来展开台港暨海外华文文学研究。比如他对三毛的研究就是个很好的例子。当时"通俗文学"尚不被学界重视,置身边缘,而台港暨海外"通俗文学"更是处于边缘中的边缘,陆士清和他的学生合作撰写了《三毛传》,通过对三毛生平和创作的介绍,展现了三毛特立独行的思想/行为以及她独树一帜的文学风格,为确立三毛在整个华文文学中的文学史地位,提供了坚实的学术支撑。我印象特别深的是一九八九年由陆士清主持、在复旦大学召开的"第四届全国台湾香港暨海外华文文学学术研讨会",会上他提交的论文《悲悯的追寻——论白先勇的〈孽子〉》,对白先勇长篇小说《孽子》进行了十分深入的探讨。在同性恋尚是个敏感禁忌话题的年代,陆士清正视台港暨海外华文文学中出现的这一题材和主题,理性判断白先勇小说《孽子》"写的是同性恋王国,同性恋者的失落与追寻,同性恋者的社会伦理",并认为"它是当今世界许多同性恋文学包括小说和电影中的一本极具独创性的小说"。在论文中,陆士清对白先勇在表现同性恋者的"黑暗王国"时,"期望有一种温煦之光,来驱除王国的黑暗和创痛"给予了充分的理解,对小说中"青春鸟""寻找亲情,寻找爱"的主题给予了深切的同情,并对《孽子》中李青、小玉等人从"孽子"向"人子"的转变,以及小说中叙事"观点"(视角)的运用等艺术手法进行了分析。在二十世纪八十年代对同性恋认识还相当保守的社会和学术环境中,陆士清能正视并客观理性地处理这一学术论题,不能不说是一种思想解放后的学术观念的包容——这种思想"解放"和观念"包容",无疑为陆士清正确对待和深入理解台港暨海外华文文学,提供了坚实的学术前提和有力的认识保障。

三、学术扎实,研究具有历史感

陆士清在从事台港暨海外华文文学研究之初,就十分注重对台港暨海外华文文学进行一种历史的把握。这里所说的"历史的把握"一方面是指他把对台港暨海外华文文学的认识,总是放置在历史的情境之中,在具体的历史语境下来观照台港暨海外华文文学,另一方面,也是指他总是有意识地对台港暨海外华文文学进行历史的扫描、勾勒、把握和整合,力图从总体上描绘出台港暨海外华文文学的发展轨迹和历史风貌,并以一种扎实的学术研究,来体现自己强烈的历史感。从他早年编撰《台湾小说选讲》,为《中国大百科全书》撰写"现代台湾文学"词条,到后来的学术成果《台湾小说选讲新编》《三毛传》《台湾文学新论》《曾敏之评传——敢遣春温上笔端》《探索文学星空——寻美的旅迹》《笔韵——他和她们诗的世界》等,都不难发现陆士清在进行台港暨海外华文文学研究时,始终带有一种整体把握和历史审视的学术自觉。《台湾小说选讲》和"现代台湾文学"词条前面已经论及,而无论是写《三毛传》还是《曾敏之评传》,陆士清都密切联系传主置身的历史环境,在历史中把握传主的人生和创作,并以此对传主进行历史定位。在《台湾文学新论》《探索文学星空——寻美的旅迹》和《笔韵——他和她们诗的世界》等学术专著中,陆士清通过对台港暨海外华文文学中的一些重大问题的研析,如日据时代台湾新文学的中国意识问题(《论日据时代台湾新文学的中国意识》)、世界华文文学双重传统问题(《世界华文文学双重传统问题的思考》)、"台湾文学"与"台湾意识"问题(《试论"台湾文学"与"台湾意识"》),以及对台港暨海外华文文学中众多作家/作品的探讨(论及的作家除了前面提到的於梨华、白先勇、聂华苓、王文兴、王祯和、三毛、曾敏之等作家之外，还包括杨逵、非马、秦岭雪、彦火、陈映真、杜国清、欧阳子、琦君、戴小华、华严、华纯、蓉子、梦莉、周励、林湄、宇秀、陈谦等众多作家），都秉持着在历史中认识台港暨海外华文文学，并在研究中呈现台湾暨海外华文文学的历史这一原则——对这一原则几十年一以贯之的坚持，使得陆士清的台港暨海外华文文学研究，不但为人们历史化地认识台港暨海外华文文学提供了学术样本，而且也为这种认识提供了坚实的历史意识，而这一切，都源自陆士清在研究台港暨海外华文文学时自觉而又强烈的历史感。

作为最早进入台港暨海外华文文学研究领域的先行者之一，陆士清不但以一己的教学和科研，引领并影响着大陆的台港暨海外华文文学研究，而且他还以实际行动，成为大陆台港暨海外华文文学研究领域重要的领导者、组织者和推动者。在复旦大学，他是台港文学研究室及其后身台港文化研究所的主要创建者，并长期担任实际主持工作的副主任/副所长，在他的具体操办下，复旦大学两次举办规模宏大的台港暨海外华文文学国际学术研讨会（一次是1989年的"第四届台港暨海外华文文学国际学术研讨会"，一次是2002年的"第十二届世界华文文学国际学术研讨会"，两次会议都出版了会议论文集），并多次召开"香港作家创作研讨会""世界华文女作家创作研讨会"等中、小规模的学术研讨会，这些研讨会/学术活动都在海内外产生了广泛的影响，此外，复旦台港文学研究室/台港文化研究所还出版过内部刊物《台港文谭》，为当时的台港暨海外华文文学研究界提供过在当时来讲十分珍贵的研究资料和学术信息。

在"中国世界华文文学学会"成立过程中，陆士清也是重要的组织者和参与者，2002年学会成立后，他任监事长，如今是名誉副会长，对于学会工作，他竭尽全力支持——学会成立后的第一次"年会"，就是由陆士清主持操办的"第十二届世界华文文学国际学术研讨会"。对于学会如何发展，特别是如何鼓励青年学者参与、发掘青年人才，他一直殚精竭虑，身体力行！台港暨海外华文文学研究领域的许多年轻一辈学人，如朱文华、李安东、钱虹、林青、孙永超、杨幼力、梁燕丽、吴敏、朱蕊、王小平、王列耀、白杨、金进、方忠以及我本人，在学术成长的道路上，都受到过陆士清的关心和提携。

对于海外华文作家特别是青年作家，陆士清也是关怀备至，关爱有加。2016年，由陆士清倡议，并得到陈思和及汪澜（上海作协副主席）大力支持的"世界华文文学上海论坛"成功举办。"世界华文文学上海论坛"以台港暨海外华文作家尤其是中青年作家为主要研讨对象，通过事先约定的研究者一对一评论，展开充分研讨。这个"上海论坛"一共办了三届，入选的台港暨海外华文作家计有陶然、彦火、卢新华、周励、叶周、张翎、虹影、薛海翔、陈瑞琳、施玮、王琰、陈谦、陈河、黄宗之、李长声、戴小华、朵拉、梅菁、老木、穆紫荆、陈永和、曾晓文、张奥列、王性初、刘荒田、江岚、少君、宇秀、蓉子（新加坡）、章平等，参与讨论的研究者则包括陆士清、白舒荣、刘登翰、曹惠民、贺绍俊、杨剑龙、钱虹、王列耀、喻大翔、吴敏、梁燕丽、金进、白杨、计红芳、高鸿、方忠、王小平、王文胜、刘俊等，三届"上海论坛"办下来，每次都有成果（出书），在海内外影响很大。这三次"上海论坛"，我都有幸参加，亲身经历并见证了它的成功！

就我个人而言，不但从陆士清老师诸多的学术成果中获益良多，而且在我个人的学术成长过程中，也得到过陆老师的许多帮助。1989年我尚在攻读博士学位，得知复旦大学要举办"第四届台港暨海外华文文学国际学术研讨会"，我冒昧地写信给"陆老师"表示希望能够参加会议，没想到很快他就托我的师母汤淑敏教授转告对我的邀请，于是我就以在校博士生的身份，第一次参加了全国性的（其实是国际性的，因为来了很多境外学者）台港暨海外华文文学研讨会，在会上陆老师还特别安排我发言，我提交的论文也以"摘要"的方式收入了会议论文集——这对于一个刚刚涉足台港暨海外华文文学研究领域的在读博士生来说，是多大的鼓励和帮助啊！在以后的这么多年里，陆老师一直提携和关照我，甚至一度想把我"调"到复旦，虽然此事因为种种原因没有实现，但陆老师对我的这份关心和爱护，我是深深地感受到的，内心是充满感激的！看到陆老师几十年来，不但在台港暨海外华文文学研究领域笔耕不辍，成果累累，而且为了台港暨海外华文文学研究事业的蓬勃，为了上海的台港暨海外华文文学研究格局的发展，为了江苏的台港暨海外华文文学研究局面的阔大，尽心尽力，持续投入，多方联络，团结队伍，扶持青年，奖掖后进。可以说，他那宽广的胸怀和前瞻的视野，既体现在他的台港暨海外华文文学教学/研究方面，也体现在他的为台港暨海外华文文学研究事业组织和推动方面。

如今陆士清教授已届鲐背之年，我以这篇小文，向陆老师——具有前瞻视野和广阔胸怀的台港暨海外华文文学研究界前辈——致敬！

刘　俊

文学博士，南京大学文学院教授，南京大学台港暨海外华文文学研究中心主任，教育部"新世纪优秀人才支持计划"获得者，中国世界华文文学学会名誉副会长。

当代意识和人性透视

——陆士清文学评论的两个亮点

钱晓茹

陆士清教授是中国当代文学研究的先行者，台港澳和世界华文文学研究的开拓者之一。陆士清教授首次把台湾文学搬上复旦的讲台，在全国高校最早开设《台湾文学》课程。悠悠四十余载专注于华文世界，他的许多研究成果不仅具有首创价值，而且视野纵横捭阖，思想精深。品读他的文集，如置身于恣意汪洋的深海之中，其学术内涵之丰富，如一幅绚丽斑斓的画轴，充盈着灵动丰沛的哲思和诗情。值此陆士清教授90华诞之际，海内外作家、学者和友人齐贺寿辰，桃李芬芳，春华秋实。作为早在复旦课堂亲聆他授业解惑的学生，虽游离于学术圈之外，仍不揣浅陋，拟从陆士清教授文学评论的两个亮点，即当代意识与人性透视的视角，管窥其博大精深的研究成果。撰写小文庆贺陆士清教授90华诞。

一

陆士清教授的学术风格带有鲜明的时代特色和个性色彩。1978年，中国当代文学的研究在大学教学和学科的建设中，尚处于萌芽草创阶段，复旦就把《中国当代文学》作为一门独立课程进行教学。陆士清教授担任责任编委，主持编写了全国第一部正式出版的《中国当代文学史》。他总是伫立在当下社会汹涌澎湃的潮流中，来观察文学思潮的嬗变，作家新作的迭出，作出独立思考和判断。同样，他从中国当代文学研究转为台湾文学研究，也是源自这种敏感性和前瞻性。他说："我研究台湾文学，首先是适应时代的召唤，是在中国改革开放时代环境下作出的选择。"十一届三中全会确定了解放思想、实事求是的思想路线，确定了实行改革开放的国策。他敏锐地意识到，中国大陆改革开放的大门已经打开，两岸接触、交流的浪潮必将逐渐涌起，必将带来文学视野的拓展。他作为台湾文学研究的拓荒者，率先打开了台湾文学的视窗，撩开了"扑面而来的海岛生活和时代面影"。在两岸关系尚处于波诡云谲之时，他站在了学术研究的前沿，显示了文化学者的担当精神。他的视角是世界性的，理论积淀是多重的，其丰厚、立体的文史观独出机杼，而当代意识则贯穿其文史评论的始终。

那么，何谓当代意识？我认为陆士清文学评论的当代意识主要是：时代的担当精神，民族振兴的使命感，以及站在社会历史发展的基础上来审视文学创作和作品。

白居易云："文章合为时而著，歌诗合为事而作。"陆士清教授着力最著的曾敏之先生研究，就充盈着时代的担当精神。他从大量的史实钩沉中归纳指出："家国情怀是曾敏之创作之魂"。他用史家的严谨而又炙热的笔触，倾心而作这部全镜式的评传。陆士清教授自述撰写《曾敏之评传》："我首先考虑的是，人是社会的人，时代的人，曾敏之和我们所处的时代，是中华民族反抗帝国主义侵略压迫，追求民族解放和民族振兴的时代。时代赋予他使命，也决定了他的命运。我将之置于整个大时代背景上，叙述和描写他的人生轨迹，烛照出时代的面影。"《曾敏之评传》出版之后，获得学界的广泛好评，被誉为"他以一个时代，来映照一个人，也以一个人，来写一个时代"。读者盛赞"读到了文化战士的人生也仿佛读到了中国的现代史"。他把曾敏之与民族共荣辱的世纪人生盖上了厚重的、鲜明的、生动的时代印戳，从立功立业到立德立言，写就了一部大书。

这种担当精神在对秦岭雪艺术评论《石桥品汇》的分析中，同样灼热而深沉。他评价秦岭雪的艺评重视对历史和现实的担当，并着重说明："这里的担当，指的是艺术家对我们走过的历史和现实生活有清醒的认识，有反思，并将这种反思体现在自己的创作和作品中。"秦岭雪为王仁杰《三畏斋剧稿》作序，赞美他在梨园戏创作中孤独地坚持对古典传统的完整继承："宣告诗和文学重新掌握了戏曲。"陆士清教授对此解释："秦岭雪为诸多书、画、戏、文之友作序写跋，友情固然重要，但更重要的是对文化人时代担当精神的敬重，是对他们淡泊名利而迷于文化创造的颂扬。"陆士清教授用热情洋溢的文字，为秦岭雪倡导中华文化古典传统重新回归而喝彩。这篇评论恰如与秦岭雪诗词唱和，文化坚持、文化担当，其实也是他们共同的心声，共同的追求。

陆士清教授研究台湾文学四十余载，宝岛台湾的海浪潮汐，时时在他心头泛起、涌动。他用饱蘸浓情的笔墨，以"家国情怀的激荡"为题，高度评价马华华文作家戴小华的非虚构长篇小说《忽如归》，弥补了台湾当代文学和海外华文文学中，在台湾中国人反对分裂、渴望祖国和平统一而且付诸行动题材的小说空白，并誉之"必将以补天之作载入史册！"，他用慷慨激越的文字礼赞了戴华光悲壮的英勇气概，"捐躯赴国难，视死忽如归"。读来振聋发聩，血脉偾张。苦难、伤痛、悲壮和荣光的交织，谱写了一首英雄交响曲。陆士清称赞戴小华："她不仅以中华女儿之心，弘扬中华文化，而且关注着中国的兴衰进步，中华民族复兴的梦，也是她的梦！""戴小华笔下的这部家史，是度尽劫波、超越恩怨，家国情深的家史！"这部小说之所以能够引起陆士清教授的强烈共鸣，不也正是他炽热的民族情感的投射、振兴民族的使命感的迸发。其拳拳之心、殷殷深情萦绕笔端，浓得化不开。

站在社会历史发展的基础上来审视文学创作和作品，是陆士清教授文学评论当代意识的显著特征。他评价江扬的散文集——《同一片天空下》，"笔下没有小女人的家长里短，儿女情长；有的是时代的烽烟，山的壮丽和海的波澜"。他在江扬放笔天地间的纵横书写中，敏锐地捕捉到不一样的色彩，"我惊艳于江扬的《另一种朝圣》和《做客洛克菲勒庄园》这两篇作品，因为这是华文散文领域极少涉及的题材，它触及的是投资和资本，是商业文化"。他从江扬对巴菲特、洛克菲勒的描写评价，引入对财富论的社会学和哲学思考。"洛克菲勒是财富的代名词，自小就遵循'有付出才有收获'的哲学而创造财富而成就石油大王，他以自己的资本推动美国资本主义社会的发展，用'石油点燃了亚洲的明灯'。他是美国近代史上最富传奇色彩与争议的人物——'最凶狠的强盗贵族'和'最重要的慈善家'。"这段文摘与评论，不仅正面肯定了财富创造对于社会进步的推动力，同时，又对财富创造者的人格力量，做了耐人寻味的阐述。

这种财富创造者的人格魅力在江扬的笔下，描述的是巴菲特、芒格的"一种难得的坦诚，一种可贵的担当"和比尔·盖茨"十分享受智力挑战的乐趣"。同时,财富创造在人与人、国与国的交往,成为友谊的象征与合作的媒介。"洛克菲勒曾创办了现今的北京协和医院。在尼克松打开中美关系大门之后,他的孙子戴维·洛克菲勒第一个率团到北京拜会周总理。"洛克菲勒第六代斯蒂文告诉江扬,"他看好中国的投资环境,还把北京当第二故乡。""继续家族与中国合作是我的心愿。"江扬写道:"真诚与善意,全写在他的眼睛里。"

司马迁《货殖列传》云:"富者,人之情性,所不学而俱欲者也。"他的名言"天下熙熙,皆为利来;天下攘攘,皆为利往",2000年前就揭示,追求财富,追逐利益,是人的真情天性。然而,却也因此背负了"述货殖,则崇势利而羞贱贫"的骂名。重农轻商的传统思想根深蒂固,即便到了近现代观念已经转变,但在不少人眼里,无商不奸,为富不仁似乎仍是商人的标签。

那么,江扬创作这两篇文章的意图和价值何在?陆士清在"答疑"中为江扬的观点正名。"江扬崇敬革命文化,为什么又写这两篇呢,有矛盾吗?没有。因为这不是出于对金钱的膜拜,而是出于对财富创造者的尊重。小平同志说过:'贫穷不是社会主义。'社会主义革命,就是要使我们国家摆脱贫穷落后。国家强大,民族振兴,人民过上文明、富裕而有尊严的生活,是革命追求和目的。要达到这个目的,除了制度性的改革安排外,还要鼓励人们用自己的智慧和劳动,去合法地创造财富,要尊重合法创造财富的人,倡导先富带后富而致力于共同富裕。同时,社会主义中国,也要善用股市来募集社会资本和欢迎资本投资,以金融的杠杆撬动产业的发展和科技的创新,推动国家建设和为人民谋福祉。"

陆士清教授从江扬对世界富商巨贾的摹写,观察和思考资本关系创造财富过程中的特有现象,引发对中国式社会主义的启示。他思虑之深,何尝不是当代意识的折射?他的社会发展观,既有长时间历史趋势的纵深思考,又有当下具体的借鉴学习和方法论。也许正是从这样的视角,他称赞江扬"她见人所未见,感人所未感,言人所未言而别具见识"。他在与江扬的交流中再次强调说:"我的现代意识实际上就是一个社会发展观。现今的中国,实行中国特色社会主义,就是要从我们民族几千年的铲平文化中摆脱出来,鼓励人们以自己的劳动智慧去创造财富,要尊重合法创造财富的人。一个社会要容得下富人,才能留得住富人。绝对不能杀富济贫,今天杀富必然致贫。而共同富裕,既要有市场的一手,也要有政府的一手(扶贫),创造公共平台之外,扶贫首先要扶志,要把人们投入到勤劳的竞争中去。这样才能国富民强。"他的社会发展观捕捉时代的情绪,触及改革开放以来,市场经济的核心命题,探索中国特色社会主义的路径,具有浓重的理论思辨色彩和思考深度,而起点和终点都是根植于民族振兴、国富民强的美好愿望,根植于对祖国深沉的爱。

评周励的《曼哈顿的中国女人》,也就是从这个角度出发,充分肯定周励开创外贸事业的成功及其域外书写。《曼哈顿的中国女人》写出了改革开放时代中国人的精、气、神","是我们这个民族在新时代崛起的喻示和投影"。30年前,《曼哈顿的中国女人》轰动大陆文坛,被誉为新移民文学的开山之作,成为载入文学史册的经典。30年后,作家出版社重新出版这本书。表明"仍然有着向青年一代读者推荐的意义",《曼》仍然具有其旺盛的生命力。

陆士清对这部自传体小说欣赏有加,说到小说主人公周励早年艰苦奋斗的履历,他总是脱口而出,娓娓道来,"她登上纽约的帝国大厦,一层一层敲开美国贸易公司大门。她追求的目标是当一个提升中国形象和产品地位的买办,让中国产品走进全世界的高级橱窗"。说到周励在盛夏酷暑中,为推销中国产皮鞋,昏倒在帝国大夏的经历。他动情地称赞:"中国人是大国子民,在新时代里,显示了民族自信,有一股不服输、不服气的劲头,周励身上充满了这种玩命拼搏、不服输的劲头。"

陆士清教授认为:"小说主人公周励从坎坷走向辉煌的历史,是与中国历史发展的进程同步的,与中国的发展紧密相连。"他由衷地赞赏周励改变自己,不惧挫败,重塑生命的勇气。同时,也从个体生命体验折射时代的大潮,而奔涌的时代大潮又影响着人物的精神特征。"她面对彻夜灯火通明的世界贸易中心(原)姐妹大厦,向自己承诺:总有一天,有一格窗子会是我的!改变自己,换一种活法,并且敢于公开宣称要正当地追求财富,摆脱贫困,这种追求正是改革开放中崛起的中华民族新的精神面貌。"从这个层面而言,《曼哈顿的中国女人》早已超越了个体生命体验的书写。

恰如陆士清教授的分析,30年前的阅读和30年后的复读,让读者深切地感受到,《曼哈顿的中国女人》绝不是简单的商业通俗小说,而是"写出了历史的纵深感和历史的预期"。小说不仅具有历史的文本价值,其中传递的拥抱世界的理念,学习先进的商业模式,从计划经济到市场经济转型中观念的急遽变化,包括对财富的重新认识等,在当今的中国仍然具有很多的启示。陆士清教授援引董鼎山先生对《曼》书的评语:"描述了一个时代,影响了一代人。""主人公从曲坎坷走向成功的人生之路,烛照历史,激励了千百万人。"

陆士清教授这种基于社会发展观的分析,闪烁其思想的力量,其中关于财富论的探讨,早在改革开放的初期,已经初露思想端倪,并随时代的发展不断注入新的认识。如对中国商道文化的研究,同样发人深思。在《有灵魂的戏剧——评恒源祥戏剧》一文当中。他对"恒源祥"进军戏剧领地,"努力成为有专业艺术地位、有成熟产业体系和广泛社会影响的戏剧品牌"一举,给予了热情的褒奖。他指出,以恒源祥创始人沈莱舟的故事为素材创作的《大商海》,"这个戏在改革开放、民族振兴、建设中国特色社会主义的大时代中演出,意义不一般"。其中最重要的意义是:"优秀企业家,是社会的精英,国家的财富。国家要发展民族要振兴,除了其他种种重要条件和因素之外,也要千千万万个充满创造精神,以人民和国家为重的、无论是国营或是民营企业家,创造创新的产品,打造品牌,让优质的中国制造营销于世界,服务于中国和世界人民。"他把大众创业,万众创新,作为推动国家发展的有生力量,正是从这种宏阔的视野和高度,他界定《大商海》的演出是时代的需要。

在分析沪商形象塑造,以及戏剧矛盾冲突的营造上,陆士清教授特别强调剧中人物的台词"小商得利,大商得道"。这道是商道,也是为人之道,更是剧中人物的成功秘诀。而成功后的企业家,又反哺社会,戏里戏外,恰如"恒源祥"扶植文化包括戏剧事业的举措。推及徽商、晋商等留下的历史文化履痕,陆士清教授对财富创造推动社会进步的意义,以及蕴含在经济活动中的制度设计、商业道德、精神现象、人格力量,是包裹在整体的文学批评语系之中,其视野是站在古今中外的历史回眸与现实碰撞之上,既有历史的总结,又有未来的前瞻。

事实上,当代意识在陆士清教授早年的学术生涯,即其文学评论的重要成果——对白先勇及其小说的研究中，就已经成熟，并随岁月流徙愈发深刻而富有哲思。白先勇作品折射近百年中国社会的变迁与文化。评论者往往以"旧时王谢堂前燕，飞入寻常百姓家"为题，从历史轮回、家国命运来评论其悲剧本身。而陆士清先生评价白先勇代表作《台北人》："从社会历史发展层面来看，《台北人》不是中国国民党反动统治失败的宏大叙事，而是借这个政权一些上层人物，和依附或追随他们的底层角色衰微命运叙事，构成了蒋家王朝落幕的风景。从这个意义上说，它是国民党衰败的寓言，或者说是预言。"他把白先勇小说透露的《红楼梦》式的"悲凉之雾，遍被华林"，赋予厚重的历史与现实的观照，从挽歌式的吊古伤今情绪中，过滤、总结出时代发展的大趋势，极具镜鉴价值和意义。

这里不得不追溯，当年，白先勇正是读到陆士清教授的《论白先勇的小说技巧》，知道复旦还有人研究他，加上诸多因素，才催生了1987年春天赴约复旦的破冰之旅。阔别大陆39年之后的白先勇站在复旦讲堂，面对济济一堂的朝气蓬勃的大学生，面对那些热切的眼神。他的开场白是："我仍然还在情感的湍流中。"彼时的我也坐在台下，聆听白先生的肺腑之言，并为获得他的签名而欣喜若狂。在这样的历史机遇中，两位先生的相逢可谓天时地利人和，更是一种奇妙的缘分。

也许是在复旦的轩尼斯道，在燕园小径散步叙谈，以及白先生在沪养腿病期间两个多月的朝夕相处，两位先生不仅惺惺相惜，更有细致的日常体会。陆士清教授以他特有的乐观开朗，善解人意，赢得了白先生的信任。他对白先勇的内心乃至灵魂都有过深切的叩问。而白先勇也对他袒露心扉，倾述对文学审美的理解。所以他们之间超越了通常评论家和作者之间的关系，不再仅仅是文字上的礼尚往来，而更是一种直抵内心的互相欣赏。因而也可以说，陆士清教授对白先勇小说的品读是独特的、细腻的、无可复制的。这方面评论甚多，我不再赘述。

作为白先勇小说的延展，他的许多小说改编成了舞台剧和影视作品。陆士清教授对此撰写了多篇评论文章。小说和戏剧、电影作为不同的艺术样式，是既有联系又有区别的审美系统。陆士清教授的评论首先是源于他对白先勇小说的精深见解，和对白先勇精神世界的观察与解读，并注入其一以贯之的当代意识。这种互文本的评论特色，使他的分析别有视角，不仅深谙白先勇小说的精髓，同时更能窥其得失，给予改编者创作思路的启发和拓展。

由徐俊导演，改编自白先勇《台北人》中，在中国大陆刊出的第一篇短篇小说《永远的尹雪艳》的同名沪语话剧，比较有议论、有分歧的桥段之一：四位太太在台北尹公馆打麻将这一场景。有人认为，这是宣传腐朽没落的生活。陆士清教授则完全否定这种说法。在《品味重塑——〈永远的尹雪艳〉从小说到沪语话剧》一文中，他认为，她们先前或许是阔太太，但其实只是普通的家庭妇女。"因为国民党发动内战而漂流到台北的，是离乡背井失了根的人，是我们离散的同胞，她们追忆、怀恋，实际上是对上海、对祖国大陆乡愁的倾诉，是一曲撼人心魄的寻根曲。""小花园的鞋、鸿翔的服装、筱丹桂的绍兴戏、五味斋的点心、王宝和的阳澄湖大闸蟹……她们所追忆的也不过是一般市民可望可即的生活。"他指出："白先勇在小说里抱的同情甚至悲悯，话剧的编导站得更高，给她们倾注了同胞的、人道胸怀的关爱。"

正是编导摒弃对立的立场，所以才能引起观众的情感共鸣。而这一场景，艺术处理的手法上别出心裁。陆士清教授对徐俊出色的舞台场面调度给予了赞赏："麻将桌并非实景，是糅合着象征主义、表现主义的虚拟，打牌以舞蹈动作体现，动态、优雅，四位太太，轮流出牌出彩。"因为陆士清教授的注解支撑，这个场景不仅充满艺术美，而且提升了内容的价值和意义。搓麻将这一稀松平常的市井娱乐方式，在特定的历史时空下被演绎得既富有生活的色彩，同时又注入了历史的思考。类似《长恨歌》中的搓麻将一幕，表现特殊历史时期下的人物活动和精神样貌，均成为了上海当代戏剧史上比较经典的场景。

编导设计了小说没有提供的第八场戏"重返百乐门"，同样存在争议。陆士清教授则认为，第八场戏的情节，"存在于浪漫想象层面，但却有深厚的现实基础。因为1979年是现代中国的历史的又一个转折点。洞开了中国新时期的历史之门，预示着中国将摆脱'冷战'的羁绊，向世界开放，海纳百川；海峡两岸，也必将打破封锁，结束老死不相往来的格局，漂泊于台北的尹雪艳们，也必将结束有家不能归的命运"。他回忆白先勇曾说过："我是投了改革开放的一票！"他在文中写道："据说是小说作者白先勇力主的这场'重返百乐门'，表达的是对历史情景的预示，也是对中国历史演进的深深祝福！"陆士清教授这一见解，扳正了所谓的复辟论，纠正了对剧情浅薄表层的图解,揭示了原著中深隐着的、对中国社会变迁的拷问,透露了作者对中国未来发展的希冀。

二

陆士清教授秉持古今融通的文史观,在他看来,"社会是人组成的,历史是人创造的,人有七情六欲,要生存,要温饱,要发展。人的欲望和情感虽因人而异,但却是古今相通相承的"。人性透视,即以当代的视角审视作品表现的复杂人性,挖掘深刻的人生哲理,剖析作品所思考的人类精神现象,所表达的生命生存体验。是他文学评论的又一个亮点。

司马迁说:"缘人情而制礼,依人性而作仪。"人性论是穿越中外古今的命题,也是文学、艺术的母题之一。陆士清教授所注重的人性意识,既有对人性幽暗的洞察与批判,更有对自然人性的回归与颂扬,同时,又具有社会哲学的思考。随着他的文学研究视野不断拓展,其人性意识又渗透跨界新前沿,包括泛/类文学文本的研究,拟再以陆士清评点白先勇小说改编戏剧作为切入口,谈谈他如何从人性透视对作品进行分析与解读。

白先勇的小说易于被舞台剧、影视剧改编,是他文笔描绘的强烈的画面感,但又是极难改编的,因为他笔下的人物有其复杂的人性。陆士清教授说,白先勇的小说、戏剧和电影,都关乎人性。"他阅世甚深,既有家国剧变的体验,又有洞穿人性的敏锐。"白先勇的小说注重人物刻画:"他笔下的人物大都栩栩如生,尤其是女人,玉卿嫂、尹雪艳、钱夫人、李彤、金兆丽……都是个性鲜明过目难忘的'这一个'。"他援引於梨华的评语:"在20世纪60年代的中国,没有任何一位作家,刻画女人,能胜过他。"其中,玉卿嫂的形象,集美丽、偏执、牺牲、戕害、悲情于一身,如多棱镜般折射复杂的人性。这位陷入情感沼泽地的典型人物,不免让人想起休谟哲学所谓的"理性是激情的奴隶"思想实验。因此,玉卿嫂的形象备受艺术家的青睐,《玉卿嫂》也是白先勇小说被改编最多的作品。

在《春风润得花更红——谈〈玉卿嫂〉从小说到越剧》一文中,陆士清教授把这部写于1960年的小说喻为"一口艺术的深井","塑造了为爱而生,为爱而死的玉卿嫂这个艺术形象,揭示了深层次的人性意识"。他正是从人性透视出发，作为评论戏剧改编二度创作的指南之一。

越剧忽略了白先勇"启蒙小说"的概念，聚焦玉卿嫂与庆生的情感纠葛关系。那么，如何在舞台上把人性的欲望表现得充分？陆士清教授的分析重点不在于人物关系的对错，而在于合理与不合理。玉卿嫂对庆生至少包含三重情感，一个是母爱，一个是姐弟之情，一个是恋情。这三重情感叠加起来，却成为强烈的占有欲。从庆生的角度来说，人要生存，还要发展，他青春的生命无法羁押在寂寞的小屋里。那么庆生如何寻求发展？如何写得合理并令人信服？是横陈在导演徐俊面前的一道难题。

陆士清教授分析，越剧改编成功之一是改写戏剧的时空。"将故事发生地由广西桂林，改为更具现代气息的越剧之乡浙东县城。"不仅是语言的更改，同时也把地理环境、地域文化都做了比较大的调整。特别是强化了庆生所以要摆脱玉卿嫂而追随金燕飞的现实因素。成功之二是改写人生的追求。"当占有的关爱形成了束缚，金庆向往的多姿多彩的世界指证了上海。"而上海在那个时代，无疑是现代化的象征。改编把人物对未来的追求赋予了时代特色，庆生视角下的人性欲望得以充分展开，离开玉卿嫂的行为就具备了合理性。

陆士清教授认为，原小说是白先勇的早期作品，在他创作历史上地位十分重要。但是这篇作品与《台北人》等小说相比，在艺术上并不是非常圆熟，有一些不足和局限。越剧的编导，"没有拘囿于原著，也没有受电影的影响，而是另辟蹊径，正面刻画和塑造金燕飞，使之个性鲜明，形象丰满"。小说中金燕飞是个模糊的影子，几乎没有正面出场，"越剧本突破原作的局限，设计了第三场的七夕会，理清了金庆之恋的脉络，情感之路也就此夯实"。

这篇剧评是陆士清教授写于2007年的旧作，重新研读，仍不难发现，在诸多《玉卿嫂》评论的文章中，他的评论，从原小说的主题、意蕴、人物形象，围绕原小说及其改编的诸多史料，如电影改编未投拍的"孙白本"，张毅的同名电影，比较研究，显然视野更为广阔。其对人性的透视，条理清晰，恰如其分，而又探幽入微。同时又从舞台艺术的本体规律和特征，对剧情的合理性作了细致的逻辑推演。充分肯定越剧根据戏曲特点重新演绎，在剧情发生的时空，叙事视角，故事结构，场景调度，唱腔表演等方面，包括艺术手法，如金、庆相识戏中戏的处理，以及运用类似意识流手法，表现玉卿嫂预演与庆生成婚的梦幻等，鼓励编导抓住原著基本精神，重组情节，刻画人物，实现超越和突破。剧评细腻地、多维度地展示了他的真知灼见，一般评论者难以企及其深厚的积淀。

陆士清教授认为白先勇的有些小说，很难改编成舞台剧，要在深刻理解和掌握原著艺术特点的基础上，加以二度创作，"以另外一种艺术样式来体验他小说的意蕴"。白先勇小说注重人物的细节描写而淡化情节，正是改编创作的难点。《永远的尹雪艳》是一篇现代小说。虽有令人难忘的"冷艳"的尹雪艳，但她是由精彩纷呈的细节雕刻出来的。这些描写在小说中如展开的肖像画一幅幅映现。但是，这些文字叙述如何转换为舞台动作？在《品味重塑——永远的尹雪艳从小说到沪语话剧》一文中，陆士清教授充分肯定徐俊在二度创作中的突破与创新。"他别具匠心地设计了（第一场）'舞后加冕'的戏，把白先勇对尹雪艳描写的文学语言，比较成功地转换成了舞台语言。"

"白先勇笔下的尹雪艳是一个深具象征意义的形象，她是王贵生、洪处长和徐壮图们他们的'欲魔'的外在显现和'客观化'。"那么，关于舞台上的尹雪艳塑造，究竟是魔？是神？还是人？陆士清教授曾经和导演徐俊有过热烈的讨论。他明确表态：支持避开神性和魔性，更不能落入"女人是祸水"的传统价值观窠臼。陆士清教授高度评价编剧和导演大胆创新，"徐俊在舞台上塑造了这样的尹雪艳——美的象征、上海精致生活的化身"。人物关系处理方面，一是她不愿意跟洪处长（代表官方）去结婚，跟富豪王贵生也不过就是跳个舞的简约处置。正是这样的人物定位，给话剧添加了人性的温度，并围绕这一定位，增补情节，调整人物关系走向。陆士清教授分析："剧中保存了小说中尹雪艳的'神'性或者说'魔'性的特点。但是，话剧并没有将尹雪艳当作'魔'来处理，徐壮图走到了死亡的边缘而未遭不测的结局，是话剧对小说情节的重大改变。凸显了尹雪艳珍视生命的人性。也把尹雪艳这个人物从被'尤物论'中拉了出来。这也符合原著的深层意蕴，因为白先勇在这篇小说中原本思索的就是人的欲望与命运的关系。"沪语话剧剔除尹雪艳身上的魔性和神性而回归人性，更多从人性的角度演绎人物。相比原小说，话剧对人物的重塑更具有人性的质感，人物形象血肉丰满，同时摒弃了"女人是祸水"的传统思想，提升了思想内涵与厚度。同时，又保留了原小说的现代性风格、隐喻和象征等元素，赋予人物于"冷艳"之外的温情，并使之成为上海地域文化的一方代表，涂抹了一层生活的烟火气。话剧让观众体味历史演变中的个体生命漂泊无根的感觉，对人生哲理也有更加深入、隽永的思考。

陆士清教授深知，戏剧改编绝不是简单的小说加戏剧"化"，而是新的艺术创作，必须删除枝蔓，取舍和剪裁。他以极大的热情和专业精神，支持和鼓励改编者放飞思路，重新布局。在内容增补改写上，既保留原小说的精神实质，包括现代小说的基本特征，更多的是呼唤重新回归人性。虽然不乏冷峻反思，更多注重自然天真，温暖美好的人性的底色。境界更加宽广，立意更加高远。在形式创新上，尊重戏剧舞台的自身艺术规律，重视考虑戏剧时空关系，包括人物主观视角、心理空间等，与舞台空间、想象空间等空间因素的交叉呈现。对戏剧结构、场面调度尤其关注，重视编导如何把纯粹文学的手法，转译为舞台语言，把文学融成戏剧。同时巧妙地规避原小说所不足的，或者并不合适改编舞台剧的部分，敏锐地发现舞台剧二度创作在小说之外的创新得失。他的评论互文本的特色显著，极为扎实，有说服力，赢得了编导的尊重与钦佩。

三

陆士清教授的文学评论，以事实为基础，论据翔实而论述清晰。他的写作风格，论从"事"出，客观理性，条分缕析，同时又在其中注入了他的深情。可以说他是充满欣赏、充满激情地来评论文艺作品，对每位创作者给予了充分的尊重与爱护。品评和精读，细致入微的文本分析也是他的研究特色。他目光犀利，批评却温柔，是许多作家和作品的发现者、引导人，他是他们最好的读者。默默的注视、热切的期待、深情的欣赏，我觉得这是一位评论者最大的善意。江扬曾说："从您的评论中，看得出您对拙作读得仔细，评论有点有面，有理有据，见解独到，具有当代意识，'放笔天地间'立意高。经您的点拨，我更明确了今后写作应该努力的方向。"

一个时代有一个时代的文学批评，新时代的文学批评呼唤作家与评论家应"同步共建时代的文学场域"，而陆士清教授早就身先士卒，始终在文学的现场，在时代图景里观察文学现象。当代意识和人性透视两大亮点，如轮之两翼，成为他思考与书写的范式。陆士清教授的学术生涯，特点是认真、坚持和专注，高屋建瓴，视野宏阔，有着强大的思想能力。岁至耄耋，仍然伏案于青灯黄卷，笔耕不止，关注文学艺术的新现象、新启示，不断自我更新、与时俱进，努力在砥砺中成为大写的人。

春风如故，人健如仙，再次祝贺陆士清教授90华诞！

钱晓茹

写于2023年早春二月

注：引文主要摘录自陆士清教授文论，计有《余心怡怡诚笔友——我写〈曾敏之评传〉》《品出了世纪的精彩——读秦岭雪新著〈石桥品汇〉》《家国情怀的激荡——读戴小华的纪实小说〈忽如归〉》《放笔天地间——读江扬的〈同一片天空下〉》《崛起民族的精、气、神——评〈曼哈顿的中国女人〉》《有灵魂的戏剧——评恒源祥戏剧》《品味重塑——〈永远的尹雪艳〉从小说到沪语话剧》《春风润得花更红——谈〈玉卿嫂〉从小说到越剧》，以及陆士清教授与江扬对话摘要等。

钱晓茹

1987年毕业于复旦大学中文系。多年从事电影研究、文艺管理以及电视节目策划和制作等工作。曾先后担任上海市委宣传部文艺处副处长、上海广播电视台艺术人文频道副主编等职，现为上海广播电视台东方卫视中心编委。自2004年起至今，受聘担任上海文化基金会专家评委。

历史将永远记住首创精神的传承者

——贺陆士清老师90华诞

张晓林

陆士清老师已经走过了九十年的人生路。

面对着陆老师走过的人生之路、学术之路，坐在书桌前的我，脑子里跳出了"大师"这两个字。历史和现实都告诉我们：正因为复旦名师汇萃，才能够铸就名校复旦。而名校复旦，也成就了各位名师在科研大道上的首创精神。

可以说，复旦名师们身上的气场，又深深地影响着我们每一个复旦人。

就说我们的中文系吧，陈望道先生的《共产党宣言》全译本问世后，鲁迅先生赞曰："望道把这本书译出来，对中国做了一件好事。"这就是大师所为。陈望道先生还是中国最早主张推行新式标点的践行者。他的《作文法讲义》又被誉为"中国有系统的作文法书献第一部"。他的《修辞学发凡》是中文修辞教学的第一部完整的典籍。还有，在咱们中文系，郭绍虞先生在二十世纪三四十年代写的《中国文学批评史》，则长期作为大学教材，被朱自清先生评为"开创之作"；朱东润先生首先开拓了中国现代传记文学，名扬四海；刘大杰先生的《中国文学发展史》，一个世纪以来，辉映着我们整个华夏大地；赵景深先生，第一个将安徒生童话介绍到中国，二十五岁就翻译了一百万字的契诃夫小说，影响众多学生的成长；胡裕树先生，主编了中国高校教材《现代汉语》，获国家教委高等学校优秀教材一等奖；蒋孔阳先生，以他的中国美学界具有里程碑意义的《美学新论》，构筑了中国现代美学的新大厦。这些，都是具有首创精神的大师所为。大师的才智，大师的广博的知识元素，以及他们梦想的空间，构成了"大师"这个词汇的内涵。看到这一个个名师，无不感受到他们的为师之担当，传道之师德。树人，培养人材，做师长的首先必须要有学识和品格。复旦大学名师，无一不是学术大师，无一没有开拓气质，无一不是某一学问的首创者。

今天，我认真侧观复旦大学中文系的陆士清老师，他也一直以其首创精神，开拓"世界华文文学"研究，半个世纪努力不懈，结出了累累硕果。此刻，我同样感受到，陆士清教授，也是给复旦大学，给中文系涂上了特别光彩的老师，尽管陆老师始终认定"自己是平凡而认真生活的人"[1]；但在复旦大学中文系的版图上，陆士清教授，对台港和世界华文文学研究的开拓，不就是对我系前辈大师们首创精神气质的传承吗？

读"传承"，读"首创"，我读出了陆老师身上的非凡"勇气"。

传承和发扬首创精神，必须要有学术勇气，而勇气来自对历史，对学科发展的敏感和科学的认知。

陆士清老师就是凭着这样的敏感、认知和勇气，成了台港和世界华文文学研究的先行者，是中国内地几位拓荒者之一，是硕果仅存的元老之一。陆士清老师说：当今世界华文文学，已成为世界性的文化现象。繁荣的华文文学的创作，当然首先归功于改革开放后，大批在中国内地受过良好教育的人移居美欧澳日等，包括东南亚，他们中的不少人在经历了异族文化洗礼和冲激后进行创作，使世界华文文学得到了蓬勃的发展。但是这种蓬勃发展，也是与在曾敏之先生带动下，陆士清、刘登翰等教授推动华文文学研究、促进交流分不开的。凭借着勇气，1979年初，陆士清老师首先向校系建议，将台湾省文学，列入复旦大学中文系教学科研规划。1979年初夏，台湾旅美作家於梨华第三次访问复旦，陆老师参与接待。他与於梨华深入交流，安排她为中文系学生做"台湾文学"的讲演。於梨华是二十世纪五十年代后留学生文学的鼻祖，她将自己创作的长篇小说《又见棕榈，又见棕榈》赠送给陆老师。秋天，陆老师就将於梨华的长篇小说《又见棕榈，又见棕榈》推荐给福建人民出版社，于1980年出版。这是新中国成立后，在中国内地第一次出版台湾省的长篇小说。陆老师还为之写了长篇评论，被於梨华收录于书后。第一版就印刷了十万册，这在文学界又引起了轰动。此后，琼瑶的作品、三毛的作品也进入了内地读者的视野。1981年春，陆士清老师在复旦正式开设

---

[1] 陆士清：《品世纪精彩·后记》，上海：文汇出版社，2020年版。

了"台湾文学"选修课。这是当时中国的1076所大学中的首创，不能不说是"敢为天下先"的一种勇气的呈现。1980年，陆老师即任现代文学硕士研究生导师组组长，招收中国现代文学硕士研究生。1987年，即招收了台港文学研究的硕士研究生，使得台港文学研究成为复旦大学专业研究的学科。

凭借着这种敏感认知和勇气，陆老师于1985年担当起了当时一些学者不敢担当的任务，即为中国首部百科全书辞典——《中国大百科全书》写了长达二万五千字的"现代台湾文学"这一辞书条目。台湾是中国的领土，台湾文学自然是中国文化的百科之一。就这样，1985年，"现代台湾文学"这一专有名词，经陆老师书写，正式在汉语词汇中确立了，也进入了《中国大百科全书》。这亦是国内辞典书第一次写上台湾文学条目，实际上也就成为了现代台湾文学史纲。

读"传承"，读"首创"，我读到了陆老师身上的浓浓的家国情怀。

真正的大师，都深具家国情怀，可以说这正是他们做学问的原则。陆士清老师也是这样。

陆士清老师在20世纪70年代和80年代初，一直担任中国现代文学教研室主任，同时肩负着现当代文学的学科建设，与此同时，他又着手台湾文学研究。为什么？《华文文学》杂志刊出的《先行者的学术人生》的问答中，陆老师这样说："我在《笔韵》一书中写有一个题记，'炮声，远去了；海浪，传来兄弟的心跳'。我研究台湾文学，首先是适应时代的召唤，是在中国改革开放时代环境下作出的选择。1978年12月18日至22日，中共中央召开了十一届三中全会。全会确定了'解放思想实事求是'的思想路线，确定了实行'改革开放'的国策。解决台湾问题，实现祖国统一，也进入了新的历史阶段，即由准备'解放台湾'进入到寻求和平统一的阶段……海峡两岸交流一旦展开，上海将是前沿，复旦将是这个前沿的窗口，我们应有所准备。"很明显，陆老师研究台湾文学，为的是两岸的文化文流，为的是两岸的中国人，在共同的文化认同中走到一起，实现祖国的统一。当然，他有文学艺术美学的思考，但这个目的则是他研究的大前提、大原则。他坚守这个前提和原则为台湾文学定位。

1983年，陆老师为其主编出版的教学参考书《台湾小说选讲》写了长篇序言——《汉魂终不灭，林茂鸟知归》，这就为台湾新文学是中国文学的一部分,作了明确的定位。他明确指出:"台湾是中国人民的台湾。台湾的文化是中国人民创造的,是中国文化不可分割的一部分。台湾的文学,当然是中国文学的一部分。"与此同时,针对"台独意识"的游魂,陆老师又写了《论日据时代台湾新文学的中国意识》一文,开宗明义就指出:"日据时代台湾新文学不仅具有中国意识,而且'中国意识',恰恰是台湾新文学的灵魂。"陆老师为此作了科学的界定:"为了更好地说明问题,我想首先对两个概念作一个初步的界定。第一是关于'台湾新文学'。我这里指的是在五四新文学运动影响下,在由张我军等发动的台湾新文学运动中诞生,由赖和奠基的,以白话文为主体(也包括日文创作),以反帝反封建为主要内容,与中国旧文学相比较而存在,与日本人殖民主义者的殖民地文学、'皇民文学'相对立的台湾文学,谓之日据时代的'台湾新文学'。只有这种'台湾新文学'才具有中国意识。第二是关于'意识'。这里的'意识'不是哲学意义上的概念,而是政治学或社会学上所指的群体意识,也就是某一群体在政治、文化上对国家,对民族和乡土的大体一致的认同、归属、关切和依恋意识,或者观念。作为群体意识,其表现形态至少有三个层次,即理性、感性和潜意识的层次。台湾新文学运动,是台湾同胞在世界新思潮,特别是五四新文化运动的启发下,为保持自身与祖国的联系,为保持台湾文化与大陆文化的永久联结,为摆脱日本殖民统治、避免同化和争取台湾回归祖国所作的自觉的斗争,所以它不仅是'中国意识'的表现,而且是'中国意识'在理性层次上的表现。"陆老师从多个层面有理有据地阐述了"中国意识"与台湾新文学发生发展的关系后,得出结论:"在日本殖民主义残酷统治了25年之久,在当时中国正在奋起挣扎图强很难有力支持台湾同胞斗争的情况下,如果没有深厚而强烈的'中国意识',也即是对中国的认同、归属、关切和依恋意识,要发动这样的新文学运动,创造出具有划时代意义的台湾新文学,是难以设想的。"另外,陆老师还在《试论"台湾文学"与"台湾意识"》的论文中,痛斥文化台独分子的谬论。后来文化台独分子歪曲台湾新文学运动的先锋赖和时,陆老师又写了《"去中国化"的表演——评文化台独对赖和的歪曲》一文,从赖和被日本人逼害至死的人生、赖和的全部创作实践(包括白话小说、散文、新诗、古典诗)出发,对之进行了严厉驳斥,捍卫这位台湾新文学运动的先锋,台湾的"鲁迅"。

陆老师不仅研究日据时代的台湾新文学如此，研究1949年后的台湾文学也如此。

他在评论陈映真文学作品时，这样讲道："陈映真是祖国统一的勇敢的追求者，台湾中国统一联盟的创党者。从文学创作的角度看，他是一个思考型作家，他有家道中落和政治压迫的体验，有改革社会的梦想和追求。他早期的小说糅合了现实的阴影、哲学的沉思、浪漫的情调、理想的光辉、宗教的悲怀。在描写死水般沉闷、机械般冷酷的生活中，他思考着贫困，物质与精神双重匮乏，使生活丧失积极意义的贫困——贫穷与愚昧。他思考着战争，特别是国民党发动内战对心存改革希望的青年理想的摧残。他思考流寓台湾的大陆人的问题，这些大陆人的沧桑传奇和他们与台湾人之间的关系，成为他许多小说的主题。"这样的评论，其宏观背景很清晰，其立场原则很坚定。

他在评论白先勇的短篇小说《台北人》时，又讲道："从社会历史发展层面来看，《台北人》不是中国国民党反动统治失败的宏大叙事，而是借这个政权一些上层人物，和依附或追随他们的底层角色衰微命运的叙事，构成了蒋家王朝落幕的风景。从这个意义上说，它是国民党衰败的寓言，或者说是预言。"陆老师研究台湾文学始终坚持的基本原则是，必须坚持两岸是一个国家，一个民族，一个共同的文化根脉。

有一件事我必须说，上世纪90年代中期在香港，我曾建议陆老师单独写一本台湾文学史。我说："你那个'现代台湾文学条目'不就是台湾文学史纲吗？你有基础，如还需要资料，我帮你去台湾搜集。"陆老师说："在《台湾文学新论》出版以后，复旦大学出版社杜荣根先生曾约请写《台湾文学史》，但我没有承接。当然原因很多，但主要的是'文化台独'气焰嚣张，不少作家转身'台独'，包括我所看好的小说家等。对这些作家诗人，你批评他们吧，不合适，给他们留些转变的时间和空间吧；赞扬他们，坦率地说，我过不了感情关。"

陆老师所说的感情，那就是家国情怀，那就是有首创精神的中国知识分子的灵魂，是他们做学问的原则。最近在香港《文综》杂志上读到了陆老师评叶周先生小说的文章——《革命文艺家传奇人生的书写》。文章结尾的一段话，给我的印象特别深刻，他说："此刻，我想到了新移民文学创作。无疑的是，人才辈出，作品繁花似锦。明显的特点是，大都在说中国故事。怎样将中国故事说好！我觉得，须要对民族文明、特别是要对鸦片战争以后的中国历史加深了解，须要对中国发展的历史动因加深认识，并且给予必要的理解和尊重。我期待能在民族复兴史上留下深深印记的作品出现。"细细体味，这不就是陆老师深怀家国之情对新移民文学的期待吗？

张晓林

教授、作家。复旦大学中文系毕业后留校任教。曾先后担任复旦大学校长办公室主任、台湾香港研究所副所长、东西方研究中心研究员。1989年移居香港。现为香港东亚管理学院院长、香港国际文化机构总裁；兼任多所大学特聘教授和客座教授。所著作品，曾入选大学教材及《二十世纪中国文学大典》。2009年和2011年，有作品分获"我心中的香港——全球华文散文大奖赛"冠军、亚军。

"在场的"学术研究

——陆士清学术观点刍议

韩旭红

学术研究的"在场"和"缺席"的探讨是值得重视的议题。[1]陆教授"在场的"学术研究主体自身能积极地参与到文本现场，他与创作者对话时重视文本的客观性，也尊重创作者的主体性行为和情感体验，对创作者的思想材料进行了跨文本的考证。他贡献的是一种有效分析和理解问题的思维方法，能由此找准问题的症结，并且不受时代的限制，还能不断地钻研出新的视角。其学理意义有其聚焦的问题意识，能从原有事物现象推论出一个个问题，激发出不同的研究思路。其文章涉及的问题范围较为宽广，笔者主要对他多年学术研究中的"在场性"进行探讨。

一、史论互证的自觉精神

史论篇"史、史论结合"的学术视角涵盖宏观的视角与微观的文学现象，不仅针砭时弊，也指陈利害。陆士清的学术批评流露出他对学科前沿和动态发展的敏锐触觉和清醒的批判意识，开启了华文文学研究新的思考方向。他对《现代文学》杂志的重要贡献在于论述了台湾小说史研究的理论问题，阐释泰国华文文学的历史与现状和世界华文文学的双重传统，阐述了文学的双重传统并不会产生明显的冲突，而是能取长补短，使华文文学的发展趋向于一种更为包容和开阔的视野。

---

1 朱首献:《阅读者的"在场"与"不在场"——文学阅读行为中的人学辩证法研究》,《山东师范大学学报》2003年第6期。

他在探索文学思潮的演变时，不仅收录受五四新文学影响的台湾新文学，更在编撰条目时克服偏重小说的倾向，融入了诗歌创作的评价。同时，大部分的著述挖掘出被遮蔽的作家，在回溯中探讨作家的命运，通过较为动态和鲜活的方式展示小说家、诗人、戏剧和散文作家所参与的活动，从中探寻作家的创作体验和成长轨迹。陆士清的学术自觉体现在他要做的不仅仅是肯定或否定已经存在的事实，而是从无数的线索背后重新发现文学内在的逻辑与学术问题。他清醒地意识到作家所面临的民族文化本位的意识薄弱等诸多困境，以此进一步地考察种种被遮蔽的缘由。

另一方面，他梳理文学史的脉络，细致体察作家主体在时代精神影响下所生成的价值观，以及考究出作家如何在民族意识的感召下来进行文学创作。《探索文学星空》的评论文章探索白先勇的人生轨迹与生命历程，其中包括白先勇的创作理念和艺术技巧，及其创作对传统与现代的艺术追求，对家园意识的坚守和精神家园的重建。[1]《品世纪精彩》的单篇论文着重于阐述白先勇的作品和作品改编、白先勇的个人经历以及白先勇在上海的活动、少年时代与昆曲的因缘等事迹。[2]

二、敏锐洞察与反思根源性问题

文学发展在嬗变的过程中所出现的迟滞因素，及对它理解的错位等问题，引起了陆士清的重视，其评论颇具启发意义。他敏锐的洞察力体现在其学术批评不依循任何单一的理论和思想体系，而是对当下文学研究的本质问题进行考察，并以对象的客观存在为根据整理研究的思路和框架，直面当下文学研究的重要议题。他认为台湾文学的定位问题已是一个现实的文学现象呈现在我们眼前，作为现当代文学研究者的我们，不能不关注。[3]《台湾小说史研究中的几个问题》一文中紧扣日本殖民主义的侵略本质及其潜在的破坏

---

[1] 曹惠民：《庾信文章老更成——陆士清对于华文文学学科的独到贡献》，《世界华文文学论坛》2012年第4期。

[2] 陈辽：《普及的先行者 研究的带头人——评陆士清华文文学研究新著〈探索文学星空〉》，《常州工学院学报》2013年第3期。

[3] 陆士清：《品世纪精彩》，上海：文汇出版社，2020年版，第413页。

性，尤其指出了日本殖民统治诱发族群矛盾等问题，由此引发它对文学创作所造成的巨大冲击。

在陆士清看来，文学研究不能孤立看待台湾文学与中国文学母体的渊源关系，应该正视日本殖民政治对中国文学母体的分化所产生的影响，尤其要重新审视日本殖民统治后推动的皇民化运动和两极体制导致两岸隔绝这两段时期的文学动态。同时，他还注意到1949年以后的台湾新文学发展出现的崩裂现象，即反帝反封建的批判现实主义精神传统突然中断了，导致了作家精神传统出现偶发性的断裂，当时的作家面临着内忧外患的双重困境，文学发展也经受严峻的考验。在这篇评论文中指出要深刻地体察作家内在精神的变化，应把这段时期的文学现象置放于解放战争、冷战期间的两极对峙，结合美国对华霸权政策的时代背景来进行考证。

陆士清把当下的文学纳入一个具有生长性的历史进程中做出合理的评判，他注意到尽管侵略战争对于文化生命的打击是残酷的，但是日据时代台湾新文学却仍然坚守中华文化血脉的传承，尤其是文本中有强烈的关切意识、依恋意识、归属意识和认同意识，不仅发现台湾新文学是一种对殖民统治抵抗意识的表现，更发掘出作家们有意识坚守着自身的民族意识，以此来肯定台湾新文学的精神内涵及其所具有的文学史意义。他在尊重作家主体性的基础上，看到台湾先行作家在追求理想和价值的过程中与当时的救亡文学的精神合二为一所引发的强烈反响，如《论杨逵小说创作的历史地位》一文中，深入考证出杨逵小说中具有明确的反抗殖民主义的创作意识，并且肯定杨逵对新社会理想的深刻认识、追求和推动。[1]

海外华文文学研究方面，《血脉情缘——泰华作协、〈泰华文学〉素描》一文中指出中心论对"根"和"源头"的忽视，及其对泰华文学所产生的文化传承困境。这篇评论文指出不同文化语境孕育的华文文学无法忽视"根"的继承关系。《世界华文文学的双重传统问题的思考》一文中，他提出了海外华人如何看待土地认同与文化认同的深切思考，从国家认同、价值认同、拥抱生存的土地、珍爱事业发展的空间、不同的追求和梦想、不同的自然风土、人文环境等方面进行梳理。土地是文化之根，海外华人对于中华文化传

---

[1] 陆士清：《台湾文学新论》，上海：复旦大学出版社，1993年版，第164页。

统源流和在海外华人在入籍后其所在国的土地所衍生的文化也决定了作家的文化性质,而且原文化的延伸和在国外不一样的土地所发展出来的文化,是不可忽视的原动力。张炯认为这一问题的发掘与思考,回答了"中心"与"边缘","根"与"枝"、华文作家是否薪传华夏文化的问题。[1]这也呈现出更为多元与开放的生活图景和人文景观。

三、立足于"整体观"的范式

"历史事件为经,个体生命为纬"的撰写方法自然流露在《曾敏之评传》一书中,细致探析曾先生所处的时代中所展现出的性情、遭遇、思想的萌芽及其形成的过程,用以透视其社会形象与生活形象的特征,更为生动地描绘了曾先生作为记者、编辑、作家、学者、诗人和文化事业推动者的不同身份认知的变化和蜕变过程。他走进了曾先生的心灵世界,与之对话、沟通,并以自己的理解对曾先生的生活情感、创作进行着宏阔的整体考察。文中所贯彻的整体意识与一般的印象式模糊判断迥然有别。他将曾先生的生活经历、个人情感与精神进展相交相融,避免了单独的身世考察所陷入的狭窄性的误区。

曾先生的生命轨迹与其文学创作被置身于广阔的时代图景中,如当时中华民族反抗帝国主义侵略压迫、追求民族解放和民族振兴的脉络里,以此来观察曾先生的精神历程。[2]在曲折复杂的斗争过程中,由于诸多主客观条件的限制,曾先生同样会面临种种矛盾和磨难,着笔于曾先生在动荡不安的年代与自我唤醒时复杂的情态,尝试从现实语境中寻求一种更为清醒的,以及更为客观的态度对其进行学术思考,以期能对曾敏之的当代精神进行深刻的分析研究,进而在准确把握的基础上考证一个时代的创作甚至一个作家的创作的发展轨迹,并能从细节中寻求初露的革命思想,把握住人物思想线的变化,做出宏观性的考察。陆士清阐述曾先生如何从一个爱国青年作家和记者,到投入民主运动后,勇于在《文化界时局进言》上签名,扛起宣传思想文化战线的责任。

---

1 张炯:《读陆士清新著〈探索文学星空〉》,《世界华文文学论坛》2012年第4期。
2 陆士清:《余心怡怡诚笔友——我写〈曾敏之评传〉》,《雨花》2016年第2期。

《曾敏之杂文论》这篇文章主要着笔于曾先生眼观世情,纵论古今,以笔报国的精神,即使在游记文学里也流露出炽热的、忧国忧民的情感。《山水人文两相依——游记文学论述篇》则从曾先生游记文学体察出曾先生的闲情和情趣与一般性的理解不同,闲情是指曾先生摆脱俗务所累,让自身置于山川人文的景观中去观察、体验和欣赏它所蕴涵的优美与历史意义;情趣则赋予忧民之思与以心明志的涵义,这也体现出曾先生的爱国情怀。这篇文章运用史趣的视角切入,进一步探索曾先生对民族苦难的体察,认为曾先生,"思接天涯,俯仰古今,或诗或文,诗中有史,史中有诗,诗史交融,独具品位"[1]。

陆士清重视分析曾先生的生活、情感与其作品之间的联系。由作者的人生经历和人生经验入手,进而探寻作者的个性和风格,以此来分析作品的情感表现和艺术风格。《理想之光的照耀》《忧愤中观察思考》等篇章不仅描摹着曾先生富有社会责任感或历史使命感的形象,更是着笔于生活化的一面,进而挖掘其内心深处的苦痛,呈现给读者一幅生动鲜活、真实可感的立体的生活画卷。《千里哀鸿记溃退》《为将英名留青史》等篇也贯注曾敏之对人生最为深刻的体验和永远不能忘怀的心灵创伤,表达曾先生对师友的悼念和对世事不公的嗟叹。

另外,陆士清对三毛的研究主要是从心理创伤的视角,沿着作家的生活足迹与情感变化的脉络探讨三毛不断衰微的导因。他在《三毛传》的撰写过程中发现三毛内心的焦虑来源于一种不可言说的隐痛,其中包括三毛被侮辱性体罚时所产生的童年阴影和她的德籍未婚夫在结婚前夕猝死对三毛所造成心理层面的冲击,以及荷西之死对三毛所造成的心灵创伤,等等。媒体的过度宣传也是促使三毛内心感到焦虑的因素,无论是撒哈拉魅力,还是三毛热的影响下使她被卷入了不受控的漩涡,不断地生活在传奇性等自塑形象的阴影下,媒体与读者不断"要求现实生活中的三毛像作品中的三毛一样生活,不断地发热、发光";持续拥有"传奇般的人生、神话般的爱情。读者不只是欣赏她创作的文字,而是间接消费她的生命经验"。[2]评论指出三毛在生存

---

[1] 陆士清:《山水人文总关情——评曾敏之的游记散文》,《常州工学院学报》2010年第1期。
[2] 陆士清、杨幼力、孙永超:《三毛传》,南昌:百花洲文艺出版社,1992年版,第358页。

困境与存在意识挣扎的痕迹间，寻找引发三毛生命萎缩的阻力因素。同时，三毛编剧水准遭受责难对她心理所造成的创伤，也是她逐渐衰微的导因之一，这也暴露了社会现实的残酷与包容性的不足等问题。

四、主体间意识的对话与立场

作品的创作轨迹呈现出作家蜕变成长的力量，陆士清不仅仅把它作为一个客体进行考究，而是把它看成一个有形象、有思想的存在，以及精神文化的宝贵载体。他通过文学作品中的意象构思脉络寻找作家的内心感觉，梳理其文学成长故事中"一种淳朴而暗含的意义"，即"关注作家潜意识中形成思想的过程中所凝练的语言"[1]。陆士清考究台港澳与海外华文女作家的文学创作时，深入文本的语境中体验作家的"我思"，解读文学创作中的潜意识语言，其论述是以一种更为平易近人的故事性陈述来把作家情感的、个性的心理状态等内部世界展示出来。他十分重视作家定位的问题，因为作家定位问题或归宿，直接牵涉到国族认同和文学分类体系。[2]陆士清结合现代中国文学的生成与发展，洞察作家主体在时代精神、民族精神或个体意识的萌芽下，作品生命如何不断地被激活的因素。大部分篇章对作家和作品人物的情绪、行为和心理等方面的细致体察，是对批评本身的审慎体认。

如他在论述中可以看出批评者与创作者之间是平等对话的关系，在思想的交流间流露出自己当下的感受和生命体验。於梨华的长篇小说《又见棕榈，又见棕榈》的评论文肯定於梨华在小说里融入了深厚的寻根和归根的情感归宿与文化认同，深入发掘作家的创作动机，如外部生活细微意识刺激的间接作用和个体内部储存在意识中的信息。[3]《崛起民族的精、气、神——评周励的〈曼哈顿的中国女人〉》一文中，他进一步阐述创作动机的触发与作家潜意识深处的童年阴影、成长创伤、人生转折点，甚至是零碎的回忆都有密切的联系，如北大荒的苦痛对周励所造成的内心冲击，并且发现周励的坎

1　［法］罗杰·法约尔：《批评：方法与历史》，天津：百花文艺出版社，2002年版，第341页。
2　古远清：《台湾文学是"海外华文文学"吗？》，《文学自由谈》2017年第3期。
3　董小玉：《论构成文学创作动机的多种形态》，《成都大学学报》1994年第1期。

坷人生也可被视为民族苦难的缩影。

他的主体情感已然渗入其批评文字之中，由此能传神地解读施玮《世家美眷》里的女性如何对抗人的生存的平庸和精神的堕落，她们在生存、爱情与欲望的角逐之间，面临着补偿情结与童恋情结的心理矛盾和冲突，突出了女性在新生活与旧观念的情感纠葛与抗争。他认为批评的主体性建构可以具体落实到主体意识的发掘。在《家国情怀的激荡——读戴小华的纪实小说〈忽如归〉》的评论中，循着史料的线索，透过去芜存菁的分析，仔细进行辨别与求证，如探究戴华光陷入"匪谍"案的起因、案件的举报者，剖析那摧残又医治戴华光的幕后指使者的动机，并对人性的丑恶和光辉挖掘得很深刻。戴华光在经历一切磨砺后，"保钓运动"思潮影响下戴华光内心深处对和平统一的深刻认识。戴小华以姆鲁洞鹿洞蝙蝠出洞勇于牺牲自我的情景来映衬弟弟华光自愿牺牲的事迹。陆士清认为这部小说不仅呈现出戴小华的弟弟戴华光反抗国民党统治台湾的故事，并且深刻表达了人们期望和平统一的愿望，弥补了台湾当代文学和海外华文文学的空白。

同时也有较多的篇章通过作家的寻根意识来对作家的民族文化心理进行探析。《中华女儿诗情——蓉子的中国在地书写》一文中，他认为蓉子曾旅居上海，她内心里明确的中华文化意识成为她文学创作的主要动力，她笔下的中国土地不只是一道风景，而是刻在内心深处的一幅文化地图。他探析蓉子对时事的关心，对奇者、奇情、奇趣和奇景的描摹表达出对这片土地的关怀。《新移民文学的一抹绚丽——评华纯的长篇小说〈沙漠风云〉创作》里阐述华纯在童年时期遭受磨砺而使她更为深刻地体悟和平的不易，陆士清关注华纯对消除中日文化隔阂和民族恩怨所做出的思考和努力，把她参与中日环境保护事业的形象与她在作品中流露出的环保意识进行双向观察，以此来表达华纯对生态修复的期待和对中日和平共处的渴望。

陆士清教授的学术论著基本上反映出他的理论建构和精神诉求。笔者以"在场性"为视角是一种讨论陆教授学术思想和学术贡献的研究方法，它能涵盖和体现出陆教授严谨的治学精神，但笔者的论述还未能全面地阐述他的全部学术贡献。当我们循着他的逻辑脉络思考根本性问题时，发现它并非一成不变的，而是随着时代的变化而衍变，他的研究实践能够成为我们潜心求索的一个参照思路和范例。

韩旭红

马来西亚籍,马来西亚拉曼本科大学毕业后,于厦门大学获得硕士学位,现为复旦大学在读中文系博士研究生。

亲和、低调、执着的老将

——陆士清老师印象

戴冠青

陆士清教授是我的老师。三十年前,我在复旦大学中文系研读文艺学美学博士课程,导师是蒋孔阳先生和朱立元老师,朱立元老师还为我的第一本拙著《对象与自己》写过序言。尽管当时陆老师没教过我,但陆老师的学生陈思和老师教过我,这样,他应该是我的师公了。他和现当代文学专业的几位老师如贾植芳、潘旭澜、陈思和等在学生心目中都是一座座山峰,对他们充满敬仰和尊崇。

后来更多地投入到海外华文文学的研究领域后,就常常能见到陆老师高大的身影,而且知道师母林老师也是福建人,更多了一份亲切。这么多年过去了,陆老师在我的心目中,不仅是一位个高背挺、儒雅帅气的海派老知识分子,而且是一位可敬可爱亲和力极强的老师!

亲和的纯学者

在我心中,陆老师是一个德高望重、高山仰止、非常纯粹的学者;然而在我印象中,陆老师却是一个非常低调的老将,他常常隐入后辈学者中,不显山不露水,平和得让人忘却了他的辈分和年龄。

记得几次会议期间同乘一辆大巴车,坐在前头的陆老师并不直视前方正襟危坐,反而时不时转头和后学们谈笑风生,幽默风趣。可能都是姓陆的缘故,大家特别喜欢拿他和广西民大的陆卓宁教授开玩笑,一会儿说他们是兄妹,一会儿说他们是父女,陆老师也乐呵呵地应和,看得出很开心,非常亲切随和,一点儿也看不出是一个年事已高的资深学者。

2004年9月，第十三届世界华文文学国际学术研讨会在山东大学威海分校召开。晚饭后无事陆老师就和我们在美丽的威海海滩散步聊天。那时陆老师头发乌黑，腰板挺拔，我以为他和我们是同辈人。聊什么已经忘记了，只记得有陆老师在，威海海滩就充满了欢声笑语，那种亲和风趣至今让人难忘。

2006年7月，第十四届世界华文文学国际学术研讨会在吉林大学召开，会后我们一行人去参观东北原始森林。原始森林位于崇山峻岭间，道路崎岖，但是已七十出头的陆老师健步行走，如履平地，那种矫健和轻盈，完全不亚于年轻人。更让人感动的是，我就走在他身旁，居然还得到他的不断关照，不时提醒我注意脚下，让我倍感温暖。

印象最深刻的是2002年10月，复旦大学中文系承办的第十二届世界华文文学国际学术研讨会在上海浦东名人苑召开。众所周知，名人苑距离复旦大学非常远，但是已经退休的陆老师作为总策划人和编外学术顾问，与李安东等老师自始至终在会场忙碌。那次会议来了150余人，包括来自新、马、泰、印尼、日本、美、加、澳及中国台港地区和内地的作家、学者，而且首次关注到了新移民作家群，接待任务十分繁重。记得报到那天，我一走到签到桌前，就看到陆老师亲切的笑脸，原来他一早就赶到名人苑，然后就立在报到处，和每一个参会者打招呼、握手、拥抱，让人感到一种宾至如归、如沐春风般的温暖。那次会议精彩纷呈，可以说陆老师和朱文华、李安东等老师居功至伟。

让我感动的还有陆老师与师母伉俪情深。师母林之果也是复旦大学老师，在新闻学院任教，长期从事中国现当代文学研究和教学，讲授过汉语写作、文体概论、文学欣赏等课程。林老师和陆老师都是1960年毕业于复旦大学中文系的，两位老师相依相伴走过了六十余年的爱情之路。知名海外作家周励在《外滩五号的米寿盛宴——陆士清老师八八大寿侧记》一文中曾记载了当时林老师向大家谈及的一个终生难忘的细节：虽然林老师在复旦表现很优秀，但是因父亲当过国民党时期的县长而出身不好，因此"我们的热恋，在阶级斗争为纲的年代，可能影响士清的政治前途，但他毫不犹豫地选择了我，让我非常感动，我看到了士清的高尚人格，他的感情是纯洁真挚的，他是我可以终身托付的爱人"。[1]这段发自肺腑的表白让全场朋友深受感动，也在20世纪60年代成就了一段帅小伙与"班花"的深厚感情。

陆老师同样对林老师一往情深。有一件事也让我难忘，大约是长春会议过后，有一天我收到陆老师的一封邮件，希望我能在福建帮林老师查找下有关林氏源流的资料或谱牒。林老师是我的福建老乡，常听人说福建人是"陈林半天下"，据载，福建是林姓人口的第一大省，林姓人口占福建总人口10%，仅比陈姓少一成。林姓与陈姓一样均为汉晋年间从中原迁至福建的。据说林姓的开闽始祖是东晋将领林禄，东晋初年，林禄以黄门侍郎身份出任晋安郡（今福建省福州）太守，并在此开枝散叶，繁衍发展，出现了妈祖林默娘、李贽（初姓林，名载贽）、林则徐、林觉民、林徽因、林巧稚等著名人物。我马上答应下来，并很快搜到一本有关林氏源流考证的书籍寄给了陆老师，陆老师说，林老师很开心，他也很开心。也许这只是一件小事，但足以看出陆老师对师母的关心和上心，让人深深感觉到了伉俪情深的温馨和暖意。

低调的先行者

如前所说，陆老师是非常低调的学者，低调到网上都很少有他的资料。但毋庸置疑，陆老师是中国大陆有关台港澳和世界华文文学研究的开拓者和先行者之一。他曾在接受复旦大学中文系博士生许慧楠、黄炜星的访谈时谈到，1979年初，在时代的召唤下，他就对台湾文学研究产生了兴趣，于是就南下广州到暨南大学就台港文学状况做调查研究，"研读了夏济安创办的《文艺杂志》、白先勇创办的《现代文学》杂志（部分），白先勇的《台北人》、陈映真的《将军族》、林海音的《城南旧事》和黎明文化事业公司出版的《台湾作家自选集》等台港文学资料"[2]。回校后在学校的支持下，他就将台湾省文学列入了中文系的教学科研计划。三个月后，他又参与接待了来访

---

[1] 周励：《外滩五号的米寿盛宴——陆士清老师八八大寿侧记》，https://www.sohu.com/na/447193298_639570 引用日期：2023年3月1日。

[2] 许慧楠、黄炜星、陆士清：《先行者的学术人生——世界华文文学研究专家陆士清教授访谈》，《华文文学》2022年第5期。

的美籍华文女作家於梨华,"不仅与她进行了长时间的交谈,探讨了她的长篇小说《又见棕榈,又见棕榈》,还安排她为我系七七届部分学生做了两个半小时关于现代台湾文学的讲演"[1]。陆老师还把她赠与的长篇小说《又见棕榈,又见棕榈》推荐给福建人民出版社,并于1980年出版。"这是中国大陆出版的第一部台湾作家的长篇小说,第一版就发行了十万册。"[2]陆老师还因此写了一篇论文《於梨华和她的〈又见棕榈,又见棕榈〉》,附录于该书中,这或许是中国大陆第一篇评论台湾小说的论文。1981年春,陆老师就在复旦大学开设了《台湾文学》课程,可以说是国内高校首创,正如陈思和教授在陆老师《曾敏之评传》序中所说:"在当时大约也是全国高校里最早开设此类课程的先驱者。"[3]由此新华社、《光明日报》、《解放日报》都进行了报道,并且吸引了刘绍铭、李欧梵、郑愁予、庄因、杨牧等为代表的旅美台湾作家第一个访问团来复旦访问座谈。

1987年4月4日,著名小说家白先勇阔别大陆39年后访问复旦的破冰之旅也是得益于陆老师的论文《论白先勇的小说技巧》。他知道复旦还有人研究他,想来上海访问,经陆老师联系牵线,白先勇受邀来复旦讲学两个月。当时这一消息轰动了华文文学界。陆老师还联络搭桥,促成谢晋和吴贻弓导演将其小说《谪仙记》改编成电影,并促成胡伟民导演将其话剧版《游园惊梦》再推上广州、上海、香港的舞台。

陆老师曾是复旦大学原台港文化研究所副所长,而这个研究所正是现在复旦大学世界华文文学研究中心的前身。在创建这个研究机构的过程中,陆老师贡献良多。1985年左右,原任复旦大学现代文学教研室主任的陆老师除了继续主持《中国当代文学史》编写外,教学、研究的重点已放到中国台港文学方面了。1987年,陆老师开始招收台湾文学研究方向的硕士研究生,并伴随着改革开放的东风,在学校的支持下,加上白先勇来访的催化,创建了复旦大学台港文学研究室和台港文化研究所。研究室成立后开展了许多活动:与美国加州大学圣塔巴巴拉分校建立了学者互访关系;举办了"海峡

---

[1] 许慧楠、黄炜星、陆士清:《先行者的学术人生——世界华文文学研究专家陆士清教授访谈》,《华文文学》2022年第5期。
[2] 同上。
[3] 杨际岚:《陆士清教授侧记:归来还是少年》,《文艺报》2022年1月7日。

两岸现代诗讨论会";创办并和朱文华老师一起主编内刊《台港文坛》;并于1989年1月成立台港文化研究所,潘旭澜教授任所长,陆老师等担任副所长。三个月后,就以研究所之名承办了"第四届台港暨海外华文文学国际学术研讨会",海内外作家、学者近百人出席会议。陆老师还主编了《第四届台港澳暨海外华文文学国际学术研讨会论文集》,交由福建海峡文艺出版社出版;并指导硕士研究生林青研究台湾作家高阳,分别在大陆和台湾出版了《描绘历史风云的奇才——高阳的小说创作和人生》《屠纸酒仙——高阳传》两本著作。

1994年,已退休的陆老师仍然继续协助台港文化研究所工作,并策划了两个活动:一是1994年12月与香港作家联会合作召开首届"香港作家创作研讨会";二是与马来西亚女作家戴小华一起策划,由朱文华教授筹备,与宝钢合作召开了世界华文女作家创作研讨会。

陆老师也是创建"中国世界华文文学学会"的发起人之一和筹委会委员。1991年夏,陆老师参加了在广东中山市召开的第五届"台港暨海外华文文学国际学术研讨会",与曾敏之、许翼心等与会学者一起发出成立全国性"中国世界华文文学学会"的倡议。1993年夏,在江西庐山召开的第六届中国世界华文文学国际学术研讨会上正式成立了"中国世界华文文学学会"筹委会,推举萧乾、曾敏之为筹委会主任,张炯、饶芃子教授为副主任,陆老师被推举为筹委会委员。虽然历经了十年岁月,直至2002年夏,"中国世界华文文学学会"才正式成立,但陆老师和那么多前辈所付出的努力和贡献是巨大的,是值得我们永远铭记的。

2002年,中国世界华文文学学会在暨南大学成立,陆老师先后担任监事长和名誉副会长,一直支持学会的学术活动。学会第一次主办的"第十二届世界华文文学国际学术研讨会"就是由复旦大学承办的。如前所说,那次会议非常精彩,当时已退休的陆老师和时任台港文化研究所所长朱文华教授、成员李安东老师接下办会任务后,作为会议统筹的陆老师使出浑身解数筹款,加上学校、暨大和香港作联的支持,使这次规模壮观的国际学术研讨会成为一次令人难忘的会议。开幕式隆重热烈,会前还编辑出版了会议论文集《新视野·新开拓》发给与会代表。研讨热烈活跃,学术气氛浓郁。还安排与会代表登上金茂大厦,欣赏了上海越剧院的越剧《蝴蝶梦》,参观了上海的建设成就和特色文化。特别是与会代表每人还领到一枚设计精美并刻有自己名字的金色狮座印章。这枚充分体现中国传统文化气派的印章至今还让我爱不释手。这次会议备受赞赏，也深受国务院侨办的充分肯定，成为研讨会的上海范儿，正像台湾著名女作家罗兰所说，这次会议"是我此生最值得记住的一次盛会"[1]。

著名学者蒋孔阳先生在陆老师所著《台湾文学新论》的序中说：陆士清"做任何事都生气勃勃，具有开拓进取精神"[2]。确如所言，2016年，已八十余高龄的陆老师还在继续开拓新的研究形式，在他的倡议下，在陈思和教授和上海作家协会汪澜副主席的有力支持下，复旦大学世界华人文化文学中心与上海作家协会共同创办了世界华文文学上海论坛。迄今为止论坛已举办了三次研讨会，世界各地三十多位有影响的华文作家和评论家、读者，在这里进行了面对面的交流，研讨后还出版了论文和作品合集，在华文文学界产生了积极而广泛的影响。

执着的研究者

中国世界华文文学学会监事长杨际岚在《陆士清教授侧记：归来还是少年》中说："第一次，第一届，首创……'敢为天下先'。陆士清教授迎难而上的开拓进取精神，广受业界同人好评。"[3]确实如此，自20世纪70年代末80年代初开始，改革开放刚刚起步，中国当代文学研究、特别是台湾文学研究还是冷门，陆老师就率先进入这一领域，并矢志不移躬耕不止，至今已在这片田地上深耕了四十余年，做出了独特贡献。那时陆老师已经作为责任编委主持编写了全国第一部《中国当代文学史》（三卷本，福建人民出版社1980年版），为中国当代文学学科建设起到了奠基作用。对于学界比较陌生的台湾文学，陆老师也率先主编了《台湾文学》教学参考书：《台湾小说选讲（上下册）》（复旦大学出版社1983年版），共选编了自20世纪20年代初到70

---

[1] 许慧楠、黄炜星、陆士清：《先行者的学术人生——世界华文文学研究专家陆士清教授访谈》，《华文文学》2022年第5期。
[2] 杨际岚：《陆士清教授侧记：归来还是少年》，《文艺报》2022年1月7日。
[3] 同上。

年代末的34位作家的57篇小说,把赖和、杨逵、吴浊流、钟理和、林海音、聂华苓、於梨华、白先勇、陈若曦、陈映真、王祯和、黄春明、施叔青等作家作品介绍给大陆学界,为大家提供了一个窥视台湾文学的窗口,一个了解台湾文学的平台,正如陈思和老师在陆老师《曾敏之评传》序中所说:"让我们大开眼界,知道在海峡的另一端还有着多姿多彩的文学创作。"[1]1991年,陆老师又主编出版了《台湾小说选讲新编》,选入了21位台湾当代作家的21篇作品,每篇均附有作品评述,合起来可以说是一部台湾小说简史。1985年,陆老师为我国首部百科全书辞典《中国大百科全书》撰写了"现代台湾文学"条目,这是国内辞书第一次上台湾文学条目,他在条目中厘清了下列问题:"一是论证了台湾新文学运动是在五四新文学运动影响下发生发展的,是中国反帝反封建的民族解放运动的一翼,台湾新文学是中国现代文学的一个有特殊性的分支;二是清晰地梳理台湾新文学运动的历史轨迹;三是跳出了以流派论高下、优劣的观念,对现代主义文学思潮和作家创作进行实事求是的分析,肯定它的历史作用和他们在创作上取得的业绩;四是克服了偏重小说的倾向,将诗歌创作摆到了应有的地位,评价或点评了115位以上的小说家、诗人、戏剧和散文作家的活动和创作;五是将原有的7 000多字的篇幅扩大到近25 000字,使这个条目实际上成了现代台湾文学的'史纲'。"[2]从某个角度说,中国大百科全书列入"现代台湾文学"条目,标志着现代台湾文学这一名称的正式确立。

  在现代台湾文学的研究中,陆老师特别关注赖和、杨逵、白先勇、陈映真、三毛等重要作家的创作。他认为赖和是一个坚决反抗日本殖民统治的斗士,也是台湾新文学运动的先锋。他抓住了民众反对日本殖民统治的潮流,突破用白话文写作的困难,发表了具有强烈的反帝反封建意识的白话文学作品。认为杨逵也是绝不屈服的反抗日本殖民统治的斗士,始终认为自己是中国人,坚决反对台独,是中华民族的仁人志士,有强烈民族意识的爱国主义者。1984年,陆老师在《论杨逵小说创作的历史地位》一文中,总结了杨逵小说创作的三个基本特点:一是探索了反抗殖民主义斗争的新道路;二是闪

---

1 杨际岚:《陆士清教授侧记:归来还是少年》,《文艺报》2022年1月7日。
2 许慧楠、黄炜星、陆士清:《先行者的学术人生——世界华文文学研究专家陆士清教授访谈》,《华文文学》2022年第5期。

耀着新社会理想的曙光,希望确立人与人之间新型的社会经济和道德关系;三是给人带来希望和信心。并且认为杨逵的创作标志着由赖和奠基的台湾新文学运动发展到了新的阶段。研究白先勇,陆老师认为他是杰出的小说家,是中国五四新文学运动以来的经典作家之一。他阅世深,既有家国剧变的体验,又有洞穿人性的敏锐,其代表作短篇小说《台北人》是国民党衰败的寓言,或者说是预言。在艺术上融传统于现代,注重人物刻画,也有很高的美学价值。研究陈映真,陆老师则认为他是祖国统一的勇敢追求者,是一个思考型作家,思考贫困、战争、流寓台湾的大陆人问题。他早期的小说糅合了现实的阴影、哲学的沉思、浪漫的情调、理想的光辉、宗教的悲怀。后期小说的现实主义色彩更为浓烈,思想更趋成熟,思考也更为深刻,更加关注劳动者的命运、民族的尊严和民族文化的捍卫,以及社会革命理想的坚持和赓续等。

1992年,陆老师还和孙永超、杨幼力合写了《三毛传》,分别在大陆和台湾出版。认为三毛创造的"撒哈拉魅力",是华文文学的重要现象。《三毛传》兼具学术性和可读性,可以让大陆读者更全面、更深入、更准确地了解三毛。陆老师还认为三毛写以"我"为中心的故事,包括生活世界、艺术世界、情感世界,构成了独特的表达空间。其写人写事,感情细腻,蕴含人文情怀,在一定程度上部分地填补了当代人的感情真空,由此形成了长达15年的"三毛热"。

除了上述作家,陆老师还十分关注世界华文文学女作家的创作,认为:"华文女作家大量涌现,是中国和华人社会进步的重要标志。当下世界华文文学作家队伍中,女作家可能占有一半,真的是半边天,她们的创作也很出彩,对华文文学的丰富和提升贡献良多,值得关注。"[1]因此陆老师关注了大量海外华文女作家评论,如台湾旅美的於梨华、聂华苓、陈若曦,新马泰的蓉子、尤今、戴小华、梦莉,新移民作家中的陈瑞琳、周励、张翎、虹影、华纯、陈谦、施玮、施雨、王琰、梅菁、江岚、凌岚、燕宁、陈永和、宇秀、曾晓文、李彦、林湄、紫荆、崖青,还有香港的江扬等,大都做了评

---

[1] 许慧楠、黄炜星、陆士清:《先行者的学术人生——世界华文文学研究专家陆士清教授访谈》,《华文文学》2022年第5期。

述，有的还提议在上海论坛会议上研讨。

已逝的曾敏之先生是台港暨海外华文文学创作与研究的先行者和推动者，特别是推动了"中国世界华文文学学会"的建立，在华文文学史上具有不可替代的独特贡献。2011年，陆老师出版了复旦版的《曾敏之评传》，接着该书又在香港再版。陆老师曾对采访者说："我写《曾敏之评传》，不仅因为曾先生是香港作家，更主要的是出于对他的敬仰，对他人生价值的认同。曾先生是个既传统而又有现代精神的文化战士。他在人生理想上继承了中国知识分子的美德。"[1]"他不愧为我们中华民族优秀的革命知识分子和文化战士。他坎坷而辉煌的人生旅途，从一个侧面烛照出中国革命和建设的曲折和辉煌，有一定的典型意义。将他传之于书，这既是对过往的历史和时代的一个交代，也必将能启示后人。"[2]由此可见，为自己所敬仰的华文文学前贤作传，不仅体现出陆老师对其高尚的人生观、价值观的高度认同和大力弘扬，也透露出陆老师自己对高尚人格和传统美德的生命追求。

1982年6月，"首届台港暨海外华文文学国际学术研讨会"在暨南大学召开，陆老师是首次参加研讨的与会者之一。此后，会议几乎每两年举办一次，四十年来，该会议已举办了十八届，除了第九届因病缺席外，陆老师每届会议都出席，都提交论文在会上研讨，而且"陆教授治学态度守正严谨，不趋时，不跟风，不瞎起哄，当言则言，当止则止。他既重视作家作品细读和品评，又擅于整体观察和论述。他的学术风格带有鲜明的时代特色和个性色彩"[3]。由此不仅可以看出陆老师对中国世界华文文学研究的执着热爱和积极参与，并不因之后年事已高而停止研究，而且更透露出陆老师在学术研究上独特的生命追求和人格力量，这是非常值得后学者尊崇和学习的精神财富。

写到这里我忽然想起陆老师对许多香港作家也有很深入的研究。20年前，他就特别欣赏香港诗人秦岭雪的现代诗，觉得秦岭雪的诗歌写得十分典雅，很值得研究，并决定为秦岭雪编一本评论集加以推介。2003年9月，陆

---

[1] 许慧楠、黄炜星、陆士清：《先行者的学术人生——世界华文文学研究专家陆士清教授访谈》，《华文文学》2022年第5期。
[2] 同上。
[3] 杨际岚：《陆士清教授侧记：归来还是少年》，《文艺报》2022年1月7日。

老师主编的《情动江海，心托明月——秦岭雪诗歌评论集》由复旦大学出版社出版，其中也收入了我的文章《在温婉蕴藉的诉说中营构情感的艺术空间——简论秦岭雪的抒情诗集〈明月无声〉》。沉甸甸的书拿到手后，我能感觉到这本数十万字的《评论集》后面凝聚着陆老师多方约稿、辛苦编稿所付出的那份心血。晚上通话时谈起此事，陆老师还笑呵呵地说，秦岭雪的诗值得推介啊！不久前他又出版了一本长诗《蓓蕾引》，也非常动人。我还想再写一本研究秦岭雪诗歌创作的书，书名就叫《诗的历程》，刚写了一部分就"阳"了，生病了。不过，现在"阳康"了，等身体恢复好了我会继续写下去的。听到这里，一股感动的暖流顿时涌上心头，我的眼眶湿了，在心里默默地说，陆老师，您慢慢写，会写好的！但您要保重身体啊！

清代诗人周振采《老将》诗云："请看猿臂终强健，射虎南山气尚遒。"陆老师不正是这样一位中国世界华文文学研究领域"臂强健、气尚遒"的老将吗？

谨以此文祝愿陆士清老师松鹤延年，福寿安康！

2023年3月5日于寸月斋

戴冠青

泉州师范学院教授，福建省高校教学名师。中国作家协会会员，中国世界华文文学学会副监事长。

开拓者的精神人格与思想风范

——恭贺陆士清先生90岁华诞

王红旗

陆士清先生是我敬仰的前辈恩师。他的伟岸与平和、从容与洒脱、睿智与幽默,特别是那种敞开胸怀的爽朗笑声,总令人感觉到一种形而上的精神生命力。如同先生文集《品世纪精彩》,刘登翰先生为之撰写的序言标题,"青春是一种生命的精神"。可见耄耋之年的先生,生命里依然滔滔汩汩澎湃着青春的梦想与激情。因为在我看来,精神是心海巨浪的最高峰。个体的人"从生命到精神",迈向自我的"诚心""坐忘"之境界,是日日精进的攀援跋涉与"无我"涅槃,随时间流逝的灵魂升华,所构成的浩瀚蓬勃的"真生命"。在超越世俗与虚无的自由、诗意,及创造性的深度体验中获得"内在性重生"而历久弥新。谨此向先生九十岁福龄,永葆生命之精神青春祝贺!致敬!

先生是世界华文文学批评研究的开拓者。依照先生对世界华文文学的定义,即"世界华文文学包括中国(含港、澳、台)文学和海外华文文学。海外华文文学特指中国文学以外的世界各国各地区的华文文学"[1]。20世纪80年代,先生在改革开放初期,担任复旦大学中文系现代文学研究室主任时,于1978年至1984年间,就组织联合22所高等院校的学者,编写了"全国第一部"正式出版的《中国当代文学史》(三卷本,福建人民出版社分别于1980年、1982年、1985年出版),可谓撰写中国当代文学史的开先河者。这不仅体现正值中年的先生学术思想的敏锐、自信与勇气,而且表现出其精神人格的感召力与凝聚力。先生还率先主编了《台湾小说选讲》(上、下,复旦大

---

[1] 陆士清:《品世纪精彩》,上海:文汇出版社,2020年版,第36页。

学出版社,1983年版),搜集大量的详实史料,撰写《汉魂终不灭,林茂鸟知归》的长篇序言,予以论证,为梳理台湾小说发展历史做出了重要贡献;到了90年代,先生主编了《台湾小说选讲新编》(复旦大学出版社,1990年版)、《台湾文学新论》(复旦大学出版社,1993年版),还在复旦大学率先开设了台港文学系列课程,从批评理论到学科建设实践,树起台港文学研究与课堂教学的一面旗帜。21世纪以来,先生历时三年出版了40余万字的《曾敏之评传》(复旦大学出版社,2011年版),评论集《探索文学星空——寻美的旅迹》(香港文艺出版社,2012年版),论文集《品世纪精彩》(文汇出版社,2020年版)等专著,将自己的研究视界,从中国当代文学延展至台港文学及海外华文文学。并且主持、组织和参与有关世界华文文学国际学术研讨会与论坛,撰写了数十篇富有新见的长篇论文,呈现出世界华文文学的"跨国界、跨地区、跨洲际"全球性发展趋势,先生谈到"从她所涵盖地域的广度和蓬勃繁荣的态势看,她可以与世界任何语种文学媲美"的世纪精彩。[1]

先生五十多年躬耕笃行的学术生涯、丰厚的科研成果构成其独特的学术思想体系。从宏观至微观,无论是华文文学的发生、发展的史论文章,还是海外华文作家的个案专题研究与文本细读,及海外华文文学国际学术研讨会的讲话论文,其宏阔辽远的大文化视野,纵横开阖的探掘性洞察,可以穿越政治、经济、文化的历史、现实之表象,深入社会结构的深层基底,直指最核心的本质问题。先生的学术思想于中国文化母体、先贤生命哲学基础之上,汇通西方文化美学理论而构成,具有融合历史意识、问题意识、现实关怀与家国情感的自觉使命感。先生以人类未来学之希望、社会文化学之激荡、精神心理学之深邃的跨越性审美,赋予一种雅逸与新奇的共情沉思与认知。尤其先生对人生之境界与文学之妙悟的精神性阐释,可谓超越人之世事经历的有限时空,连接宇宙存在秩序原初之信仰活水,以心灵本质的"与道合一"之诚心博爱,把华文作家书写的跨域性生命感悟与经验故事,提升到摆脱物质缠绕与羁绊,进入一种精神永恒性存在之艺术境界。

捧读先生近作,世界华文文学批评研究的论文集成《品世纪精彩》,整体分为五卷,第一卷综合评论,首先以《西方文明与传统社会——以中国现

---

[1] 陆士清:《品世纪精彩》,第434页。

代小说为例》架通"现当代与海内外"之桥梁,回眸《香港文学》杂志的前世今生,香港世界华文文学联会的诞生与成长历史,发现海外华文文学创作重镇——洛杉矶华文创作盛况,及文学史论、诗歌与戏剧评论。第二卷怀念曾敏之先生,对曾敏之先生的艺术人生与文学创作进行倾心评述。第三卷作家作品评论、第四卷女史文心管窥,是对海外华文文学作家的个案研究与文本细读,其地域之辽阔,拓展到台港澳、东南亚、欧美等世界多个国家与地区,其文体之广泛,涉及小说、诗歌、散文、戏剧、传记等诸多领域。第五卷校园身影,是先生退休后策划和参与复旦大学校园文化建设的记忆叙事,其同仁之间的深情厚谊洋溢着一种友爱的精神团聚。因而不禁联想到先生将这部42万字的论文集,命名为《品世纪精彩》的深层含义。这不仅是我们生活在中国崛起的世纪精彩,华文文学作家学者共同编织的世纪精彩,而且是先生以和谐、优美与崇高的学术思想,创造了世界华文文学批评研究的新世纪精彩,显示出其自我个体生命之精神青春的新世纪精彩。这部论文集成既是一部叙论结合的"有情"的文学评论、史论,也是一部先生的学术思想史、精神生命史。

例如,长达万字的文学史论《迈向新世纪的世界华文文学》,不仅界定在此文中使用的世界华文文学概念为海外华文文学,而且对其生成历史从两个方面进行学理性探寻。先生认为,"世界华文文学的生成,是一个历史悠长的世界性的文化现象"。"千百年前,朝韩、日本、越南等尚无本国文字时,他们书写用的都是汉字,那就是亚洲历史上存在的'汉字文化圈'。'汉字文化圈'中的文学创作,可以说最早的世界华文文学,是异国民族借鉴、运用中国文化而生成的。"[1]先生从山川异域、文化同源的东方"汉字文化圈",论证海外华文文学的发生史,不仅为世界华文文学研究拓出新的时空维度,而且把世界华文文学的发生、发展与不断壮大,至21世纪走向空前繁荣的历史,推进延展至"公元九世纪"的千年之远。

先生认为,催生世界华文文学的另一原因,是"中国人移民造成的文化现象"。他爬梳性考察档案资料、图书典籍,研读海外作家作品,论证海外

---

[1] 许慧楠、黄炜星、陆士清:《先行者的学术人生——世界华文文学研究专家陆士清教授访谈》,《华文文学》2022年第6期。

华文文学从"区域性"向"全球性"发展进程与规律,提出新世纪世界华文文学向全球性拓展的三个标志:其一,世界各国各地华文作家群的崛起;其二,海外作家作品呈现的世界性景观;其三,华文文学的交流空前活跃,以及世界华文文学发展迈向跨语种、跨种族未来前景。其中蕴藏先生对中国汉语内核与情感性本质的深度明觉。因为中国传统文化"天人合一""万物平等"的宇宙观,是心灵面向万物敞开的、体悟性的生命哲学,具有人类原根性的精神繁衍力、亲和力与包容性。再者中国汉语是世界华文作家与评论家思想观念的通行载体,是中华文化全球性传播的独特样式,能够为世界华文文学叙事提供超越物质主义、异质文明的差异性之局限,进入一种"内在生机"的无限之境。更何况,近年来中国汉语被联合国指定为全球通用语言,会为世界华文文学的全球性发展,带来前所未有的契机。由此可见,先生学术思想的预言性意义。

更值得关注的是,先生以"女史文心管窥"为题,把海外华文女作家作品评论结集专卷,可见其深意。他不像有些男性评论家,在有意无意间会流露出男性立场的"集体无意识",或姿态岿然独尊的优越感,或解不开"性别鸿沟"的恐惧感、迷茫感。因为先生针对海外华文女作家的不同文本或风格,总在变换批评策略,潜入每位海外华文女作家创造的"生活流""情感流"的文本之心,寻找到作品的象征意象、人物形象"存在之心"的生命坐标,发现文本多元混杂与异体融合的新文化形态,人物在不同生存境遇里的激烈嬗变与复杂心理,甚至人性扭曲异化的意义现场,呈现其内在生命博弈的精神之光。从其生命状态的精神层面,以生命审美之诚心、把女作家想象与体验的创造之心,与文本之心"合翼",进而形成一种圆满团聚。先生的评论,常以性别关怀的人本意识,以温暖启明希望,是一种饱蘸深情的灵魂洞悉。为世界华文女性文学研究如何超越"性别对立"的情绪偏颇与思维局限提供了一种方向性的镜鉴。

"女史文心管窥"是先生对海外华文女作家,即聂华苓、周励、戴小华、华纯、施玮、曾晓文的小说个案研究与文本细读,蓉子、朵拉、子秋散文集的评论序言,及关于诗歌创作"隔与不隔和虚与实"的美学问题答张丽萍的回信。先生以社会文化史学的宏观视野,首先从每部小说故事的时间、事件与结构的不同层面,寻找个体人的生命在社会结构系统里的流动形态,即从阶层、家族、国家、信仰、年龄、性别、地域、历史的不同角色位置；其次以超自我精神心理学的微观分析方法，把文本心脉、人物心灵与"存在物象"融为一体。先生以"失望、回归、期待"揭示聂华苓创作的文化心态，把周励的自传体小说《曼哈顿的中国女人》视为"我们这个民族在新时代崛起的喻示和投射"[1]，把戴小华的非虚构小说《忽如归》视为"家国情怀的激荡"，认为华纯的《沙漠风云》是新移民长篇生态小说的"第一声"，曾晓文的《小小蓝岛》是"亲情挚爱的交响"。小说中的女性命运，随着家族、民族国家命运浮沉的流离漂泊，先生评述其作品虽然时代不同、题材各异，但是对故国母土的热爱是共同的灵魂底色。

尤其对她们在异国他乡、多重边缘的处境里，向崇高理想、文学巅峰攀登的精神分析，具有直指灵魂的透辟精彩。例如，聂华苓笔下桑青变异为桃红的精神自杀死亡，黑色式的生命体验之痛苦、焦虑深藏绝望。但是先生捡拾文本小小细节："正在喂奶的桃花女"与"船老板的呐喊"，具有原始生命力的男女意象，象征一种源头的神性之光，赋予精神死亡之我以觉醒。对《曼哈顿的中国女人》的女主人公朱莉与作家周励"合一"的心理探悉，更有多种矛盾交错的不断变化，表现朱莉自觉"改变自己，不怕挫折""用于开拓、创业、竞争"与"锤炼情商"，重塑自我精神生命的三维时空，在此岸彼岸之移动中生成华人女性形象的精神雕塑。对戴小华的《忽如归》中的母亲、父亲、弟弟、叙事者我，"爱国胜于爱生命"、至死不渝的牺牲精神，及小说语言对中国文学"抒情"传统的承继，予以高度评价。对华纯的长篇小说《沙漠风云》的评论，从生态学角度的地球人意识，肯定其"以洲际治沙的书写，展示地球人精神"的人类性价值。尤其对小说中库布齐沙漠盐河庄的今昔巨变的追踪考察，更是以"预言成真"，弘扬中华民族对"地球人精神"的意识担当。

第一次见到先生，是2003年11月21日第二届海外华文文学机构负责人联席（扩大）会议，我受学会委托，筹备组建世界华文文学女性文学工作委员会，在向学会领导前辈汇报设想时，先生不时向我微笑点头，并表示支持赐稿。果然先生为我主编的《中国女性文化》学刊赏赐小说《小月的天

---

[1] 陆士清：《品世纪精彩》，第259页。

空——婚外情的新境界》、散文《走过荆棘》,从性别视角展现对婚姻内外情感的思考、对女性自我精神生命重建的捕捉,其温暖的、现实的人文关怀之风拂面而来。后来陆续赐予《蓉子专栏的魅力》《扶桑枫叶别样红——略谈日华作家华纯的散文创作》《辉耀女性意识的光芒——评施玮的长篇小说〈世家美眷〉》。特别是,先生谈到诗歌创作,"真情与自然之景的抒发与呈现,要通过语言语辞,只有以适切自然而优雅的语言来表达,达到情、景、辞的和谐统一,方为不隔"[1]。并化引清代刘熙载《艺概·诗概》里的名句,写道"春之精神画不出,以草树画之;山之精神写不出,以烟霞写之"[2]。"不隔"者,即"人心""文心"与"天地之心"合一。先生无论是以女性为主人公的小说、散文创作,还是世界华文女性文学的评论,不仅显现出一种超越性别的人本主义关怀,而且更会让我想到庄子"从主体透升上去成为一种宇宙精神"的生命美学。

如今先生仍然精神矍铄,退而不休,笔耕不辍。虽然他以"认真生活的平凡人"自喻,却以古代哲人"立德、立功、立言"的"三不朽"之说,以国学大师饶宗颐先生的"文章千古事,风雨百年身"[3]为典范而自勉。充分体现出先生平凡而崇高的人生追求,儒雅谦厚之美德,温暖和馨之文风。如果说"艺术在本质上是肯定、祝福,是存在的神化"[4],"神化"即"精神化"。那么先生的"温暖批评",不仅提升了作家文本生命的精神性,更赋予自我生命之精神性人格,而永拥年轻。

以此心得,深表对先生的由衷敬意!不妥之处敬请赐教!

王红旗

首都师范大学编审、教授。首都师范大学中国女性文化研究中心、《中国女性文化》学刊创始人之一,曾担任"中心"主任、"学刊"

---

[1] 陆士清:《品世纪精彩》,第338页。
[2] 同上书,第339页。
[3] 同上书,第430页。
[4] 刘小枫:《诗化哲学》,上海:华东师范大学出版社,2007年版,第170页。

主编17年，并创办主持"中国网·中国女性文化论坛"。中国世界华文文学学会女性文学委员会主任，中国当代文学研究会女性文学委员会常务理事，《名作欣赏》杂志特邀顾问。长期从事世界华文女性文学与性别文化艺术研究，著有《爱与梦的讲述》《灵魂在场》《新女学时空》等。

勇立潮头　笑看百川汇海

朱育颖

　　川流不息的黄浦江既是上海的重要地标，也是通向世界的黄金水道，汇聚着这座大都市的灵气、朝气、大气、神气，位列国家"双一流""985"建设工程的复旦大学是上海的文化视窗。1979年9月，我跨进了心仪已久的复旦大学中文系，开始了为期三个学期的进修，时任现当代文学教研室主任的陆士清先生是我的指导老师。岁月似河，时光飞逝，值此恭贺陆士清教授九十岁华诞之际，回眸往事我才意识到不知不觉间，有幸结识陆士清先生迄今已经44年了（我还是习惯称为陆老师）。陆老师敢为人先，勇立潮头坦然观世界，一直行走在学科发展的前沿地带，不仅是《中国当代文学史》正式出版的破冰者，也是台湾文学研究的开拓者、世界华文文学研究的先行者，还是指导我从事当代文学教学与研究的引领者，师恩如山，铭刻心间。近日我仔细查找书橱里陆老师惠赠的大作，随着书页的翻动穿越时光的隧道。

　　在我的记忆中，20世纪70年代末的陆老师风华正茂，气宇轩昂，儒雅而又潇洒，授课时面带微笑充满激情，信息量密集，用渊博的知识和深邃的思想把学生引入当代文坛的前沿阵地，领略文学的波澜壮阔和荣辱兴衰。当时我刚毕业留校工作不久，好不容易从不适宜自己性情的行政岗位"逃"出来，想当一个普通教师，深知自己在知识结构上的欠缺，尚需重塑自我。陆老师有着前辈学人的理智风骨，待人诚挚颇具亲和力，在众多后学面前没有一点儿师长的架子，爱护学生悉心栽培。好多次周末，陆老师邀请我和室友张沂南到复旦大学第一教工宿舍的家里就餐，师母林之果老师（复旦大学新闻系副教授）和蔼可亲，陆晴、陆雨清纯可爱，汇成温馨的暖流包裹着身在异乡求学的我。陆老师聊文学也聊家常，这种闲聊让我感到随意而亲切，面对名师的紧张和拘谨一点点消失，遂走进文学的殿堂，拓展了视野，丰富了精神世界。依稀看到陆老师对当代文学最新动态追踪的步履，也初步了解他对一些作品和文学现象中肯到位的评价，还解开一些困扰已久的疑团。遗憾的是当年我只是一个24岁的"文青"，格局小眼界窄，内心充满迷茫，只想系统地读书、补课、"充电"，以便今后站好大学的讲台，还不懂得做学问是怎么回事，更不知道有何意义和价值，没有弄清这种貌似闲聊实则不闲，可以开启学术思维和研究之门。我所获得的不只是学术入门的培训，更重要的是一种人生的目标、信念和楷模，那就是求真、求实、求善，不为水中泡沫、天上浮云所动，欣然在读书、思考、教学、写作中度过平淡朴实的一生。聊天之余，陆老师还卷起袖子系上围裙，和夫人林老师一起下厨，饭菜的香味至今仍萦绕在我的心底。陆老师以自己的真诚帮助我鼓励我。身处边缘没有见过大世面且不善交际的我是幸运的，因为我遇见了知识渊博、人格高尚的陆老师。他有敏锐的触角，及时感知文学界的新动态新思潮；他有犀利的目光，发现具有新质的文学作品总是及时予以肯定；他以极大的热情，扶植和提携需要前辈指导的年轻一代。进修期间，我随着复旦大学中文系1977、1978级的学生先后听了陆士清老师、唐金海老师讲授的《中国当代文学史》、潘旭澜老师讲授的《杜鹏程研究》、鄂基瑞老师讲授的《中国现代文学史》等课程。这两届学生中的佼佼者陈思和、卢新华、李辉、陈可雄（1978级）等，早已成了学界与文坛的精英，非常遗憾的是生性腼腆、不善言谈的我却和他们擦肩而过失之交臂。我曾听过卢新华所作的关于第四次文代会相关情况的报告，听过赵丹先生对文艺问题深刻思考的学术讲座，礼堂里座无虚席群情激昂，此情此景宛如昨日，历历在目，记忆犹新，而这些都与陆老师的精心组织与周密安排息息相关。在陆老师的鼎力相助和支持下，我的进修时间延长了一个学期，写的一大叠讲稿留下陆老师审阅后的批语。几次搬家，使用电脑打字更新教学内容并做文图并茂的ppt后，那些讲稿不翼而飞。2001年8月评上教授时，我深知如果没有复旦大学中文系为我的学术生涯和精神成长奠基，没有和蔼睿智的陆老师悉心指导，也就没有自己的立足点。

陆老师是当代文学领域最为活跃的学者之一，立足潮头敢为人先，勇于创新勇于实践，既注重跟踪当下的创作状况，也注重"史"的线索梳理，为学科建设做出开拓性的贡献。他像敏感而忠实的观察员，用犀利的目光和敏锐的判断，追踪着时代大潮中文学领域涌现的一簇簇浪花，对于各种新生事物及时呼应与准确把握，所写的文章高屋建瓴，举重若轻，无论是为人还是为文都堪称师表，从中可以看到前辈学人的真知灼见和有个性的评论家的追求与风采。复旦大学中文系从1978年开始，就把《中国当代文学史》作为一门独立课程进行教学，陆老师在学科建设上是当时的带头人之一。新时期伊始百废待兴，学界的文学史观念处于矛盾和困惑之中，与文学史研究的其他领域相比，中国当代文学是一门年轻的学科，能否入史，众说纷纭。传统的当代文学教学模式在新的时代背景下不合时宜，对于从事这门学科研究的学者来说，没有知难而上的勇气，没有一往无前的探索精神可以说是寸步难行的。为了适应学科建设的需要，作为发起人之一，由陆老师牵头联合来自13省、22所高校的同仁，一起编写了全国第一部正式出版的《中国当代文学史》（三卷本，85万字，福建人民出版社分别于1980年、1981年、1985年出版）。作为主持编写工作的责任编委，从组稿到统稿，陆老师事必躬亲，投入大量的时间与精力，我曾看到一叠叠超大号稿纸上留下蓝笔书写红笔修改的痕迹。

　　学科建设是大学的骨架，也是专业设置的基础，陆老师十分重视构建学科基地。1980年代既是文学观念更新变革的年代，也是一个充满激情、思潮更迭、话语纷呈的时代，在20世纪中国文学史、文化史、思想史中都留下深刻的印记。"思想解放""人道主义""新启蒙""主体性"等在当时成了一个时代的关键词，为1990年代乃至新世纪以来许多问题的讨论与展开起到先导性的作用。复旦大学中文系在文学研究领域里解放思想、探索学术等方面是一面旗帜。1983年8月，陆老师策划筹备在复旦大学开办了"中国当代文学第三期讲习班"，为期两周，在组织学术活动方面展示卓越的才干和能力。正值酷暑，溽热难耐，接到陆老师寄来的参会通知后，实话实说，我既想去参加这次有学界大咖做系列学术讲座的讲习班，又有一些犹豫，因为当时我的女儿才九个多月，三伏天不宜给本来体质就弱的宝宝断奶，我却又不愿失去这个难得的机会。我先去复旦报到参会，家里打电话说孩子"绝食"，而我因突然中断哺乳也出了状况，只好让爱人把保姆和孩子送到上海。那年的暑天似乎特别热，可能是换了新地方不太适应，孩子又哭又闹，影响宾馆里的旅客入眠。无奈之下我只好向陆老师诉苦，他放下手头的事，立刻帮忙联系复旦大学招待所，安排了较为僻静的住处。在这次讲习班上，张炯、张韧、潘旭澜等著名学者作了关于当代文学的专题讲座，茹志鹃、张贤亮、吴强等作家介绍了自己的创作情况和心路历程。复旦大学成了学科建设和资源共享的基地，参加这次学术活动的大都是高校的青年才俊，规模大，人数多，时间长，收获颇丰。讲习班的台前幕后几乎都有主持人陆老师运筹帷幄的身影，总领全局的气度和事无巨细的辛劳，甘为人梯，全力以赴，为从事当代文学教学与研究人才的储备与发掘立下大功，不可埋没。

  陆老师不仅关注当下文坛的发展态势，还把学术研究的重心逐步转移，是台湾文学研究筚路蓝缕的拓荒者之一。台湾省和祖国大陆本是同根而生的命运共同体，有着共同的文化基因，共同的汉字母语，同宗同源，血脉相连，文脉相承。陆老师邀请於梨华女士为复旦大学中文系作了"台湾现代文学"的演讲，同行的还有作家茹志鹃，同学们对此很感兴趣，受益匪浅。20世纪80年代以前，台湾文学在中国现当代文学这门学科中是"缺席"的，文学史的"版图"也是不完整的。陆老师开风气之先，敢于第一个"吃螃蟹"，在全国高校中率先把台湾文学作为学科建设的重要组成部分引进课堂，不仅为77级学生开设《台湾文学》专题课，还主编出版配套教材《台湾小说选讲》（上下册）、《白先勇小说选》《王祯和小说选》等作品集，共选了自20世纪20年代初到70年代末34位作家的57篇小说，自台湾新文学发生、发展以来有代表性的小说家大都有作品入选，其中包括赖和、杨逵、吴浊流、钟理和、林海音、聂华苓、於梨华、白先勇、陈若曦、陈映真、王祯和、黄春明、施叔青等作家的作品，撰写长篇序言《汉魂终不灭，林茂鸟知归》，提出一连串发人深思的问题："台湾的现代文学和当代文学是在怎样的历史背景和文化背景下发生发展的？祖国的文化传统怎样涵盖和滋润着台湾文学？台湾文学经历了怎样的发展历程和有什么独特性？"陆老师针对这些问题提出自己独到的看法，以敏锐的思考梳理并阐释了台湾文学尤其是小说创作发展的历史轨迹与审美品格，为此后从事研究台湾文学的学人奠基铺路。记得陆老师曾提醒我可以台湾文学为研究方向，而我却十分幼稚地觉得边缘小城难以收集资料，一心想着如何站稳讲台，以致错失最佳跟进契机。似乎是在台湾文学研究从最初的热潮降温之际，我的学术关注点才转移到海峡对岸的赴台皖籍作家群，两次到台湾省参加文化交流，亲身体验到地理上的距离不再是遥不可及。2015年我在写《眺望家园：赴台湾籍作家论稿》这本小书时，曾打电话向陆老师请教，得到先生的指点和鼓励，千里之外传来的声音一点儿也不像耄耋老人，依然是晚辈心中那位身板挺直、儒雅睿智、精气神十足的良师。

黄浦江畔的外滩是上海的标识和开放的象征，陆老师得风气之先，勇于在潮头奋力搏击，最早开辟世界华文文学研究的新疆域，打开了一扇面对地球村——人类共同体的文化视窗。陆老师的研究空间由中国现当代文学到台港文学再到海外华文文学，学术视野愈来愈开阔，有着学科建设的开创性、自觉性、全面性、系统性。海外华文作家作为一个既拥有共同的文化身份又包含着差异性的群体，是从精神上站立起来的有着全球视野、中西"混血"的"两栖人"，与母土和居住国都拉开了一定的距离，有着"东来西往""东张西望"的人生经历和新的文化体验，双重边缘构成了相互交叉互为参照的跨域视角，思想资源的丰富多元，不同国家与地区的文化形态与母体文化的整合，使其文学创作也随之拓展、开放和逐步丰富起来，这是他们独具的优势。作为新一代的文化使者，由于各人经历与社会文化背景的不同，既有一些共通的边缘感、他者感、身在异乡心系内地之感，等等，又有自己独特的生命体验和创作个性。20世纪80至90年代以来，伴随着中国改革开放的洪流涌起新一波的移民潮，在世界华文文学作家队伍中，蜚声文坛的女作家成为一支不可忽视的娘子军，她们有的从20世纪末开始写作，有的崛起于21世纪，不再沉溺于乡愁的沉重和"无根"的叹息，而是以开放的心态、文化的自信积极参与全球的协同与博弈，有着自身的特殊性、世界性、边缘性和跨文化性，为中国文学研究提供了新的视角和新的阐释内容。在不少人还没有认识到海外华文文学的世界性和独立的学科价值时，陆老师陆续推出系列论文，《血脉情缘》《探索文学星空》《品世纪精彩》等著作展现其在台港澳暨世界华文文学研究方面的成果。台湾旅美的於梨华、聂华苓、琦君、欧阳子、华严、陈若曦、金东方、蓉子、戴小华、梦莉，新移民作家中的周励、华纯、施玮、曾晓文、陈谦、江岚、林湄、穆紫荆等都是其评述对象。陆老师没有板着脸居高临下地用男性话语横挑鼻子竖挑眼，而是真诚表述个人独到的见解，史论篇治学严谨，得到大陆、台港澳及海外学者的认同；作家作品评论篇以丰厚的学养、敏锐的感悟力，从整体把握作家的创作现状、审美角度、写作实践出发，进行深入的阐释和探讨，文中蕴藉着深刻的文化内涵和独特的思考。1984—2007年这段时间我与陆老师虽然疏于联系，但每当读导师的文章和专著总有特别深切的感受，并得到学术的启示，产生强烈的共鸣，仿佛又听到陆老师特有的语调，有对世界华文文学创作和研究相关理论的诠释，有对台港和海外华文诸多作家和作品的评论，也有对这一研究领域中应注意问题的提示，视角独特，思维缜密，言人之所未言，切中肯綮，注重文本细读，从局部深入扫描全局，又以宏阔的视野透析局部，目光更为敏锐，语言更为老辣。2008年起，随着我的兴趣逐步从当代女性文学研究转向新移民女作家，在南宁、武汉、福州、广州、徐州、绍兴等地召开的世界华文文学学术研讨会上，我又见到了神采奕奕的陆老师。记得陆老师曾说，方向重于努力，道路决定命运，选择是关键。既然是你选择的，就要全心投入。而我的关注点却几经转移，此生最大的遗憾是没有底气报考陆老师的研究生，只能是一个教书匠。

岁月悠悠，物换星移。倏忽间陆老师已年届九旬，依然精神矍铄，笔耕不辍，人品和文品如陈年佳酿历久而弥香。我自嘲来自"旁门左道"，先天不足缺少锐气，且不是陆老师正宗的弟子，却从未遭遇冷落，是先生给了我信心和鼓励，往事并不如烟，深深感受到先生睿智宽厚的长者胸怀和人格魅力。庆幸自己走上当代文学教学与研究之路后，得到陆老师等前辈师长的悉心指导和教诲，获益良多，终生难忘，牢记师恩，永远感激。先生为学子们的成长甘当"人桥"或"人梯"，毫无怨言不求回报，学子们也从先生那里学习如何做人与作文。陆老师的学术活动可以说是全方位的，严谨扎实的治学风格，开阔包容的学者风范，开拓进取的精神追求，无愧为一代学人中的佼佼者。在刘登翰先生看来，"青春是一种生命的精神"，这是对陆老师学术生涯的诗意总结。历经90年的风雨沧桑，陆老师钟爱文学的那颗心依然年轻而火热，面带微笑地聆听着岁月拔节的声音，精神抖擞地屹立在朝阳笼罩的黄埔江畔，"品世纪精彩"，看百川汇海。

朱育颖

合肥学院语言文化与传媒学院教授，安徽师范大学文学院教授、硕士生导师，亳州学院中文与传媒系教授。主要研究方向为中国当代女性文学、世界华文文学。1979年9月至1981年1月在复旦大学中文系进修，导师为陆士清先生。现任中国当代文学研究会女性文学委员会常务理事、中国世界华文文学理事、安徽文学学会理事。在《中国现代文学研究丛刊》《民族文学研究》等学术期刊发表论文六十余篇，出版专著两部，参编教材六部。

青山不老，春风依旧

——我所认识的陆士清教授

钱　虹

我认识复旦大学的陆士清教授，从他知天命之年到鲐背之年，算来至今已三十余年了。从辈分上来说，他是台港文学及世界华文文学界公认的拓荒者和老前辈之一；我并非他的授业弟子，但他一直是我的良师益友。多年来，凡是由他主办、主持的台港文学及世界华文文学会议或研讨活动，他都会亲自打电话邀请我出席或发言。出版了新著，他题名相赠；做东请客，他也会来电相邀共聚。如今，虽年届九旬，他仍是我们上海的世界华文文学研究领域的主心骨。

初见，引我入华文领域

第一次与陆士清教授见面，纯属偶然。那是在1988年初。寒假中某天，突然接到导师钱谷融先生的电话，说他收到复旦大学台港文学研究室召开关于研讨台湾作家白先勇的作品座谈会的邀请，但他想让我代表他去出席。我本科毕业后留校工作，在图书馆学系进修半年后考上钱谷融先生的研究生攻读中国现代文学专业。1986年研究生毕业后，我调入中文系现代文学教研室任讲师。教研室主任汤逸中老师交给我一项教学新任务：尽快开设一门台港文学研修课，以供当时全校不同专业的大学生选修。钱先生知道我当时对台港文学知之甚少，推荐我去参会，以扩充这一领域的知识积累与人脉资源。2月9日上午，我到了复旦大学会议地点。接待我的正是陆士清教授，他那时才50多岁，意气风发。之前，我读过他70年代末主编的三卷本《中国当代文学史》。我向他转述了钱谷融先生要我代他出席座谈会，他便热情地安排我在会场里坐下。

　　座谈会开始,陆老师首先代表台港文学研究室致辞。他说,著名作家白先勇的小说《游园惊梦》1982年被改编为舞台剧在台湾连演十场,场场爆满,但也众说纷纭,评论两极分化。1987年春白先勇离开大陆38年后首度重返上海,在复旦大学讲学时相赠根据其小说改编的此剧录影带。在复旦大学中文系几度放映后,师生反响热烈,蒋孔阳、潘旭澜等著名教授都出席了校内的座谈会。而今天主要邀请校外知名编剧、导演、艺术家、高校教授等出席,想听听校外专业人士的意见。座谈会分成上、下半场进行:上午主要是播放《游园惊梦》录影带;下午举行座谈。那天,我第一次看到台湾版舞台剧《游园惊梦》的演出实况录像,深深地为《游园惊梦》的精彩剧情和演员的精妙演技所折服。下午的座谈会上,我记得发言的有好几位上海昆剧团的著名演员、编剧、导演,如著名昆剧表演艺术家蔡正仁、编剧唐葆祥、导演沈斌,还有《上海戏剧》主编赵莱静(曾任上海京剧一团团长)、《上海戏剧》记者潘志兴、上海青年话剧团编剧程浦林、复旦大学话剧团前团长于成鲲等以及《文学报》编辑陆行良、上海大地文化社编辑史嘉秀等,他们发表的观感使我这位京昆艺术门外汉如醍醐灌顶,获益匪浅,犹如听了一堂戏剧艺术课。在陆老师的鼓励下,我在座谈会也谈了观后感:《游园惊梦》是"戏中藏戏","梦中蕴梦","至少表现了两重含意:第一,一群精通中国传统戏曲的'票友'念念不忘昆曲《游园惊梦》为代表的'国粹',借此重温一去不复返的'六朝美梦';第二,钱夫人因为一曲《游园惊梦》被钱将军看中,由优伶变成人人景仰的将军夫人,享尽荣华富贵,而今时移势转,故曲重演,却已是依稀别梦……"并且我还斗胆对剧中钱夫人微醺中勾起"只活过那么一次"的舞台处理提出了一点意见:"小说里钱夫人和郑参谋的那段隐情,写得比较含蓄。现在戏中用电影投射屏幕,两匹马交颈而立,然后出现两个人影,看上去很美,但似乎破坏了戏剧本身的严谨结构,显得露骨,能不能不用,像《雷雨》中周家小客厅'闹鬼'一句话胜过千言万语。"话说出口,才意识到自己是否太唐突了。但后来知道,陆老师将我和其他人的发言一起收入《上海复旦大学知名剧坛人士谈〈游园惊梦〉》中,并完整地发表在台湾《当代》和《香港文学》杂志上。

　　那天回家后,我仍感意犹未尽,很快写成《戏中藏戏,梦中蕴梦——论白先勇及台湾版话剧〈游园惊梦〉》一文。过了一段时间后,便把那篇论文寄给了《香港文学》主编刘以鬯先生。没想到,从未谋面的刘以鬯先生,竟然把我这个无名之辈的文章配上了《游园惊梦》的演出海报、剧照等发表在当年《香港文学》7月号上。这是我发表的第一篇涉及台湾作家的文学评论,并且因此结识了《香港文学》主编刘以鬯先生。这年岁末,我应邀赴香港中文大学出席"香港文学国际研讨会",由此结识了包括余光中、潘耀明等在内的不少台港及海外华文文学界的作家、教授。研讨会结束,刘以鬯先生邀请我到坐落在湾仔摩利臣山道38号文华商业大厦顶楼的《香港文学》编辑部去面晤。那天,他吩咐编辑部的杨先生替我在挂有"《香港文学》杂志社"字样的牌子旁拍了照。这张照片刊登在第50期《香港文学》封三,还注明:"上海华东师范大学中文系讲师钱虹来港参加'香港文学国际研讨会',会后曾与本港文艺界朋友就文学上的问题进行交流,并收集有关港台文学的研究资料。"此后,我名正言顺地做起了港台文学研究,在《香港文学》等报刊上发表有关港台文学的文章达十七八篇。

从此便一步步跨入了台港及海外华文文学研究领域。饮水思源,假如不是陆老师主持1988年初这场观摩《游园惊梦》的座谈会使我眼界大开的话,或许我至今也不会涉足台港文学乃至后来的世界华文文学研究领域。从这个意义上而言,说陆士清老师是引导我跨入这一研究领域的指路人,是一点也不为过的。

近观,感受其"能人"才干

初见陆老师后,没想到很快就又见到他了。20世纪80年代,上海几所文科高校中文系从事现代文学学科的教研室之间联系密切,同行之间时常有轮流坐庄互相接待的联谊活动。1988年春天,正好轮到复旦大学中文系现代文学教研室作为东道主,华东师范大学、上海师范学院的现代文学同仁便齐聚复旦大学。华东师范大学带队的是钱谷融先生,他和复旦大学的蒋孔阳、贾植芳、潘旭澜、吴中杰等先生都是旧相识,见面后相谈甚欢。作为晚辈的我不便插话,扭头看见了认识不久的陆老师,便到一边向他请教有关台湾文学的问题。当时,陆老师已把学术研究的重心从中国现当代文学移到台港文学领域，不仅在复旦大学首开"台湾文学"课程，还编选出版了配套教材《台湾小说选讲》（上、下册）以及《白先勇小说选》《王祯和小说选》等多本作品集，这在20世纪80年代，无论是在上海高校还是全国学府都是开风气之先的。那次开小灶式的面授，我自是满载而归。

进入台港文学研究领域之后，我与陆老师的接触和学术交往也逐渐增多起来。两年一届的台港澳文学及海外华文文学学术研讨会上，常常能看到他健硕的身影和精彩的发言。1994年11月在云南玉溪举行的"第七届世界华文文学国际学术研讨会"上，正式宣布成立"中国世界华文文学学会筹委会"，陆老师和我作为上海高校的两名筹委会成员，一起参会、研讨和出行的机会就更多了。我很快便发现了陆老师除了做研究、写论文之外所具有的非凡才干与人生智慧。

首先毫无疑问是他运筹帷幄、举重若轻的办大型会议的才干。自1989年4月由复旦大学主办近百人"第四届台港澳暨海外华文文学学术研讨会"始，我所出席过的陆老师亲力亲为操办的大中型"涉外"研讨会就有：1995年10月在宝钢宾馆举行的数十人出席的"海外华文女作家研讨会"；2002年10月在浦东名人苑宾馆举行的150余人出席"第十二届世界华文文学国际学术研讨会"；2005年9月在杭州杨公堤为中国世界华文文学学会名誉会长曾敏之先生八八米寿而举办的"曾敏之文学生涯七十年笔会"等。尤其是2002年中国世界华文文学学会成立不久而举办的那场令人难忘的"第十二届世界华文文学国际学术研讨会"，正如其时担任学会秘书长的杨际岚先生所言："那时，陆士清教授已退休数年，将近七旬，仍老当益壮。他竟然站在第一线，以'操盘手'之姿，全身心地亲力亲为。同仁们无不交口称赞。……此次研讨会已过去近20年了，然而，虽已'时过'，却未'境迁'，不少与会者至今记忆犹新，津津乐道。"（《陆士清教授侧记：归来还是少年》）其实，代表们看不见的是，举办这样的大型"涉外"学术研讨会，从百余位会议代表的邀请、接待及吃、住、行、娱的安排，到大会发言人员、分组名单，以及事前会议论文集的遴选和出版，还要让绝大多数代表宾至如归，本身已属相当不易。举个例子说，当时境外来的近60位代表不仅食宿免费，且单人单间，这一大笔经费事先要筹措，事后要审计，出不得任何差错；并且凡举办"涉外会议"，从统战部到外事办，从市公安局到出入境处，都得一一申请报备，哪一关都不能受阻；还有办会的每项支出、每笔账目都要清清楚楚，精打细算，想想都令人畏缩。况且，代表们从世界各地、全国各省而来，到了"魔都"大上海，都想出去逛一逛，这本是人之常情，然而很少有人想到，一旦有代表出了意外，尤其是境外人士，作为会议主办方要承担多大的风险！据我所知，之前复旦会议曾有一位从美国来的华人女作家，抵沪后未打招呼擅自离开宾馆外出，不料跌伤了腿无法行走只得住进医院，结果不仅没法参加会议，还给主办方惹了一堆麻烦。所以，2002年150余人的浦东会议，杨际岚先生至今称赞不已："办会者的良苦用心，以'殚精竭虑'形容并不为过。无怪乎，台湾女作家罗兰对此念念不忘，会后特地致函道谢，称其为'我此生最值得记住的一次盛会'。"陆老师办会运筹帷幄、举重若轻的出色才干和周到安排，至今让许多参会者难以忘怀。事后，我写了《海空辽阔华文飞》的会议述评，发表于《文艺报》头版及《香江文坛》杂志，以此表达对参加这次研讨会的切身感受和对主办者的由衷敬意。

我觉得，陆老师的才干主要来自他丰富的人生阅历、灵巧的生活智慧和善良的待人之道。比如，有一次我跟他一起去广州出席"世界华文文学高峰论坛"。回程时面对一堆赠书我一筹莫展，邮寄也来不及，陆老师帮我找来一只蛇皮袋，将书装进去叠放整齐，然后用塑料绳子结结实实捆扎好，他说这样可以放在行李箱上拖着走，比较省力，即使掉下来也不会脱底。还有，当时在香港城市大学执教的钱俊教授患了面部肌肉抽搐症，我推荐他找陆老师讨偏方试试。陆老师在回复邮件时耐心地指导他吃自制醋蛋，一段时间后，竟然痊愈了。所以，在我的心目中，陆老师是一本"万宝全书"。

更令人钦佩不已的是，年逾八旬的陆老师，从2016年开始在上海市作家协会的支持下，连续主办了三届"海外华文文学上海论坛"，以评论家与海外华文作家面对面的研讨方式，深入评论、研讨了三十余位海外华文作家的创作，并在事后出版了沉甸甸的论文集。我受邀评论了卢新华、曾晓文两位美籍和加拿大籍华文作家及其作品。其中后者是我暑期出境旅行时在希腊米克诺斯岛上接到陆老师亲自打来的电话而接受的"任务"。此时，陆老师已经85岁高龄，可是，听电话那头传来的声音，怎么也不像是耄耋之年的老人，还是30年前那位充满热情、干劲和精气神的良师。在陆老师身上，你能真正领会什么叫做"老骥伏枥，壮心不已"。

细读，感佩"青春的精神"

2020年9月，我收到了陆老师的快递。打开一看，是他刚出版的新著《品世纪精彩》，扉页上有赠我的题字。我深受感动。之前，他也曾赠与我《台湾文学新论》和《曾敏之评传》等大作。《曾敏之评传》有复旦大学出版社出版的简体字版。但我收到的则是香港作家出版社于2011年9月出版的繁体字版，厚达533页，拿在手中沉甸甸的。此书是陆老师耗时三年多，为中国世界华文文学学科的奠基者和开拓者、中国世界华文文学学会的名誉会长、香港作家联会创会会长曾敏之先生丰富而又曲折的人生所写的一部评传，也是迄今为止曾老的唯一一部传记。

众所周知，人物传记，是一种非虚构的文体，主要根据各种书面的或口述的记载、回忆、调查等相关材料，加以搜集、甄别后去芜存菁，对传主的生平进行撰写与描述。传记作者在记述传主事迹的过程中，可以渗透个人的某些情感、议论与推断，但与小说不同的是，纪实性是传记作品的基本要求，它不允许虚构。而评传，除了需要具备上述要求和条件外，更多带有研究与评论性质。评传这类传记偏重于传主的生平事迹的梳理与评价，一般按照传主的生平顺序加以撰写，在叙述中夹以评论。因此，评传相比一般的人物传记，对原始资料要做认真的研究、考证，更强调材料的真实与严谨，绝不允许虚构与杜撰，即使有些评议与推论，也要注明材料来源，做出严格的论证说明。因此，要为生命历程长达近百年的曾老写成这样一部厚重的《曾敏之评传》，不亚于一项重大的文化和文学工程。正如陆老师在此书的"引言"中引用陈思和教授为《人格的发展——巴金传》所言："要为一个健在的，并在当代社会生活中依然发挥着重要影响的作家写传，多少是一件冒险的事。"何况还是一位古稀之年的作者描述一位鲐背之年的传主，其写作难度不言而喻。然而，陆老师感佩曾老的人格魅力与高风亮节，"直面困难，尽心努力，经过三年多的写作，终于将《评传》交付出版"。关于这部评传在华文文学研究史上的意义和价值，这里引用陆老师在此书《后记》中的一段话，他说自己深感欣慰的是："我描述了曾敏之作为作家、报人、学者和世界华文文学创作研究推动者的曲折、坎坷而又辉煌的人生足迹；我揭示了曾敏之这位文化战士追求光明的理想、意志和高尚的情怀；我展示了曾敏之的丰富而博大的文化思想，包括他的世界观、历史观、政治观（治国理念）、人才观、文化观和文艺观，等等；评述了曾敏之文学创作的成就和他为我国文坛所做出的艺术上的贡献。我也尽可能地从历史的、社会政治和文化思想等方面入手，探索了曾敏之先生所走人生道路的动因。总之，我的书写体现了我对曾先生的认识和理解。也许我的认识和理解可能粗疏，但是有一点是可以告慰读者的是：所有这些都不是虚拟的，而都是建立在事实的基础上的。"（《〈曾敏之评传〉后记》）这段话，对于我们理解这本《曾敏之评传》在华文文学研究史上的史料价值和文学成就也就一目了然了。

刘登翰先生在为陆老师的新著《品世纪精彩》所撰写的"序"中，将陆老师数十年来从台港文学到海外华文文学的研究，概括为两大系列：其一，对于作家作品的细读和品评，认为"这是士清兄的优长"。这是很有道理的。作家作品的精细研究，确实是陆老师数十年来并且至今仍在做的重要工作，也就是我们评论界经常所说的"文本细读"。其功底首先就在于认真仔细地阅读原作。从《品世纪精彩》所收的第三卷"作家创作评论"和第四卷"女史文心管窥"中的20多篇评论近作来看，陆老师所评论的海外华文作家既有如白先勇、刘以鬯、陈映真、聂华苓等声名远播的名人大家，更有秦岭雪、陈浩泉、戴小华、周励、施玮、华纯、蓉子、朵拉、曾晓文、老木等各具特色的后起之秀，并且后者所涉及的文学体裁，从诗歌、散文、小说到政论、杂文及哲学论著，各领风骚。撰写这20多篇评论需要阅读多少文本，这个阅读数量对于年轻学者而言也不能说是很轻松的。而耄耋之年的陆老师至今仍能保持着与时俱进的阅读量、相当敏锐的思考力、文如泉涌的文字表现力，这些评论家所不可或缺的基本素养和能力，该是多么难得和不易。

其二，是对华文文学学科建设所做的整体观察与论述。"他从作家作品的论析入手，从微观走向宏观，提升为对华文文学的整体建构。"刘登翰先生指出，"他的宏观研究，是以个案的观察为基础；他从局部透视全局，又以全局的视野深入局部。因此，他的华文文学的整体研究，并非泛泛而论，而是以事实为基础，论据翔实而论析清晰。"（《〈品世纪精彩〉序》）读《品世纪精彩》第一卷"综合评论"中的多篇论文，如《迈向新世纪的世界华文文学》《回顾与展望——记香港世界华文文学联会成立五周年庆典》《〈香港文学〉杂志的前世今生》等文,皆"以事实为基础,论据翔实而论析清晰",刘登翰先生说是论从"事"出,我觉得还应加上论由"境"生,这个"境"不是别的,而是围绕当时当地的社会环境和历史情境,例如《回顾与展望——记香港世界华文文学联会成立五周年庆典》,先谈《香港文学》诞生前香港纯文学园地的寂寞,列举20世纪70—80年代初香港的经济繁荣与纯文学萧索之间极度不平衡的现实境遇:"放眼小岛,已没有大型的纯文艺刊物了。"以事实说话,反衬1985年《香港文学》创刊"在高度商业化的香港社会里,举起了一面纯文学的旗帜"的及时与必要,成为振兴香港纯文学的标志。"这种带有'史述'的论析风格,使他在文中保存了不少华文文学研究进程中的历史资料。"而这种有理有据的"史述"风格,恰恰是当下许多空洞乏味的"宏篇大论"所匮乏和欠缺的,因为,这需要扎扎实实做文学史料的搜集与整理工作,是要花力气、下功夫的。

刘登翰先生以"青春是一种生命的精神"作为《品世纪精彩》的序言,我以为,这也恰恰正是鲐背之年的陆士清老师的人生历程与精神面貌的真实写照。愿青山不老,春风依旧!

2023年3月8—10日写于浙江越秀外国语学院

钱　虹

文学博士,中国作家协会会员。曾任华东师范大学和同济大学中文系教授。现为浙江越秀外国语学院教授,兼任中国世界华文文学学会副监事长、上海钱镠文化研究会副会长等。主要从事中国现当代文学、世界华文文学和女性文学的研究与教学。著有《女人·女权·女性文学》《缪斯的魅力》《文学与性别研究》《灯火阑珊:女性美学烛照》等;合著有《20世纪中国社会科学·文学学卷》《香港文学史》《台港文学名家名著鉴赏》等14部;编著有"雨虹丛书·世界华文女作家书系"等20余种;在国内外刊物上发表学术论文300余篇。

开拓与创新：陆士清先生的台湾文学研究

袁勇麟

陆士清先生是台港澳暨海外华文文学研究的拓荒者之一，见证了这一学科从无到有的成长和壮大，他在台湾文学、香港文学和海外华文文学研究方面都有很深的造诣。限于篇幅，我主要谈谈陆士清先生在台湾文学研究方面的开拓之功和创新举措，借一斑以窥全豹，对陆士清先生在世界华文文学学科建设的贡献表达崇高的敬意。

一、最早致力于台湾文学史料建设

现代文学史家黄修已教授认为："一个发展健全的学科，应该在基础、主体、上层建筑三个层次的建设上，都达到一定的水平。"而"基础层次"即史料，他指出："有了丰富、完整的史料，学术研究才有坚实的根基。"[1]

一个学科的史料建设，不仅是学科研究的前提和基础，而且在一定意义上标志着这个学科当前理论研究的水平和预示着今后研究发展的方向。作为改革开放之后才逐渐兴起的世界华文文学研究，史料问题一直是大家关注的焦点。尤其是在整个学科开始建设阶段，史料的搜集、整理工作尤为薄弱。1982年在暨南大学召开的首届台湾香港文学学术讨论会上，香港作家梅子就指出："首届讨论会突出表明，目前的资料搜集空白太多。"他认为"作为一个全国性的研究会"的台湾香港文学研究会，应该"千方百计设立资料中

---

[1] 黄修已：《告别史前期，走出卅二年——中国现代文学学科发展的思考》，《艺文述林2·现代文学卷》，上海：上海文艺出版社，1997年版，第1—2页。

心","及时向会员提供最新的研究资料是刻不容缓的"[1]。

众所周知,1949年之后,海峡两岸长期处于对峙状态,人员互不往来。台湾文学研究资料的匮乏和获取的不易等问题更为具体而急迫。陆士清先生是大陆最早一批致力于台湾文学史料建设的学者之一,1970年代末期伊始,他就有意识地从事这一方面的工作,为世界华文文学学科建设奠定坚实基础。他在34年后回忆:"随着美国总统尼克松访华,中美关系逐渐解冻,旅居美国的一些台湾作家开始来大陆寻亲访祖。旅美台湾作家於梨华早在1975年就从美国来到北京、上海、宁波进行了一个月的寻亲访问。她第一次踏上祖国大陆的土地时,就访问了我们学校,1977年第二次来访,还与我们中文系的一位老师争论过关于文艺创作的三突出问题。这些事实告诉我们,两岸交流一旦展开,上海将是对外开放的前沿,复旦将是这前沿的窗口,我们应有所准备。当时,担任复旦大学中文系中国现代文学(含当代文学)教研室主任的我,已清楚地意识到了这一点。"[2]

鉴于当时大陆不容易购买到台湾文学书籍和报刊,陆老师有意识地着手推进台湾文学代表作品在大陆的出版。1979年夏,於梨华第三次访问复旦大学时,陆老师参与接待,请她为中文系的学生做了台湾文学现状的演讲。"她讲到台湾日据时代的赖和、杨逵;讲到20世纪50年代的纪弦、覃子豪、余光中、洛夫、痖弦和他们创办的现代诗社、蓝星诗社和创世纪诗社;讲到乡土文学的崛起,钟理和、陈映真、黄春明、王祯和的创作。她也重点介绍了白先勇、聂华苓和她自己的现代小说。"[3]返美后,於梨华给陆老师寄来了《又见棕榈,又见棕榈》《变》《雪地上的星星》等作品。10月,陆老师到福建人民出版社为三卷本《中国当代文学史》第一册统稿时,将《又见棕榈,又见棕榈》推荐给责编林承璜先生,希望福建人民出版社出版。他说:"《又见棕榈,又见棕榈》,也许是国内出版台港长篇小说的第一本。"林承璜先生与於梨华联系取得授权,并顺利付梓。

---

[1] 梅子:《参加首届台港文学学术讨论会的印象与建议》,《台湾香港文学论文选》,福州:福建人民出版社,1983年版,第265页。
[2] 陆士清:《三十岁月 悠然走过——我与世界华文文学研究》,《笔韵——他和她们诗的世界》,上海:复旦大学出版社2013年版,第1—2页。
[3] 陆士清:《又见棕榈,再见梨华,故人相见在纸一方》,《文学报》2020年7月31日。

陆老师非常具有前瞻意识,当时正处于改革开放之时,许多人准备出国留学,但对外面的世界还很不了解,甚至存在诸多误解,《又见棕榈,又见棕榈》不失为一本极具参考价值的文学读物。《又见棕榈,又见棕榈》1966年3月8日开始在《征信新闻报》(《中国时报》前身)人间副刊连载,备受瞩目,连载结束后由皇冠出版社出版,1967年获嘉新文艺奖,是1960年代"台湾留学生文学"的代表作。於梨华自己也很看重这本书在中国大陆的出版,1980年7月13日她专门撰文指出:"《又见棕榈,又见棕榈》这本书是我到美国十三年后写成出版的。现在它在中国大陆出版了,正好是初版的十三年后,一个巧合。令我觉得比它第一次出版还兴奋,不光是它终于在祖国与大家见面了,更因为是它可以及时地向年轻朋友们提供资料,美国是怎么回事?去美国进修又是怎么回事,留在美国更是怎么回事。……这本书,是写给出国的,更是没有出国的朋友看的,当时是如此,现在更是如此。"[1]

《又见棕榈,又见棕榈》在台湾出版时,夏志清先生为之写了序,他指出:"台湾的作家是相当寂寞的,倒不是他们没有读者,而是没有书评人关心他们作品的好坏,不断督策他们,鼓励他们。"[2]这次出版除了夏志清原序照收,为了帮助大陆读者更好理解小说的思想,林承璜先生约请陆老师撰写一篇评介文章。1980年春节前夕,陆老师撰写了第一篇华文文学的评论文章,出手不凡,特别是以下一段文字得到了於梨华的认同:"'没有根的一代'这个特定时代的概念在流传,后来成了通常的名词。这里,於梨华的贡献是显然的。这种'没有根'而苦恼,说明了对'根'的需要,进一步也可以说是'寻根'和'归根'的预兆。从这个意义上说,《又见棕榈,又见棕榈》的确在一定程度上道出了台湾同胞要求叶落归根,实现民族团结和祖国统一的心声。因此,在今天,特别是我们为争取台湾回归祖国,为完成祖国统一大业的时候,《又见棕榈,又见棕榈》有着不可否认的社会意义。"[3]陆老师在文章结尾热情洋溢地写道:"於梨华的作品在国内发表出版已不是第一次,但完整地出版她的长篇小说还是第一回,我相信这是一个开始。《又见棕榈,又见

---

[1] 於梨华:《写在前面》,《又见棕榈,又见棕榈》,福州:福建人民出版社,1980年版,第1—2页。
[2] 夏志清.《序》,於梨华《又见棕榈,又见棕榈》,第1页。
[3] 陆士清:《於梨华和她的〈又见棕榈,又见棕榈〉——写在〈又见棕榈,又见棕榈〉出版的时候》,於梨华:《又见棕榈,又见棕榈》,第262页。

棕榈》的出版，不仅将受到国内读者的注意和欢迎，而且也将因此增加读者对於梨华的了解。这也正是我所期望的。"[1]

果不其然，《又见棕榈，又见棕榈》第一版就印刷100 400册。於梨华小说的成功出版，增强了出版社的信心。他们顺势推出"台湾文学丛书"，并在"出版说明"中写道："一、为了满足国内广大读者对了解台湾文学的迫切需要，促进祖国大陆与台湾的文化交流，我们特编辑、出版这套'台湾文学丛书'。二、凡是台湾文坛上较有影响，并在文学创作上颇有成就的宿将和新秀，他们的作品包括中短篇小说、散文、诗歌、报告文学等，均列入本丛书的出版计划。三、本丛书将依据编辑力量、印刷等方面条件分期分批出版；丛书出版的顺序，主要根据我们掌握资料的情况而定。"[2]此后，福建人民出版社、海峡文艺出版社陆续推出"台湾文学丛书"，其中陆老师编选了《白先勇短篇小说选》《王祯和小说选》等。

《白先勇短篇小说选》由福建人民出版社1982年12月出版，收录了《永远的尹雪艳》《一把青》《游园惊梦》《岁除》《梁父吟》《金大班的最后一夜》《那片血一般红的杜鹃花》《思旧赋》《孤恋花》《花桥荣记》《秋思》《国葬》《我们看菊花去》《寂寞的十七岁》《那晚的月光》《金大奶奶》《玉卿嫂》《芝加哥之死》《上摩天楼去》《安乐乡的一日》《火岛之行》《谪仙记》。陆老师专门为本书写了一篇导读文字《白先勇的小说技巧》作为附录，他说："白先勇的短篇小说数量不算多，但是它为文学画廊提供了丰富的人物形象。他描写了自'上流社会'到'下流社会'的众多人物。这些人物有着或多或少的认识意义。这些人物聚集一起，足以构成一个小社会，这个小社会就是旧中国衰亡的一个缩影。在这些人物身上，不仅寄寓着白先勇对旧中国衰亡的感叹，也寄寓着人类生活中某些问题的思考。"他认为："白先勇具有中国古典文学的深厚功底，又对欧美文学大师的艺术技巧进行了深入的钻研，在艺术实践中，他做到了融中西艺术传统于一炉，形成了独具特色的艺术个性。"[3]陆老师在此文收入《探索文学星空》一书时，写了如下补记："写于1981年

---

[1] 陆士清：《於梨华和她的〈又见棕榈，又见棕榈〉——写在〈又见棕榈，又见棕榈〉出版的时候》，於梨华：《又见棕榈，又见棕榈》，第268页。

[2] 《出版说明》，《王祯和小说选》，福州：海峡文艺出版社，1985年版。

[3] 陆士清：《白先勇的小说技巧》，《白先勇短篇小说选》，福州：福建人民出版社，1982年版，第335页。

3月的这篇论文,就为《白先勇短篇小说选》而写,最初先刊于《海峡》杂志,作为附录收入福建人民出版社于1982年出版的《白先勇短篇小说选》,后来被刘以鬯先生编的《香港文学》杂志转载。刘先生将杂志寄给了白先勇。1988年,我在加州大学圣塔芭芭拉校区做访问学者时,在白先生的办公室见到了这本杂志和刘先生在这篇文章多处划下的红杠杠。当时,也许就是这个原因,使白先生知道复旦有人在研究他的作品,从而萌生了回上海访问讲学的意念,又从而有了他的离开大陆39年后的、1987年春的上海、复旦之行。"[1]

《王祯和小说选》由海峡文艺出版社1985年4月出版,书中收录了《鬼・北风・人》《快乐的人》《来春姨悲秋》《嫁妆一牛车》《五月十三节》《永远不再》《那一年冬天》《两只老虎》《月蚀》《寂寞红》《小林来台北》《伊会念咒》《素兰要出嫁》《香格里拉》。所选的14篇小说,是从王祯和的《三春记》《嫁妆一牛车》《香格里拉》三本小说集中选出的。书后同样附有一篇陆士清老师的导读文章《谈王祯和的小说创作》,他评价王祯和:"二十年间,一共发表了十八篇作品,平均一年不到一篇。但是,因为他创作态度严谨,每有所作,大多独到、坚实,显示了卓越的小说造诣,受到了广泛的好评。可以说,他是台湾省新一代乡土文学作家中享誉最盛者之一。"[2]

陆老师还有主编一套台湾作家传记丛书(包括文学传记和评传)的规划,最后由于种种原因,只和研究生杨幼力、孙永超合著《三毛传》,1992年8月由百花洲文艺出版社初版,1993年7月由台湾晨星出版社再版。

二、最早在大学开设台湾文学课程

1981年春,陆老师第一个把台湾文学搬上大学讲堂,在复旦大学中文系开设了《台湾文学》选修课,给四年级本科生、研究生和进修教师,较为系统地概述了台湾当代文学发展的总体脉络,重点分析代表作家作品。陆老师认为,只有将台湾文学搬上复旦讲台,才能引导学生去关注台湾文学现象,

---

[1] 陆士清:《笔者补记》,《探索文学星空——寻美的旅途》,香港:香港文艺出版社,2012年版,第186—187页。

[2] 陆士清:《谈王祯和的小说创作》,《王祯和小说选》,第328页。

扩大其在文学、文化界的影响。陆老师回忆当时开课的艰难："我建议将台湾文学列入教学和研究计划。这个建议得到了校系领导的支持；但是在当时，一是因为'文革'余毒犹存，触碰台港文学心有余悸；二来台港文学的资料要从香港进口，不仅困难而且需要投资；第三，当时现当代文学的学科建设任务繁重，尽管已经将台湾文学研究列入了计划，但无人能够承担。"[1]

当时听过陆老师讲授台湾文学课程的陈思和教授回忆："陆老师讲台湾文学不仅仅讲乡土派和现代派，还介绍了台湾在1950年早期的军中作家，讲司马中原和朱西宁的小说创作，这让我们大开眼界，知道了海峡的另一端还有着多姿多样的文学创作。后来我在学术生涯里多少也涉及台港文学的研究，最初的兴趣就是陆老师教授予我的。"[2]

陆老师是全国高校里最早开设台湾文学课程的先驱者，他在复旦讲授台湾文学的创举很快引起主流媒体的关注和报道。

1981年3月19日，上海《解放日报》报道："复旦大学中文系本学期对四年级学生开设了《台湾文学》选修课。这门选修课较为系统地概述三十多年来台湾文学发展的总的脉络，有重点地分析五十年代作家、六十年代的'现代文学'作家和七十年代的'乡土作家'中一些代表性人物的创作思想、作品内容和艺术特色，以便使学生对台湾文学有初步的了解。"[3]

3月20日，《光明日报》更为详细具体报道："上海复旦大学中文系，这学期为文学专业高年级新开设《台湾现代文学》的选修课。这门课程目前在祖国大陆的各大学还是首次开设。任课讲师陆士清，曾和台湾作家於梨华等交换过有关中国现代文学的情况和看法，建立了联系的渠道。近年来他还积极收集台湾现代文学的有关资料，阅读了大量台湾作家的文学作品。"[4]

3月27日，新华社也发了电讯稿，并被香港《文汇报》转发："新华社上海27日电：上海复旦大学最近开设的《台湾文学》课，这是大陆各大专院校首次开设这样的课程。这课程较为系统地概述了近三十年来台湾文学发

---

[1] 陆士清：《三十岁月 悠然走过——我与世界华文文学研究》，《笔韵——他和她们诗的世界》，上海：复旦大学出版社，2013年版，第2页。
[2] 陈思和：《序》，陆士清《曾敏之评传——敢遣春温上笔端》，上海：复旦大学出版社，2011年版，第4页。
[3] 锦：《复旦开设台湾文学研究课》，《解放日报》1981年3月19日。
[4] 《复旦大学开设〈台湾现代文学〉课》，《光明日报》1981年3月20日。

展的脉络，重点分析介绍了一些代表性人物的创作思想、作品内容和艺术特色，其中包括小说家白先勇、聂华苓、於梨华、钟理和、陈映真、王祯和、黄春明、杨青矗、王拓等及一些诗人。"[1]

而且开课不久，旅美台湾作家第一个访问大陆代表团的七位作家，包括刘绍铭、李欧梵、郑愁予、庄因、杨牧等人，访问复旦大学，他们得知陆老师开设《台湾文学》选修课，深为高兴。美国汉学家葛浩文教授也给予了高度评价。《台湾文学》《白先勇研究》等课程，陆老师上了十多年。

为了配合教学，陆老师主编《台湾小说选讲》（上下）两册，由复旦大学出版社1983年10月出版，收录了1920年代初到70年代末的34位作家57篇小说，上册包括赖和《一杆"称仔"》《不如意的过年》、杨玉萍《光临》《黄昏的蔗园》、吕赫若《月夜》、杨逵《送报夫》《泥娃娃》、吴浊流《水月》《功狗》《先生妈》、叶石涛《采硫记》、钟理和《阿煜叔》《贫贱夫妻》、林衡道《姊妹会》、林海音《烛》、钟肇政《中元的构图》《白翎鸶之歌》、聂华苓《爱国奖券》《姗姗，你在哪儿？》《寂寞》、於梨华《小琳达》《移情》《雪地上的星星》、陈若曦《巴里的旅程》《最后夜戏》、白先勇《游园惊梦》《思旧赋》《那片血一般红的杜鹃花》、王文兴《黑衣》、欧阳子《花瓶》、七等生《我爱黑眼珠》《白日噩梦》、王默人《留不住的脚步》、桑品载《微弱的光》、李乔《孟婆汤》、郑清文《水上组曲》；下册包括陈映真《乡村的教师》《将军族》《夜行货车》、季季《鸡》、王祯和《嫁妆一牛车》《伊会念咒》、黄春明《儿子的大玩偶》《苹果的滋味》、钟铁民《秋意》、施叔青《约伯的末裔》、杨青矗《工等五等》《升迁道上》《工厂人》、王拓《一个年轻的乡下医生》《望君早归》、张系国《守望者》、马森《孤绝》《康教授的囚室》、洪醒夫《黑面庆仔》、曾心仪《彩凤的心愿》、宋泽莱《乡选时的两个小角色》。陆老师在《汉魂终不灭　林茂鸟知归——序〈台湾小说选讲〉》中指出："这本《台湾小说选讲》，是我们这几年开设的《台湾文学》这门课程的参考教材。共选了从二十年代到八十年代的三十四位作家、五十七篇小说。大体上说，自台湾新文学运动以来的有代表性的小说家大部分都有作品入选。虽然，透过这本《选讲》还不能看到六十多年来台湾现代文学和当代文学发展

---

[1] 香港《文汇报》1981年3月28日。

的全貌；但是也能够约略地看到台湾文学特别是小说创作发展的梗概。所以《选讲》是初窥台湾文学的一个窗口，也是深入了解台湾文学的一个梯次。"[1]

1991年9月，陆老师接续《台湾小说选讲》，又选编了《台湾小说选讲新编》，由复旦大学出版社出版，书中收录陈千武《猎女犯》、郑清文《割墓草的女孩》、陈映真《山路》、七等生《我爱黑眼珠续记》、黄春明《放生》、三毛《温柔的夜》、吕秀莲《贞节牌坊》、廖辉英《油麻菜籽》、叶言都《高卡档案》、洪醒夫《吾土》、黄凡《人人需要秦德夫》、袁琼琼《自己的天空》、廖蕾夫《隔壁亲家》、吴念真《病房》、舒国治《村人遇难记》、钟延豪《高潭村人物志》、萧飒《我儿汉生》、蒋晓云《乐山行》、吴永毅《新来的狮子》、张大春《将军碑》、蓝博洲《幌马车之歌》等21篇台湾最新的小说作品。每篇小说前面均有2 000多字的讲评，在评析作品的同时，对作家的生平、创作和在发展中形成的个性特色、艺术风格都做概要的评述。这些讲评合起来，实际上是台湾七八十年代小说家的简史。

之所以选编台湾文坛最新的代表性文学作品，可能与葛浩文有关，陆老师说："1981年，葛浩文教授在《中国大陆对台湾文学研究概况》一文中说：'我去年在大陆访问几位台湾文学专家的时候，发现他们没听过像黄凡、张大春的名字，而王文兴的《家变》只闻其名没见其书。由于资料的有限，文章无论写得多么好，多么正确，台湾文学研究在大陆仍面对着个很大的阻碍。'时间过去了7年，葛教授所指出的资料问题，因为海峡两岸不能进行直接的文化交流，所以还没有完全解决；但情况已经有了明显的改变。一旦海峡两岸的直接交流开始，那么所谓的'问题'也就不再存在。"[2]像葛浩文提到的黄凡、张大春的小说，就出现在《台湾小说选讲新编》一书里。而且，陆老师非常敏锐地注意到当时台湾小说的关怀现实、拥抱乡土、多元发展的态势，选入女性小说、政治小说等代表作品，同时，他在《台湾小说选讲新编》的序言中指出："70年代以来的台湾小说，是一个多元的世界，其主题构成也是丰富的，本文所涉及只是它的主要的、最能标示台湾小说创作新景观的方面。至于都市之梦、环卫意识、山地民族生活、再续两岸情，以

---

1 陆士清：《汉魂终不灭　林茂鸟知归——序〈台湾小说选讲〉》，《台湾小说选讲》（上），上海：复旦大学出版社，1983年版，第1页。
2 陆士清：《大陆对台湾文学的研究》，《台湾文学新论》，上海：复旦大学出版社，1993年版，第3—4页。

及永恒人性的挖掘，等等，限于篇幅，只好留待日后再论了。"[1]

三、最严谨的治学风范

中国具有悠久的史料学基础和传统，千百年来，从事文学研究的人，无不注重史料的搜集和考订，因为他们深知这是构筑文学史殿堂的基石。正如鲁迅在《近代世界短篇小说集·小引》里说："……譬如身入大伽蓝中，但见全体非常宏丽，眩人眼睛，令观者心神飞越，而细看一雕阑一画础，虽然细小，所得却更为分明，再以此推及全体，感受遂愈加切实，因此那些终于为人所注重了。"相对于文学史的"大伽蓝"，史料学具有"一雕阑一画础"的意义。只有扎实地做好史料基础工作，才能确保学术研究的科学求实，才能树立良好的学术规范和严肃的治学精神。在世界华文文学学科创建初期，困扰大陆学者最大的问题是资料的欠缺，挂一漏万，经常导致对作家作品的"误读"，也招致台港和海外学界的诟病。资料的不能充分占有常常会对研究造成伤害，而这种伤害又直接影响到研究成果的质量和诚信度。

蒋孔阳先生在为《台湾文学新论》做序时，充分肯定陆老师严谨的治学风范："他不为积习和陈见所囿，不为毁誉和流言所惑，而力求以批评家的理论勇气，实事求是地作出自己的判断，因而独具慧眼，言人之所未言。如《论杨逵小说创作的历史地位》《融传统于现代——白先勇〈游园惊梦〉艺术追求》等，都是例子。""士清同志是一个开拓进取的学者，也是一个治学谨严的学者。他研究台湾文学，注意材料的选择。他起步较早，在研究中一直忠于史料。……士清同志的特长是治史，所以他能够以史家的态度来对待文学史上的史料和史实，力求掌握第一手资料。例如为了确切了解《文学杂志》的文学宗旨、创作倾向，以及它在介绍西方现代文学、催生台湾现代小说方面所起的实际作用，他检阅了全部《文学杂志》，然后才写出了《〈文学杂志〉与台湾现代小说》一文，作出了科学的论断，纠正了因以讹传讹以至胡乱猜测的错误。"[2]

---

[1] 陆士清·《近期台湾短篇小说主题意识寻迹——序〈台湾小说选讲新编〉》，《台湾小说选讲新编》，上海：复旦大学出版社，1991年版，第20页。

[2] 蒋孔阳：《开拓的实绩——序〈台湾文学新论〉》，陆士清：《台湾文学新论》，第2—4页。

陆老师严谨的学风还充分体现在他为第一版《中国大百科全书·中国文学》所撰写的《现代台湾文学》条目。这条目原先由中央人民广播电台武治纯草拟初稿，审稿时大家觉得这稿子由于诸多原因没有写好，需要重写。可是当时国内学者无人应承，陆老师勇挑重担。陆老师清晰地梳理台湾新文学运动的历史轨迹，词条伊始就明确指出："1894年的中日甲午战争后，清政府将台湾割让给日本，在其后的半个世纪里台湾沦为日本的殖民地，但日本的殖民统治没有也不可能切断台湾与祖国大陆的内在联系。现代台湾文学就是在'五四'新文化运动和文学革命的影响下诞生和发展起来的，始终是整个中国现代文学不可分割的组成部分。"[1] 他将词条篇幅从7 000多字扩大到近25 000字，并且克服了偏重小说的倾向，评价了赖和、杨逵、吴浊流、钟理和、纪弦、余光中、林海音、聂华苓、於梨华、陈映真、黄春明、王祯和、钟肇政等一百多位小说家、诗人、戏剧家和散文家及其作品，使这个条目几乎成了现代台湾文学的"史纲"。这是新中国成立后第一次将台湾文学作为条目收入辞书，具有不容忽视的首创意义和开拓创新精神。

陆老师不仅自己率先垂范，树立严谨的治学风范，而且对学界粗疏的学风也毫不客气加以批评。他在《航船仍需扬帆——台湾小说史研究中的几个问题》一文最后，特别提到学风问题：有一本"史"书在介绍郑愁予的《错误》和痖弦的《盐》的时候，将仅有9句的《错误》，弄出了11个错误。如把"恰若青石的街道向晚"错成了"恰若清湿的街道巷尾"，把"跫音不响，三月的春帷不揭"，错成了"诸音不响，三月的春味不解"。引证《盐》的一节半，也搞错了近10处，将"二嬷嬷的盲瞳里一束藻草也没有过"，错成了"二嬷嬷的芒筒里一株稻草也没有过"，把"天使们嬉笑着把雪摇给她"，错成了"天使们嬉笑着把血舀给她"。

一向温文尔雅的陆老师，面对如此粗枝大叶的现象，也罕见说了重话，并表示："现时，我们评论界栽花的多，种刺的少，客客气气一团和气。这种氛围不利于文学创作和学术研究的发展。为了提升我们的学术研究水准，我说了不少问题，种了不少刺，很不好意思。问题说得也许武断乃至错误，但

---

[1] 陆士清、武治纯：《现代台湾文学》，《中国大百科全书·中国文学》，北京：中国大百科全书出版社，1986年版，第1037页。

用心绝对是好的。"[1]

先生之风，山高水长。高山仰止，景行行止。

最后恭祝陆老师文章老更成，健笔意纵横！

袁勇麟

苏州大学文学博士，复旦大学中文博士后、新闻传播学博士后。现为福建师范大学二级教授，文学院、闽台区域研究中心博士生导师，兼任中国世界华文文学学会副会长、福建省台港澳暨海外华文文学研究会会长。

---

[1] 陆士清：《航船仍需扬帆——台湾小说史研究中的几个问题》，《探索文学星空——寻美的旅途》，第100页。

陆士清先生：将生命奉献给学术的典范

王列耀

二十年前，世界华文文学学界就有"八老"之说。说的就是陆士清教授等一批老先生，作为学科创建的筹划者、建设者，学术研究的先行者、开拓者，学会的重要发起者、推动者的历史性功绩。

一、将创见奉献给学科

陆士清先生对学科的贡献，来自于杰出的学识与胆识，以及非凡的组织力、推进力。

1979年，陆士清先生即推荐并撰文评述，由福建人民出版社在中国大陆第一次出版於梨华的长篇小说《又见棕榈，又见棕榈》。1981年2月，即在复旦大学中文系开设《台湾文学》课程。1983年10月，主编出版《台湾小说选讲》，由复旦大学出版社出版。1987年4月，促成并全程陪同白先勇先生到大陆访问的"破冰之旅"。1987年9月，招收第一届台港文学硕士研究生。

那个时候，"拨乱反正"开始不久，多年形成的思维定势还在。大学课堂里的中国现当代文学，完全是中国大陆现当代文学。香港文学、台湾文学，在大学教科书中是一片空白。

当时我没有机会跟从陆士清先生学习，但是，於梨华的作品、陆士清先生的论文及主编出版的《台湾小说选讲》，是我及我的许多同龄人窥视世界华文文学的重要窗口，进入研究者队伍的入门书、引路标。

学科从无到有，从小到大；从课程开设到教材建设，从本科选修到硕士研究生培养；正是有了陆士清先生这样一批"敢为天下先"的勇敢者、奋斗者，世界华文文学学科才有了今天的繁荣。我们欣喜地看到：硕士学位授权点、博士学位授权点已经遍布全国高校、研究机构；一批又一批的硕士、博士进入了台港暨海外华文文学的研究领域，迅速成长成为领军人物、学科带头人；优秀研究成果迭出、重要研究项目不断增长，并且，在海内外的影响力日益剧增。

喝水不忘挖井人，燎原之际更念星星之火。世界华文文学学界的"八老"之说，我以为，说的就是当初那一批老先生"挖井""燎原"的历史性功绩，尤其是陆士清先生，位居大上海这个国际大都市，席列复旦大学教授，可谓是穿越"戈壁沙漠"，筚路蓝缕；闯过种种"激流险滩"，扬帆远航。开拓、推动、提升、引领着世界华文文学学科从无到有、从小到大、从弱到强的传奇性史实。

二、将智慧奉献给学术

陆士清先生视域开阔、眼光独到、理路清晰，发表过许多真知灼见，引领、推动了世界华文文学学术的繁荣和发展。

1993年7月，陈公仲先生在江西庐山筹划与主办的"第六届世界华文文学国际学术研讨会"，是台港暨海外华文文学学科发展中一次非常重要的会议。这次会议不仅成立了中国世界华文文学学会筹委会，而且正式对学科的命名、内涵作出了完整、科学的阐释。陆士清先生是这项会议的重要参与者，并且在理论构建中，不断发挥着主力军的作用：华文文学"它用方块字写作，承接着五千年中华文明的积累，及时加入了异域观念风情，只要没有完全被同化，总体上是摆脱不了中文的思维逻辑、情感逻辑、想象逻辑和道德逻辑的"。"族群文学与华侨文学区别在于：同是华人创作，可以有中国情结，有中国文化情怀；但他们有不同的国家认同，价值认同，有不同的梦想和追求。"陆士清先生等先生，对学科命名、学科重要概念、学科特色等理论问题的探讨，已经成为学科发展的重要理论基石，世界华文文学学术研究的思想宝库。

陆士清先生策划、主办过多次、多种规模、多种形式的学术活动。每次均有独到之处、突出贡献。

2002年10月，陆士清先生筹划、主办了"第十二届世界华文文学国际学术研讨会"。这是学会在筹委会曾敏之主任、张炯、饶芃子副主任领导下，经过十余年的艰难努力，正式得以在民政部注册、成立后的第一次国际学术研讨会。民政部、国务院侨办、海内外作家、全体会员以及各大新闻媒体都非常关注。陆士清先生及其团队，将大会主旨确立为"新视野、新开拓"，全力以赴、精心设计、卓越工作；为推动世界华文文学研究和创作的发展作出重要贡献。北美新移民作家陈瑞林、张翎、少君、王性初、沈宁在这次大会上以"北美新移民作家"的群体形象首次在国际学术会议上登台亮相，使得"北美新移民文学"迅速成为一种极具冲击力与创造力的文学现象。由于"北美新移民作家"的"横空出世"，世界华文文学创作与研究的版图得到极大的扩充。

这次盛会的成功举办，使大会、学会有幸与正在崛起的上海这个国际大都市一起名扬海内外，得到有关主管部门与海内外各界的高度评价，为学会进一步发展奠定了良好的基础。

2011年之后，学会为适应国家文化繁荣和发展的需要，多次举办较大规模的国际学术会议。根据学会以"学术凝聚力量"的内在要求，亟需开展一些中小型专题性、特色性、高水平的学术研讨活动。许多高校、研究单位适时举办了多种研讨，取得了很好的效果。陆士清先生更是作出了卓越贡献。2016年以来，陆士清先生在上海作协汪澜副主席、复旦大学陈思和教授的支持下，合作主办了三届"华文文学上海论坛"，开创了作家与评论家面对面对话、交流的研讨方式，开创了"老先生搭台，中青年唱戏"的扶持模式；这是学界许多推动者、组织者的梦想，真正实践则较为困难。"上海论坛"做到了，并且，已经成为一个响亮的极具号召力的"品牌"；而且，三次会议每次都有创新与发展。

三、将真诚奉献给学会

如果，将1982年召开的第一届台港文学研讨会作为中国世界华文文学学科创立的重要标志的话，陆士清先生是此标志性会议的重要推动者。如果，将曾敏之先生1991年发起成立中国世界华文文学学会筹委会作为中国世界华文文学学会的正式开端的话，陆士清先生即为重要签名发起人。

作为学会的一位重要创始人，陆士清先生对学术、学科、学会的奉献，也体现在对前辈、同辈、后辈的极度真诚与真心方面。

曾敏之先生是世界华文文学学术研究、学科建设、学会筹办的首要创始人；是著名的作家、学者、报人。陆士清先生非常尊重、敬仰曾敏之先生，为曾敏之先生撰写评传，立意"将曾敏之斑斓的革命的文学人生传之于书"，"希望让他的高尚精神品格流传于世"。为了"追求摄取曾先生的人生的全景，揭示他的思想的河流，把他这个大写的'人'写好"，陆士清先生不满足于资料收集、文本研究，虽然已经年逾七十，居家上海；仍然不辞辛劳，奔波上海、广州两地，多次与曾老"同吃、同住"，深度交流，真诚地以曾敏之先生为师，既做学生，又为挚友。

2005年，陆士清先生在杭州成功为曾老筹划、组织了"米寿"庆贺笔会。

2006年，曾老曾经不止一次提到，自己还有两个心愿：想再去一次杭州，想上一次没有上过的黄山。当年6月，学会在杭州、绍兴举行即将在长春召开的第十四届世界华文文学国际研讨会的筹备会议，陆士清先生专门陪曾老"践行"了"杭州之约"，并且，联系黄山之行，询问多家旅行社，商议了多种方案：包括路途乘何种车辆，上山可否使用轮椅、滑竿等。曾老因腿疾行走不太方便，但是，曾老的意愿非常强烈。经过反复评估商讨，最终，还是认为风险太大，无法成行。为了安抚曾老，陆士清先生反复向曾老说明情况，亲自专程护送曾老返回广州。事后证明，此次黄山之行，不仅因修路原故，路途中一再拥堵；更加麻烦的是，到了黄山脚下，必须乘缆车上山。排队乘缆车者众多，拥挤不堪，排队者几乎是前胸贴后背，根本无法容下轮椅、滑竿。经过三个多小时的拥挤上得山后，也是人流汹涌，所有的留影都只能是与无数陌生人一起的"集体大合照"。后来，向曾老汇报此况时，曾老也庆幸多亏未去；并且，非常感谢陆士清先生。

1993年7月，学会成立筹委会，肖乾先生、曾敏之先生为主任，张炯先生、饶芃子先生为副主任。学会秘书处设在暨南大学，为了方便工作，我任秘书长。从那时起，我有幸与诸位前辈接触较多，受到的关心与教诲也较多。学会成立之后，我担任副会长。2010年，在武汉举行第十六届世界华文文学研讨会期间，首任会长饶芃子先生因年龄原因，改任名誉会长，由我接任会长。上有诸多前辈，中有许多杰出同仁；适逢国家对"讲好中国故事""传播中华文化"高度重视，从而对学会高度重视，要求极高；后来又遇到上级部门机构调整等变化与要求；我常常都有力不从心、焦头烂额之感。每逢心有疑惑、不知所措，甚至心有拥堵之时，我都会向陆士清先生倾诉、求教。陆士清先生既是一位充满智慧的长者，更是一位非常真诚的挚友。他不仅善于倾听，更善于理解、善于指教。每次交流，都使我如沐春风。正是有了陆士清先生，以及学会一大批老先生、一大批杰出同仁的理解、帮助、包容；我才得以度过了那段非凡时期。为此，我将永远感激陆士清先生，以及所有包容、理解、支持过我的前辈、同仁、朋友。也希望大家一如既往地继续支持学会的工作、共同推动学会的发展。

曹惠民教授在《庾信文章老更成：陆士清对于华文文学学科的独到贡献》一文中指出："这些先行者的成就，至今还没有得到学界充分的肯定和足够的重视。这是学科史上一个明显的薄弱环节，亟待加强。这不仅有利于充实学术史流变的考察与书写，也将对一代代后继学人提供有益的启示和必要借鉴。"[1]

我非常赞同曹惠民教授的意见。陆士清先生的学术生涯，本身就是一部用生命作为奉献写就的大书，是一部有关世界华文文学学术发展、学科建设、学会历程的大书。真可谓：一部学术年表，半部学科历史。在这部书中，我们看到了：陆士清先生不为功劳、不论酬劳，一生辛劳、一生奔波、一生开拓、一生奉献的——陆老风范。通过这部书，我们更看到了所有先行者的奋斗与足迹、先行者的探索与成就——前辈风范。

所以，作为后来人，我们应该尽快将这一"薄弱环节"转换为优势环节——重视挖掘、利用好这些思想资源、学术资源，这些宝贵财富。经过大批杰出同仁与后继者的努力与奋斗，这个愿望一定可以实现。

---

[1] 曹惠民：《庾信文章老更成：陆士清对于华文文学学科的独到贡献》，《世界华文文学论坛》2012年第4期。

王列耀

暨南大学教授、博士生导师,台港暨海外华文学研究专家。现任暨南大学文学院院长、中国世界华文文学学会会长。主要专著包括《基督教文化与中国现代戏剧的悲剧意识》《隔海之望——东南亚华文文学中的"望"与"乡"》《宗教情结与华文文学》《困者之舞——近四十年来的印度尼西亚华文文学》等。

世界华文文学研究的"上海名片"：
浅谈陆士清教授的学术人生

王小平

作为当代世界华文文学研究学科的重要奠基人和开拓者之一，四十多年来，陆士清教授在世华文学研究领域深耕不倦，探索不息，对世华文学发展和学术研究的推进作出了突出贡献。陆老师的学术活动与思想成就具有鲜明的时代性，他立足复旦、立足上海，顺应当代中国中外文化、文学交流融通的时代巨潮，在世界华文文学领域树立了一张富于魅力的"上海名片"，其学术活动既充分呼应、彰显了上海的城市文化精神，又进一步丰富、推动了上海城市文化的建设与发展，主要体现在以下几个方面：1. 勇立潮头的海派创新精神；2. 求真务实、海纳百川的学术立场；3. 赓续红色文脉的知识分子情怀；4. 关注上海民间文化建设的本土意识。

上海自开埠以来，便始终居于中西文化交流碰撞的前沿，孕育出了敢于开风气之先、引领时代潮流的城市文化精神，这在改革开放以来的社会变化、文学发展中也有着充分体现。1977年，《上海文学》复刊（当时改名为《上海文艺》，1979年恢复原名）；1978年，卢新华发表小说《伤痕》，开"伤痕文学"先河……随着社会思潮、文学风气的变化，大陆与台港及其他海外地区的文学交流也日渐萌动。1979年，《上海文学》第3期刊发了台湾旅美作家聂华苓的小说《爱国奖券——台湾轶事》，是台湾文学作品在大陆首次发表。而在当年年初，陆老师已读到出版于1978年的《台湾乡土作家选集》，初步接触台湾文学，并对其产生了浓厚兴趣，更在3月南下广州，赴暨南大学考察台港文学状况。他敏锐地意识到："海峡两岸交流一旦展开，上海将是前沿，复旦将是这前沿的窗口，我们应有所准

备。"[1]对时代脉搏、城市文化动向的敏锐把握,为接下来在世华文学领域的许多个"第一次"奠定了基础:

1979年6月,在复旦大学参与接待於梨华、陈幼石等旅美作家,共同交流台湾文学情况,并请於梨华做了"台湾文学发展现状"的演讲——这是当代旅外华人作家第一次登上大陆高校的讲坛。

1979年10月,将於梨华的《又见棕榈,又见棕榈》推荐给福建人民出版社,该书于1980年出版,这是大陆出版的第一部台湾旅美作家的长篇小说。

1981年,在复旦大学开设《台湾文学》专题选修课,这是国内第一门台湾文学课程,新华社上海分社向港、台和北美地区发了电讯稿,《解放日报》《光明日报》都作了报道。在课堂上,陆老师不仅介绍乡土派、现代派,还涉及1950年代早期的军中作家,比如司马中原和朱西宁的创作,使学生们大开眼界。陈思和教授曾回忆:"在学术生涯里多少也涉及台港文学的研究,最初的兴趣就是陆老师教授予我的。"[2]

此后,陆老师积极利用高校的学术机制和学术资源,开辟大陆与海外华文文学交流的渠道,先后接待了李欧梵、郑愁予、杨牧、庄因、刘绍铭等众多海外华文作家,复旦大学也由此成为大陆与海外华文作家交流的重镇。1987年,他促成了白先勇访问复旦大学,这是白先勇离开39年后第一次回到祖国大陆访问,也是两岸文化文学交流的一大突破。陆老师将这一消息电告曾敏之先生,香港《文汇报》刊出了《白先勇访问大陆》的消息,这一事件在海内外产生了广泛影响。

1988年,台湾旅美诗人杜国清来复旦讲学,陆老师策划主持了台湾"笠诗社"创作研讨会,这是大陆召开的第一次研究台湾文学社团的专题研讨会。

1994年,在复旦举行了"第一届香港作家创作研讨会",这是1997年香港回归之前在大陆首次召开的香港文学专题研讨会。此时,陆老师的学术视

---

1 许慧楠、黄炜星、陆士清:《先行者的学术人生——世界华文文学研究专家陆士清教授访谈》,《华文文学》2022年第5期。
2 陈思和:《香港文坛"左翼"领军人物——曾敏之先生》,《星光》,上海:东方出版中心,2018年版,第278页。

野已经由台湾文学扩展到香港，再到海外华文文学。

2002年在复旦举行了世界华文文学学会成立后的首次大型学术研讨会，即"第十二届世界华文文学国际学术研讨会"。

……

这许多个"第一次"得益于上海作为中外文化汇通之地的前沿优势，更得益于陆士清教授的胆识与魄力。伴随着20世纪80年代以来上海城市文化日益开放、活跃的步伐，陆老师广交海内外朋友，与海外华文作家保持着密切深入的联系，如与白先勇所在的加州大学圣巴巴拉分校建立互访机制等，亦积极关注国内外台港文学、海外华文文学研究的进展，推动复旦大学台港文学、海外华文文学学科建设，以远见卓识和执着毅力筹备各项学术活动，撰写文学评论与研究文章，此外，还编写《台湾小说选讲》，为《中国现代文学辞典》编辑台港作家、作品条目，主编《台港文坛》等。点点滴滴的努力最终汇聚成海，如今，复旦世界华文文学研究中心已经成为海外华文文学作家心念之、情牵之的家园，已经延续三届的"海外华文文学上海论坛"也成为旧雨新知相聚畅谈的重要平台。在许多海外华文作家心目中，陆士清教授是一张富有魅力、值得信赖的"上海名片"。这既是学者本人在时代感召下勇立潮头，敢为天下先的学术创新精神的体现，也是百年来上海文化生生不息、重又焕发活力的体现。

陆士清教授的学术研究先是集中于台湾文学，再扩展至香港文学、海外华文文学，再到世界华文文学，与学科发展一路同行，为推动学科建设做出了特殊的贡献。从原始资料的搜集与整理到学理辨析探索，从作家个案研究到全景视野观照，都体现出了求真务实、海纳百川的学术立场。

自1979年起，陆老师便有意识地搜集与台湾文学相关的作品、作家资料及研究文献。在长期积累的基础上，1985年为《中国大百科全书》撰写了《现代台湾文学》条目，以简明扼要的文字清晰勾勒出台湾新文学发展脉络，这"几乎成了现代台湾文学的'史纲'"[1]。通过大量阅读作品、报刊资料，陆老师逐渐形成了对台湾文学发展状况的清醒判断。譬如，在《〈文学杂志〉与台湾现代小说》一文中，充分肯定《文学杂志》在台湾文学发展中

---

1 张炯：《探索文学星空·序》，陆士清：《探索文学星空》，香港：香港文艺出版社，2012年版。

的意义,指出:"《文学杂志》的宗旨,与台湾当时的文坛氛围大异其趣。它在'全无一句实话'的环境中竖起了一面说'老实话'的旗帜,在消极逃避'战斗文艺'的狂乱中,吹进了一股清新之风。"并通过对《文学杂志》1—4卷小说的全面梳理,得出明确结论:"《文学杂志》的小说已经摆脱了'反共八股'的格调。""它的创刊,可以说是台湾现代小说潮流最初的涌动,它的继承者——《现代文学》杂志,就是吸取了它的精神,并在它的基础上发展起来的。"[1] 而在《略论〈现代文学〉杂志》一文中,陆士清细致梳理刊物创办与发展的过程,深入考察作家与刊物之间的密切精神联系,"《文学杂志》呼唤到了白先勇们,《现代文学》杂志呼唤到了奚松们"。在中国文学整体视野中凸显《现代文学》的意义:"它符合民族文化和文学发展的趋势。……从民族文化交流和文学艺术发展的角度看,打破封闭格局,译介西方现代文学,这对台湾乃至整个中国文学的发展都是一大贡献。"并强调刊物对其时台湾"反共复国"桎梏的挣脱,"直接冲击了台湾文学的泛政治倾向"[2]。陆士清高度评价两份刊物在台湾现代派文学发展、中国文学整体发展中的作用,为后人继续开展相关研究提供了重要线索。此外,陆士清指导的硕士论文《台湾报纸副刊与文学的关系1949—1989》是大陆学界较早从报刊与文学关系角度解读台湾文学发展的成果。对报刊杂志的重视,也体现在香港文学研究中。在《回顾与展望——记香港世界华文文学联会成立五周年庆典》《〈香港文学〉杂志的前世今生》等文章中,陆士清详细梳理《香港文学》创刊、发展的具体过程,保存了诸多重要史料,以清晰的史实凸显了刊物的重要文学史、文化史意义。

自80年代进入台湾文学研究领域,陆士清始终主张以实事求是的态度研究台湾文学,提醒勿因外部因素而影响学术研究,"不作具体分析的简单化思想影响着研究台湾文学的热情;为了团结和友谊而溢美过誉的倾向,又影响着台湾文学研究的科学性"[3]。并对研究中的一些不良现象进行批评,"有些同志存在着一种盲目性,以为提到民族的或写实的,就都是好的,全予肯定;而一提到'现代派',似乎都不好,全予否定。这是经不起事实检验

---

1 陆士清:《〈文学杂志〉与台湾现代小说》,《复旦学报》1991年第6期。
2 陆士清:《略论〈现代文学〉杂志》,《复旦学报》1994年第6期。
3 陆士清:《近年来的台湾文学研究》,《复旦学报》1984年第5期。

的。"¹ 并以司马中原和纪弦的创作为例进行具体说明。同时,他也提醒研究者注意部分作家"理论和实践存在着矛盾",以郭依洞、朱西宁为例说明台湾作家身上存在的复杂性,"不同文学流派的作家有不同的创作倾向,同一作家群的作家的创作和生活遭遇也不完全一样,甚至同一个作家的创作倾向也随着历史的变迁而更变。如郭依洞,写过反共小说,也写过爱情小说和尖锐地批判台湾现实的小说……""又如国民党军中作家朱西宁,在五十年代曾配合'反攻大陆'的梦呓写反共八股;当这种八股遭到台湾社会厌弃的时候,他也自悔那些作品'都很幼稚,很多都是喊口号喊出来而非写出来的',于是改变宗旨,抱着'把当代人生活细致地留下来,让后代子孙知道祖先们曾在这片土地上怎样的生活'的目的而写作了。"² 由于政治因素,台湾文学研究不可避免地会涉及一些敏感问题的评价,陆士清力求从史料出发,知人论世,对作家进行深入全面的评价,对后来者起到了重要的示范作用。

陆士清在学术研究中秉承多元兼容的研究视角,在他笔下,既不乏细致具体的个案考察,又有宏观开阔的整体性观照。前者主要体现为对白先勇、於梨华、周励、戴小华、华纯、老木等海外作家的创作评论。陆士清对海外华文作家较为熟悉,善于把握作家的创作心理,往往能够将对作家个人生命意识的理解融入文本分析,准确把握并阐释作品特色,如《辉耀女性意识的光芒——施玮的长篇小说创作谈之一》《横看成岭侧成峰——施玮情爱长篇小说人性波澜》等文评论施玮的长篇小说《世家美眷》《放逐伊甸》《红墙白玉兰》,将小说对女性意识的觉醒、对个体生命升华的追求与作家个人的宗教信仰、生命意识相融合,揭示小说在探索情欲、物欲与灵性、良知之间关系时所具有的深度。此外,陆士清往往将作家创作置于时代背景下进行考察,结合民族文化、社会风潮分析作品的意义与价值。譬如,周励的《曼哈顿的中国女人》出版后风行一时。女主人公坎坷的人生经历、国外奋斗的历程吸引了许多读者,但也有人将其视为仅注目于物质欲望的"成功学"著作,或褒或贬的评论兼而有之。陆士清将周励的写作置于中国改革开放以来的历史场域中,充分肯定作品中对人性的张扬,将个体的世俗生活欲望追求

---

1 陆士清:《近年来的台湾文学研究》,《复旦学报》1984年第5期。
2 同上。

与精神上的自强不息、中国改革开放以来的民族奋发意志相联系,指出其写作"显现了民族自信,有一种不服输,不服气的劲头","是我们这个民族在新时代崛起的喻示和投影"[1],作出了客观公正的评价。

与具体细致的文学批评相应,陆士清在学术研究中也往往注重细微层面的学理辨析,如《试论"台湾文学"与"台湾意识"》一文对"台湾意识"概念进行学理辨析,厘清本土意识与台独意识的区别;《论日据时代台湾新文学的中国意识》则对台湾意识、台湾情结、台湾情怀的区别进行分析,同时也对"中国意识"的内涵加以界定;《世界华文文学双重传统问题的思考》等文章则对世界华文文学研究中的"中心"与"边缘"等概念进行分析,等等,体现出谨慎务实的学术素养。

在扎实的文学个案研究、细致的学理辨析之外,陆士清长期关注学科发展的方法、方向问题,如在谈到台湾文学研究时指出,"要把台湾文学研究水平提高一步,还要开拓研究的领域和丰富研究的方法。一方面要有微观研究的深入,深入研究作家、作品和流派;另一方面要有宏观研究的拓展,进行纵向的历史的研究和横向联系的研究,如它与中国母体文化的血肉联系,日据时代受日本文学影响,当代受欧美文学影响等,可以说都还是尚未涉足的领域,有许多重大的命题需要和值得探讨,在研究方法上可以采取纵的'史'的比较法,横的不同文学体系的比较法,从中探索其互相影响和互相作用,追踪其发生、发展和演变的动因和基本规律"[2]。这些敏锐的看法对后来学者的研究起到了重要的指导作用。

从台湾文学、香港文学到海外华文文学、世界华文文学,陆士清关于学科领域及研究方向的思考体现出开放性、前瞻性,对学科领域的拓展作出了贡献,也为世华文学研究向纵深推进起到了重要的引路作用。在为2014年首届世界华文文学大会所作的《迈向新世纪的世界华文文学》中,陆士清教授详细梳理了世界华文文学的地区分布及作家群,指出海外华文文学作品"呈现出世界性景观",并以马华文学为例将海外华文文学所具有的"本土传统"概括为五点:1.在国家认同方面已认同居住国;2.在价值认同上与中国

---

[1] 陆士清:《崛起民族的精、气、神——评周励的〈曼哈顿的中国女人〉》,《品世纪精彩》,上海:文汇出版社,2020年版,第255、259页。
[2] 陆士清:《近年来的台湾文学研究》,《复旦学报》1984年第5期。

人不完全相似，特别是以维护居住国利益为优先；3. 拥抱所生存的土地，珍爱在居住国的事业发展；4. 与中国人有不同的追求与梦想；5. 自然风土与人文环境的不同。[1] 其时，学界研究多集中于海外华文文学与中华文化的关系，陆士清则敏锐地注意到了海外华文文学的"在地性"问题，如今，这一方向已日益引起学界关注。在这篇文章中，陆士清还指出，世界华文文学的目标是"成为跨语种、跨种族"的文学，"期待华文作家的双语创作"，近年来，华文作家的双语写作有逐渐扩大趋势，研究则依然并不多见。此外，在《致敬，洛城——华文文学创作的重镇》中，陆士清以上海旅美作家卢新华等人的创作为例，提出了海外作家与中华民族共命运这一重要思想，体现出学术视野的开阔及学术眼光的敏锐，如今，世界华文文学与人类命运共同体研究已如火如荼。同样是在这篇文章中，陆士清指出洛杉矶作家群的创作体现了"中美文化的碰撞、互鉴和相融"，鼓励海外华文文学向着这一方向发展。陆士清开放前瞻、多元并包的学术视野与上海融通中西、海纳百川的城市文化精神是相得益彰的。

陆士清不是仅仅埋头于书斋的学者，而且是一位时刻感应并回应时代召唤、具有强烈忧患意识与责任担当的知识分子。他研究台湾文学，始终立足于促进海峡两岸文化交流，促进中国文学繁荣的需要，在一次访谈中，他谈到自己所关注的台湾作家有赖和、杨逵、白先勇、陈映真等人，在他看来，赖和"是一个坚决反抗日本殖民统治的斗士"，"杨逵坚定地反对台独，始终确认自己是中国人。……既能从爱国主义的立场出发，揭露批判殖民主义者的罪恶，又能以阶级分析的目光，洞察日本殖民主义的本质，表现出鲜明的社会主义倾向"。陈映真则"勇敢地为台湾乡土文学辩护，始终坚持台湾文学是中国文学的一部分"[2]。陆士清的文章《我心中的陈映真》，将陈映真明确定位为"执着的社会主义理想的追求者""追求祖国统一的英勇战士"，在此基础上充分阐述陈映真创作的社会意义及历史意义。对于白先勇的创作，他也作出了独出机杼的判断：《台北人》不是中国国民党反动统治失败的宏大叙事，而是借这个政权一些上层人物，和依附或追随他们的底层角色衰微命

---

1 陆士清：《迈向新世纪的世界华文文学》，《品世纪精彩》，第41页。
2 许慧楠、黄炜星、陆士清：《先行者的学术人生——世界华文文学研究专家陆士清教授访谈》。

运的叙事，构成了蒋家王朝落幕的风景。从这个意义上说，它是国民党衰败的寓言，或者说是预言。"[1]

陆士清格外重视作家的人格品性与家国情怀，这使他的文学评论有着浓郁的时代气息与历史意识。在评价海外作家老木的创作时，陆士清除了肯定其是"有丰富的生活历练的、创作富有成就的作家"之外，还指出，老木"是有中国文化自信、有赤子之心、不为西方意识形态所羁绊的、有独立理论思考和创新的、具有强烈批判精神的作家"，"是有高远理想追求的作家"，"是立足于当今的大时代，既重视历史经验又紧盯现实发展的作家"。[2]对戴小华《忽如归》的评论，正标题即为"家国情怀的激荡"。在文章开头就揭示出这部纪实文学作品的意义，"台湾中国人反对分裂，渴望祖国和平统一而且付诸行动题材的小说一片空白"。"《忽如归》以长篇纪实小说的艺术，披露轰动台岛，震动世界的戴华光事件，抒写了台湾一个家庭心归、人归祖国的事迹，彰显中华民族反对分裂，追求祖国统一的，压不倒，扑不灭的意志和家国情怀，弥补了台湾当代文学和海外华文文学在这方面的空白。"[3]并将这部作品称之为"补天之作"，激动之情溢于言表。在对诗人、书法家秦岭雪进行评论时，他指出秦岭雪的诗心之独特、学养之丰厚，但更重要的是聚焦于秦岭雪"不为艺术而艺术"的特点，充分阐发秦岭雪富于家国情怀、重视历史担当的社会责任意识。

这种注重家国情怀的知识分子使命感在《曾敏之评传》一书的撰写中有着集中、充分的体现。陆士清先生与曾敏之先生有着近三十年的忘年之交，在阅读了大量文献档案资料的基础上，完成了三十余万字的《曾敏之评传》，在写作中，陆士清教授始终立足于"人是社会的人，时代的人"这一基本观念，将曾敏之的经历和成就置于整个大时代背景下，通过记叙、描写曾敏之的人生轨迹而照出时代的面影。这本评传将传主生平与历史风云紧密结合，充分呈现了曾敏之人生中不同阶段的社会角色变化，塑造出一位心系国运、忧患兴衰的知识分子形象——事实上，也是陆士清的自我期许。作为红色文化的重要发源地之一，上海有着悠久的红色文化传统。无论是现代时期风起

---

[1] 许慧楠、黄炜星、陆士清：《先行者的学术人生——世界华文文学研究专家陆士清教授访谈》。
[2] 陆士清：《诗情哲理的熔铸——评老木（李永华）的创作》，《品世纪精彩》，第211页。
[3] 陆士清：《家国情怀的激荡——读戴小华的纪实小说〈忽如归〉》，《品世纪精彩》，第262页。

云涌的上海左翼文学，还是当代继承鲁迅战斗传统、心怀理想的知识分子人文精神，都已融入海派文化传统，成为上海城市文化的重要组成部分。陆士清富于家国情怀、忧患意识的知识分子历史使命感是对上海城市红色文脉的传承。

积极推动海外华文作家与上海本地学术界、文化界的交流，促进上海城市文化建设，是陆士清学术活动的又一突出亮点。自20世纪80年代以来，除了在复旦大学筹备主持"第四届台、港、澳暨海外华文文学国际学术研讨会""香港作家创作研讨会""第十二届世界华文文学国际学术研讨会"等海内外会议外，陆士清还依托上海本地企业、机关组织力量，以学术研究推动城市文化建设，1995年与戴小华合作，在宝钢召开了"世界华文女作家创作研讨会"，2016年以来与作协合作成功举办了三届"海外华文文学上海论坛"，使之成为世华文学界广受瞩目的精品文化平台。在"引进"海外华文作家方面，一个突出的案例是白先勇的"回归"。陆士清不仅促成了白先勇首次回到大陆、赴复旦大学访学，且积极推动白先勇与沪上学术界、昆曲界的交流，陪同白先勇观看上海昆剧团所演的《长生殿》，这一体验成了白先勇回忆此行时"最感动的事"。上昆演员们的精彩表演令白先勇赞不绝口，两日后，又在陆士清陪同下赴上昆座谈，巧合的是，会后聚餐时的"越友餐厅"恰恰是当年白先勇曾住过的地方，而此次座谈又为日后《游园惊梦》的合作埋下伏笔……种种因缘际会中，陆士清是重要的牵线人、推动者。白先勇改编的舞台剧《游园惊梦》在台湾上演后，反应热烈，评价不一。陆士清又以复旦大学台港文学研究室的名义组织了学术研讨会，邀请上海戏剧界知名人士参与座谈、各抒己见，对《游园惊梦》做出了积极的评价与回应，也为该剧在广州、上海、北京的成功巡演起了铺垫作用。

精品文学艺术的传播为城市文化建设起到了积极推动作用。2013年，恒源祥集团成立了上海恒源祥戏剧发展有限公司，当年即推出由徐俊执导的大型沪语话剧《永远的尹雪艳》，连演14场，深受上海市民欢迎。陆士清在《有灵魂的戏剧——评〈恒源祥戏剧〉》《品味重塑》两篇文章中对该剧进行评析，结合自己对白先勇作品的研究心得，从剧情设计、人物形象定位、社会历史意识等方面，对话剧与白先勇小说之间的异同作了细致的对比，充分肯定该剧在打造上海经典文化名片方面所做的探索。此外，陆士清还以《永远的尹雪艳》《犹太人在上海》等剧为例,分析在国际化视野下讲述上海故事的路径,如语言的选择、突出民族文化要素、在故事中融入多元文化等。他指出,"上海是个移民城市,除国际人士之外,还是江、浙、川、皖、闽、粤等省市人士的聚居地,多种方言,多元文化"。因此,有"《永远的尹雪艳》中吴家阿婆那么快板式的台词,说的苏北话,四位太太演唱的沪剧、越剧"。"《犹太人在上海》,为了将犹太人与上海人民相濡以沫共度时艰的这段特殊的生活表现得更抒情、更有力度,而采用音乐剧的样式,并由中以两国的艺术家,同时用汉英两种语言演出,独唱、对唱、合唱,英汉语言交相辉映,生动体现了上海故事的国际讲述。""多元文化的呈现,增加了戏剧的上海味和亲切感。"[1]陆士清以其多元的跨文化视野、深厚的世华文学研究积淀为上海城市文化品牌打造提供了切实有效的建议。

1994年,陈思和在谈到建设上海文化时曾针对一些现象进行批评:"今天有不少学者出于对上海经济发展的愿望,把现代经济管理和生活秩序与现代文化建设混为一谈,以为地铁、摩天楼、高级商品以及第一流的文化设施,就是都市文化发达的标志;上海市民的西式教养、精致生活以及遵纪守法,就是文化素养高的表现,因此陶醉于1930年代上海的物质文化,津津乐道,以为这就是上海一度成为全国文化中心的理由。这种说法对于鼓励一般市民维护上海的文化形象,自然是不错的,但若真以为这就是上海文化建设所要追求的目标,或把这样的一种文化现象当作上海文化的主要特征,那就未免太简单化了。"继而指出上海文化的另一种范畴:"一种非常优秀的文化素质,它不是立足于一个城市或某个地域,而是与全国甚至世界文化联结在一起的、通过不断的自我批判来激活自己的生命力,使之生生不息、除旧纳新的文化。"[2]在陆士清先生的学术研究与文化活动中,可以清晰地见出这种开放与创新同行、流动与联结并重的海派学术精神与学人品格,其学术人生是上海知识分子与上海文化紧密关系的缩影,与城市文化发展命运声息相通、休戚相关,是世界华文文学界的一张"上海名片"。

---

[1] 陆士清:《有灵魂的戏剧——评"恒源祥戏剧"》,《品世纪精彩》,第69—70页。
[2] 陈思和:《上海人、上海文化和上海的知识分子》,《海派与当代上海文学》,上海:复旦大学出版社,2021年版,第8—9页。

王小平

复旦大学文学博士,上海师范大学对外汉语学院副教授。上海市"晨光学者""浦江学者",研究方向为中国现当代文学、海外华文文学。主持国家哲社项目"海外华文文学中的上海叙事研究"、上海市社科项目"台湾新世代文学的中国意识研究"等,已出版专著《光复初期赴台知识分子初探》,在《当代作家评论》《南方文坛》等发表论文30余篇。

华文文学教研征途的引路人

江少川

改革开放之初,因读书记住了陆士清的名字。世纪之交,在华文文学学术研讨会上结识了陆老师,讨教、切磋、交流,受益至今。而今提笔敬贺陆士清老师九十寿辰,想起了有位前辈的一句诗:半生厚谊兼师友。

我心目中的师长与益友

1981年春,偶然从《光明日报》看到一则报道,复旦大学中文系为毕业生开设了《台湾文学》选修课,将"台湾文学"正式搬上了讲台。这一消息猛地触动了我,当时一阵兴奋与惊讶。那是我第一次知道陆士清老师的名字。不久读到陆士清老师推介出版的於梨华的《又见棕榈,又见棕榈》,书中附有他写的评论《於梨华和他的长篇〈又见棕榈,又见棕榈〉》,这是我读到的第一部台湾长篇小说。1982年又读到陆士清老师主编的《白先勇短篇小说选》。在两岸还未实现"三通"的八十年代初,很难看到台湾文学的作品,台湾原版图书更是无处寻觅,只能偶尔在杂志上零星读到几个短篇与诗歌。我在中文系教基础课《写作》,研究方向倾向于研究中国当代文学。那时我正在寻找文学研究的新方向、新领域,思考找到一块文学麦田精讲细作。读到於梨华、白先勇的小说及陆士清老师撰写的评论,突然发现了一个新的窗口,窥探到台湾文学的异样风景,心胸豁然敞亮。1984年,我读到陆士清老师主编的《台湾小说选讲》(上、下册),如获至宝,激动异常。陆老师主编的这两册选读本,共选了从上世纪20年代到70年代末34位作家的57篇小说,包括从赖和、杨逵一直到白先勇、陈映真、黄春明等作家的作品,几乎将台湾新文学以来有代表性的作家作品都"选讲"到了。这个选本可以说是当时全面梳理而系统评介台湾小说很全的选本，即使今天读来仍然具有代表性。此时陆士清的名字已经深藏在我脑海之中。这两本书，还有他主编的《白先勇短篇小说选》，像一把钥匙为我打开了台湾文学之门，让我窥探到台湾文学的地图与风貌。由此心中萌生起这一念头，何不选择台湾文学作为一块教学园地，像陆士清老师那样，在我校中文系开设台港文学选修课呢？后来又读到他的《台湾小说选讲新编》，这本书选择70年代中期后21位作家的21篇小说，这样与《选讲》连接起来，台湾新文学小说发展的脉络就大体清晰了。他早期写的评论文章、主编的那几本书，成为我入门的启蒙读物与铺路石。陆老师是引领我踏进台湾文学研究的引路人。此后，我这个迟到者大量收集阅读台港文学作品和文学史类的理论著作，通过亲友代购台湾原版图书。终于在九十年初，在我校（华中师大）中文系给本科生、函授生开设了台港文学选修课。不久我校当代文学专业硕士点增设台港文学研究方向，由我率先招收台港文学硕士生。华中师大成为中部武汉最早开设台港文学选修课的高校。

90年代末，在泉州华侨大学举办的华文文学研讨会上，我第一次见到陆士清老师，清楚记得他发言的题目是《还望大树根深叶茂——21世纪世界华文文学展望》，接着在汕头大学的第十一次研讨会上再次聆听陆老师的精彩发言《理想·境界·风格——关于蓉子的报告》。会议期间见到陆老师，儒雅清瘦，和蔼可亲，仿佛就是我熟识已久的师长。那时有过简短的问候与交流，还来不及深谈。

2002年复旦大学筹办"第十二届世界华文文学国际研讨会"，我接到陆老师发来的会议通知，非常期待。金秋十月，这次盛会在上海浦东名人苑开幕。这是进入新世纪后在中国举办的首次世界华文文学国际研讨会，规模盛大空前，学术讨论安排有序。出席会议代表150多人，台港与海外作家学者近60人。特别是北美新移民作家少君、张翎、陈瑞琳、王性初、沈宁组"兵团"赴会，这次破冰之旅，成为大会一大亮点。陆士清老师主编的大会论文集，书名是《新视野·新开拓》，非常精要地概括了大会的主题。这次大会分按台湾专题、香港专题、东南亚专题与北美专题分组讨论。我被安排在北美专题小组。小组召集人是饶芃子教授，北美五位作家都做了精彩发言，谈他们移民后在海外的创作经历与感受。这也是我第一次与新移民作家面对面地直接对话与交流。在这次会上，我第一次采访了少君，面谈有两三个小时，次年长篇学术访谈发表在《世界华文文学论坛》杂志。此后又对陈瑞琳、张翎与沈宁先后进行了学术访谈。并成就了我后来完成的《海山苍苍——海外华裔作家访谈录》一书的出版。这次大会成为我研究海外新移民文学的开端，是复旦大学搭建了一座文化之桥，是陆士清老师再一次引领导航，使得我从台港文学研究的园地，拓展或者说转型到世界华文文学研究的新领域。

上海浦东这次盛会给海内外代表留下了深刻而美好的记忆，也令我终身铭记，难以忘怀。直到今天，我还完整保存着二十多年前会议的全套资料：精美的会议纪念册、高质量的会议论文集以及爱不释手而有意义的纪念品。这次大会是在世界华文文学研究史上具有历史意义的嘉会，复旦大学将载于史册，陆士清老师功不可没。他会前会后，会上会下，为开好这次大会策划、组织、安排而忙碌着，让我真正感受到他卓越的组织能力、文化交流中的激情与亲和力，领略到一名学者的人格魅力与风采。

此后在国内外的华文文学研讨会上多次见到陆士清老师，在北京、广州、南昌、武汉、洛杉矶……2016年6月在暨南大学参加"新世纪新发展新趋势——日本华人文学研讨会"，一次晚餐后，陆老师与我，还有暨南大学参会的一位博士生一路交谈走进暨大招待所他入住的房间。那位同学正困惑于博士论文写作，极度苦恼，特向陆老师讨教。陆老师耐心听完他的讲述之后，细致分析他的选题，并对其论文的主旨、框架结构提出了自己的看法，还特别讲到学位论文写作中的态度与心境尤其重要。陆老师作为资深学者与长辈，对一个并不熟识的晚生不吝赐教，谆谆教诲，语重心长，那个夜间的交谈给我留下了很深的印象。

陆老师，在没有结识他之前，是他的名字与著述引导我叩开了台湾文学教学科研之门。在结识陆老师之后，他再次影响我拓展新领域研究海外华文文学。每次见到他，总是那么亲切谦和、平易近人。他治学严谨、勤奋执着、文风质朴，没有一点架子，每有新著问世都会签名赠我。陆士清年长，赠书与微信却总是以"兄"相称，令人感到特别温暖可敬。收到他的新作，欣喜之余又强烈感受到一种激励，一种鞭策与动力。从陆士清老师身上，我真正领略到"亦师亦友"这几个字的内涵与分量："好雨知时节"，"润物细无声"。

陆翁的学术品格与风采

结识陆老师二十多年，读过他的专著、评传、编著（主编）十多本，收获良多，深受启迪，对他学术研究的品格与特色感受最深的有以下几点。

第一，开拓探索精神。

想起陆士清老师的两部书名：一部《探索文学的星空》，一部《新视野·新开拓》。这两部书名形象生动：一曰探索，一曰拓新。陆士清老师早年从事中国现代文学研究，在改革开放、百废俱兴的八十年代，他开拓文学的新领域，把视野放眼到台湾文学。在八十年代，陆士清老师在中国高校的文学教育方面开创了三个第一：第一是1981年在复旦大学首开台湾文学选修课，彼时正值旧金山大学葛浩文教授访问中国，认为大陆高校还没有开设台湾文学课，得知这一信息后葛教授不得不临时修改他的讲演稿；第二是率先把於梨华的长篇小说《又见棕榈，又见棕榈》推荐发表，并撰写了第一篇台湾文学评论附在书后，这是大陆出版的第一部台湾作家的长篇小说，刊载的第一篇台湾文学评论；第三，复旦大学由陆老师最早在国内招收台湾文学研究方向的硕士生，1990年首届台湾文学硕士生毕业。这三个第一，对推动中国大陆高校文学学科建设、推动台湾文学研究影响深远，意义重大。

在世纪之交，陆老师又进一步开拓了文学研究的新疆域，把视野扩展向世界华文文学。如果说2002年5月在广州暨南大学召开的"中国世界华文文学学会成立大会"拉开了新学科建设、新领域研究的序幕，在上海复旦大学召开的"第十二届中国世界华文文学国际研讨会"则奏响了第一乐章，而陆士清老师主编的大会论文集《新视野·新开拓》便发出了第一声音响。这次新世纪的盛会是一个历史的节点，其意义不同寻常，陆老师就是一位推手，他的开拓探索精神在会议中得以闪亮地聚焦，让海内外的作家学者记住了他的名字。

第二，治学严谨扎实。

读陆士清老师的专著《台湾文学新论》，首先感受到他"治史"的严谨。他研究文学以文学事实、文学现象为依据，继承了中国文学的治学传统，其文学史研究都是从第一手资料的发掘中得出实事求是的结论。如写《试论日据时代台湾新文学的中国意识》，他深入研究台湾新文学的历史资料，提出："中国意识恰恰是台湾新文学的灵魂"，观点鲜明，有理有据，有力揭露了所谓"台独意识"别有用心的本质。为写《〈文学杂志〉与台湾现代小说》，他南下广州，在暨南大学阅读、研究了全部的《文学杂志》，爬梳剔抉，概述了这家刊物诞生的时代背景与前世今生，分析它与台湾现代小说作家的关系，以及为培养文学新秀所作出的贡献，资料翔实而具有信服力。蒋孔阳先生非常肯定，在《血脉情缘》的序中说"士清同志的特长是治史"。此外，陆老师尤其注重作家作品研究，从我读到他第一篇台湾文学评论《於梨华和他的长篇〈又见棕榈，又见棕榈〉》到《曾敏之评传》，直到最近的新著《品世纪精彩》，会发现他特别重视文本细读。如前期研究於梨华、白先勇，后期研究新加坡的蓉子、捷克的老木与美国的周励等作家，都是从自己的独特感受出发，对文本进行细致的解读，在深刻分析中得出科学的结论，而不是从某种理论框架先入为主。如早期从"无根一代"的真实感受切入、解析於梨华小说中一代留学生的精神心态。新的世纪，他在"一带一路"的大背景中评论捷克作家老木的小说，分析中国人跨国经商谋生的跌宕人生。从中我们都读出了陆士清老师文本细读的特色。如张炯先生在《探索文学星空》的序言中所言："陆士清的作家作评论，始终从把握作家的创作全过程出发，从审美的角度审视作品，从作品的实际去分析，揭示其艺术特点，而绝不以先设的理论框框概念去套"。研究作家作品是文学研究的基础与根基，陆老师的作家作品评论，思维缜密、解读深刻、细致入微、评价中肯，这来自他扎实的功底、渊博的学识与审美感知能力。

第三，老有担当追求。

陆老师把治学看作生命的一部分。一辈子研究文学无怨无悔，对华文文学的研究尤为痴心挚爱。刘登翰老师给《品世纪精彩》写序的标题《青春是一种生命的精神》，是对陆老师学术人生诗意的总结。总览陆老师的学术之路，他退下来以后，从来没有停止他的华文文学研究，退而不休、老当益壮，真所谓"文章千古事，风雨百年身"也。他退休后三十年的科研成果、参与的学术研讨会与文学活动策划大大超越了以往。多数人退休之后，中止了学术研究，继续做科研、弄专业的人很少，而陆老师却把他的华文文学研究看作终生的事业，老骥伏枥，壮心不已。进入老境，他做学问不为评职称、加工资,不为稻粱谋。现在回忆起来,他操办浦东名人苑那次盛会,已年近七旬。2016年,年过八旬的陆老师,还策划、参与由复旦大学世界华人文化文学中心与上海作家协会共同创办的"世界华文文学上海论坛",盛邀海内外作家与学者聚集申城,用"一对一"的方式进行对谈与交流。2018年5月,我与陆老师相遇在美国洛杉矶举办的"北美华文文学论坛"会上,此时,耄耋之年的他,还在女儿陪同下参加这次文学盛会,并在开幕式上作主题发言,这个会后半段在大巴士车上进行,陆老师全程参加,令代表们深受感动。陆老师说,他"心中所注重的依然是世界华文文学研究",这种"不离不弃"的治学精神,反映了陆老师圣洁的人格、高尚的境界。刘禹锡诗曰:"莫道桑隅晚,为霞尚满天。"——陆士清老师之写照也。文末,我以一首小诗敬贺陆士清老师九十华诞:

驰骋文苑数十年,治史拓新一代贤。
探路锐评棕榈树,为先领讲宝岛篇。
华坛论剑动江海,珠塔鸣角昭史编。
耋寿不老雄风在,奋蹄期颐再着鞭。

2023年3月26日于武汉华中师范大学

江少川

华中师范大学文学院教授,武昌首义学院中文系前系主任,硕士生导师。中国世界华文文学学会荣誉副监事长。从事写作学、台港澳文学与海外华文文学的教学与研究。著作有《现代写作精要》《台港澳文学论稿》《海山苍苍——海外华裔作家访谈录》《海外湖北作家小说研究》《解读八面人生——评高阳历史小说》等,主编有《台港澳暨海外华文文学教程》《台港澳暨海外华文文学作品选》《写作》《高等语文》等著作教材十多部。曾获海内外文学奖项。

陆士清的敏锐眼光、使命担当及其给我们的启示

朱双一

一、开风气之先的敏锐眼光

陆士清老师是我们学科最早的开拓者之一。1949年后，两岸长期处于隔绝状态。60年代末，美、日企图私相授受中国固有领土钓鱼岛，在美国的港台留学生及旅美华人发动了声势浩大的保钓运动。相对于台湾当局，中国政府在保钓问题上格外坚定和坚决，让"钓运"人士看到中国的希望在大陆，"钓运"因此发展为"统运"，加上中国恢复在联合国的合法席位、尼克松访华等，坚冰开始融解，大量旅美华人、留学生回到祖国大陆探亲、观光、参访，其中不少受到周恩来总理的亲切接见，返美后，将其所见所闻在旅美华人界中广泛传播，掀起了海外华人的"新中国认同"热潮。台湾作家叶嘉莹、於梨华等，就是在这股热潮中，于1975年前后回到大陆访问的，无形中成为两岸关系缓和、两岸文学交流开启的"报春燕"，后来文学成为两岸交流最早大规模启动的部门、学科，原因亦在此。上海及复旦大学，自然成为这些海外游子参访落脚的重要站点，如於梨华就曾应邀到复旦大学演讲，这也是当代大陆学界认知台湾文学之始。时任复旦大学现代文学研究室主任的陆士清老师，就这样被推上了启动两岸文学交流的最前沿。

1979年元旦全国人大发表《告台湾同胞书》，正式宣告两岸局势缓和，进入了交流合作、促进和平统一的新阶段。仅过三两个月，1979年3月、4月的《上海文学》和6月的《当代》创刊号上，就接连刊登了聂华苓、於梨华、白先勇等的作品，可说拉开了当代中国大陆介绍台湾文学的序幕。动作如此之快，令人叹为观止，表现上海文学界总是能够开风气之先的敏锐眼

光。这些活动陆老师都参与其中,成为其领衔者、开拓者。值得指出的是,在1980年代之前,两岸还处于相对隔绝,乃至敌对状态,要开展两岸文学交流,不仅前景未卜,甚至还有点风险(所谓"心有余悸"),这就既需要学术的敏锐性,还需要某种政治的使命感。当有人问起陆老师为何能成为世界华文文学研究的先行者,他往往说这是时势使然,这当然没错,但与陆老师的敏锐学术眼光、勇于承担的使命感也是分不开的。这从陆老师当年发表的论文中,就可见出端倪。

陆士清老师在《复旦学报》1982年第2期上发表了《试论聂华苓创作思想的发展》,这应该也是作者研究台湾文学正规学术论文的"处女作"。本文开门见山,说明了其与众不同的切入角度:此前对于聂华苓评论,大多侧重于介绍她的生平和创作情况,或者评价其作品;本文则试图根据目前能接触到的材料,探讨她创作思想的发展。这里见出了陆老师的高明之处。应该说,聂华苓年轻时因担任《自由中国》文艺栏编辑而在1960年受到威权政治的迫害,来到美国后,运用美国爱荷华大学"国际写作计划"和特意创建的"中国周末"等平台,促成了当代两岸作家相互发现了对方的存在并首次握手,从而正式开启了两岸文学交流的大门。因此对于聂华苓,单纯从艺术角度来谈论是不够的,还要从更深刻的思想角度,才能发掘"聂华苓现象"的巨大意义。在论文中,作者首先精辟地指出聂华苓与其他稍年轻一些作家的不同之处,在于聂华苓开始文学创作之前,就受过"五四"以来进步文学的熏陶,抗战时期求学于重庆,没有错过《雷雨》《日出》《屈原》《家》《蜕变》等进步戏剧的演出,这也是后来即使到了美国,接受了西方文学的一些影响,但始终坚持现实主义的基本原则和反封建主题的深刻原因。其早期小说"全是针对台湾社会生活的'现实'而说的老实话",像"五四"以后的进步作家那样,关心着艰难困苦中的小人物。即使1970年代运用现代派手法进行创作的《桑青与桃红》,也没有离开现实的题材,仍烙印着中国现代进步文学的某些传统。

陆老师还通过与当时一些著名现代派作家的比较,指出聂华苓文艺思想上的特点,例如她认为文学除供人欣赏的乐趣之外,最重要的是使人思索,使人不安,使人探索;她非常赞成陈映真所说的:"一个文艺家,尤其是伟大的文艺家,一定是一个思想家",应"对于人生社会抱有一定的爱情、忧愁、愤怒、同情等等的人的思考"。而在台湾现代派作家中,王文兴强调"文学的目的要使人快乐";余光中说"诗人把诗写好就尽了责任,诗人没有责任改造社会",完全崇尚自我表现;欧阳子则注重于分析人类复杂微妙的心理,"比较起来,聂华苓的见解自有高人一筹之处"。这种文学观念使聂华苓在创作中关注与分析现实的社会生活,大胆而又细致地揭示了台湾社会生活的矛盾。而这又与聂华苓到台湾之后既要为生计奔波,又要应付政治压迫,道路坎坷有关。值得指出的是,写作这篇论文的80年代初,正处于中国大陆追求"四个现代化",而文坛有些人误将现代化等同于现代派,同时也正大力反省以往将文学过度政治化、工具化倾向的时代语境中,陆老师却能有点"反潮流"地表达了不甚相同的文学社会功能观,特别是当时大陆学界对于台湾文学的了解,主要还仅限于旅美台湾作家聂华苓、李黎、於梨华、白先勇等所打开的一扇小窗口,陈映真到爱荷华与王安忆等大陆作家交往,还要到第二年的1983年,陆老师却能通过聂华苓而关注到陈映真并加以精确引用,不能不让人深感钦佩。

不过这篇论文中对于聂华苓文艺思想的探寻并没有到此结束,作者还试图进一步探究其产生和变化的更为深刻的时代、社会、政治原因,陆老师指出:"一个作家创作思想的发展变化,常常跟作家的政治思想上的变化结伴而行,聂华苓也是如此。"在台湾,因为触犯了国民党当局,《自由中国》杂志被封,主编雷震坐牢,聂华苓本人在被监视的情况下过着失业的"揪心"日子,这使她对台湾的政治现实睁开了眼睛。后来有机会接触了鲁迅的作品,特别是到了美国更多地接触了祖国文化以后,聂华苓的视野开阔了,1970年以后,由于翻译《毛主席诗词》,读了不少关于中国革命的书,对中国革命开始理解了,"我对中国现代历史事件的研究,譬如长征吧,对于我'由怨到爱'的转变有很大的影响。我明白了几十年来国民党向我宣传的'匪'是些什么人。他们为了几万万人民,为了子孙,为了建设一个合理的社会,什么艰险也不怕。爬雪山,吃皮带,是真正的理想主义者",从而在思想上经历了一个对社会主义新中国从怨到爱的转折。1978年聂华苓回国探亲,"又受到一次启发",加深了对祖国的感情,"我爱中国,因为它是一个不满足现状、永远向上的国家"。

与陆士清老师所论述的聂华苓情况相似的一幕,在於梨华身上同样上演。陆老师在他的另一篇论文《於梨华和她的〈又见棕榈,又见棕榈〉》中,论说了於梨华写作长篇小说《傅家的儿女们》的情形。她是在小说写到一半时归国旅行的,当她返回美国再度提笔时,却"笔重如山",因为"从中国回来之后,我的关心面扩大了……",在她想写的及能写的中间,有很大的距离:能写的几乎不忠于目前的自己,想写的又会不忠于原来的读者。在她循着原来构思写完小说时,表白如下心迹:不但告别小说中的人物,也是告别他们所代表的那个段落,更是告别那个段落里的自己——"闭幕了。我知道,下一个戏幕开时,不但不会是他们,也不会是他们类似的扮演者","应该有足够的勇气去揭发一个肮脏的社会,更应该有好奇心去了解一个新的世界"。陆老师指出:於梨华仿佛跨进了一个新的阶段,她所说的新的世界,就是伟大的祖国。在1975年第一次归国访问以后,於梨华就怀着一颗赤诚的心,渴望了解祖国。正因如此,1977年和1979年於梨华又接连两次归国旅行,它的结果是两个新的作品,即长篇小说《三人行》和报告文学《谁在西双版纳》的问世。作为旅美作家,过去,於梨华所写的是中国人的事和情。然而,现在她似乎已不能以此为满足了,她将用自己的笔,跟祖国人民一起,为创造美好的未来而斗争。陆老师对于於梨华的困境心情加以总结:於梨华是从大陆去台湾的,50年代初就旅居美国,过的是"漂泊无着落的生活",心头笼罩着"难以解脱的孤寂"。她一次又一次回台北,想去抓住那"快要模糊的记忆",企望在自己人中"摇落这些年来跟随我的无寄的心情",但是台湾毕竟不是旧时的家乡,"台北也不是家",而不过是一个容颜已改、脂粉太浓、脂肪太厚的荡妇,从她的笑声中,再也找不到往昔的满足,有的只是"贪婪与空洞",从而有了"家在哪里"的困惑和悲伤。很显然,於梨华对于新中国的认同,与她所生活的美国和台湾的不尽如人意有很大的关系。

无论是聂华苓或是於梨华,陆老师不仅写出了她们对于新中国的认同,而且想进一步探究这种"新中国认同"产生的原因和过程。笔者前几年曾撰写两三篇论文论述保钓运动后掀起的旅美华人的新中国认同热潮,其中提到促成海外华人的新中国认同的重要原因,一是他们将新、旧中国做了纵向对比,二是将新中国与他们当下所生活的台湾或国外做了横向的对比。由于聂华苓、於梨华的年龄关系,研究主要还是侧重于横向对比。在这一点上,笔者与陆老师观点颇为吻合，但陆老师的论文早于我30年。在台湾文学研究刚刚起步的1980年代，陆士清老师就能有如此精辟、深刻的观点，同样令人十分钦佩。我们常说我们是吸吮着陆老师的学术乳汁长大的，证至此，可知言之不诬。

二、批判"文化台独"的使命担当

陆老师的眼光敏锐和勇于担当的特征，不仅使他在两岸文学交流和大陆的台湾文学研究起步阶段扮演了开拓者的角色，还使他成为批判"文化台独"的先行者。固然我们可以强调文学性、纯文学、纯学术，但树欲静而风不止，"台独"派就是要利用文学、文化来影响台湾人的认同，我们也就需要针锋相对地对之进行学理性的批判，才能还历史以真面目。很可贵的，陆老师很早就有这种敏锐性、警觉性、使命感和问题意识。台湾文坛的统独斗争当然稍早就已开始，但真正认识到"文化台独""文学台独"的危害性，要到1990年代陈映真等加以揭露才引起大陆学界的关注，在中国作协和全国台联等的支持下，于1996年至2005年的十年间，形成了两岸联手反对"文化台独"的局面。然而早在1991年，陆老师就发表了《魂之所系——试论日据时代台湾新文学的中国意识》一文，指出日据下台湾人民奋起反抗日本殖民统治，表现出的对祖国、对中华民族和中华文化的认同意识、归属意识、关切意识和依恋意识，是与"日本意识"相对抗的、以中国为取向的社会意识，因此这种"台湾意识"实际上是具有台湾特点的"中国意识"。而1980年代后的"台独派"却将其说成是"台独意识"的起源，这是一种恶意的扭曲。此外，陆老师不仅指出当年的"台湾意识"实质上就是中国意识，且指出了其"台湾特色"，其敏锐性、精辟性，是远超时人之上的。此前此后，陆老师还撰写了《试论"台湾文学"与"台湾意识"》《"去中国化"的表演——评"文化台独"对赖和的歪曲》等文，目标都对准了台湾文坛"去中国化"的逆流。在这些论文中，作者并非简单化地怒骂一通了事，而是摆出大量翔实的资料，细致地进行分析，因此也更有说服力。

相关论述中最为深刻的，莫过于指出众多台湾作家具有明确的两岸命运共同体意识。陆老师引用了张深切在出发前往北京时，与抗日战友陈圻的一段对话,其中张深切说道:"我想我们如果救不了祖国,台湾便会真正灭亡,我们的希望只系在祖国的复兴,祖国一亡,我们不但阻遏不了皇民化,连我们自己也会被新皇民所消灭的。"陆老师对此总结道:"这里所说的中国取向,就是台湾新文学所表现出来的对于祖国的关切,把台湾的命运与中国大陆联系在一起,将台湾的希望寄托于祖国复兴的这种心理、思想和观念。"其他的类似例子举不胜举,如赖和、杨逵等。其实,像1907年林献堂于日本奈良会见梁启超,1926年张我军在北京拜访鲁迅,都有类似寄望的表达。关于两岸命运共同体、中华民族命运共同体等,近10多年来才成为热门话题,陆老师却在30多年前的1990年代初就已认知和提出,并将之用于批判"文化台独"的斗争中,不能不再次让人佩服其敏锐的眼光和思维的深刻性。

三、启示:紧扣时代的问题意识

最近二三十年来,新移民文学及其研究崛起,陆老师又是开风气之先者,可说是敏锐性、开拓进取性和使命感兼具这种特殊素质的再次证明。陆老师为学的特点和丰硕成果带给我们诸多启示。他之所以能有高度的敏锐性和批判性,与他的文学观有密切关系。前面说过他很早就认同陈映真强调文学思想性的观点。《"去中国化"的表演——评"文化台独"对赖和的歪曲》一文,劈头一句话就断言:"政治和文化是一对孪生姐妹",也就是文学和政治是密不可分的。这其实提示了无论是创作和评论,一种"问题意识"的重要性。不同时代、不同领域会面临不同的"问题",80年代以来的台湾文学面临的重大问题是"文化台独"逆流的猖獗;而当前中国面临的一个重要问题,就是国际上"中国威胁"论甚嚣尘上,而我们的应对方式,一方面要讲好真实的"中国故事",另一方面则是提出了建构"人类命运共同体"的目标,而这两者,世界华文文学都有别人无法替代的优势。"世界华文文学"和大陆的汉语文学,在使用汉语汉字这一点上,并无不同,但前者的特点和优势在于作为动词的"世界"二字——它跨出本土,走向了世界。一方面,它能更好地担负起向世界讲好中国故事的功能,即可讲历史上中华民族遭受列强侵略、欺压、掠夺的屈辱历史以及争取民族独立、国家富强的奋斗史,如早年反对美国华工禁约小说、天使岛诗歌,以及张纯如等揭露南京大屠杀暴行、陈河描写华人抗日的作品，等等，也可讲当下中国蒸蒸日上，建设中国式现代化，不扩张、不称霸、和平崛起的真实故事。另一方面，走出国境、走向世界的华人努力融入当地社会，与当地人民建立和谐双赢共荣的关系，实际上是一种建立人类命运共同体的实践，由此提供了优秀的世界华文文学作品的好题材。这一点为国内的、没有走出去的作家所不及。

在讲好中国故事方面，或可以《诗情哲理的熔铸——评老木（李永华）的创作》为例。陆老师敏锐发现，老木是一位富有哲学思想的作家，而且不了解其哲学思想，就无法读懂他的文学，因此论文第一部分就探讨"哲学的老木"，指出老木以现代概念来阐述我国的传统哲学理念，寻找东西方哲学的衔接点，揭示人性与文化（人类共性规则）的矛盾并预言矛盾的缓解，"不仅表现出了对民族文化的尊重和自信，同时表现了理论创新的勇气"。在题为"诗的老木"的第二部分，指出老木十分注重诗"写什么"（而非仅注重"怎么写"），他不低吟浅唱，更不无病呻吟，而是站在思想的高地，俯视人生，抒写真情，揭示事物的哲理和生命的规律。他关注中国的世情，批评社会上浮躁、追求金钱时尚、追求暴富的倾向，也关注反腐，甚至批评中国舆论界知识"精英"、网络大V盲目崇拜西方的偏向。在第四部分"政论的老木"部分中，陆老师概括老木政论的重要特点，一是正面肯定中国改革开放以来的发展以及中国特色社会主义道路和政治体制；二是揭示所谓的民主自由的本质，指出移植"普世价值"的危险和恶果，认为中国拒绝这种移植是正确的，强烈呼吁中国思想界要再次解放思想，从西方所谓的普世价值的羁绊中解放出来；三是旗帜鲜明地坚持追求共产主义理想，认为这是人类生命共性的需要；四是强烈的思辨色彩，既注意历史的经验，又紧盯现实的发展。陆老师论述的重点是第三部分"小说的老木"，因为这是讲好当下真实的"中国故事"以破除"中国威胁论"的直接成果。老木的长篇代表作《新生》的主人公康久在中国改革开放的背景下，来到环境复杂的捷克从事跨国贸易，从零售摆摊做起，发展到仓储餐饮旅店，越做越大越强，其超强的规划能力正是中国社会主义新文化的体现。他的成功还因为待人有恩有义，采取共商、共建、共享原则，与人合作，践行了中国儒家文化的达己达人的价值观，在西方市场文化条件下，展示了中国传统价值观和新文化的强劲生命力。最后却急流勇退，认定"我们真正需要的不是数不尽的金钱和算不过来的财产，更不需要豪华别墅、名牌衣装、奢侈用品、高档跑车……我们需要的仅仅就是安稳而不贫馁的简单生活之外，给自己一颗自由舒展的心……仅仅需要一份真正的尊严和爱情、得到一些真诚的友谊"，达到了中国式禅悟至理人生境界。这和西方资本家的唯利是图、贪得无厌、尔虞我诈，靠掠夺和剥削无止境地追求个人财富，迥然有别。可以说，康久的故事就是新时代中国人依靠自己的勤劳智慧而奋斗发展，探寻中国式现代化道路的当下"中国故事"。显然，陆老师从讲好真实"中国故事"的角度上，对老木做了充分的肯定。

在构建全球命运共同体方面，陆老师评论的周励、华纯的作品，提供了途径不同、目标则一致的样本。周励采用的是走遍世界各地、"亲吻世界"的方式。构建和谐相处、共同发展的人类命运共同体固然是我们的美好愿望，但要达到这一目标，吸取历史经验和教训，清理侵略罪行至关重要。陆老师指出：周励像历史学家和考古学家那样，冒险踏上血色的海滩，潜入海底战争尸骸"博物馆"，揭示战争的惨烈和生命杀戮的残酷，"既是对二战历史的反思，也是对现实的警示"；周励揭露了当年日本天皇、政客、军人的狼性，也努力发掘与之战斗的美军的人性表现，这不仅仅是为了颂扬，还有潜台词，"她似乎在将二战中富有勇毅、智慧和人性品格的将军们与现在华盛顿自私的政客们做无形的对比，呼唤勇毅、智慧和人性品格的回归，尽快结束至暗时刻，不要再重蹈战争的覆辙"。"向爆燃的杰出的生命致敬"，则是《亲吻世界》的又一重要内容。陆老师指出，周励几乎跑遍了欧洲的艺术馆和博物馆，欣赏文艺复兴之后的所有艺术家的杰作。她致敬和顶礼膜拜的艺术大师不下几十人，使她动容的杰作大概过百，她揭示大师创造了辉煌，背后却浸渍着血泪！周励不仅与一位德国人组建了家庭，还直呼"爸爸海明威"，甚至将罗曼·罗兰视为自己的精神情人。陆老师指出，周励钦佩海明威的语言和构思天才，能把生活中的真人，鲜活地塑造成文学形象，用诗的语言加以展示；认同他的自由冒险、带有几分野性的生活方式，并庆幸自己能拥有与海明威类似的生活方式，宣称海明威与自己身上几乎共同有一个季节变换：在陆地上度过一个季节，然后潜入水下，又有节奏地回到地面，精神焕发，充满了再生的活力。显然，这里没有了民族的差别，有的是建立在共同的人类良知和美善艺术、人格、精神追求之上的共同体意识。

陆老师概括周励《亲吻世界》的第三个主要内容，在于"探寻历史胎动的幽秘"，并总结周励展示出的历史观：一是认为先进的思想推动历史前进；二是肯定开明君主对历史的贡献，但她真正追寻的是民主共和；三是揭示了女人在欧洲历史演进中的作用。陆老师指出：周励肯定这些君王的历史贡献，也批评了他们的历史局限和专制的残酷。寻找这些君主王后，实际上如《寻找伏尔泰》一文的副标题所写的，是要窥探欧洲君主与启蒙先驱的关系，探寻欧洲历史胎动的幽秘，充满以史为鉴的期盼。在论文的最后一部分，陆老师指出，周励创作的《曼哈顿的中国女人》体现了改革开放时代中国人的精气神，而《亲吻世界》的创作，既是对文学艺术的回归，也是她传奇人生的升华。她珍爱和平，崇敬先贤，探寻历史的幽秘，鉴赏人类文明，与伟人对话。她追求的目标是："当一个提升中国形象和产品地位的'买办'，让中国产品走进全世界的高级橱窗。"这也许可说是周励式建构人类命运共同体的个人实践。权力、利益追逐和意识形态对立可能使人分离，甚至引发战争，但人性、艺术以及和平、发展、公平、正义、民主、自由的共同价值，却能成为建构人类命运共同体的基石。这些都是在陆老师《诗的情怀、史的血泪和辉煌——读周励的〈亲吻世界〉》一文中所能读到或体悟到的内容。

相较于周励，华纯更多地展现了海外华人融入当地社会的努力，同样充满了人类命运共同体意识。在《扶桑枫叶别样红——略谈日华作家华纯的散文创作》一文中，陆老师指出，始于1990年代中期的华纯创作，一举笔就是以国际视野描写环保题材的小说，《沙漠风云》写的是治理土地荒漠化，表现出一种"地球人精神"。确实，空气和水都流动不居，"环保"绝非单独某一国家或地区的事情，而是需要全球的通力合作才能奏效。近年来华纯更多写散文游记。陆老师概括其特点，其中最重要的第五点是华纯写得更多的是对日本人文的感悟，以感性而生动的笔致，触摸日本与中国历史的千丝万缕，也体现她自身的审美追求和期待。具体说来，这些散文有三点特别值得我们探讨。一是钟情于环境保护。她的纪行散文有不少是直接进入日本风景名胜之地，书写它的自然美，追寻它的历史踪迹，华纯也像日本人一样十分欣赏和感怀这种原汁原味的美。虽然她在作品里没有直言环保理念，但声声呼唤的是不要滥用农药，救救纹白蝶！呼唤保护好我们的环境，保护好我们的地球家园！二是触摸日本人的精神空间。华纯也写凡人生活的饮食男女，但笔下所探寻的却是日本人的精神空间，一道时尚菜，往往就体现了发达的日本社会、日本中上层人士对精致生活的追求。日本人追随时代潮流，顺应时代需要，又尊重传统，忠实于自己的职业和事业，甚至把事业和情感追求神圣化。然而日本社会还有另一类"神圣"的偏执。他们一旦做错事，甚至犯了滔天大罪就不敢面对，不愿承认错误、承担罪责。他们纠缠于细节，在正义和非正义的原则问题上却没有勇气正视真实和辨清是非。如对侵略中国以及慰安妇等罪行的认识就是如此。当然也有像西野留美子这样的日本女人，她坚决对抗偏执，不解决慰安妇问题誓不罢休。日本右翼分子最惧怕的，就是西野这样有胆有识而又认真到底的女人。另有日本文豪吉川英治，生前写出了家喻户晓的历史长卷《三国志》和《新平家物语》，借中国历史故事道出了"万物流转""盛者必衰"等哲理，暗中向日本帝国思想敲响了警钟。三是探视中日文化交流。陆老师指出，华纯有个主张，即华文文学创作要切入所在国家的社会生活。她的环保理念是在日本环保人士的影响下逐步清晰起来的，而体现这种理念的《沙漠风云》，也是从描写日本社会生活出发的。陆老师指出，华纯浸染日本文化已有二十多年，却绝非走极端路线的亲日派或反日派，她认为自己和所有在日华人一样，在无形中已经承担了将两国之间的破坏性关系转换为建设性关系的民间使命，她愿意以地球公民的开阔视野，促进环境保护和不同文化生活的相通、相融。

近年来，国际形势日趋复杂，"中国威胁论"不绝于耳，讲好中国故事和构建人类命运共同体的倡导，成为破除各种不实之词、邪说歪论，营造良好国际环境的重要途径。20世纪80年代以来从中国大陆走向世界的新移民作家，比起此前的台湾留学生文学作家以及大陆内地作家等，显然具备了更优越的条件以承担此重任。陆老师从一开始就十分关注并大力推进新移民文学的发展，应该就是看到了它在当前时代主题下的这种特殊价值和意义。

不经意间我们抬头一看，陆老师又走在了我们的前头，始终是我们学习的好榜样。值此陆老师90华诞的美好时光，我们祝陆老师健康长寿，永远带领我们继续向前。

朱双一

厦门大学台湾研究中心教授，博导，曾任中国世界华文文学学会副会长。著有《彼岸的缪斯——台湾诗歌论》《近二十年台湾文学流脉》《闽台文学的文化亲缘》《海峡两岸新文学思潮的渊源和比较》《台湾文学与中华地域文化》《台湾文学思潮与渊源》《百年台湾文学散点透视》《台湾文学创作思潮简史》《穿行台湾文学两甲子》等书，参与《台湾文学史》等的编撰，发表论文三百多篇，多次获得省、市社科优秀成果奖和全国"台湾研究奖"。

情牵民族、心系国是

——陆士清先生学术思想的淑世精神

温明明

世界华文文学研究从二十世纪七十年代末起步，至今已历四十余年，产生了大约五个代际的学术队伍。从发生学的角度来看，这五代学人介入世界华文文学研究的机缘并不完全相同，由此也形成了世界华文文学学科不同的学术维度。把世界华文文学作为特殊的审美对象，并研讨其诗学价值，构成了世界华文文学学科学术维度中最重要的一维：科学性。这是世界华文文学学科五代人共同的学术机缘，也是学科最根本的发生学基础。但除了科学维度之外，早期介入世界华文文学研究的学者大都还有另外一重机缘，尤其是广东和福建的学者，他们因为地缘、亲缘或血缘的原因，与台港澳及海外华人有着一层特殊的关系，因为这层关系，他们意外地进入早期的世界华文文学研究，这使得他们的研究成为一种与身世有关的命运，因而也建构了世界华文文学学科的另一重维度：伦理性。这是它与其他学科较为明显的一个差异。此外，还有一批学者，他们既非身处侨乡，又不具有密切的"海外"关系，他们怀着某种特殊的使命感和责任意识从事世界华文文学研究，在科学性之外，建构了这一学科的第三重维度：家国性。陆士清先生即为这一批学者的典型，他的世界华文文学研究就是审美意识与家国意识的融合，这种融合，使得陆先生的学术思想体现出鲜明的淑世精神或济世品格。

整体而言，陆士清先生学术思想的淑世精神，主要体现在以下三个方面。

第一，从当代文学研究转向世界华文文学研究，凸显了中国现代知识分子的家国意识和文化使命感。陆士清先生1955年进入复旦大学中文系学习，1960年留校任教，曾担任中国现代文学教研室、中国当代文学教研室主任、中国现代文学专业硕士研究生导师组长，1979年4月至1984年11月，以责任编委的身份，主持编写了中国第一部《中国当代文学史》，可以说，中国现当代文学是陆士清长期深耕的学术领域，并且已经在学界产生了一定影响，他曾在1980年被选为刚成立的中国当代文学研究会常务理事和副秘书长。20世纪80年代，正是中国当代文学研究和学科建设的蓬勃发展期，陆士清先生如果继续在这一领域钻研，必然"前途无量"，但他却在这一关键时期选择由热门的当代文学研究转向冷门甚至不无政治风险的台湾文学研究，多少有些令人"费解"。如何看待陆士清先生的这一自主"选择"，是我们理解他的世界华文文学研究学术思想的关键一环，它背后还关涉到以陆士清先生为代表的那一批最早从中国现当代文学研究转向台湾文学研究的拓荒者内在的精神追求。

1978年十一届三中全会之后，中国在各个方面开始透露出"解冻"的气息，海峡两岸交流的大幕也即将开启，以往被视为"禁区"的台湾文学也陆续在大陆文学期刊亮相。陆士清先生身处中国对外交流的前沿上海，较早地捕捉到了中国即将发生巨变的气息，凭着这份敏锐，他开始思考如何从专业的角度回应时代的巨变，尤其是适应台海形势的变化。由是，台湾文学进入了陆先生的研究视野，通过文学认识因长期隔绝而逐渐陌生的台湾，借助文学交流促进两岸人心互通，正如他自己所说："一方面是想从专业的角度适应两岸交流形势的发展，为祖国和平统一尽绵薄之力的责任感和使命感，使我步上了对台湾文学进行探索的旅程。"[1]陆士清先生的台湾文学研究，是中国改革开放的时代产物之一，他也曾谦虚地表示自己的拓荒性工作"是时势和条件造成的，并非有意争先"，[2]但这并不表示陆士清先生就是被时代所裹挟、被动地进入这一新的学术领域，相反，这是他在时代巨变面前所做的主动选择，这种选择体现了中国现代知识分子的家国意识和文化使命感，显现出了他作为大时代中的个体的主体性，这也是包括陆士清先生在内的第一代世界华文文学研究拓荒者最宝贵的学术精神之一。

---

[1] 陆士清：《浅浅的履痕：台湾文学与我》，陈辽主编：《我与世界华文文学》，香港：香港昆仑制作公司，2002年版，第143页。
[2] 许慧楠、黄炜星、陆士清：《先行者的学术人生——世界华文文学研究专家陆士清教授访谈》，《华文文学》2022年第5期。

第二,台湾文学研究方面。陆士清先生是国内最早从事台湾文学教学与研究的学者之一,他的台湾文学研究,除了注重挖掘台湾文学独特的美学特质外,还非常强调台湾文学的中国属性、台湾作家的中国认同,例如1990年撰写的《试论"台湾文学"与"台湾意识"》,这是陆士清先生台湾文学研究中极有分量的一篇文章,他在这篇文章中从理论角度,结合相关台湾作家作品,清晰地辨析了"台湾意识"的内涵,强调"台湾意识""是台湾乡土文学意识层次上的概念"[1],包含在中国意识里面;1991年发表的《论日据时代台湾新文学的中国意识》,陆士清先生针对台湾岛内少数人认为"日据时代的台湾新文学只有'台湾意识'而没有'中国意识'",他通过对赖和、杨逵、吴浊流等日据时期台湾作家的分析,旗帜鲜明地提出:"我不能同意这种看法。我认为,日据时代的台湾新文学不仅具有'中国意识',而且'中国意识'恰恰是台湾新文学的灵魂。"[2]2012年,陆士清先生又在《航船仍需扬帆——台湾小说史研究中的几个问题》一文中,再次强调我们的台湾文学研究应该放在中国文学的大背景下来展开,"首先,我们仍然要准确地把握作为中国文学一部分的台湾文学与整个中国文学的关系,将台湾文学放在中国文学整体格局中加以审视和描述"。[3]"'中国意识'是日据时代台湾新文学和新文学作家的'灵魂'。我认为,在研究日据时代台湾文学、台湾小说时,在写史和评价作家作品时,应当通过对确凿的史料和作品的分析,鲜明地体现这些观点。"[4]

20世纪70年代末以来,台湾岛内出现了文化"台独"分裂势力,陆士清先生在台湾文学研究中较早地注意到这种分裂祖国的倾向,并通过他的系列论文有力地回击了文学"台独"分子的诸多谬论,他在《试论"台湾文学"与"台湾意识"》中奉劝那些企图分裂祖国的人:"希望他们能看到祖国的统一,民族的和解才是中华民族振兴富强和自立于民族之林的光明大道,'台湾独立'是没有前途的。我们不能让情绪化的判断蒙蔽自己和同胞

---

1 陆士清:《试论"台湾文学"与"台湾意识"》,《血脉情缘:陆士清选集》,广州:花城出版社,2012年版,第34页。
2 陆士清:《论日据时代台湾新文学的中国意识》,《血脉情缘:陆士清选集》,第45页。
3 陆士清:《航船仍需扬帆——台湾小说史研究中的几个问题》,《笔韵:他和她们诗的世界》,上海:复旦大学出版社,2013年版,第60页。
4 同上书,第61页。

的眼睛,而应当为海峡两岸的中国人走到一起来贡献自己的良知、才华和勇气。"[1]在《"去中国化"的表演——评"文化台独"对赖和的歪曲》中,陆先生批判了"文化台独"对赖和的歪曲,同时清晰地指出:"赖和是中华民族的儿子,是杰出的文化战士,他的创作中表现出了浓厚的中国意识和中国取向。"[2]

陆士清先生的台湾文学研究,不仅立足于审美,而且熔铸了他作为中华儿女的爱国之情。他站在炎黄子孙的位置,秉持两岸一家的立场,肯定了台湾文学作为中国文学之重要组成的价值,抨击了台湾岛内分裂势力的"台独"意识,这些内容,正如蒋孔阳先生在给陆先生的《台湾文学新论》一书所做的序言中所说:"士清同志这本书,正是抱着炎黄子孙拳拳报国之心,希望借助对台湾文学的研究,促进两岸文化的交流,增进两岸同胞的相互了解,为结束民族分离、实现祖国和平统一,创造条件。也正因如此,士清同志十分关心台湾内部的'统''独'斗争以及它在文学、文化领域中的反应。值得称道的是,面对台湾文学、文化领域中的'统''独'之争,士清不是视而不见,消极躲避,而是积极介入,去了解它,研究它。"[3]陆先生的台湾文学研究让我们看到了一个人文学者身上的浩然正气,这无疑也是他学术思想中淑世精神的一种体现。

第三,曾敏之研究方面。曾敏之先生和陆士清先生都是我们这一学科最早的开拓者,1982年,他们在首届台港文学研讨会上相识,此后成为相互交心的挚友。曾敏之先生与陆士清先生,借用曹惠民老师的话,一位是"通人",一位是"解人",他们的交往至今仍是学界一段佳话、美谈,是什么成就了这一段佳话?我想首先是学术思想的相通。1978年12月5日—16日,广东省作家协会在广州沙面复兴路上的广东胜利宾馆召开广东省文学创作座谈会,初到香港《文汇报》工作不久的曾敏之受邀参会。这次文学创作座谈会的主题是"破冰解冻、除毒复苏,进一步解放思想,努力把创作搞上去",与会代表就创作上如何突破"四人帮"所设的禁区展开了热烈的讨论。有感

1　陆士清:《试论"台湾文学"与"台湾意识"》,《血脉情缘:陆士清选集》,第38页。
2　陆士清:《"去中国化"的表演——评"文化台独"对赖和的歪曲》,《血脉情缘:陆士清选集》,第114页。
3　蒋孔阳:《开拓的实绩序〈台湾文学新论〉》,陆士清:《台湾文学新论》,上海:复旦大学出版社,1993年版,第2—3页。

于内外文化交流长期闭塞，曾敏之在这次座谈会上做了题为"面向海外，促进交流"的发言，认为"要拨乱反正，文学交流最能见成效；要打通内外交流的管道，文学交流最容易被接受；港澳回归，台海统一，要从文学、文化交流着手"[1]，呼吁大陆文学界关注港澳台和海外华文文学。可以说，"面向海外，促进交流"是曾敏之先生学术思想的内核，这一点不仅被陆士清先生所认可，而且他还将之融汇到了自己的学术研究中，他在20世纪80年代接待并研究於梨华、聂华苓、白先勇等人，其意义和影响在当时已溢出文学而渗透到了社会，进一步推动了海峡两岸的交流。

除了学术思想的相通之外，陆士清先生与曾敏之先生的相交还源于他们人生理想和价值理念的相通，即志同道合，他在78岁高龄完成了《曾敏之评传》的撰写，谈及创作的缘起，陆先生毫不讳言是出于对曾先生人生思想的认同："我写《曾敏之评传》，不仅因为曾先生是香港作家，更主要的是出于对他的敬仰，对他人生价值的认同。曾先生是个既传统而又有现代精神的文化战士。他虽生活在新时代，但身上融注着中华民族志士仁人的血液和精神。"[2]陆先生在悼念曾敏之先生的一篇文章中曾深情地回忆到："与曾先生在一起时，华文文学当然是我们的一个话题，但谈得更多的是国家、民族、社会，每当此时，我总会感到他身上的那股强烈的精、气、神，其核心就是对党、对国家和民族的忠诚，对国家发展和民族振兴的渴望。他真正是心寄赤诚，肩有担当的忧国忧民之士。"[3]我从这段回忆中看到的不是曾敏之先生对陆士清先生的影响，而是思想的对话，他们均秉持着一种忧国忧民的淑世精神，这种精神使得曾敏之的人生超越了个体而具有了时代的价值，他的创作也灌注了这种精神，这同时也使得陆士清先生能够在曾敏之的创作中敏锐地发现这些思想的精髓。例如在曾敏之先生的古体诗词创作中，陆士清先生看到了"江山社稷　祖国情深"[4]；在曾敏之先生的游记文学创作中，他看到了"'闲情'岂忘忧家国"，"曾敏之在游记创作中也始终不忘世情史迹的观察，

1　陆士清：《曾敏之评传——敢遣春温上笔端》，上海：复旦大学出版社，2011年版，第186页。
2　许慧楠、黄炜星、陆士清：《先行者的学术人生——世界华文文学研究专家陆士清教授访谈》，《华文文学》2022年第5期。
3　陆士清：《哀泣悠悠，思念长长——沉痛悼念曾敏之先生》，《世界华文文学论坛》2015年第1期。
4　陆士清：《传统的格调　现代的情韵——曾敏之古体诗词创作》，《笔韵：他和她们诗的世界》，第236页。

也始终萦怀家国之思"[1]。在曾敏之创作与民族传统的血脉关系中,他又看到了"从立志而言,那种对人民、对国家的责任感,则体现在他一生的追求中,体现在他新闻工作的全部实践中,也突出地光耀在他的文学创作中"[2]。

陆士清先生是最重要的曾敏之研究专家,他的相关研究,包括《曾敏之评传》中对曾敏之生命历程的考察、学术论文对曾敏之文学创作的解读、对曾敏之开创世界华文文学学科的分析,都始终把握住了曾敏之先生作为中国现代知识分子忧国忧民的思想内核,这使得陆士清老师的曾敏之研究除了具有华文文学价值,也同时具有思想史意义。在曾敏之先生与陆士清先生"志同道合"的背后,不仅使得陆先生能够发现一个具有思想深度的曾敏之先生,同时,我们也可以从曾敏之先生的精神亮面上发现陆士清先生的思想境界,他们最终实际上构成了世界华文文学界最重要的一对互看关系。

那么,我们应该如何从学术史的角度看待陆士清先生学术思想中的淑世精神?纵观当前的学术研究,可以发现我们对世界华文文学学科第一代学人学术思想的整理和研究尚未真正开始,当其他学科已经倡导再历史化、再问题化、再理论化的时候,作为一门有着四十多年历史的学科,我们甚至还没有迈出历史化、问题化和理论化的第一步。我们讨论作为学科拓荒者之一的陆士清先生的学术思想,也必须对陆士清先生的学术思想进行相应的历史化、问题化和理论化,并从整个学科的发生学角度出发,深刻地把握内蕴在其中的时代、社会、个体、学科之间的相互渗透。

陆士清先生的世界华文文学研究诞生于改革开放的时代大潮中,受其影响又与其共振。放在大的历史语境下来看,包括陆先生等在内的第一代学人的拓荒,无疑可被视为是"文革"结束后国内思想解放的产物,但他们与时代的关系并非是被动的,他们的拓荒性研究,不仅为整个中国学界打开了一扇瞭望大陆之外文学的天窗,而且其意义又超出了文学领域,甚至对于八十年代初中期而言,陆先生等人的世界华文文学研究的价值更多体现在文学之外,正如翁光宇在首届台港文学学术研讨会纪要中所说:"对台港文学的出版和研究,其意义就不仅仅是局限在文学领域,它是统一大业的一部分,对促

---

1 陆士清.《山水人文总关情——论曾敏之的游记文学创作》,《探索文学星空——寻美的旅迹》,香港:香港文艺出版社,2012年版,第297页。
2 陆士清:《在传统的大地上——曾敏之创作的民族传统血脉》,《探索文学星空——寻美的旅迹》,第341页。

进海峡两边的中国人的联系和团结，对促进祖国的统一都有积极的作用。"[1] 陆士清先生以复旦大学为平台，以文学的方式，在八十年代初中期接待於梨华、李欧梵、郑愁予、杨牧、刘绍铭、马森、白先勇等人，发表相关学术论文，推动了海峡两岸的人文交流，是中国大陆逐渐走向开放的表征，这在当时的历史环境中，无疑是具有重大的时代意义的。可以说，陆先生的世界华文文学研究，很好地落实了曾敏之先生1978年首次倡导世界华文文学研究时所提出的"面向海外，促进交流"的呼声。

回顾陆士清先生从事世界华文文学研究的历程，不难看出时代转折期他作为现代知识分子的良知和担当，而将陆先生研究中的淑世精神放在"五四"尤其改革开放以来中国文人追求民族崛起、实现现代化的历史脉络中来考察，更能看出其时代意义和精神谱系。

首先，它反映了中国现代知识分子在特殊年代中形成的忧患意识。陆士清先生1933年出生于江苏张家港的一个农民家庭，二十世纪中国的重要历史阶段：抗日战争、解放战争、中华人民共和国成立、"文革"、改革开放，他都是亲历者，见证了我们这个民族的苦难和新生。苦难的中国赋予了陆先生他们这一代中国知识分子独特的精神品质，其中就包括对民族和国家深切的忧患意识，这种忧患意识在陆先生所从事的世界华文文学研究中，又被转化为强烈的淑世精神。可以说，"情牵民族、心系国是"既是陆先生世界华文文学研究的精髓之一，也成为整个世界华文文学学科重要的精神血脉。

其次，陆士清先生在学术研究中所彰显的淑世精神，是八十年代社会氛围的一种折射，内在是对五四启蒙传统的继承。十一届三中全会后，中国大陆在各个方面步上正轨，知识分子的精神面貌也焕然一新，启蒙重新成为社会主潮。陆先生在这样的时代语境下，由当代文学转向世界华文文学研究，将台湾文学研究与祖国统一关联在一起，是有它的历史必然性的，这使陆先生的世界华文文学研究具有典型的"文以载道"特点，这里的"道"既包括港澳回归、台海统一、内外交流、人心归顺，也包括民族特征与民族气派。陆士清先生其实并不回避自己研究中的这一淑世精神，他在《浅浅的履

---

[1] 翁光宇整理：《台湾香港文学学术讨论会纪要》，《台湾香港文学论文选——首届台湾香港文学学术讨论会专辑》，福州：福建人民出版社，1983年版，第268页。

痕：台湾文学与我》一文中谈到："曾有朋友说：你们是为了适应两岸文化交流而研究台湾文学，是在为政治服务。我承认，我是在为促进两岸文化交流，增加两岸同胞的相互了解，为争取和平统一祖国服务，并以此而感到光荣……"[1]历史上，由于特殊的原因，"为政治服务"一度成为学界反思的重要命题，同时也造成了对文学研究使命感和责任意识的污名化，将文学研究中体现出来的家国意识一概列为"为政治服务"，以致我们在相关的讨论中也经常避谈文学研究中的时代担当。陆士清先生是真诚的，他不仅不回避他的台湾文学研究中的淑世精神，而且"为此而感到光荣"，放在现在来看，这种淑世精神实际上是学术研究位置意识的鲜明体现，代表了我们这个学科老一代学人的宝贵品格，也是当前的世界华文文学研究学者经常忽略的一种意识。

以上谈了一些自己作为后辈学人对陆士清先生世界华文文学研究学术思想的粗浅认识，当然有必要指出的是，陆士清先生的世界华文文学研究，他的学术思想不仅仅体现为一种淑世精神，他的研究首先是一种审美研究，他的学术思想的核心包含了科学精神，是科学精神与淑世精神的融汇。

2023年3月30日于广州暨南园改定

温明明

文学博士，暨南大学中文系副教授，硕士生导师，中国世界华文文学学会理事，主要从事世界华文文学及中国现当代文学的教学与研究。近年在《文学评论》《华侨华人历史研究》《暨南学报》等刊物发表论文十余篇，出版学术专著两部。

---

1 陆士清：《浅浅的履痕：台湾文学与我》，陈辽主编：《我与世界华文文学》，第146页。

莫道君行早,更有早行人

——作为"先锋学者"的陆士清先生

王艳芳

  吾生也晚,虽然早就对华文文学兴趣深厚,但直到2002年10月才第一次正式参加学会组织的学术会议。也正是在这次大气精美、极具上海气派的会议上认识了大会召集人之一的、大名鼎鼎的陆士清先生。一晃二十多年过去,至今仍清晰地记得陆先生儒雅清癯的面影,干练挺拔的身姿,以及组织来自世界和全国各地150多人盛会的指挥若定、谈笑如常。那时感觉他大概60岁上下的年纪,万没有想到他尚且有如此充沛的体力精力和学术活力。自此之后,几乎每届世界华文文学会议特别是江苏省的华文文学年会都会再见到陆先生矫健而熟悉的身影,听到他略带苏南味的普通话和爽朗的笑声,还常常得到先生学术上的谆谆教诲,对后辈鼓励有加。陆士清先生不仅是一位当之无愧的学术策划和组织家,也是一位卓有成效的学术交流和活动家,更是一位具有"先锋精神"的研究者,即香港著名评论家黄维樑教授所称誉的"先锋学者"。

一

  作为"先锋学者"的陆士清先生,其先锋性首先表现为对学术研究前沿问题的敏锐性。上世纪七八十年代之交,中国社会正酝酿着深刻的时代变革,海峡两岸的关系也即将掀开全新的篇章。作为复旦大学中文系年轻教师的陆士清先生敏锐地感受到了这股时代的春潮,并远远地走在了同代人的前列,凸显出敢为人先的"早"字精神。这正如刘登翰先生在《青春是一种生命的精神》中所言:"当1979年元旦全国人大常委会发表《告台湾同胞书》时,他就敏锐地感觉到,两岸关系的变化必将带来文学视野的拓展,便开始有意识地寻找台湾文学作品,并专程到当时已拥有较多台港文学资料的暨南大学,住了十多天,阅读了不少相关图书,回沪后即向学校提出开设台湾文学选修课的建议。"[1]这不能不说是得风气之先,想人之所未想,行人之所未行。而之所以选择暨南大学,据陆士清先生回忆:"暨南大学因为得到了香港《文汇报》副总编(代总编)曾敏之先生的支持,已经在现当代文学教研室里成立了台港文学研究小组,并且通过曾敏之先生在香港采购到了一批台湾文学的图书,包括夏济安创办的《台湾文艺》、白先勇创办的《现代文学》部分杂志、白先勇的《台北人》、陈映真的《将军族》、林海音的《城南旧事》和黎明文化事业公司出版的《台湾作家自选集》等台湾文学资料。特别是1977年出版的台湾图书总目汇编,更有大量文学图书信息。"[2]占有充分的第一手资料是学术研究的基础,在资料极其稀有和罕见的情况下,暨大之行足以见出其学术感觉的敏锐性、学术眼光的前瞻性以及足够与之匹配的迅捷行动力。

1979年6月,全国的台港暨海外华文文学研究尚未正式发动,陆士清先生即邀请旅美作家於梨华为复旦大学中文系学生作"台湾现代文学"的讲演。此后更取得於梨华授权,于同年10月将其长篇小说《又见棕榈,又见棕榈》推荐给福建人民出版社出版,并在半年之后的1980年1月,撰写了研究於梨华小说的长篇论文《於梨华和她的〈又见棕榈,又见棕榈〉》,正式开启其台港暨海外华文文学的研究历程。陆先生此举不仅使得该著作成为祖国大陆出版的第一部台湾旅美作家的长篇小说,也使得该论文成为较早一篇有影响力的台港文学研究方面的学术论文。与此同时,他还充分关注海外华文文学通过中国大陆文学媒介发表与传播的态势:早在大家熟知的白先勇小说《永远的尹雪艳》于1979年7月《当代》文学杂志发表之前,已经注意到聂华苓的《姗姗,你在哪里?》、於梨华的《涵芳的故事》、李黎的《谭教授的一天》等短篇小说分别于1979年3月和4月在《上海文学》杂志连续刊登,於梨华的长篇小说《傅家的儿女们》刊登在该年度《收获》杂志第五期。

---

[1] 刘登翰:《序:青春是一种生命的精神》,陆士清著:《品世纪精彩》,上海:文汇出版社,2020年版。
[2] 陆士清:《短短的历程——话说台港文化研究所》,《品世纪精彩》,第413页。

整个80年代，陆士清先生在华文文学研究这块崭新的学术领地上以拓荒者的姿态进行学术上的耕耘和引领。在致力学术研究的同时，在学术交流、学科建设方面也扮演着先行者的角色并取得了不菲的成绩，而且与其学术研究形成互补。80年代上半期先后接待来自北美、台湾、香港等世界各地的作家访问团，参与作家作品的交流和讨论，如於梨华、马森、白先勇、洛夫、张默等；1987年6月，赴香港中文大学新亚书院访问讲学两周，并发表《大陆对台湾文学的研究》的演讲；1988年6月，再次访问香港；1988年10月，赴美国加州大学圣塔芭芭拉校区客座研究半年，并发表《白先勇的小说创作》《杜国清的爱情诗》等学术演讲。

早在1981年2月，陆士清先生就将台湾文学研究作为一个学科来建设，为"文革"后中文系首届毕业生开设了"台湾文学"专题选修课。此事当时影响重大，新华社分别向香港、台湾和北美发了电讯稿，国内的《解放日报》和《光明日报》也做了报道。相关研究也迅速跟进，1981年3月主编《白先勇短篇小说选》，并为之撰写《白先勇的小说技巧》。4月写作《试论聂华苓创作思想的发展》并刊载于《复旦学报》。1982年2月发表论文《论〈桑青与桃红〉》。1983年主编《台湾小说选讲》（上下册），并由复旦大学出版社出版，在长篇序言《汉魂终不灭，林茂鸟知归》中对台湾文学的历史和现状、思潮和流派、主要作家作品进行了详尽而扎实的梳理与论证。1984年主编《王祯和小说选》，1988年主编的《台港文坛》内刊出版。1987年9月负责招收第一届台港文学研究生；1988年1月，任新成立的复旦大学台港文学研究室副主任；1989年1月，任复旦大学台港文化研究所副所长。

及至华文文学研究刚刚起步的90年代，陆士清先生丰厚的研究成果已经卓然独立，自成大家。1990年3月，撰写论文《试论"台湾文学"与"台湾意识"》，主编的《台湾小说选讲新编》出版。1991年，合作撰写《三毛传》并分别出版大陆版和台湾版。1993年6月，专著《台湾文学新论》由复旦大学出版社出版。其本来拟写一部现代台湾文学史，也有相当多的前期成果和基础研究，但随着岛内"台独"气氛越来越浓，不得不明智而无奈地放弃，并将学术研究的视野和对象转移至香港、北美、东南亚等地华文文学，先后主编了秦岭雪的文集，撰写了专论并出版了评传。2003年主编并出版

《情动江海，心托明月——秦岭雪诗歌评论集》，2011年专著《曾敏之评传》分别由复旦大学出版社和香港作家出版社出版了简体字版和繁体字版，在海内外皆引起极大反响。

二

作为"先锋学者"的陆士清先生，其先锋性还表现为其研究视野和研究方法的前瞻性。陆士清先生的华文文学研究主要涉及三大类，一类是文学史料研究，一类是作家作品研究，还有一类是整体性的文学史研究。无论哪一种研究，对待所涉及的具体史料、作品中的细节问题，都反复查证、多方验证。无论是期刊研究，还是作品评析，都必须穷尽文本，将所有的期刊阅读一过，并将作品从头至尾读完，而不是截取个别或局部进行"断章取义"式的研究。《〈文学杂志〉与台湾现代小说》[1]一文可说是开创了现当代文学、华文文学期刊研究的先河——而这一兼具史料和文化价值的研究迄今方兴未艾。论文从四个方面展开，首先是《文学杂志》诞生的文化语境或曰文化场域，"天下滔滔之中不常听到的清醒的呼声"；其次着眼于该杂志的"纯文学"品质和格调，强调其所形成和引领的50年代中期台湾文学的纯文学氛围和环境；再者，着重分析该期刊对西方现代主义小说的借鉴和学习，奠定了台湾现代主义小说的初步轮廓；最后一个部分主要论述了该杂志对台湾现代文学新秀的培养，以白先勇、陈若曦、王文兴、欧阳子等为例说明其所受到的现代主义的滋养。史论结合，有理有据。

陆士清先生不仅是期刊研究的先行者，而且通过扎实严谨的史料研究纠正了之前研究中的一些错讹。其于史料研究的开创性功劳，用蒋孔阳先生的话说："士清同志的特长是治史，所以他能够以史家的态度来对待文学史上的史料和史实，力求掌握第一手资料。例如为了确切了解《文学杂志》的文学宗旨、创作倾向，以及它在介绍西方现代文学、催生台湾现代小说方面所起的实际作用，他检阅了全部《文学杂志》，然后才写出了《〈文学杂志〉与台湾现代小说》一文，作出了科学的论断，纠正了以讹传讹以至胡乱猜测的错

---

[1] 发表于《复旦学报》1991年第6期。

误。"[1]《文学杂志》研究之后,陆续对台湾《现代文学》杂志、香港《香港文学》杂志、泰国《泰华文学》等期刊进行研究,所以,陆士清先生不仅是期刊研究的开创者之一,而且是期刊研究规范的建立者和传统的造就者之一。

不仅期刊研究以史料为基石,从《台湾小说选讲》(上下)、《台湾小说选讲新编》到《台湾文学新论》皆是如此,注重史料和史实,并力求严谨和突破。《台湾小说选讲》(上下)共收入1920—1980年代、34位台湾作家的57篇小说,序言《汉魂终不灭,林茂鸟知归》堪称一部"台湾新文学简史",且为每位作家的作品配有专门的分析和评论。《台湾小说选讲新编》收入21位作者的21篇作品,是对上书的有效补充。序言《近期台湾短篇小说主题意识寻迹》详尽梳理了1970—1980年代台湾小说中殖民化倾斜、社会转型期各阶层价值观念的挫动、女性文学、政治小说等四种主要题材的发展,对上述"台湾新文学简史"进行了丰富和深化。

专著《台湾文学新论》共收入不同时期的台湾文学研究论文26篇,其研究主要分为两类,一是关于台湾文学的整体性问题研究,主要包括前面的7篇,涉及中国大陆的台湾文学研究状况、台湾新文学运动纵览、70—80年代台湾短篇小说的主题意识、台湾文学的"台湾意识"、日据时代台湾新文学的"中国意识"以及《文学杂志》与台湾现代小说等,这些问题于今看来依然具有现实意义和理论价值,在在显示了陆士清先生学术研究的前瞻性。另一类则为作家和作品研究,涉及较为广泛,主要有白先勇研究(4篇)、台湾留学美国的留学生作家、台湾新文学早期的老作家、通俗文学作家,以及台湾现当代文学史各个不同时段的作家及其作品研究。同时涉及多种文体,如诗歌、散文、小说,甚至小说《城南旧事》的电影改编等问题。

三

作为"先锋学者"的陆士清先生,最终形成了其学术研究的个性:"对话性"。其学术研究,很少引经据典,更少借用西方新潮理论或方法。皆从

---

[1] 蒋孔阳:《开拓的实绩——序〈台湾文学新论〉》,陆士清:《台湾文学新论》,上海:复旦大学出版社,1993年版。

文本出发，坚持传统的研究理路。这从表面上看来似乎很不"先锋"，但经过了近四十年的唯西方理论为马首是瞻的研究历程之后，适逢文学研究的中国理论话语正在崛起的今天，陆士清先生的个性化坚持又显得颇为"先锋"。事实上，其学术研究的个性并不止于从文本出发，而是对于研究对象的尊重、理解以及建立在此基础之上的、不同于"同情之了解"的另一种"平等之对话"式的研究个性。他的作家作品研究知人论世，建立在与作者作品的充分对话和共同磋商的基础之上，发中肯之声、作公允之语、说妥帖之话、立客观之论，这一点特别值得后来者借鉴学习。

陆士清先生的华文文学研究细致而广泛，先后涉及不同世代、不同国别、不同区域的数十位作家作品，如杨逵、白先勇、陈映真、杜国清、非马、彦火、於梨华、聂华苓、欧阳子、周励、戴小华、华纯、施玮、蓉子、朵拉、梦莉、曾晓文、薛海翔，等等。这些研究或评论文章跨越了漫长的时间，并经受住了时代的检验。庾信文章老更成，凌云健笔意纵横。于90岁高龄为薛海翔的家族小说《长河逐日》作论，正如作家薛海翔在《最年长的评论家》中所说的那样："一个阴沉而寒冷的早晨，一位大病初愈的高龄老人，为了写一篇述评，为了书评中的一个论断，直接找到作者，逐句推敲，逐字商讨，一如半个世纪他一直做的那样。"[1]而这位老人就是刚刚度过新冠阳性危险期的陆士清先生。不仅如此，近年来他还先后完成了《诗情哲理的熔铸——评老木（李永华）的创作》《业绩耀文林 香港一书生——略论潘耀明先生的文化建树》《诗的情怀、史的血泪和辉煌——读周励的〈亲吻世界〉》等一批炉火纯青之作，或倾情关注作家的最新创作动向，或对其文化业绩进行高屋建瓴的论析，既显示出知人论世的稳妥与扎实，同时更体现出论者文学研究的韧性和活力。

莫道桑榆晚，为霞尚满天。陆士清先生不仅是一位教者、一位学者，还是一位勇者和智者，更是位坚定的实践家和坚韧的生活家。他对于生活的热爱、对于学术的钟情，他的学者气度、他的先锋气质值得所有以学问为志业的人效仿和学习。

---

[1] 薛海翔：《最年长的评论家》，《新民晚报》2023年3月17日。

王艳芳

南京大学博士，苏州大学博士后，台湾大学台湾文学研究所、新加坡南洋理工大学中华语言文化中心访问学者，现为江苏师范大学文学院教授。主要研究领域为华文文学、女性文学，先后出版《女性写作与自我认同》《异度时空下的身份认同》等专著4部，发表学术论文近百篇。系江苏省高校"青蓝工程"中青年学术带头人，江苏省台港暨海外华文文学学会副会长，中国当代文学研究会女性文学委员会副秘书长，中国世界华文文学学会副秘书长。

文脉传承与知识谱系的建构

——陆士清教授与海外华文文学研究

白 杨

20世纪七八十年代之交,已过不惑之年的陆士清教授开始从事台港暨海外华文文学研究,这个伴随着新时期改革开放的时代节奏而开始起步的学术领域,在当时充满着新鲜感和不确定性,它是时代的产物,也以自身的成长为那个时代的文化气质和思想内蕴增添了色彩。关于那个时代的记忆,常常被人们从不同的角度反复讲述着,而对于从事台港暨海外华文文学研究的人们来说,陆士清教授也是这个学科的学术史中不能忽略的关键人物。

一、文化交流的先行者

如果用几个关键词来描述陆士清教授与台港暨海外华文文学的关系,我首先想到的会是学术识见、世界视野和积极的实践者等词语,这些概念所涵盖的思想因素汇集在他身上,使他能够敏锐地把握到潜隐在时代潮流中的信息,而成为文化交流中的先行者。他成为中国内地从事台港暨海外华文文学研究的最早一批研究者,也以自己的实践为这个学术领域奠定了优质的学术基础。

梳理中国内地台港澳暨海外华文文学研究的学术发展史,研究者多是从1979年《上海文学》《当代》《收获》等杂志刊登白先勇、於梨华、聂华苓等海外华人作家的作品,以及《花城》创刊号发表曾敏之先生的评论文章《港澳及东南亚汉语文学一瞥》谈起,这可以说是一个台港澳暨海外华文文学在中国内地文坛集体亮相的重要时刻。从20世纪50年代开始,在"冷战"格局中被迫中断的东西方文化交流,以及中华文化内部的对话与沟通,正伴随着历史的转折开启新的道路。当人们站在今天的角度回望历史时，也许并不能感同身受地体会当时场景中选择的难度，经历了50年代以后多次政治风暴的冲击，一些带有前卫色彩的、探索性的选择和行动，究竟会带来怎样的后果，是置身时代风云中的个体必须慎重思考的问题。而台港澳暨海外华文文学就这样带着一些不确定性和新鲜感进入了新时期的历史轨迹中。

值得注意的问题是，在当时的历史现场中，台港暨海外华文文学能够受到内地文化界的关注，除了期刊、编辑的参与，高校研究者的加入也起到了重要影响，而陆士清教授就是高校中最具代表性的一位学者。

1979年初夏，於梨华作为美国纽约州立大学奥尔巴尼分校代表团的成员到复旦大学访问。陆士清教授参加了接待，并邀请於梨华为复旦学子做了一场介绍台湾文学发展概况的讲演。这位被誉为"留学生文学的鼻祖""无根一代的代言人"的旅美华人作家，对中华文化怀有深厚的感情，她在交流中谈到："希望复旦能够多关注台湾文学，将来两岸交流可以有更多的共同语言。"[1]这一年年底，陆士清将於梨华的长篇小说代表作《又见棕榈，又见棕榈》推荐给福建人民出版社出版，并撰写了评论文章《於梨华和她的〈又见棕榈，又见棕榈〉》，这是"中国大陆出版的第一部台湾的长篇小说，第一版即发行了10万册，影响之大可以想见"[2]。此后海峡文艺出版社又推出了《台湾文学丛书》，其中包括陆士清编选的《白先勇短篇小说》等作品，比较系统地呈现了台湾地区文学的历史面貌。以此为契机，陆士清教授依托复旦大学这个学术平台，逐步搭建起台湾文学研究的学术架构。

1981年春，他在复旦大学"给'文革'后首届本科毕业班学生、研究生和进修教师正式开设了'台湾文学'选修课"[3]，这在当时的中国大陆"是首创"，"新华社于3月29日、30日分别向港、澳和北美发了电讯稿，《光明日报》《解放日报》都发了报道"[4]。学术的关注很快带动了新的文化交流活动，"开课不久，旅美台湾作家第一个访问大陆代表团的七位作家，包括刘绍铭、李欧梵、郑愁予、庄因、杨牧等，由中国作协毕朔望先生陪同从北京到上

---

[1] 陆士清：《品世纪精彩》，上海：文汇出版社，2020年版，第425页。
[2] 同上书，第425页。
[3] 同上书，第426页。
[4] 同上书，第426页。

海，访问了复旦"[1]。对新的文化信息的敏锐把握和果敢行动，使复旦大学中文学科成为国内台港暨海外华文文学研究的一个重镇。

1983年，复旦大学出版社出版了由陆士清主编的《台湾小说选讲》上下册，其中收录了赖和、杨逵、吴浊流、林海音、白先勇、陈若曦、陈映真、黄春明等34位作家的57篇作品，时间跨度涵盖"日据"时期到20世纪70年代的台湾文学。在台湾文学研究的起步阶段，这些作家作品的评介，打开了内地研究者的视野，也为这个学科方向的发展奠定了比较高的学术水准，迄今为止，台湾文学的研究对象仍然在这些重要作家作品的基础上的完善和拓展。

客观地看，对台湾文学的关注在文化空间上改变了研究者的思维惯性，使中文写作的国际性意义得到彰显。在以往的中国文学研究中，研究者更多关注的是发生在中国内地的文学现象、文化思潮，由此导致的问题是，虽然中国文学的内在构成是丰富的，但学术边界意识导致的思维模式化状况对学术的深入发展形成了一种障碍或壁垒。越来越多的研究者意识到，对中国文学的研究不应只局限在中国内地的文学，还应考察中国经验在台港澳地区，以及世界其他国家、地区发展演变的状况，而台港澳暨海外华文文学作为中华文化共同体的组成部分，恰好能够客观地呈现中华文化在跨时空境遇中的历史轨迹。打破一种惯性思维是比较困难的，在20世纪80年代的历史现场中，陆士清教授和他的同时代先行者们一起为学科格局的拓展作出了积极贡献。

从1990年代中期开始，陆士清教授将研究视野进一步转向香港文学研究和海外华文文学研究，先后策划、组织了"香港作家创作研讨会""世界华文女作家创作研讨会"和"第十二届世界华文文学国际学术研讨会"等学术活动。在这些学术交流活动中，包容性、代表性和对话性成为鲜明的特色，一些不同文学主张的作家可以同台论道，研究者和创作者面对面地进行对话，国内学者和海外汉学家深入交流，这些活动推动了中国内地学界对台港澳暨海外华文文学的研究，也在知识谱系和学术格局上丰富了学科发展方向。

1　陆士清：《品世纪精彩》，第426页。

进入新世纪的第二个十年中，已经年届耄耋之年的陆士清教授与上海市作家协会、复旦大学中文系、华语文学网等单位策划组织了三届"世界华文文学上海论坛"，让作家与研究者面对面，在大文学史观视野下促成华文文学研究者与其他学科学者间的对话，打破学科间的壁垒，探索华文文学研究走向深入和多元化的路径。置身在这些活动中的陆老师，忙碌却谦和，温和的言行中尽显胆识与眼光。

时至今日，华文文学研究已经走过40余年的发展历程，在这个学科的每一个发展阶段，他都作为同行者、掌舵人，以充沛的激情和理性的思考，身体力行地参与和推动着学科的建设发展。

二、有情怀的学术与有立场的态度

生活中的陆士清教授温暖、亲切，极有风度，气质中有海派文化骨子里的神韵和精彩。他待人总是善良真诚的，有仁者的气度在。仁，体现的是他的大爱，那种犹如灯塔一样温暖但有力的照拂、呵护，让每一个曾经同他相遇的人都会产生如同家人一样的亲近感和长情的留恋。

这种仁爱，也体现在他的学术研究中，使他的评论文章在理论之外增加了情感的温度。在他的研究中，有一个很重要的部分是对前辈学者、作家的观照，他写下《我心中的陈映真》《贡献文林，名垂千秋！——悼念刘以鬯先生》《沥沥心血溉紫荆——曾敏之与香港文学》《忧时论世寄诗文——读曾敏之先生近作》等文章。他阐发陈映真以悲悯情怀和深广的人道主义精神直面政治专制下台湾社会的病象，由此而呈现出思想家的特质和其追求理想信念的现实意义；他回顾与刘以鬯先生在香港见面的情景，描写曾是上海人的刘先生因上海话而自然流露出的亲近感，空间的阻隔切不断游子的乡情，新老上海人的握手言欢，将多少人生感慨、家国情怀蕴含其中；他也写到刘以鬯先生创办和主编《香港文学》等报刊的艰难与寂寞，在商品化气息浓重的香港社会中，严肃文学长期被排斥和边缘化，但有责任感的知识者勇于以一种勇毅和不屈的精神开拓文学的生存空间，这种对信念的坚守使他们成为一见如故的朋友。在他的研究对象中，着力更多的还有曾敏之先生，他不仅写了一系列研究文章，还用数年时间完成了《曾敏之评传》。刘登翰教授评价说:"他以一个时代,来映照一个人,也以一个人,来写一个时代。从立功立业,到立德立言,乃至细微的情感世界,内心的细水微澜,一切都娓娓道来。这是一部全镜式的评传,作者忠于转主的真实人生,也忠于对纷繁历史求真的史识和史笔。"[1]特别精当地点明了该书的特点与价值。

曾敏之先生自20世纪30年代起投身祖国的文化事业,他做过记者、编辑,也是才情横溢的诗人和散文家。40年代,他参加民主运动,因支持学生的反内战、反饥饿、反独裁斗争而被国民党特务投进监狱;50年代以后,他主持《文汇报》《大公报》等对外宣传报道工作,曾因受到极左路线冲击而被下放、审查;"文革"结束后,他出任香港《文汇报》副总编(代总编),并兼任评论委员会主任,为国家建设殷切建言,并大力倡导学界关注台港及海外华文文学研究,为推动这个新开创的学科的发展做出了重要贡献。陆士清教授与曾老相识于80年代初,他们亦师亦友,成为台港及海外华文文学研究领域的知交。在《曾敏之评传》的引言部分,他动情地写下这样的文字:"我发现,曾先生是个既传统而又有现代精神的文化人。他在人生理想上继承了中国知识分子的美德。在中华民族的历史上,所有仁人志士,都期望立功、立德、立言,以贡献于国家和民族。曾先生虽生活在新时代,但他身上融注着中华民族志士仁人的血液和精神。他追求光明,投身革命,虽然历经风雨,道路坎坷,但无怨无悔;他虽无戎装,也未驰骋疆场,但书生报国,健笔一枝,无论在新闻战线或文学创作上,都屡建突出业绩……他尚德重义,襟怀坦荡,执着事业而不计得失……"[2]这些对曾敏之先生的评价,真切地概括了其思想境界与道德人格,而对这些闪光点的发现,则是源于两人精神世界的共鸣。在曾敏之先生身上,陆士清看到了现代文化人对中华传统美德的传承与坚守,而他也是这文化传承链条上的重要一环。我们发现,在他高度评价过的现代知识者中,从陈映真、刘以鬯到曾敏之,虽然各自的经历有所不同,但在精神气质中都体现出坚持理想、尚德重义、不计得失等特征,他们以自我牺牲精神思考民族国家的发展道路问题,这正是中华文化中最可宝贵的精神财富。

---

[1] 刘登翰:《青春是一种生命的精神·品世纪精彩序》,陆士清:《品世纪精彩》,第3页。
[2] 陆士清:《曾敏之评传——敢遣春温上笔端》,上海:复旦大学出版社,2011年版,第5页。

如果说对上述问题的研讨，更多地体现了陆士清教授面对历史而思考当下问题的收获的话，那么另外一些对新移民文学的阐发评介文章，则在文学史"现场"描画文学地图，发现、引导海外华文文学的多种可能性。从20世纪90年代开始，他先后为海外华文作家周励、华纯、蓉子、戴小华、卢新华、朵拉、曾晓文、施玮、老木等人撰写多篇评介文章，对从北美、东南亚华文文学到以往学界较少关注的日本华文文学，都有热情的鼓励和中肯的评价，也在文学的交流中结下诚挚的情谊。

海外华文文学作为一门并不年轻，但仍面临诸多挑战的学术领域，在研究对象、理论方法、思维方式等诸多方面都处于建设和重构的境遇中，学术的生命力来自于自省和不断创新的能力，而对新鲜事物葆有关注的热情，也是避免学科思维僵化的必要路径。

孔子说："仁者不忧，智者不惑，勇者不惧。"在台港澳暨海外华文文学研究的学术领域中，陆士清教授和他那一代众多优秀的学者们，以不忧、不惑、不惧的态度，开疆拓土，扶助新人，为后来者提供了宝贵的思想滋养和人格垂范，他们被历史选中，他们也创造了历史！

白　杨

暨南大学文学院教授、博士生导师，曾执教于吉林大学。现任暨南大学海外华文文学与华语传媒研究中心主任、吉林大学中国文化研究所研究员、中国世界华文文学学会副会长兼秘书长。著有《穿越时间之河——台湾"创世纪"诗社研究》《文学的在场与记忆》《台港文学：文化生态与写作范式考察》等专著，主编《中华文化与华文文学的新视野》学术论文集，在《文学评论》等海内外等期刊发表学术论文80余篇。主持完成国家社科基金项目多项。曾获吉林省社科优秀成果一等奖，入选教育部新世纪优秀人才支持计划。

从曾敏之研究看陆士清教授的学术风格与人文品格

任茹文

陆士清教授是具有学术勇气和未来视野的华文文学开路人和拓荒者。1978年联合22所兄弟院校编写全国第一部正式出版的《中国当代文学史》；1979年春节期间读到香港1978年出版的《台湾乡土作家选集》，敏锐认识到台港澳暨海外华文文学研究将是未来汉语文学研究的一个新生方向；同年接待到访的旅美作家於梨华并推荐其小说《又见棕榈，又见棕榈》给福建人民出版社出版，首印十万册，是中国大陆出版的第一部台湾长篇小说；1981年在国内率先将"台湾文学"作为一门课程搬上复旦讲台，新华社为此向港台和北美地区发了通讯稿，葛浩文为此修改了关于大陆是否开设研究台湾文学课程的论断；1987年促成学校邀请白先勇到复旦大学讲学，陆士清教授全程陪同访问苏大、南大、扬大并与谢晋、吴贻弓谈妥小说改编《谪仙记》为《最后的贵族》，成为台湾地区作家到访大陆并有实际影响的开篇之行。

陆士清教授的学术活动和研究工作中有很多个勇敢锐气的第一开篇，足见其在学术上的开创气质和创新能力，这是常常为人所称颂的一个方面。更值得我们注意还有另一个方面，稳定、长情、坚韧的人文品格，长期、持续、深入的学术风格，相得益彰，学术热情保持，学术能力增加，两者之间达到令人惊喜的相互促进，形成晚期登顶的特有现象，这种学术品格需要投入更多的时间、智慧、情感乃至充分的生命共振，才能体现出来。这一学术风格和人文品格的集中体现就是陆士清教授的曾敏之研究。

在学术研究中，评传写作常被视作非正式学术研究，而不能受到充分肯定和重视，甚至常被低估和轻视。但无论是读者或是研究者，对于个文学人物或重要作家建立起透彻全面认识，必要途径和重要基础肯定是一本准确、深刻的传记或评传，如林语堂的《苏东坡传》、冯至的《杜甫传》、凌宇的《沈从文传》，都是准确精彩的传记高峰。传记或评传，一个人写另一个人，需要翔实的资料、全景的把握、深刻的见解，同时还需要作者和传主之间在个性气质、思维方式和情感倾向等多方面的先天契合与后天理解。传记写作的前提是作者和传主之间具有关键面的同质特点和思想呼应。陆士清教授本身是华文文学的领路人和开路者之一，他对华文文学研究更早的领路人和开拓者有发自内心的崇敬，有情感气质的默契与欣赏，对于领风气之先的锐气、锐意进取的宝贵精神、不畏艰险身体力行的人生道路更是感同身受、同场吸引，这些都是陆士清教授持续进行曾敏之研究、并于78岁高龄终汇成40万字大著《曾敏之评传》的人文与思想基础。

陆士清教授与曾敏之先生初识于1982年6月，对于这次初识，陆教授是这样理解和表述的：''那时，第一届台港暨海外华文文学国际学术研讨会在暨大召开，曾先生是会议的发起者、主持人。我听了他为大会作的总结报告，还与他进行了长时间的交谈，他对台港和海外华文文学的观察、分析，他对关注和研究这些文学意义的阐述，使我深受教益。自此，我就把曾先生视为引领华文文学研究领域的老师，而他也一贯地给与我真诚支持。''默默的关注、长期的感染、深入的思考，时隔12年之后，1994年陆老师发表了曾敏之研究的第一篇论文《站在传统的大地上——曾敏之创作与民族血脉》。这篇论文在学术会议宣读后，因扎实的材料和独特的视角受到曾敏之先生的肯定和欣赏。除此之外，陆士清教授在二三十年时间里陆续发表了关于《绝代有佳人，幽楼在深谷——曾敏之旅游文学论述和创作》《沥沥心血溉紫荆——曾敏之与香港文学》《忧时论世寄诗文——读曾敏之先生近作》等多篇论文，从文学创作实绩、组织领导作用等多方面，对曾先生在香港与海外华文文学中的重要作用予以研究和评析。在这些研究论文中，陆教授对曾敏之的创作风格和思想人格之间的密切关系始终有准确的理解和阐释。比如，在阐述曾先生人文纪事类题材的写作意义时，认为这一类创作寄寓着曾先生''对我国悠久历史和现实思考，深层而复杂的感情中交织着他的历史观、文化观和治国理念，是他关怀世事、心系国运、情牵人民、忧患兴衰的真情表露''。

曾敏之先生是一本大书，要圆满完成对这一个大写人物的书写，不仅需要作者对传主的深刻理解，也需要领悟和落实传记写作的结构安排和高明技巧。作者尽管在情感上与传主有深切地契合，但在写作时又贯彻了充分的理性。在《余心怡怡诚笔友——我写〈曾敏之评传〉》一文中，陆士清教授一针见血、一言蔽之地概括："曾先生的人生漫长而丰富，走的是文学—新闻—文学的道路。他的社会角色是记者、编辑、作家、学者、诗人和文学事业的推动者。"因此，在结构安排上，"以他人生的演进为经，以他社会角色的变化为纬，结构评传的全篇，纵横交错地展开阐述"。准确地分析和构建了曾敏之灿烂人生的时间推进图和内在结构关系，把新闻和文学两者之间的关系作为理解曾敏之先生一生的两条基本脉络，这使陆士清教授从纷繁复杂的材料中抽身而出，以更为准确和独到的见解看待曾敏之先生人生经历的重要时刻。陆教授认为"曾敏之是新闻和文学的两栖作家，自1978年再次到香港履职，已驰骋香港文坛30余年。他以革命的、批判的、忧时论世、有益于世道人心的文学创作贡献于香港文坛，同时以文坛组织者的身份，推动着香港文学的发展"。就这一点而言，他深刻而敏锐地把一个在历史风云中已养成坚定信念、具有高超的文化界实际工作能力，并对文艺作品和文艺活动具备内行人智慧见解的曾敏之形象，清晰而有力地建构起来了。

在人物评传和文学活动的记录中，具有组织身份的文艺界内行领导人常常难以界定，易被误解，身份微妙，甚至常为研究界有意回避。就实际的历史作用而言，处于拓荒时期的台港澳暨海外华文文学研究界，一个具有非凡的前瞻视野、深刻理解和掌握当下文艺政策，并具有准确高明的文艺观的学界领导人，于学科的推动和发展，是多么重要和可贵。陆士清教授非常敏锐地捕捉到了这一点，并且他不畏可能的负面评价，在学术晚年勇挑重担，足见他的勇敢品质和责任担当。他在《见识、勇气、力行》一文中，重点论述曾敏之先生在两本选集《香港作家散文选》（1980）和《香港作家小说选》（1982）序言中，提出的两个相当重要的关于香港文艺的观念问题。一是文学内容与文学技巧的关系问题，认为"愈重要的题材，愈要有高超的表现形式"，就这一点而言，"香港作家较少受到教条主义的束缚，因而他们在创作上表现形式是有参考作用的"；另外一个是关于"文化沙漠"的说法问题，曾敏之先生指出"当时的香港也有一批抱着严肃的态度从事文学耕耘的朋友"，"向前看，香港文学的前景有着灿烂的明天"。从中可以看出，就材料的选择和对传主形象的重心建构而言，陆士清教授是始终紧扣曾敏之先生对文学的贡献和对华文文学的历史推动作用充分展开的。

学者选择与之精神思想契合的研究对象，研究对象反过来以其内在精神烛照、引领和滋养研究者。对事业的坚守、情感的投入、坚韧的毅力都在陆士清教授的《曾敏之评传》一书中得到了充分和极致的体现。为曾敏之先生写传记的动议起于2005年，陆士清教授动笔写《曾敏之评传》是在2007年下半年，历时三载，数度飞往广州查资料、采访，在曾先生家中同住，深入交流，同步写作，陆教授说在广州与曾先生交流采访后，他通常将每日时间划分为上午、下午和晚上三个时段，提高效率，日日躬耕，笔力不息。偶有搓麻将的娱乐他都视之为时间的浪费。2007年的陆教授已经七十五岁了，他对研究工作所投入的热情和工作节奏仿佛还是学术盛年。我认识陆老师是在2014年的广州会议上，2023年是陆老师寿辰九十，这么回想，我初识陆老师的时候，他已过八十岁了，但在和陆老师的交流接触交往中，我从没把陆老师当作一位老人，他也不希望别人把他当作一个老人，他的无龄感、青春感、思想活力和自信自强，仿佛是与生俱来的自身基因，让我们年轻一代喜欢与他接近，与他交流，从他身上得到启发。或许陆士清教授天性如此，具有强大青春的生命力；或许也与他长期受到曾敏之先生乐观精神和坦荡观念的激励有关，他将这坦荡而青春的人生激励作为一篇文章的题目：《坦荡人生——锦绣羊城访问九七曾敏之》。

陆士清教授在描述如何陈述和结构曾敏之先生灿烂、丰富、复杂的人生历程时，他说他要为之"描绘心灵的河流"，这条心灵的河流里有信念、有人格、有勇气、有理性，也有情感的温度，有对家国的爱、对亲人的爱、对朋友的爱。一个有温度的人才能更深刻地理解生命中的爱、恨、悲伤与感动，"与曾先生在一起时，谈得更多的是国家、民族、社会"，"70岁之后我过生日时，我父母都已作古，我能感受到妻女的亲情和朋友的情谊，但已无法体验长辈的慈爱了，是曾先生给了我弥补"。在曾敏之先生去世后，他写下《哀哭泣悠悠，思念长长——沉痛悼念曾敏之先生》《曾敏之先生百日祭》等饱含深情的文章，表达对于前辈和领路人的深情厚谊和精神追随。这种对爱的感知和给与爱的反馈的能力，与陆士清教授的早年经历或许有关。1948年前后，当时15岁失学在家当农民的他，眼看要被国民党拉去当兵时，他父亲偷偷地卖了一亩田，让他能再度上初中，护住了一个尚未长成的青春少年。陆士清教授成长过程中得到的爱和温暖，给了他一生的坦荡、自信、包容、真诚、善良、勇敢和给予他人爱的超能力。青少年时期所经历的底层疾苦，也使他对于曾敏之先生的爱国心和同胞情更能感同身受、充分理解。

人文科学的研究者既要有充分的学术理性，又要有充足的人文情感，和研究对象之间相互足够的了解、尊重、欣赏和在文学艺术价值基础上的相互爱护、相互促进，是人文学科研究者的内在动力和不懈源泉。陆老师的曾敏之研究，既考验学术能力，又验证情感付出，长期关注，持续研究，没有时间的自我设限，将一个关注对象长久地深入地研究下去，这种学术品格对我们青年一代的学术道路是有重要启发意义的。

陆教授和我的家乡都在苏州的张家港，张家港行政上属于苏州，但位置紧靠长江南岸，是长江入海口的新冲积平原。我们那里有个名词叫圩，和汪曾祺的大淖纪事中的淖一样，都是对江边湿地和水中新陆地的一种描述。我们那儿的地域性格，和软糯温和的吴文化有所不同，更具有率真真诚、进取勇敢、南北融合、灵动包容的湖海文明和新陆地文化。出身于这种地域文化，又经过现代启蒙和海派文明洗礼，陆老师达到高境界的一个学者代表和人生楷模。虽偶有风浪，偶有犹豫，基于对文明进步价值观而做出的敏锐判断，和对自身判断的信心和坚持，决定了一个人在时代的大风大浪中保持正确的学术判断和人生方向。

《曾敏之评传》的第三十一章和第三十二章，陆士清教授花费大量时间研读曾敏之先生的杂文和古诗词，最后写进评传的杂文和古诗词分别有两百多篇和一百多首，在浩瀚的材料中认真研读，全局把握，最后汇聚成精彩准确的高浓缩论断，这既反映研究者的研究能力，也反映出研究者勇敢的品质和坚韧的毅力。人文学科的研究特点是"我注六经"同时"六经注我"，一方面是通过人生感悟和内在思考将研究对象客观化，另一方面是通过学术研究对自我生命内化提升，这两个方面在陆老师身上体现得尤其综合和鲜明。陆老师的研究方法既给予爱的鼓舞，更给予思想的启迪和方法的启示。中国古人所说知识分子的君子人格，我想理想就是陆老师这样的学者和学界领路人。

陆士清教授九十高寿了，他的学术道路还在宽阔延伸，桑榆非晚，他本人的学术道路和他的曾敏之研究所给与我们的启示，大概可概括成：人生就是奋斗，幸福就产生在奋斗的过程之中，只有战胜种种艰难险阻后攀登上生命的巅峰，才能感受到灵魂升华的喜悦。要想让生命迸出火花，没有任何捷径，也不必乞灵于神明。可以视为神示的只有一句话，那就是贝多芬所说的：“人啊，靠你自己吧！”这是学术的宝贵品格，也是学者的可敬人格。

任茹文

浙大宁波理工学院教授，文学博士，硕士生导师，兼任宁波市作家协会副主席，宁波鄞州区文艺评论家协会主席。研究领域为中国现当代文学与文化、海外华文文学与海外汉学，在《文学评论》《中国现代文学研究丛刊》《中国比较文学》等重要期刊发表研究文章30余篇，主持并完成国家社科基金项目"后期张爱玲研究"，出版著作《中国当代文学世俗与革命的关系研究（1942—1965）》、《批评的观念》等。入选浙江省151人才工程，为宁波市哲社青年学科带头人，兼任中国世界华文文学学会理事、浙江省中国现代文学学会理事等职。为美国斯坦福大学东亚研究中心、香港浸会大学中文系访问学者。

学术贡献　精神价值

——陆士清世华文学研究述评

吴　敏

陆士清先生是世界华文文学的拓荒者和不倦的耕耘者。他从现当代文学研究转入台港及海外华文文学研究，筚路蓝缕，开拓创新，笔耕不辍，为世界华文文学学科的建立和发展立下汗马功劳。1980年，他促成了第一部台湾作家的长篇小说《又见棕榈，又见棕榈》在国内出版，书中附录的陆士清评论《於梨华和她的〈又见棕榈，又见棕榈〉》可说是中国大陆第一篇评论台湾小说的正式论文。他开风气之先，于1981年首开"台湾文学"专题研究课，编选出版了《台湾小说选讲》和《台湾小说选讲新编》，为台湾文学和台湾小说史勾勒了清晰的面貌。在此基础上，陆士清又承担了《中国大百科全书·现代台湾文学》条目的撰写。在25 000字的篇幅中，他清晰梳理了台湾新文学运动的历史轨迹，评价或点评了115位以上的小说家、诗人、戏剧和散文作家的活动和创作，使这个条目事实上成了现代台湾文学的"史纲"。他又先后出版了《台湾文学新论》《曾敏之评传》等著作，为世界华文文学添加了浓重的一笔。他培养台湾和海外华文文学研究生，筹建了复旦大学台港文学研究室和复旦大学台港文化研究所，策划组织了多场颇具影响力的学术活动。即使在1994年退休后，他也没有离开海外华文文学研究的舞台，年届八十还出版了《探索文学星空》（香港文艺出版社，2012）、《笔韵——他和她们诗的世界》（复旦大学出版社，2013）、《品世纪精彩》（文汇出版社，2020）等有关海外华文文学的著作。如今，九秩的陆士清教授依然精神矍铄，继续在世界华文文学领域发挥着推荐优秀作品、推进学术研究和推动学科建设的重要作用。

陆士清先生的世华文学研究始于台湾文学，继而扩展到香港文学和世界华文文学。既深入研究了曾敏之、刘以鬯等文学前辈，又对白先勇、於梨华、聂华苓等旅美作家，赖和、陈映真等台湾作家作了开创性研究。近年来，他的研究范围进一步扩大，对世界各区域的新移民作家，如美国的周励、薛海翔、施玮、叶周，马来西亚的戴小华、朵拉，加拿大的曾晓文、江岚，新加坡的蓉子、日本的华纯、捷克的老木、泰国的梦莉等都进行了专题研究，并通过"海外华文文学上海论坛"的策划、组织，对世界华文文学界的优秀作家和作品进行了多方位的推介和研究。

陆士清的文学评论不以繁琐的理论框架和专业术语为主，而是注重作品本身的阐释和价值发现。他不仅以独特的视角、生动的笔触和情感化的语言对文本作深刻分析，还总能发人之所未见，挖掘和发现作品的丰富内涵和隐含价值。陆士清的文学评论坚持求实平易的写作范式，以深刻的文学洞见和通俗易懂的写作风格实践着弘扬中华民族精神、传承中华优秀文化的重要使命，对世界华文文学学科的建立、发展和推广具有不容忽视的深刻影响。本文将从三个方面评述其华文文学研究的独特性和学术贡献，分别为中华情怀和时代精神的史识史笔、人文关怀和价值发现的评论之美、坦荡平易和求真务实的文品与人品。在评述其学术贡献之外，展现其可贵的精神价值。

一、中华情怀和时代精神的史识史笔

陆士清的学术论著中有一种独特的精神气质，那就是渗透于作品中的浓浓中国心、民族情，以及着眼大局的历史观和把握时代脉搏、洞察历史变化的前瞻性，这一点在一般的文学评论中较为少见。这当然与他的年龄和经历分不开。生于1933年的陆士清先生亲历过战争、饥荒和动荡，解放前的艰难困苦和建国后举国同心建设新中国的热情，给了他如此鲜明的新旧对比。尽管"文革"中他也经历过磨难和打击，但他都能以历史的大局观和发展的眼光坦然面对。此后经历了改革开放的巨变，见证了中国在世界之林富起来、强起来的整个过程，所以他对历史和现实中的曲折、困难和争议问题，都有着自己独特、辩证的理解。

陆士清先生具有洞察历史变化的前瞻性，这与他的中华情、使命感密切相关。他原是做现当代文学研究的。在担任现代文学教研室主任时，他主持出版了《中国当代文学史》三卷本，同时还着手台港文学研究的前期准备。因为他从1978年底的十一届三中全会公报和1979年元旦全国人大常委会发表的《告台湾同胞书》中，敏锐地感知国家所释放的和平统一台湾的信号，认为两岸一旦开放交流，上海将是对外开放的前沿，复旦会是这前沿的窗口，理应有所准备。1979年10月，他将旅美台湾作家於梨华的小说《又见棕榈，又见棕榈》推荐给福建人民出版社的林承璜先生，促成了这部作品成为国内出版的第一部台湾长篇小说。陆士清的评论《於梨华和她的〈又见棕榈，又见棕榈〉》也被收录书中。该评论中有一段关于"没有根的一代"的精彩解读："'没有根的一代'这个特定时代的概念在流传，后来成了通常的名词。这里，於梨华的贡献是显然的。这种'没有根'的苦恼……说明了对'根'的需要，进一步也可以说是'寻根'和'归根'的预兆。从这个意义上说，《又见棕榈，又见棕榈》的确在一定程度上道出了台湾同胞要求叶落归根，实现民族团结和祖国统一的心声。因此，在今天，特别是我们为争取台湾回归祖国，为完成祖国统一大业的时候，《又见棕榈，又见棕榈》有着不可否认的社会意义。"[1]陆士清将"无根"—"寻根"—"归根"的内在逻辑与台湾同胞要求叶落归根、实现祖国统一的心声相衔接，瞬间凸显了作品的时代精神，提升了这部小说的历史价值。

陆士清对比了聂华苓相隔30年的两部散文集《梦谷集》和《三十年后》，反映了她逃离台湾，久居美国，七八十年代逐渐了解中国大陆后，在心态上和创作上的巨大改变："同是回忆往事，《梦谷集》是带泪的叹息、绝望的呼唤，《三十年后》却欢快活泼，从个人的角度看到了时代的变迁。同是描写自然风光，《梦谷集》透露出逃社会皈依自然的愿望，《三十年后》却是伟大祖国一幅幅壮丽的图画，一首首发自心底的诗篇。这本书不同于聂华苓以前的任何一本书。"[2]令人信服地展现了聂华苓对中国革命"由怨到爱"的转变，揭示出她在文化精神上对中国社会历史发展进程的认同。优秀的评论需要这样独到的眼光和前瞻性、大局性的思考，这是阅历、学识和中华情、责任心的结晶。

---

[1] 陆士清：《於梨华和她的〈又见棕榈，又见棕榈〉》，《探索文学星空》，香港：香港文艺出版社，2012年，第418页。
[2] 陆士清、王锦园：《试论聂华苓创作思想的发展》，《复旦学报（社会科学版）》1982年第2期。

这也是陆士清在介绍台湾文学时，将赖和作为重点介绍对象的原因所在。他认为赖和之所以重要，"首先他是一个坚决反抗日本殖民统治的斗士，也是台湾新文学运动的先锋。他抓住了民众反对日本殖民统治的潮流，突破用白话文写作的困难，发表了具有强烈的反帝反封建意识的白话文学作品"[1]。当台湾的"文化台独"表现猖獗时，陆士清以论文《"去中国化"的表演——评"文化台独"对赖和的歪曲》，揭露他们为了拉赖和这面大旗做虎皮"故意淡化赖和热爱中华文化和怀念祖国的深情，而把他关于'文学大众化'和提倡'用台湾语文写作'的主张，加以拔高、曲解和片面论释，以偏概全，盗名欺世，力图把赖和塑造成为'台湾主体文学'的鼻祖"。陆士清用大量例证，分析、驳斥了这种歪曲历史、颠倒黑白的言论。指出他们这种"篡改历史的行径，是以台独意识对赖和的劫持，使赖和成为'文化台独'的'人质'。这是对赖和的莫大侮辱"[2]。无论是赖和的作品，还是赖和反对日本殖民统治的实际行动，无不体现了他的中国意识，证明了他是忠诚的中华儿女这一事实。陆士清认为"台湾新文学运动是在五四新文学运动影响下发生发展的，是中国反帝反封建的民族解放运动的一翼，台湾新文学是中国现代文学的一个有特殊性的分支"。对于台湾岛内有论者认为，日据时代的台湾新文学只有"台湾意识"而没有"中国意识"的观点，陆士清撰文加以批驳，他认为台湾新文学的中国意识，就是"台湾新文学运动所追求的目标，以及台湾新文学所反映和描写的台湾同胞在反抗日本殖民主义统治的斗争中表现出来的对祖国、对中华民族和中华文化的认同意识、归属意识、关切意识和依恋意识"[3]。在厘清这四个"意识"并作深入分析后，他明确提出："日据时代的台湾新文学不仅具有'中国意识'而且'中国意识'恰恰是台湾新文学的灵魂。"如此识见，除了深厚的专业功底，和对中华民族历史发展的整体认识，也与评论者的立场、胆识和使命感密切相关。

陆士清的中华情怀使他能透过作品看到更深刻的历史价值和时代精神。比如，他敏锐地把为追求祖国统一，反对分裂，以一人之死代替万人哭的戴

---

1 许慧楠、黄炜星、陆士清：《先行者的学术人生——世界华文文学研究专家陆士清教授访谈》，《华文文学》2022年第5期。
2 陆士清：《"去中国化"的表演——评"文化台独"对赖和的歪曲》，《世界华文文学论坛》2004年第4期。
3 陆士清：《魂之所系——试论日据时代台湾新文学的中国意识》，《世界华文文学论坛》1991年第2期。

小华家族小说《忽如归》的出现,与台岛文坛之现状相关联,指出:"台湾中国人反对分裂,渴望祖国和平统一而且付诸行动题材的小说一片空白。环顾近期海外华文文学,这样题材的小说,似乎也未见到。马华华文作家戴小华的《忽如归》,以长篇纪实小说的艺术,披露轰动台岛,震动世界的戴华光事件,书写了台湾一个家庭心归、人归祖国的事迹,彰显中华民族反对分裂、追求祖国统一的压不倒、扑不灭的意志和家国情怀,弥补了台湾当代文学和海外华文文学在这方面的空白。"并断言:《忽如归》必将以补天之作载入史册!"[1]这样的价值发现必然建基于历史的大局观和前瞻性思考,才会有堪称史笔的眼光和底气。

读陆士清的论著,不仅仅有文学的收获,更有提升民族自信心和正确认识中国历史文化的意义。陆士清曾评介新加坡作家蓉子的专栏文章和她的中国情。蓉子的中国情涵盖着亲情、民族情和中华情的丰富内容。她回家探亲,参与投资建设,捐资兴办学校。在新加坡报纸专栏撰文,介绍中国的改革开放,批评中国的陋习,揭露官场的官僚习气和一些干部的腐败。"作为新加坡公民,她可以只忙自己的事,赚自己的钱,中国的事,可以事不关己、高高挂起;她也可以只做冷静的旁观者,或者怨而不言,怒而不争。但是蓉子客居而不做客,她以中华儿女的一腔热血拥抱华夏大地,热心投入中国的社会生活。悠悠中华,痛痒攸关,表现出了真诚的儿女心肠。"[2]而最能体现她儿女心肠的,要算她对同胞的体谅和理解了。对于如何看待中国历史中的曲折和伤痛,如何客观理性地分析改革开放和经济发展中的诸多问题,蓉子给出了一个真正为国着想的中华儿女所应持的态度,"她没有居高临下,而是设身处地换位思考,全面地看问题",陆士清赞赏这种换位思考的客观理性,"能为他人着想,此中有着无私而高尚的袍泽深情"[3]。陆士清进而从蓉子的文章中总结出她为什么对母国如此情重如山的原因,那就是"她深受中华民族文化伦理的熏陶,深知百多年来中华民族惨遭侵略蹂躏的屈辱,身为

---

1 陆士清:《家国情怀的激荡——读戴小华的纪实小说〈忽如归〉》,《品世纪精彩》,上海:文汇出版社,2020年版,第260页。
2 陆士清:《悠悠华夏 魂牵梦绕——略谈蓉子的中国情》,《笔韵》,上海:复旦大学出版社,2013年版,第358页。
3 同上书,第359页。

女人，她心头总背负着作为中国人，或者华族一份子的历史责任，希望中国崛起，过有尊严的、富裕而文明的生活，一洗百年耻辱"。蓉子的这份中国心和使命感也正是陆士清先生所赞赏和推崇的。陆士清对华文文学发展的贡献自不必说，他学术研究中的大局观、历史观、使命感等精神价值的贡献更不容忽视。

陆士清总能发掘作品中的时代精神，把握中国改革开放和经济发展的时代脉搏。他评价周励的自传体小说《曼哈顿的中国女人》，以"崛起民族的精、气、神"概括这部作品的价值，认为它写出了历史的纵深感，"是中国崛起的投影与历史喻示"[1]。他从三个方面概括出小说启人思考、激人奋进的时代价值。首先是"改变自己，不惧挫败，重塑生命"。改变自己，就是换一种活法，并且公开宣称要正当地追求财富，摆脱贫困。这种坦荡追求财富的胆气正是改革开放中崛起的中华民族新的精神面貌。第二是勇于开拓、创业、竞争。"中国人是大国子民，在新时代里，显现了民族自信，有一股不服输、不服气的劲头。周励身上充满了这种玩命拼搏、不服输的劲头。"第三是锤炼情商。周励认为情商是每个人的激情、求知欲、创造力、博爱与社交能力的综合，陆士清又用小说中周励的几个事例丰富其内涵，即信守承诺、人性的善良和感恩祖国。这就是陆士清所推崇的中华民族崛起的"精、气、神"。

在陆士清先生的鼓励和督促下，周励又在2020年推出了张扬生命活力、探寻历史幽秘的文化散文集《亲吻世界》。陆士清评论其以诗的情怀和史学精神相结合，"向爆燃的杰出生命致敬"、对战争进行了"再叙述和再发现"。全书激情澎湃，视野宏阔，是继《曼哈顿的中国女人》之后，周励"传奇人生的升华"。书中第一辑"被遗忘的炼狱：跳岛战役探险录"，是周励在2020年的"至暗时刻"写成的。这"至暗时刻"一是指新冠疫情的蔓延，二是如陆士清解读的那样，"世界两个大国——中国和美国关系紧张。当年用火焰喷射器殊死搏杀的人（美日）成了好友，而并肩战斗的人（中美）却剑拔弩张"，陆士清认为作者此时对战争的再叙述，实是另有深意，"既是对二战历史的反思，也是对现实的警示"。"周励揭示狼性和人性的转换，担心民族主

---

[1] 陆士清：《崛起民族的精气神——评周励的〈曼哈顿的中国女人〉》，《品世纪精彩》，第254页。

义滋生的狼性,会再酿战争的苦酒","她似乎在将二战中富有勇毅、智慧和人性品格的将军们与现在华盛顿自私的政客们做无形的对比,呼唤勇毅、智慧和人性品格的回归,尽快结束至暗时刻,不要再重蹈战争的覆辙"。[1]陆士清以历史的大局观来解读作品,可谓目光犀利,发掘深刻。

总之,陆士清对海外华文文学的评论,折射出的是中国从转型、发展乃至崛起的历史巨变过程,也是海内外中国人的心态变迁史。陆士清以他浓浓的中华情怀书写时代精神,呈现他深具个人特色的史识史笔。

二、人文关怀和价值发现的评论之美

纵观历年来的文学评论,大部分并不缺人性的洞察,也不乏理论的深度,但总体来说理性有余而温情不足,难有精神上的动人力量。究其原因,盖因缺乏人文关怀和深层价值的发现。好的评论应该负载着时代精神的发掘、建构和弘扬,以思想的魅力予人以心灵上的感动、温暖和力量。陆士清的作品有一种独特的评论之美,它美在细致的评述、独特的视角和深刻的价值发现。

陆士清有发现作品意义和价值的独到眼光,善于把原作中最精彩、最深邃的道理概括出来,展示给读者,让读者能在几千字的文章里,不仅了解作品的文本之美,更能看到隐藏其后的精髓和价值。戴小华充满家国情怀,追求统一,回归中华的《忽如归》、周励揭示时代精神和历史喻示的《曼哈顿的中国女人》、华纯关注整个地球人类的生态文学《沙漠风云》、薛海翔为追寻家族父辈足迹,再现他们不顾生死、万川归海般投身中华民族解放事业而写的《长河逐日》等作品,都是陆士清先生独具慧眼、发现作品独特价值而极力推荐的佳作。

陆士清的评论充满文字之美,时而洗练儒雅,时而壮怀激烈,时而充满诗意和哲思,时而豪迈之气力透纸背。在评价戴小华的家族纪实小说《忽如归》时,他这样介绍作者的亲弟,那个为追求祖国统一,反对分裂而毅然选择死路的青年英雄戴华光:"他在台湾沉沉的戒严体制下炸响了一声惊雷,在

---

[1] 陆士清:《诗的情怀、史的血泪和辉煌——读周励的〈亲吻世界〉》,《世界华文文学论坛》2020年第4期。

顽固坚持'汉贼不两立'的国民党心头上插上了一把刀,惊天动地。国民党统治当局怎能容忍,而对戴华光来说,也等于用自己的头颅去撞开监狱的门。然而英勇悲壮就在这里,戴华光明知不可为而敢作为。他不顾小家,放弃爱情而采取行动;他点燃折断的肋骨来照亮黑暗,为的是不让中华民族的伤痛继续;他宁愿"一家哭",而不让中华民族因分裂而"一路哭"(宋代范仲淹语)。他就如戴小华写的,那出洞打头阵的蝙蝠,以自己的肉身喂饱老鹰的口腹,使后继者能安全出洞觅食那样:'捐躯赴国难,视死忽如归!'"[1]读之,壮怀激烈之感扑面而来。

陆士清曾对施玮描写爱情的长篇小说《世家美眷》《放逐伊甸》和《红墙白玉兰》进行深入的人性透视,认为这三部作品"写的是爱情,通过爱情展示的是人性。人,男人女人的需要与追求,在不同环境里人性的波动变异和扭曲,但更重要的是期待人性的升华"[2]。他擅用一句话概括作品的价值:《世家美眷》是"女性意识的充分释放",《放逐伊甸》是"在诗情与物质诱惑中徘徊",《红墙白玉兰》则是"在情欲与良知中挣扎",言简意赅,切中肯綮。在对家族故事《世家美眷》的分析中,陆士清以女性主义、精神分析入手,分别从"鲜明的女性意识""补偿情节与童恋心理"[3]"性的崇拜和个人中心"来解读,概括出男人女人的爱恨纠缠,实际上是一场有怨有爱、有血有泪、女人与男人的"战争"。陆士清在大量细节的分析中,令人信服地阐释了为什么是"女人争夺男人的战争",他从四方面进行了详尽评述:一是充分提示了女性对性权力的捍卫,二是对性爱的渴望寻求乃至崇拜,三是性爱的喜悦乃至诗化,四是为女人追求性爱的辩护。他以充满人文关怀的笔墨评价这女人争夺男人的战争,"正是这种战争,凸显了小说对千百年来陈旧的性文化观念的抗争"[4]。至于作者施玮发出的"谁能帮助人的灵魂胜过肉体,那是宗教吗?"的提问,也就是"人性该如何提升和救赎"的问题,唯物主义者陆士清先生的幽默回答是:(这个问号)"其实在主张'灵性文学'的施玮那里,可能是句号。不过,问号对唯物主义者来说是确有意义的,因为人

---

[1] 陆士清:《家国情怀的激荡——读戴小华的纪实小说〈忽如归〉》,《品世纪精彩》,第261页。
[2] 陆士清:《致敬,洛城——华文文学创作的重镇!》,《品世纪精彩》,第51页。
[3] "童恋心理",即儿童时暗恋的心理至年长后的补偿,该论文中有详细例证分析。
[4] 陆士清:《横看成岭侧成峰——施玮情爱长篇小说人性波澜》,《品世纪精彩》,第287—290页。

的精神品质的提升，宗教也许只是一种选择"[1]，既表达了对作者基督教信仰的尊重，也阐明了自己的唯物主义立场，更有激发人文关怀的温情。他对这部作品的女性主义解读和挖掘，充满人文关怀，让作者本人也不由惊呼：点评得太透彻了！认为自己的这部长篇小说发表20年来，陆先生的评论可谓是最全面深刻的定评。

评论家选取怎样的文本，从什么角度切入，最关注的细节是什么，这关乎评论者的知识积累，也关乎他的理念和境界。尤其是熔铸史实，负载评论者美学思想和笔墨才情的传记写作，这种全面钩沉传主生平经历、情感涟漪、思想情怀的文体，往往也渗透着传记作者的理想、趣味和追求。陆士清决心撰写《曾敏之评传》便是被传主的经历和精神深深打动，出于对他人品的敬仰，出于对他人生价值的认同。在陆士清眼里，"曾先生是个既传统而又有现代精神的文化战士"，"曾先生身上融注着中华民族志士仁人的血液和精神。他追求光明，投身革命，虽然历经风雨，道路坎坷，但无怨无悔；他虽无戎装，也未驰骋疆场，但书生报国，健笔一支，无论在新闻战线或文学创作上，都屡建突出业绩；他既有新闻记者、编辑的敏锐，又有作家的文情和学者的哲思；他是我国并不多见的博学多识、擅长文史的散文家、诗人；他以自己的创作丰富了香港文学，并团结香港作家、凝聚了香港文坛；他引领世界华文文学研究，为创建中国世界华文文学学会做出了突出的贡献；他尚德重义，襟怀坦荡，执着事业而不计得失；……忧怀国事，笔耕不辍。他不愧为我们中华民族优秀的革命知识分子和文化战士，令人钦佩！"陆士清怀着强烈的责任感和使命感，将曾敏之斑斓的、革命的文学人生传之于书，希望他的高尚精神品格和性格光芒流传于世，启示后人。[2]同时，这部传记在篇章安排和叙述中又充满诗意，如诗意的小标题、诗作的题记、穿插引用的曾先生的诗，等等，对表达传主的思想情感和人格品位都起到了画龙点睛的作用，使这部传记就像一部诗意盎然的长篇叙事诗，充满人间情怀。

---

[1] 陆士清：《辉耀女性意识的光芒——施玮长篇小说创作谈之一》，《品世纪精彩》，第285页。
[2] 许慧楠、黄炜星、陆士清：《先行者的学术人生——世界华文文学研究专家陆士清教授访谈》，《华文文学》2022年第5期。

三、坦荡平易和求真务实的文品与人品

　　文学研究的目的是什么？为谁而写、给谁而看？这似乎是个老生常谈的问题。但在当今文学越来越边缘化，文学评论学院化、深奥化、小众化，读者寥寥的情况下，我们应该如何进行文学评论，仍然是一个需要再为省思的问题。陆士清先生的文学评论始终坚持求实平易的写作风格，不预先搭制学院派式的理论框架，没有貌似高深的概念、名词的堆砌，不是隔靴搔痒、重宏观轻文本的空泛归纳，而是以深厚的学养、通透的洞察、精准老辣的评析，走返璞归真、平易通达之路，这是建立在文本细读之上的评述和阐释，是人人都能读懂的、带有诗意和哲思的、有温度有气度的研究。陆士清的踏实、细致、通俗的研究范式，为如何进行文学研究提供了重要启示。

　　陆士清的著述有偏于宏观、全局性的研究，如《台湾文学新论》《曾敏之评传》《三毛传》等整体观照、全景式评述的著作，也有对文学杂志、作家或作品的微观研究。他的宏观研究如《迈向新世纪的世界华文文学》，是把研究对象置于整个中国文学乃至世界文学发展的大背景中进行全景描述和历史追踪，《台湾文学新论》则是将台湾新文学运动发生发展中的社会、历史、政治、文化等诸要素全部纳入考察的范围，兼及文学思潮、主题意识、风格样式的变迁，等等。而微观研究则游刃于人物和情节的精到剖析，仿佛是把着作者的脉搏，在一点一点地解读作者，解剖作品，慧眼识珠般阐发作品的独到价值和意义，在精简细腻的行文中让人迅速抓住作品的精髓。陆士清的文章没有什么花哨，而是满满的干货。读他的作品集就像在众多优秀的海外华文文学作品中游历，进而可以快速了解海外华文文学不同发展阶段的丰硕成果。

　　陆士清先生治学严谨，非常注重材料的收集、甄别和选择。他以史家的态度对待史料和史实，力求掌握第一手资料，并反复核实。所以他的很多著述本身就可做世界华文文学的史料库，《曾敏之评传》是如此，他与自己的学生孙永超、杨幼力合著的《三毛传》亦是如此。《三毛传》在1992年8月出版后不久，台湾的晨钟出版社就迅速购买了版权，出了台湾版。台湾版介绍该书时的关键词就是"完整传述""详尽的资料"：这是"第一本关于三毛一生的完整传述"，"从三毛的出生到生命停止，在每个人生阶段都有极为

详尽的资料考究。完整地呈现了一个生命的个体在生命历程所展现的生活观察，了解三毛，请从《三毛传》做起点"。台湾图书资料部门还特意买了《三毛传》中的两章，即《陨落了，沙漠之星——三毛的生与死》《透明的黄玫瑰——论三毛的散文创作》的版权，视之为对三毛的权威评论加以收藏。

陆士清这种治学的严谨，源于他的认真、执着、求真、务实的为人风格。陆士清先生对于作品阅读之认真，是当今很多追求产出、追求数量的人所无法比拟的。陆士清为写一篇论文，会对作品多次阅读，部分章节还会重点阅读，直到能对诸多细节如数家珍，即使几年过去，他仍能记忆犹新，随口道来。他评论过的好多作家，如薛海翔、戴小华、周励、施玮等无不对他阅读的精细、记忆的深刻感佩万分。这种惊人的记忆力和细致深刻的解读正是基于认真、执着、务实、求真的调查、阅读和思考。为了写《曾敏之评传》，时年73岁的陆士清先生多次往返上海与广州两地，访谈年过米寿的曾老，追忆流年往事，查找蒙尘史料，细细钩沉，娓娓道来。《评传》既还原了曾老丰富立体真实的一生，也带出了他背后近百年的中国历史，难怪出版后获得学界的广泛好评。这种求真务实，下"死"功夫的习惯体现在陆士清每篇文章的写作过程中。他在撰写"苏轼与茶文化"的论文时，其中有涉及苏东坡在宜兴的诗文活动，他就几次亲赴宜兴，观山水、辨泥土、识制陶和紫砂壶工艺，以最大程度贴近苏轼笔下的真实环境和人文风物。正因为如此较真，他的作品才会那么贴近原作和作者的创作初衷，才能那么翔实地把握作品的深刻和细微之处。

陆士清钦佩曾敏之先生"襟怀坦荡，执着事业而不计得失"的人格风范，将之引为自己的人生楷模。其实，陆士清的身上分明有着曾先生的影子，就如蒋孔阳所评价的陆士清，"他不为积习和陈见所囿，不为毁誉与流言所惑，而力求以批评家的理论勇气，实事求是地作出自己的判断，因而独具慧眼，言人之所未言"[1]。这正是襟怀坦荡、执着事业而不计个人得失的表现。他和曾先生一样，都经历过风雨，却乐观以对，无怨无悔，他们都有忧国忧民的民族意识、家国意识和使命意识，都为世界华文文学的发展作出了重要贡献。如今，鲐背之年的陆士清先生已完全达到了曾先生那样的境界，

---

[1] 蒋孔阳：《开拓的实绩——序〈台湾文学新论〉》，广州：花城出版社，2012年版，第1页。

然而，他却谦称自己只是个"认真生活的平凡人"。

这个平凡人重然诺，对工作总是全力以赴，力求完美。无论是繁琐的学术会议的会务工作，还是编外义务工作，如主编复旦退休教职工的精神园地——《简报》、担任复旦老年大学文学课程的义务教师等，他都尽心尽力去完成。哪怕是小型活动，或与弟子的师门聚会，他都事先一一过问，精心准备。凡是他允诺的写作任务、出席的学术活动，全都认真对待，绝不敷衍。他年事已高，德高望重，受邀出席研讨会时，邀请者怕他受累，让他到时即席发言即可，但他还是会事先认真准备，写出高质量的论文或发言稿，绝不做空泛的印象式评论。

这个平凡人的学术人生贯穿着"专注"和"坚持"，他常说"方向重于努力，道路决定命运，选择是关键。既然是你选择的，就要全心投入"。"古人说'学有所长，术有专攻'。一门学问，持之以恒做下去，不管大小，都会有成果的。葱葱岁月，悠然走过。虽然成果有限，但倾注了心血，我无怨无悔，乐在其中。夕阳时光，我仍要献身于此项事业。"

这个平凡人有着乐观向上的人生境界。他在给复旦退休职工开设的文学讲座中，以诗词的讲解引导大家共同体验人生的美好，乐观面对人生的晚年。他在解读李商隐的"夕阳无限好，只是近黄昏"时，借用周汝昌的解释，认为此诗句可以理解为"无限好的夕阳仅仅是近黄昏时有，或正是近黄昏时才有"，因而豪迈地认为"夕阳无限好只是近黄昏"，不是悲叹，不是灰色的年华，而是人生谢幕前的一段金色。老年人要"忘记年龄，忘记恩怨，忘记名利"[1]。潇潇洒洒地生活，干你想干的，学你想学的，但求人生乐而有意义。这种通透、达观的人生境界在他的"米寿谢辞"中体现得更加清晰："人生要有信仰，有信仰才能远行！人生要有事业，事业使脚下坚实！人生要有友谊，友谊使心感幸福！"他以诗许下心愿："八八岁月无虚度，夕阳时光惜如金。真挚友情暖肺腑，初心不改再前行！"[2]

陆士清先生用他的专注、努力、坚持和乐观，活出了自己的诗意人生。这种乐观向上、正气凛凛的精神气质，是当今消解崇高、回归日常、注重小

---

1 陆士清：《悠然对夕阳——复旦老年大学〈文学欣赏〉第一堂课的讲演》，《品世纪精彩》，第410页。
2 陆士清：《我很幸运——米寿寿筵致谢》，2021年1月19日。

我，私人化、欲望化、庸常化的语境中所日渐稀缺的社会能量。当我们思考应该做怎样的人、文学应该传承给后人怎样的精神财富时，陆士清教授已经用自己的学术实践和人格风范作出了回答。

值此陆士清先生90大寿之际，总结陆先生的学术贡献和精神价值，以助后辈砥砺前行，亦是一桩文坛快事。祝陆先生辉光日新，在世华文学园地里继续收获金色的果实。

吴　敏

华东政法大学教授。研究方向为比较文学、世界华文文学。著有《民族主义的自我观照——中国现代文学中的韩国叙事研究》《20世纪中国文学的朝韩书写研究》等各类著作11部，发表有关海外华文文学、比较文学等方面论文近40篇。

海外华文文学研究先行者陆士清教授的研究魅力

高 鸿

"1981年春,他第一个把台湾文学搬上了大学的讲台,在复旦大学开设了《台湾文学》专题课。自兹起步,士清兄作为台港澳暨海外华文文学研究最早的开拓者之一,与这一学科携手同行,见证了这一学科从无到有的成长和壮大。"[1]正如刘登瀚教授所言,陆士清教授孜孜不倦、笔耕不辍几十年,在品赏世纪文学的精彩声中也创造了自己生命的精彩。

陆教授这种敢为天下先的精神,也在他的华文文学其他地区文学研究中体现出来。他从研究现代台湾文学经典作家入手,延伸到东南亚华文文学。随着两岸交流和海外作家的大陆行,以及随后的新移民文学的强劲发展,他又将自己的研究扩展至美华文学、日华文学和欧华文学等领域。陆士清教授研究的作家多、地域广、专题集中,显示了他对海外华文文学全面把握、重点关注的特质。陆教授的近作《品世纪精彩》的研究特色彰显了作者烛照现实、关切品格、注重审美的特点。

一、从人生经历出发,十分关注世界华文文学所表现的历史性

刘登瀚教授为2020年出版的《品世纪精彩》作序,总结了陆士清教授华文文学研究的两大类型:一是华文文化研究特色,二是作家作品的细读和

---

[1] 刘登瀚:《青春是一种生命的精神》,《品世纪精彩》,上海:文汇出版社,2020年版,第1页。

品评。[1]前者体现在陆教授十分关注海外华文中的历史变迁与中国社会历史发展的关联性。

陆教授说："世界华文文学，是指中国包括台港澳文学在内的华文文学，它是历史悠久的世界性文化现象。"[2]这一文化现象显示了中华文化在世界各地的传承，文学也成为华人之间的情感纽带。因此，书写中华民族的命运的作品，成为陆教授重点研究的对象。

陆教授在《笔韵》一书的题记中写道："炮声，远去了；海浪，传来了兄弟的心跳。"这一题记表达出他对时代变化的敏锐感受。1978年十一届三中全会召开，确定了"解放思想，实事求是"的思想路线，确定"改革开放"的国策，他从改革开放新政中敏锐感受到海峡两岸关系即将发生变化，当代台湾文学就是了解台湾人民的一扇窗口，他要通过这扇窗去认识台湾、了解台湾人民的所思所想。这一选择显示出陆教授对宝岛相隔五十年后回归的深切期盼。

旅居美国的台湾作家於梨华，曾在1975、1977年两次到访大陆，两次访问期间都到访复旦大学，与复旦大学中文系的老师就文学创作问题进行了交流。由此，陆教授捕捉到了两岸交流即将展开的信息，1979年春节期间，陆教授读到了《台湾乡土作家选集》，他看到跨越50年里的18位台湾作家22篇的作品，他后来说，这部作品集"为我们打开了台湾文学的视窗，看到了天光云影的一角"[3]。对这部集子的阅读，开启了陆教授对台湾文学研究的关注，对台湾作家和研究者在大陆出版的作品和研究的成果的寻找。当年，陆教授即南下广州到暨大进行深度调研。1979年初夏，当於梨华再次来访时，他不仅与於梨就台湾文学进行了深入的交流，并且请於梨华为中文系学生做了台湾文学的讲演。1981年春，陆教授就在复旦大学的课堂上开出了《台湾文学》专题课，后来他又为此课程配套主编了教学参考书《台湾小说选讲》（后还编选了《台湾文学选讲续编》）。《选讲》不仅为大陆开展的台湾文学研究奠定了良好的文本基础，也开启了他的现代台湾文学经典作家研究之路。

在选择进行深度研究的现代台湾作家时，陆教授很注重作家的政治品

---

[1] 刘登瀚：《青春是一种生命的精神》，《品世纪精彩》，上海：文汇出版社，2020年版，第1页。
[2] 许慧楠、黄炜星、陆士清：《先行者的学术人生——世界华文文学研究专家陆士清教授访谈》，《华文文学》2022年第5期。
[3] 同上。

格，注重择选那些认同中华民族和坚守民族大义的作家。他在《选讲》和《选讲续编》中都收入了陈映真多篇小说。"陈映真是一位优秀的作家，是一位执着的社会主义理想的追求者，是一位追求祖国统一的英勇战士。"[1]赖和，作为台湾新文化运动的先锋，首先是"一个坚决反抗日本殖民统治的斗士"，其次，赖和"突破了白话写作的困难，发表了与大陆新文化运动相同主题的反帝反封建的白话作品"。在《论杨逵小说创作的历史地位》一文中，陆教授认为杨逵不仅是"中华民族的仁人志士，有着强烈的民族意识的爱国主义者"，是反抗日本殖民统治的斗士，他的小说创作也标志着台湾新文学运动的新发展。[2]

陆教授高度评价马华作家戴小华创作的《忽如归》，认为这部纪实作品通过戴小华一家的经历，表达了两岸人民共有的和平统一的家国情怀。陆教授说："读《忽如归》，读到了一部交织苦难、伤痛、爱和奉献的家史。"[3]"读《忽如归》读到了一页融汇着伤痛、悲壮和荣光的中国历史——台湾人民反对分裂、追求祖国和平统一的历史，感受到了站在这页历史潮头的戴华光悲壮英勇气概。"[4]戴小华的大弟弟戴华光受到了国民党迫害，被判无期徒刑，被长时间关押在绿岛的黑牢里。戴华光宁死不屈，坚持捍卫和追求祖国和平统一。在这一历史事件中，戴家遭受了极大的苦难，但他们面对苦难，心怀祖国，表现出台湾人民反对分裂的坚强决心。陆教授将《忽如归》的家史上升到国史的评价，也显示出了陆教授期盼祖国和平统一的拳拳之心。

被誉为新移民的开山之作的《曼哈顿的中国女人》是美华作家周励的自传性作品。陆教授从书中所讲述的人生三阶段的故事中，看到了一种从苦难走向辉煌的历史叙事，它"与中国历史发展的进程同步的，与中国的发展紧密相连"，"周励开创贸易事业的成功，也是中国崛起的投影与历史隐喻"。作品不仅展现了主人公的个人奋斗历程，也突显了那个时代的精神气质，"揭示了中华民族崛起的精、气、神"。[5]陆教授以此高度概括了改革开放初

---

[1] 陆士清：《品世纪精彩》，第171页。
[2] 许慧楠、黄炜星、陆士清：《先行者的学术人生——世界华文文学研究专家陆士清教授访谈》，《华文文学》2022年第5期。
[3] 陆士清：《品世纪精彩》，第262页。
[4] 同上书，第260页。
[5] 同上书，第254页。

期这样一批不惧挫折、艰苦奋斗的留学生和新移民作家的作品，认为这部作品所表现的活跃的经济活动，诠释了劳动创造财富、创造价值的社会主义新型发展观念，展现了二十世纪八九十年代改革开放初期中国人面向世界、开放自我、努力融入世界经济体系的精神面貌。人们常常引用林语堂先生曾骄傲地自诩的名联——"两脚踏东西文化，一心评宇宙文章"，让这一名联成为时代风貌的，惟有改革开放以来奋力走出国门的中国人。

贺桂梅在对钱理群《我的人生之路和治学之路》[1]阅后评点中说，钱先生的学术研究是当下社会历史与研究者发生关联的方式。"历史和个人发生关联的方式——对于钱老师及那一代或几代人而言，历史是与个人血肉相连的。也就是说，历史变动的后果直接作用于个人的身体，情感和心灵。'小'的个人很难和'大'的历史剥离开来。"陆教授与钱理群先生一样，他的研究也是把研究对象纳入时代的洪流中去，非常注重作家与时代的关系，这是陆教授《品世纪精彩》的魅力之一。

在陆教授自述如何撰写《曾敏之评传》的陈述中，我们也清晰地看到《评传》将曾敏之先生"置于整个大时代背景上，叙述和描写他的人生轨迹，烛照出时代的面影。有朋友读《评传》后曾赞誉：读到了文化战士的人生也仿佛读到了中国的现代史。"[2]

二、从情感价值出发，倡导华文文学研究者的主体性

《曾敏之评传》是陆教授的代表作，他对曾老的评述，也体现了撰写者、评述者、研究者的个人心性和对这一领域研究者的期许。

从《曾敏之评传》的写作核心中，我们也可以见到陆教授对世界华文文学研究者主体性的要求。陆教授认为中华民族历史上能为国家民族立功、立德、立言的那些人，是代表中华民族的精神的人。他所敬仰的曾敏之先生身上就"融注着中华民族志士仁人的血液和精神"[3]。因此，他怀着敬仰的心情撰写《曾敏之评传》，他写出了从新闻记者到文化战士的曾敏之所具有的

---

[1] 钱理群：《绝地守望》，香港：香港城市大学出版社，2017年版，第39页。
[2] 陆士清：《品世纪精彩》，第76页。
[3] 同上书，第74页。

"铁肩担道义,双手著文章"的形象和品格。

在史料的挖掘和钩沉中,陆教授突出了《大公报》记者曾先生与中国革命同行的身影。1942年刚加入《大公报》,曾先生就参与宣传抗战文艺史上的重要活动"西南剧展"会;作为战地记者,报道历史上重要的湘桂会战,采访了衡阳保卫战的方先觉,发出了撼动山城的独家新闻;采访国共谈判,专访周恩来并写了系列报道;采访和支持学生反饥饿反内战运动,并因此被捕,进了国民党的大牢。曾敏之先生面对错综复杂的政治局面,不顾个人安危,展现出一个新闻从业者的职业道德和追求革命的进步思想,体现出个人在变动不居的大时代里的责任感和使命感。

中国大陆改革开放后,《评传》则突出表现了曾老在这样的历史关头所起到沟通香港和内地的桥梁作用。曾敏之曾任"三联办"主任,在任香港《文汇报》代总编时,兼任报社评论委员会主任,他执笔所写的100多篇社论后结集出版。陆教授概括出其中两个重大主题:"一个是为邓小平倡导的改革开放鼓与呼,一个是为香港的回归和祖国的和平统一而斗争。"[1]陆教授以《忠诚谋国护改革》和《云水征帆系远情》两个章节阐述了曾敏之先生在与改革开放同行的路上所做出的贡献:一为推进改革建言以清明治世之主张;二是抗击阻扰回归的逆流,以期两岸真诚握手和平统一。"这些章节的评述写出了曾敏之先生"为生民立命""为万事开太平"的家国情怀。

曾敏之先生的人文纪事的篇章,更直接体现了曾老作为文化战士的形象,他通过书写从古至今的文人墨客和文化先驱者及友人,不仅寄寓了对风骨文人和友人的深情厚谊,也体现了曾老的文化品格。陆教授这样评价说,"曾先生对这一题材的写作,寄寓着对我国悠久历史和现实的思考,深沉和复杂的感情中交织着他的历史观、文化观和治国理念,是他关怀世事,心系国运,情牵人民,忧患兴衰的真情表露。是一位老新闻战士,一位老知识分子,赤子之心……"[2]陆教授的评价何尝不是在表明他自己的内心思考和对学术人格的追求呢!陆教授在《评传》中盛赞曾先生是"尚德重义,重亲情、重友情、血肉丰满的大写的人"。而从其他文友的写陆士清教授的篇章中,

---

[1] 陆士清:《品世纪精彩》,第78页。
[2] 同上书,第79页。

我们同样看出陆教授目中之人，就是他自身品格的折射。

曾敏之对香港文学的贡献和对世界华文文学联会的创建，表明曾老作为世界华文文学首倡者之一所起到的联合世界华人文化的核心纽带作用。"曾敏之先生是关注世界华文文学研究的领军者，中国世界华文文学学会的创建者之一。"[1]1982年陆教授与曾先生相识于暨南大学，在第一届台港暨海外华文文学国际学术研讨会上，曾先生对台港和海外华文文学研究意义的阐述，开启了陆教授对台港及海外华文文学研究的事业，"我就把曾先生视为引领华文文学研究事业的老师"，陆教授其后如是说。[2]在这个意义上，曾敏之先生是作为研究者陆教授的他者存在的。在存在主义哲学传统中，"他者是主体建构自我形象的要素。他者是赋予主体以意义的个人或团体，其目的在于帮助或强迫主体选择一种特殊的世界观并确定其位置在何处"[3]。我们在这些回忆中不仅看到了曾敏之先生的学术眼光，看到了创建者们对海外华文文学研究的开创性功绩，也看到了陆教授为代表的大陆第一代海外华文文学研究者的人格追求和学术品格。这是《品世纪精彩》的魅力之二。

三、从审美情致出发，敏锐捕捉海外 华文女作家创作的丰富性

在《品世纪精彩》一书中，陆教授认为自己并无意进行性别偏重的研究，但是我们看到他所研究的华文女作家已蔚为大观："当下世界华文文学作家队伍中，女作家可能占有一半，她们的创作也很出彩，对华文文学的丰富和提升贡献良多，……如台湾旅美的於梨华、聂华苓、陈若曦，新马泰的蓉子、尤今、戴小华、梦莉，新移民作家中的陈瑞琳、周励、张翎、虹影、华纯、陈谦、施玮、施雨、王琰、梅菁、江岚、凌岚、燕宁、陈永和、宇秀、曾晓文、李彦、林湄、穆紫荆、崖青。……"[4]华文文坛的半壁江山的女作家

---

1 陆士清：《品世纪精彩》，第97页。

2 同上书，第75页。

3 ［英］丹尼·卡瓦拉罗著，张卫东、张生、赵顺宏译：《文化理论关键词》，南京：江苏人民出版社，2006年版，第111—118页。

4 许慧楠、黄炜星、陆士清：《先行者的学术人生——世界华文文学研究专家陆士清教授访谈》，《华文文学》2022年第5期。

瞩目耀眼，很难让研究者割爱。陆教授对女作家们如数家珍，可见陆教授对她们的喜爱和关注，他抓住作家的个性对文本特点进行评价，名副其实。《品世纪精彩》也收录了陆士清教授对女性作者作品研究的重要成果，呈现了陆教授对海外华文文学研究的丰富性。

华裔美国作家聂华苓的长篇小说《桑青与桃红》研究者众多，主题理解也各异。陆教授以高度概括的意象"困"，将不同时空中的桑青所经历的事件的共同性抽取出来，揭示了主人公被"困"背后的历史文化因素。聂华苓的另一部长篇《千山外，水长流》不为人们所关注，但陆教授对这部小说情有独钟。作品中莲儿与母亲通过书信往来，才使得她充分认识到自己在文化心理上的缺失。莲儿在美国的石头城"寻父"不仅化解她与奶奶的文化冲突，也使得她获得了爱情中选择的权力。小说中莲儿文化心理的转变，也投射出作者对中国的情感变化。因此，陆教授说："这里道出了聂华苓的文化期待，中美人民互学互鉴。"[1]也就是说，中美之间只有互相尊重、互相学习才会双赢。陆教授对这部作品的解读，放在当下也具有十分重大的现实意义。

陆教授认为《曼哈顿的中国女人》为一代人画了像，为一个时代画了像。小说的自传性描写不仅让读者有代入感，与作者发生共情。在作者历数自己最初几桩经商的成功与失败的经历中，认识了传主灵活多变的经商才能，还让读者看到全球商业活动的路径，看到改革开放初期中国开始融入全球经济贸易体系的过程。陆教授认为周励的个人才能是与她的经历、阅历和读书经验分不开的，"少年时代的生活，锻炼了周励的组织才能；中外文学名著的阅读中，扩大了眼界和增强了思维能力"，"文革"的遭遇和知青生活的经历又丰富了她对人性复杂性的认识。因此，周励丰富敏锐的感受力和空间思维的想象力在作品的叙事中呈现出来，使整部作品隐含大开大合的审美意蕴，"具有动人的文本美"。[2]

生态文学研究是二十世纪下半期以来，国际比较文学非常重视的一个跨学科研究范畴。日华作家华纯的第一部长篇小说《沙漠风云》就讲述了中日

---

[1] 陆士清：《品世纪精彩》，第251页。
[2] 同上书，第257页。

及国际专家等"地球人"在非洲开展治沙事业的故事,被认为"是新移民长篇生态小说的第一声"[1],是一部具有国际视野、隐含了主题美的作品。

这部小说以国际环保为主题展开描写,一方面以多国联合治理撒哈拉沙漠为主要叙事,另一方面则描绘中国的黄土高原治沙事业。联结两条线索的是中国留日姑娘赵妮,她作为日本治沙专家远藤正彦的助手加入了国际环保团队。当赵妮跟随远藤正彦一行来到黄土高原的盐合庄时,她看到过去插队时的凄凉荒漠已变为绿洲,十分感慨。而改变盐合庄面貌的正是当年的上海知青庞彬,他带领人们历经20多年艰苦治沙,才将荒漠变良田。盐合庄的"绿色能深深地渗透人心里",因此国际治沙组织对庞彬的"三北绿化"成果高度认可,远藤正彦对庞彬说,"我看你说的'三北精神'就是地球人精神"[2]。因此,陆教授认为这部小说借治沙专家远藤正彦的话,也说出了中日两国一衣带水、命运与共的和平思想。而"地球人的精神"则是坚持、合作、共赢的思想体现,所以说,"《沙漠风云》主题鲜明,张扬地球人精神,富有时代意义"[3]。

陆教授对女性美的认识是有自己的设定的,他在《情思、意趣、风采》一文中,概括和解析了"女性意识"的内涵,"所谓女性意识,简单地说,即是女性独立、自由的主体意识"。这里的"女性意识"首先把女人看作是不依附男人的独立、自由的个体,其次作家必须站在女人的立场去表达女性所具有的欲望、追求和情趣。[4]而施玮的小说正是表现出这样的鲜明的"女性意识"。书中的几代美眷,她们一辈子都在为争夺男人而互相漠视、相互厮杀,都在为自己的情欲买单,也可以说是为"爱与欲"而"至死不渝"。陆教授对《世家美眷》中女性个体人物的性心理和行为的分析与女性群体心理情结的归纳,一方面表现了他对"独立、自由"女性的性表达和性解放的理解与宽容,另一方面他也提出了看法,认为这样一群追求自己欲望的女性,"她们以个人为中心,滞留在'人类最基本的本能需要上'。可以说,这就是施玮'灵性文学'灵性的显现。只是比较弱,所以写的还是人,

---

1 陆士清:《品世纪精彩》,第267页。
2 同上书,第271页。
3 同上书,第274页。
4 同上书,第276页。

人性"[1]。陆教授认为《放逐伊甸园》是寻找"诗情物欲的平衡"的佳作,在《红墙白玉兰》中解析了"情欲与良知的挣扎"。这些作品实际也是作者意欲书写的"灵性文学"的矛盾性的体现。

在对新加坡华文作家蓉子的作品的抓取中,陆教授看到了蓉子的"在地书写"的显著特色。他认为蓉子的在地书写有了文化参照与文化比较的目的:作为祖籍潮汕人的蓉子,在潮汕居住,写潮汕,表达出海外潮汕人的思乡之情与文化寻根的意蕴;在上海居住,写上海风情,呈现上海与新加坡都市的不同景象。蓉子以比较的视野写出了在中国发展的新加坡人的困境和成功,借此反观和反思新加坡的华文教育。陆教授关注到蓉子客居中国"反客为主"的贡献,她在上海市和广东省侨办的支持下,三次邀请中国(内地、香港、台湾)和十多个国家和地区的华文作家到上海和广东,举办"品味广东潮汕"和"品味上海"的笔会。在地书写的"品"字,十分形象地表达了通过感觉品评在地文化、认知文化差异的目标,和通过感觉最终获得融会贯通不同文化的能力。在地书写和"品"即是人文地理学所特别强调的理解任何一个地方的人地关系所用的第一步骤——人们通过身体感知世界的差异。[2] 反过来,"在地经验"的文学书写,可获得差异化的文化感受。蓉子的在地书写呈现了空间文化的差异美。

文本、主题、性别和空间上的多样性研究,构成了陆教授对女性作家研究的丰富性内容。

钱理群先生说做研究要有如婴儿般看世界的好奇心。纵观陆教授的海外华文文学的研究,即可看出这样的"好奇心"生发出的学术价值与意义。对陆教授而言,他身处改革开放排头兵的上海,他的海派华文文学研究也呈现了与新时代海派文化相一致的特性——海纳百川、开明睿智、大气谦和,这一特点也显现了陆教授学术人生的强大魅力。

---

1 陆士清:《品世纪精彩》,第284页。
2 〔美〕段义孚著、志丞刘苏译:《恋地情结·中文版序》,北京:商务印书馆,2019年版,第3页。

高 鸿

文学博士，华东政法大学传播学院教授，长期从事比较文学与世界文学的教研工作。近些年来从事海外华文文学及法律与文学的跨学科研究。先后在《中国比较文学》《福建师范大学学报》《福建论坛》和《学海》等核心期刊上发表论文，出版专著《跨文化的中国形象——以林语堂、赛珍珠、汤婷婷为中心》，合著《中外古今戏剧史》下卷。现任世界华文文学学会理事、上海比较文学学会理事、中国比较文学学会会员。

陆士清在《世界华文文学论坛》上发表的部分作品综述

刘红林

陆士清教授是大陆研究台港和海外华文文学的先行者之一，在这一领域里居功甚伟，著作等身。我没有能力做全面的概括，也没有足够的学养做纵深的开掘。并且因为疫情所致，还没来得及搜集并阅读到足够的文本。所以，我只能就手头所有，而且曾经仔细研读过的文章，谈一点自己粗浅的心得。最方便的就是陆教授发表在《世界华文文学论坛》及其前身《台港及海外华文文学评论和研究》上的文章。需要说明的是，这些文章不包括2016年我退休以后发表的，因为我没有参与编辑，印象不深刻。

陆教授从1991年开始到2014年底为止，在《论坛》上一共发表了16篇文章。看起来似乎不多，但考虑到《论坛》在这一阶段，总共发行89期，每期不超过12万字，对每一位作者每年在期刊上发表论文的数量有所限制，16篇文章实在不能算少。

由于《论坛》在这一阶段，因经费、人手等问题，单篇文章的篇幅一直限制在8 000字以内。陆教授那些全景式观照、宏观把握文学问题的重量级文章与我们无缘。这16篇文章多为微观的作家个体研究，分别是台湾新文学作家研究、女作家研究、海外华文文学作品及文学活动研究、曾敏之研究。这几方面的研究，其实也是陆教授世界华文文学研究的主要方向。

在阅读这些文章时我体会到，陆教授之所以选择这些作家、这种文学活动来研究，是因为他（它）们都是华文文学在各自时代、各自地域、各自题材、各自表现方法中的代表人物或现象，他总是把个体作家、个别文学现象，放在政治、经济、社会、历史、文化、文学发展等大背景下去观照，去考量。所以，尽管是微观的研究，也具有宏观的效果。

读这些文章，我感受最深的如下。

一、中国意识——台湾新文学的灵魂

我们现在知道，台湾在20世纪70年代乡土文学大论争中，出现一种偏向，从主张台湾文学"本土化"到强调与中国文学分离、对立的"自主性"，呈现出一种具有强烈分离主义倾向的文学主张。以叶石涛、陈芳明为代表的分裂主义势力，总是以"台独"意识为基准来对台湾作家、特别是日据时期的台湾新文学作家进行扭曲，为"台湾独立建国"寻找历史的理论的基础。而许多不明真相的大陆学者，竟以台独谬论为圭臬，著书立说，甚至公开为台独言行涂脂抹粉。陈映真对这种谬误十分痛心，曾向江泽民总书记建议，由大陆组建理论队伍，台湾统派人士参与，对从日据到回归的台湾新文学进行深入梳理，还历史本来面目，将台独分子的险恶用心公之于天下。海峡两岸的这一场与台湾独立派抢夺话语权的战斗，开始于2000年。

而陆士清教授早在90年代初，就敏锐地察觉了台独派分裂祖国、分裂中华文化的狼子野心，在本刊1991年第2期上，发表了《魂之所系——试论日据时代台湾新文学的中国意识》。文章开宗明义地说：

> 日据时代台湾新文学是否具有中国意识，这在台湾岛内是有争议的。极端的论者认为，日据时代的台湾新文学只有"台湾意识"而没有"中国意识"。我不能同意这种看法。我认为，日据时代的台湾新文学不仅具有"中国意识"而且"中国意识"恰恰是台湾新文学的灵魂。

文章回顾了台湾新文学的发生和发展的全过程，指出台湾新文学运动，是台湾同胞在世界新思潮，特别是五四新文化运动的启发下，为保持自身与祖国的联系，为保持台湾文化与大陆文化的永久连结，为摆脱日本殖民统治，避免同化和争取台湾回归祖国所作的自觉的斗争，所以它不仅是"中国意识"的表现，而且是"中国意识"在理性层次上的表现。

文章举台湾新文学的代表作家吴浊流为例，说吴浊流对中国文学的伟人传统极为尊重，在创办《台湾文艺》杂志的时候，他明确提出：要"尊重我们固有文学的优点拿来做经线，采取外国文学的优点拿来做纬线，织成最优秀的中国文学，创造有中国文化格律的东西，才是台湾文艺的使命"。他始终将自己置身于中国文化传统中，并挺身捍卫中国文化的尊严。他的旧体诗创作，像他敬重的前辈文人一样"汉节凛然"。而他的小说，虽然是用日文写作，但除了主题上表现"中国意识"外，在文体上也表现出了中文的精神。

文章引用了日本评论家尾奇秀树在《吴浊流的文学》一文中的见解："中国文学的传统在它里面。在鲁迅和茅盾里面可看到的属于人生派的凝视现实之眼，也存在于吴浊流，并且从追踪一个知识分子的生涯来捕捉社会的广袤，使历史之潮流浮现出来的力量，符合大陆小说的传统……""我感到产生这样作品的文学风土里，似乎有大陆文学传统的根。""作品给人的印象是骨骼粗大的感觉。但骨架的粗大是中国人特有的，显示着扎根于大地那大树的坚定不移。"陆教授说，尾奇秀树抓到了吴浊流文学精神中的中国魂。

《论坛》2004年第4期，发表了陆教授的文章《"去中国化"的表演——评"文化台独"对赖和的歪曲》。文章指出，台独分子为了追求"台湾独立建国"的梦想，一直在以台独意识扭曲文化，进行着"文化台独"的活动，在文学史领域中表现得相当猖獗。他们歪曲历史事实，颠倒黑白，按台独的尺度，将日据时期的老一辈作家重新定位。他们为了拉赖和这面大旗做虎皮，就故意淡化赖和热爱中华文化和怀念祖国的深情，而把他关于"文学大众化"和提倡"用台湾语文写作"的主张，加以拔高、曲解和片面论释，以偏概全，盗名欺世，力图把赖和塑造成为"台湾主体文学"的鼻祖。他们这种卑劣的篡改历史的行径，是以台独意识对赖和的劫持，使赖和成为"文化台独"的"人质"。这是对赖和的莫大侮辱。

文章以前人记录在案的台湾新文学史料和赖和本人的散文诗词小说，有力地证明了，"历史已经铸成，赖和是忠诚的中华儿女，任凭台独分子怎么涂改与歪曲，也是永远无法抹去他的历史光彩的"。

二、以天下为己任的文学理念和担当

陆士清教授发表在《论坛》上的16篇文章，曾敏之研究占了5篇之多,分别为《站在坚实的大地上——略论曾敏之散文的传统血脉》(1995年第2期)、《见识、勇气、力行——华文文学研究播种者曾敏之》(2008年第4期)、《回归艺术 回归美——曾敏之"诗词艺术"赏析的写作》(2009年第3期)、《我写〈曾敏之评传〉——〈曾敏之评传〉新书发布会上的发言》(2011年第3期)、《忧时论世寄诗文——读曾敏之近期作品》(2014年第4期)。

第一篇,说曾敏之的散文创作,抒挚美之情,织丽词华章,这固然是他个人禀赋、才华、品德的表现,同时也与他站在坚实的传统大地上分不开。对于传统,他有着自觉的服膺与尊重。他遵循着从新文学到古典文学与古典诗歌,从史学进入文学领域的路线,研读经史典籍和中外文学名著,吸饮着传统的乳浆,使自己长成了枝繁叶茂的大树。

首先,曾敏之在人生理想上继承了中国知识分子的传统美德。他那种对人民、对国家的责任感,那种以天下为己任的精神是和至圣先贤们一脉相承的。这在他的散文中表现得很突出。他与人民共悲欢,不谈风花雪月,不为怪异之论,不作消极的悲鸣,不贩卖小道哗众取宠,他的文章总有益于世道人心。其次,曾敏之的散文,尤其是抒情性散文,深得中国古典散文和情韵。而他的杂文,则阐扬传统之精华,为现实服务。

不过,曾敏之尊重传统,但不抱残守缺;他引古证今,但不食古不化。相反他总精于取舍,择善而从。更为重要的是,他注重纵横开掘,在显示传统精健光泽的同时,赋予它新的意义。

第二篇,盛赞曾敏之先生是世界华文文学研究的第一只春燕,是世界华文文学研究的主要播种者之一。早在1978年,曾先生发出"面向海外,促进交流"的呼吁。他在分析港澳和东南亚汉语文学的基本情况后,着重阐述了三点:要拨乱反正,文学交流最能见成效;要打通内外交流的管道,文学交流最容易被接受;港澳回归,台海统一,要从文学、文化交流着手。

在许多人对面向海外交流还存在着思想藩篱的环境中,曾先生的这一思想超前的倡议,必然是引火烧身。可他没有退缩,而是率先展开对台、港和新、马、泰华文文坛和华文文学创作状况作介绍和评论,还连续编选出版了《香港作家散文选》(1980)和《香港作家小说选》(1982),为多少年来完全隔膜于外部世界的大陆文坛,打开了一扇瞭望天光行云的窗子,使大陆的读者，也能看到外部世界朝露滋润的朵朵鲜花。

他还积极地进行组织建设，利用他的职务便利，搜集资料、促进香港和内地作家交流互访。对促进中国大陆加强世界华文文学的研究，产生了深远的影响。正是在他的建议和推动下，才有了大陆后来的港台文学（世界华文文学）研究会的成立，有了台港澳与海外华文文学进入大学课堂的盛况。陆教授深情地说："回顾世界华文文学研究的历史，我们可以看到清晰的足迹，而这些已延伸得长长的足迹，却是从曾敏之先生那儿起步的。"

第三篇，说曾敏之的《诗词艺术》赏析的写作，开始于"文革"中期，是他唾弃极左文艺思潮而回归艺术、回归美的表现。他从探丽唐诗着笔，更取上自汉魏、下迄明清作品的连续的全时间维度，站在历史的长河中，以宽广的美学视野，凝视中国古典诗词之美；紧扣借鉴、继承、创新进行透析，营造诗美的历史感和立体感；从多个角度、多种手法进行赏析和精致的散文化的解读，则是这个诗美新天地构成的要素。他博学广识，敏锐多才，对古典诗词之美有着洞幽烛微的鉴赏能力，更有一副清雅的文笔，所以他的赏析不仅一语中地突显所鉴赏的诗词的美，而且由于他追求推陈出新，所以他的赏析，实际上是再创造。

第四篇，是陆教授在《曾敏之评传》新书发布会上的发言，说检视曾敏之先生至今76年的笔墨生涯，无论是投身抗战、反对国民党发动内战、为建立新中国而奋斗，或是忠诚于文化教育事业、卫护改革开放、捍卫祖国主权，追求祖国和平统一、推动世华文学创作和研究等，他无不是一腔热血，不畏艰险，忠忱谋国，心系人民。即使在山城重庆最黑暗的年代，他也勇于冲破重重雾障而追求光明。他的学说，阐述了我们中华民族数千年来所积累的文化结晶——东方文明、中华智慧，是可以为今借鉴和涵育后人的。他的创作体裁多样、题材繁富，是一座思想丰富的宝库。作者不禁自问："曾敏之为什么这么'好古'，这么'纵横古今'于笔下，甚至'内化为作者的一种思维方式'？"他又自答："诚然，这由于他积学备用的努力，使得那经史典籍、东方智慧、浩瀚诗篇溶积于他的脑海中，成了他随时可以开掘探宝的矿藏。但更重要的是，曾敏之有古今融通的文史观。"

在文章的最后，作者总结道："因为我把握了'两栖'作家的基本特点，描述了曾敏之作为作家、报人和世界华文文学创作研究推动者的曲折、坎坷而又辉煌的人生足迹；我揭示了曾敏之这位文化战士追求光明的理想、意志和高尚的情怀；我展示了曾敏之的丰富而博大的文化思想，包括他的历史观、政治观（治国理念）、人才观，等等；我也评述了曾敏之文学创作的成就和他为我国文坛所作出的艺术上的贡献。我也尽可能地从历史的、社会政治和文化思想等方面入手，探索了曾先生所走人生道路的原因。"

第五篇，写曾敏之九十有七了，却仍燃烧着炽烈的热情，驱遣健笔，写诗作文，匡时济世。他2010年以后的作品，仍然充满了忧患意识。西方帝国主义和日本军国主义对祖国的围堵，他忧心；香港分裂势力的膨胀和折腾，他忧心；一些干部的腐败、人文精神的流失，他忧心；社会奢靡之风盛行，他忧心……他还说："忧患意识是知识分子投入推动改变中华民族命运行动的思想动力。"这些作品在忧国忧民的同时也充满期盼，热切期盼高扬改革开放的旗帜，把祖国治理好，建设好，发展好；期盼香港民心的归顺和社会的稳定，期盼执政团队的坚强和纯洁；期盼国防力量的强大，打破帝国主义的围堵和日本军国主义者的挑衅……

他不只是心怀忧患和期盼，还以战士之姿，站在文化战线的岗位上，面对世纪风云，挥洒那遒劲锐利的笔，批判分裂势力，扫除世俗尘埃。总之，他人生最后一个时期的诗文，紧扣现实，有感而发，击时弊而树正气，真正起到了匡时济世的作用。

我想，没有读过陆士清教授的皇皇巨著《曾敏之评传》的读者，仅从这五篇文章，也能了解曾敏之先生的高尚品德和卓越贡献。

三、感人至深的双乡情结

陆士清教授不是一个狭隘的民族主义者，不把"爱中国"作为品评海外作家的唯一标准。

发表于2011年第1期上的《诗文寄意——读〈鱼尾狮之歌〉》就赞美了新加坡华文作家热爱新加坡而又情牵中华的心声。

庆祝新加坡与中国建交20周年，新加坡作家蓉子主编出版了《鱼尾狮之歌　新加坡诗歌散文集》。新加坡驻华大使陈燮荣先生为之作序，且以文化珍品之尊作为上海世博会新加坡馆馆日和新加坡驻华使馆庆贺新中建交

20周年的礼品，赠送给与会的嘉宾。这本诗歌散文集为什么会得到如此的礼遇？因为它是蓉子和35位新加坡作家怀着拳拳深情献给中新两个国家友好交往的厚礼，也是推动中新文化交流的一个实在的举措，选集的本身也有着丰富而厚重的文化内涵。

集子中，吴垠的《鱼尾狮传奇》将一腔情思，倾注在对鱼尾狮的歌赞上，梁福文的《岛》、喀秋莎的《记服役时期某次军事演习》、秦淮的《祖国！我把四十年情歌唱给你听》，同样倾吐了对新加坡走过的历史的赞美，不仅以新加坡为傲、为荣，还表达了同生死共命运的忠诚；简桥的《歌颂"白旗袍"》歌赞新加坡的建设者，蓉子的《榴梿情结》抒写的实际上是热爱新加坡的家国情结。《鱼尾狮之歌》的记忆，还承载着新加坡社会的共同记忆，涉及新加坡国家的发展变化，人民生活、心灵和意识的轨迹。简桥的《牛车水原貌馆》里展示的是华族祖先的彷徨和无助，是劳碌和贫困，幸而，这一切的苦难与痛楚，都已成了原貌馆中的历史。潘正镭的《人气咖啡香》从组屋区咖啡文化律动的角度，见证新加坡公民居住环境的变迁。林高的《脚踏车上的轻与重》则通过车子对于他功能的变化，来见证他人生和新加坡生活的变化。何濛的《活到老，做到老》则写出了他的忧虑：一些病弱的白发老人如今仍在机场、餐馆打工，干体力重活，因为他们受教育水平低，年轻时收入微薄，又没有积蓄，现在"他们不得不拖着疲惫虚弱甚至残障的身躯，谋份工作过余生"。新加坡也有新加坡的沉重！

新华作家作为新加坡公民，他们热爱自己的国家，抒写爱国主义的情思，这是他们共同的特征；同时他们又是新加坡多元民族中的一支，是中华民族的子孙，对中华文化的深深眷恋，在《鱼尾狮之歌》中有着丰富的多层面的展示。

他们深爱着母体语文，但在全球化的竞争中，新加坡华族母语被逐步边缘化，南洋大学被合并，中文教育在萎缩。这不能不引起华文作家的焦虑和不安。柳舜的《方块》写的就是中华民族文化标记和文化的载体——汉字。在他看来，这方块字有母亲胸膛般的温暖，有大地一样的坚实和可信。杜南发的《传灯》、濛的《雕栏应犹在》、简桥的《写作人》、英培安的《悲歌》、潘正镭的《赤道走索》等写的都是对中华文化在海外薪传的思考。

华文作家的民族情思，也表现在他们创作中对文化古乡的追寻以及对中华文化名著的解读、诠释和融注。吴垠的《去年冬天游绍兴（组诗）》，包括《秋瑾》、《兰亭》、《汉广》（《诗经·周南》）、《酒乡》、《青藤书屋》，就是这种追寻的例证，正如《青藤书屋》一诗中所写的"紧抓心中那根古老的青藤／一路来到绍兴古镇……"英培安的《怀人》以荆轲刺秦为题材，咀嚼着民族历史的英魂。柳舜的《猫捕雀》则将一则中华古老的寓言故事注入了现时代的意蕴。至于朱添寿亦诗亦文的《音·诗·思》，则是朱先生与音乐家、演唱和演奏艺术家一起解读和诠释中国文学、音乐的经典，并且在体悟中获得了灵感而倾泻出了诗情。他的《北海道的雪》所以能写出梅雪相映的境界、流溢出诗的韵味和美的意趣，那是因为他的诗思早已浸渍过中华先贤诗情的乳汁。

　　华文作家的民族情思，还表现在对于中华民族的兴衰、中国的发展和华人命运的关注上。他们希望自己的民族能够洗去衰落的尘垢和驱除颓败的腐气而重新振作起来，走进先进的民族之林。这可以说是华人移民的百年夙愿。长谣的《观北京奥运开幕式有感》所抒写的正是这种夙愿渐偿的心情。梁文福的散文《家事》写的是香港"九七"回归在他们家庭所引起的情感波澜。他们觉得香港回归也是海外华人的大事——不是国家民族那种大事，而是像"每逢佳节，总会和家人通一通电话，报平安，说祝语"那样的家事。尽管作者一再强调这是日常的"家事"，但是，"对于平凡人来说，家事比起国事、民族大事，都来得贴心"。这贴心"家事"在他们家中所掀动的情感波澜说明，将民族盛事化为"家事"，这不是情感的淡化，而是骨肉之情的深化。

　　陆教授深思，为什么新加坡华文作家如此关注中华民族的兴衰和中国的发展？看到李光耀先生的一句话他明白了："如果中国发展得好，海外华人心理上所受的污辱，所背的失败文明的包袱，将得以解除。"

　　发表在2007年第3期上的《血脉情缘——泰华作协、〈泰华文学〉素描》，是为"泰华作协的正式成立和《泰华文学》杂志正式出版"20周年而写，作协和杂志都"开辟了泰华文学历史的新篇章"。

　　文章说，泰华作协推动泰华文学创作的发展，成就彪炳史册。泰华作家有扎根于佛国土地、描写和反映泰国现实生活的自觉，这是毫无疑问的。这是泰华作协的根本任务，也是植根于泰国土地上的泰华文学的基本特点。同时他们也有延续和弘扬华夏文化的使命感,甚至有华文文学能否在泰国土地上树常青、花更艳的忧患意识。

以薪传华夏文化之灯为职志,是泰华作家的群体要求,也是泰华作协和泰华文学的一股强劲的精气和血流。因为泰华作家热爱中华文化,这不仅因为他们本身对渊博精深的华文文学有很深的造诣和崇敬,还因为他们在华夏文明涵育中产生的与生俱来的民族自豪感。他们这种对华夏文化的深情厚爱,是与对母国的热爱分不开的。

四、彰显作品的艺术性和独创性

从陆士清教授发表在《论坛》上的16篇文章可以看出,他的研究不仅仅着眼于作品的思想性,还非常注重作品的艺术性。尤其是作品在题材、创作方法、语言等方面的独创性,以及该作品对世界华文文学乃至整个中国文学有什么贡献或建树。

他的《谈欧阳子的情结小说》(1992年第1期)是大陆较早研究台湾现代派文学的论文之一。欧阳子是20世纪60年代台湾现代派文学的重要作家。陆教授说,自六十年代欧阳子崛起,心理小说得到了开拓。她所以能崛起,一是因为传统的根的断裂;二是五六十年代台湾严峻的现实不可能碰,整个文坛走向个人化和内心化;三是西方现代主义文学的启发和影响。欧阳子的心理情结小说,揭开了台湾地区和整个中国文学中的心理小说的一页。正如白先勇所说,"她突破了文化及社会的禁忌,把人类潜意识的心理活动,忠实地暴露出来"。"欧阳子是人心的原始森林中勇敢的探索者。"欧阳子接受了现代主义文学大师们的影响,有些作品仍然笼罩在他们的阴影里,但是她也有自己的创造和发展,所以她在中国小说史上具有独特的不可否认的地位。

他的《时兴包装下的严肃思考——梁凤仪小说现象透视》(1993年第2期)说,梁凤仪的小说所以畅销、流行,其原因之一就是它具有当今某些流行小说所具有的消闲性。消闲性具体表现在:将家族故事作为小说的内核;将商场搏杀、情场恩怨作为小说的框架;以及人物的传奇色彩。但是消闲性远不能涵盖她的小说精神,因为它区别于通常的消闲小说的特异之处是明显的。如果说消闲性是她小说的一种时兴的包装，那么，包装下则有着严肃的生活和思考。她的可贵之处不仅在于她抓住了这个时代问题，而且在都市传奇故事的包装下真实地描写了跨越"九七"的香港的财经风云。

他在《笔卷当代风云——略论戴小华的创作》（1996年第1期）中总结戴小华创作思考的三个特点：首先是现实的，又是历史的，其作品所具有的历史的纵深感，就是由此产生的。其次，是批判的，又是充满憧憬和理想的，她的散文描绘瑰丽的人文和自然景观，赞美善良的人性和真诚的亲情、友情，同时也批评陋习和落后，鞭打丑恶，期望人间明天会更好。她的剧本在揭露投机牟利和人性丑恶的同时，对以奉献为人生哲学的崇高精神，则深怀期待乃至敬意。第三，是艺术的美学的思考。她以情节、人物、场面勾划人物的性格和历史，以情景和美来感动人。她的报告文学，虽然是人物采访，有很强的新闻性，但她精心架构，或有散文的描写，或有戏剧的对话，或有画龙点睛的议论，使得访谈深具美感。她能以巧妙的提问让被访者自己呈现出鲜活的个性。在她的笔下，无论是政治人物、企业家或文化人，一个个都是充满生命力的活活泼泼的人物。

他的《蓉子专栏的魅力——在世界华文女作家协会第九届年会上的发言》（2006年第4期）写到，新加坡作家蓉子的旅游文章，从题材上看可用三个字来概括，即新、奇、古。新者，新的事物，新的发现，新的感觉；奇者，奇情、奇趣、奇景；古者，古老的故事，传统的习俗。蓉子游记的另一个特点是情景交融。她总是在欣赏审美中憬悟世态人生。蓉子游记的语言，自成一格，诗情画意，典雅精炼，常常是蓉子信手写来，然而汉语的节奏、韵律都自然地流露出来了，读来既像不拘格律的诗，又如古典戏剧中一曲优美的唱词，铿锵而又柔美。

另一篇《悠悠华夏　魂牵梦绕——略谈蓉子的中国情》（2009年第1期）写蓉子是怎样用一腔儿女心肠全面地、实在地关注中国。

他的《扶桑枫叶别样红——略谈华纯的创作》（2010年第2期）说日本华文作家华纯是解读东西方社会的实践者。她的小说和散文显示了她的国际视野，又展示了对日本社会生活的深入挖掘，从而使它区别于一般的留学生文学。

陆士清教授是大陆学界最早研究白先勇的学者之一。他的研究深具学术价值。可惜的是,《论坛》只发表过他一篇有关的文章,即2007年第1期上的《春雨润得花更红——谈〈玉卿嫂〉从小说到越剧》。这篇文章的研究重点不在白先勇的小说《玉卿嫂》本身,而是论上海越剧团成功地树立了玉卿嫂的舞台艺术形象。他认为改编即是再创造。他说值得肯定的是:改编本强化了人物冲突;凝聚和丰富了情节,并将原著侧写或暗场处理的情节进行正面展示,人物的形象更清晰了;借助舞台艺术的优势,尽情地展示了人物的内心世界。

综上所述,陆士清教授的作家作品评论,始终从把握作家的创作全过程出发,从审美角度审视作品,在文本细读的基础上分析、揭示其思想内涵和艺术特点,而绝不以先设的理论框框概念去套。

刘红林

祖籍山东招远,生于北京。退休前为江苏省社会科学院文学研究所研究员、《世界华文文学论坛》杂志主编。现为中国世界华文文学学会副监事长、江苏省世界华文文学学会副会长。在世界华文文学研究领域里奋斗30年,著有《日据时期台湾新文学风貌》《台湾女性主义文学新论》《台湾新文学之父——赖和》《因为世间有爱——简宛评传》《月是故乡明——江苏籍台湾作家研究》等书,发表论文一百多篇。

满蕴中国知识分子的人间情怀

——也谈陆士清老师的台湾文学研究

樊洛平

认识陆士清老师已有多年。

未曾谋面时,是从《台湾小说选讲》等著作得知陆士清老师大名,由此开始认识岛屿文坛,老师的著作曾是我寻寻觅觅的台湾文学入门书。后来走近台港澳暨海外华文文学研究领域,有幸在诸多学术场合当面聆听老师教导,许多点点滴滴的记忆沁入心田,生成鲜明的印象。岁月越久,那印象犹似秋天卓然独立的红枫树,色彩与生命越发闪亮。

在我看来,那位永葆创新精神,不断开疆辟土、专注而执着的学术农夫,陆老师是也;那位兼具将军与政委风度的谦谦儒生,陆老师是也;既能春风化雨地谈书论道,又高屋建瓴地策划学术活动,指挥若定,中国世界华文文学学会的发起人之一,长期为学会保驾护航的监事长,实乃陆老师也;如同一本读不尽的大书,书脊挺立,风骨正直,内涵丰富深刻,满蕴人间情怀的中国知识分子,更非陆老师莫属!

回眸陆士清老师拥有的先行者学术生涯,与改革开放的时代契机分不开,与他锲而不舍的专注精神相伴一生。如他所说:"方向重于努力,道路决定命运,选择是关键。"[1]1978年,尽管学界也有"当代文学不宜写史"的说法,但强烈的学科意识使陆老师敏锐地意识到,已经走过30年发展道路的中国当代文学,足以作为一门学科进入研究和教学领域。于是,由陆老师主持编写工作,负责全书统稿,22所兄弟院校开始联手编写全国第一部正式出

---

[1] 许慧楠、黄炜星、陆士清:《先行者的学术人生——世界华文文学研究专家陆士清教授访谈》,《华文文学》2022年第5期。

版的《中国当代文学史》（三卷本，福建人民出版社出版），由此留下了当代文学学科建设的最初足迹。

1979年，人到中年的陆士清老师与台湾文学相遇，开启了由中国当代文学走向世界华文文学的学术转型。从敏锐发现、全力投入台港文学研究领域的开拓，到身居海外华文文学高地"探索文学星空"的展望；从撰写《曾敏之评传》的情有独钟，到《品世纪精彩》的独领风骚；从举办第十二届世界华文文学国际学术研讨会的"上海风范"，到策划三届"华文文学上海论坛"的学术创举；陆老师一路走来，是以与时俱进的学术开路先锋形象，为世界华文文学的学科建构奉献了他人生长河中最重要、最美好的生命时段，令学科从无到有，从小到大，从边缘到广为人知；他一步一个脚印走过的学术履历，也见证了我们这个学科发展的历史。陆老师和他那一代前辈学者的开拓者身影，成为世界华文文学领域永远致敬的学术高度。

时至今日，世界华文文学的研究领域和学科建构日益成为不争的事实。回眸来时路，那些曾在陌生的学术处女地筚路蓝缕开拓的先行者，他们在当时的历史语境中所承受的风雨人生、所做出的时代贡献，这种带有一个新的学科发生学意义的源头性回溯，应该成为世界华文文学学术史研究不可或缺的第一页。本着这样一种理念，我愿意更多地谈谈陆士清老师有着鲜明学术辨识度的台湾文学研究。这种研究特点可以从三个方面来概括。

其一，得风气之先的学术开拓。

祖国大陆台湾文学研究最早出现时间性标志和地域性标志是在1979年前后的上海，这一切更集中于上海的复旦大学，最后定格于复旦大学的陆士清老师身上。而复旦大学能与这种时代契机相遇，首先得力于陆老师对两岸时局脉动与文化交流形势新变的敏锐发现和高度的责任感。

1978年12月18日召开的党的十一届三中全会关于台湾问题的提法，1979年1月1日全国人大常委会发表《告台湾同胞书》，都宣告了对台政策的重大调整。"如何适应这样的变化？相信每一个对祖国统一的神圣事业具有责任感和使命感的人都在思考，我也不例外。"[1]陆老师如是说。1979年春节

---

[1] 陆士清：《浅浅的履痕》，陈辽主编：《我与世界华文文学》，香港：香港昆仑制作公司，2002年版，第143页。

前后，当陆老师读到那本香港出版的《台湾乡土作家选集》的时候，赖和、杨逵、吴浊流、钟理和、陈映真、黄春明、王祯和、王拓、李昂等之前闻所未闻的台湾作家名字，还有他们作品背后连缀的台湾新文学历史，是如此强烈地触动了他，让他清醒地意识到，一个新的两岸交流时代、一个未开垦的文学领域，即将出现在我们面前。"两岸交流一旦展开，上海将是前沿，复旦将是这前沿的窗口，我们应有所准备。"[1]我们可以"从专业的角度来适应台海形势的变化"[2]，"将台湾文学研究作为一个学科来关注和建设"[3]。于是，当祖国大陆文学界诸多人士对台湾文学还完全陌生、茫然无知的时候，当研究台湾文学甚至还被一些地方视作政治禁忌的时候，陆老师与同时代的前辈学者已经开始了他们披荆斩棘的学术征程。

一方面，作为两岸文学交流的推手，得风气之先的陆士清老师在祖国大陆率先打开了一扇认识台湾文学的天窗。20世纪70年代后期，随着中美关系的改善，台湾赴欧美作家拉开了两岸文化交流的序幕。1979年对于祖国大陆的台港文学研究有着非同寻常的开启意义。是年春天，《上海文学》第3、4期连续刊登聂华苓《姗姗，你在哪里？》、於梨华《涵芳的故事》、李黎《谭教授的一天》等短篇小说，《收获》第5期（当时是月刊）刊出於梨华长篇小说《傅家的儿女们》，加之《当代》7月出版的创刊号推出白先勇《永远的尹雪艳》，共同掀开了大陆刊物介绍台湾文学的第一页。从这年初夏於梨华来沪为复旦学子做第一场台湾文学演讲，到於梨华《又见棕榈，又见棕榈》成为大陆出版社推出的第一本台湾作家的长篇小说；以及稍后李欧梵、郑愁予、杨牧、庄因、刘绍铭等台湾旅美作家访问团的复旦之行，乃至阔别上海39年的白先勇1987年到复旦讲学的破冰之旅，1988年台湾创世纪诗社的洛夫、张默一行访问复旦大学，为了学术往来，陆老师以他敏锐的感应和热情的策划联络搭起了两岸文学交流的桥梁，让祖国大陆的学子和读者最先感受到了台湾文学的魅力。

另一方面，陆老师率先在祖国大陆开设台湾文学课程，并以倾心著述的

---

[1] 许慧楠、黄炜星、陆士清：《先行者的学术人生——世界华文文学研究专家陆士清教授访谈》，《华文文学》2022年第5期。
[2] 陆士清：《浅浅的履痕》，陈辽主编：《我与世界华文文学》，第143页。
[3] 同上书，第144页。

成果，来奠定台湾文学研究的基石。1981年春天，陆老师在复旦大学开设《台湾文学》专题课，新华社为此发了专电："这是祖国大陆的大学中文系首次开设的关于台湾文学的课程"，并向港台和北美地区发了电讯稿，《光明日报》《解放日报》皆有报道。此举对于打开文学天窗看岛屿文坛和台湾社会、促进两岸文化交流影响深远，它也成为孕育和催生台湾文学研究进高校、学科化的最初土壤。为了进一步推进和深化《台湾文学》课程，夯实台湾文学研究的基础，陆士清老师在资料缺乏、学界研究普遍缺席的背景下，埋头苦干，一步一个脚印地向前拓进，交出了这样一份骄人的学术成绩单。1982年2月，陆老师主编的《白先勇短篇小说选》出版，给读者首先打开了台湾现代派文学的创作视野；之后，又以"上海，使白先勇看到了当时的世界，而白先勇则收藏了上海"的精辟论断一语道出了上海与白先勇小说密不可分的关系。1983年3月，《台湾小说选讲》（上下册）问世，在台湾新文学发生和发展的脉络里，选择了34位作家的57篇小说作为代表。其长篇序言《汉魂终不灭，林茂鸟知归》则以史家眼光，勾勒出台湾小说发展的历史轨迹。1985年4月，主编的《王祯和小说选》出版，提供了台湾乡土派小说创作的文学样貌。1991年1月，与人合写的《三毛传》在海峡两岸出版，从学理角度解读了台湾女作家在大陆形成的创作热现象；1991年9月，《台湾小说选讲新编》出版，透过21位台湾当代作家作品的学术评论，重在梳理台湾部分小说家的创作简史。1993年6月，《台湾文学新论》推出，或纵览台湾文学运动的历史，或剖析台湾文学的思想意识，或解读台湾作家的创作风格，26篇学术论文的集锦彰显了研究的新意和深度。时隔多年，我至今清晰地记着当时到处寻找这些著作的情景。作为那个年代步入台湾文学研究的必读书，陆老师的著作照亮了我们最初的研究路径，在多个层面上支撑了高校文科开设台湾文学专题课的平台。每每想起，那种温暖的记忆，让我们永远感念在心。

其二，挖一口深井的学术耕耘。

陆老师的台湾文学研究，一向以严谨扎实而著称，老一代学者的学术风范，在新开辟研究领域的艰难跋涉中，显得尤其难能可贵。1979年3月，刚刚接触到台湾文学的陆老师，坚持论从史出、资料先行的学术原则，首先南下广州，在暨南大学做了半个月的资料调研，一步一个脚印地走进台湾文学的原野。为了把握台湾《文学杂志》的宗旨与全貌，他将全套50本杂志悉数阅读，多方咨询，遇到疑难问题，自费越洋电话向当事人请教求证，后来写出令人信服的《〈文学杂志〉与台湾现代小说》一文。通过《文学杂志》这扇窗口，该文一是透视了20世纪50年代台湾特定的社会背景和文艺生态环境，将《文学杂志》突破"战斗文艺"重围的诞生意义和原则坚守凸显出来，有一种强烈的历史语境的代入感。二是按照刊物研究的路径，深入到刊物的主编理念、办刊宗旨、栏目设计、作品发表、风格特色、影响面向，梳理和分析《文学杂志》的园地面貌，表现其摆脱"战斗文艺"题材束缚、坚守纯文学追求的办刊理念。三是将《文学杂志》放在台湾当代文学发展的链条中，剖析它对于台湾现代小说的孕育和启示作用。陆老师在研究台湾文学之初即表现出这样的学术风范，令人感佩。

1985年3月，陆士清老师承担了为中国大百科全书撰写《现代台湾文学》条目的任务。这是新中国成立后第一次将"台湾文学"作为条目收入辞书，具有不同寻常的意义。陆老师多方搜集资料，深入思考研读，写作期间还专程赴深圳，与香港中文大学黄维樑教授晤面，虚心请益修改。花费半年多的时间，最终成就了这条两万多字的词条。其涉及115位台湾作家，从日据时期到光复初期的台湾新文学，从1949年到1980年代的台湾当代文坛；历史跨度大，内容丰富。该条目的研究确证了台湾新文学的性质，重在"论证了台湾新文学运动是在五四新文学运动影响下发生发展的，是中国反帝反封建的民族解放运动的一翼，台湾新文学是中国现代文学的一个有特殊性的分支"[1]。它对台湾新文学运动历史轨迹的清晰梳理，对不同文学流派的公正评价，对不同体裁创作的全面检视，对众多作家作品的深入观照，看似一个文学词条，实则一部高度浓缩的台湾文学史，历经岁月磨砺和沉淀，至今仍闪耀着学术的光芒。

事实上，无论是深入台湾作家作品的个案研究，还是放眼台湾文学格局的宏观研究，陆老师在字里行间所呈现的，是一种学术深耕细作的穿透力，是一种"咬定青山不放松"的科研"劲道"。

其三，坚守中国心的学术立场。

---

[1] 许慧楠、黄炜星、陆士清：《先行者的学术人生——世界华文文学研究专家陆士清教授访谈》，《华文文学》2022年第5期。

陆士清老师的学术生涯，蕴含着深挚感人的中国知识分子的人间情怀。他谈到，当年走上台湾文学研究之路，是"为祖国和平统一尽绵薄之力的责任感和使命感，使我步上了对台湾文学进行探索的旅程"[1]。现如今，他"常常想，我们这些炎黄子孙，研究世界华文文学，为了什么？是为稻粱谋，是职业需要，或是赶时髦？……我们许多同行至今仍然青灯独对，孤独地面对研究经费的困难和资料的短缺，然而我们依旧孜孜不倦，到底为什么？……我们为的是通过对世界华文文学的关注和研究，促进中国大陆、港、澳、台地区以及世界各个国家的华文文学的交流，繁荣世界华文文学的创作，使之更好地反映世界各地的华夏子孙在不同地理、政治、经济和人文环境中的生存发展的物质和精神的生活，更好地弘扬他们在汲取世界优秀文化的同时，丰富和发展中华文化，保持我们民族文化独特性的精神"[2]。本着这样一种源自祖国、源自民族文化的使命感，陆老师义无反顾地选择了一条艰难而光荣的学术之路，把自己的学术生命奉献给从台港文学到世界华文文学的研究领域。

台湾文学的发生与发展，有着与祖国大陆的同源性和共同性，也有其特殊性。台湾地区数度遭遇外国强权侵略殖民的历史，海峡两岸长达几十年隔绝的历史，两岸不同的社会环境与政治生态，都会带来台湾文学研究的复杂性。特别是在台海形势复杂、"文学台独"势力嚣张的当下，愈发体会到海峡两岸学界反对"文学台独"的坚定立场和前瞻性眼光。

陆士清老师的台湾文学研究，始终秉持一颗中国心的学术立场，始终关心台湾岛屿上的"统""独"斗争以及文学界的反应态势；他旗帜鲜明地反对"文学台独"，具有坚守原则的批判力。

20世纪90年代初期，透过《试论"台湾文学"与"台湾意识"》《论日据时代台湾新文学的中国意识》这类论文可知，在大是大非面前，陆老师不回避，重坚守，敢于学术交锋，直面正本清源、还台湾文学历史真相的原则性问题探讨。针对台湾文学界出现的与"中国意识"相对立的"台独意识"，他依据台湾文学发展的真实历史，用大量客观的文学事实说话，一针见血地指出："台湾新文学不仅有着鲜明的'中国意识'，而且'中国意识'恰恰

---

[1] 陆士清：《浅浅的履痕》，陈辽主编：《我与世界华文文学》，第143页。
[2] 陆士清：《任重道远——序〈新视野·新开拓〉》，陆士清主编：《新视野·新开拓》，上海：复旦大学出版社，2002年版，第3页。

是台湾新文学和新文学作家的灵魂。"[1]至于那种"台独"的"台湾意识",是"分裂祖国、分裂中华民族的意识……无论它表现在政治领域或者表现在文学领域,我们都必须辨明是非,予以揭露和批判"。[2]

在《"去中国化"的表演——评"文化台独"对赖和的歪曲》《论杨逵小说创作中的历史地位》《陈映真的小说》《青苍岁月——陈映真的〈笔汇〉时代》等论文中,陆老师是以台湾作家个案的研究,深入解读他们在台湾文坛坚守中国意识、民族文化的脊梁形象,探讨他们对台湾文坛写作的探索精神和文学贡献。特别是《"去中国化"的表演——评"文化台独"对赖和的歪曲》这篇文章,作者以资料丰富、质地坚实、令人信服的"赖和论",用大量的文学事实逐一驳斥"文化台独"的谬论,有力地弘扬了赖和先生作为"台湾新文学奠基人"的历史功绩,发掘出赖和先生源自中华民族儿女的精神情感与文化旨归,由此确证台湾文学与中国文学不可分割的血脉联系。

回眸陆士清老师的台湾文学研究,是向引领了我们研究道路的学术先锋致敬,也是向中国世界华文文学领域风雨无阻的学术历程致敬。

樊洛平

郑州大学文学院二级教授,中国作协会员,中国世界华文文学学会学术工作委员会主任委员,河南省台湾研究会副会长。从事中国当代文学、台湾文学研究,独著《当代台湾女性小说史论》《冰山底下绽放的玫瑰:杨逵和他的文学世界》等4部,合著《海峡两岸女性小说的历史流脉与创作比较》《台湾新文学思潮史纲》等10余部,发表论文100余篇,获河南省社科优秀成果一、二等奖4项,多次应邀赴台参加学术活动。

---

[1] 陆士清:《论日据时代台湾新文学的中国意识》,《血脉情缘——陆士清选集》,广州:花城出版社,2012年版,第54页。
[2] 陆士清:《试论"台湾文学"与"台湾意识"》,《血脉情缘——陆士清选集》,第38页。

序跋及书评

开拓的实绩

——序《台湾文学新论》[1]

蒋孔阳

1955年，陆士清同志考进复旦大学中文系，我们就认识了。以后在相互过从的当中，我们成了同事和朋友。他给我一个强烈的印象，那就是做任何事都生气勃勃，具有开拓进取精神。即如"文化大革命"刚刚结束，1978年，中国当代文学的研究，在大学教学和学科的建设中，还没有怎样引人注意，他就在研究中国现代文学的基础上，一马当先，率先主持编写了三卷本的《中国当代文学史》，对曲折发展的中国当代文学运动、文学创作和理论批评、作家和作品等，进行了历史的透视和总结，从而在中国当代文学学科的建设中，留下了自己的足迹。1979年，改革开放刚刚起步，在人们对"左"的一套尚心有余悸，我国大陆文学界绝大多数人对海峡彼岸的文学情况尚茫然无知的情况下，士清同志又鼓起了勇气，开始介绍和研究台湾文学。十多年来，在客观条件相当困难、资料相当缺乏的情况下，他执著努力，孜孜不倦，做出了值得称道的成绩。这本《台湾文学新论》，就是明显的例证。香港评论家黄维樑博士，誉之为是"先锋学者"的部分研究成果的结集。

士清同志研究的范围相当广阔，大凡台湾新文学运动发生发展的政治、经济、社会、历史、文化、文学的动因，文学思潮的演变，传统的继承和外来文化的冲击，创作题材的拓展，主题意识的变化，风格的形成和出新，文学样式的兴衰等等都在他研究的范围之内。但是，他的基点和追求目标却是全景观照，宏观把握与微观深入的结合。在宏观把握方面，他将台湾文学置

---

[1] 陆士清：《台湾文学新论》，上海：复旦大学出版社，1993年版。

于整个中国文学乃至世界文学发展的大背景中进行历史的追踪,对之进行全景描述。例如《现代台湾文学》一文,即对台湾新文学的发展,作了一个总体的描述,使人对台湾新文学运动,有一个宏观的认识。同时,在微观方面,他又对作家创作艺术的具体特点,对某些文艺思潮、文艺杂志以至某部作品进行了比较深入的诠释和探讨。他不为积习和陈见所囿,不为毁誉与流言所惑,而力求以批评家的理论勇气,实事求是地作出自己的判断,因而独具慧眼,言人之所未言。如《论杨逵小说创作的历史地立》《融传统于现代——白先勇〈游园惊梦〉的艺术追求》,等等,都是例子。

台湾文学是中国现代文学的一部分,对之研究乃是应有之义。但因中国现代社会历史的特殊发展,台湾无论在政治、经济、文化等方面,都有其特殊性,从而影响到台湾文学。台湾文学与中国大陆文学既有其共同性,也有其特殊性。对之进行专门的研究,总结它的历史经验,介绍和阐释它的优秀作家和作品,必将有助于处于分隔状态的中国大陆和台湾两岸文学的交流和融合,必将有助于整个中华民族文学和文化事业的发展和繁荣。土清同志的台湾文学研究,自觉地认识他的历史使命,他是在有意识地为民族的团结、祖国的和平统一,作出一砖一瓦的贡献。众所周知,台湾自古就是中国的领土,1895年后,被日本帝国主义侵占了50年。1945年光复了,但由于中国历史的发展和第二次世界大战后所形成的两极体制对峙的结果,1949年,台湾又与大陆隔离。这是民族的不幸!结束这种不幸,是每个中民族子孙的神圣职责。土清同志这本书,正是抱着炎黄子孙拳拳报国之心,希望借助对台湾文学的研究,促进两岸文化的交流,增进两岸同胞的相互了解,为结束民族分离、实现祖国和平统一创造条件。也正因为如此,土清同志十分关心台湾内部的"统""独"斗争以及它在文学、文化领域中的反映。值得称道的是,面对台湾文学、文化领域中的"统""独"之争,土清不是视而不见,消极躲避,而是积极介入,去了解它,研究它。对台湾文学和文化界出现的与"中国意识"相对立的"台独意识",以及淡化台湾文学的中国意识、歪曲台湾新文学传统、将台湾新文学界的前辈和精英说成为"台湾民族主义者"等现象,他都坚持原则,进行了深入的研究。在《论日据时代台湾新文学的中国意识》等文中,他根据史实指出:"中国意识"恰恰是台湾新文学的灵魂。台湾新文学运动,"在动因和目的等诸方面都表现了强烈的'中国意识'"。台湾新文学所蕴含的中国取向，即把台湾的命运与祖国的命运联系在一起，把台湾摆脱日本殖民统治的希望寄托于祖国复兴，他认为这是"中国意识"的突出表现。台湾新文学的先驱都有一个中国魂。他以丰富而确凿的史料，雄辩而有力地揭示了历史的真相。

士清同志是一个开拓进取的学者，也是一个治学谨严的学者。他研究台湾文学，注意材料的选择。他起步较早，在研究中一直忠于史料。台湾文坛思潮起伏，错综复杂，派中有派。他不是从派的概念出发，而是实事求是地以文学本身的现象为依据，以科学的文艺观为指导。对于不同的社会和环境以及不同的对象，也能具体问题具体分析，用不同的标尺来衡量。他《谈欧阳子的"情结"小说》一文对欧阳子小说创作的评论，即是一例。士清同志的特长是治史，所以他能够以史家的态度对待文学史上的史料和史实，力求掌握第一手资料。例如为了确切了解《文学杂志》的文学宗旨、创作倾向，以及它在介绍西方现代文学、催生台湾现代小说方面所起的实际作用，他检阅了全部《文学杂志》，然后才写出了《〈文学杂志〉与台湾现代小说》一文，作出了科学的论断，纠正了以讹传讹以至胡乱猜测的错误。正因为这样，所以他之所论基础扎实，经得起检验。

台湾文学，我很少接触。平时听士清同志谈起来，娓娓动听，但毕竟所知有限。现在，读了他的新著《台湾文学新论》稿子，方才感到台湾文学不仅是中国文学的一部分，而且是其中别具风格的一株奇葩。士清同志说，台湾文学的研究现在才真正开始，这说明了他对自己有着更高的期望，祝福他在台湾文学的研究领域中，取得更大的硕果。

1993年1月于复旦寓所

蒋孔阳（1923—1999）

著名美学家，四川万县（今重庆万州区）人。曾任复旦大学中文系教授、国务院学位委员会评议组成员、中华全国美学学会副会长、上海美学学会会长、上海市社联副主席等职。主要著作有《德国古典美学》《先秦音乐美学思想论稿》《美学新论》《文艺与人生》等，主编《哲学大辞典·美学卷》《辞海·美学分册》等，论著辑为《蒋孔阳全集》。1991年获"上海市首届文学艺术杰出贡献奖"。

香港文坛左翼领军人物曾敏之

《曾敏之评传》[1]序言

陈思和

1988年4月，我第一次去香港，先是陪我导师贾植芳先生访问香港中文大学，接着自己又留下来，在英文系做了四个月的访问学者，主要工作是搜集1950年以来香港和台湾文学领域传播和介绍西方文学的资料。那时候两岸关系还处于对峙状态，去台湾作研究绝无可能，所以转到香港去找材料，间接地做研究。研究主要课题之余，偶尔关注到香港文学本身的情况。有一位新华社工作的先生听说我在大学做研究，就主动来访，约我为新华社写一份关于香港文学的研究报告，说是新华社要为九七回归做准备，编一本有关香港各界综述的小册子。因为我是外来做研究的，与香港文坛没有关系，可以写得客观一些。我见这位先生思想开放，态度很诚恳，就答应了下来。为此我采访了一些作家。当时香港尚未回归，形势复杂，"九七"被一些人视为大限，纷纷移民加拿大，太空人（指太太出国的人）满街走，人心惶惶不安。问及香港文学，都说文坛上派系林立，左右争论激烈，连作家协会组织都有两个，其中有左右之分。于是冒昧地问：那么左派是谁？右派又是谁？得到的回答好像也不得要领。但问过多次，有一个名字则是被重复多次，那就是香港《文汇报》的老总曾敏之，曾敏之是文坛左派的领军人物。但是那年我先后访了多位香港老作家，唯独找不到机会访问曾先生，心里留下了遗憾。

给新华社的那份报告当时也没有留下底稿，好像主要是谈了如何正确看待1950年代的"美元文化"、西方现代文学思潮以及通俗文学等问题，为此

---

[1] 陆士清：《曾敏之评传》，上海：复旦大学出版社，2011年版。

我也翻阅了《文艺新潮》《好望角》《中国学生周报》《香港时报》副刊《浅水湾》等旧刊物，也读了《海洋文艺》《诗风》《八方》《素叶》等当时很有影响的刊物，这些刊物，有的已经停刊然而尚在人们言谈之中，有的风雨飘摇朝不保夕在苦苦挣扎之下，我对于这些在商业繁华而文化寂寞的环境下坚持文学理想、引进新潮的文学刊物及其背后的文学工作者充满敬意。报告写成以后我差不多也回上海了，以后的年月，忙于各种杂务和教学科研，对收集了几箱的港台文学资料并没有很好地利用和写作，当时的中国文学正处于百废待兴的阶段，吸引我去关注的事情实在太多；再说港台文学也一直有专门的研究者当作一块新开辟处女地在拓荒和开发，硕果累累，大厦将巍峨崛起。我偶尔站在门槛朝里窥探，闻得堂奥里一片奋发之声，于是也就会心一笑，没有再挤进去添砖加瓦。

现在，这幢大厦（也可以称之为学科平台）已经十分壮观了。从香港文学到台港文学进而拓展为世界华文文学，规模越来越扩展，队伍也越来越壮大，机构也越来越多元。我知道，这幢大厦的真正设计师是曾敏之先生，作为一个学科意义上的研究领域，从香港文学到世界华文文学，都是按照曾先生的理想蓝图，一步一步地进行着。三十年前，曾先生第一篇介绍海外文学的文章就是《港澳及东南亚汉语文学一瞥》，这轻轻一瞥，就涵盖了今天世界华文文学的概念和主要范围。现在，国内高校里世界华文文学的学科发展，正在接近、并且圆满地体现他的理念及其整整三十年为之不懈的努力。

毋庸讳言，曾敏之先生是香港文坛的左翼文学领军人物，这体现了他的一贯追求的进步理念。曾先生不是香港土生土长的作家，他的前半生的经历，与大多数进步知识分子一样，与苦难的中国同历艰辛，共过患难，在南中国许多城市当记者、编辑、教师、作家，疾呼民主，宣传抗战，追求进步，尽了一个知识分子为国家为民族的应尽责任。在他年过花甲之时，人生命运有了一个重大转折，他被派遣到香港主管《文汇报》的编务大业，更主要的是，中国执政党和政府需要他到香港，以文化领域为阵地，重新调整"文革"中被极"左"路线破坏了的大陆与香港之间的关系，在香港回归已成定局以后，还需要他作为香港文化人的一面旗帜，团结大多数香港作家和知识分子，为香港回归以后的文化建设做好准备。曾敏之先生以官方人士的身份到香港展开工作，同时他又是一个颇有清流声望的知识分子，他在1957年被错划右派，在"文革"中吃过苦头，并且在以后的种种大是大非的风浪面前，也始终保持了知识分子的良知和风骨。这样的知识分子，注定在20世纪中国的政治风浪里要承担更多的历史责任。20世纪30年代开始，中国共产党已经意识到：文化与军事是革命事业中不可偏废的两条战线，因此，如何团结广大知识分子，利用知识分子的崇高声望来配合实现革命目标，成为一条重要的经验。曾敏之先生在中国历史关键时刻被委以重任，南下香港领衔左派文艺阵营，这正是从1930年代树立鲁迅、茅盾为左翼作家联盟的旗帜、1940年代树立郭沫若为文化界领军人物、树立闻一多与朱自清为进步知识分子的杰出代表一脉而来，这也决定了曾敏之先生后半生重建辉煌的人生道路。

  曾先生果然不辱使命。他不仅有非凡的工作能力和足够的诚意，更主要的是，他的前半生的经历帮助了后半生的成就。他具有优秀记者的资历和敏锐性，使他在鱼龙混杂的香港文化界纵横捭阖，游刃有余；他具有长期编辑的丰富经验和高瞻远瞩，使他能驾轻就熟地利用《文汇报》在海外的声誉指点江山，振聋发聩；他具有作家的才情与文笔，使他立足于香港，纵情文坛，文史杂论、诗词散文双管齐下，为香港文艺添了光彩；他更具有大学教师和学者的学科眼界和学术思维，从一开始就令香港文学从一般报刊评论的小圈子里摆脱出来，使其与高校、研究所紧紧捆绑在一起，使之进入高校教学领域，逐渐发展成为一门重要的学科；并且，学者的眼光使他不是孤立地把握香港文学，却是逐渐与台湾文学，进而与世界华文文学紧紧联系在一起，开创了一大片崭新的文学空间，使之成为与中国大陆文学并驾齐驱的一个新学科。从香港文学到世界华文文学的学科发展历程，今天只是顺势而行，但从一开始奠定基础的时候，非曾先生的雄才大略，绝不可能有今天的壮观局面。曾先生在这三十年的努力——利用高校学术体制，争取各种学术资源，培养新的学术梯队以及组织各种学会、会议来推动其工作，都是一个有机的大工程，事实证明，曾敏之先生真正做到了"港澳回归、台海统一，要从文学、文化交流着手"的战略目标，从不辱使命出发，从知识分子的良知出发，最后成就了一个学科的建立与两岸文化的交流。

很可惜，我与曾先生交往不多，认识不足，也没有机会从头细说，探讨其三十年香港生涯的经验得失。但这是香港文学研究、海外文学研究中的一个重要命题，也是中国当代文学史的重要一环。回顾以往，复旦大学在曾先生的支持下举办过两次学术会议，我有幸一睹先生庄严法相；我多次去香港参加学术活动，也多次聆听先生的朗朗演讲，印象极为深刻。因此，这次听说陆士清老师已经完成了三十余万字的《曾敏之评传》，并且过一个月就要出版，不觉由衷地喜欢。陆士清老师与曾敏之先生忘年相交近三十年，又大量阅读文史档案，在此基础上完成的这部评传，一定能够满足我对曾先生的敬仰和了解其生平与学术贡献的渴望。

记得是在1981年，我还在复旦大学中文系念大四的时候，陆士清老师开设了台港文学的课程，在当时大约也是全国高校里最早开设此类课程的先驱者。陆老师讲台湾文学不仅仅讲乡土派和现代派，还介绍了台湾在1950年早期的军中作家，讲司马中原和朱西宁的小说创作，这让我们大开眼界，知道了海峡的另一端还有着多姿多样的文学创作。后来我在学术生涯里多少也涉及台港文学的研究，最初的兴趣就是陆老师教授予我的。在我以后的成长道路上，陆老师也一再提携有加，还记得有一年我去香港中文大学，遇到作家施淑青，在港岛一家宾馆里聊到凌晨，过了摆渡和地铁通行的时间，无法回去，正巧陆老师也在香港探亲，我便临时借宿在陆老师的亲戚家里，与老师同住一室，又接着聊到东方微微发白。现在想起来真是令人神往。今天，陆老师也过了从心所欲不逾矩的高龄，伏枥之志未减，成就了这部《曾敏之评传》的大书，可敬可佩。老师嘱我为之作序，敢不从命！特此恭敬地写下几句，请教于曾先生，请教于陆老师。

2011年3月6日写于鱼焦了斋

以《香港文坛左翼领军人物曾敏之》为题，初刊于《文汇读书周报》2011年5月13日。

陈思和

著名文学评论家，复旦大学哲学社会科学一级教授，文科资深教授，博士导师，上海作家协会副主席，曾任复旦大学中文系主任、复旦大学图书馆馆长等职。著有七卷本《陈思和文集》等著作。

《探索文学星空》序

张 炯

陆士清教授嘱我为他新近出版的论文集《探索文学星空》写篇序。我想，我是义不容辞。我与士清兄是三十多年的老朋友了。他与我同庚，而且是同一年考进了大学。他进复旦大学，而我进了北京大学，读的却是同一个系——中国语言文学系。更巧的是，我们都是调干生。进大学前，我们都已参加革命工作多年。但我与他相识，却是在彼此都开始从事中国当代文学研究的上世纪70年代末。那时，我受陈荒煤和冯牧同志委托，被推举筹备建立中国当代文学研究会，听说陆士清牵头二十二所高校，集体编写一套三卷本的《中国当代文学史》，在学科建设上，是当时的带头人之一。我便贸然给他写了封信，希望他加入到中国当代文学研究会中来。他欣然表示同意，而且出席了1980年在昆明召开的中国当代文学研究会全国学术研讨会。他的友好和豪爽，给我留下很深的印象。我们一见如故，立即成了好朋友，并一起作为常务理事参加了中国当代文学研究会秘书处的工作。他不仅研究中国当代文学走在前列，而且几乎同时就开始关注台湾文学和海外华文文学。除了写评论文章，在80年代初就在复旦大学开设了《台湾文学》的课程，在这个领域也走在了前列。80年代初，他还在上海复旦大学筹备了一个当代文学的教师暑期讲习班，有几百个大学教师参加。他请我去讲学。我深为钦佩他在组织活动方面的能力！90年代，世界华文文学学会筹备过程中，我们又一起协助曾敏之、饶芃子等同志工作，更见到他对台港澳暨海外华文文学涉猎很广，并且对一些作家都有很深的研究，写了许多作家作品的评论，也写了不少宏观性的、很有理论深度的论文。他曾出版过《台湾文学新论》《三毛传》和《曾敏之评传》等多本个人著作，现在又推出论文集《探索文学星空》，集中地展现了他在台港澳暨海外华文文学研究方面的成果，实在可喜可贺！我真为他在教学之余，多年埋头著述所取得的成绩而感到欣慰和敬意！

他之所以成为台港澳暨海外华文文学研究的拓荒者之一，据他说，那是因为上海处在对外开放的前沿，复旦是上海的窗口，有条件较早接触台港和海外华文作家。比如於梨华1975年、1977年两次来中国时就造访了复旦；1979中美建交后，於梨华、陈幼石（1979）、聂华苓（1980）、郑愁予、李欧梵、杨牧、庄因、刘绍铭（1981）、马森（1982）都曾来访复旦。另外，他在香港有亲友，搜集资料也相对容易些。所以上世纪70年代末，在着手编写《中国当代文学史》（三卷本）的同时，他就介入了台港和海外华文文学的研究。于1980年春节期间便写了第一篇台港文学论文《於梨华和她的〈又见棕榈，又见棕榈〉》。这篇文章收入这个集子时，他还写了一段补记。1981年春，他为复旦中文系毕业班和硕士研究生开设了选修课《台湾文学》。这在中国大陆是首次开这样的课程。新华通讯社为此向台港和北美发了电讯稿。当时美国旧金山大学中文系葛浩文教授访问中国后，曾认为中国大陆虽然已发表和出版台湾的文学作品，但大学的课堂上还没有讲台湾文学的。当他得知陆士清已开设此课程时，就修改了自己的讲演稿。当时，陆士清还为福建人民出版社出版的《台湾文学丛书》编选了《白先勇短篇小说选》和《王祯和小说选》。1981年3月写成的《白先勇的小说技巧》一文，附录于该作品集后。1982年夏，参加了在广州暨南大学召开的第一届台港暨海外华文文学国际学术研讨会，向大会提交了《论桑青与桃红》的论文。1983年根据教学的需要编选《台湾小说选讲》（上、下册），选了包括赖和、杨逵、吴浊流、钟理和、林海音、聂华苓、於梨华、陈若曦、白先勇、陈映真、王祯和、黄春明等34位台湾作家的57篇作品。在尚有人把陈若曦当反共作家的时候，他率先肯定她的《尹县长》《耿尔在北京》等作品。

在这之后，陆士清还为第一版《中国大百科全书——中国文学卷》撰写《现代台湾文学》条目。这条目，出版社原先约请中央人民广播电台武治纯同志写了一稿（约7 000多字）。1984年夏，第二届台港和海外华文文学国际学术研讨会在厦门大学举行，出版社责任编辑杨哲将稿子带到会上征求意见。中国大陆对台湾文学研究方面起步较早的，包括封祖盛、王晋民、潘亚敦、许翼心、张超和陆士清都看了稿子，大家觉得这稿子由于诸多原因而没有写好，需要重写。这任务因别人不肯接手，最后落到陆士清身上。他在当时资料和认识不免有所局限的条件下，较好地解决了以下一些问题：一是清晰地梳理台湾新文学运动的历史轨迹，通过对新文学运动的发动者的理论阐述和对作家作品的分析，论证了台湾新文学运动是在"五四"新文学运动影响下发生发展的，是中国反帝反封建的民族解放运动的一翼，台湾新文学是中国现代文学的一个有特殊性的分支；二是跳出以流派论高下、优劣的观念，对现代主义文学思潮和作家创作进行实事求是的分析，肯定它的历史作用和创作业绩。从而将条目篇幅扩大到近25 000字，克服了偏重小说的倾向，评价了115位以上的小说家、诗人、戏剧和散文作家的活动和创作，使这个条目几乎成了现代台湾文学的"史纲"。稿子写成后，他专程到深圳，请香港中文大学黄维樑教授给稿子提意见和建议。黄教授回港后认真读了陆的稿子，并给他写了一封长信，在肯定的同时提了关于重视现代诗人创作成就的建议。陆士清觉得他的意见有道理，修改时增加了这方面的分量，如对"现代派"盟主纪弦的一些作品作正面评价等。陆士清重写的稿子获得编辑部肯定。他考虑到病弱的原作者武治纯同志所作出的努力，就主张与武共同署名。这些都说明，对于台湾文学的研究，陆士清的介入不仅较早而且十分认真，经历了一段艰苦的探索的历程。

现收在这本《探索文学星空》的论文共42篇，由史论10篇和作家论32篇组成。其中有15篇曾收进1993年出版的《台湾文学新论》一书，有27篇则是作者未结集的作品。已结集过的作品因有现实意义，被作者再次收入。比如《试论"台湾文学"与"台湾意识"》一文，提出的先前台湾文学中表现出的"台湾意识"和台独分子鼓吹的政治层面上的"台湾意识"即台独意识的区别，今天仍然值得注意；而《论日据时代台湾新文学的中国意识》一文中所阐述的"中国意识"的内涵，特别是在作家与作品中的表现，陆士清强调，前此学界往往将"中国情结""中国情怀"和"中国意识"混为一谈，其实，这三个概念是不能等同的。他界定的"中国意识"不是哲学意义上的概念，而是政治学和社会学上所指的群体意识，也就是"某一群体在政治上、文化上对国家、对民族和乡土的大体一致的认同、归属、关切和依恋意识或者观念"。所以，他认为"中国意识"只有中国人或在理性上只承认自己是中国人的人才会有。而海外华人不一定有"中国意识",但可以有"中国情结""中国情怀"等民族意识。区分三个相区别又相联系的概念,对于具体研究和分析不同地区的华人作家及其创作,应该说是十分必要的。另外,《探索文学星空》史论部分的《〈文学杂志〉与台湾现代小说》和《略论〈现代文学杂志〉》两篇,前篇曾收入《台湾文学新论》一书,后篇在内地没有发表过。作者通过检视自己阅读的这些杂志,从第一手资料来了解和把握台湾文学思潮的嬗变,以及它对作家创作的影响,避免人云亦云、道听途说,或者大而化之的谬误。无疑,对于做学问,这种实事求是的态度极为必要。1993年5月,两岸暨港澳文学交流研讨会在香港中文大学举行,作者以《略论〈现代文学杂志〉》作为学术报告,得到了余光中等台港同行的"治学严谨"的好评。史论篇中的《航船仍需扬帆——台湾小说史研究中的几个问题》一文,作者写成后一直没有发表,是针对研究中不良学风提出的批评,今天依然有它现实的意义。比如他对人云亦云地认定陈映真早期是现代主义的论断提出质疑。后来作者又与他的研究生杨幼力合作,写了《青苍岁月——陈映真的"笔汇时代"》一文,进一步阐述了自己的观点,回答了这个问题。史论篇中的《血脉情缘——泰华作协、〈泰华文学〉素描》《世界华文文学双重传统问题的思考》两篇,前者阐述的是泰华文学状况,后者是针对马华文学而言的,主旨是回答所谓"中心"与"边缘"、"根"与"枝"、华文作家是否薪传华夏文化的问题。泰国与新、马虽然同属东南亚,但文坛的背景有所差异。虽然都根源于中华文化的母体,泰华作家与大陆关系更为密切,新加坡、马来西亚的一些实力作家则大多有台湾的教育背景。他们中的少数人,面对正在复兴中的中国大陆的文化,心绪复杂,既有期待,也有某些惶惑、保留,但也不情愿与中国大陆文化切割。在周策纵提出了华文世界"多元中心"观点后,就把所谓"中心论"加于大陆学界而反对之,片面强调仅有"根"是开不出"花"的,淡化中华文化母体的"根"的作用。陆士清虽未正面予以商榷,但所写《血脉情缘——泰华作协、〈泰华文学〉素描》一文,以泰华文坛的整体状况,包括泰华作家的忧心和期盼,论证了"根"的重要,是很有针对性的。后来,他在《世界华文文学双重传统问题的思考》一文中,针对新、马华文文学创作的历史和现状,从积极的角度肯定"双重传统"论的意义,从"双重传统"的角度阐述了"根"和"枝"的辩证关系,并从"国家认同""价值认同""拥抱生存的土地、珍爱事业发展的空间""不同的追求和梦想""自然风土、人文环境的不同"等五个方面,界定马华文学本土传统的基本特点。这在华文文学研究中也属首次。2009年元月,复旦大学中文系与马来西亚拉曼大学中文系在复旦大学联合举办了"马华文学国际学术研讨会",这篇论文得到了出席会议的马来西亚作家和学者的普遍认同。马来西亚著名诗人温任平先生说:"不同的梦想和追求,真是说到我们心里了。"

《探索文学星空》中的第二、三、四编收入的都是作者评论作家和作品的论文,陆士清将《"去中国化"的表演——评"文化台独"对赖和的歪曲》也列入作家创作论。因为这篇论文尽管是对"文化台独"的有力揭露和批判,主要阐述的却是赖和的民族感情、文学思想和创作所表现的中国意识。他的《论杨逵小说创作的历史地位》一文,不但从台湾新文学小说创作的发展中论述了杨逵的历史地位,还指出,杨逵不仅是个有着强烈民族意识的爱国主义者,还能以阶级分析的目光,来洞察日本殖民主义的本质。文章具体论述杨逵的小说,特别是《送报夫》通过杨君认识的飞跃,而凸现出了一个新的社会意识——客观存在的阶级和阶级斗争的意识,并在小说主人公的头脑里生根:台湾同胞不仅受到了日本民族的压迫,而且受到阶级的压迫,真正的敌人是日本资产阶级和他们的走狗。作者从三方面论述了杨逵小说在思想上的贡献:第一,杨逵探索了反抗殖民主义斗争的新道路;第二,杨逵的小说闪耀着新社会理想的曙光;第三,杨逵的小说给人以希望和信心。这篇论文写于1984年(刊于复旦中国语言文学研究所出版的《中国新文学研究》一书),此后出版的论著中,如此明晰地阐述杨逵小说创作的似不曾见。

在陆士清的作家创作论中,对白先勇和曾敏之创作的评论有十多篇。《白先勇与上海》揭示的是白先勇的文化精神家园。《深深闪光的履痕——曾敏之与华文文学》肯定和赞扬了曾敏之推动世界华文文学研究和创作所作的贡献。还有评述曾敏之所写的报告、游记、散文、杂文等的诸多篇章,从多种角度论述了曾敏之创作的思想艺术成就及其产生的影响。《青苍岁月——陈映真的〈笔汇〉时代》,透过对陈映真早期创作的透视,拨去了蒙在陈映真头上的所谓"现代主义"迷雾。作者在《航船仍需扬帆——台湾小说史研究中的几个问题》中对某些论著提出陈映真早期是现代主义的论断,阐述了自己的不同意见。他认为文学史上写死亡是多种的，有《阿Q正传》《药》《日出》《雷雨》《安娜·卡列尼娜》中的死亡，也有《审判》中的死亡，意义是不一样的。文章具体分析陈映真所写《我的弟弟康雄》中的康雄因为亵渎了自己的理想而自杀，《乡村的教师》中的吴锦翔因为他改造旧中国的理想受挫折而自尽，《将军族》中的三角脸和小瘦丫头因为要告别肮脏的现世，期望有个美好的明天而殉情。文章指出他们都是有理想的，都是为理想而死的，不能笼统地说只要写死亡就是颓废，就是现代主义。其立论入情入理，不失为一家之言。《现实与现代的诗情升华——对非马创作的一种解读》《无声的明月　嘹亮的歌——秦岭雪〈明月无声〉漫议》《再创新境——读秦岭雪的〈无题〉》这三篇，是评论现代诗的。现代诗常用意象、象征、戏剧化、通感、暗喻、隐语和陌生化的表达手段，所以被人们说成晦涩难懂。作者力求联系创作背景，在通读全诗的基础上进行评述，深入地揭示这些诗的思想和艺术美。

　　《探索文学星空》中的作家创作论还收入了评论台港地区、美、日、新、泰的十位华文女作家的文章。如对聂华苓的《桑青与桃红》提出了自己的解读。又如从"守望、薪传中华文化"的角度论述琦君的散文创作；从心理情结的角度论述欧阳子的小说。《殒落了，沙漠之星——三毛的生与死》从三毛的整个生命和情感历程寻找她自杀的原因等。在评三毛的文末有这样一段文字："三毛走了，无言地告别了亲人，告别了她的读者，告别了滚滚红尘。她的死，是她无法跳出逃亡与回归的宿命，她的死也是她自毁与重建徘徊的终结。对于人生目标模糊的她，无论爱情、人伦、人生、事业挫折中的任何一条，都足以驱使其走上自毁之路，只不过她选择了此时此地而已！求生，是人的本能；自杀者也总是在求生不能的时候才选择死的。在日常生活中，没有一个求死者没有遗憾的。三毛有过轰轰烈烈的爱情，有过台湾作家中少有的名利，但仔细分析，就可以看到她有太多的遗憾，也有人所不了解的寂寞和痛苦，她是带着这些缺憾的痛苦结束人生的。是无可奈何花落去！将三毛死的诗化，将之誉为最后光彩的创作：'壮哉三毛！'实在是不了解或不愿了解三毛！"我以为，在诸多死因的说法中，陆士清的论述是比较客观而富说服力的。当今许多新移民作家的创作，大多在回望中国大陆的生活，以中国的素材加些西方的观念。陆士清笔下赞扬的华文女作家则不同。华纯的散文切进了日本的社会生活和精神世界,自有特色。蓉子虽然是新加坡人,爱新加坡,但她魂牵梦绕着中华民族文化,满怀中国情结。梦莉的散文有"梦莉体"之称,她写爱情,是要将爱情经典化;《航向彼岸——谈梦莉的散文创作》一文中有这样结论性的论断:"梦莉将交织着甜蜜和痛苦、思念和等待、相聚和离别、欢笑和泪水交织成的真情,与美好的场景和激人情怀的节期结合起来,不仅使所描写的男女之间的爱情超越了自我,也超越了实有的生活,而且将爱情诗化,将现实的世界升华为一个艺术的世界,在美的这点上确定它的经典性。梦莉将她所描写的男女爱情与中国古典的乃至神话传说的爱情并比,以宣示这种爱情与千古嗟叹的爱情一样的甜蜜与痛苦,一样的纯洁与崇高,一样的希望'但愿人长久,千里共婵娟',一样的'在天愿做比翼鸟,在地愿为连理枝',在爱情的人格伦理文化传统上确定它的经典性。梦莉追求爱情的灵的境界,使之超越婚姻,超越功利,不仅可以平衡'有情人难成眷属'的失落,继续保持对甜蜜爱情的拥有,也使之保持道德上的高洁。如果说没有爱情的婚姻是不道德的,那么没有婚姻却有爱情的爱情,则无疑是道德的了。所以追寻灵的境界,实际上是要从道德的角度上确定这种爱情的经典性。"可以说,这是相当深刻的知人知文之论!

  陆士清的作家作品评论,始终从把握作家的创作全过程出发,从审美的角度审视作品,从作品的实际中去分析、揭示其艺术特点,而绝不以先设的理论框框概念去套。也许人们可以批评他的概括欠深刻,但绝对无法指责他没有根据。蒋孔阳先生为陆士清的《台湾文学新论》所作的序中说:"士清同志研究的范围相当广阔,大凡台湾新文学运动发生发展的政治、经济、社会、历史、文化、文学的动因,文学思潮的演变,传统的继承和外来文化的冲击,创作题材的拓展,主题意识的变化,风格的形成和出新,文学样式的兴衰等等都在他研究的范围之内。但是,他的基点和追求目标却是全景观照,宏观把握与微观深入的结合。在宏观把握方面,他将台湾文学置于整个中国文学乃至世界文学发展的大背景中进行历史的追踪,对之进行全景描述。例如《台湾新文学运动纵览》一文,即对台湾新文学的发展作了一个总体的描述,使人对台湾新文学运动有一个宏观的认识。同时,在微观方面,他又对作家创作艺术的具体特点,对某些文艺思潮、文艺杂志以至某部作品进行了比较深入的诠释和探讨。他不为积习和陈见所囿,不为毁誉与流言所惑，而力求以批评家的理论勇气，实事求是地作出自己的判断，因而独具慧眼，言人之所未言。"我以为蒋先生对《台湾文学新论》所作的评论，在相当程度上也适用于学术观照更广大的《探索文学星空》。

在华文文学作为世界最大语种文学的宏大视野中，台港澳暨海外华文文学占有不可忽视的地位。我国大陆学者对这方面的研究虽已有三十多年的历史，也取得了可观的成绩，产生了大批的著作，从而为这一领域的研究奠定了初步的基础。但仍然有许多作家作品缺乏研究，也仍然有许多宏观性的理论性问题，需要人们去继续深入地探讨。士清兄既研究过大陆的现当代文学，又把自己的学术视野拓展向台港澳暨海外华文文学，可以在彼此比较的大视野中，对自己的研究对象，做出更客观更有见地的评价。他虽已年届八十，但学术功力更见深厚和纯青，我从他的《探望文学星空》一书中已学习到许多对我来说还是空白的知识，也从他的许多观点中得到学术的启示，我相信，老骥伏枥，壮心不已，他还会在自己的学术道路上有更新的开拓，会继续为我们贡献出更多新的著作。

2012年5月6日于首都花家

2012年4月刊于《世界华文文学论坛》时，题为《读陆士清新著〈探索文学星空〉》。

青春是一种生命精神

——序陆士清文集《品世纪精彩》

刘登翰

陆士清先生将自己即将出版的文集命名为《品世纪精彩》，初读书名，就有一种惊艳的喜悦。有幸能品世纪精彩的人，正是缘予自己生命的精彩。

我最初认识陆士清先生是在1982年6月暨大举办第一届香港台湾文学研讨会——在此之前，他主持三卷本的《中国当代文学史》编写，交福建出版，多次来福州统稿、定稿，或许在某个场合见过面，我已记忆不清；但暨大这次，却印象深刻。那时我对于台港澳暨海外华文文学研究尚未入门，只是以一个会议主办方之一的代表前来听会；而士清兄已是会议的主角，在会上侃侃而谈，发表了长达万言的学术论文，说明当大家对这一领域还感陌生时，他已有了相当的准备和建树。当1979年元旦全国人大常委会发表《告台湾同胞书》时，他就敏锐地意识到，两岸关系的变化必将带来文学视野的拓展，便开始有意识地寻找台湾文学作品，并专程到当时已拥有较多台港文学资料的暨南大学住了十多天，阅读、复印了不少相关图书，回沪后即向学校提出开设台湾文学选修课的建议。1979年夏天，美国纽约州立大学奥尔巴尼分校代表团访问复旦，成员中有台湾旅美作家於梨华、陈幼石等，参加接待的士清兄在相谈甚欢的交流中，取得了於梨华的授权，将著名的"留学生文学"代表作《又见棕榈，又见棕榈》推荐给福建人民出版社出版，并撰写了长篇论文予以评析。这是祖国大陆出版的第一部台湾旅美作家的长篇小说，也是较早一篇有影响的学术论文。自兹起步，士清兄作为台港澳暨海外华文文学研究最早的开拓者之一，与这一新的学科携手同行，见证了这一学科从无到有的成长和壮大。孜孜四十载，岁至耄耋，仍笔耕不止，在不断品赏世纪的文学精彩中，展现出他生命的精彩。

士清兄的华文文学研究，可以划分为相互关联的两大系列。其一是对于作家作品的细读和品评。这是士清兄的优长，早在上世纪八十年代初，他主编出版的《台湾小说选讲》就呈显出这一特色。此后他一直坚持从个案的分析入手，然后进入整体。他对作品的品读，深入而细致，常有新颖的发现和精确的分析。书中有对白先勇《永远的尹雪艳》从小说到沪语话剧的改编、老木的小说《新生》和秦岭雪艺术评论《石桥品汇》的分析，还有整整一辑"女史文心"用于讨论聂华苓、戴小华、朵拉、蓉子、周励、施玮等女作家。从中都可看出，随着年岁的增长，其评论的眼光和语言，都愈加敏锐和老辣。

其二是对这一新的学科做整体的观察和论述，推动了华文文学学科的建设。他从作家作品的论析入手，从微观走向宏观，提升为对华文文学的整体建构。他的宏观研究，是以个案的观察为基础；他从局部透视全局，又以全局的视野深入局部。因此，他对华文文学的整体研究，并非泛泛而论，而是以事实为基础，论据翔实，论析清晰。他十分重视事件发生和发展的过程，论从"事"出。这种带有"史述"的论析风格，使他在文中保存了不少华文文学研究进程中的历史资料。如在为迎接第一届世界华文文学大会而作的《迈向新世纪的世界华文文学》、为庆祝香港世界华文文学联合会成立五周年而作的《回顾与展望》、为纪念《香港文学》创刊三十三周年而写的《〈香港文学〉杂志的前世今生》，以及应《我与世界华文文学》书稿而写的《三十年岁月悠然走过》等文章中，都可为未来华文文学学科发展史的撰写提供不少原始史料。

在华文文学研究中，士清兄着力最著的当属对于曾敏之先生的研究。其实这一研究，已越出了华文文学的范畴。百岁曾老，诞生、奋斗在二十世纪并延伸向二十一世纪的大时代中。他与民族一起历经苦难，见证辉煌。从上世纪三十年代起，他献身祖国文化事业，不仅是抗战时期声著大西南的名记者，从《大公报》到香港《文汇报》，跨越半个多世纪的老报人；还是才情横溢的著名诗人、散文家、文史学者和世界华文文学的组织者和引领者。其功德业绩，誉满内地港澳，乃至海外所有华文文学创作者。曾老与士清兄结识于华文文学研究起步之时,忘年相交,亦师亦友。士清兄七十三岁时,发愿为曾老立传,此时曾老已过米寿。坎坷的遭遇,丰富的人生,曾经的流年往事,点滴从头追忆,大量蒙尘的史料,细细从头勾沉。数年之间,上海—广州的航班,时有士清兄不绝的步履。他以一个时代,来映照一个人,也以一个人,来写一个时代。从立功立业,到立德立言,乃至细微的情感世界,内心的细水微澜,一切都娓娓道来。这是一部全景式的评传,作者忠于传主的真实人生,也忠于对纷繁历史求真的史识和史笔。《曾敏之评传》出版之后,获得学界的广泛好评,并非偶然。士清兄倾心曾老的研究,直到曾老谢世仍未停歇。收入本书有关曾老的十一篇文章,大多写于曾老过世以后,足见其用心之深和动情之切。

士清兄在为复旦老年大学《文学欣赏》课讲授曹操《龟虽寿》一诗:"神龟虽寿,犹有竟时。腾蛇乘雾,终为土灰。老骥伏枥,志在千里。烈士暮年,壮心不已……"说曹操作此诗时年方五十三,虽雄心尚在,但已觉岁暮。而今五十三岁,却是风华正茂,正当走向事业顶峰的好年华。他以此自励,虽已退休,却从不认老。他为人热心,办事认真,除了专业,还揽了不少额外的事情。"校园心影"一辑,从另一个侧面,表现了士清兄广泛的社会参与。他是复旦数千离退休教师坚持了三十年交流心声的精神园地《简报》的主编者之一;是复旦老年大学开创文学课程的首位义务教师;是《复旦名师录》校园工程的积极参与者,撰写了苏步青、蔡祖泉等多篇卓有国际影响的学者、名师的传记。近年,士清兄倡议,获得陈思和教授和上海作协党组书记汪澜、王伟支持,复旦大学中文系与上海作家协会创办了"世界华文文学上海论坛",他参与策划、组织和主持;还策划了中国学者远赴洛杉矶参与"美华文学研讨会"……这一切对世界华文文学界产生重要影响的活动,都是士清兄八十岁以后的大手笔。这些让我想起士清兄在复旦老年大学讲课的文稿《悠然对夕阳》广征博引,对岁月和生命充满正能量的分析。是的,莫谓满头须发白,正是青春焕发时!青春无关岁月,青春是一种生活状态,青春是一种生命精神,这正是士清兄生命的精彩!

2019年元宵节于厦门

刘登翰

1937年生于厦门鼓浪屿一个世代"过番"的华侨家庭，祖籍福建南安。1961年毕业于北京大学中文系，分配到闽西北山区并生活了将近二十年，当过工业专科学校语文教师、小报编辑、下放干部、基层文化工作者等。1980年调入福建社会科学院文学研究所，主要从事中国当代新诗、台港澳暨海外华文文学和闽台区域文化研究，兼及艺术评论，业余写诗、散文、纪实文学，出版相关学术论著和文学创作集三十余部。近十余年，钟情书法，偶有展览和出版。

历史与审美双重视野下的《曾敏之评传》

——概览陆士清的写作

钟晓毅

在历史与审美双重视野下,陆士清教授如愿捧出了《曾敏之评传——敢遣春温上笔端》的皇皇大作。

期待经年,在刚刚过去的风和日丽的春夏之交,陆士清教授撰写的《曾敏之评传——敢遣春温上笔端》终于翩翩而至,让人惊喜莫名。传记长达四十余万字,详述了香港《文汇报》原总编辑、香港作家联会创会会长、世界华文文学联合会会长曾敏之先生色彩斑斓的文学人生。在十年前刚刚过去的20世纪,曾敏之作为一个知名新闻人,秉承了传统士人忧国忧民的精神内核,以一支秃笔报国,其经历与诸多20世纪的风云人物有过交汇,并与他的体裁多样的文字、高屋建瓴的学术建构和变幻丰富的生活状态,标识出他在现实中所达到的高度。

我们在书中能充分地感受到陆士清教授充分的诚意,这部厚重之作,真实地写出了一段人生,并为一种素朴却又不乏辉煌的人格加冕,甚至可以说,是作者对传主曾敏之先生的一份深情敬意,一份惺惺相惜的爱戴,所以,传记写得自然、真实、准确、激情中放入冷静,质朴中放入深邃,细致描绘中能够感到人的核心质量,在一位知名报人的生活背后,看到了坚韧的执着与难以比拟的灵魂活力,咀嚼着其间的幸福和悲伤,并思索他的来路和去处,是这部作品得以获得心灵深度的重要通道。从这个角度看,陆士清确实写出了一本很多人曾经想写却难以写成的书。

陈思和教授在此书的序中已把为曾敏之写传记的难度一语点明,"要为一个健在的,并在当代社会生活中依然发挥着重要影响的作家写传,多少是一件冒险的事情",况且,曾敏之既"具有优秀记者的资历和敏锐性,使他在鱼龙混杂的香港文化界纵横捭阖，游刃有余"，又"具有长期编辑的丰富经验和高瞻远瞩，使他能驾轻就熟地利用《文汇报》在海外的声誉指点江山，振聋发聩"；既"具有作家的才情与文笔，使他立足于香港，纵情于文坛，文史杂论、诗词散文双管齐下，为香港文艺添了光彩"，又"具有大学教师和学者的学科眼界和学术思维，从一开始他就把香港文学从一般报刊评论的小圈子里摆脱出来，使其与高校、研究所紧紧捆绑在一起，使之进入高校教学领域，逐渐发展成为一门重要的学科；并且，学者的眼光使他不是孤立地把握香港文学，而是逐渐与台湾文学，进而与世界华文文学紧紧联系在一起，开创了一大片崭新的文学空间，使之成为与中国大陆文学并驾齐驱的一个新学科"。可见，一个这么坚强豁达而长寿的生命有着如此丰富多彩的经历，要写好确实不容易；又因为是传记，须得从头细说，探幽索微，从寒门桂北、雨露桂林、雾都重庆、山城岁月、风雨羊城、隔海香港，一直走回缤纷花城……九十多年的生命历历在目：世象如戏，人生如梦，边晴边雨，该暖实寒，乍寒又暖，最终落实到"莫听穿林打叶声，何妨吟啸且徐行。竹林芒鞋轻胜马，谁怕？一蓑烟雨任平生。/料峭春风吹酒醒，微冷，山头斜照却相迎。回首向来萧瑟处，归去，也无风雨也无晴"。陆士清的描述，有内容、有声色、有故事，有人的命运、有传奇，满足了许多人对曾敏之的敬仰和了解其生平与文史创作、学术成就的渴望，确实贡献良多。

理解力比想象力重要。这是陆士清写作《曾敏之传记》时的一个最大的成功亮点。毕竟与那个时代拉开了时空和空间的距离，写作的位置站立在地球的另一端。对描写物件的拓展与深入，说到底需要的是心灵的宽度，这个宽度也不是一下子就有的，是要一点一点地往外抻的，其基础是双方之间忘年相交三十年，又是陆士清大量阅读文史档案；陆士清的人性理解力是伴随着写作不断深化的，真正抚摸到人物灵魂，往往是写作者的理解力被拓宽的时候，想象是为了理解，而不是相反，因此，整部传记在展示一部厚重的中国现当代生存和心灵层面上磨难与奋进的历史，一个独特的中华民族优秀的革命知识分子和文化战士的形象的同时，写作的情感力量也显得更内敛、更实在，没有矫情，也没有空洞的呐喊，所有的激动、叩问、怀疑、哀伤、思索，都化作平静平实的讲述，但又一点不缺乏静水流深的韵味，他把曾敏之作为典型，其所遭遇的挫折、痛苦和再创辉煌的人生旅途，不仅是我们不少老一辈知识分子所走过的道路，也从一个侧面烛照出中国革命和建设道路的艰难曲折和辉煌；他将曾敏之斑斓的革命的文学人生传之于书，是要让一种高尚品格和精神流传于世，既是对过往的历史和时代的一个交代，对后人也必将有着一定的启示作用，尤其是那种"难得旷怀观万物，最宜识趣拥书城"的境界和依旧忧怀国事，笔耕不辍、抱持生命不息、奋斗不止的宗旨而继续前行的高风亮节，更让读者对古人所云"以铜为镜，可以正衣冠；以史为镜，可以知兴替；以人为镜，可以明得失"有更深的理解。

见证历史与见证人性。这是《曾敏之传记》的另一个成功亮点。毋庸讳言，这是一部紧贴现实、紧贴中国大地，既见证历史又见证人性的精彩作品。它在梳理曾敏之生平变迁的轨迹和人文纪事、诗词歌赋等文学成就时，尊重历史，尊重自己对文学与学术的理解，其价值或许不在于对某一现象和个体特征作出多么发人深省的掘进而赋予这部评传他人难以企及的深度，而在于对一种高尚的精神自我的真诚恪守，使之穿越了人格的壁垒和时空的障碍，得以在被遮蔽的历史隐晦处捕获到一些令人振奋的征象而敞开了历史的某种真相与人性的魅力；在对历史极大地理解和宽容的同时又敢于发表自己的独到的见解，评传的前六篇：《漂泊苦学》、《桂林雨露》、《山城岁月》、《风雨羊城》、《报国素志》（上）、《报国素志》（下），对传主的人生行程作出了颇具史家眼光的体认，创新性地厘定了曾敏之将近百年的风雨兼程的发展面貌，作出了超越自己和超越写作物件的判断。体现了他的独到眼光，以人带史，以史识人，这使之与一般罗列历史现象的传记保持了遥远的距离，其创新之处将打破传记写作长期在一些固定框架中停滞不前的沉闷氛围。同时，在见证人性方面，陆士清亦有他的独到写法，那些蜂拥而来的细节，显然是储存、激荡在他心底若干年的，一旦倾囊而出，都带着情感和体温，在将传主深度释读时将其置入相关历史情境和时代背景中进行检视，然后发出"自己的声音"，他的方式是，对曾敏之生平经历和文史与学术贡献的形成过程作细致释读，对与之相关的时代风潮、个性特征及其在整个新闻写作、报刊编辑、华文文学学科的构建中的意义、价值——作出个人的评述，他的目光是温情的，评价是善良的，因此，我们看到的苦难、背叛、争斗等等都已被包容的开放的笔触所淡化，因为说到底，作为一个学者，不能充当政治和道德裁判者，也不能充当伤痛的抚摸者与控诉者；而只能是一个历史的见证者和人性的呈现者，而且，哲学家唐君毅说得好，我们没办法不肯定这个世界。只要我们还活着，就必须假定这个世界是有可能向好的方向发展的。猜想陆士清在写作的时候，对此言也许是很能会心的。

审美的视野下生发出诗意的描摹。这是陆士清写作《曾敏之评传》时的再一个亮点。他始终饱含着感情，执着着他对传主、对华文文学审美理想的追求来书写这部传奇之书，不仅心中有一盘棋，资料翔实，而且取舍得当，梳理分明。但如果就此认为他的这部洋洋大观的著作仅是靠材料功夫，或者只是作历史的归纳分类，那就错了。陆士清通篇都倾注着他对传主与华文文学的热情，那就是他始终在二十世纪的风云际会中去阐述传主的经历与创作，一方面他如此充分地意识到二十世纪风云变幻和传主的密切关系，另一方面他又始终不放弃他对写作审美理想的追求。他的审美理想体现在：写作要以其文字性灵来体现人类美好与精神品格，能引导人类向真、善、美进发。因此，《曾敏之评传》可以说是在历史与审美理想双重视野观照下的传记文学，体大而思精，谨严而有激情；撰论结合、文论互证；知人论文，情趣相映，特别是他较谙旧学，又能融合新知，笔调开扬而又收放自如。一部《曾敏之评传》，显示的是一种难能可贵的创作精神，一种不卑不亢的学术骨骼。

传记文学作为文学体裁的别具一格的非虚构形式，人们或许抱持着更大的希望，从中挖掘真相、传颂美善或仅仅是猎奇，不同的读者有不同的关注点，但在陆士清的笔下，都不会形成太大的非议，因为他一开始就洞明了写作的目的和路径，所以虽说不上是已达到影像天堂的高度，美有胜数，应有尽有；但在长达四十余万文字中，亦有险峻，有林溪，有平川，有漠景，有其他可供人研究说道的景色和猜想，什么时候用力和缓力，什么时候直行和弯步，什么时候应有浓郁的诗意，什么时候应有想象和思想，什么时候又应重于理解与兼容，一一拿捏得当，取舍有道；至于冲击力风来雨去的历史事件的细微之处，因了时空的阻隔或避讳，从而造成的无奈、惘然与惆怅，我们也是能心照的。至于某些局部描写还可再作讨论，这就不是我这篇短文和我这个后学所能胜任了。源源不绝的，是我们对两位文坛前辈无限的钦佩和祝福。

钟晓毅

二十世纪八十年代开始从事文学理论研究和散文创作，出版著作《走进这一方风景》《穿过林子便是海》《在南方的阅读》《粤小说论稿》《亦舒传奇》《慢慢长大》《红尘有舞》《霭霭停云》等十多部，并在海内外报刊杂志发表学术论文、文艺文化评论、专栏文章约六百多万字，合作论著近十部。获国家图书奖，广东省第五、第六届鲁迅文艺奖，广东省社会科学优秀成果奖，广东省首届文学评论奖等。现为广东省社会科学院文学研究所所长、研究员、教授，享受国务院特殊津贴。

微观史：历史记忆与文本重建

——评《曾敏之评传》

王列耀　龙扬志

传记作为书写个人历史的一种方式，学术界对它的定位历来存在两种不同的取向，一种将其视为文学作品，"传记文学"的命名即体现出"文学性"的追求，一种则把它归纳为历史著作，是否忠实、准确地还原传主的个人行止及其历史意义，成为判断一部传记作品学术意义的重要标准。形成这一分歧自然有它的发生学背景，正如作品具有社会、文化、审美等多重解读视角，作者的写作与读者的理解之间也存在相似性，尽管最终呈现的作品未必是理想的完美实现，但它无疑是作者意图的真实表达。现代传记的首倡者胡适认为中国传统传记因为写作者忌讳太多而不能坚持实事求是的原则，提出"传记的最重要条件是纪实传真"[1]。不过，"纪实传真"也是相对而言的，就像不可能有完全真实的历史一样，也不可能存在完全真实的传记，用文字恢复历史人物的本来面貌，不仅不可能，而且只能是一种简单幼稚的幻想。由此可知，传记的纪实传真是融合作者主观思想和叙述技艺的历史重建，再现传主生平经历、思想境况和精神遭遇的传记作品更是一份反映作者才学和史识的文字档案。

以著名记者、文学家、教育家、海外华文文学研究学者曾敏之先生为评传对象的《曾敏之评传》，即是陆士清教授借助文本重建历史记忆的一种努力。虽然传记中的诸多结论还需要时间来验证，但是他完成的这项工作学术意义不容置疑。毕竟这是一部结合了口述历史和学术研究的著作，并且"直

---

[1] 胡适：《〈南通张季直先生传记〉序》，《胡适传记作品全编》第4卷，上海：东方出版中心，1999年版，第203页。

接当事人"曾敏之先生在本书出版之后仍然保持异常清晰的思维,能够随时向作者提供亲历的历史细节,化用在本书中的这些第一手资料为后来者了解历史甚至进行后继研究开辟了一条可靠的途径,这就是选择时贤写作传记的最大优势。《曾敏之评传——敢遣春温上笔端》由复旦大学出版社出版后,2011年5月世界华文文学学会在暨南大学召开专题研讨会,张炯、杨匡汉、饶芃子、杨际岚、朱双一、曹惠民、钟晓毅、许翼心、白舒荣等与会专家充分肯定该书的价值和出版意义,也针对本书呈现的某些不足之处展开讨论。笔者认为这是一本很有特点的优秀传记,既体现了陆士清先生一贯严肃的写作态度,同时也暴露出传记文类面临的普遍问题,本文在此亦试作探讨。

　　《曾敏之评传》是一部厚重的传记。在这里,"厚重"有三重含义,首先,传主曾敏之先生已经年届94岁高龄,集记者、学者、诗人、报人、散文家、教育家、社会活动家于一身的传奇经历,与20世纪民族国家遭受的翻天覆地变革产生的内在关联,本身就是一部跌宕起伏、引人入胜的命运史诗。如陆士清先生所说,曾先生身上有属于那个时代老一辈知识分子的爱国爱民、信仰坚定、向往进步、正直无私等共通优秀品行,而植基于新闻事业的职业敏感以及由它塑造的全能型人才,其专业精神、挑战自我、追求完美的能力不是他人能够替代的。其次,评传史料翔实,涵括的信息量非常丰富,全书用洋洋40余万言的篇幅,描述一位见证中国历史、社会、文化、文学、新闻等诸多事业发展的"世纪常青树"的生命历程。交待复杂的个人道路是传记的重要任务,但是也很容易受既成事实影响,导致历史逻辑推演流于粗疏,在具体篇幅的笔墨分配上大多根据既有资料展开,结果轻重不分,主次不明。陆士清先生的处理脉络清晰,只见他从容不迫,大事小事娓娓道来,如数家珍又提纲挈领。再次,在这份传记个案研究中,作者不仅展现了严谨扎实的治学功底,为我们想象历史提供了非常丰富的细节,同时传主个人成长史的书写没有脱离中国革命、建设、发展的历史语境,尤其是改革开放之后中国大陆与港台文化交流、华文文学从研究开始到学科建设、完善的过程,通过这本书我们有更加全面、深入的了解。这些知识背景有时看起来与传主关系不大,却是理解"历史剧中人"必不可少的条件,需要作者进行大量的前期知识积累准备工作才能实现。一部传记作品包含如此繁复的历史信息,一定程度上也使个人微观史达到了书写时代大历史的目的。

为曾敏之写传记无疑是一件极具挑战性的工作，难度不仅仅在于横跨将近一个世纪的时间维度，涉及人和事在不同历史时空中彼此纠缠，不管是哪个领域，值得书写的经历遭遇本身就足以构成一部专门史；更难的是曾先生的多重身份和社会角色牵涉到诸多知识领域，如何在不同身份、人生履历之间实现整体结构上的均衡，考验书写者克服个人视野、知识储备局限的能力，尤其对作者的思想深度及其方法提出了关键性的学术挑战，这一点直接决定传记能否取得成功。曾敏之先生的文学资源丰富庞杂，陆士清先生曾经在一篇文章里谈到："他遵循着从新文学到古典文学与古典诗歌，从史学进入文学领域的路线，研读经史典籍和中外文学名著，吸饮着传统的乳浆，使自己长成了枝繁叶茂的大树。"[1] 如此复杂的知识谱系，的确不是一般人所能理清的。陆士清先生知难而上，为我们奉献了这部厚重的个人微观史，肯定不仅只有从事海外华文文学研究的人对他心怀感激。比如属于中国现代文学领域的文人生存与心态问题，不阅读本评传就不太可能留意到曾敏之先生在20世纪40年代对流落于桂林的文人进行过采访，最后写成《桂林风雨与文人》进行综合报道，虽然对每位作家着笔并不多，但是这种速写抓住人物特征，一笔传神，真实刻画了战时文化人在遭遇生活困顿之后内心的矛盾，这些难得的精神存底无疑是研究现代作家的重要史料，加上作品本身功力深厚，文笔潇洒，意蕴隽永，也是不可多得的人物散文。陆士清教授在本书中还谈到了这一长篇采访记发表之后的影响："这篇访问记在《大公报》刊出后，震动了国统区的文化界。当年远在黔桂路上宣传抗日的演剧五队队长丁波写信给曾敏之，说是读了之后，感动得热泪盈眶。曾敏之回信说：'后果堪虞，文责自负。'当时写这种带有控诉性质的文章，特别是触及了国民党文化特务的检扣稿件等，很可能会惹来政治麻烦的。"[2] 如果说我们借助曾敏之先生后来出版的作品集还不难发现这篇文章，但是要留意到文章发表后在当时产生的社会作用，则需要作者保持高度灵敏的学术直觉。这一细节表明，为了应对传记书写带来的重大挑战，资料功课这一关，陆士清先生是下足了工夫的。

---

[1] 陆士清：《站在坚实的大地上——略论曾敏之散文的传统血脉》，《台港与海外华文文学评论与研究》1995年第1期。

[2] 陆士清：《曾敏之评传——敢遣春温上笔端》，上海：复旦大学出版社，2011年版，第41页。

我们认为,《曾敏之评传》一书的主要特色,首先是作者将内心的深情和敬意成功地转化为文字的激情,紧紧扣住"书生报国,秃笔一枝"的文人理想,以历史之同情书写了一位具有高尚爱国情操的知识分子响应时代要求的动人故事。由研究的关系而导致作者与传记对象之间存在明显的情绪化倾向,是个案研究中的常见问题,誉之毁之容易走极端。虽然字里行间多多少少流露出溢美之词,但是公正地说,此书私人情感与学术理性关系处理还是相对冷静的,经过个人过滤的史料运用,使得传记在叙述推进过程中既尊重史实,又充满了人性化的温情,令读者感到文风亲切。其次,对于某些历史场景和心理活动的合理想象,使得传记不再是史料的堆积,行文生动可爱,有深得司马迁遗风的意味,它们只有在大量的访谈、对话、交流的基础上才能实现。众所周知,仅有史料无法成为传记,借助史料建立想象的依据,发挥个人想象才能修补时间造成的间隙,从而使断裂的历史景观获得自成体系的逻辑关联。与小说、散文、戏剧等其他文学作品一样,传记也是在想象的基础上实现相对完整的叙述,虽然想象的合理性标准存在不同。对于历史著作而言,想象在多大程度上是合理的,无疑必须从可信的基础上获得传记的文学限度,超过这一点,传记就成了用历史题材演绎形成的叙事文学。因此,合理想象指的是在既有历史事实的条件上进行推测性的补充叙事,想象尽量避免造成歪曲历史的虚构,不论是拔高还是贬低,只要和还原历史产生效果偏离,就超越了合理的范围。因此,陆先生的想象实践丰富了传统传记在史料处理方面的经验。第三,宏观把握与微观深入相结合,这是陆士清先生在他的学术专著《台湾文学新论》中谈到的研究方法问题。[1]《曾敏之评传》体现了作者一以贯之的研究与书写理念,传记全文共计9编34章,但是不难发现前后文本之间的逻辑关联,基本以阶段性的人生经历作为叙事转换的理由,正因如此,一个与中国历史语境产生密切关联的文人形象在20世纪的文化坐标中得到清晰再现。

可能个人传记的书写无法脱离关注视野、叙述展开、价值评述等多方面的限制,容易在方法论和学术意义上受到质疑,事实上也产生了一些专事表彰传主的粗糙之作,远离了太史公"不虚美,不隐恶"的立传原则和是非标

---

[1] 陆士清:《台湾文学新论》,上海:复旦大学出版社,1993年版,第11页。

准。失去公信力的传记作品，除了追求商业效率来不及认真书写或者由作者与传主彼此利害得失决定其呈现面目不可能客观公正之外，主要还是书写者自身局限造成的结果，与前者明显的外部制约因素相比，后者由内在牵制机制引发的局限更加不容易察觉。华裔美国历史学家黄仁宇说《万历十五年》的写作目的就是要通过"从技术的角度看历史"来建构大历史观，这对于传记书写也具有重要的启发意义。黄仁宇提出这一观点，旨在清除中国思想批评模式中用道德替代法律的倾向，从方法论角度来看，个人评传同样属于历史的建构，实现这一建构的叙事本身具有微言大义、伸张是非的作用，中国上古时期的《战国策》《左传》《春秋》等史传作品即运用娴熟，所以于我们并不陌生。因此，评传主体的社会历史价值评判应当让位于个人行止描述，毕竟传记存在意义的呈现不在于传主这一特定对象，价值判断也不是传记首先需要承担的责任。事实上，作为历史参与和建构者的个人价值不总是由传记书写者来划定的，所以，传记如历史论著一样，"叙事不妨细致，但是结论却要看远不顾近"[1]。请相信这段话是有具体所指的，从学术准备到最终成书，《曾敏之评传》无疑是陆士清先生一生中至关重要的消耗，写作态度也从最大程度实现了以事实说话的学术追求："也许我的认识和理解可能粗疏，但是有一点是可以告慰读者的是：所有这些都不是虚拟的，而都是建立在事实的基础上的。"[2] 不过，还是能看出陆士清先生在传记里使用了不少具有价值评判的说法，并且他不觉得这样有何不妥，因为这些评价基本上也是其他学者对曾敏之先生的评价，甚至就是从其他学者那里借用而来。"理想的传记"应该超越已有名声的传播和解释，尤其需要警惕传主光辉给作者思考历史造成的遮蔽，这是所有研究坚持学术主体性需要注意的一个重要问题。

此外还要指出的是，如何看待并处理口述史，也是陆士清先生这本评传留给我们思索的一个问题，本文不是质疑曾敏之先生向陆士清先生"捏造"了不实之词，而是因为口述史的本质属于历史记忆，一个人可以在记性方面达到完美无瑕的境界，但是无法消除记忆的立场和选择性，借用知名"公共知识分子"徐贲的一句话说，记忆和遗忘一样，是具有政治性的。或许受口

---

1 [美]黄仁宇：《万历十五年》（增订纪念本），北京：中华书局，2006年版，第226页。
2 陆士清：《后记》，《曾敏之评传——敢遣春温上笔端》，第426页。

述历史的影响,《曾敏之评传》也体现了某种复述历史的行文风格,因而在整体结构上,问题意识稍有不足。事实上,"评传"与一般传记相比又有微妙的区别,最重要的文体特色便是思想述评,如此一来必然触及传主思想问题的探讨。陈思和教授在本书序言中曾说:"我与曾先生交往不多,认识不足,也没有机会从头细说,探讨其30年香港生涯的经验得失。但这是香港文学研究、海外文学研究中的一个重要命题,也是中国当代文学史的重要一环。"[1]其实这里就指出了问题讨论的必要和意义,在第6编(第二十二章、第二十三章、第二十四章)的写作实践中,陆士清先生主要是以单面推进的方式描述的,如果全文采用问题提出和剖析的互动方式构架写作思路,可能在挖掘思想深度上要更加充分,文章的整体结构也比现在更紧凑一些。

无论传记对象是古人还是今人,传记写作过程中必须克服种种忌讳,除描述一般人生履历之外,还要从哲学层面还原一个"有困难的人"的永恒处境,让传记直面那些传主曾经面对的自身困惑与时代困境。抵达灵魂的思想拷问不仅使传记获得微观史重建的说服力,而且以重要历史参与对象为内容的个案研究也会展示出深厚的人文关怀和学术意义。让读者借助对个人命运微观史的了解升华为对宏观历史的真切感知,并由此触及对"历史为何如此生成"的结构化反思,我们认为这一点应该成为个人传记书写谋求学术品格塑造与提升的要务之一。

原载《香港文学》2011年第9期

王列耀

暨南大学教授、博士生导师,台港暨海外华文学研究专家。曾任暨南大学文学院院长、现任中国世界华文文学学会名誉会长。主要专著包括《基督教文化与中国现代戏剧的悲剧意识》《隔海之望——东南亚华文文学中的"望"与"乡"》《宗教情结与华文文学》《困

---

1 陈思和:《序》,《曾敏之评传——敢遣春温上笔端》,第3—4页。

者之舞——近四十年来的印度尼西亚华文文学》等。

龙扬志

文学博士博士后,暨南大学中文系副教授,硕士生导师,从事中国现当代文学、台港澳文学、世界华文文学、比较文学研究。暨南大学中国文艺评论基地副主任,中国世界华文文学学会理事。编著有《文学及其场域:澳门文学与中文报纸副刊(1999—2009)》(合著)、《珠江文海:粤籍海外华文作家作品选》(主编)等。

通人与解人

——读陆士清新著《曾敏之评传》

曹惠民

在当下的中国，像香港曾敏之这样的文化界耆宿，已是硕果仅存、屈指可数的人物了。

曾敏之从19岁（1936年）在邹韬奋主编的《生活日报》发表文章开始，虽历经坎坷，却始终以一介书生之姿，或以笔为枪，或以笔为旗，从文报国超过75年，写下无数雄文美文，作出了很多人所无法企及的贡献。

曾敏之堪称一部"大书"。他投身历史大浪，剑及履及，允为大半部中国现代史的一位证人；他能文能诗，精通文史，学殖博厚，又可称中国现代文化史上的一位"通人"，如此之证人兼通人，在两岸四地已罕见其匹。

曾敏之在中国现当代文化史上的价值，是不可复制的。

对于这样一位文化界前辈，实在需要有一本研究著作来阐扬他的道德文章，为今日学界树一为人为学的标杆，也为后人留一足资成为榜样的典范。

并不是谁都明白这部"大书"之可贵，更并不是人人都能读懂这部"大书"。读懂一部大书，需要大的境界。读懂一位"通人"，更非"解人"不可。知音难觅，"解人"难得。

复旦大学资深教授陆士清以一部40多万字的《曾敏之评传》，让人叹服：此著正是一位难得的"解人"的精彩解读。

陆士清早在1970年代末就发起、组织编写国内第一部正式出版的《中国当代文学史》（一称"22院校本"），亦是国内最早提倡台港文学研究的先行者之一，1980年代初即率先在复旦大学开设台港文学课程，并发表了一些重要的研究成果；又与曾老交游数十年之久，对其经历特别是人格、个性与内心世界，多有直接感性的了解。在学术界，他向以真实为人、踏实为文被同道所敬重，数十年研治当代文学、台港文学，不趋时附势，不哗众取宠，不管风雨晦明，他都一往无前，尤见定力，而提携后学更是热忱无私，蔼蔼然有长者之风。他以年过古稀之高龄，竟三年之功，潜心于此，终于完成了这本厚实的《曾敏之评传》。

全书9编34章，精心结撰，架构煌然。读此书，只觉时代风云重现眼前，历史烟雨袭来心头，厚重的历史感布满全书。也只有以如此宏阔的气势，才能与经历过那般跌宕人生的传主相称，也才能与那个可歌可泣的大时代相配。

《评传》具匠心之处，是从多方面形塑了一个立体的曾敏之，他丰富的人生经历固有详实展示，但更注重其内心的挖掘，读者看到的是一尊立体的传主雕塑，而非平面的人物素描。在写到40年代传主采访周恩来一事时，就不仅交代了其初衷，尤用力追索作为青年记者的曾敏之的敏锐，从而成为第一个直接采访周恩来的中国记者；《十年谈判老了周恩来》那篇报道，又何以成为新闻史上不可多得的成功范本。在述及"文革"期间，曾敏之为规避当时"组织"交派改编样板戏任务时的应对之策，则显示了传主在历史风浪中表现出的非同寻常的睿智与气节。

对于这位坚毅刚正的斗士式传主，作者甚至也写到了他的感情生活（包括那无疾而终的"初恋"），此类"轶事"可能是传主的一些朋友都未必知晓的，这些儿女情长的笔墨倒并不显得不协调，反更显出了传主性情中人的特点，使阳刚之气的书写在底色上有了人情之常的适宜调配。

《评传》既写出了人物与时代的关系，更重在写出人物自身的修养、学养与博通，可谓"内外兼修"；前四编依时空转换，叙述传主的经历，再集中笔力，对其多方面贡献进行全面解读，可谓"纵横交迭"。接下来的"报国素志"上下两编，充分展示这位"国之良臣"在新中国成立后，为国为民竭尽全力的多方面成就。华文（汉语）写作早已是一个跨国界的、全球性的重要存在。《评传》写曾敏之早在1979年初就敏锐抓住"时代的启示"，以高瞻远瞩的眼光和非同凡响的大气魄，呼吁学界关注台港澳和东南亚"汉语文学"，登高一呼，而应者云集。国内的华文文学研究方由此起步，终成今日之规模。若论华文文学研究事业的开山之功，确非曾敏之莫属。

曾敏之不但是华文文学这幢"已经十分壮观"的"大厦"的"真正设计

师"（陈思和语），也是亲手搭建内地与境外、海外华文文学交流这座"大桥"的名副其实的建筑师。现在的华文文学研究队伍之所以能数十年如一日，精诚合作，从相当大的程度上来讲，就是曾老的凝聚力、亲和力使然，若要总结撰写华文文学学术研究史，他无疑是一个首先应被提起的人。作者的相关评说，其实并不只是对他个人的褒扬，更是对一种当下中国越来越稀缺的学术风范的呼唤，《评传》亦将作为香港文学研究与学者个案研究的标志性成果载入华文文学学术史的史册。

作者还以独到的感悟能力和圆熟的解析技巧，凸显了曾敏之创作的审美趣味和创作个性，深入掘发，条分缕析，多有真知灼见。《评传》撰写的精心还表现在题目的拟定与表述上。此书的副题（敢遣春温上笔端）本是鲁迅的一句诗，用在曾敏之这里，可说是得其所哉。实在是十分传神十二分贴切，准确概括了传主的内心世界与精神境界，堪称全书的文眼，凸显曾敏之实是鲁迅精神、鲁迅风骨的当代传人。每编的题名皆为四字（如：山城岁月、风雨羊城等），工整中见沉稳，凝练中显主脉。很多章节的标题则是七字句，或取自传主的诗作（如：云水征帆系远情、曾记青阴手自栽等），或是《评传》作者的自撰（如：一片孤帆出柳江、文林幽兰自芬芳等），文词雅丽，颇具意境固不待言，且与传主的学养、专攻相得益彰，适切妥帖，常令书中所论由此聚焦或提升。《评传》的语言极富概括力，典雅生动，清畅可读，或激扬，或温文，皆与所述人事情景相应。字里行间既流露出对传主的钦敬之情，也不失理性的客观剖析，足见作者用心之专、用情之深与为文之诚。

天下文名曾子固，庾信文章老更成。中国文化界需要更多曾敏之式的"通人"，也需要更多陆士清式的"解人"。

原载 2011 年 9 月 3 日《文汇报》

写出曾敏之的三"老"两"新"

——读陆士清《曾敏之评传》

陈 辽

进入21世纪后，由于我国思想、学术自由度和出版空间的扩大，读者对名人传记和评传的喜爱，每年都有上百部传记和评传出版。但是，实话实说，优秀的传记和评传并不多。关键在于，这些传记和评传未能写出传主的"这一个"。最近，我有机会读到陆士清教授的《曾敏之评传》（复旦大学出版社2011年4月出版），眼睛为之一亮，精神为之一振；呵，《曾敏之评传》写出了曾敏之的"这一个"！

曾敏之老先生今年已九十四周岁，至今仍写作不辍。他著述丰厚，德高望重，内地、香港、澳门、台湾及海外华文文学界，多数人都知道曾敏之其人。陆士清对曾敏之作了全面、系统、深入的研究后，终于发现了传主曾敏之的与众不同的"这一个"。他是老作家（小说家、诗人、散文家、杂文家）、老报人（名记者、名编辑）、老学者（研究鲁迅、研究古典文学、研究文史的多部著作的撰稿人）；而且，思想不断更新，晚年事业创新。于是他在《曾敏之评传》（以下简称《评传》）中着力展现"这一个"曾敏之。

曾敏之出生于1917年10月，祖籍广东梅县，落籍广西罗城。还在幼年时期，他父母亲不幸去世，"失依怙恃度童年"。但他少年好学，酷爱文史，15岁就做了小学校长；17岁（1934年），即以"洁尘"为笔名，在《越华报》上发表了一篇文言小说。抗日战争爆发后，他以现实生活为题材的小说《化外》《盐船》在《大公报·文艺》发表，颇受好评。其后又写了《孙子》《遇旧》《山鸡婆》等小说和散文，在《文艺杂志》《文艺生活》发表。《孙子》曾入选茅盾主编的《抗战时期小说大系》。1941年冬，曾敏之将他此前的作品结集为《拾荒集》，由桂林的"莹社"出版。从此，青年曾敏之登上了文坛，确立了他的名作家地位。曾敏之又是位诗人，他既能写新诗，又擅长写古体诗词，他的《望云楼诗词》和《望云楼诗词（续集）》，有人评说，如宋人叶梦得所说，"天然工巧，而不见其刻削之痕"，臻于化境，炉火纯青；不拘泥于古韵，爱用现代新韵，是另一种风格的古体诗词。《评传》则谓：曾敏之的古体诗词，是"传统的格调，现代的情韵"，"以其写实风格和真挚情性而蜚声海内外，成为香港文坛一道亮丽的风景线"。曾敏之的散文尤其出色。"他高歌低吟，放笔驰骋，挥洒之处，各显文采，各具佳绩。"因为他是风雅的诗人，所以他写的散文"亦文亦诗"，"是当今文坛少见的独特的一格"。在他的散文中，游记文学一枝独秀，除《四海环游》集外，还有大量的游记篇章散文，见其于《岭南随笔》《望云海》《春华集》等多种文集中。他的游记，文字简约，情趣交融，清丽典雅，诗史合一。他的游记名篇《诗情画意记阳朔》获"首届台港澳海外华文文学游记征文徐霞客奖"。作为杂文家的曾敏之，在杂文界是人所共知的。他的杂文随笔写作长达50多年，杂文集《观海录》曾获中国作家协会举办的全国散文杂文奖。他的杂文，针砭时弊，尖锐泼辣，笔展文心；沉雄顿挫，文情并茂。《评传》对曾敏之77年的创作，做了恰如其分、恰到好处的实事求是的论述和评价。

《评传》又以浓墨重彩，展现了曾敏之作为"老报人"的另一面。1941年，曾敏之进入《大公报》，这是他人生的一大转折。从此，记者、编辑生涯成了他生活中的主要内容。他在桂林写了两大篇特写《桂林作家群》和《三杰传》，使他一下子成了名记者。曾敏之对方先觉的访谈，更带有传奇性。方先觉是保卫衡阳的国民党第十军军长，苦守衡阳四十七天，以弹尽援绝而失守，外界对他的行踪一无所知。实际上他脱险到了重庆。他的行踪是秘密的，受命在未向蒋介石汇报军情之前，不得泄露行踪。而曾敏之却从一位高官口中得知这一信息。在曾敏之看来，这无疑是一则重大的轰动的事件与新闻，于是费尽心力，辗转从国防部总参谋长陈诚的公馆取得了方先觉藏于陈公馆的确证。为了能进入警卫森严的陈公馆，他借到了一部豪华汽车，打扮成一个"大人物"气宇轩昂直驶陈公馆。警卫人员见他派头非凡，不敢阻拦，于是他进了陈公馆。曾敏之见到方先觉后表示，他是代表《大公报》来向他慰问的。方先觉听了颇为高兴，进茶叙谈。曾敏之详询了他苦守衡阳脱险归来的经过。最后，曾敏之请他写了"方先觉"的名字才告辞出来。

《大公报》很快就推出曾敏之的特稿《苦战衡阳的英雄回来了——方先觉军长平安飞到重庆》,并配以长篇社评《向方先觉军长欢呼》。令重庆的所有报刊顿时失色。国民党中宣部长下令严责中央社、《中央日报》失职。在当时战局变幻、人心失稳的形势下,曾敏之的特稿起到了振奋的作用。

曾敏之终生难忘的是他在抗战胜利后采访了周恩来。抗战期间,曾敏之与周恩来有过多次接触。这次曾敏之来访,即将离开重庆的周恩来因与曾敏之熟悉而使他们之间消除了拘谨的形式。两人纵谈起来,一直到深夜。最后周恩来在一张白纸上为来访的曾敏之题字,作为他的临别赠言。采访后,曾敏之写成了报告《十年谈判老了周恩来》(后来改题为《周恩来访问记》)。这是到那时为止的第一篇系统介绍周恩来的传记和经历的访问记(按:斯诺在《西行漫记》中写到过周恩来,但很简单),发表后在国民党统治区,在全国,都产生了很大的影响。曾敏之也以此文为自己"以笔为枪,投身抗战"的抗战时期的报人生涯画上了一个圆满的句号。

因为曾敏之是这样的一位著名"老报人",1940年代末参与《大公报》的采访、编务,1950年代受任香港《大公报》《文汇报》、中国新闻社驻广州联合办事处主任,对香港也有所了解,所以新时期到来后,中央港澳工委请他出任香港《文汇报》副总编(代总编)。1978年初冬,曾敏之赴港就任(后任香港《文汇报》代总编辑),直到1990年春离休,在香港《文汇报》工作了十一年。他在主持香港《文汇报》笔政期间,写了许多篇社评和文章。如《评传》所指出的,他像灯塔的守望者一样,守望着改革开放,掬捧丹心,忠诚报国。他与改革开放同行,为推进改革建言,关注人事制度变革,期盼建设民主政治,渴望以法治国,把香港《文汇报》办成了一张为香港民众、香港读者支持、喜爱的报纸,尽到了一个"老报人"对人民对国家应尽的职责。

曾敏之是学者型老作家、学者型老报人,因为他原是个老学者。早在1955年,他就出版了文学研究专著《谈〈红楼梦〉》;1956年,他又出版了《鲁迅在广州的日子》。由是,他在红学界、鲁迅研究界有了名声。"文革"后期,他就开始研究古典诗词。新时期到来后,他的《诗词艺术》《诗词艺术欣赏》《古诗撷英》《望云楼诗话》等相继出版。这几部著作,熔学术性、鉴赏性、可读性、争鸣性于一炉,把他评论、辨析古典诗词的文章,依被评析诗词的年代排列,一部丰富多彩、生动活泼、引人入胜、科学准确的中国诗史,赫然呈现在读者面前。曾敏之在"撷英""鉴赏"的文字中,为读者勾勒了一部简明的中国诗史。由于这部普及性的诗史没有写成高头讲章,而是以点到面,言近旨远,杂以轶事趣闻,典故剧谈,因此读来兴味盎然。这几部著作中的几百则读书笔记、鉴赏心得,则显示了曾敏之的富有创意的对古诗的新解。他对许多古诗作出了独创性的解释;他以自己创作古体诗词的经验,充分展现古典诗词的艺术性;他精选了许多首连诗歌爱好者都很少知道的好诗,所以,这几部古典诗词研究著作也是一部"古诗选"。曾敏之的古典诗词研究可以视为中国诗史的普及,功不可没。

曾敏之还是位文史研究专家。阅读他的《人文纪事》和《文史丛谈》等著作,可以清楚地看出曾敏之的三"老"两"新",曾敏之又是精通文史的学者,我国现当代文学的见证者。原来,把文学视为整体,是曾敏之的文学观。他不把现代文学和古典文学隔离,深研先秦至清代的文学,民国以后至当代的文学,具体而微地弘扬了陈寅恪"文史互证"的治学传统。一万两千字的《韩愈其人》,可作为《韩愈传》《韩愈论》来读。他因其整体的文学观和文史观而不局限于某个学术领域。他在香港《文汇报》担任副总编辑和代总编辑,更要求他博通文史,面对形形色色文史稿件的挑战。所以,曾敏之近八十年如一日,朝夕浸润于文史的典籍中,终于成为一名如今已不多见的打通文史的学者。

高寿而又勤奋写作、交游广泛的曾敏之有机会在青年时期认识和结交了众多现当代作家。如今的中、青年作家不可能有曾敏之这样的机遇,而曾敏之这样的与老、中、青作家都有交谊的老作家现在执笔为文的屈指可数,于是,曾敏之在《人文纪事》和《文史丛谈》等著作中又以我国现当代文学发展的见证者出现。从这两部著作中,读者可以得知上世纪三十年代至本世纪第一个十年的中国现代当代文学发展的梗概。不少老作家、老报人、老学者在青年时期、中年时期曾经呼风唤雨,引领风骚,但是到了老年后,有的颓唐了,有的落伍了,有的甚至背叛了原先的自己。"三老"的曾敏之却不是这样,因为他还有"两新",即思想更新、事业创新。八年抗战时期,流行的口号是"文章入伍,文章下乡"。但这个口号有局限性,把缺少条件入伍、下乡的文化人排除在外了。曾敏之忖度自己的具体情况,决定以"文章报国"作为抗战时期立身行事的准则。果然,他在文学创作和新闻报道方面取得了突出成就。抗战胜利后,国民党反动派倒行逆施,搞专制、独裁,作发动内战的准备。他们杀害了李公朴,又杀害了闻一多。曾敏之拍案而起,写了《闻一多的道路》,在《大公报》发表,激起了很大的反响。"要民主、要自由、要和平"又成了身在国民党统治区的曾敏之的指导思想。

1957年整风鸣放,曾敏之响应党的号召,在鸣放座谈会上就一位女记者采访时被一位公安局副局长推打出去一事,讲了这么一句话:"新闻采访,应该给个自由,不应该这样无理地限制,没有新闻自由,我们的工作很难改进。"后来,竟在反右运动中被内定为"右派分子",下放到了农场劳动。这时,曾敏之身处逆境,他的思想仍然与众不同:"面对现实,观察现实,不让追求光明的灯火在心中熄灭。"新时期到来,他奔赴香港从事新的工作,时已61岁,"驰驱岂问发星星",决心在晚年为民为国作出力所能及的贡献。直到今天,94周岁的曾敏之,依然"驰驱岂问发星星",不顾发白齿落,还在为改革开放的新中国驱驰。曾敏之的思想不只是与时俱进,而是不断更新。

曾敏之晚年在事业上的创新,尤其难得。是他创建了香港作家联会,担任会长,团结和调动了香港一大批作家,为发展和繁荣香港文学事业作出了显著业绩。又是他创建了台港暨海外华文文学研究会,担任会长(后来约定俗成,称"世界华文文学",成立了世界华文文学学会,曾敏之任名誉会长)。从1979年起,曾敏之即为建立世界华文文学学会,建设华文文学这门新学科而努力,写了多篇具有开创意义的论文。如今,全国性、国际性的华文文学研讨会,已先后在北京、上海、南京、中山、南宁、武汉等地举行了十六届,全国有相当多的高等院校开设了世界华文文学课程。"饮水不忘挖井人",世界华文文学学会和世界华文文学这门新学科能在三十年间取得如此瞩目的成就,我们不能忘记曾敏之晚年在事业创新上的劳绩。

与一般评传只写传主的大事、公事不同,《评传》还写出了曾敏之的小事、私事。如曾敏之与潘砚之、叶孟贞的两次未有结果的恋爱,曾敏之和章佩瑜之间始终相爱的忠贞,以及章佩瑜不幸辞世后曾敏之二十年间的"慎独",都被《评传》的作者写得摇曳多姿,荡气回肠。《评传》对曾敏之私事、小事的描述,益加丰富了读者对曾敏之的认知和理解。我们在《评传》

中看到的曾敏之,是一个真实的人,真正的人,大写的人!不能不指出,这部四十多万字的《评传》,出自年已78周岁的陆士清教授之手,也是一个奇迹。他从75岁高龄起,不顾年老体弱,以三年多的时间,阅读、研究有关曾敏之的近千万字的作品和资料,多次访谈曾敏之,专注于对曾敏之的深刻思考,终于为"这位光明的不倦追求者和勇敢的文化战士"塑造了一尊真实、全面、立体的雕像,评说了他的文化思想和世界观、政治观、历史观、文艺观,在叙写中有评说,在评说中有描绘,确实是一部优秀的评传,写出了曾敏之的"这一个"。曾敏之老先生精神矍铄,养生有术,百岁可期。我们希望,今后能有《曾敏之大传》或《曾敏之全传》问世!

原载《华文文学》2011年第6期(总第107期)

陈　辽

(1931—　),江苏南通人,著名文学评论家,曾任江苏省社会科学院研究员,《世界华文文学论坛》主编。发表评论1700余篇,出版著作15部。

诗心诗笔画诗人

——读《曾敏之评传》有感

陈涵平

读陆士清教授历时三年写就的洋洋40万言的《曾敏之评传》，感触非常丰富。78岁的长者书写94岁的老人，这无疑是文坛的一段佳话，也是生命的一曲赞歌。作为依然健在的传主，曾敏之先生以"报人、文人、学人"三重身份高标于世，可歌可赞者甚多；作为学养深厚的作者，陆士清先生以资深教授的识见和传主朋友的深切为我们全方位、立体性地展示了曾敏之先生丰富多彩的人生。传主精彩的生命历程与作者精妙的行文走笔交相辉映，让我们充分享受了一次甘之如饴的文学盛宴。其中，尤其让笔者欣赏有加的是《评传》无处不在的诗意。

一、以诗题记

《评传》共设9编34章，前面6编以时间为序，即以曾先生的生命发展为线索，将曾先生的屐痕履迹和煌煌功绩予以生动的展示；后面3编则是专题评述，着重评介曾先生的文学创作成就和学术研究实绩。这种纵横交错的叙述结构使评传内容既显得脉络清晰又显得重点突出。在这种布局的基础上，作者再以精练的语言对每编的内容加以提示，分别是第一编：漂泊苦学，第二编：桂林雨露，第三编：山城岁月，第四编：风雨羊城，第五编：报国素志（上），第六编：报国素志（下），第七编：人事述怀，第八编：浇灌百花，第九编：真情祝福。看到这样的框架和思路，读者对评传的主要内容自然会有清晰的认识，既能掌握全貌，又能窥其特色，应该说这种设计已是上乘佳构了。然而可贵的是，作者并不满足于此，而是在每编标题下面再列一首诗作为"题记",从而使每一编首均戴上了诗的"桂冠"。九编相应的就有九首诗,其中七首是曾敏之先生自己的作品,另外两首分别是鲁迅和邵燕祥的诗作。我以为评传作者这样安排是别具匠心的。邵燕祥是曾敏之先生的亲密文友,也是著名的文人学者,两人往来唱和甚多,将邵诗放在第九编(也即最后一编)作为题记,自然最能反映朋友们对曾先生的"真情祝福",也能通过邵诗中"朝朝暮暮一支笔,不愧东西南北人"这样的诗句对曾先生的一生进行总结,有水到渠成、自然升华之效。至于将鲁迅先生的诗《亥年残秋偶作》放在第三编作题记则更含深意。因为评传有一个副标题——"敢遣春温上笔端"——就出自这首诗。此处将鲁迅的原诗列出,首先就是对题旨的呼应;其次这句诗用在曾敏之先生身上,用在最富有传奇性的"山城岁月"这一编之首,也是对其一腔热血忠忱谋国、不畏艰险、矢志为民的一生的最好概括;而且它作为主旨贯穿全书,就使整个评传有了一个精神的凝聚点,给人"草蛇灰线、浑然天成"之感。其余七首诗,作为曾先生自己的呕心沥血之作,无一不是其生命历程中某一阶段的形象折射。如第一编题记:"坠地何曾识世艰,失依怙恃度童年。寒门寂寂人情冷,风雨清明泣杜鹃。"这首诗就是曾先生对自己苦难童年的深切感受,与"漂泊苦学"的编章内容相互映衬,无疑使评传的内容循着诗性的向度大大深化。可以这样说,有了诗歌作为题记,编章主旨就多了一份灵动、多了一份活力,整个评传也因此多了一份诗意、多了一层艺术的色彩。

二、以诗显意

上述以诗歌作为题记是"编"这一层面的诗性体现,"编"下面还有章节,这是第二层面。在《曾敏之评传》一书中,这一层面依然是诗情氤氲、诗意盎然。这一点首先体现在每一章节的标题基本上都采用诗句即七言诗句的形式。这些诗句有的出自曾先生的诗作,如"少孤早作少年游""无路请缨纾国难""驰驱岂问发星星""云水征帆系远情"等,有的则是陆教授写作评传时自己拟就,如"抗战烽火励素志""千里哀鸿记溃退""忧愤深广盼天明""台港文情深处看""忠忱谋国护改革""山水人文两相依""文林幽兰自芬芳"等。用这些简洁凝练、节奏铿锵的诗句作为章节的题目,我以为有三点妙处：一是从传主的角度看，采用曾敏之先生的诗句能在文章更多的场合展示其才情，披露其心迹，能更真实更形象地传达其细腻的生命体验；二是从评传作者的角度看，用诗句作题能够彰显自身的文化底蕴和情感脉络，有助于从"传"的历史性中生发出"评"的文学性，从而提升评传的人文气息和艺术品位；三是从读者的角度看，以诗句为题能获得生动直观的阅读线索和丰沛充盈的艺术感受，进而大大增加阅读的快感。其次，《评传》专设第八编六个章节来评介曾先生的文学成就，也是诗意融融、诗情洋溢。曾先生在文学创作方面是多面手，小说、散文、诗歌、游记、杂文、报告文学都有涉猎，也都有佳作。不过，在其生命进程中坚持最久且到现在仍笔耕不辍的还是古体诗词的写作。从《评传》可知，曾先生从十来岁开始就诵读《全唐诗》，这套书伴随其数十年，他一直吟咏、背诵、细细品赏，并在其启发下常常以旧体诗词遣兴言情、交游寄慨，先后写出诗词作品近千首，积集出版《望云楼诗词》等数部诗集。其中写得最多也最有成效的是七言绝句。七绝这种诗体，历来讲求言近旨远，语浅情深，在简短的篇幅中蕴蓄深远的内涵和绵缈的情意。曾敏之先生可谓深得此中三昧，他的七绝短章可以说大都是含蓄隽咏、耐人寻味之作，在抚时感事之中寄寓历史之思和人生之叹。如他在"文革"中曾回到自己的故乡短暂一游，伤时感怀，口占一绝："休问浮沉身外事，且衔哀乐掌中杯。多情尚有平桥水，照得天涯浪子回。"这样的诗就颇有唐风汉韵，令人玩味再三。曾敏之先生自己也说过，写旧体诗是他的一种癖好，一种兴趣。因为经常吟咏，长期养成炼字、炼句、炼意的习惯，这对于其他文体的写作大有裨益。因此在这第八编中，评传作者除了设专章对曾先生的诗词创作进行赏析以展示其生发于传统文化的超拔诗才之外，在对其游记、散文、杂文进行评析时，也不忘曾先生的旺盛诗情对这些文体的渗透。如评其游记文学是"诗史交融"，评其散文创作是"浓郁彩笔展诗意"，评其杂文是"文情诗韵形体新"。诗心诗意诗韵，构成了曾先生文学创作的一大特色。由此可见，曾先生已到达了"妙手为文皆见诗"的境界。

三、以诗见性

《曾敏之评传》一书，不仅在立篇时以诗题记，分章时以诗标题，而且在具体的段落行文之中，也不断地插以曾先生的诗作。如果把整本书比作一片山林，那么这些散见于文中的诗作就像点缀于森林中的花丛。它们以不同于森林的色彩，衬托着树的威严，丰富着山的内蕴，而让人格外赏心悦目。这些诗，有时候是文章的互文和映衬，如《评传》第一章在花了一大段笔墨记述少年曾敏之漂泊于桂北苗寨后，即引用了一首诗作为佐证："少孤早作少年游，千里溶江接素秋。万壑千岩梅寨绿，苗歌声里觅封侯。"有时候引诗是一种感受的深度表达，如抗战爆发后，曾敏之决意离开苗寨以实现报国之志时，文章适时地引用了他的一首诗："几重云水几重山，又上岩最险滩。休道桃源堪避乱，暮朝猿泪湿青衫。"在诗中，忧国之思与报国之志紧密交融，使读者能清晰洞见青年曾敏之的内心世界。有时候引诗则是一种叙述的补充，如曾敏之在重庆投入民主运动时，作为《大公报》的记者，他的公开言行必须遵从"不党、不私、不卖、不盲"的社训，然而内心对于国民党的不满又十分强烈，为了真实地表现曾敏之的政治倾向，这时单单分析和评述他的新闻报道是远远不够的，借用更能表达真情实感的诗歌就成为不二的选择。此处文章就引用了这样一首诗来表达他对国民党政府的愤慨："大厦连云华宴开，终宵歌舞醉金杯。美人脂粉将军印，都是无边枯骨来。"以诗袒露心迹，从而使曾先生的政治形象更加丰满。有时候引诗还是一种情绪的宣泄，如"文革"风暴卷起，曾敏之被关"牛棚"，一时彷徨无措、苦闷有加，只能以诗倾吐"有冤无处诉、白首问苍天"的愤懑："添来白发萧疏意，剩得残躯槁木心。如此幽囚如此夜，欲将功罪问苍冥。"在这里，诗人曾敏之怆然发出如屈原一样的"天问"，其情其景，犹如历史穿越了数千年时空，令人不胜唏嘘。有时候引诗是一种抱负的流露，如曾敏之在1980年代被组织派到香港主持《文汇报》的工作，他得以有机会雄图重展，因而踌躇满志、豪情万丈，文章即引诗为证："试踏秋阳上太平，山花如笑海风轻。凭栏休负平生愿，云水征帆系远情。"有时候引诗又是一种历史的印证，如曾敏之在桂林时与演员潘砚之暗生情愫，两人为躲避敌机轰炸而逃进七星岩下的防空洞，患难之中相依相偎。当时环境下虽不能尽诉衷肠，却是心心相印、情意缠绵。虽然后来未成眷属，但曾先生对其怀念之意却长萦于心。于是文章在结束这段描述时引用了1980年代曾敏之重游旧地写的一首诗来回溯那段触痛柔肠的情史："七星岩里漫搜奇，乳石玲珑入眼迷。偏有依怀忘不得，年华曾醉古岩西。"上述这些诗作，都是曾敏之倾注浓浓性情的笔墨，文章恰到好处地引用它们，便在强化评传诗情画意的同时，还从更贴近生命质地的角度，细致描画出了曾敏之的心路历程。看过《评传》之后，或许会有人说曾敏之先生就是一部大书，内涵丰富；或许会有人说曾敏之先生就是一座高山，品格巍峨；我则想说曾敏之先生是一首长篇叙事诗，既有曲折的情节，也有丰沛的情感，更有盎然的诗意。我相信写作此书的陆士清教授会和我有同样的感受，因为《评传》始终以诗的线索贯穿其中、沟通内外，篇章结构有诗，传情达意有诗。这种贯穿全篇的诗线，不仅深度展示出了作为诗人的曾敏之的诗情诗艺，而且也充分呈现了作为文学教授的陆老师的诗心诗笔。这种诗意盎然的评传，自然会让读者沉醉于诗的世界而流连忘返。或许正是在诗人、诗书的感染下，笔者也情不自禁地萌动了诗心，为曾敏之先生的传奇、为陆士清教授的大作口占一律。诗曰："华章一曲唱仙翁，九载驰驱乐望云。桂北硝烟凝妙笔，岭南椰雨润诗魂。忠忱谋国千秋义，慷慨为文四海心。百岁举樽酬素志，满园兰菊耀乾坤。"笔者知道这纯粹是班门弄斧，但记得培根说过，读书的最大目的是改变人生。我读了《曾敏之评传》以后，能够一改过去对作诗的畏惧，跃跃欲试当了回"诗人"，我由此相信《评传》正在对我产生影响，我得以享受了一次成功的阅读。

原载《世界华文文学论坛》2011年3月

陈涵平

1964年生，湖南岳阳人，现任教于广东第二师范学院，文学博士，文艺学教授；中国世界华文文学学会教学指导委员会主任，广东省作家协会会员，广东教育学会国学教育专委会理事长。1998年开始海外华文文学研究，发表相关学术论文60余篇，出版专著《北美新华文文学》、合著《寻找身份——全球视野中的新移民文学研究》等。

矗立在历史境域中的一尊雕像

——读陆士清先生的《曾敏之评传》

杨学民

曾敏之先生是台港和海外华文文学研究的首倡者和积极推动者，1979年就在《花城》创刊号上发表了《港澳东南亚汉语文学一瞥》一文，随后又以《海外文情》为总题在北京《光明日报》、上海《文汇报》和广州《羊城晚报》发表系列文章，向内地读者介绍台港澳和海外华文文学现状及发展趋向，引起了文学界的关注。正如陈思和先生所言，他"这轻轻一瞥，就涵盖了今天世界华文文学的概念和主要范围"。陆士清先生在1980年代初就在复旦大学中文系开设了台港文学的选修课，成为了中国世界华文文学研究和教学领域的拓荒者之一。1982年6月首届台港文学国际学术研讨会在暨南大学召开，也正是在这次会议上，他与曾敏之先生相识，由相识到相知，再到曾敏之研究，算来两人结缘已近30年。事业上的联系让两人有了更多的交往、谈心的机缘。陆先生阅读研究了曾敏之的众多作品，在着手写作《曾敏之评传——敢遣春温上笔端》（复旦大学出版社，2011年版。以下简称《曾传》）时又获赠了传主的全部著作，加之有饶芃子、陶然、秦岭雪等传主的研究者或朋友的资料援助和鼓励，传主曾敏之的形象在陆先生的头脑中越来越清晰了，一尊雕像呼之欲出。经过三年的努力，他以那史、诗、思相交融的笔墨，写就了40万字的《曾传》，真实地为我们描述出了他心目中的一位中华民族优秀现代知识分子的生命迹线，呈现了一位左翼文化战士丰富的心灵世界，塑造了一尊形神兼备的雕像，也带出了一部波澜壮阔的历史。更为可贵的是，在当下流水账式的传记、通俗传记日趋泛滥的势态下，《曾传》不仅呈现了传主的性格特征和精神气质，而且在传主身份建构策略、传记叙事结构、传记阐释机制、文体修辞等传记修辞方面都做出了有益探索。

真实是传记的底线和生命，传记史料不允许虚构，但应当辨析、提炼和选择，从而才能获得显现传主心灵和历史真实的传记事实和历史事实。这一过程是作者与传主和历史进行生命对话的过程。进一步讲，有了传记事实和历史事实也不能保证写出历史性与文学性水乳交融、可读性强的好传记。好传记有赖于作者的历史训练和文学素养的结合，它必须以传主的身份建构为主线，艺术地把传记事实与历史事实组织起来。从某种意义上说，传记就是传主身份的建构过程，是以符号建构传主与人和世界对话状态的修辞过程。陆先生的《评传》从传主曾敏之的幼年写起，一直叙述到他的晚年。从传主的社会身份来说，传主历经了学生、小学校长、青年作家、记者、大学教师、报纸总编、文学活动家等多种身份的转换，身份转换的过程也是曾敏之生命成长的轨迹，而每一种身份也从不同的角度显示了他性格的不同层面，即把命运时间展现为性格空间。作为15岁的小学校长，他少年老成，做事严肃认真，一丝不苟，但闯荡世界、建功立业的雄心壮志还是让他舍弃了安逸生活，奔向了历史的洪流。由《文艺杂志》的编辑助理到加入《大公报》成为记者，这是曾敏之的人生转折点。《大公报》是抗日战争和解放战争时期全国最具权威和影响的报纸之一，他奉行"不党、不私、不卖、不盲"的自由主义办报原则。在这样一个报人群体中，他广交朋友、激扬文字，为自由呐喊，为抗战鼓吹，以一支健笔针砭时弊，为争取民族的光明未来不遗余力。1945年初，他摆脱了《大公报》办报原则的局限，毅然决然地与重庆文化界进步人士联署发表《文化界时局进言》，抗议国民政府腐败无能和抗战不力。[1]抗战胜利以后，在国民党背信弃义，挑起全面内战的关键时刻，他采写了《周恩来访问记》，呼应中共的政治主张，反对国民党的一党专政，从一位自由主义的民主战士走进了革命知识分子的行列。1978年，他又临危受命，赴港就任香港《文汇报》副总编辑，与同仁一起，纠正极"左"的倾向，重振报纸在海内外的声望，创造了新的辉煌。此后的30余年，他作为报人，不辱使命，积极宣传国家的方针政策，为祖国的改革开放建言献策，旗帜鲜明地捍卫国家主权，尽心尽力促进海峡两岸交流与和平统一。作为文学家和文学活动家，他锲而不舍地推进着从文化、文学着手维

---

[1] 陈思和：《曾敏之评传——敢遣春温上笔端·序》，上海：复旦大学出版社，2011年版，第2页。

护国家统一，促进香港人心回归和文化重建的千秋伟业。不同的身份展示了曾敏之的多彩人生，显示出了其丰富的精神世界，也描画出了曾敏之的艰难曲折、不断向前的成长道路。虽然传主的身份不断在变换，但对民主自由的追求、对国家和民族的赤诚忠心以及书生报国的情怀却是始终不变的一条红线。作者在对传主个性的塑造过程中，不忘展示其与周围的一代文化交流和相互影响，使曾敏之成为中国现代进步知识分子精神追求和人生道路的寓言。

为了这个寓言的建构，《曾传》艺术地处理了个人与历史、传记事实和历史事实的关系，真实还原了人与历史的互动性。正如歌德所言，"把人与其时代关系说明，指出整个情势阻挠他到什么程度，掖助他又到什么地步，他怎样从其中形成自己的世界观和人生观，以及作为艺术家、诗人或著作家又怎样再把它们反映出来，似乎就是传记的任务。"[1]要写出个人与历史的关系，不可避免地就要突出传主与他人的关系、与重大历史事件的关系。而作者如此处理传记事实与历史事实的关系，也并非只是出于主观选择，它还基于传主自身的人生感悟和自觉追求。曾敏之在回顾自己的人生道路时就说："你这个人生，处在这样一个时代，这样一个处境，你不可能另外走什么别的道路，你必然跟着这个时代的变化走。身临其境，你得接受很多的幸与不幸，不是由你主观选择的。"这也表明，只有还原出传主与历史的错综关系，才能真正再现其鲜活、丰富、真切的人生。打开《曾传》犹如开启一部中国现当代历史，一系列历史事件：广州沦陷、湘桂战役、日本投降、重庆谈判、新中国成立、"文化大革命"、粉碎"四人帮"、中共十一届三中全会、香港回归……尽显眼前。大江东去，历史洪流裹挟着每一个人，有的成为了历史的绊脚石而遭遗弃，有的成为了时代的弄潮儿而奋力前行。曾敏之在这段历史中放眼未来，顺应时代的潮流，成就了辉煌的有意义的人生。历史是他的人生舞台，是他建功立业的广阔天地，在与历史境域的对话中，传主的性格被锻造得鲜明生动，生命的内涵充盈起来。在《大公报》工作期间，作为记者他有幸目睹、参与了抗战和内战中的一些重大历史事件，侵略与反抗、光明与黑暗、民主与专制、正义与邪恶、和平与战争的生死搏斗时刻也

---

[1] 歌德著、刘思慕译：《歌德自传》，上海：上海三联书店，1998年版，第3页。

在震撼、咬噬着他的心灵，逼迫着他必须做出人生的抉择。在衡阳保卫战中，国民党第十军军长率部苦守47天，打出了中华民族的英勇决绝、宁死不屈的英雄主义精神。当军长方先觉归来时，曾敏之秘密采访了这位抗日英雄，以激情飞扬的文字写出了独家新闻《苦战衡阳的英雄回来了——方先觉军长平安飞到重庆》，震撼了整个山城。在反独裁、反内战运动中，李公朴、闻一多等民主斗士惨遭国民党特务的杀害，震惊了海内外。良知和正义让曾敏之置生死于不顾，奋笔书写了《闻一多的道路》，伸张正义，鞭挞邪恶，直抒愤慨。正是在一次次面向历史事实的发言中，传主的形象具体化了，传主的人生脚印变得清晰了。历史的烙印也刻印在了传主的人生旅途上，成为选择人生方向的明鉴。

历史是人的历史，每一个人都活在具体复杂的历史境域当中。曾敏之爱交朋友，朋友遍天下。作者把握住了传主的这一性格特征，在《曾传》中塑造了难以计数的传主朋友或师长的群像。俗话讲，近朱者赤近墨者黑。按照巴赫金的对话理论来说，人只能在别人的眼中才能发现自己，人与人之间是一种对话关系、主体间性关系。这样来看待《评传》以大量的笔墨来书写传主与人的交往、与友人的唱和，其传记意义就显而易见了，别人、朋友实际上是传主的一面面镜子，其中映照了传主的不同层面、不同角度的影像和精神气质，也拓展了具体的历史世界，从而形成了传记书写的镜像修辞手法。在《曾传》中用墨比较多的有曾敏之与陈凡、王鲁彦、周恩来、巴金、秦牧、萧殷、司马文森、邵燕祥等人的对话。这其中有作家、学者、报人、政治家，他们在历史中的地位是不同的，但就对传主形象的塑造而言，其功能都是一样的。在对传主与他们交往的描述中，简单来说，传主在陈凡的话语中体会到了旷达和飘逸，在周恩来身上见到了共产党人的文化人格和高远政治理想，在与巴金的交往中感受到了真诚的力量，在与邵燕祥的唱和里感受到了对友情的珍重……由此来看，《曾传》是以传主的生命时间为主线，以社会历史时间为辅线，纬以周边众人，经纬交织，来结构叙事的。主线与辅线相互交融，经纬之间互相应答，形成了一个有机统一的传记叙事结构。这一结构既影响到了传主形象塑造，也影响到了传记的意义生成。

传记不只叙述事实，而且要阐释事实。"因为阐释事实的过程就是一个给事实赋予意义的过程",[1]是一个转义修辞过程。作者在《曾传》中对叙述事实与阐释事实之间的关系的处理是可圈可点的。中国传统史传讲究春秋笔法，崇尚所谓的"一字之褒，荣于华衮，一字之贬，严于斧钺"的历史评价阐释的力量。到了《史记》，历史的阐释评价集中体现在了"太史公曰"中。这也成为了中国传记叙事与阐释相结合的书写传统。《曾传》在许多章节的书写中都继承发扬了这一传统，在章节的最后往往曲终奏雅，或站在历史的高度升华传记事实的意义，品评得失，汲取经验教训；或抒发情怀、勾勒叙事的逻辑联系。难能可贵的是，作者做到了具体与抽象、叙事与阐释的统一，衔接得天衣无缝，水到渠成，毫无续貂之感。从叙事学的角度说，这得益于作者在叙事过程中对传记事实的结构安排，使传记的意义已经蕴蓄在了叙事当中，后来的曲终奏雅、卒章显志，只是起到了点醒、唤起的功能。

另外，《曾传》韵散交融的文体也平添了文本的艺术魅力。语言韵散交错、断续自然、起伏跌宕，自有一种诗雅之风。如果说《曾传》还有什么不足的话，我感觉作者在对传主友人的描述方面，传记事实偏于单薄，致使有些人物成为了人物辞典中的"小传"，削弱了人物之间的具体、鲜活的对话关系。瑕不掩瑜，《曾传》的写作态度、思想价值取向、叙事结构以及传记修辞艺术等仍会给予我们有益的启示。

原载《荆楚理工学院学报》2012年8月号

杨学民

男，复旦大学中文系2001级博士研究生，南京晓庄学院文学院教授，主要从事世界华文文学研究和教学。现主持国家社科基金项目"英语世界中的中国现代作家传记研究"。

---

1 赵白生：《传记文学理论》，北京：北京大学出版社，2003年版，第135页。

文传碧海照丹心

——读《曾敏之评传》

穆 陶

陆士清先生撰写的《曾敏之评传》(简称《评传》),以史家之严谨,济以流丽恢宏之笔,将近乎一个世纪的时代风云,囊括于其中,既具有一定的史料价值,又具有较高的文学品位。读《评传》,仿佛置身在一个风雨沧桑的时代里,在漫长的人生路上,喜怒哀乐,风云变幻,其中有一双坚韧不拔的脚步,始终在追寻光明中跋涉前行;又如涵泳在知识的海洋里,伴随着一位饱学的长者,沿着撰述者的笔触,聆听着传主贴近时代的吟咏和海涛般的历史潮音,让人们分明地感觉到,一颗为国家民族无时无刻不虑深怀远的大爱之心,在坦荡磊落、自强不息地脉动着——这位长者,便是香港作家联会创会会长、世界华文文学联会会长、著名学者、诗人,现年95岁的曾敏之先生。

年轻时代的曾敏之,是怀着献身报国之志走上社会的。他15岁当小学校长,17岁在报刊发表文言小说,后来进入报界,成为20世纪40年代《文汇报》《大公报》的著名记者。在抗日战争和解放战争的岁月里,他怀着一颗报效祖国之心,积极参与抗日文化活动,反对国民党的专制独裁统治。在"国共谈判"期间,他写出了专访周恩来的长篇访问记《十年谈判老了周恩来》(后更名为《周恩来访问记》),文章甫一刊出,便轰动了当时的文坛和政界。1945年初,重庆文化界著名进步人士,发表了要求实现民主纲领的《文化界时局宣言》,该《宣言》由沈钧儒、柳亚子、徐悲鸿、马寅初、郭沫若、茅盾等312人联署,曾敏之名列其中。作为一名文化战士,曾敏之始终以无私无畏的精神,与反动的腐朽势力抗争,1947年遭国民党当局逮捕下狱,被营救出狱后,秉性不移,仍然用他的一支"常带感情"与爱憎分明的笔，坚持战斗在文化战线，不屈不挠，备尝艰辛而执着不悔！

曾敏之在香港主持《文汇报》笔政和在暨南大学任教期间，笔耕不辍，写了大量的时论、散文、古典诗词和学术论著，先后出版了《文史丛谈》《人文纪事》《望云楼随笔》《听涛集》《观海录》《诗的艺术》《古典诗词艺术撷英》等大量著作。作为一名学者型的文化战士，他是在写作中战斗，为战斗而写作的。从曾敏之的思想境界与文学著作来看，"经世致用"的学术理念对他深有影响。20世纪40年代国共重庆谈判期间，曾敏之便跻身于众多进步的文化名流之列，为国家民族的安危与前途，奔走呼号，殚精竭虑，于国事蜩螗之际，以笔作枪，为抨击腐朽捍卫正义而呐喊。当他敬仰的闻一多先生因为反对内战、要求和平而被国民党反动派杀害的时候，他义愤填膺，冒着生命危险，挥笔写下了长文《闻一多的道路》，在《大公报》公开发表，产生了极大的震动。曾敏之先生不计个人安危、大义凛然的爱国精神，于此可见一斑。

《评传》将曾敏之的"行"与"思"，缜密地穿织在一起，使得一个学识渊博、关注民生的知识分子形象栩栩如生地呈现在了读者面前。通过对曾敏之多篇（部）作品的研究，论析了曾敏之的忠忱谋国及其忧患意识产生的思想渊源。忧患意识之于曾敏之，是与他的爱国精神与高度的社会责任感联系在一起的，表现的是一种向前看的担当精神。这种精神，是奋发向上的高瞻远瞩，而不是在忧患中低迷徘徊。孟子说："入则无法家拂士，出则无敌国外患者，国恒亡。"在当今市场经济的大潮中，如何涵养人文精神，如何摆脱金钱崇拜产生的负面影响，如何摆正"义"与"利"的关系，如何以历史的辩证法与清醒的思维，忧其所患，觉其所不觉，让我们的民族和国家，实现真正的文化复兴，实现人民民主与公平正义，还需要人们做出艰巨的努力。曾敏之有深见于此，在其作品中，往往将国家的利益、人民的利益看得重于一切。作为诗人，他有着白居易的"文章合为时而著，诗歌合为事而作"的现实主义精神；作为学者、作家，他又有着同鲁迅那样直面惨淡人生的风骨。对此，《评传》都做出了中肯而深切的论析。

《评传》说："曾敏之对国家谋之以忠，对人民竭诚关怀，这是他做人的原则，也是他为文的出发点。他敢言，敢于直言。"信哉斯论！曾敏之的敢于直言，既源于他的忠国爱民之心，也与他的一以贯之的治学精神相关，体现了他对于思想是非的秉持己见而不随波逐流的独立精神。举一例为证：曾经有一个时期，社会上兴起了崇拜曾国藩之风，说什么"经商要学胡雪岩，从政要读曾国藩"。曾敏之在《从名臣传说起》一文中指出："曾国藩之受人吹捧，有两个方面的因素，一是打败太平军……二是他保卫名教，尊崇孔孟之道……什么民族大义，是一字不提的！"这话一针见血，让人们得以思考：打败太平军，挽救了清廷，究竟是好事还是坏事呢？如果是好事，曾国藩确实是值得后人学习的"楷模"；如果是坏事，他就是曾经被历史学家范文澜先生说过的，是"汉奸加刽子手"。曾国藩借用洋人的枪炮来屠杀自己的同胞，以几十万太平军的鲜血与头颅，换来了自己的煌煌功勋，而从无半点忏悔之意！这不是汉奸刽子手又是什么呢？这样的人格，他的学问再深，修养再高，能值得学习吗？曾敏之对于这样的社会思潮的敏感问题，从不依违其间，而是独抒己见，旗帜鲜明，表现了独立的人格与高尚的风范。

"文传碧海千秋业，杖倚黄山不老松。"曾敏之题赠友人的这句诗，恰是他八十年来文学生涯与理想追求的写照。在此，一位老知识分子的人格魅力与风骨情操，让我们肃然起敬！因为这正是中华民族宝贵的人文资源所在，是可以秉承前贤而启迪来者的。

原载2012年4月25日《中华读书报》

穆 陶

原从事医务行政工作。历史小说家，曾任山东省作协副主席，著有长篇历史小说《红颜怨》《孽海情》《林则徐》《落日》《屈原》等。《红颜怨》（又名《陈圆圆》）曾获"泰山文艺奖"、全国"八五"优秀长篇小说奖和山东省精品工程奖、山东省刘勰文艺评论奖等奖项。

"文章报国"有知音

——读陆士清《曾敏之评传》

蒋守谦

《曾敏之评传》是陆士清用3年多时间，在年届78岁时写出的一部力作。此书的资料全面、翔实，评价中肯、深刻，构思精巧，文笔考究。由于作者长期"两栖"于中国现当代文学和海外华文文学的教学、研究，与传主曾敏之是学术上的同好，交往多年；又由于作者所经历的人生岁月和历史环境，与曾敏之有很大部分重叠，两人在时代和人生感受上都比较接近，这就使他有可能从理性和感性两方面真切而深入地理解曾敏之生平事业和内心世界，沿波以溯源，披文以人情，虽幽必显。

我以前虽然也曾读过曾敏之的一些作品，但涉猎甚浅，这次细读该传记，才有了全面了解。20世纪30年代，曾敏之在青少年时代即以孤苦寒微之身，顽强奋斗，自学成才，在追求人生价值过程中明确而坚定地建立起"以文章报国"的崇高志向，风雨兼程，奉献至今。70余年间，他遍历文学、新闻、教育等诸多领域，集作家、报人、教授、诗人、文学活动家于一身，先后出版小说集、散文随笔集、诗集30余部，著作等身。他是中国现代小说史上最早以现实主义笔触反映少数民族生活的作家之一；是抗日战争时期活跃于前线和后方，写了大量激励人心的通讯报道的《大公报》名记者；他博学广识，才思敏锐，文史兼治，其散文、随笔和旧体诗词的写作蜚声海内外文坛。

1978年秋，他奉调香港，出任《文汇报》副总编（代总编），从文化方面为香港回归和回归后的繁荣发展，尽心尽力，打开局面。作为香港左翼文坛的领军人物，他立足现实，环视古今，不仅写了大量讴歌改革开放、弘扬民族大义的社论、评论和诗文，而且广交朋友，振兴文事，倡建作家联会，把香港文学推向一个全新的发展阶段。尤其值得注意的，是他率先以开放包容的气度，呼吁内地学界关注研究香港、澳门、台湾乃至东南亚华文文学的现状和历史，并身体力行，写了许多文章，做了大量组织工作。如今"世界华文文学"已经成为一门蓬勃发展着的显学。因为曾敏之是这个学科的拓光者，2002年中国世界华文文学学会成立时，这位已年逾八旬的老人仍被推举为名誉会长。

曾敏之的人生道路并不平坦。20世纪40年代他曾因报道中国人民的反独裁、反内战斗争而坐过国民党的牢；50年代他因在"鸣放"中直言进谏而被以"内定右派"的罪身，下放劳动；"文革"中更是在劫难逃地被打成"牛鬼蛇神"，受尽屈辱。然而这一切丝毫没有动摇曾先生"文章报国"的意志，相反，却把他磨砺得更为坚强成熟。"亦余心之所善兮，虽九死其犹未悔！"他对朋友们说，他的悟性和做出的成绩，"都是从历代仁人志士爱国忧民传统中受到教育和启发得来的"。为这样一位历尽时代风雨而又劳迹卓著的爱国知识分子立传，作者可谓是自觉而勇敢地担起了一份责任。

评传之所以写得引人入胜，耐人寻味，一个重要原因就在于作者始终把传主曾敏之90多年波澜起伏的人生历程，放到他所置身的中国历史的大动荡、大转折、大变化的曲折过程中来认识和叙写，夹叙夹议，亦传亦评，前呼后应，繁简两宜。风云变幻的时代环境，是曾先生人生选择和进退得失的外部原因；"文章报国"的坚定意志，则是他不屈不挠、奋斗不息的内在动力。哪怕是交友、婚恋、游历，乃至于兴趣爱好，也都或深或浅、或浓或淡地带着他所挚爱的中国传统文化的底蕴和时代生活所赋予他的特定情愫，读来意味深长。比如《周恩来访问记》，这是曾敏之作为《大公报》记者在1946年写的一篇产生过重大而又深远影响的长篇通讯，也是中国现代新闻史、政治史和文学史上第一篇由中国记者撰写的向全国和全世界全面介绍周恩来的身世、学识、革命生涯、崇高人格、儒雅风度，和他作为中共领袖之一，为争取抗战胜利后实现和平建国前景而奋斗的作品。在该传记里，陆士清通过曾敏之这篇文章的写作过程、它的丰富而深邃的内容，对它在当时和以后几十年间产生的深远影响，做了全面阐发，让读者充分深刻地看到曾敏之是以怎样的忠诚和才智，实践其"文章报国"的壮志的。全书的风貌，由此可见一斑。

原载2012年2月10日《文艺报》

蒋守谦（1936—2019）

江苏淮安人。1960年毕业于复旦大学中文系。历任中国科学院文学所学术委员会委员、当代文学研究室副主任、主任，研究员。专著有《创作个性》《新时期文学六年》(合著)、《管窥蠡测——蒋守谦当代文学评论选》等。

《曾敏之评传》再议

——恭贺陆士清教授九十荣寿

苏文华　秦岭雪

陆士清教授是中国改革开放之后,启动台港暨海外华文文学研究的开拓者,数十年辛勤耕耘,成果卓著。世界华文文学从虚到实、从独钓寒江雪到春江水暖万舸争流,呈现出一派欣欣向荣的蓬勃气象,是与陆教授等诸多人士的积极推动分不开的。仰望陆教授的中华情怀、学术业绩、普结善缘,我们赞佩不已。值此陆老九十大寿,我们再次拜读《曾敏之评传》,益见其学术精神之专注。景仰之余,献上我们的无限祝福,愿教授福体康宁,愿广播天下的万千桃李,得遂心中所愿常聆教益。

一、勇担道义,影响深远

一本评传是否有意义,居第一位的是传主的历史价值和文化价值。陆士清写《曾敏之评传》不仅有意义,而且是勇担道义。因为曾敏之不仅是中国抗日战争、解放战争和中国革命建设历史的经历者、参与者和见证者,而且是老报人、作家、诗人,是20世纪80年代后,重新振兴香港纯文学的领军人物。先前的香港,在港英政府的侵占下,中文纯文学没有任何地位。虽说曾有几位中国文化巨人,蔡元培、鲁迅、许地山、戴望舒、萧红,都曾在香港或演讲或驻教,却始终吹不皱一池春水,唤不起纹丝涟漪。

20世纪50年代,也有一批南下香港的文化人,其中不乏饱学之士。然而他们多半两袖清风,为求温饱奔波劳顿,一旦生活安定,亦曾为小岛的文化奉献过自己的心力。只可惜势孤力单,成不了气候,故不过这座光怪陆离城市的声色犬马,充其量也就是传媒配角,文艺小众的情意依恋而已。七十年代底八十年代初，国家放开边关让大量侨属来港，当中有知识分子、在学青年、归国侨生，其中有不少热爱中华传统文化的有志之士，社会中文化人已发生了"量"的巨大变化；但因为初来甫到，生活不稳定，他们只能在低下层从事卑微的工作。他们坚持业余创作纯因心中的那把火，不甘心就此放弃心中的热爱，有负少年壮志，但他们还无力改变香港被称为"文化沙漠"的困境。特别是《海洋文艺》杂志于1980年11月停刊以后，香港已没有一本纯文学杂志了，纯文学创作陷入荒芜的境地。是曾敏之先生的到来和努力，逐步再启了香港纯文学的活力。

曾敏之先生是1979年底来港的，身负国家重托，任《文汇报》副总编（代总编）。在总揽报社编务的同时，他在香港《文汇报》创建《文艺》专栏，发表内地经典作家和香港青年作家的作品，推动和组织香港作家与内地作家的创作交流。他和罗孚一起向香港新华社建议创办《香港文学》，这个建议后来由中新社落实。他深入调查研究，与香港写作人广泛交流，并发起组建了"香港作家联谊会"，后更名为"香港作联"，创办机关刊物《香港作家》，使零散在香港的作家有了共同的家。"香港作联"不仅培养青年作家，而且在一段时间里，成了中外文化交流的桥梁。后来为了更好推动中外文化交流，促进世界华文文学创作的繁荣，他又和刘以鬯先生一起创立了"世界华文文学联会"，推动创办了以潘耀明先生为社长的《文综》杂志。现在这三份杂志，已是香港纯文学旗帜。而他自己笔耕不辍，以丰富而瑰丽多彩的散文、游记、杂文、史论、人文纪事、古典诗创作，丰富香港和中华文化的宝库。与此同时，曾先生于1979年春节期间即与时任暨南大学中文系系主任秦牧先生联系，呼吁暨大重视台港文学研究。秦牧积极响应，在中文系成立台港文学研究室，并聘请曾先生任室主任，推动内地台港文学研究。1982年在他的倡议推动下，中国大陆在暨南大学召开了首届"台港暨海外华文文学国际文学研讨会"，后更名为"世界华文文学国际学术研讨会"，这个会两年举办一次，已召开了十九届，成了中国大陆和世界华文文学界的传统节目。更为重要的是，曾先生在内地倡议和创办了中国世界华文文学学会，大大推动了中国大陆对海外华文学的研究，促进了中外文化交流，促进了海外华文文学创作的繁荣。香港文学与世界华文文学的繁荣，是众多华文作家的努力成果，但曾敏之这位领军人物的组织推动也居功至伟。正因如此，香港回归后，2003年香港特区政府授予曾先生荣誉勋章，表彰"他在写作上的卓越成就及推广中国现代文学作出的贡献"。如前所说，陆士清教授也是启动台港暨海外华文文学研究的开拓者。他受教受益于曾先生，敬佩曾先生的贡献卓越。2005年，他和秦岭雪、钟晓毅共同策划，邀集京沪闽粤港数十位文友，包括邓友梅等三位中国作协副主席，在杭州西湖之滨为曾先生庆贺八十八岁米寿。

会议期间朋友们诚望曾先生写一本自传，曾先生婉拒了，但他不反对朋友们为他作传。后来，在朋友们的鼓励和支持下，陆士清承担了这个任务，他觉得必须担起道义，将曾先生的业绩和精神传至后世。陆士清教授撰写的《曾敏之评传》，是启动台港暨海外华文文学研究诸多著作的重要部分，是一部兼具历史与审美双重视野的鸿篇巨著。先由复旦大学出版社首发，尔后香港作家出版社再版（增加一个章节）。全书九篇凡三十四章，洋洋洒洒四十余万言，历时四年始奏厥功付梓。其间搜集资料、反复考证，查阅了大量文档，花费过大量心血。陆教授治学之严谨、做学问的精专，令人肃然起敬。

这一本《评传》，彰显知识分子"铁肩担道义，妙手著文章"的道德精神、高超的学术造诣。每次重读，都会有新的领悟，都会为陆教授的文化前瞻高度再三震撼。

二、散文融入小说笔法

陆教授和曾敏之本不认识，是文学的缘，令他们由相遇相识到成为知己。

一般评传的写法，主要是作者分析对象，语调比较疏离，甚至带有质疑；其写作理性方面重于感性方面。评传的创作重点并不在于构筑栩栩如生的人物，而是通过写出人物经历来评论人物，故而甚少涉及生活细节。

但陆教授不囿于传统的手法。他之所以不满足于和曾敏之只是泛泛之交，而要成为他的知己，就是要深入了解他的内心世界，不满足停留于理性评论而要发掘出他感性内涵的一面，塑造出一个生动鲜活的人物形象，令人读起来更易受到感染，更有说服力。

这种散文中融入小说笔法的创作风格，在《曾敏之评传》中屡见不鲜。

曾敏之在重庆时曾爱慕过一位青年学生叶孟贞，在暨大任教时两人再次邂逅，叶孟贞已是暨大中文系党支书，她是跟校党委统战部部长的丈夫一起调来暨大任职的。曾敏之尊重叶孟贞是他的领导，叶孟贞也待他如一般同事，两人对往事都缄口不提。殊不知"清理阶级队伍"时，工宣队怀疑叶孟贞是"叛徒"，逼迫她"老实交代"，万般无奈之下，叶孟贞透露了就读广西师院期间，曾和曾敏之互通书信多年。

曾敏之挺身而出，以无可辩驳的事实逐一指出捕风捉影的荒谬，力证叶孟贞的清白，终于令她渡过了难关。1980年代中，叶的老伴先她而去，她也患了肝癌。曾敏之闻讯特地由香港回到广州，带着辅佐药物参茸补品到医院探望，《评传》描述两人第一次单独会面的情景：

> 她躺卧在病床上，瘦骨嶙峋的手搭在曾敏之的手背上，带着伤痛和歉疚对他说："敏之，我对不起你！"曾敏之知道她指的是当年因他入狱，她从此消失的事。当时，对曾敏之是打击，心灵留下了伤痕，……"嘉陵旧梦已如烟"了，没有必要再记在心上。曾敏之真诚地对她说："我将永远记着你给予的友爱，也感谢你在暨大期间给予的支持和关照。希望你安心养病，争取康复。"

一个心胸开阔、有情有义的伟男子形象，在我们面前矗立了。

曾敏之对"桥"情有独钟，时常在中环的天桥散步。有一次，他在天桥散步时遇到印度尼西亚侨生吕进文，吕由南洋回国读完大学后在中学执教，后来又申请来到香港。

曾敏之问他："你在香港多年了，住在甚么地方？""不怕你笑话，我住的是属于观塘范围的一个猪圈地。"吕进文解释说，他住的木屋区原来是做猪圈的用地。老板看到有利可图而修建了木屋出售，他就买了这里的木屋作栖身之所。吕进文说："住这样的木屋多危险呀，遇上刮风防刮倒，遇上火警无处逃，我每天去地盘（建筑工地）上工，都提心吊胆的。"

不堪苦闷彷徨的吕进文，不久由深圳写信告诉曾敏之，他已将重返祖国之念变成了行动。《评传》之所以要刻意写出知识青年在香港的窘境、商人的唯利是图，显然是为曾敏之在商业社会披荆斩棘、开创一片文学新天作铺垫，以吕进文不能适应新环境的挑战选择逃避，反衬出曾公和一众文学爱好者在钢筋混凝土森林里反复搏战、开辟文化绿洲的艰难和勇气。

三、点面结合，古今互鉴

陆士清教授在《曾敏之评传》的谋篇中，明显运用了点面结合的方式。以传主人物的履历为经，杰出能动为纬。或者说，以历史作纵坐标，现实为横坐标，全方位审视。两者所占的分量又几近相等，以此深刻刻画人物的形象。

这是全面和典型结合起来的一种写法。面上的概述，全面展示人生足迹、心路历程，为后述点的表现提供一个坚实的背景；点上的描写，重点介绍特质表现，使人对突出之处产生深刻的印象，又加强了面的概述。《评传》的叙事灵活穿插而错落有致，达到了既全面又深刻，既丰富又感人的艺术效果。

由曾敏之幼失怙恃苦学成名的20世纪20年代讲起，一直延续到当下领军文坛拓展世界华文文学，横跨一整世纪，中间有很多故事。如何精选过程中的精粹，极考剪裁功力。

曾敏之出生地广西罗城，长期匪盗为患，其父只身深入虎穴献贡，希望乡民免被骚扰，反被杀害，父亲为保护乡众铤而走险的英勇行为，在童年曾敏之心中树立了光辉典范，这解释了他日后报效国家的热血基因。

曾敏之虽说十五岁就当小学校长，却几乎没有什么深造的学历，能当上暨南大学教授，全靠名师指点自学成才。广州半工半读饱览群书于邹韬奋的"生活书店"，抗战时期在桂林幸遇众多名师的经历，必须着重渲染。山城奋战在新闻阵地，独家新闻振奋全国军民，乃至成为中国记者访问周恩来第一人，等等，陆教授都经过精心选材，"面"的铺叙既周全又亮丽。曾敏之拥有很多个人特质和特长，如果在"面"的叙述中详细介绍，则会令篇章节奏松散拖沓，故而必须另辟蹊径，分门别类在"点"上深入探索，这就形成了书的后部专题几乎追近前半部的成因。这种在"点"上着力的做法，可以说在传记中甚是罕见，也正是陆教授的处理手法，令人物更加丰满，读者痛快淋漓之余，也得到很多启发和教益。曾敏之自述治学途径，其中有一条是

"从史学进入文学领域",他精读过《资治通鉴》,熟谙历代治乱得失。针对这一特长,陆教授在叙述曾敏之为文痛斥"文革"时,特别引用了他的以古喻今文章。

《从庾信说起》,叙说庾信历仕四朝十帝,全凭文词谄媚迎合;今之"北门学士"梁效之流,厚颜无耻为虎作伥,集邪佞之大成,比之庾信更坏百倍。另一类"风派"人物,当"四人帮"势焰熏天之时,极尽阿谀奉承之能事;一旦树倒猢狲散,又疾言厉色上台批判,以代表"正确"自居。此类人物,不知羞耻为何物,表面比庾信"高明",实则更为卑鄙。

《史家的末路》,先赋自撰七绝:"治史原来假乱真,是非颠倒弄拳经。寒门攀得龙门阶,从此酸儒变宠臣。"继以刀霜文字,讽刺专治史哲的教授全无风骨,为了投靠"四人帮",一改所持尊孔崇儒史学观,大谈所谓儒法斗争,影射批判周恩来,沦为摇尾乞怜的帮凶。

《"文士之笔端"议》和《"辩士"道穷》中,再说到南宋的汪彦章。此君之势利,劣品昭彰:李纲在朝掌权,忠心抗金救国,他著文推崇备至,赞其"精忠贯日";李纲被秦桧一伙诬陷下狱,又立即变脸大骂李纲"朋奸罔上",好话说尽,坏事做绝,全为一己私利。

中国毕竟是礼仪之邦,老百姓崇拜古圣贤,喜欢这样的话:"夫以铜为镜,可以正衣冠;以史为镜,可以知兴替;以人为镜,可以明得失。"陆教授洞明大众心理,引用这些文章,正说到大伙心坎里。况且又能从中获取有趣的史料,正所谓一举多得,增强了《评传》的可读性。

四、一条红线,满目珠玑

传主曾敏之是诗人,诗词在他的人生中是不可或缺的养分,也是不离不弃依随他喜怒哀乐的良伴。他的诗词,有着浓烈的写实风格,融入了令人动容的真挚感情。从青年时期一直到耄耋之龄,勤耕不辍,积篇千余。陆士清教授为了突出这一特点,几乎每一篇章都将他的诗作为题记列于篇首,起到画龙点睛、提纲挈领的作用;在每一个章节中,应用饶富诗意的小标题,又不断引用他的诗加强铺叙。可以说,这一条红线串出了满目珠玑。读者在通读《评传》时,俨如纵一叶扁舟,畅游于漓江之上,一路水光山色,风景旖旎。

第一编"漂泊苦学"的题记为"堕地何曾识世艰，失依怙恃度童年。寒门寂寂人情冷，风雨清明泣杜鹃"。贫苦身世，人情冷漠，处境艰难，都概括到了。第二编"桂林雨露"的题记是"几重云水几重山，又上奔流巉险滩。莫道桃源堪避世，暮朝猿泪湿青衫"。说出了在桂林的日子，抗战烽烟中忧国忧民、激励素志的历程。第四编"风雨羊城"，题记曰："天南峰下我重来，曾记青阴手自栽。十六年间人已老，杜鹃花发几低徊。"记述了在广州任"三联办"主任、暨大鞠育英才、"文革"的惨痛经过。

……

章节中的诗贯穿全书，仅举数例。亦师亦友的司马文森在北京死得不明不白，噩耗传来，曾敏之挥泪写下《哭司马长风》："心香一瓣代锥卮，独立苍茫凄绝时；漓水涟漪浮翰藻，桐江风雨铸新词。回翔欧亚夸鹰健，奋翮中南忆鹗姿；忽报文星凋北地，哭君空有泪如丝。"

《丙辰仲春之夜约胡希明李曲斋严霜小饮互倾牢愁有作》，透露了在"四人帮"倒行逆施的漫漫长夜，人们祈盼春天早日到来的心迹："围炉相对聊倾酒，野味何尝酬雅怀。喜有秋春苏万物，断无丽句老琴台。严城风雨沉沉夜，广宇迷茫隐隐雷。道是醉乡宜梦稳，何须清浅问蓬莱。"

在"诗史交融的情趣"一节，曾敏之游京华鼓楼大觉史趣，兴致勃勃地写下："暮鼓晨钟义未休，江山重振共投醪。只因留得春秋趣，不让年光空倒流。"

曾敏之的诗，忧伤潜藏勇气，郁闷隐闻惊雷，愤慨则吹角连营，喜悦见雀跃春枝。在章节的推移中，随着情感的跌宕起伏，引发读者强烈的共鸣。很显然，陆教授构思的这一条红线，是为传记文学开创的一道亮丽风景线，诗情雅兴，喜怒哀乐，都提升到一个崭新的层次，达到诗文并茂的效果。传主曾敏之的诗作，同时也给读者强烈启示：做诗为文，必须有感而发，直抒胸臆。无病呻吟，"为赋新词强说愁"的粗制滥造，断不可取。

五、语言艺术极具特色

说《曾敏之评传》兼具历史与审美双重视野，其语言艺术的特色可佐一证。

曾敏之还未上小学时，父母便不幸双亡。他凭一己天赋与努力，十五岁便担任小学校长。陆士清教授的高足李辉，对陆老师描述曾先生担任小学校长时的生活，极为欣赏，认为"氛围与情景，令人神往"。

> 年仅15岁的曾先生，先找了梅寨区公所的校董，然后上任了。他按自己对学校生活的体会治理学校。早晨学生集合，升旗、做操，然后上课。他教语文，另两位老师一教数学，一教绘画、音乐，严肃认真，一丝不苟。梅寨地处黔桂边界，是苗、瑶等少数民族聚居之地，民风纯朴，对老师十分尊敬。当地区公所有个专职干事，原来是农村的情歌手，与乡民相处得很亲密。有时他会来学校，晚上带曾先生他们去山寨家"坐堂"。所谓"坐堂"，即是娱乐性的小聚会。虽是小聚会，但十分热闹。厅堂中央点燃着熊熊的火盆，四周坐满女孩，她们倾情欢歌。有时独唱，有时男女合唱，苗家山歌，情意绵绵！有时还会走来一位一脸英武之气、身佩手枪的女人，一看就是有钱有势的人物，但她对老师却也彬彬有礼，并与大家同乐。曾敏之身临其境，领略苗家风情，不仅身心愉快，而且为日后的创作积累了生活素材。

独有的少数民族风情，直追沈从文笔下的韵致而毫不逊色。

陆教授作为一位知名学者，著述甚丰。读者在他的诸多作品中，都能感受到其文采斐然、笔触犀利。不同的是，曾敏之又是一位才华横溢的文章大家，游记、散文、古典诗词都佳构纷呈，于是在《曾敏之评传》中，两位才子的华美词藻共冶一炉，碰撞出珠联璧合、美不胜收的大千景象。

> 曾敏之拥抱自然，欣赏自然美色，常常陶醉于天然神韵，依依眷恋："濯足清流小憩时，苍松翠竹两漪漪。持筇拾得秋情去，十里云林惹梦思。"(《游白云山·小溪濯足》)天朗气清，携兴游山，品味清秋。山涧小溪，清泉汨汨，轻解行囊，溪边小憩，将倦足伸入溪流，任其轻抚，清凉舒适，沁人心脾！又见倒影水中的松柏，随流漪漪，飘渺神韵，悠然自怡。虽然不得不策杖告别，但那十里云林，仍让人朝思暮想。

大自然的美景，历历如绘的人物活动，构成一幅心旷神怡的山水画。陆教授写曾敏之复出以及后半生的成就，是对开放改革的讴歌，也是对传主坚韧不拔、自强不息的赞颂，以及对推动港台和海外华文文学的责任担当。在评价曾敏之创作与民族血脉的关系时，陆教授说：

> 曾敏之在人生理想上继承了中国知识分子的传统美德。这种美德在孔子是"志于道，据于德，依于仁，游于艺"，在范仲淹是"先天下之忧而忧，后天下之乐而乐"，在鲁迅是"横眉冷对千夫指，俯首甘为孺子牛"，在曾敏之呢，我想那就是"情牵人民，心系国是"。从立志而言，那种对人民、对国家的责任感，体现在他一生的追求中，体现在他从事新闻工作的全部实践中，也突出地光耀在他的文学创作中。

言简而意赅，深中肯綮。

六、因循传统，有所创新

《曾敏之评传》属于传记文学，作者在尊重历史、尊重事实的基础上，也写传主的挫折与迷惘、成功与欢欣等心理活动。这是传记文学的突破，却也是由于基于作者深入探索而和传主的零距离，基于作者与传主对于历史和革命的共识。也正是作者的这份苦心孤诣，知识分子的风骨，对于文化人投身民主革命与文明建设的高度肯定，有了更为立体的表达。陆士清教授知人论世、知世论人、知艺论才、识才论艺，更在传统的写作手法上有所创新。

陆教授对于传记文学的因循和颠覆，引发出我们对继承和创新的思考。究其实，即使是《史记》的司马迁，也有破格的举措。《史记》是中国历史上第一部纪传体通史，其中本纪就是皇帝的传记。没有当过皇帝的项羽，也被放在本纪。司马迁对项羽的评价极高："然羽非有尺寸，乘势起于陇亩之中，三年，遂将五诸侯灭秦，分裂天下而封王侯，政由羽出，号为霸王。位虽不终，近古以来未尝有也。"太史公认为项羽的功业彪炳，他在诸侯中不算突出，却成了总首领，短短三年内，把强大的暴秦推翻，还把秦始皇的基业分给十八个诸侯。历史上常以"成王败寇"论人物，司马迁却坚持不能以成败论英雄，定要让一生波澜壮阔的项羽永留青史。司马迁是汉朝史官，项羽又是汉朝开国皇帝刘邦的死敌，司马迁如此冒天下之大不韪，其作为史官秉笔直书的勇气教人敬佩不已。

古人说，无规矩不成方圆，传统规则我们当然必须因循，那是老祖宗累积千年经验的财富；但在写作手法上也应该力求创新，否则难以产生普罗大众喜闻乐见的作品。伟人如司马迁已经为我们作出不拘一格的先例，后人又有何不可在显明主题上作出自己的努力？事实上，时代在变，每个时代都有其不同的特色和内容，读者的欣赏角度和品味也必然会有所改变，新的时代内容要求新的表现形式，这就要求文艺工作者不但要继承传统，还要有所创新。新意是文艺作品的第一要素，是作品的灵魂，这是不讲自明的。

以传统戏曲为例。人们会发现当代的舞台融入了很多新科技，无论是灯光、舞美、唱腔等，都给观众耳目一新的愉悦。表演形式除穿越外，甚至还运用了电影的蒙太奇。人们非但不觉得突兀，反而因极视听之娱倍加赞扬加强了主题。古老的戏曲一经注入新时代的血液，立即焕发出勃勃生机。

陆士清教授已经为我们作出了良佳示范，后来的传记作者，更应该在陆教授开拓的创新道路上不断努力，有所依循，再求突破，为新时期的读者们，奉献无愧于当代的杰作。

2023 年 1 月 30 日

苏文华

1945 年生于福建南安，中学毕业后再受教于厦大工农预科老师两年。1972 到香港定居，在多家报刊杂志社任职长达三十年。自幼好文学，深幸每一成长阶段皆获名师青睐扶掖，初试投稿则有一击即中惊喜。作品散见于香港各大报刊杂志，曾参与副刊文艺专栏创作八年之久。为文以外，亦爱书法。所撰佛教对联书法获香港妙法寺收藏。与恩师苏洪水合著有《诗词格律》一书。

秦岭雪

1941年出生，福建南安人，现居香港，中国作协会员，中国书协会员，现为中国书协香港分会副主席。著有诗集《流星群》《情纵红尘》《明月无声》《蓓蕾引》，艺评集《石桥品汇》《鹿堂闲笺》，与陈文岩合著书论《夜半无人诗语时》，诗论《岩雪诗话》等。曾获福建省诗歌创作一等奖，若干作品入选大学、中学教材，另有书法集多种行世。

陆士清・曾敏之・世界华文文学

胡德才

我最早知道陆士清先生，是在大学刚毕业时买了由先生主编、复旦大学出版社1983年出版的上下两册《台湾小说选讲》，书前有陆先生颇具气势的长篇序言《汉魂终不灭　林茂鸟知归》，对台湾文学尤其是台湾小说的发展历程有清晰的勾勒，对重要作家作品有精到的评论，陆先生研究台湾文学的鲜明立场和担当精神也溢于言表，因此印象非常深刻。书中收入34位作家57篇小说，且对每位作家及其创作均有简要亦较全面的介绍和评价，那是我接触和了解台湾文学的入门书。但那时，我并无意于台湾文学研究，只是因为对现代文学的兴趣而延伸出对台湾文学的好奇而已。后来，我才知道陆先生于1981年春季开始在复旦大学开设《台湾文学》专题选修课，在中国大陆高校是首创，这部《台湾小说选讲》就是为课程编选的教学参考书。当时，台湾文学刚刚开始引起大陆学界和读者关注，这部《台湾小说选讲》及时为读者提供了一个初窥台湾文学的窗口，为台湾文学研究者铺下了一块基石，为在大陆普及台湾文学作出了重要贡献。

但我见到陆先生并对他有更多的认识则是多年以后了，回想起来，因缘所在，乃是"世界华文文学"事业。

虽然上世纪九十年代初，我曾在复旦大学访学一年，却不曾拜见陆先生。我当时经常出入的是导师贾植芳先生府上，也在贾府（贾先生有一枚藏书印即为"贾府藏书"）得识陈思和先生，并多次求教。还有当时正师从贾先生和陈先生读研究生的张新颖先生和宋炳辉先生，亦有交往。只因我当时访学的研究方向确定为中国现代喜剧研究，兼及中西喜剧比较，所以，贾先生见面时给我推荐的第一本参考书是饶芃子教授赠送他的新书《中西戏剧比较教程》。因为个人视野狭窄，只埋头于自己的研究领域，在复旦一年，我除了因具体事务找过分管访问学者的副系主任朱立元先生外，很多复旦名师，也都仅闻其名。也因我执着于现代戏剧研究，而未能拜访我仰慕已久的陆先生求教。

没想到，十多年后，我因工作调动，和古远清先生成为同事，在古先生的影响和鼓励下，也参加到世界华文文学研究的队伍中来。从2006年参加在吉林大学举办的第十四届世界华文文学国际学术研讨会到2008年参加在广西民族大学举办的第十五届世界华文文学国际学术研讨会，特别是2010年我主持在武汉承办了第十六届世界华文文学国际学术研讨会，其间不仅结识了众多华文文学界的学者、作家朋友，而且有较多的机会亲炙学会领导和老一辈学者，其中就有陆士清先生对我的亲切关怀和支持。

在2008年南宁会议期间，学会领导就开始谋划下一届的会议，为了明确大会承办单位及相关事宜，我遵学会领导要求开始参加一些相关会议。两年一届的大型学术研讨会，是学会推进学术研究和学科发展的大事，学会领导非常重视。饶芃子会长多次主持小型会议，征询意见，确定承办单位，讨论会议议题。饶先生处事细致、考虑周全、体谅下情，她亲切而慎重地反复问我承办大会把握有多大，有什么困难。我想困难肯定有，但总可以克服。为让学会领导放心，我当场给校长打电话，汇报两年后承办大会的事项，得到校长明确支持，这样就消除了学会领导的疑虑。在此后的大会筹办期间，我两次赴暨南大学向学会领导汇报工作，得到学会领导和老一辈学者的指导。曾敏之先生、饶芃子会长、陆士清先生、王列耀先生、杨际岚先生等学会领导都曾给予很多指导意见和关心鼓励。那段时间，陆先生似乎常去广州，我每次去暨大都能见到陆先生，并听到他稳重、周密和富有人情味的讲话和建议。当我得知陆先生正在撰写《曾敏之评传》时，不禁肃然起敬。因为要为一位经历坎坷、阅历丰富、著述宏富且文类多样、跨越新闻与文学多个领域、贡献卓著、德高望重的当代作家和学界元老作传，决不是一件容易的事情。但陆先生不顾已七十六岁高龄，放弃安逸，不嫌繁难，以对世界华文文学事业的忠诚、对学术的坚守和对曾敏之先生的敬仰，潜心研究，勤奋著述，三年内圆满地完成了这项非常有意义而又十分艰巨的学术工程。

我虽然很早就读过曾敏之先生的作品，但也是因"世界华文文学"之缘，才有机会走近这位文坛老人。在筹办武汉会议期间，我几次见到曾老，当时他已年过九旬，但仍思维敏捷，思路清晰。他为人亲和，对后辈非常宽厚，讲话多从大处着眼，富有指导意义。依稀可见其当年纵横媒体和文坛时的高瞻远瞩和宽容大气。曾老一直非常关心世界华文文学学科建设，坚持参加学会的重要会议，对即将在武汉举办的第十六届研讨会也大力支持并准备亲临会议，后因健康原因未能成行，但为大会写了书面致辞，学会领导让我在大会开幕式上全文宣读。

曾老不仅是当代香港文坛的领军人物和著名作家、诗人，而且是世界华文文学这一新兴学科的开创者、推动者和组织者。曾老于1979年4月在广州《花城》杂志创刊号发表的《港澳与东南亚汉语文学一瞥》是中国大陆文学界发表的第一篇介绍、倡导关注本土以外汉语文学的文章。学界将其视为世界华文文学研究的起点，也拉开了世界华文文学学科建设的序幕。同年，曾老和秦牧在暨南大学创建了国内高校最早的港台文学研究室；随后主持召开了首届台港文学研讨会，并形成传统，不断扩大会议规模，产生了深远的影响；再到发起、筹备并成立中国世界华文文学学会，有组织地持续推动世界华文文学研究，使世界华文文学学科不断壮大而呈现欣欣向荣的景象。在学科发展的背后，曾老无疑是最有力的推手和灵魂人物。曾敏之先生的名字将和世界华文文学学科连在一起。

正是世界华文文学事业，使曾敏之先生和陆士清先生有缘相会，结下三十余年的深厚友谊，两位老人肝胆相照，精神相通，互引为知己。曾老赠陆先生诗云："肝胆应输知己笔，暮年幸有寸心丹。"《曾敏之评传》是当代学界和世界华文文学研究领域的重要成果，也是两位老人数十年友情和文缘的见证。作为陆先生晚年的力作和代表作之一，《曾敏之评传》呈现出鲜明的特色，具有传世的价值。

呈现世界华文文学学科创建与发展的历史轨迹，书写曾敏之先生对世界华文文学学科建设的重要贡献，是《曾敏之评传》的重要价值之一。曾老既是香港文坛的重要作家和文学活动的主要组织者，又是最早审时度势、积极倡导并推动港台文学和海外华文文学研究的学者，是中国世界华文文学学会的创建者，是世界华文文学"这幢大厦的真正设计师"（陈思和语）。他生命最后的三十六年与世界华文文学学科发展相始终，堪称世界华文文学学科的奠基人，因而在世界华文文学界享有崇高的威望。陆先生在《评传》第五编和第六编中有四章的篇幅详述曾老开创和推动世界华文文学学科发展的事迹和贡献。因此，陆先生从事的也是世界华文文学学科建设的基础性工作，《曾敏之评传》是世界华文文学学科建设史上的开拓性著作，具有深远的意义。

再现一代报人和著名作家曾敏之先生近百年的风雨人生，突显曾先生感时忧国、情牵人民、追求光明、与时俱进、重情重义、乐观旷达的人生态度和精神境界，使《曾敏之评传》具有重要的认识价值和启迪意义。曾老幼年失怙，少年失学；勤奋自修，博学多识；书生报国，健笔凌云；国难当头，临危受命；蒙冤受屈，信念坚定；历经坎坷，心胸开阔；审时度势，放眼全局；驰驱香港，誉满文苑；笔耕不辍，硕果累累。从"少孤早作少年游""壮游书剑滞江干"到晚年"难得旷怀观万物""百年忧患未全抛"。陆先生描绘了曾老坎坷的人生、奋斗的业绩、多彩的生活、丰富的心灵。既令人景仰，又启人深思。

全面展示曾敏之先生的文学世界，深入探析曾敏之先生的诗文创作成就，是《曾敏之评传》的重要内容，也是特别能显示陆先生作为人文学者的眼光和功力的部分。《评传》约有三分之一的篇幅是对曾老文学创作的研究和评述，特别是第八编和第九编共九章集中探讨了曾老的散文随笔、游记、杂文和古体诗词，分门别类、条分缕析，既有宏观的论述，又有具体的文本分析，涉及面广，基本囊括了曾老各个时期各种文类的创作。充分显示出陆先生作为老一辈文学研究者深厚的功底、严谨的学风和擅长文本分析的优势。如对曾老古体诗词的分类剖析和对其艺术风格的探讨，指出曾老的古体诗词"遵循着传统的格调，但展示着现时代的生活和现代的情韵，既表现出中华文化的阔大气象，又跳动着时代的脉搏"。显得豪放而大气。陆先生在书中曾以约五百字的篇幅评析曾老的一首七绝："休问浮沉身外事，且衔哀乐手中杯。多情自有平桥水，照得天涯浪子回。"曾老少时离开家乡，四十年后重返故乡小镇，身世浮沉、人生坎坷、酸甜苦辣、一言难尽。感慨人生，深沉凝重。陆先生以唐代诗人贺知章的《回乡偶书》与之对读："离别家乡岁月多，近来人事半消磨。惟有门前镜湖水，春风不改旧时波。"在对照中，一方面见出曾老出入古典、继承传统、别创新韵的风采，另一方面亦可见岁月流逝、人世沧桑,但人情人性、古今相通。曾老的这首《口占一绝》读来有唐诗的韵味。曾老是一位深受中国传统文化影响而又具有国际视野的现代知识分子,他学识广博,精通文史典籍,对古典诗词有深入的研究,他的散文杂文常常旁征博引,融汇古今,风格独具,古体诗词,亦自成一家。陆先生以《站在传统的大地上》为题,专章讨论曾老的文学创作与中华传统文化的关系,也是独具慧眼的。

　　历史的真实与审美的再现相结合,严谨的叙事与洋溢的诗情相交融,感情真挚,诗意浓郁,使《曾敏之评传》具有独特的审美品格和艺术魅力。曾老是诗人,为文行事亦显诗人气质和风采。他不仅以大量的诗词创作蜚声诗坛,在散文创作中亦常引诗入文,创造了亦诗亦文的独特文体,别具艺术感染力。陆先生深谙传主的诗人禀赋、诗性人生,力图以诗情诗笔描摹传主的诗心诗魂。在评传中,陆先生亦引入大量诗词,并以诗词贯穿全书,形成评传诗化的结构,使全书洋溢着浓郁的诗意和艺术气息,具有画龙点睛的效果。首先在书名上就以"敢遣春温上笔端"为副标题,我想陆先生是想借用鲁迅诗句表达对传主一生追求光明、健笔报国、为文追求有益世道人心的基本定位和评价。其次,在评传的九大部分(即九编)前各引一首诗作为"题记",与该编内容相关联,有引领、概括、暗示或启发读者思考的作用和效果,可谓别具匠心。再次,在各章节的标题上精心营构,或以诗句为题,或化用原诗,或提炼富有诗意的语言。或四言,或七言,整齐中有变化,朗朗上口,铿锵有力。同时在评述传主生平事迹、文学成就时适时引入诗词,既切合传主的诗性人生,又能揭示传主的情感世界,同时增加了行文的诗意诗趣,可读性强。评传中所引诗词自然以曾老的作品为主,同时兼有与曾老相关联的鲁迅、聂绀弩、臧克家等现代名家的诗词和古典诗词,仿佛随手拈来,大都恰到好处,由此可见陆先生的匠心独运和艺术追求。

　　陆先生在《曾敏之评传》的开篇即说"文学是缘",就陆先生和曾敏之先生相遇、相知而言,更准确地说,"世界华文文学"是缘。因缘巧合,成就了两位文坛老人三十余年的忘年交情,成就了世界华文文学界的一段传世佳话。

　　也因为"世界华文文学"之缘,我得以亲炙两位文坛前辈。曾老八年前以九十八岁的高寿仙逝于南国羊城。今年是陆先生九十华诞,两天前的元宵节，通过微信视频看到陆先生红光满面、神采奕奕，我非常高兴。陆先生在电话里叹息不久前古远清先生夫妇的突然离世，关心我和家人孩子的现况，倍感亲切。但先生告知师母仍在医院，令人十分担心。在此遥祝师母早日康复！陆先生健康长寿！

2023年2月7日于武汉玉龙岛

胡德才

南京大学文学博士，中南财经政法大学新闻与文化传播学院学术委员会主任，二级教授。世界华文文学与传媒研究中心主任、《影视戏剧评论》主编、中国喜剧美学研究会副会长、湖北省比较文学学会副会长。出版有《中国现代喜剧文学史》《喜剧论稿》《叩戏剧之门：戏剧十六讲》等著作。曾在《文学评论》《光明日报》等报刊发表论文百余篇。曾获全国田汉戏剧奖论文一等奖、湖北省社科优秀成果奖、湖北省高校教学成果一等奖等奖项。

一枝一叶总关情

——评陆士清主编《情动江海 心托明月》

王澄霞

2002年,香港诗人秦岭雪的诗集《明月无声》出版,其中收录的无论是写景抒情或是议论横发之作,都体现了秦岭雪先生对诗歌创作的独到领悟。在颇显清冷寂寥的当今诗坛,《明月无声》并未无声,倒是引发了不小的动静。先是香港的《文汇报》《大公报》《文学世纪》《香江文坛》相继发表评论和专访;继之,秦岭雪原籍所在福建省的作家协会、省画院和《台港文学选刊》杂志社与社联召开《明月无声》研讨会;随之儒商文学研究会与暨南大学中文系又联手召开研讨会,台港京闽等地几十位诗人、作家、评论者参与了两会。一本诗集甫一问世,反响就能如此热烈,这在一向波澜不惊的当代诗坛实在并不多见。这也不免让人心存疑问:此等热烈反响是不是同样出于当今社会屡见不鲜的人为炒作?我想,要解答这一疑问,当然得以作品来论,诗作本身的质量应该就是最好的例证。

秦岭雪从来都畅言自己对古代文学、古典诗词由衷的热爱之情。尽管如他本人所言,目前已是"一个在传统和现代冲突之间悠游的那个人",在诗歌创作中已向现代诗的陌生化手法、奇妙的构思以及独创艺术方面有所借鉴,不再一味惟古典是求;但其本质上还一如颜纯钩先生所指称的是"坚持传统那个孤岛"的诗人,如他那首被香港诗人古剑誉为"现代绝句"的名作《白鸟》:

青草还是唐朝的青草
七月晨露里绿得伤心

一条
　　美妙的弧线
　　自王维水田中
　　逸出

　　众弦屏息
　　只一声裂帛

这首即景生情之作，写得晶莹剔透、清新淡雅，可谓诗中有画、画中有诗——宁静与激跃，永恒与瞬间得到和谐统一；静穆中蕴育灵动，无声中迸发锐音，且有余音不绝之感，令人不期然联想到王维"漠漠水田飞白鹭，阴阴夏木啭黄鹂"的平和冲淡，联想到白居易"曲中收拨当心画，四弦一声如裂帛"的清明锐厉，古典意境跃然纸上。

而同样有"现代绝句"之称的短章《连理》，其表情达意的方式与《白鸟》又有所不同：

　　从根须
　　就纠缠在一起
　　说是爱
　　就拼命地扭曲

　　没有间隙
　　不容呼吸
　　直到分不清是谁

　　于是
　　天地欢呼
　　万物感泣

　　只因为

一时错位

此诗因其把性爱和情爱描摹得如此质感明净而倍受推许。与《白鸟》相比,《连理》一章没有侧重情景营造,而重在刻画意象,连理枝枝缠绕的外形和男欢女爱的情状高度相似,视角之独特令人叹服。诗人把他眼中合欢树、连理枝的丰神和激情描绘得淋漓尽致,而篇末"只因为／一时错位"一句则举重若轻,把先前用足笔墨渲染的热烈倾情、难分彼此的欢悦情爱一笔过滤消解,整首诗作的情感基调一下变得难以把握:是嘲讽,是无奈,是彻悟,还是感慨造化弄人?就是在这没有定解的疑问中,《连理》一诗的现代性一面得以凸显。

在被问及缘何写诗时,秦岭雪曾坦言:"我本身没有什么使命感,写诗纯粹是因为感情。我比较强调内心的感情波澜,强调自我喜爱。"这与30年代新古典主义诗派一员的林徽因先生的见解倒是不谋而合,后者曾说:"写诗是自己情感的、主观的、所体验了解到的,和理智的客观的所体察辨别到的,同时达到一个程度,腾沸横溢,不分宾主地互相起了一种作用。由于本能的冲动,凭着一种天赋的兴趣和灵巧,驾驭一串有声音、有图画、有情感的语言,来表现这内心与外物息息相关的联系,及其所发生的悟理或境界"。人说秦岭雪诗作属新古典主义一脉,不知此处所引可否算作一点佐证?秦岭雪也曾说过:"我最喜欢的当代诗人是蔡其矫。我从1957年开始就读他的作品,之后一直追寻,从未间断。他的许多作品我都能背诵,他对我的影响真是很大。"为情所驱、因情而发,诗歌只为情讴,秦岭雪与蔡其矫在创作理念审美观念上一脉相承。

复旦大学教授陆士清先生无疑也是诗歌的拥趸,所以他要把秦岭雪诗集《明月无声》所掀起的这波当代诗歌热浪凝定下来、永恒下来,于是就有了他主编的这本秦岭雪诗歌评论集《情动江海　心托明月》。此书2003年9月由复旦大学出版社出版,曾敏之先生作序,全书分"品评篇""评论篇"和"解读篇"三部分。总括起来,此评论集至少向读者传递了三组信息。

第一,秦岭雪其人。身居香港的秦岭雪寄身商界,却又如此眷恋唐诗宋词的古典意境,多年来诗作不断。商业和文学如何在他身上并行不悖,这是一个值得探讨的文化现象。陆士清教授在"品评篇"中就为读者辑录了香港福建两地文朋诗友的文章，这些或豪气干云或清风明月式的文字为我们勾勒了一个亲切可感、潇洒放达的诗人、常人秦岭雪——在香港资深作家曾敏之先生眼中，他是"平生风谊兼师友"，是一位在诗国里孜孜以求的辛勤耕耘者；在对秦岭雪行状了如指掌的小说家季仲笔下，秦岭雪则是一位豪爽儒雅、才气十足的闽南文人；而香港诗人古剑先生则断言，秦岭雪睿智透彻，一如他的"现代绝句"；香港女诗人舒非则说诗人是个"事无不可对人言"的光明磊落男子汉；而舒婷文中则呈现了一个多才多艺、聪明绝顶的秦岭雪……读完编者为我们精心辑录的这组"品评篇"，香港诗人秦岭雪的性格志趣已被全息呈现，丰神形貌跃然纸上。

第二，秦岭雪其诗。论集第二部分"评论篇"是全书的重点。编者以其深厚的评判功力和独特的审美眼光，精心择录了全国各地有代表性和学术性的秦岭雪诗歌评论30篇。这些评论和研讨几乎涉及了秦岭雪诗歌创作的方方面面。其中，现代意绪、现代技巧与古典意境的融合，传统的继承和革新，形式的创新与内容的统一，是这30篇评论关注的焦点。此外，秦岭雪诗作"现代绝句"体的特征、新古典主义之短长、审美取向、创作心态、创作风格与文化底蕴之关系、意象的选择与意境的营构、诗的境界、情趣与意象的契合、诗情画意与语言文字之关系等论文也多有涉及。编者陆士清先生以文学史家的睿智眼光认识到，这些论见虽然是针对秦岭雪一人的诗作而发，实则触及了当代诗歌创作中的一些根本问题，应该引起普遍关注，值得进一步探讨。而且，借一斑窥全豹，将这些论文和言论整理结集，无疑是为总结新诗创作的成败得失提供了一份宝贵的参考资料和研究个案。正是基于这一点，我们有理由相信，《情动江海　心托明月》在以后的新诗发展研究中还将继续发挥它的功用。

外国有谚说"一千个人眼中有一千个哈姆雷特"，中国表达同样意思的文句则说"诗无达诂，文无定解"。陆士清先生在编辑"评论集"时，不仅为读者奉上了作家知人论诗的感性文字，也呈上了评论家充满理性思辨色彩的精辟之见。更令人称赏的是，本书的编选者不囿于成见，不搞"一言堂"，而是扬百家争鸣之风，倡导学术研究的自由和多元。如秦岭雪的情诗名作《连理》，在作家季仲、诗人舒婷和学者钟晓毅的笔下就有不同甚至完全相反的解读，陆先生就把这些充满争鸣意味的论文一并呈上，让读者依凭各人自身的文化背景或审美趣味去品评、去定夺。这都体现了编者思想的开放和眼光的精到。

论集的第三个特色是体例上的独特。《情动江海　心托明月》一书在一般评论集常见的"品评篇""评论篇"之外，另辟"解读篇"一栏，精选了诗人极具艺术价值的38篇佳构，将之推荐给读者，体现了编者用心之细密、眼光之独到。如果说对专业研究者来说，"品评篇""评论篇"中的文字是甚得其心，而对于一般诗歌爱好者、文学爱好者等非专业人士的来说，"解读篇"中的38篇精选佳作以及随之附上的单篇解读则可谓得其所宜，这些文情并茂、深入浅出的解读文字，既为读者了解秦岭雪诗歌创作风貌提供了最佳捷径，又为他们充分领略诗作艺术魅力指点迷津，起到引领作用，在原作与解读的互为对照中，提升个人艺术感悟力。正是充分考虑到不同读者的阅读需求，该书不仅完全可以列入高校文科专业参考教材，也可作为一般文学爱好者陶冶性情的优秀读本。

陆士清教授不仅爱好诗歌，而且对诗歌有着学者的专业眼光和评价标准。在录入本书的《无声的明月　嘹亮的歌——〈明月无声〉漫议》一文中，陆教授从"田园的回味　文明的审视""真情的倾吐　纯美的追寻""人生的关怀　生命的呵护"以及"传统的血脉　现代的意韵"和"现代的'绝句'，独到的感悟"几个角度，全面精准地总结秦岭雪的诗歌特征及其成就。对秦氏"我觉得自己是个旧式文人，旧文人的气息很浓"。他觉得诗人所言"略带夸张"，因为他认为"秦岭雪所说传统，我认为应当是两个方面：一是中国古典诗、词、戏曲，一是'五四'以后的新诗"。陆士清教授进一步阐发己见："说两个方面的影响，也符合《明月无声》这本诗集体现的：从新诗走向融传统于现代的这一过程。新诗对于古典诗词来说是革新，现代诗对新诗来说是一种新的变革和突破。是时代发展所带来的审美情趣变化的体现。就其历史的地位来说，各有其价值，并无高下、优劣之分，关键在于作品本身的美学价值如何"。联系当代诗歌饱受诟病的现状，以开放包容的眼光，不拘于或传统或现代来赏鉴和评价新诗，而以作品质量论高下，这样的见解和论说极为理性公允。

陆士清教授是学界公认的中国世界华文文学研究的开拓者。正如复旦大学教授、复旦华人文化文学研究中心主任陈思和先生概括的那样："陆老师的著作年表、学术活动几乎就是一部中国世界华文研究史。"无论是1981年开始就在国内高校内首开《台湾文学》专题选修课，还是1983年主编出版《台湾小说选讲》，陆士清教授一直是"但开风气不为师"的学术前行者。

曾敏之先生曾以此等文字盛赞《情动江海　心托明月——秦岭雪诗歌评论集》一书："陆士清教授以其深厚的学养，审美的精纯，总揽各家评论之精华，也抒发自己独到之见解，因此之一评论集堪称含英咀华、独耀诗坛之作，是对新诗开拓、探讨新境界的可喜记录。"一言以蔽之，陆士清先生编选此书，善莫大焉。

王澄霞

文学博士，扬州大学文学院教授，硕士生导师。主要从事中国现当代文学研究，研究方向为女性主义文学批评和世界华文文学。已出版《女性主义与中国当代文化》《扬州女性文学形象百年回眸》专著两部；2018年《文学自由谈》杂志封面人物。2017—2019年在《书屋》杂志开设性别批评个人专栏"冰火岂止二重天"，2019年至今在《书屋》杂志开设民国杰出女性研究个人专栏"明月当年照芳华"。

不老的声音

——读陆士清的《探索文学星空》

计红芳

去年刚出版厚重大作《曾敏之评传》的陆士清先生又出新书了，这真是一个长者"不老的声音"！熟悉和了解陆先生的朋友都会有这样的感觉，年届80高龄的他一点也不像这个年纪的长者：他精力旺盛、体力充沛、思路清晰，和青年学者不相上下；他待人和蔼善良、热情豪爽，尤其是对青年学者平易近人、厚爱有加；他对文学研究一往情深、无怨无悔、愈老弥坚。

陆先生自1980年以来，30多年辛勤耕耘，为台港与世界华文文学研究的开创、发展、繁荣做出了很大贡献。且不论他早先独著或主编的多种有影响的专著和编著，更难能可贵的是，已经高龄的他居然笔耕不辍，写出了学术价值、文学价值和史料价值颇高的《曾敏之评传》，在海内外收获佳评连连；而时隔才一年，他又整理出版了自己从事研究30多年的论文精粹，里面还收录了27篇陆先生没有结集过的重要论文，甚至还有没发表过的极有价值的论文。可以说，这又是一本令同行深受启发的论著。

本书共四编42篇论文，包括史论编10篇和三编作家作品论32篇，内容涉及台港暨海外华文文学的作家作品、杂志专栏、文学思潮运动、理论建设和思考等多方面问题。其总体特点是：宏观与微观相结合，理论与实践相联系，史料翔实，论从史出。在书中，既有对台湾文学、泰华文学的总体考察，又有对赖和、杨逵、白先勇、陈映真、梦莉等华文文坛重要的作家作品的个体研究；既有对世界华文文学双重传统和台湾小说史研究存在问题等的理论思考，又有对《又见棕榈，又见棕榈》《桑青与桃红》《周恩来访问记》《明月无声》等小说、散文、诗歌等名著佳作的细致剖析。每一篇论文都是在丰富的原始史料的基础上立论,正如陆先生自己所说:"任何事物都是先有事实,再有概念、推论、演绎的。"(《探索文学星空·后记》)这种治学方法对我们年轻学者来说依然是一笔宝贵的财富。

通读陆先生的42篇论文,我们不仅可以跟随先生一起探索文学星空,寻找美的旅迹,还可以了解先生30多年来如何为世界华文文学研究的开拓与发展呕心沥血的心路历程。复旦大学是上海联结台港与海外华文作家的重要阵地,它的"台港文化研究所"在世界华文文学研究和比较文学研究方面贡献甚大,这离不开创始人之一的陆士清先生的努力和引导。早在1980年代初,陆先生就开始了台湾文学研究,并在课堂上进行教学实践,这在改革开放之初的大陆实属首创。之后我们可以看到先生为"中国世界华文文学学会"(2002)和"世界华文文学联会"(2006)的筹备与成立献计献策、忙碌奔波的身影,但陆先生从不居功自傲,几十年如一日地默默奉献自己对文学研究的热情。今年上半年八十高龄的陆先生还在复旦大学成功策划筹办了"世界华文文学学科建设研讨会"。我们深深地为陆先生的这种"文学情结"所感动,他在"这个毫无功利可言的文学研究"(《探索文学星空·后记》)领域为我们后辈树立了前行的榜样。

"春蚕吐丝,为的是化蛹成蝶;翰墨飘香,耕耘绿野一片。"(《题记》)在我看来,陆先生自己就是如此身体力行的!我们期待发出这个"不老的声音"的老学者学术之路常青,为文学研究奉献更多的佳作!

原载《文综》2012年冬季号

计红芳

文学博士,常熟理工学院教授,优秀中青年学术带头人,主要从事中国现当代文学和海外华文文学的教学与研究。曾任职于泰国朱拉隆功大学、波兰密茨凯维奇大学东方学院,从事中国语言文学与传统文化的交流工作。主持国家级、省厅级项目若干项,出版专著以及参与编撰10多部著作,另在核心等期刊上发表论文60多篇,多次荣获江苏省和苏州市哲社科研优秀成果奖。"欧洲华文文学史论"国家社科基金项目主持人,目前主要从事欧洲华文文学与报刊研究。

普及的先行者　研究的带头人

——评陆士清华文文学研究新著《探索文学星空》

陈 辽

  1980年11月，在云南昆明举行了中国当代文学研究会第二届年会，我和陆士清先生结识，彼此交流文学研究情况。他告诉我，除从事当代文学研究外，正对台湾香港文学及海外华文文学（现统称为"世界华文文学"）进行研究。他说，台港及海外华文文学是一个崭新的又是必须研究的文学领域，其前途未可限量。我支持他在这一文学新领域的研究。此后，我和士清兄32年没有中断过联系。我得知，他对世界华文文学的研究成果迭出，成绩斐然。最近，我收到他的51万8千言的论文选集《探索文学星空——寻美的旅迹》(香港文艺出版社2012年6月出版，以下简称《星空》)。认真细读后，我了解了士清兄32年来华文文学研究的进程，认为他是普及世界华文文学的先行者，提高华文文学研究水平的带头人，在华文文学研究史上留下了他独有的旅痕。

  首先，士清兄普及世界华文文学，是提高指导下的普及。他不是像1979年开始的某些华文文学研究者那样，只是个别性地介绍华文文学某个作家、某篇（部）作品，而是集团性地评介某一地区、某个国家的华文文学，高出这些华文文学最初介绍者一头。从20世纪80年代初开始，士清兄即在复旦大学中文系对台湾地区小说进行选讲，做普及台湾文学的工作。1983年，复旦大学出版社出版了他的《台湾小说选讲》（上、下册），选讲了20世纪20年代到80年代的34位作家、57篇小说。这部《选讲》及其后出版的《台湾小说选讲新编》和《台湾文学新论》，讲述了台湾小说的发展历程及其特点："即我们中华民族的悠久文化具有顽强的生命力。""汉魂终不灭，林茂鸟知归"！中华民族的民族精神是扑不灭、抹不去的，丰富的文化、悠久的传统，像茂密的丛林招引着群鸟一样，吸引着炎黄的子孙，使他们寻根思归！这是士清兄在提高指导下普及华文文学的最初尝试，他也成了上世纪70年代末80年代初我国普及世界华文文学的先行者之一。

其次，士清兄在提高的指导下普及华文文学，还表现在他不是一般性地介绍华文文学，而是综合性地、分析性地评述华文文学的历史。早在上世纪80年代初，他就与武治纯先生合作，为《中国大百科全书》撰写了"现代台湾文学"这个条目。要在两万多字的篇幅内，科学地、正确地、概括地介绍和评介现代台湾文学，谈何容易！但他和武治纯先生做到了。他在"现代台湾文学"（《星空》第一篇）这一条目里，介绍和评述了日据时期的台湾文学、奠基时期的台湾文学、繁荣发展时期的台湾文学、沉寂时期的台湾文学、光复后的台湾文学、反共八股泛滥和怀乡文学流行时期的台湾文学、"现代主义文学"鼎盛时期的台湾文学、70年代台湾乡土文学繁荣时期的台湾文学，脉络清楚，有观点，有史实，有分析，有批评，学术含金量很大，科学性很高。该条目在1986年版《中国大百科全书》刊出后，受到普遍好评。其后内地出版社的多种《台湾现代文学史》，都参考了陆、武两先生撰写的这一"台湾现代文学"条目。

又次，士清兄在提高指导下普及台湾文学，还表现在他不是就某个作家、某部（篇）作品、某个文学杂志谈那个作家、那部（篇）作品和那个文学杂志，而是把他（她）们放在一定的文学思潮下加以考察和评介。他对《文学杂志》和《现代文学杂志》的介绍和评论就是这样。《星空》指出：《文学杂志》是对台湾当时"战斗文艺""反攻文艺"的反拨，树起了一面"说老实话"的旗帜，吹进了一股清醒之风。它成了辛勤耕耘育成纯文学的园地；它引颈西望，根植现代小说概念；它笔墨滋润，催生了现代小说新秀，功不可没。而《现代文学》杂志，与西方现代主义文艺思潮密切相关，它将介绍西洋文学特别是西方现代主义文学艺术作为重要内容和努力方向；求新求变，成绩斐然；尊重传统，检视传统；在开展中外文化交流，推动小说创作发展，或是批判继承中国文学传统方面，做出了自己的贡献。如此在一定的文学思潮中考察、研究文学杂志和作家作品，又使士清兄在当时普及华文文学的先行者中间占有显著地位。

进入上世纪80年代后期，华文文学在学术界已家喻户晓，人尽皆知。普及华文文学的任务已经完成。这时，又是士清兄等少数华文文学研究专家，开始致力于华文文学研究的提高。士清兄成了提高华文文学研究水平的带头人。他搞世界华文文学的普及是提高指导下的普及；他搞华文文学研究的提高，则是在普及基础上的提高。这表现在如下三方面。

一是对华文文学作家作专门性的研究，把作家研究提高到一个新水平。他对白先勇的研究就是范例。白先勇是最早进入内地文学读者视野的华文文学著名作家。但那时是介绍的多，单篇作品评论的多，却很少有人对白先勇作专题研究。《星空》中的有关白先勇的篇章（第十三篇至第十八篇）便是提高白先勇研究的标志性论文。它从探讨白先勇的世界、白先勇的梦为起点，进而揭示白先勇的小说技巧，融传统于现代的艺术追求，再进而求索白先勇对悲悯的追求，最后以对白先勇浓重的家园意识作结。白先勇的创作历程、艺术特色、心灵世界、爱国情结，被士清兄研究得透辟、精准，令人叹服。他对聂华苓、於梨华、琦君、欧阳子、三毛等女作家的专题研究，无不是在普及基础上提高了的华文文学研究的精品力作。

二是为华文文学大家写作评传。曾敏之老先生出生于1917年10月，他的跨世纪的大半生，是大陆现代文学、当代文学的见证人，1948年底到香港《文汇报》任副总编辑后，他又是把世界华文文学引进到内地的架桥人、摆渡人。他的大半生充满了传奇色彩。上世纪90年代后，曾敏之作为文学大家的名声在内地和海外华文文学界确实如雷贯耳。士清兄认为，必须为曾敏之老先生写一部评传。他从75岁起，不顾年老体弱，以三年多时间，阅读、研究有关曾敏之老先生的千万字的作品和数据，多次访谈曾老，对曾老的大半生作了深入思考，终于为"这位光明的不倦追求者和勇敢的文化战士"写成了一部《曾敏之评传》。《星空》里的第二十二篇至第二十七篇，即是评传中的精华。写出了曾敏之作为老作家、老报人、老学者特别是作为世界华文文学这门新学科的奠基人和引路人的"这一个"文学大家，写出了曾老不断的思想更新，事业创新，评说了他的文化思想和世界观、政治观、历史观，在叙写中有评说，在评说中有描绘，的确是曾敏之研究中提高了的学术著作。古人说，"盖棺定论"。现在曾老还健在，但《曾敏之评传》对曾老的评说，事实上已经成为曾敏之的"定论"。《星空》中对女作家华严、蓉子、梦莉、金东方的评论，全都是在普及基础上提高了的论著。

　　三是注重问题意识，揭露和揭示华文文学中值得重视的问题。2000年，陈水扁在台湾上台之后，"统""独"之争在台湾十分明朗和激烈。台湾文学界出现了"文学台独"。这时，中国内地只有金坚范、赵遐秋、曾庆瑞等少数人看出"文学台独"的危害性，认为它是在文学领域里主张台湾文学独立于中国文学之外的一种分离主义势力。士清兄也是其中一个先觉者。他在《"去中国化"的表演》（原载《世界华文文学论坛》，现收入《星空》第十一篇）中，通过对"文学台独"对台湾大作家赖和的歪曲的揭露、辨析和抨击，撕下了"文学台独"者的外衣，显示了这些人的丑恶本质，告诉大家："历史已经铸成，赖和是忠诚的中华儿女，任凭台独分子怎么涂改与歪曲，也是永远无法抹去他的历史光辉的。"该文发表后，产生较大反响，现已被收入由赵遐秋任主编，石一宁、谢香任副主编的《"文学台独"批判》（增订本）一书中。世界各国的华文文学，都有个文学双重传统问题。是士清兄较早地在《世界文化文学双重传统问题的思考》一文中发现和提出了这一问题，认为中国文学和世界华文文学，同是华文文学，它们之间有血肉的联系，但世界华文文学又有本土特点，因而也有区别。世界华文文学虽必然含有中国文学传统因素，但它还有本土华文文学发展孕育和积累的传统。无论是继承中国文学传统或者是培育、发展本土文学传统，华语华文的教育都是基石，是第一要义。这个问题解决不好，世界华文文学的薪火继承，将会受到影响。士清兄的这一观点，后来成为华文文学研究界的共识。总之，《星空》是士清兄作为普及世界华文文学的先行者、提高华文文学研究水平的带头人三十二年的一个很好的总结。由于他把普及和提高统一在一起，做普及世界华文文学和提高华文文学研究的工作，因此他做这两项工作，成绩特别显著。

　　进入21世纪已有十二年，世界华文文学发展进入了新阶段，需要新的普及、新的提高。我希望，华文文学界能够弘扬士清兄的经验，把世界华文文学的新的普及和提高工作做得更好，好上加好！

原载《常州工学院学报（社科版）》2013年6月第31卷第3期

以精彩生命品世纪精彩

——评陆士清先生文集《品世纪精彩》

徐诗颖　李宇涵

《品世纪精彩》是复旦大学资深教授陆士清先生的一本内容浩博的文集。文集范围所涉甚广：既有文学上的综合评论（如中国现代小说中展现出的西方文明与传统社会的差异），又有对曾敏之先生的深情悼念；既有对其他作家创作的评论与建议，又有对自己及同事在复旦大学工作的回忆。回望陆先生此前出版的诸多大作，《品世纪精彩》所涉年代久远，其视野之开阔、内容之丰富，足以称得上"世纪之精彩"。

一、学术上的沉淀者：传承与积累

从《品世纪精彩》一书中，我们不难看出，在中国现当代文学领域，陆先生首先是一位沉淀者，沉淀的是繁博的知识和多样的观念，具体表现如下。

以开阔的思路进行创作。在《西方文明与传统社会——以中国现代小说为例》一文中，陆先生以中国现代小说的创作为切入口，介绍中国现代小说吸收接纳西方小说创作技法的典范，阐释部分中国现代小说中蕴含的科学、民主、进化论、马克思主义思想等精神内涵，分析中国现代小说中的"悲剧"基调，提到"西方文明的火种，点燃了旧中国社会这堆干柴，在熊熊燃烧的烈火中，悲剧不断发生和不断落幕，中国传统社会也在这幕启幕落中保持了自己的元素和融进了西方文明的新机，以至于日渐地向现代社会靠拢"[1]，将西方文明的传入与中国传统社会的变化结合起来，为读者提供新的

---

[1] 陆士清：《品世纪精彩》，上海：文汇出版社，2020年，第11页。

思考视角。

以跨媒介的方式进行传播。在《有灵魂的戏剧——评"恒源祥戏剧"》一文中,他从"坚持走原创之路,努力挖掘和演绎上海故事"[1]的视角出发,以改编难度高、人物意义诠释难、社会变迁大三个角度,盛赞改编自白先勇先生同名小说的戏剧《永远的尹雪艳》;从悲怆悲壮而不悲戚的音乐旋律、鲜明的戏剧素质和巧妙的音乐形象三个维度入手,称音乐剧《犹太人在上海》讲好了一个"有世界意义的上海故事"[2]。在《共舞世界华语文学的春天——写在华语文学网上线时刻》一文中,陆先生以欣喜的语调向读者推介华语文学网,介绍华语文学网在互联网的时代潮流下、在网络等新技术、新手段下大有可为。文学的传播本就不局限于书本纸张,文学作品的戏曲表达早已有之。搭乘新时代的东风,结合互联网时代的新技术,助力华文文学作品在社会上广泛传播,这是巨大的机遇,也是前所未有的挑战。

以参与者的身份积极记录,作为世界华文文学联会理事,陆先生以"回顾与展望"为主题,记录世界华文文学联会创会五周年以及香港作家联会新会所启用的庆典活动,细数香港作联永久会所来之不易,展示了"世界华文文学回顾与展望"座谈会上,各位专家学者对于世界华文文学创作、评论研究状况的观点、意见与建议,还留下了世界华文文学联会理事会成员们围绕"如何将联会办得更好"提出的建议。尽管只是文字,也给读者以身临其境之感。

以旁观者的身份进行传播,在《〈香港文学〉杂志的前世今生》一文中,陆先生向读者介绍上世纪七八十年代香港文学生存之艰辛、传播之不易,又细数陶然先生、曾敏之先生、罗孚先生等前辈为《香港文学》杂志创刊付出的努力,随后浓墨重彩地分析《香港文学》杂志的历史价值与现实意义,盛誉其打造"两岸四地中国文学和世界华文文学交流平台"[3]的创举,给读者以酣畅淋漓之感。

---

1 陆士清:《品世纪精彩》,第62页。

2 同上书,第65页。

3 同上书,第30页。

二、专业上的先行者：开拓与创新

从《品世纪精彩》一书中，我们不难看出，在中国现当代文学领域，陆先生还是一位开疆拓土的先行者，即开台港澳暨海外华文文学研究之疆，拓新方向的学科建设从无到有、助力其成长壮大之士。

陆先生是我国台湾文学研究的开创者与奠基人。在《短短的历程——话说台港文化研究所》和《三十岁月　悠然走过——我与世界华文文学研究》两篇文章中，他回忆自己走过的台港澳暨海外华文文学研究历程，自述自己在台湾文学研究领域的几个第一："首先是准备开设'台湾文学研究'选修课，并于1981年春天给'文革'后首届本科毕业班学生、研究生和进修教师开设这门课。这是当时中国大陆的首创。"[1]"我将於梨华的长篇小说《又见棕榈，又见棕榈》推荐给海峡文艺出版社出版，这是中国大陆出版的第一部台湾长篇小说。"[2]这是开拓者的事业，需要大刀阔斧的行动和当机立断的抉择。此外，《中国大百科全书》中"现代台湾文学"条目内容的撰写也与陆士清先生息息相关、密不可分。在敏感的年代里，陆士清先生积极协调，经过多方努力，终于促成白先勇首次访问中国大陆。

三、华文文学里的耕种者：播种与深耕

在华文文学领域，陆士清先生不仅是无畏的开创者，更是一位广泛的"耕种者"。《品世纪精彩》的第三卷是"作家创作评论"。在这一部分，陆先生通过二十四篇文章对近二十位不同的作家或是作品进行鞭辟入里、精彩绝伦的点评。这些评论所涉文本众多，既有长篇纪实小说《忽如归》，陆先生秉持着浓烈的家国情怀，点评小说中蕴含的国史和家史交融；又有集体创作的游记散文集《品味》，陆先生记录各位文人在文化考察过程中的感受与体悟；既有对某一篇文章的深入分析（如《新移民文学的一抹绚丽——评华纯

1　陆士清：《品世纪精彩》，第414页。
2　同上书，第414页。

的长篇小说〈沙漠风云〉创作》《崛起民族的精、气、神——评周励的〈曼哈顿的中国女人〉》），或谈其时代性，或论其历史感，或提及人文性，或说及文学性；又有对某位作家文学创作的整体回顾（如《诗情哲理的熔铸——评老木（李永华）的创作》），将其创作娓娓道来，详细分析其各种文体创作的创新性、突破性与价值，即使读者此前并不知晓该作家，也能通过陆先生的文字对该作家了解一二。这些文本所涉文人甚众，既有陆先生眼中值得尊敬的作家，如作为"优秀的作家"[1]"社会主义理想的追求者"[2]以及"追求祖国统一的英勇战士"[3]的陈映真先生、为香港文学做出突出贡献的刘以鬯先生；又有和陆先生并肩作战的学术界"战友"，如"对华文文学学科建设，作了较系统的理论思考和阐述"[4]的刘登翰教授，主编《台港澳文学教程新编》的曹惠民教授；既有较早开始文学创作的华文文学作家，如蓉子、聂华苓等人，又有稍晚几十年开始创作的华文文坛后来者，如周励、施玮等人。这些文本所涉及的华文文学领域范围甚广，既有欧洲华文文学（以李永华为代表），又有加华文学（以陈浩泉为代表）；既有美华文学（以聂华苓、周励等为代表），又有台湾文学（以白先勇等为代表）。所涉文本之多、所涉文人之众、所涉范围之广，足以可见陆士清先生在华文文学领域广泛的深耕。

四、一腔热血的爱国者：赤诚且坚定

在构筑海外华文文学这座恢弘的大厦时，陆士清先生将饱满炽烈的家国情怀浇筑成为大厦不可撼动的地基。

他坚决地反对台独分子离间大陆和台湾的血肉关系，并从文学中找到依据，对台独分子的分离主义行为予以痛击。在《我心中的陈映真》一文中，陆先生以诚恳的语调纪念这位"追求祖国统一的英勇战士"[5]，字里行间透露

---

[1] 陆士清：《品世纪精彩》，第171页。
[2] 同上书，第173页。
[3] 同上书，第174页。
[4] 同上书，第192页。
[5] 同上书，第174页。

出的都是陆先生作为中国人以天下为己任，以中国统一为己任的文人胸襟。而《家国情怀的激荡——读戴小华的纪实小说〈忽如归〉》一文中，陆先生盛赞作家戴小华的作品《忽如归》："以长篇纪实小说的艺术，披露轰动台岛，震动世界的戴华光事件，抒写了台湾一个家庭心归、人归祖国的事迹，彰显中华民族反对分裂，追求祖国统一的，压不倒、扑不灭的意志和家国情怀，弥补了台湾当代文学和海外华文文学在这方面的空白。""《忽如归》必将以补天之作载入史册。"[1] 国史、家史交融点评的评论，表现出陆先生胸中激荡的家国情怀。

如果不将视角局限在《品世纪精彩》一书，我们还可以从更多的地方感受到陆先生的家国情怀。陆先生始终将华文文学的发展前途和中国的文学传统紧密结合，旗帜鲜明地主张"（海外本土华文文学）继承和演绎中国文学传统是必然的"[2]，直言"华文文学创作要与中国文学乃至中国文化切割，实际上不是一个真命题"[3]。陆先生认为海外华文文学可能在国家认同、政治认同或是对国内某一文学思潮的认同上与中国进行区隔，但是华文文学在进行本土建构的同时，必然会传承演绎中国文化与文学传统[4]。

可以说，陆士清先生是中国现当代文学研究中的一位承上启下者。承上，承的是以曾敏之先生等为代表的老一辈文学研究者；启下，启的是一位又一位的后来学人。

五、人格魅力的展现：真诚且坦率

《品世纪精彩》中同样展现出陆士清先生的人格魅力。对待前辈，他敬重而不卑不亢，在《高山仰止　德耀文林——纪念苏步青教授逝世十周年》一文中，陆先生对苏教授的一生进行回溯，深切地缅怀我国数学界的丰碑、教育领域的巨擘苏步青教授；在《一个发光的名字——追忆蔡祖泉教授》一文中，陆先生细数蔡教授在电光源领域的成就，讲述蔡教授披荆斩棘历经坎

1　陆士清：《品世纪精彩》，第259页。
2　陆士清：《血脉情缘》，广州：花城出版社，2012年，第101页。
3　同上书，第101页。
4　同上书，第102页。

坷，终于在国内"卡脖子"的电光源领域做出突破的往事，深挚地追念我国新的电光源事业的引路人。对待同事和自己的工作，他谦虚、谦逊、求真务实，在《心灵的回荡——我与王零的陈年故事》一文中，陆先生回忆自己过去几十年在工作中与王零老师的交集，言辞坦诚而恳切，直率而真诚，即使文中谦称自己"忝列他们同事"[1]，也表明"不是因为他们的官位比我高而我自愧不如"[2]……字里行间的坦率真实让读者共情。

《品世纪精彩》是陆士清先生精彩人生的写照，也是近百年社会历史风云变幻的剖绘。这本在内容上包罗万象的书，以文本的精妙映射出一位耄耋学者记录世纪精彩的精彩人生。

徐诗颖

南京大学文学博士，华南师范大学博士后，现为华南师范大学文学院特聘研究员，主要研究方向：台港澳暨海外华文文学、粤港澳大湾区跨界文化创意。

李宇涵

现为华南师范大学文学院2020级本科生，主要研究方向为台港澳暨海外华文文学。

---

[1] 陆士清：《品世纪精彩》，第376页。
[2] 同上。

文友情

敏锐的触角，独特的眼光

——给陆士清纪念册

［德］穆紫荆

一、开台湾文学研究之先河

刚刚挥别晚秋，进入初雪的冬天，就收到了由周励姐转来的《陆士清教授学术研究论集》的征稿启事，心情随即便跟着回忆开始起伏不断。

要算我和陆士清教授的认识，恐怕在同辈中是属于早的那批——自我1980年进入复旦大学中文系后，他就曾是给我上课的老师。转眼间40年如白驹过隙，陆教授进入九十，我也跨入了甲子。

回忆在复旦大学读书的日子，陆士清教授给我们上了一学期的必修课《中国文学当代史》和一学期的选修课《台湾文学》。这两门课在我在复旦大学读中文系时有幸都听了。

时隔40年之后，我从《陆士清学术年表》中了解到：从1978年夏到1984年11月期间，陆教授联合了22所兄弟院校的同事，编写出了全国第一部正式出版的《中国当代文学史》。所以1980年我进入复旦大学中文系后有幸聆听到的陆教授《中国当代文学史》课，在当时可是一项全面化的开创性工程的成果。

1978年，堪称是20世纪中国历史第三次巨变开始发生的一年。这一年中国共产党举行了十一届三中全会，以邓小平《解放思想，实事求是，团结一致向前看》的讲话为标杆，一举冲破"文革"造成的禁区，开始了中国社会各个领域里的改革开放。比如这一年的12月26日新中国向美国派出了第一批52名留学生，翻开了当代中国留学史的新一页。两天后，国务院又发布，决定在全国恢复和增设169所普通高校，进一步发展高等教育，以逐步适应四个现代化的需要。[1]

　　陆教授就是在这样的当口，这样的形势下，以其敏锐的头脑捕捉到了时代的需要，开始参与编写中国第一部《中国当代文学史》。众所周知，写历史比写当代容易。因为从竖向来说历史已经尘埃落定，盖棺定论。从横向来说有海量的前人之作可作为参考。而写当代就非常难了。一是需要有庞大的信息来源，二是需要有独特的眼光在前无古人后无来者的条件下甄别和判断资料的价值。这不是一般人所能做得到的。陆教授在这部书中不仅担任责任编委，还负责全书统稿。[2]可见他的重要性。1976年的中国，"文革"刚刚结束，能够在两年不到的时间内，于1978年就联合22所兄弟院校的同事们开始为毫无先例可循的《中国当代文学史》开拓历史之河，我认为在这一点上其勇气和胆略都无人可及。

　　参与领衔一个22校的庞大阵容编写《中国当代文学史》已经是一项极大的工程了，然而谁又能想到就在埋头于中国当代文学史的同时，陆教授又以敏捷的步伐，一步跨入了台湾文学的研究领域。为我们当时在读的大学生们，又开出了一门史无前例的《台湾文学》的选修课。

　　此时，中国文坛已开始进入80年代初的黄金期。不仅一大批有实力的中青年作家在全国各地如雨后春笋般源源不断地随着各种潮流奔涌而出，连五四时期那些已过了写作巅峰期的老作家们也纷纷开始撰写起回忆录来。[3]整个文坛欣欣向荣，但是对于台湾文学的了解和研究却几乎依然一片空白。大家对邓丽君的歌曲很熟悉，但是对台湾文学却很陌生。甚至想都很少想到。大陆的文艺复兴正大踏步地向人们走来，但大陆和台湾的关系以及对于台湾文学的推介却整体都还在不明不暗的区域里。谁想到去碰？谁敢去碰？

　　陆教授凭借着自己敏锐而又独特的目光，再一次为中国大陆的台湾文学研究做了开路先锋。在他刚刚承担下编写《中国当代文学史》的任务不到一年，就在"1979年春节期间，因读到了香港1978年出版的《台湾乡土作家选集》，而打开了台湾文学的视窗，开始重视台湾省文学"。[4]为此不得不令

---

[1] https://baike.baidu.com/item/1978%E5%B9%B4/5189406。
[2] 《陆士清学术年表》1978年。
[3] http://www.chinawriter.com.cn/n1/2021/1130/c419351-32295464.html。
[4] 《陆士清学术年表》1979年。

人感到惊叹。

因为读书而读出一条路来的故事，古今中外有很多。比如当今人所皆知的马斯克（Elon Musk）据说就是通过阅读到如何制造火箭的书后，才开创了颠覆航天事业的Space X公司的。而无独有偶，中国阿里巴巴的创办人马云也承认说："阅读能让你取得先机，这是你同侪们无法获得的。"[1]

而陆士清教授从读一本书到开出一条路来的故事，也是堪称神奇。

1979年1月1日，中美两国正式建交。1月28日即是新春大年初一。[2]虽然这是改革开放后的第一个春节，却依然是延续了自1967年以来的春节不放假的规定。说起这个规定来有点话长。原本在1949年9月，中国人民政治协商会议第一届全体会议上就决定将农历正月初一定为春节，放假三天。以便让人民愉快地过年，然而1967年"文革"开始后，为了"破四旧"，国家开始号召过"革命化"春节，即"移风易俗过春节，大年三十不歇脚"。这个规定一直延续到了"文革"以后的1979年。1979年1月17日，《人民日报》发表了两封群众来信《为什么春节不放假》和《让农民过个"安定年"》。之后，从1980年开始中国才全面恢复了春节的休假制度。[3]

所以1979年1月28日的这个春节，大家因为没有假期，也就没有了走亲访友各处拜年的机会。作为大学老师的陆士清教授，虽然享受着大学寒假的相对悠闲，但是因为社会上大家都不放假，所以也就只能在家里看书。那一天，他读的是一本香港于1978年出版的《台湾乡土作家选集》，里面有"自上世纪20年代台湾新文学运动开始至70年代的18位台湾作家22篇作品"[4]。便马上觉察到了新的研究契机。学校开学后，他就向学校提出申请，于阳春三月前往暨南大学专门调研台港文学的状况，花了整整半个多月的时间读了大量台湾省文学作品和杂志。比如"夏济安创办的《文艺杂志》、白先勇创办的《现代文学》、陈映真的《将军族》、林海音的《城南旧事》和黎明文化事业公司出版的《台湾作家自选集》等台港文学的资料"[5]。两年后，

---

[1] https://www.yycadvisors.com/secrets-to-success.html。
[2] https://baike.baidu.com/item/1979%E5%B9%B4/5195532。
[3] http://news.sohu.com/20100228/n270470225.shtml。
[4] 许慧楠、黄炜星、陆士清：《先行者的学术人生——世界华文学研究专家陆士清教授访谈》，《华文文学》2022年第5期。
[5] 《陆士清学术年表》1979年。

也就是1981年2月,他就再向学校申请将台湾文学研究正式作为一个学科向学生开选修课。"新华社上海分社分别向港、台和北美地区发了电讯稿,《解放日报》和《光明日报》作了报导。"[1]可谓是大胆地把握住了时势的需要,走在了海外及港台文学研究的前沿。

回顾这段历史,陆教授在最近的一次访谈中表示:是三中全会的思想路线和於梨华的两次到复旦大学访问让他感到"两岸交流一旦展开,上海将是前沿,复旦将是这前沿的窗口,我们应有所准备"。[2]这就陆教授思维敏捷、眼光独特的表现了。

台湾的现代乡土文学出现在20世纪60—80年代,是在当时台湾当局依然主导反共和怀旧文学的风气下应运而生的新的文学潮流。[3]也可以说是当时我在大学读书时代里了解到的有关台湾的最新潮流和动向。现在回想起来,陆教授竟然能够在当时信息远远不如今天发达,甚至连电脑和电子信箱都还没有的年代里,就从一本书开始为学生们、为复旦大学、乃至为中国的台湾文学研究捕捉到台湾现代文学的动向,及时地开出一门课来,实在是令人惊讶和钦佩的。也可以说这门课不仅仅开拓了台湾文学研究的视野,也同时开创了今天海外华文文学研究的先河。

对于这一点很多年后陆教授自己也说:"我研究台湾文学,首先是适应时代的召唤,是在中国改革开放时代环境下作出的选择。"[4]所以察觉时代的需要并去抓住它,是陆教授能够成为开创者的先决条件。

当时,我在复旦大学中文系已进入第二个年头。能在下一年的第三个年头选修到这门课真的万分有幸。因为我们对台湾文学一无所知,所以在这门课上,通过陆教授的讲授,第一次对台湾的现代乡土文学作家如白先勇、陈映真等有了初步的认识。并且想不到的是这些在陆教授课堂上所学到的知识,对我到德国后的帮助很大。同时也为我开始从事写作后,很快就加入了由来自台湾的赵淑侠大姐所创办的欧洲华文作家协会埋下了引线。可以说通过这门课,陆教授不仅让我们对台湾文学有了一个初步的了解,还培养了我

---

1 《陆士清学术年表》1981年。

2 许慧楠、黄炜星、陆士清:《先行者的学术人生——世界华文文学研究专家陆士清教授访谈》。

3 https://zh.wikipedia.org/wiki/%E5%8F%B0%E7%81%A3%E6%96%87%E5%AD%B8%E5%8F%B2。

4 许慧楠、黄炜星、陆士清:《先行者的学术人生——世界华文文学研究专家陆士清教授访谈》。

们去接触和深入研究台湾文学的兴趣。

1987年，也就是当我从复旦大学中文系本科毕业后的第三年，我来到了德国。在德国北威州鲁尔区波鸿大学的著名已故汉学教授马汉茂手下做助理。从一开始，就接触到了台湾作家们的名字和资料。马汉茂教授对台湾非常熟悉。说起台湾的现当代作家如数家珍。此时我庆幸自己在国内读大学时选修了陆士清教授的《台湾文学》课。虽然只有一个学期，但已经足够让我对台湾的乡土文学有了一个初步的认识。以至于当我在德国开始配合马汉茂教授工作时，面对台湾作家的名字以及他们的资料，都不感到完全的陌生。也就是在那个时刻，我很为自己听过复旦大学中文系陆士清教授的《台湾文学》选修课而感到骄傲。当然也更为我曾拥有陆士清教授为我们讲解台湾文学而感到骄傲。

当时在课上，我们对陆教授所提到的台湾作家们的名字和他们的创作特色感到很新鲜。讲台上的陆教授，正值壮年，声音洪亮，风度翩翩。他把台湾文学讲授得绘声绘色。台湾离我们那么远，远到我们对台湾的文学信息一无所知。所以陆教授当时给我们上的每一堂课我都疯狂地埋头做笔记。几乎是一句不拉地从头记到尾。也可以说是囫囵吞枣式地听讲，陆教授说什么我就记什么。

毕业后的三年里，虽然没怎么再去想过这堂课，但是一到德国后，一来到台湾作家们的资料库前，这些当年陆教授所讲的内容，就都一下子从脑海里涌了上来。记得当时系里和我同时到达德国的还有一位来自台湾的客座郑教授。靠着当年从陆教授课堂上学来的点滴有关台湾文学的知识，我和这位郑教授之间也有话可谈。

其实，现在我才知道，就在我大学本科期间，陆教授就于1983年主编出版了《台湾小说选讲》（共选了自上世纪二十年代初到七十年代末的34位作家57篇小说）[1]。之后在我离开大学后，他又为（1985年出版的）中国大百科全书撰写"现代台湾文学"条目（近25 000字）[2]。根据最近一次访谈所透露的信息，陆士清教授在条目中理清了几个重大的问题，比如论证了台湾新文学

---

[1]《陆士清学术年表》1984年。
[2]《陆士清学术年表》1985年。

运动是在五四新文学运动的影响下发生发展的，清晰地梳理出台湾新文学运动的历史轨迹，将诗歌创作摆到了应有的地位，等等。[1]可以说贡献巨大。

所以如果说是复旦大学的陆士清教授开创了中国台湾文学研究的先河，我认为一点也不为过。而这一切都源自于他在1979年春节里翻阅的一本书。不得不再一次令人为他在文学领域里所具备的敏锐触角和独特眼光而赞叹。

由于陆教授在台湾文学研究方面的建树，让美国旧金山的葛浩文教授修改了他原本以为中国大陆还没有一所大学对台湾文学展开过研究的演讲稿。[2]

更值得一提的是，通过对台湾文学的研究，陆教授还为台湾旅美作家陈若曦平了反——在有人以为陈若曦是个反共作家的时候，是陆教授以其独特的眼光率先肯定了她批判"文革"的小说《尹县长》和《耿尔在北京》[3]，从而扭转了别人对她的错误看法和定论。

再后来，当白先勇想回到上海看看，但是台湾方面还未开放大陆探亲的时候，又是陆教授凭借着自己独特的眼光，主动在白先勇和学校之间牵线联系，最后让当时的华中一校长亲自发邀请函给白先勇，请他来复旦大学讲学两个月。陆教授的这种努力造就了之后被坊间称谓的"著名小说家白先勇阔别大陆39年后访问复旦大学的破冰之旅"[4]。一时间在海内外的华文文学界引发轰动。

二、促进中国与世界海外华文文学交流

陆士清教授是复旦大学原台港文化研究所副所长。这个研究所成了复旦大学世界华文文学研究中心的前身。也是再一次印证了他敏锐的触觉和独特的眼光。一个研究所的成立和经费是分不开的，陆教授又是为此努力，争取落实。于1989年1月成立之后，国际学术研讨会和国际交流活动不断。每每遇到经费问题，陆教授都为之付出心力。直到担任"中国世界华文文学学

---

1 许慧楠、黄炜星、陆士清：《先行者的学术人生——世界华文文学研究专家陆士清教授访谈》。
2 同上。
3 同上。
4 同上。

会"的监事长，现任名誉副会长。他用了两个字来形容就是"专注"。[1]这一点让我读了特别感动。

为此我还想特别提到2016年由陆教授倡议，在陈思和教授与上海作协汪澜副主席的支持下，复旦大学世界华人文化文学中心与上海作家协会共同创办了世界华文文学上海论坛。至今已举办了三次，在海内外形成积极的影响。

2017年，我在海外从事华文写作已经进入了第十个年头。和诸多其他作家相比，还明显属于写作青涩期的我有幸受到陆教授的邀请，在重访《千里走单骑，万众倡和平》环球行中国二战纪念地的金秋十月之际，与来自美国、加拿大、英国、德国、捷克、日本、马来西亚及中国香港的作家们一起在上海参加了以《丰富的作家，丰富的文学》为主题的第二届海外华语文学上海论坛。

这个论坛是在陆教授的倡议下成立的。此时距离我从复旦大学毕业已经过去了整整33个年头。当年顶着一头乌发潇洒地站在讲坛上的陆教授，此时坐在主席台前时，虽然已满头银发，但是却依旧神采奕奕，光彩照人。他宣读了对捷克著名华文作家老木的研究成果，为大家做了精彩的报告。

陆教授的研究领域和目光早已从台湾文学进入了世界华文文学。而中国也随着2017年通信技术试验卫星二号的发射成功，更进一步地迈向了高科技的通信时代。2017年中央电视台春节联欢晚会面向全球现场直播，"大美中国梦"开始正式拉开帷幕。上海世博会博物馆建成开放，北京召开了"一带一路"国际合作高峰论坛（BRF）[2]，而我们和来自世界五大洲的华文作家们在上海论坛上相聚一堂，可以说陆教授的海外华语文学上海论坛，再一次及时地顺应时势，成为了海外华文作家们眼中的一颗明亮的东方之星。

中国的改革开放以豪迈的步伐飞速向前，文学领域里在陆士清教授的带领和努力下，中国和海外华文作家们的联系也在飞速加密。当我和陆教授于上海论坛上再次会晤时，他的睿智、敏锐和独特的目光再一次深深地打动了我。时年84岁的陆教授，看上去一点都不像一个高龄老人。他陪同我们这

---

[1] 许慧楠、黄炜星、陆士清：《先行者的学术人生——世界华文文学研究专家陆士清教授访谈》。

[2] https://baike.baidu.com/item/2017%E5%B9%B4?fromModule=lemma_search-box。

些年轻的后辈们游历了江南园林。一路上谈笑风生，毫无倦意。让我看到了一个在文学研究领域里永葆青春的陆教授。

对于世界华文文学与中国文学的关系，陆教授明确表示："世界华文文学是中华文化的延伸。"[1] 正是基于这样的高瞻远瞩，才有了世界华语文学上海论坛的诞生。

我是第二届上海论坛的受益者，为此深深感谢陆教授的提携之恩。当时我的第一部长篇小说《活在纳粹之后》（又名《战后》）还在酝酿阶段，一直犹犹豫豫地在中短篇里徘徊不定。2017年的上海论坛我知道自己并不够格参加，但是陆教授又一次以他独到的目光将这次论坛的参与机会赠予了我，让我从中获得巨大的激励。从论坛回到德国后，马上就开始下笔长篇创作，把原本还在酝酿中的半明半暗的20万字长篇小说只用了半年多时间就写出了初稿。然后又花了三个多月的时间修改，于2019年1月出版。因为陆教授通过上海论坛把标杆直逼到我眼前了，我缺的就是这把烧屁股的火，自己也觉得再浑浑噩噩地拖下去对不起陆教授对我的期望。

这部长篇小说写完后，不敢拿出去，心里七上八下。直到南京大学台港暨海外华文文学研究中心主任、中国世界华文文学学会副会长刘俊教授评论说："在欧洲华文文学中，穆紫荆的这部《活在纳粹之后》（又名《战后》），视野开阔，主题深刻，人物形象生动，叙事结构别致，是个令人惊喜的重要收获。"此时，我才觉得可以对上海论坛和陆教授有个交代了。之后我又用了两年多的时间写出也是酝酿已久的第二部长篇小说《醉太平》，于2022年6月出版。和第一部长篇一样，出版后心情忐忑，直到香港《文综》杂志副总编辑、世界华文文学联盟副秘书长白舒荣老师于8月写来信说："这本书给了我许多惊喜。"11月暨南大学中文系教授、广东省人文社科重点研究基地"海外华文文学与汉语传媒研究中心"主任蒋述卓老师也给我来信说："《醉太平》看完，很好（三个大拇指）。已写入我的评论文章中，包括《活在纳粹之后》那一部。"这才让我放下不安的心来。由此也引发我对2017年陆老师发给我上海论坛邀请的再一次感恩。我以自己的创作经历证明陆教授开创的世界华语文学上海论坛对后进的海外华文作家的提携、激发和鼓励是

---

[1] 许慧楠、黄炜星、陆士清：《先行者的学术人生——世界华文文学研究专家陆士清教授访谈》。

巨大的。

三、结　语

　　回顾陆士清教授的学术生涯，他把古人的"学有所长，术有专攻"发挥到了极致。我们回到1979年的氛围，"文革"刚刚结束，改革开放刚刚迈出了第一步，对于饱受了"文革"之苦，心有余悸的文化人来说，那时候是没有人会去研究台湾文学的。陆教授于1979年春节第一次通过一本香港出版的书接触到了台湾文学，虽然敏锐的触觉让他抓住了这一瞬间的冲动，但是真的要往这一条路走下去，是需要勇气的，毕竟谁也没有走过。所以陆教授的专注二字给了后人极大的启发和警示。

　　他说："道路决定命运，选择是关键。既然是你选择的，就要全心投入。""一门学问，持之以恒做下去，不管大小，都会有成果的。"[1]我想这两句话应该成为我们后辈心中的座右铭。尤其是对于海外华文文学作家们来说，写作也是一门学问。既然选择了，就要全心投入，持之以恒。且牢记不管大小，都会有成果的。

　　由此也又反过来让我看到，拥有敏锐的触觉和独特眼光固然很重要，但是如果没有呢？也不要放弃自己的选择，而是要持之以恒。因为做学问，不管大小，都会有成果的。这是陆教授给我们的教诲，也是陆教授给我们的鼓励。

　　在此我代表所有像我这样在海外爱好华文文学创作的后进们向陆教授鞠躬致谢！

穆紫荆

　　布拉格文艺书局总编、《欧洲华文文学》年刊杂志主编、欧洲新移民作家协会终身会员、德国复旦校友会理事、中华诗词学会会员、

---

[1] 许慧楠、黄炜星、陆士清：《先行者的学术人生——世界华文文学研究专家陆士清教授访谈》。

欧洲华文作家协会会员、中国庐山陶渊明诗社副社长、欧洲华文诗歌会微信平台创始人、盐城师范大学特聘教授（2016—2020）。著有散文集《又回伊甸》、短篇小说集《归梦湖边》、中短篇小说《情事》、诗集《趟过如火的河流》《恰如对影》（精选集）《黄昏香起牵挂来》及长篇小说《活在纳粹之后》（又名《战后》）和《醉太平》、评论集《香在手》。

长管风骚不管愁：为陆士清老师上寿

江 岚

陆老师后来说，他第一次见到我，是在"首届新移民作家笔会"上，2014年秋天的南昌。

会议期间，曹惠民老师的当地学生宴请曹老师，邀请我们同往。赴宴途中，我恰好和陆老师同座。相谈中，陆老师提到有些华文作家身居海外，缺乏民族文化自信。我答曰，自己在美国的大学课堂上讲唐诗，讲中国文学，没觉得自卑。

这个回答，给陆老师留下了深刻的印象，而我自己懵然不知。在南昌笔会以及数天后广州的"首届世界华文文学大会"上，我仍是一个坐在台下的普通创作者，而陆老师和其他专家们坐在主席台上，与我隔着会场中成排成排的座无虚席。

那一年前后相继的两次大会，是我第一次参加世界华文文学领域的活动。开始了解到一些世界华文文学学科的发展脉络，对与会专家们的学术履历、研究方向有了一个初步印象。专家们对华文文学繁荣发展的关注与期许，他们推动海外作家与作品进入国内读者与学界视野的不懈努力，令人感佩，也令人振奋。

由于工作关系，我和国内高校的学术交流很频繁，几乎每年的寒暑两个假期都要在子午线上来回飞，2015年5月也一样。与往年不同的是，我先到了厦门，与鹭江出版社签订"新世纪海外女作家"丛书的出版协议。停留厦门期间，顺便拜望过刘登翰老师，然后才飞往银川去授课。

抵达银川数天后，在邮箱里读到陆士清老师发来的信息："江岚好！您在哪儿？来上海吗？如来请告，争取见面，我招待您？祝旅途快乐！陆士清。"

我大吃一惊。陆老师必然是从刘登翰老师处获知了我在国内的消息。距离2014年秋天的相见半年之后，他还记得我，而且一得知我回国，便主动发出了热情的邀约。我之"吃惊"，不仅仅是一个作者被知名专家关注的"受宠若惊"，还有作为一个学界后进，面对前辈学人的虚怀若谷、平易近人，由衷地"肃然起敬"。

可我每次回国的行程都被事先安排得很满，2015年没能去上海。陆老师则将我介绍给了"华语文学网"，开设作者专栏。很快，我创作初期发表在台湾的短篇小说，尽数放在了这个专栏里。接下来的三年间，我还是每年两次定期回国，每次的行程都在其他省市的高校，直到2018年10月，才因参加同济大学承办的学术研讨会，抵达上海。

在酒店一安顿下来，我便打电话给陆老师，说他若方便，我去拜望他。

陆老师说，不不，你人生地不熟，待在原地不要动，我去接你。

姑且不论作者或评家的身份差别，也不论末学或名家的学术资历深浅，单论年龄。陆老师是我的父执辈啊！就算我远道归来，可为"特例"，那么，长辈在家里等着开门迎客，已足够客气，足够周到。陆老师的平易亲切，慈蔼温和，就这样远胜于常人，就这样不受俗情俗态拘囿。我已不会感觉"意外"了，只是等在同济大学的校门口，看着八旬高龄，鹤发满头的陆士清教授，精神矍铄地大步向我走来。

于是，金风送爽的上海秋日午后，陆老师领着我，走进复旦大学校园，坐到图书馆里。

那个下午，我们坐了很久，聊了很久，必然要喝一点儿什么的，或许还应该有点心。到底是什么呢？茶？咖啡？水？我完全没印象了。只记得陆老师端坐在对面，在满架满架古今图书的背景之中的姿势。他认真听我讲述去国二十余年的生活经历，介绍我的写作、教学和科研情况，以及长篇小说《合欢牡丹》的创作经过。同时，陆老师也细数在中国现当代文学的汪洋学海之中，他如何关注到台港文学，并以此为起点，致力于促进海内外华文文学的交流与发展。

陆老师的往事回顾，按事情进展的时间线展开，包括许多小细节，几乎贯穿了他的整个学术生涯，也穿插着他观照世界华文文学的诗学观点。他对於梨华的第一印象；他请於梨华为复旦中文系师生做讲演的日期、讲题，地点则精确到教室号；《又见棕榈，又见棕榈》一书出版的小波折；他陪同白先勇到大陆各高校交流的情况；筹备台港文学研究室、与朱文华老师共同主编《台港文坛》、撰写《台湾文学新论》《三毛传》《曾敏之评传》……陆老师的语调平稳，记忆清晰，思路连贯。

午后的阳光透过巨大的玻璃窗洒进来，馆内书香浓郁的、深棕色的空气，都染上一层散射的、温暖的浅浅金粉。我专攻古代文学，对现当代文学领域的种种，谈不上有多了解。有时插几句话，有时只是安静地听。

"海派文化"的开明传统，复旦文学院的学术底蕴，为陆老师提供了一个"文学高地"的地理位置。他站在内地与台港文学、海外文学的交接处，具备探知海外文坛水深水浅、水冷水暖的先天优势。而他对世界华文文学作为一个独立学科的开拓性体认与超越性评价，包括对海外作品总体文学价值的恰当定位、对其精神意涵的充分肯定、对由移民群体代际更替引发的文学新变现象的激赏、对不同体式不同风格的包容，高屋建瓴，大大推进了世界华文文学研究的学理建设。其知识结构之稳整、学术视野之开阔，绝不是仅凭"地利"所能达到，也不是仅靠"才华"所能成就。

离开复旦，作别陆老师，我投入"中华传统文化对外话语体系建构"的研讨之中。随后又被一系列讲学活动裹挟，东奔西跑，数周之后再返回上海，参加第三届"海外华文文学上海论坛"。该论坛自2016年启动以来，每一届都以海外华文作家与国内评家对谈交流的模式为主，2018年这一届，将由陆士清教授亲自评点我的长篇小说《合欢牡丹》。

我虽然自九十年代初期就开始发表短篇小说，但这种自发的、业余的创作状态有先天局限性，与海外文坛上的众多文友们相比，还存在不少差距，我自己心里是有数的。陆老师几乎读完了我此前所有公开发表的文字，展开对《合欢牡丹》的审阅，我深知自己非常幸运，不免诚惶诚恐。而陆老师的态度，又一次让我"大吃一惊"——抵达上海的当夜，陆老师交给我一份电脑打字的评论稿，当面问我："有没有什么地方没写到位？"

这一次，我是实实在在的被"震惊"。一位享誉学界、耄耋之年的中国现当代文学专家，为了"评点"我的小说，竟然写出了洋洋近万言的文字稿！他还说，这只是初稿，还不够成熟，还在改。他还要问我，有没有什么地方要改？当我双手接过那份"初稿"，生平第一次，彻心彻骨地体会到什么叫作"严谨守正的治学态度"，什么是"静水流深"的大家风范，什么样的人才配得被称为"通儒达士"。

而我，作为被评点的作者，并没有为那次论坛准备文字发言稿。实际上到那天晚上为止，若干年来，我除了做一个PPT演示稿之外，从来没有为学术讲座准备过文字发言稿。

上海论坛结束之后，陆老师仍然在百忙之中不断修改、完善《合欢牡丹》的评论，仅我看到过的，就有两次，持续到2019年春季。细细阅读陆老师的评论，他用清晰的思路、流畅的文笔，肯定了《合欢牡丹》对"人性欲望多向性的雕刻"，对"女性生命隐秘的揭示"，以及对"牡丹意象"的应用。他不仅准确捕捉或者发现、分析了我在小说文本中试图展示的新移民女性心理世界，而且擅于整体观察和综合论述，当言则言，当止即止，提炼出许多我自己都未明确意识到的细微之处，构成我在今后的创作中应当努力的方向。

疫情肆虐，阻断了太平洋两岸的往返之路。我与国内的交流尽数挪到云端会议里了，有时开课开讲座，有时参加国际研讨会。哪怕只有十几分钟的发言时间，我也一字字写好发言稿，这是被陆老师的榜样所激励，努力养成的习惯。同时，我也有意识地加强与研究华文文学的新一代学者们的互动。因为当日复旦图书馆的长谈中，陆老师曾嘱我要善加利用自己的学术资源，为推动世界华文文学研究的进一步发展添砖加瓦。

久不见，想念陆老师，给他发一条问候的信息，他回复：上海的某个公园里，春风催开牡丹了；或者，家中一应物品准备充足，不必担心；又或者，去打疫苗回来，见家中小区附近，满架蔷薇盛放，香气袭人……仁者寿，平心静气，手不释卷，笔耕不辍，当是陆老师最大的养生之道。

适逢国内的疫情防控进入初步解封阶段，得知"华文文学与人类命运共同体研究"再获国家社科基金重大项目立项。紧接着，周励姐来函说，陆老师上寿将至。世界华文文学研究经过几十年的积累与建设，日趋成熟，已成为一门备受关注的学科。陆老师作为这个学科领域当之无愧的拓荒者与领军者，名在当代，功昭后世。我当加倍努力，创作或科研，都不能辜负老师的期许。思念感慨之余，借清代富察奎林诗作一首，遥叩老师案头为贺：

"物外逍遥任举头，恒河沙数记添筹。天公留得文星在，长管风骚不管愁。"

江 岚

博士。现居美国，从事域外英译中国古典文学、国际汉语教学的教学与研究。出版有学术论著《唐诗西传史论》（中文版2009，2011；英文版2018）、短篇小说集《故事中的女人》（2009）、长篇小说《合欢牡丹》（2015）、有声书系列《其实唐诗会说事儿》（2020）。编著"新移民女作家丛书"十二册及海外华人文集《讲述华裔》《四十年家国》《故乡是中国》《离岸芳华》等。现为美国人文社科华人教授协会会员，北美中文作家协会副会长兼外联部主任；海外女作家协会终身会员。

陆士清，华文文学研究界的元老

黄维樑

2019年参加韩国济州会议的学者作家中，最年长的应推陆士清教授。86岁的士清先生，头发白得纯粹，可当银发族一名长老。他是改革开放以来内地华文文学研究界的老前辈。眼前的长者，健朗且健谈，往事讲起来如历历在当前。

1984年我在厦门开会初识陆先生，此后有书信联络，又常在大江南北的港台文学研讨会一类场合见面。陆先生曾主持《当代中国文学史》的编写，1980年起此书三大册陆续出版的同时，他开始研究台湾文学，出版了一些专著和选集。应《中国大百科全书》编辑部之邀，陆教授撰写"现代台湾文学"条目。他知道我对台湾文学略有认识，和台湾的作家颇有交往，因此请我为所写的万言条目提意见。他大手笔论述台湾的小说，我读而得益，但认为缺少了对诗和戏剧的评介，乃直率陈述管见，他从善如流加以补充（《中国大百科全书》在1986年面世）。

陆教授对白先勇的作品有深入的研究。1987年他应邀到香港中文大学任访问学者，一到校园，就兴冲冲说有一个好消息要告诉我；原来是白先勇已在复旦访问讲学两个月，复旦大学为他举办了不少活动。通过阅读和访问，陆士清撰写长文《白先勇的世界白先勇的梦》，由我建议，交由香港《文汇报》的"文艺"版发表。这大概是当时内地学者所写关于白先勇其人其文最有分量的文章。我在中大授课，讲到白先勇，就列陆教授此文为参考文献。陆先生的《台湾小说选讲》一书，不但选有白先勇的作品，陈若曦的也选了。陈若曦写"文革"，如《晶晶的生日》《耿尔在北京》《尹县长》等，客观叙事，低调制造高潮，反讽手法运用熟练，既有现实意义，又有小说艺术，实在精彩。陆教授慧眼识文英，不怕风险，选了陈若曦的小说。陆先生在"文革"中吃过苦头，可能是他有勇气选陈若曦的一个原因。《选讲》选白先勇，好像是选的《永远的尹雪艳》（说"好像"，是因为手边无此书，书在香港）。若记忆无误，则此篇写到当年上海纸醉金迷的生活，对同为上海人的陆士清，可能感到特别亲切。当然，白先勇手法的高明，仍然应该是重要因素。陆先生对白先勇的生活也关怀备至。小说家有好友患病，陆教授得知，为他在内地访寻名医和良药，竭尽能力。

这次在韩国开会，我和一些华文文学研究界的"后起之秀"同行谈话，常对他们说起这位元老的贡献。据我记忆，由最早的"台港文学研讨会"到后来的"世界华文文学研讨会"，三十多年来，每一届的会议，陆教授这位学会的骨干，大概从不缺席。21世纪初，他在上海主力筹办的华文文学研讨会，规模之大、讨论安排之妥善、论文之扎实多元、会场之富园林之胜、附带观赏和饮宴活动之精彩，堪为大型学术研讨会的典范。令众与会者惊讶的是，一张全体与会者的大合照，一本记录这两三天会议活动图文并茂的彩色书册，在"闭幕式"举行时就分发给所有与会者。这个"上海速度"——应该说"陆士清速度"——可以载入研讨会历史的书册。21世纪初那几年，我忧谗畏讥，士清先生对我爱护有加，在那次会议上委派我以重任，使我感念不忘。

陆教授对台港以至海外的作家，尽量把握机会推广宣扬。除了撰文鼓励之外，还在电台做特辑。1994年6月，余光中先生和我们几位香港作家到上海，正好是陆先生与上海人民广播电台合作制作的节目——《台港暨海外华人文学百家精品展播》开播之时，我们出席开播仪式。节目通过作家介绍点评和作品配乐朗诵，介绍台港和世界华文作家的诗、散文和小说，我也有幸忝列其中。身为华文文学研究的一员老将，陆教授和"战友"合力发展这个专业，对老将中的老将曾公敏之先生，他特别尊敬，花费了多年的光阴阅读资料、访问录音，在将近八旬之年奋力写成了四十万言的《曾敏之评传》；书在2011年出版，有内地和香港两个版本。此书始于传主"漂泊、苦学"的记述，结于作者和文友对传主的"真情祝福"；书的副标题是"敢遣春温上笔端"。捧读陆著，已是八年前的事了；得益和感动之余，我写下联语，嵌了"士清"先生的名字：

　　　　　士气毅弘力作传曾老
　　　　　清风爽朗华章扬大家

曾公为香港作家联会的创会会长，在香港的文坛，对华文文学的研究和推广，可谓贡献良多。

　　首尔、济州之旅，士清先生和我侃侃谈论往事今事，声音清晰，走起路来步伐稳健，遇到美景，当机立"拍"，如六七十岁人。他尽情宣读论文、参与讨论、享受佳肴；我对一位与会的年轻学者说，研究华文文学使人健康长寿，像陆教授这位元老。

　　以上文字，主要写于2019年夏天。2021年2月初，我收到陆先生寄赠的四百多页大著《品世纪精彩》；愉悦地快读一遍，即在微信朋友圈公布书讯，谓此书"精彩面世"了，并赞美上海作协有敬老的美好举动：他们为老作家出书。

　　2021年，是陆先生米寿之庆。刘登翰教授为此书写序，提到陆先生的多篇文章多个文学活动，"都是士清兄80岁以后的手笔"。真的，他白发纯纯，丹心也纯纯。丹心，是对文学的诚挚深厚的赤子之心，此心对的是台湾香港以至其他世界各地的华文文学。书中文章，或宏观各地区华文文学，或集中评述某某作家。所写评论，诗、散文、小说都有；作者乐道人善，为众多作家加油打气，充任他们的知音。

　　在这个文学书籍潮涌爆现的时代，在这个书海浪潮不知是"第几涛"（digital）的时代，普通作家出版的书有人读有人评，有时可说是运气。陆先生评论作家，我发现对秦岭雪的评价特高，说其"诗作融传统于现代，可与中国现代最优秀诗人比肩"（页434）。这引起我很大的兴趣，真想抽时间好好阅读香港秦岭雪的作品，和陆先生的评论印证一番。

　　前文提到《曾敏之评传》。这四十万言的厚册出版后，陆先生还写了一连串文章讲曾老。曾老2015年1月仙逝，陆先生哀痛逾恒，百日间写了三篇文章忆念。曾敏之先生，我一向称他为曾老总。他办报、创会，联络文坛各路英才，运筹帷幄，潇洒挥毫，都有可观以至壮观的表现；陆先生颂赞他，良有以也。

　　读《品世纪精彩》，回忆与陆先生的交往，我发现刚才所说"联络文坛各路英才，运筹帷幄，潇洒挥毫，都有可观以至壮观的表现"同样适用于士清先生。书中《金婚庆典之歌——朗诵诗》，看题目，我还以为是献给陆夫人的。原来是献给复旦大学百年校庆，并庆贺复旦大学退休教师中结婚50年或以上的夫妻，庆祝其金婚之喜。士清教授"为庆典活动做些工作"，并创作了这首歌。这首歌之外，还写了《长长的红地毯——金婚进行曲解说词》。诗中"恩爱相始终，百岁犹青春"可谓点睛佳句。

本书的压阵之作题为《三十岁月　悠悠走过——我与世界华文文学研究》，读之，这位华文文学研究界的元老，现在迎接九秩华诞之庆了，其"个人学术生命的重要部分"，如何"世纪精彩"，如何"百岁犹青春"，灿然可见。

2019年夏初稿，2022年12月24日增订，于香港邻城深圳

黄维樑

香港中文大学中文系一级荣誉学士，美国俄亥俄州立大学文学博士。1976年起任香港中文大学中文系讲师、高级讲师、教授；台湾中山大学外文系客座教授；佛光大学、澳门大学客座教授；美国玛卡莱斯特学院客席讲座教授；四川大学文学与新闻学院客席讲座教授。著有《中国诗学纵横论》《香港文学初探》《文心雕龙：体系与应用》《大师风雅》《大湾区敲打乐》《文学家之径》等三十余种。

榜样·知己

——我与陆士清老师的点滴往事

[捷] 老　木（李永华）

  每逢我称呼陆士清教授为"老师"时，心中总有一种特殊的感觉。觉得这不是一般尊称意义上的称呼，也不是如今社会上已经世俗化的、替代了"文革"时"师傅"那样的客气称谓，而是一种发自内心却又说不太清楚的，类似信任、相知和投缘的感觉。后来，我的好朋友、北美著名作家周励无意间帮我证明：这种感觉不仅仅是我单方面的感觉，更是许多人都看出来的"特殊"关系。我猜，陆老师可能也有类似的感觉。

  那是在2019年深秋时节，我与陆老师共同参加在绍兴召开的文学会议时，周励"偷拍"了多张我与陆老师倾心交谈的照片。她拿那些照片给我看的时候说：；"你看，大家都说你和陆老师好像一对父子……"听了"老姐"的玩笑话，我不由得心里一动——我与陆老师之间的特殊情感竟然被"旁人"都看出来了。

  也许有人会说，老木是因为陆老师给他的长篇小说《新生》写了评价很高的书评，还在上海作协与复旦大学共同主办的第二届海外作家对谈会上，专门就老木的多种著作，对老木的写作特点和"有意在作品中直接明确植入哲学思考"的文学特点，进行了全面深刻的点评，并给予很高的评价，所以，老木心存感激才崇敬陆老师的。也许还会有人说，老木与陆老师的三观相近，有更多共同语言，所以俩人有说不完的话……

  我与陆老师最初相识于2016年，欧华文学会在捷克召开年会前，有邀请国内学者的环节。虽然后来陆老师因故未能参加会议，但是相互之间留下了印象。我与陆老师再次见面是一年半之后，在北京举行的世界华文文学大会上。从那时开始，我与陆老师之间建立了联系，相互了解逐渐多了起来。

2017年，陆老师提议并邀请我参加了上海作协与复旦大学共同主办的第二届海外作家对谈会，并在会上以我的长篇小说《新生》为主线，评论了我的长篇小说和我的整体写作特点与风格。赞誉我是海外作家中，有意识地在文学作品中植入哲学思考的、特点鲜明的作者，所以，观察和思考的格局比较开阔……陆老师的诚心赞誉让我既深切感到被理解的愉悦，又愧于承受。

与陆老师相识相处以后，除了文学上与陆老师的理念相近，得到很多帮助之外，老师还给了我非常珍贵的思想方面和人格方面的启发，让我感觉与陆老师在哲学理念、社会理念、生活理念等许多方面都难得的接近。也让我感觉与陆老师之间的关系越加深入，既带有某种神秘的男人之间的信任、欣赏的投契色彩，又有着我难得知己长辈的意味。

我非常庆幸自己与陆老师之间天然有着许多巧合一般的相近之处。比如：

老师在完成初级教育之后参加工作，在银行工作一段时间之后，本着强烈的学习欲望，一直坚持自学，然后得到高等教育的机会，成为学养深厚的学者。而我也是少时就给自己定下"上大学"的人生目标，在做过工人、服兵役之后，几经周折才最后完成高等教育。虽然因为出国没有学有所用，却总是完成了自己的夙愿。

老师一直都有着鲜明而深厚的爱国情结，积极拥护国家的改革开放，同时主张虚心学习外国的长处；赞同反腐和进一步强调"为人民服务"。既反对故步自封、闭关锁国的陈旧理念，同时，也有着强烈的民族自尊心，反对民族虚无主义。这也是我一直主张的。只是我的思想没有老师的客观和包容，具体做法也比较粗糙。

老师在平时的谈话中说自己写作谋篇行文的过程中，不习惯在起、承、转、合的节点处，泛泛引用东西方的名人语录、箴言绝句。而愿意更多用自己的语言来表达自己的观察和思考。同时，老师也主张广泛阅读和欣赏世界各国的名篇巨著，尽可能吸纳更多思想元素。这也是我长期以来所思所想的。只是我这样想、这样做的同时，会忍不住把喜欢引用西方的名人语录、箴言绝句的做法称为"洋八股"——显然对不同的表达方式不够包容和宽宥。

老师会习惯性地用辩证、完整、历史的方法论，看待中国当代历史中包括反右、"文革"、改革开放和反腐等,在可持续发展的中国社会进程中发生的各种事件,他总是以爱国情怀为前提,以积极的态度对国家的近、当代史以及其中的事件保持清醒的认识。对当下中国的时弊与不足进行仔细的分析和思考。不护短,不掩饰,敢于批判;同时,积极充分地肯定中国政府七十年来带领中国人民克服重重内部、外部的困难,由政治自主自尊,走向经济脱贫小康,并正在努力实现文化复兴的民族崛起之路上奋勇前进,不断取得新的成果。我对祖国近当代史方面的看法,与老师的理念几乎完全吻合。

老师有着为公共事业做奉献的精神和令人敬佩的"公共事业心"。他在完成自己教学本职工作的前提下,敏感地抓住有利于国家和民族的、内地与港台文学交流的机遇和苗头,本着内心的正义感,尽自己的努力,尽可能地把具有可能性的公共事业变成现实。陆老师无论是敏感地在内地率先发掘、倡导和研究港台文学,还是积极引进境外作家回祖国来交流,推进国内的海外华文文学研究,都是怀着一颗推动开拓大陆学界视野、促进境内外华文文学交流的公心进行的,为我国海外华文文学的交流和研究做出了开创性的重要贡献。我在国外生活了三十年,早年就在国外参加华侨社团,出钱出力义务为捷克华人社会创办华文报纸,退休后花十八个月时间,出钱出力参加并主持实施了纪念反法西斯战争胜利七十周年环球行活动,取得了很好的效果(可以网上查询江苏省电视台拍摄的《单骑送铁证》19集系列电视短新闻)。近十几年,我在自己许可的范围内努力在欧洲传播中华文化。除了个人的写作,我也积极创办、参与和支持多个作家协会、诗歌会、出版社等欧洲华文文学组织,并尽自己的可能,资助这些组织的运作。而且注意不求名利、低调行事。

老师总是不愿意刻意抬高和过度宣传自己,不追求不适当的荣誉。反而会经常反思自己的不足。每当我用"请指教"、"请审阅"这样的谦辞、敬辞对陆老师表达发自内心的敬重时,老师总是严肃而谦虚地说:不要用这样的说法。我们平等交流……于是,我也从老师这里学会了用同样的心态和话语避开名利与人交流。面对使用敬辞的朋友,我注意不论对方什么身份,都以谦卑的态度给予回复。老师曾把对我几本书的综合评论发给我,征求我的意见。我请求老师不要过高赞誉,而要严肃指出我文学和思想方面的问题。当得到老师夸奖我不慕虚荣,虚心请教和反思自己的问题时,我感觉得出,老师自己对这种务实的谦卑态度和做法是非常认同的。

……

当我发现年龄相差整整一代人的我和陆老师的思想竟然有这么多相似之处以后，我既惊讶又欣喜。觉得与陆老师有着令自己觉得幸运的心灵默契，不知不觉地就把陆老师当作前辈和榜样，心也就自然而然地与老师贴得更近了。

我明知在思想、学问、人格等许多方面与自己敬重的老师有着不可比拟的差距。但是我还是很愿意私下里经常拿自己与老师进行对比。以期找到相近之处继续坚持，找到差距，好努力学习和效法。

中国古代流传着鲍叔牙与管仲的"管鲍之交"，俞伯牙与钟子期的"断弦相知"，李白与汪伦超越"桃花潭水深千尺"的共情相识，王勃和杜少府"海内存知己，天涯若比邻"的牵念……人们在欣赏赞叹他们之间真诚友谊和情感的时候，也许内心会生出一丝奇妙的联想：世上那么多人，为什么偏偏是那样的两个人成为知己呢？

留心观察日常生活中人与人的关系，我们也会发现：男性和女性之间常会有"一见钟情"，或第一眼就觉得"顺眼"的现象；同性之间、老少之间也会有"相互看对眼""投缘默契"的情况。

现代心理学解释"物以类聚、人以群分"的现象，多是以人们先天的血型、气质型、DNA结构等并不能十分令人信服的"科学"标准为基础，加上后天的地域、民族文化传统，家庭出身和教育环境等因素，着重从生活环境及习惯养成、学识教育等状况入手，来分析个体的具体性格、人格特征。长此以往，逐渐形成了解释人们"投缘契合"现象的多种符合科学的理论。例如气质相嵌说、心理期待投射相合说、气味相互吸引说、日久生情说等等。许多说法都有各自的道理，似乎又难以说得十分清楚。

日前，笔者读到一则用新的现代的科学方法论分析人与人之间、人与物之间，唯物与唯心，本体与认识……所有关系的新理念：从无限小的夸克、玄子、灵子……到无限大的太阳系、河外星系、宇宙……当然也包括人在内，都可以看成是一个个特殊的，又相互联系和作用、反作用的"能量场"。它们都有自己特定的场结构，以及特定场结构所决定的特定振动频率（场信息）。因此，一个"能量场"会与相关联的其他"能量场"因着特定的条件而发生"同频谐振",形成特定的相关能量的动态平衡形态——产生独特的能量信息协同现象。

　　如果可以将这个判断作为"合理假设",并以此为根据观察和思考世间万物之间的关系,人们似乎可以推论:人与人、人与物、物与物,都可能在特定的条件下发生耦合谐振。这种谐振的结果,是在实现信息和能量交流的同时,通过作用反作用的能量互动,改变对方、自己,甚至客观环境。这样一来,"万物有灵"的所谓唯心论理念,就在"信息能量场"这个新的平台上找到了同一的节点——似乎相互对抗了多年的唯心论理念与唯物论理念,可以奇迹般地在信息能量场这个平台上"握手言和",找到"对立基础上同一"的连结点。也就找到了之前所未曾找到的,符合当代科学标准的,普适性的基础概念。

　　有了"信息能量场同频谐振"的思考平台,之前许多诸如"庄周蝴蝶""感时花溅泪""睹物思人"等表达的"可以意会而不能言传"的情感、情绪、认识和意志力的变化,还有以往常见的"梦中偶得""天外灵感"等神秘现象,就可以通过信息能量的谐振作用和交流关系来解释了。也就是说,人与人之间的投缘、契合,主要是由他们身体先天天然的信息能量场的谐振特征所决定的。而人们后天的出身、教育、修养,是人们身体的先天天然信息能量场的附加因素。生命的信息能量场附加了这些附加因素后,才合成生命对外显示的人格特征。

　　也许,我与陆老师之间生命的契合,就是我们生命的信息能量场谐振度高的缘故吧。不然,我们之间的那种难以言说的投契,除了神学之外,怕是科学都难以解释的。

　　2019年底,我回国去上海公干,特意安排了时间专门看望时常联系的陆老师。

　　陆老师在上海市翔殷路的家,好像是在上个世纪建造的一栋宿舍楼里,外在模样不怎么时尚,内里却是朴素实用的。一套不宽大却南北通透、阳光充足、充满书卷味道的公寓。屋内家具朴实洁净,物品杂而不乱,浓郁的文人居所氛围让人感觉不到生疏感,身心很舒服。不知道是不是我这个"外人"约好要来的缘故,老师夫妇俩穿着齐整而看起来很随便的居家服饰。给人以自尊及人、从容淡泊的放松感。那时,陆老师的爱人林老师刚做了一个不小的手术，虽然已经能够自由行动，但是还不十分方便，需要老师照顾。

寒暄、喝茶、坐落定，自然先是文学话题，国内国外、传统时尚、大腕新秀、文坛走向、流派作家……老师总能以自己多年的阅读思考积累和统揽全局的客观视角，说出自己不偏不倚的看法。从来不夹带个人情绪和意识形态褒贬，令人深感信服和诚心认同。即便是对有些意识形态偏向的作家，老师也总是先以在海外努力传承中华文化的积极角度加以肯定，全面看待一个人的多个方面，给予客观而令人佩服的评判。老师看问题的格局和高度，常常会给我豁然开朗的启发。让我真正感受到"听君一席话，胜读十年书"这句古语的含义。

随后，话题转到文学中的哲学、伦理学（人性）方面，又转到世界各地的华文文学特点、动态和走向……不知不觉之间几个小时就过去了。临近结束谈话的时候，老师语重心长地对我说（大意）：老木，你对国家和民族的一片赤子之心诚心可鉴，所有人都看在眼里。但是，你常说的：如今中国中生代知识分子和作家中，有相当一部分人没有随着中国社会发展的实际进程同步转变自己的思想。许多人的观念还停留在上个世纪末无条件认同和崇拜西方的阶段。即便他们的理念与国家的要求不够一致，然而，他们中的绝大多数人是发自内心爱国的，是希望民族发展越来越好的。所以，你今后在公开场合批判"脱离中国实际反体制"和"与中国敌对方的理念和话语'不幸合流'"现象的时候，不要过于极端化，要多一些理解和包容，不要扩大化，一竿子打翻一船人。要给人们留下反思自省的时间和空间……我们国家在这方面的教训（指反右和"文革"等极左错误）已经很多，今后必须时时谨慎区分界限，防止重演悲剧……我知道你心中对避免极端化是有衡量和认识的。但是在我看来，你在辩论中用的很多句子还是指向偏重，情绪也很激烈，态度也常有点咄咄逼人。这样做，既不容易达到你希望的让人们理解你想法的效果，还会招来一些人对你的不满甚至误解。

面对这样真挚的批评，我知道这是老师因为对我信任和爱护才直言不讳对我讲的。这里面有着对我接受善意批评能力的判断。我也深知，除了至亲和"过心"的人，一般人不会如此直截了当地严肃指出这样通常让一个成年人"挂不住颜面"的不足。于是，我不但没有丝毫尴尬和难堪，反而从心底里感激老师的批评，拉近了与老师的距离。因为以往的对话中，老师曾经就此事提醒过我，事后我也努力做了反思，认识到了自己的不足。但是，大概是修养和性格所致，一遇到有人浑浑噩噩地站在民族立场对立面，用西方媒体污蔑祖国的言论为样板作贱祖国时，我还是常会忍不住"挺身而出"，希望用自己过去学过的哲学、社会学、法学、逻辑学知识和理论，通过辩论的方式维护国家和民族的尊严。老师的提醒，让我在以后的时间里反思自己的时候，增加了更注重客观效果，而不只是抒发自己主观愿望的考量。

从那以后，我逐渐淡出在一些微信圈子里短语式的"文字斗殴"环境，更多地进行带有历史纵深感和全面观察的系列的分析，以理服人地发表系统性的言论，避免激化矛盾。比如，我写了《我思想转变的历程》一文，具体阐述了我最早在军校学习马列主义哲学以及共产主义学说，成为一个马列主义者；从部队回到地方后，我八十年代初开始在职学习法律和管理专业，学习世界历史、法治史、思想史、文学史……以后，面对"丰富、发达、先进"的西方理论，在当时全社会范围的崇洋社会风气中，我的思想在很短的时间内，随着那时崇洋和虚无中华传统文化的思想潮流，由原来的共产主义世界观，转变成了诚心崇拜西方民主自由这个我并不甚理解其实质、只是通过媒介间接认识的"新观念"。再后来，我出国做生意立足后，在办华文报纸、办社团为捷克华人服务的过程中，与捷克的政府、警察、法院、媒体打交道，与捷克的各种社团组织共事，逐渐发现西方的民主自由并不是我原来头脑中的样子，而是充满了欺骗性，也同样存在精英意志取代民意的现象。加上我三次穿过苏联和俄罗斯，两次多日逗留乌克兰，亲赴南欧原南斯拉夫分裂后的六国实地考察采风……三十年来亲历东欧各国的休克疗法私有化造成的"多年停滞"过程，让我的思想受到巨大震撼的同时，开始反思：实践作为检验真理的标准，是东西方合用的理念么？我们是应该用普世价值意识形态主观理念标准来判断社会的进步与否，还是应该用发展生产力、提高社会物质和精神文明、改善人民的生活为标准来做判断？

当我发现西方的任何政治议题，最终都带着经济利益考量，颠覆苏东国家，给人民送去民主自由是表面的口号，而实际上，暗地里趁乱搜刮这些国家的财富、优质企业、技术人才，才是其目的的时候，以前让我百思不得其解的疑问得到豁然开朗的解释。西方的不义行为，让我真正看清了资本主义社会的本质，看清了资本主义社会民主自由普世价值的真面目。转而开始怀疑和批判这个理念。

老师的提醒引起我的反思，并更加注意努力纠正自己的思考和行为方式。让我的思想得到了沉淀和进步，也加深了我对老师的信任和情感。我们约好：来年请老师和夫人来我在捷克乡下的家，畅谈文学、哲学和社会事实……可惜，疫情影响了我们的计划。这一转眼竟是三年。好在老师身体还硬朗健康，思维敏捷。我们还有机会……

从那以后，我不再冠姓称呼陆老师，而是发自内心地简称为老师。这很有点欧洲人对亲近的长者直呼其名或简称的样子。

我敬重老师不卑不亢的诚朴品格；敬佩他出以公心、敏感地发现和推动公共事业，敢为人先的精神；敬仰他丰厚的学识、和合的心态以及无私格局的公允见解；尤其敬重他始终把民族和国家尊严自觉担在肩头的赤子之心。我愿意继续认真了解和学习老师的修为，鞭策自己不断进步。

2022年12月20日草稿，2023年1月29日修订

老　木

捷克侨商、侨领、作家。法学本科，祖籍聊城。从事过工、兵、学、农、商、科研多种行业。曾学习电子、管理、法学、农学。出国前在中国农科院工作。创办捷克最早的华文纸媒《商会通讯》等三家纸媒。2001年加入欧华作家协会，曾任四届副会长。参与作协合集创作，参与编辑20年纪念合集。2006年牵头创立"捷克华文作家协会"任首届会长，主编合集《布拉格花园》。个人著作有长篇小说《新生》、散文集等七种。

在曼谷听雨

——记和陆士清教授在泰国参加国际学术研讨会

章 平

不知从哪儿来的一阵旋风吹过
清亮天空，突然飘起细雨
那个瞬间，多年后依旧
记忆中比梦境更妙的时间孵蛋

伸双手捧不住那美丽雨珠
细小而温润，念起杜甫诗句
随风潜入夜，润物细无声
相望陆老师满头银发及眼角细细纹路

时间在陆老师身上犯下了错
生活没有磨损清癯中的儒
几十年如一日，在课堂奉献
数夜空星星隐后，就是明天黎明

那天曼谷的魅力，就是那阵雨
也是陆老师身上不动声色的宽阔
谈起艰难岁月，语词轻描淡写
心得天籁美妙，自带几分宁静韵味

在屋篷下听雨，是那趟泰国行的奢侈

逆风吹过树叶,袅袅是声色
悦耳如含银铃,像雨中有春意
像梦中翠鸟飞过,满地水灵灵的绿

章　平

1979年移居荷兰,现居比利时。著有《章平诗选》、长篇小说《冬之雪》《红皮影》《天阴石》《桃源》《阿骨打与楼兰》等。另有发表在国内外各大刊物上的中短篇小说二十多篇。诗《飘雪》曾获1994年《诗刊》社与中国人民保险公司举办的"人民保险杯"全国诗歌大奖赛一等奖,同年十月小说《赶车》曾获"春兰杯"世界华文微型小说大奖赛第一名。2009年十月获中山华侨文学奖。闲暇时间画画。

无畏无私陆老师

朵　拉

我是在陆老师为我的散文《听风的声音》写了一篇读后感之后，渐渐认识陆老师的。

2013年10月，我受邀参加广东省侨办主办的"2013海外华媒看广东——海外华文媒体作家品读广东行"活动，遇见了陆老师。那几天夜宿的酒店，我们正好被安排在两隔壁。我把刚出版的新书《听风的声音》送给有缘当邻居的陆老师。

那时我不知道陆老师。

初遇时见一精神矍铄、身材笔挺的中年学者，几天相处，感受到他幽默风趣、诚恳谦虚的风范，同时看全团作家们一致流露出对他的钦敬和尊重。

回家翻阅陆老师回赠我的《笔韵——他和她们诗的世界》，开篇一读，仰慕之情油然而生。

早在20世纪70年代，陆老师就从中国现当代文学研究者转型成海外华文文学的"领头羊"，先是开创台港华文文学研究，致力学科建设，编选教学参考书，并承担《中国大百科全书》"现代台湾文学"条目的撰写工作，招收研究生。在网络时代的今天，这些看起来似乎简单易行，可当年因条件不足，且资料缺乏，故起步艰辛。重重困难不仅不能阻挡陆老师为文学奉献的决心，他还积极策划学术活动，在台港文学的学术研究上做出了成绩，为复旦大学建立台港文学研究机构之后，又一头扑进世界华文文学研究的事业里。他凝聚学会和团队的力量，倾力促进海内外华文文学交流，为推动华文文学的创作和研究继续奉献。

1980年中国大陆出版的第一部台湾长篇小说，是於梨华的《又见棕榈，又见棕榈》,这是当时陆老师推荐给福建人民出版社出版的。陆老师1981年编选台湾作家白先勇、王祯和、王拓小说选,1983年主编出版《台湾小说选讲》(上下册),中国大陆首次将"现代台湾文学"作为条目收入辞书是在1985年3月,也是陆老师的功劳。1987年复旦大学确定中文系设台港文学硕士研究生点,招收第一届台港文学研究生,是高瞻远瞩的陆老师的倡导。

敢于做先行者,必须思想前卫、自信坚定、无所畏惧。杨际岚先生在《悠然对夕阳——开拓者陆士清教授印象二三》里特别提道:知名学者蒋孔阳先生曾为陆士清著《台湾文学新论》撰写序言,称陆士清给他一个强烈的印象,那就是"做任何事都生气勃勃,具有开拓进取精神",蒋先生的精准评析令人叹服。确乎,"做任何事都生气勃勃""具有开拓进取精神"正是陆教授的特质。

我送书给陆老师时,并没有想到,陆老师对一个他不熟悉,平日也没甚交情的海外作家,既不敷衍,亦不马虎。不久之后,我收到了陆老师一篇《旅游是心灵的出走——朵拉的旅游观念及创作》。我即时把这篇文章收入我的散文新著《寻美的旅程》,新书因此增加了重量和分量。

陆老师先说"《听风的声音》,这专注凝神而意态流动的书名,令人遐想飞动"。然后就把这本散文集归类为"旅游散文",全本以"旅游散文的视角来品味"。对待文学严肃慎重的陆老师,仔细认真阅读,用心写出了长达七千多字的评论文章。

后来有多次机会在文学会议上和陆老师比较近距离接触,听到作家赞赏陆老师"为无数海内外作家引路、提携"的时候,深刻感受到这不是客套的颂扬,更非表面的赞美。

那回车子在江苏省的高速公路行走,一车到浙江大学参加世华会议的作家们,一边看路上的风景,一边听陆老师的故事。

陆老师出生在一个普通农民家庭,父亲朴实勤劳的品格影响他一生。1949年,为了让失学的他重返校门,父亲悄悄卖掉一亩田,从此,农民的儿子成为复旦教授。陆老师外表高大强壮、身躯挺直,为人热情真挚、气质儒雅,想不到居然都是从坎坷的生活中历练来的!

公路边茂盛的青翠绿树间杂着红黄色的叶子,有一些甚至全棵树都变成黄金色在阳光下发出耀眼光芒,时不时见到的水,是江河或是湖泊都没去追问，只要有水，风景就变得优雅，给景物添加了灵气与神韵。

陆老师历任复旦大学中文系中国现当代文学教研室、中国当代文学研究室主任，台港文化研究所副所长，中国世界华文文学学会监事长等职。现任中国世界华文文学学会名誉副会长、上海华语文学网顾问。主持编写了我国第一部正式出版的《中国当代文学史》，出版《台湾文学新论》、《三毛传》（合作）、《曾敏之评传》（复旦大学出版社版、香港作家出版社版）、《探望文学星空》、《血脉情缘》、《笔韵》等专著。陆老师为推动台港文学发展、促进海内外华文文学的交流与繁荣，40多年来，用心耕耘，无私奉献，无怨无悔，为世界华文文学打造出满园繁花似锦，硕果累累盛景。

在我的心目中，陆老师是无畏的勇者、昂扬的自信者、无私的奉献者。

朵　拉

原名林月丝，祖籍惠安，生于马来西亚槟城，2019年荣膺马来西亚槟州元首封赐DJN准拿督勋衔，曾获海内外文学奖60多个，文学作品译成日文、德文、马来文等，被收入中国、美国、新加坡、马来西亚等大学及中学教材；美术作品参展联展超过60次，被中国、美国、加拿大、泰国、印尼等国家和地区艺术馆和私人收藏。

致敬华文文学研究的开拓者

——贺陆士清老师90华诞

叶 周

我与陆士清老师相识得较晚,却一见如故。他的一头鹤发成为明显符号,见到他之后即印象深刻。陆老师是华文文学研究的前辈,学科的开拓者,接触的大多是港台名家。不过对于如我这样的新加入这支队伍的写作者,他依然敞开热情的怀抱。

2016年在北京参加完第二届世界华文文学大会以后,我坐高铁前往上海,前去参加由上海作协主办、上海作协华语文学网和复旦大学华人文化文学研究中心承办的首届海外华文文学上海论坛。论坛邀请了九位华文作家前往参加。同时受邀的还有九位评论家,他们在论坛前较为详细地读了作家们的作品,写出了具有深度的评论,在论坛现场与作家们对谈。除此之外,论坛还在思南公馆举行了读者见面会。当我看到活动的邀请和日程时,心里颇为兴奋和喜悦。三十多年前我从上海离开,前往美国留学,重返故地,既亲切也熟悉。论坛的活动日程安排更让我觉得耳目一新,光作家与评论家对谈这一形式就十分新颖。这样的安排是一种有深度的交流,对于我这样常年奔波海外,利用业余时间重新握笔写作的作者,自然十分渴望听到国内专家学者对于自己作品的反馈,这是一次十分难得的机会啊。

论坛的主要策划者就是陆士清教授,我们都亲切地称呼他为陆老师。在写这篇文章时,我特地与陆老师联系,希望了解他策划上海论坛的初衷和想法,因为我觉得上海论坛的创立,给内地的华文文学研究开创了一种新的形式,导引着已经蔚然成风的研究走向深入。感染新冠的陆老师痊愈不久,在接到我的问题后,当天就传来了他的文字:"我们的世界华文文学国际学术研讨会,从1982年开始已开了19届,后两届由学会操办(实际上由国务院侨办主办），成立了世界华文文学大会，从150人与会到300多名作家学者与会，八方来客，喜气洋洋，热热闹闹，对推进研究创作都有一定作用；但因为话题分散，各说各话，少于深入探讨。我所以倡议建立上海论坛，第一是想将其作为大会的补充，弥补大会的不足；二是要对创作上成绩突出或有创作潜力的作家进行较深入的研究；三是让比较有资质的评论家与作家面对面对话，以增进了解，互相促进，推动创作和研究水平的提升；四是有一点私心，就是关注和团结聚集上海籍和与上海有关联的作家，推动他们写出更好的作品；第五是负起上海这座国际城市对外交流弘扬中华文化的一份责任。"

陆老师说得多好啊。上海论坛为什么可以给我和众多作家留下深刻的记忆，甚至可以说是我海外文学生涯中一次十分美好难忘的经历，正是因为陆老师强调的深入探讨。海外华文文学热度已经持续了许多年，但是深入而独具视角的研究始终是作家和评论家渴求的。上海论坛揭开了新的一页，在华文文学研究领域开拓了崭新的局面，作为策划人陆老师功不可没。而为什么陆老师具备这样的视野和创意，正如他所说的，就是要负起上海这座国际城市对外交流弘扬中华文化的一份责任。上海作为一座文化名城，从二十世纪三十年代开始，就有深厚的文化底蕴，在二十一世纪来到时，依然渴望将海派文学的传统发扬光大，而在对外文化交流方面始终走在前沿。

其实，陆老师倡议创办上海论坛的过程，完全是一个学者厚积薄发的积累和升华。细读陆老师的学术履历，我看到他曾经创造了很多海外华文文学研究的第一次。

1979年他将於梨华的长篇小说《又见棕榈，又见棕榈》推荐给福建人民出版社出版。这是中国大陆第一次出版台湾作家的长篇小说。1981年2月，他将台湾文学研究作为一个学科来建设，为"文革"后中文系首届毕业班学生开设《台湾文学》专题选修课。

1986年秋，他得悉著名小说家白先勇有意愿访问复旦，立即报告校领导，促成白先勇离开大陆39年后的破冰之旅。1987年4、5月，白先勇应邀来复旦大学讲学，陆老师参与了白先勇和谢晋、吴贻弓的讨论，他们讨论把小说《谪仙记》改编为电影《最后的贵族》。我还记得后来摄制组就是用我办公的上影文学部的大厅，作为女主角家客厅场景进行拍摄，那天在走道上与谢晋导演相遇，还聊了几句。

陆老师壮年时创造的许多第一次，成就了他耄耋之年的又一个创举。2016年春，通过他的倡议，以上海作协华语文学网为依托，创建华文文学论坛。得到上海作协党组书记、作协副主席汪澜、王伟和复旦大学中文系华人华文文化文学中心主任陈思和教授的支持，上海华文文学论坛由此诞生。疫情以前，上海华文文学论坛已经举办了三届，涵盖华文作家近三十人。论坛中提出的海外华文文学也是中国文学的延伸的观点引起了广泛的关注。经过论坛洗礼的华文作家们，日后都进入了创作的繁荣期。由此可见上海论坛上作家与评论家的近距离交流，激荡起彼此的创作灵感，拓宽了创作视野，功不可没。

知名学者蒋孔阳先生曾为陆士清著《台湾文学新论》撰写序言，称陆士清给他一个强烈的印象，那就是"做任何事都生气勃勃，具有开拓进取精神"。正是陆老师的这种开拓精神为华语文学研究提供了一种系统宏观的梳理和个体作家研究相结合的方法，使得他所推动的研究既有宏观的格局，也有个例的深入。

记得在上海论坛期间，陆老师送我一本他的著作《曾敏之评传》。我细读该书，书中不仅细致详尽地记录了前辈曾敏之波澜起伏的人生路径和他在新闻和文学上的成就，还特别记录了曾敏之先生创办世界华文文学学会的过程，而在这些历史的回顾中我看见了陆老师积极参与的身影。特别是书中对于华文文学研究的理念，华文文学与中国文学的关系进行了清晰的阐述。不仅有宏观的叙述，还有微观的聚焦。不仅对曾敏之先生本人进行了描述，写出了一个历经坎坷的文化前辈；同时，也通过对中国海外华文文学研究的滥觞的描绘，勾勒出一幅独特文学现象的历史图景，十分有价值。

记得2018年6月，陆老师应我邀请，出席由美国洛杉矶华文作协在洛杉矶举行的"北美华文文学论坛"，并撰写了文章《致敬，洛城——华文学创作的重镇》。他在文中写道："洛城是北美华文文学创作的名副其实的重镇！在此我向洛城的作家朋友，向洛城作协致敬！"后来这篇文章经我推荐在美国《侨报》发表。也是在那一次活动中，我与陆老师有许多机会进行交流。我们在洛杉矶会场上交谈，又在美丽的红岩石环绕的亚利桑那州塞多纳山谷中漫步，看自然美景，大南海北随走随聊。有一位文友看见我们坐在岩石上谈天，背后是没有边际的漫漫戈壁，拍下了那个瞬间传给我留作纪念。

几年前我开始创作以文化前辈为内容的系列小说，有一次回上海，特地去复旦大学拜访陆老师。他请我到复旦校园吃饭，饭后又去图书馆喝咖啡。我向陆老师介绍了近期的创作计划，他认真地倾听着，并给予热情鼓励。我知道对于父辈的那段历史，对于我笔下涉猎到的人物，陆老师是熟悉的。尤其是抗战年代进步文化人的艰苦卓绝，陆老师在《曾敏之评传》中都有细致的叙述。聊天过程中陆老师说了一句：我们的价值观相同。这简单的一句话，其实就是对于我创作思路的肯定。去年陆老师已届89岁高龄，仍然数易其稿，撰写了对我这个系列小说创作的评论《革命文艺家传奇人生的书写——读叶周系列中篇小说》（刊于《文综》2022冬季卷）。文中写道："叶周的系列中篇通过以叶子衍传奇人生的书写，拉开了一幅栩栩如生的历史画卷，烛照出了文艺先辈的光辉身影。他生动的描绘和刻画，不仅使我们有回到峥嵘岁月的真实感，也使我们体会作者那份对革命文艺先贤的深深的感恩和敬意。……此刻，我想到了新移民文学创作。无疑的是，人才辈出，作品繁花似锦。明显的特点是，大都在说中国故事。怎样将中国故事说好！我觉得，须要对民族文明、特别是要对鸦片战争以后的中国历史加深了解，须要对中国发展的历史动因加深认识，并且给予必要的理解和尊重。我期待能在民族复兴史上留下深深印记的作品出现。"

我曾经在一篇文章中写道："海外华文文学对于华语文学的贡献，最大的意义就是为世界华语文学和中国华语文学提供了一幅地域广大、同时又充满了丰富内容的宏观景象。摊开这幅地图，不仅发现作者们笔下的华人们生活在中国大陆、台湾和港澳，他们更远足千万里，足迹遍及全世界。海外华文文学蓬勃发展，积累下丰富的作品，从这些作品中，读者可以看到人物活动的区域遍及全世界。当这样一幅丰富多彩、富有世界各国人文色彩的地图展开之后，读者就会由衷地感谢海外华文文学成果的贡献和意义。海外华文作家的作品中有多元文化的冲突和交流，有对母语文化的眷恋和反思，有遭遇异域文化时的震惊、惶恐，以致后来的接受、和谐相处。所有这些都构成了这些独特的文本不仅在文学上，而且在史学上的意义和价值。海外华文文学不仅给本土的中国文学增加了多元化的丰富内容，并且使华语文学走出了有限的国境疆域，发展延伸到世界的区域。海外华文作家们所经历的迁徙和在文学上的空间创造，使得这幅文学地图呈现了立体和多元的文化景观。"

如今当我凝视这幅逐渐伸展的文学地图，我首先要感谢的是像陆士清老师这样的学科开拓者和推动者，他们的远见卓识为中国的当代文学研究开拓了一个新的领域和方向。同时也正是日趋活跃的海外华文文学研究，成为一种巨大的动力，推动着海外作家的创作更趋多元化，逐渐地走向成熟。

陆老师在一个访问中对自己的学术选择做了一个归纳："我常说，方向重于努力，道路决定命运，选择是关键。既然是你选择的，就要全心投入。客观上我接触台港和海外华文文学时已46岁了，已没有时间在学术研究上旁顾左右、三心二意了。古人说'学有所长，术有专攻'。一门学问，持之以恒做下去，不管大小，都会有成果的。忽忽岁月，悠然走过。虽然成果有限，但倾注了心血，我无怨无悔，乐在其中。夕阳时光，我仍要将之献身于此项事业。"

值此陆士清老师90华诞，我衷心地祝陆老师福如东海，寿比南山，日月昌明，松鹤长春，富贵安康，春秋不老！文学界需要您这位德高望重、正派儒雅的专家，我也需要您这位真诚慷慨的朋友。期待在日后的岁月中继续与您交流，分享您的专业知识和远见卓识。

2023年2月18日于洛杉矶

叶　周

北美洛杉矶华文作家协会会长。原籍上海。资深电视制作人、北美洛杉矶华文作家协会荣誉会长。曾担任上海电影家协会《电影新作》杂志社副主编，上海电影制片厂文学部剧本策划。1989年赴美留学，就读加州大学旧金山分校，获电视传媒专业硕士。后任职于美国公共电视台，任制作人、导演；澳亚卫星电视台（澳门）总监制、总制作人。先后在中国大陆和美国等地发表了数百万字的小说、散文、剧本和影视评论，出版长篇小说《美国爱情》《丁香公寓》、散文集《文脉传承的践行者》等。

青春气贯长虹

——小记陆士清教授

[新加坡] 蓉　子

塞缪尔的散文诗《青春》:"青春不是年华,而是心境;青春不是粉颊红唇和体魄的矫健,而是坚强的意志、卓越的创造力……岁月悠悠,只教皮肤留皱纹,热忱仍在,风华常存……"

这文字对老年人是极大的鼓舞!

复旦大学陆士清教授,正是老当益壮的青春代表,步向期颐之年的陆教授,仍然精神奕奕,满怀抱负。

认识陆老师,是在没有手机的年代。那年在汕头,他看我穿着红色外套,便满城去找,想带一件回去给夫人,很多年以后才问我:那件衣服很漂亮,哪里买的?陆老师衣着向来讲究,有上海人的精致风格,典雅大气。这位饱学鸿儒曾下海从商,帮香港朋友照看过合资企业,气度非一般,儒雅随和,说话不长气,办事特利索。

最近看陆老师的学术年表,发现与他有交集的会议还真不少。我定居上海后,参与文学活动更多。2002年,陆老师负责操办世界华文文学研讨会,我邀来越剧《蝴蝶梦》为大会添彩。那年的"世华会",可说是历届之冠,下过海的陆教授出手,果然气势不凡!

周芬娜领军的海外女作家在复旦举办年会,由陆教授牵线促成。我邀大家游扬州,陆老师是唯一男嘉宾。他本是江苏人,对江苏如数家珍,他的热情与渊博,使文旅侨几个部门得拜他为师。

2011年,我与上海市政府联合举办《品味上海》,陆老师尽心尽力,倾情以赴。虽然被他照顾的朋友辜负了,他仍坦然受之,胸襟气度非凡!难怪得以高寿。

有人说，文学使人不老。诚然，不论经商或入仕，都没有百岁之业，唯有文学，伴随终生，不老不朽！陆老师身姿挺拔，坐如钟立如松，这点常使我心生警惕：不要驼背不要驼背！

　　去年四月，上海暴发疫情，陆老师前后邻居们都"阳"了，"可谓病毒就在身旁，但我安然，也坦然处之"。他记挂的是还有多少论文未完成，生活态度之坚毅，治学精神之勤奋，教人肃然起敬！他也曾多次专程到广州陪曾敏之，打牌喝酒逗老友开心，借聊天收集更多宝贵资料，完成《曾敏之评传——敢遣春温上笔端》。那个时候，他亦是耄耋之龄，尚能不辞辛苦，千里奔驰。如此至诚待友，一丝不苟写作的人，没有青春的心境和热忱，怎能做到！

　　海外华文文学开研以来，有好些学者认真阅读海外作家文章，但能持续的不多，毕竟嚼蜡也苦！何况有的稿子还十几万字。有的名家，根本就没看原文，所写评语与原文搭不上边，仅凭自己的名气，写了几句似是而非的空话。而陆老师不但读，还细读，并以独特的视角，不吝文笔，心存鼓励，真实扶掖后学。

　　幸亏他处商短暂而止，且不离文坛，否则这海内外的文化交流，便要缺一位大帅。

　　前年，潮州韩山师范学院举办"东南亚华文文学研讨会"，邀请了陆教授，恰好前一天他要与夫人拍金婚照，为了两不误，居然不辞劳苦，半夜十一点的航班，把主办者吓懵了！

　　这股劲，正是气贯长虹的青春！

写于2023年元宵
原载新加坡《新明晚报》"心随明月"专栏

蓉　子

　　新加坡的文化"钟点工"，苏州的外劳。出生在广东潮州，过番南洋。亦文亦商,人生"三最爱":做饭、写作、挣钱。曾任新加坡作家协会副会长。新加坡华文报刊专栏作家,每周七专栏,《秋芙信箱》粉丝无数;出版小说、散文近40部。倾情支持家乡教育,取得优秀成绩。多次与上海、广东、江苏官方协办国际作家文化交流活动。

爱神花园春之声

杨际岚

复旦大学陆士清教授膝下，有一对女公子，取名有奥妙。此次沪上行，听陆教授聊起往事，吐露内中"玄机"。大女儿生时，恰逢当年"广州会议"，周总理和陈毅副总理为知识分子"脱帽加冕"，因而，女儿名唤陆晴，意喻阴转晴。十多年后，处于特殊年代，"批邓"之风正甚，这时小女儿降生，便取名为陆雨。一"晴"一"雨"，折射了跌宕起伏的人生经历，蕴蓄世事洞明、人情练达。旅美著名作家薛海翔将陆教授视为自身写作生涯中"最为年长的评论家"。他的文章披露了一桩事。陆士清在复旦中文系就读时，五年本科尚未毕业，因品学兼优，便被破格抽调担任大学团委副书记。此时，心仪的恋人，一位来自福建的同系学妹突遭家变，家庭"由红翻黑"，却依旧追求上进。陆士清鉴于深执的专业情结和恋人的家庭背景，辞去了团委副书记的职务，返回中文系当助教。

后来的事，人们大体上都明白了。寒来暑往，春临秋逝，一个多甲子过去了。今天，陆士清教授被著名评论家、中国当代文学研究会原会长张炯先生称为"一个战壕的亲密战友"，世界华文文学学科领域的"先行者"，站在了众多作家、学者面前。"既然选择了，就不离不弃。"陆教授铿锵有力的话词，回荡在上海作协大厅。陆士清教授学术思想研讨会正在这里举行。陆教授所说"不离不弃"，意指学术生涯，而感情生活、家庭关系，何尝不是这样！

上海作协所在地，巨鹿路675号，堪称文化地标。这幢花园洋房，建于九十年多年前，被公认为当时上海最漂亮的花园住宅之一。主人是刘吉生，旧上海"煤炭大王""火柴大王"刘鸿生的胞弟。刘吉生于爱妻陈定贞40岁时，馈赠这份特殊的生日礼物——爱神花园。新中国成立后，刘氏私邸更易用途，成了作协办公场所。当下，乍暖还寒时节，与会一众人等，于爱神花园雕像前合影留念。我第一次来到向往已久的上海作协驻地，看看眼前美妙的艺术品，一时怔住了。花园里喷水池，中心位置立着爱神普绪赫雕像，仿真人大小，惟妙惟肖，爱神脚下是四个小天使，或抱着或骑着鱼儿，喷泉从鱼嘴中涌出，落入水盘。迎着客人们的好奇眼光，上海作协原党组书记汪澜娓娓讲述了一个故事。在那个动乱岁月，爱神雕塑险些被毁。几位工人作家"不离不弃"，乘着一夜风高月暗，悄悄将雕塑藏匿了起来，终于躲过一劫。一桩陈年往事让人们真切感受了人间自有真情在，良知与爱相依相随。来到爱神花园开会，回想研讨对象陆教授的情感经历，对爱情与人生，对"不离不弃"，自然多了不一般的感受。陆教授的恋人，早年是福州一中"校花"，后来成了陆教授同窗学友，同一小组，朝夕相处，再后来在复旦大学新闻学院执教，同时顺理成章地成了"陆夫人"。六十余载相濡以沫，恩爱如初。会址选择在爱神花园，偶然耶？必然耶？且让时光作证，何谓"执子之手，与子偕老"！

倘论对于爱情的忠贞，对于家庭的执念，抑或对于文学的挚爱，对于事业的坚守，在陆士清教授身上，已全然融为一体。复旦大学教授、著名学者陈思和对授业恩师数十载修为知之甚深，以"不受时代局限而局限"为陆教授的开创性贡献作了高度概括。暨南大学教授、中国世界华文文学学会名誉会长王列耀赞许陆教授"将创建奉献给学科，将智慧奉献给学术，将真诚奉献给学会"。而今，感佩于陆教授的学术品格、学术建树，数十位作家、学者从四面八方齐聚上海，纵论世界华文文学的昨日、今日和明日。席上，有来自美国的周励、薛海翔、王威、海云，来自新加坡的蓉子，来自马来西亚的戴小华，来自日本的华纯，有来自广东、江苏、浙江、福建、广西、湖北、河南、安徽以及上海本地的学者。与会人员致敬先行者们，也是致敬共同的事业。

自1979年开始，数十载孜孜矻矻，陆教授带来许许多多"第一次"。第一次主持编写三卷本《中国当代文学史》，由福建人民出版社出版。第一次为旅美作家於梨华安排演讲介绍台湾文学，并引荐其长篇小说《又见棕榈，又见棕榈》在福建人民出版社出版，这是大陆出版的第一部台湾长篇小说。

第一次在高校为"文革"后中文系首届本科生、研究生和进修教师开设"台湾文学"专题选修课，这是首创之举。第一次为《中国大百科全书》撰写"现代台湾文学"条目，这是大陆出版界首次将台湾文学作为条目收入辞书。第一次在复旦大学负责招收台港文学研究生。"敢为天下先"，他以巨大的勇气和毅力、丰厚的修养和学识，始终走在世华文学学科正前方。2002年，中国世界华文文学学会成立，陆士清教授被推选为学会监事长。在此前后，两次主持筹办世界华文文学国际学术研讨会，规模空前，影响广泛，台湾著名女作家罗兰对此念念不忘，会后特地致函道谢，称其为"我此生最值得记住的一次盛会"。近年，在上海市作协和复旦大学中文系的支持下，共同策划创办了"海外华文文学上海论坛"，迄今已举办了三届。陆教授多年研究成果，已结集为《台湾文学新论》、《三毛传》(合著)、《曾敏之评传》、《探索文学星空——寻美的旅迹》、《血脉情缘》、《笔韵》、《品世纪精彩》等著作，并主编出版多种文学作品集与学术论文集。如今年过九旬，这位"先行者"仍笔耕不辍，堪称本学科领域的"老劳模"。

说到先行者，不禁想起18年前在绍兴出现的感人一幕。历史长空中，此地群星璀璨，文友们徜徉在"银河"里，好不惬意！文坛前辈曾敏之老人端坐在轮椅上，陆老师推着往前。一位"白头翁"推着另一位"白头翁"，行进在鲁迅故里。这画面，颇具象征意味。鲁迅先生有句名言，年少时就耳熟能详，"世上本没有路，走的人多了，也便成了路"。从没有路的地方蹚开一条路，披荆斩棘，栉风沐雨。正是曾老和陆老师这样的先行者，共同奏起了铿锵激越的时代进行曲。

2023年北京春晚上，听着一曲《孤勇者》，"谁说对弈平凡的不算英雄／爱你孤身走暗巷／爱你不跪的模样／爱你对峙过绝望不肯哭一场／爱你破烂的衣裳却敢堵命运的枪""一生不借谁的光／你将造你的城邦／在废墟之上"，不由联想，陆老师当年所为，岂不正如那"孤勇者"？"对弈平凡"，"孤身走暗巷"，对世华文学学科而言，正是"在废墟之上""建造城邦"。

如同著名学者刘登翰先生精确概括的大会主题，青春是一种生命精神。人有双重年龄——生理年龄与心理年龄，生理年龄不可逆，心理年龄操之在我。

仁者寿，寿而康。陆士清教授已届鲐背之年。著名学者杨匡汉先生赞曰："从张家港来，立黄浦江畔，一蓑烟雨，杏坛传镫，喜看桃李满席；为华文立诚，品世纪精彩，宏谟深猷，晓论达洞，向晚日月成诗。"陆士清教授等老一辈世华学人的学术生涯，并非过去时，而是现在进行时，还将延续为未来时。

先行者的担当，孤勇者的决绝，春天的故事，悠远的春之声，汇聚成了动人的画面，悦耳的乐章……

杨际岚

中国作协会员，编审。曾任福建省作协副主席、省台港澳暨海外华文文学研究会会长、《台港文学选刊》主编等，现为中国世界华文文学学会监事长，福建省作协顾问，《两岸视点》编辑总监等。著编出版作品集多种。

悠然对夕阳

——开拓者陆士清教授印象二三

杨际岚

一

……

我还是从前那个少年

没有一丝丝改变

时间只不过是考验

种在心中信念丝毫未减

眼前这个少年

还是最初那张脸

面前再多艰险不退却

……

2021年2月5日，央视网络春晚，一首《少年》燃爆全场。平均年龄74.5岁的清华大学上海校友会合唱团的激情，点燃了大江南北无数观众的激情。

黄浦江畔，复旦校园，同样有着这样一位前辈学者——陆士清教授，年事已高，却依然充满热情，心中有火，眼里有光，葆有青春活力。知名学者蒋孔阳先生曾为陆士清著《台湾文学新论》撰写序言，称陆士清给他一个强烈的印象，那就是"做任何事都生气勃勃，具有开拓进取精神"[1]。蒋先生的

---

[1] 蒋孔阳：《开拓的实绩——序〈台湾文学新论〉》，广州：花城出版社，2012年。

精准评析令人叹服。确乎，"做任何事都生气勃勃，具有开拓进取精神"，正是陆教授的特质。

蒋孔阳序文列举了两件实例：

其一

"……'文化大革命'刚刚结束，1978年，中国当代文学的研究，在大学教学和学科的建设中，还没有怎样引人注意，他就在研究中国现代文学的基础上，一马当先，率先主持编写了三卷本的《中国当代文学史》，对曲折发展的中国当代文学运动、文学创作和理论批评、作家和作品等，进行了历史的透视和总结，从而在中国当代文学学科的建设中，留下了自己的足迹。"[1]

其二

"1979年，改革开放刚刚起步，在人们对'左'的一套尚心有余悸，我国大陆文学界绝大多数人对海峡彼岸的文学情况尚茫然无知的情况下，士清同志又鼓起了勇气，开始介绍和研究台湾文学。十多年来，在客观条件相当困难、资料相当缺乏的情况下，他执着努力，孜孜不倦，做出了值得称道的成绩。"[2]

只要展示以下一段时间线，便可明了，何谓蒋孔阳先生所赞许的"开拓进取精神"：

1979年6月

旅美作家於梨华来访，安排其作了"台湾现代文学"讲演。将其长篇小说《又见棕榈，又见棕榈》推荐给福建人民出版社出版。这是中国大陆出版的第一部台湾长篇小说。

1981年2月

为"文革"后中文系首届本科毕业班学生、研究生和进修教师开设

---

[1] 蒋孔阳：《开拓的实绩——序〈台湾文学新论〉》。
[2] 同上。

"台湾文学"专题选修课,也是首创之举,新华社发了电讯稿。陈思和教授曾在《曾敏之评传》序文中回忆七七级往事,称其为"在当时大约也是全国高校里最早开设此类课程的先驱者","让我们大开眼界,知道了海峡的另一端还有着多姿多彩的文学创作"。[1]

其间,编选了白先勇、王祯和、王拓小说选,由福建人民出版社出版。

1983年3月

主编《台湾小说选讲》(上下册),复旦大学出版社出版。

1985年3月

开始为《中国大百科全书》撰写"现代台湾文学"条目,近25 000字,这是我国首次将"现代台湾文学"作为条目收入辞书。

1987年9月

复旦大学确定中文系设台港文学硕士研究生点,负责招收第一届台港文学研究生。

首次,首届,首创……"敢为天下先"。陆士清教授迎难而上的开拓进取精神,广受业界同仁好评。

二

陆教授治学态度守正严谨,不趋时,不跟风,不瞎起哄,不吹吹拍拍,当言则言,当止则止。刘登翰教授曾评析,陆教授的华文文学研究,可划分为相互关联的两大系列,其一是对于作家作品的细读和品评,其二是对这一新的学科做整体的观察和论述,推动了华文文学学科的建设。"他从作家作品的论析入手,从微观走向宏观,提升为对华文文学的整体建构。他的宏观研究,是以个案的观察为基础;他从局部透视全局,又以全局的视野深入局部。"[2]陆教授的学术风格带有鲜明的时代特色和个性色彩。

---

[1] 陈思和:《序》,《曾敏之评传》,香港:香港作家出版社,2011年版。
[2] 刘登翰:《序》,《青春是一种生命的精神》,《品世纪精彩》,上海:文汇出版社,2020年版。

2002年5月，中国世界华文文学学会成立。鉴于陆士清教授的开拓性的突出贡献，拟推举他为副会长人选，但他推辞了。后来，大会又将他选为监事长。可谓名至而实归。

于此前移二十年，1982年6月，"首届台港暨海外华文文学国际学术研讨会"在暨南大学召开。陆士清教授参加了这一具有开创性意义的学术活动。他说，除第九届会议因病缺席外，每届会议都出席，并提交论文。在世界华文文学学科领域，陆士清教授勇于"先行先试"，堪称"全过程""全方位""全天候"，是名副其实的披荆斩棘的开拓者之一！

"全过程"，最早涉足这一领域，从未间断。四十余载，与改革开放同行，与世华文学学科建设同步。"全方位"，文学创作，学术研究，编辑出版，社团活动，文化交流，等等，无不热忱投入。"全天候"，仅从以下事例，即可见一端。

40年间，在这一学科领域，先后召开了十九届国际学术研讨会，上海一地，便举办了两届。1989年4月，第四届研讨会，2002年10月，第十二届研讨会，都是应时而为，陆士清教授责无旁贷地慨然承担。他作为"策划"和"统筹"，倾注了大量心力！

回顾学科伊始，1982年、1984年、1986年，分别于暨南大学、厦门大学、深圳大学举行了三届台港澳暨海外华文文学国际学术研讨会。这一学术活动由学界元老曾敏之先生倡议创办。"第四棒"一时无人来接。曾老担心开了头的研讨会就此中断。他与陆士清商量，希望由复旦延续下去。此事当即报告校方，获准后，陆教授毅然承接下来了。沪上盛会，国内外作家、学者近百人莅临，受到学界好评。

中国世界华文文学学会创立后，第一次大型学术活动于何处举行？学会领导层普遍认为，这是学会第一次正式亮相，应当放在有国际影响的大都市上海开，希望复旦大学能担纲。这一期待没有落空。果然，五个月后，第十二届世界华文文学国际学术研讨会如期登场。那时，陆士清教授已退休数年，将近七旬，仍老当益壮。他竟然站在第一线，以"操盘手"之姿，全身心地亲力亲为。他与朱文华、李安东等团队成员共同努力，将会议开成一次"具有里程碑意义的会谈"，同仁们无不交口称赞。将此说成"全天候"，并非一句虚言。此次研讨会已过去近20年了，然而，虽已"时过"，却未"境迁",不少与会者至今记忆犹新,津津乐道。

一是"大",规模宏大,150位学者、作家等参会,其中境外近60人。二是"浓",学术氛围浓郁,会前便精心组织,编辑出版了会议论文集,大会发言,分组讨论,代表畅所欲言,交流热烈活跃。三是"盛",会议代表受到盛情款待,入住花园别墅酒店——浦东名人苑,餐饮饶有特色,文化娱乐活动丰富、高雅,代表们登上金茂大厦,巡看夜上海,观赏越剧《蝴蝶梦》。会议礼品精致、独特,每人一枚镶金印章,预先一一刻上姓名,得以各自永久保存。办会者的良苦用心,以"殚精竭虑"形容并不为过。无怪乎,台湾著名女作家罗兰对此念念不忘,会后特地致函道谢,称其为"我此生最值得记住的一次盛会"。[1]

人们都明白,办大型学术活动,俨然"系统工程",需付出大量心力。对于这类苦差事,不仅要"有力",而且要"有心"。人们往往乐于当袖手旁观的"看客",当指手画脚的"批评家",真要实际操办,或许避之唯恐不及,何况是一介退休老人!陆士清教授却一本初衷,不推诿,不搪塞,依然是"做任何事都生气勃勃"。恰如,"眼前这个少年／还是当初那张脸／面前再多艰险不退缩"……

三

陆士清教授年近九旬,岁月却没给他留下过多的痕迹。许多学术会议上,仍活跃着他的身影,依旧一丝不苟地提交论文,依旧毫无保留地踊跃交流,并没有显出多少疲态。逝水流年。时间退回到2005年,曾敏之时年亦为八秩颂八,陆士清教授牵头发起在杭州召开曾敏之创作生涯七十年笔会。

会议期间,与会文友来到文化人心目中的"圣地"——绍兴。鲁迅、陆游、秋瑾、蔡元培、马寅初、勾践、大禹、王羲之……浩浩历史长空中,此地群星璀璨。文友们荡漾在"银河"里,好不惬意!此时,在游人眼前,出现一幅感人的图景,一位"白头翁",推着另一位"白头翁"。曾老腿脚不利于行,端坐在轮椅上。陆教授缓缓地推车行进。这种场景,在机场也多次

---

[1] 陆士清:《短短的历程》,《品世纪精彩》。

出现。³

杭州会议之后，陆士清教授因敬仰与友谊，"发愿为曾老立传"。"他以一个时代，来映照一个人，也以一个人，来写一个时代。"¹陆教授为此耗费巨大心力。他在后记中这样写道，"我把握了'两栖'作家的基本特点，描述了曾敏之作为作家、报人、学者和世界华文文学创作研究推动者的曲折、坎坷而又辉煌的人生足迹"，"我展示了曾敏之的丰富而博大的文化思想，包括他的世界观、历史观、政治观（治国理念）、人才观、文化观和文艺观等等"，"评述了曾敏之文学创作的成就和他为我国文坛所作出的艺术上的贡献"。²他坦言："所有这些都不是虚拟的，而都是建立在事实的基础上的。"³

求真，务实，始终是陆士清教授为文、为人的基准和标尺。其中，融入了深厚、浓烈的家国情怀。2011年，三四十万字的《曾敏之评传》简体字版和繁体字版分别由复旦大学出版社和香港作家出版社出版。该书面世后，获得广泛赞誉。书中附录三为曾敏之先生言谈录《休云老去情怀减　十九童心似往年》。以此移用于陆教授，岂不同样贴切！

四

近年，陆士清教授推出一部新著《品世纪精彩》。书里，有篇《悠然对夕阳》，是陆教授于复旦老年大学《文学欣赏》第一堂课的讲演稿。他对"老有所为"作了一番阐析：

"一是为完成未竟之业，更好地体现人生价值；二是做或者学一些自己喜爱但在职时没有条件做，或没有能学的事情和学问，以了却心愿；三是充实生活，活得更丰富些，更有质量些，既伸展生命的长度，也增添生命的厚度。这些都是为了人生更有意义。"⁴

返顾漫长、悠远的人生历程，面对丰富多彩的晚年生活，此番话，不啻

1　刘登翰：《序》，《青春是一种生命的精神》，《品世纪精彩》。
2　陆士清：《后记》，《曾敏之评传》。
3　同上。
4　陆士清：《悠然对夕阳》，《品世纪精彩》。

陆教授的"夫子自道"！"金色，是辉煌的阳光颜色。'夕阳无限好，只是近黄昏'不是悲叹，而是人生谢幕前的一段金色而不是灰色的年华。"[1]读到这里，怎能不为这种永不止歇的进取精神而动容？！

该书后记中，陆教授自称为"认真生活的平凡人"，坦然表示，"小草有它的绿，花开有它的艳"，"在夕阳时光，依然要走好人生的一段路"。[2]常怀赤子之心，永远走好人生路，平凡中便显出不凡。正如刘登翰先生在序文中所说，"青春是一种生命的精神"，"有幸能品世纪精彩的人，正是缘于自己生命的精彩"。

1　陆士清：《悠然对夕阳》，《品世纪精彩》。
2　陆士清：《认真生活的平凡人》，《品世纪精彩》。

世界华文文学的"活字典"

杨学民

陆士清老师不是我的博士导师，却是我在复旦最亲近的老师之一，也是我台湾文学研究的引路人。

2002年初，在朱文华老师的指导下，我确定了博士论文选题意向"台湾《现代文学》杂志研究"，而这时我手头就只有一套《现代文学》影印本，其他史料不知到哪里去搜寻，怎么办呢？我把难处告诉了朱老师后，朱老师沉思片刻，告诉我，"你可以去请教陆士清老师，他可是世界华文文学的'活字典'"。停顿了一会儿又好像漫不经心地说道，"台湾的一些不能明说的东西也都会告诉你的"。

陆老师当年住在五角场，我也没有提前打招呼，就唐突登门了。陆老师知道了我的来意后，就聊了起来。先谈《现代文学》的办刊历程，不知不觉又谈起了白先勇、欧阳子、李欧梵等主要作家，他们的过往、现状、逸闻趣事，等等。又告诉我历史系资料室有台湾《自由中国》《传记文学》全套期刊，向我介绍"雷震案"始末，最后叮嘱我，想要进复旦图书馆特藏库一定要到学校党委宣传部开介绍信。根据陆老师提供的线索，我在特藏库蹲了一年多，《现代文学》场域的基本框架总算有了眉目。

2002年10月，第十二届世界华文文学国际学术研讨会在复旦召开，我有幸第一次参加世界华文文学界的盛会。在会议筹备期间，陆老师和朱老师都鼓励我向大会提交论文。我把选题意向告诉陆老师之后，他很高兴，并告诉我，复旦图书馆除了藏有欧阳子的《王谢堂前的燕子》，还有黎明版的《欧阳子自选集》。小文《试论欧阳子小说的叙事艺术》修改后收入了陆老师主编的《新视野·新开拓——第十二届世界华文文学国际学术研讨会论文集》（复旦大学出版社，2002），这是我台湾文学研究的第一篇论文！

　　2004年初，博士论文初稿完成了，打印了两份，一份呈朱老师，一份呈陆老师。陆老师拿到初稿后就和我约定，半个月后再找他谈论文。没想到半个月后见面，他先给了我四五页的审阅意见，有2 000多字，我既感动又忐忑。陆老师见状忙说，"不要担心，草稿不错，我是想论文如何更完美，质量更高"。接着又给我讲了不方便写在审阅意见中的一些意见。要我更准确地辨析"蓝"与"绿"，知人论世，立场要明确，引用某"绿营"人士的文字要慎重，并针对论文中论及的白先勇的名篇《永远的尹雪艳》谈了他的理解。他说，冷艳的尹雪艳是死神的象征，高高在上的尹雪艳以悲天悯人的眼光看着世人争斗厮杀，为了酒色财气，不惜性命。这篇小说深刻地体现了白先勇的人生观和对时间、历史的思考。陆老师精益求精、严谨细致的治学精神和诲人不倦的师德一直影响着我的学术研究和教学工作。

　　陆老师一直笔耕不辍，我不时收到他惠赠的新作，像《曾敏之评传》《探索文学星空——寻美的旅迹》《笔韵》等。《曾敏之评传》《三毛传》等传记和一些怀人散文都非常有特色，文笔灵动，人物形象鲜活、丰满。这也许与他善于收集、剪裁史料以及与传主交往密切有关。读罢《曾敏之评传》后，我写了一篇书评《矗立在历史境域中的一尊雕像——读陆士清先生的〈曾敏之评传〉》。在他的传记作品中，我学习到了传记作者应有的写作态度、评价人物历史的价值观念，领略到了传记书写的艺术策略。

　　陆老师老家是江苏张家港，而我博士毕业后也来到江苏南京工作。江苏省台港暨海外华文文学学会的年会和重要学术活动几乎都会邀请陆老师指导。这也提供了我向陆老师请教的机会。印象特别深刻的一次是2020年10月，常州年会后，我陪他游青果巷。师徒二人边走边聊，海阔天空。来到赵元任故居前，他驻足问我："小杨，有首名曲知道吗？"我说："是《教我如何不想她》？赵元任为刘半农的诗谱的曲。"他一边点头，一边开始了吟诵："天上飘着些微云，/地上吹着些微风。/啊！/微风吹动了我的头发，/教我如何不想她？……"鹤发松姿，轻声徐调，神情悠远。望着陆老师，我竟似有醉意。这也许就是一种令人向往的诗意人生境界吧。

　　陆老师不只是我台湾文学研究的引路人，他的学术精神、人生态度也令人敬仰！

陆士清教授链接起我与上海文坛的姻缘

黄宗之

我在新移民文学创作的过程中能够不断进步，发表几部有一定影响力的作品，得益于许多给予我关心、扶持的海内外师友。他们阅读我们的作品，提出修改意见、写书评，对我的文学创作产生了重要的影响。特别是国内好几位从事华文文学研究的教授在我的文学创作中给了我大量的关注和提携，为我在新移民文学创作中铺路搭桥。我在自传《风雨兼程》里重点选取了几位教授作为代表，从他们的所为折射出海外作家的成长经历。

我与妻子朱雪梅合作，早期创作的文学作品几乎全在天津与北京发表和出版。我与新移民文学研究的重要地区江浙一带研究华文作家的学者也有相当多的接触，其中包括曹惠民教授、刘俊教授、朱文斌教授、李良主编等，与他们都有不错的交流，但与上海的研究学者、杂志社、报刊没有任何交集，是陆士清教授链接起我与上海的姻缘。

记得那是2014年，在广州参加第一届"世界华文文学大会"时，我认识了金进和陆士清两位教授。那次大会安排我在一个分会场文学研讨讲座上发言，讲述自己的新移民文学创作之路，轮到我发言之时，我站起身走向讲台前，想找一个人帮我在发言时拍照留作纪念。我的邻座坐着一位年轻教授，我贸然请他帮忙，并把手机给了他。我上台后，他从座位上站起来，走到会场最后面，取不同角度给我拍了好些照片。我的发言引起了他的关注，发言完毕走下讲台，他把手机还给我，并给了我一张名片。我看了一眼，是浙江大学文学院金进教授。他对我的发言给予了很高的评价，要我以后与他保持联系。会议结束，我走到分会场门口时，遇上一位头发全白的教授，他笑容可掬，谦和地与我打招呼，热情地与我聊了起来。我忽然想起在一份杂志上见过他！这位慈眉善目、和蔼可亲的教授就是久闻其名，但我一直未见其人的陆士清教授，我早就知道他是新移民文学的研究先驱、很重要的学者，在海内外负有盛名。他与我闲聊了起来，同样对我的发言作了很高的评价，他给了我名片，说是以后保持联系。大会结束前，会议召集与会者代表照集体相。他在百忙中把上海作协华语文学网站负责人刘运辉老师找来与我见面，把我推荐给运辉老师，并嘱咐运辉老师在网上刊载我已经发表过的所有长篇小说，进行宣传。由此，我与运辉老师有了交往，他把我介绍给《新民晚报》副刊的编辑，此后，我有好几篇文学作品发表在《新民晚报》上。

回到洛杉矶后，我与士清教授有了邮件往来，对他的研究也有了进一步的了解。为加强上海与海外华文作家交流，2016年11月13日，由上海市作家协会主办，上海市作家协会华语文学网和复旦大学华人文化文学研究中心承办的第一届"海外华文文学上海论坛"在上海举行。原籍为上海或与上海有着渊源的施玮、张翎、卢新华、周励、华纯、王琰、叶周、薛海翔、戴小华等九位华文作家受邀，与陈思和、陆士清、王列耀、陈瑞琳等十余位评论家组成九组作家与评论家对话，展开主题为"海外华文文学的今天和明天"的讨论。2017年举办了第二届"海外华文作家上海论坛"，对话范围扩大到非上海籍华文作家，陆士清教授马上邀请我参加论坛，提供我与上海作协熟悉的机会。由此，我认识了作协的汪澜主席，我们有了微信交流，我经常得到她的问候和鼓励。

陆士清教授邀请我到上海参加上海作协举办的第二届"海外华文作家上海论坛"，虹影、陈河、陈谦、陶然等10位来自美国、加拿大、英国、德国、捷克、日本、马来西亚的海外华人作家受到邀请，到上海与专家学者一对一进行文学创作谈。陆士清教授安排南京大学的刘俊教授作为我的对谈嘉宾，他读了我们夫妻俩发表的几部与教育有关的长篇小说后，写了一篇论文：《从"想象"到"现实"：美国梦中的教育梦——论黄宗之、朱雪梅的"教育小说"》。这次会议的主题为"丰富的作家，丰富的文学"，探讨华文文学作家的特殊贡献。汪澜主持会议，复旦大学陈思和教授在开幕式上指出，海外华文文学在中国文学中一直占据特殊地位。华文作家身在异国他乡外语环境里，却坚持用中文写作，这本身就是一种选择。世界华文文学大大丰富了中国文学创作的题材，在21世纪，这批海外作家的作品在丰富性这个概念上影响到了中国文坛。他们在海外奋斗拼搏，等到他们回到文学上重新给中国文学提供作品的时候，他们提供的经验是崭新的，他认为有一种前所未有的丰富性。

对海外作家与国内的文学团体以及研究海外文学的机构来说，这种文学交流无论是对作家本人还是整个海外华文文学的进步与发展都是极有价值的，我们洛杉矶华文作协非常重视。自从2007年我加入洛杉矶华文作协后，参与了多次与中国作协互访活动和在海外举办的文学研讨会。洛杉矶作协与中国作协曾经有过10余年的互访经历，建立起了良好的关系，协会在过去的发展中获得中国作协的大力扶助和支持。那10余年是我们洛杉矶协会与中国作协关系最密切的阶段。在卢威担任会长期间，由刘俊民副会长担任访问中国作协代表团团长，我与妻子雪梅参加了回国访问。在刘俊民老师担任会长期间，中国作协出资，叶周任主编，另有9个会员担任编委，编辑了一部39万字的《洛杉矶华文作家作品选集》，由作家出版社2012年6月出版，刊出了62位协会会员的优秀作品。很可惜，后来这项经过前任们长年努力建立起来的互访活动，因未知原因断掉了。北奥接任会长，虽然做了不少努力，多次走访中国作协，仍旧未能恢复双方建立起来的互访交流。

与中国作协的互访和文学互访交流停掉后，洛杉矶作协仅剩下邀请国内专家学者赴美参加文学论坛，借此加强与国内学术界互动。但，由于不是与中国作协之间的互访，举办交流活动相对困难许多，邀请国内作家和教授学者来美国的签证办起来困难重重。不少国内专家学者和作家访问团成员到美国驻华使领馆办签证，被怀疑有移民倾向，遭到拒签。我曾参与过几次在洛杉矶举办的"北美华文文学论坛"的筹备和组织工作，深知其中的不易。

2018年，洛杉矶作家协会终于成功举办了一次规模较大的"北美华文文学论坛"，在洛杉矶作协的发展史上留下了珍贵的记录。那次论坛起源于在浙江大学召开的文学研讨会，2017年10月，我受金进教授邀请，到浙江大学参加"一带一路与世界华文文学"杭州峰会。会议期间，陆士清教授、赵稀方教授、曹惠民教授、刘俊教授与我在休息室里聊天，他们提议2018年在洛杉矶举办一次"北美华文文学论坛"。这几位知名教授均是中国世界华文文学学会的副会长或荣誉副会长，大会散会前，他们邀请中国世界华文文学学会王列耀会长以及金进教授参与进来，一起筹划2018年在洛杉矶举办论坛的具体事项。回到洛杉矶，我同当年的会长北奥商量过后，与理监事会讨论，决定办好这次论坛。北奥要我具体负责邀请国内专家学者，落实会场、宾客入住的宾馆，以及会务活动。

那是一次很成功的论坛。几十位国内教授学者来到洛杉矶参加论坛。协会理监事和许多会员主动参与做义工，协助接待、布置会场、安排食宿、收缴费用。开会前的一天，与会代表云集伤痕文学创始人卢新华家举行联欢会，大家唱卡拉OK，表演节目，主宾载歌载舞，好不热闹。第一天在阿凯迪亚市双树宾馆会议厅举行开幕式，仅安排几个重要嘉宾作主题发言，次日，其他学者作家移师大巴继续进行论坛。大巴连续三天在开往凤凰城的路上，学者们每天不停地进行讲座与讨论。按照预先安排的次序，一个接一个走到巴士的最前面，拿着话筒宣读论文、回答他人的提问。最后一天，好几个没有递交论文的代表也争相上台要求发言。

巴士到达凤凰城后，内华达作家协会少君会长在餐馆自费开了几桌，宴请参会的代表。一场新颖、富有成效的文学论坛在凤凰城的中餐馆里、大家的欢歌笑语中落下了帷幕。巴士论坛给国内专家学者以及我们众多会员留下了难忘的记忆和文学体验，收获巨大。

那次论坛，陆士清教授应邀来到美国，由女儿陪同参加在洛杉矶举办的"北美华文文学论坛"，他在大会开幕式上作了题为《致敬，洛城——华文文学创作的重镇！》的主题发言。事前，他阅读了协会前会长肖逸先生，以及居住在洛杉矶的华文作家卢新华、叶周、北奥、施玮和我的文学作品。他的发言提及了三个方面：第一，洛城作家与中华民族共命运。第二，抒写中美人民的友爱，中美文化的碰撞、互鉴和相融。第三，深刻挖掘人性，揭示人性的光辉，期待人性的升华。对这几位作家的文学创作给予了充分的肯定，完整地、系统性地分析和梳理他们几位的重点作品，为洛杉矶华文作家协会的发展方向进一步奠定了基础。

时光过去4年了，士清教授在洛杉矶与我们相处的点点滴滴仍旧浮现在我的眼前。虽然这几年疫情阻断了我们之间的相聚，但我们仍旧经常在微信里交流。2023年中国新年到来的第一天，我给士清教授发微信，给他拜年。在微信群里看到上海几位曾经给予我许多关心和帮助的师友给我发来问候，我不禁对士清教授心里充满了感激。我原定新年的第一天不写作，好好地与妻子去电影院看一场好莱坞最近上演的最火影片，放松一下自己。但我在微信里查找士清老师的名字时，内心涌出感激，立刻打消了新年放下写作的打算，坐在电脑前，写下了这篇文章：是陆士清教授架起了我与上海文坛的桥梁，让我这棵橘生淮北而不为枳，根植于海外的新移民作家，在人生漂泊之旅中，沐浴到东海之滨艳阳天的灿烂阳光。

黄宗之

医学硕士。曾于湖南南华大学医学院工作，1995年应邀到美国，曾在南加大做访问学者，从事肝癌分子生物学研究，此后转入欧洲一家生物制药公司美国分公司研究开发部工作。与夫人朱雪梅合作发表六部长篇小说，以个人署名发表一部长篇小说。在《北京文学》《小说月报》等杂志和美国华文报纸上发表三十余篇中短篇小说、散文等。现任美国洛杉矶华文作家协会会长，北美华人作家协会理事，《洛城文苑》《洛城诗刊》文学专刊副主编，《世界华人周报》文学版和综合版主编。

新学科　老朋友

——我与陆士清教授的交往

王宗法

20世纪70年代末开始的中国改革开放新时期，学术界跟其他领域一样，从万马齐喑到百花齐放，出现了一个繁荣兴旺的新时代，一切从无到有、从小到大，在没有路的地方走出一条条新路，将神州大地变成万马奔腾的新战场。举世瞩目的是，这场战斗不是刀兵相向，而是笔墨挥舞，由台港澳到海外华文文学，再发展到世界华文文学这样一个新视野，历经40余载、几代人奋斗，终于开拓出一片五彩斑斓的新天地。毋庸置疑，第一批拓荒者将会永远被镌刻于青史，刚刚度过90华诞的陆士清教授就是其中之一。他是复旦大学资深教授，专治中国当代文学，进而走进台港澳暨海外华文文学领域。本来，当代文学就是一门新学科，上承现代文学、古代文学，下接生生不息的文学新潮流，源远流长，没有下限，需要掌握的知识那是上不封顶、下不见底的，再加上白手起家的台港澳暨海外华文文学，所要投入的精力之多更是一天24小时不睡觉也嫌不够。因此，投身于这个领域的学者，不论资历深浅，本质上都是新战士，起点一样。有所不同的只是知识储备有多寡、研究水平有高低而已。尽管陆士清属于资深一辈，但他从一开始就跟不同年龄的同行亲密相处，结成友谊，我就是这样跟他成为相知相识的忘年交，一转眼，竟然在不知不觉间度过40多年漫漫红尘。

一

1989年3月底4月初，第四届台港澳暨海外华文文学国际研讨会在复旦大学举办。从这次会议开始，复旦大学会务组在陆士清教授具体操办下，正式严格推行大会发言限时、讲评制度。所谓限时，就是每个人发言一次不能超过15分钟，到12分钟主持人就要提示一次，一到15分钟不论是谁都要立即打住，而不管你的话题讲完没有。这样做，一是为了让更多与会者得到发言机会，二是体现平等权利，自然也有利于保证会议质量和效果。所谓讲评，就是每场会议安排一个人主持，一个人当场点评几个人的发言，以深化会议发言效果。由于过去会议从来就是随便让发言者自说自话、不受约束，就算规定了时间，也是虚应故事，并不实行，这就造成会风拖沓、后面的发言往往被取消的局面，效果很不好，会议质量也难以保证。这次大会开头安排的两位名家——上海作家协会副主席、"七叶派"诗人王辛笛和南京大学外语系教授赵瑞蕻都超时许多，且话题拉杂不集中，以至会场说话声、走动声不绝，与会代表普遍有意见，纷纷向会务组提出下面大会发言者建议名单。

就在当天深夜12点刚过，我和同室白少帆先生（由法国转道而来大陆任职于中央人民广播电台/中央民族学院的台湾学者）已经就寝了，突然床头电话铃声大作，白先生先拿起听筒接听，旋即把话筒递给我，原来是陆士清传达会务组当晚紧急会议决定，通知我次日作大会第一个发言，说是福建、广东、北京、辽宁等地代表一致推荐要安排我到大会发言，不要让海外代表看不到大陆学者真正的发言水平。我自然毫无思想准备、颇感意外，但对于这个决定也觉得很及时，否则会议开下去将不会有大起色。我也明白，由于我在会上发言从来不念稿子，讲话不重复、不啰嗦，要言不烦、干净利落，每次也不超过一刻钟的样子，经过几年来的交往，一直参加会议的代表是了解的，认为我很适合担任这个限时发言角色，他们推荐我也是从开好会议的良好愿望出发的，我不再推辞了。结果，次日上午上半场安排3个人发言，我排在第一位，下面依次是台湾代表王幼华、福建代表刘登翰。我虽然带了发言稿上台，但始终压在腕底，并未展开，就一直面对全场代表，一口气讲了10分钟左右，把自己论文要点一一道来，接着用3分钟就会上见到的相关论文包括下面要发言的王幼华的论文，发表了自己的看法。话说完，还没到15分钟，我说了一句"谢谢大家"就准备结束，不料会场上突然爆出一声呐喊："让他继续讲！"会议主持人潘旭澜教授就问我："你要不要接着讲？"我坚决表示："不讲了。"这时，15分钟也到了，会场响起一阵热烈掌声，我离开发言席，回到自己座位听下面的发言。

就在这时，台湾代表团领队陈千武先生来到我身旁，把我约到外面休息室沙发上坐下，诚恳地对我说："您这篇论文与众不同，视野开阔、立场公正，比较全面客观地揭示了当代台湾文学的发展历程，一视同仁地看待各类作家作品，完全从文学的角度谈文学，摆脱了政治束缚，也不局限于某一流派，体现了一种新气象。我想拿到台湾去发表，以便打开两岸文学交流新局面，但是两岸现在还不通邮，你看稿酬怎么办？"我不假思索地立即作出回答："不要稿酬了，您设法给我带来一本刊物就是。"他分外高兴，随即给我当场拍了一张照片，说是带回去与论文同时刊用。

会后，杜国清、汤淑敏、白舒荣等海内外代表纷纷与我合影留念，汤淑敏还悄悄问我稿费怎么办，我说："两岸刚刚开始交流，困难重重，就不要了。"她笑着说："你今天大会发言语惊海内外，听说台湾一个字一块钱，你为什么不要稿费呢？"我说："台湾钱再多，我也不想要，大陆人应该让台湾同胞看到一点精神才好！"汤淑敏也觉得有道理，就不再说什么了。后来那篇论文发表在台湾大型文学期刊《文学界》上，刊物是隔了好久辗转寄给我的，外面包装纸封都被弄脏弄破了，一副跋涉千里、风尘仆仆的样子，不知经历了多少坎坷。值得一提的是，《八十年代台湾文学走向》在大会发言后，上海《文学报》发了一版专刊，选登了会上发言的四篇论文摘要，此文放在头条，其次是中国台湾、香港和日本代表的文章。与此同时，此文还被香港《新晚报》、国内向海外发行的大型刊物《华人世界》等报刊全文发表，还有其他报刊转载，先后约有十多家报刊登载过全文或摘要，这是十分罕见的。

毋庸置疑，我之所以能够登台亮相，尤其是这次会议开得圆满成功，当与直接操办者陆士清教授分不开，这是不争的事实。由此可见，在学术研究的同时，过人的组织能力也是陆士清的一个特长，这在一般书生学者中并不多见，足见有过实际工作经历的陆士清，没有辜负他在就读复旦大学之前那一段独特的银行工作历练。其实，早在20世纪70年代末启动的《中国当代文学史》教材合作编写中，我就与他相识，进而由于他阅历丰富、处事果断、说话干脆等个性原因，我们成为心心相印的朋友，这自然也是他在这届大会上能够听取意见、安排我与刘登翰做大会发言的客观基础。可见，他的阅历、眼光、胆识都是一流的，令人佩服。

二

  1991年7月，第五届台港澳暨海外华文文学国际研讨会在广东中山市举办。

  这次会议与会者首先参观了翠亨村孙中山故居，聆听了孙中山先生讲话录音，有一点令我印象特别深刻的是，这个村唯独只有孙家门朝西开，其余一律朝东，这是否有某种象征意义呢？或者竟是天意？世间常常会发生这样无法解释的事情，这就是一件，你怎么想都可以，这也许就是伟人身上具有的那么一点不同寻常之处吧。

  在7月11日上午于孙中山先生故居翠亨宾馆会议厅举行的开幕式上，台湾旅美著名诗人杜国清先生坐在我旁边看一份清样——《杜国清的诗》及相关的一篇评介文字（均见1991年第8期《台港文学选刊》），随后又拿给我看了一遍。我当场建议，将《楼梯》这首诗改一个字，也顺便将那篇评论做了相应的改动。他问："为什么要做这样的改动？"我说："这一字之改，就使《楼梯》境界大开了，由原来的一重境界变成二重境界了。"他稍一比较发现果然如此，就欣然同意，并约定由我撰写一篇文章来做诠释，于是我就写了《一字改出新境界——读〈楼梯〉》并发表了，也算我跟杜先生之间一段有趣的文字之交，自然是这次会议的一个意外收获。

  这次会议来的东南亚代表不少，第一次参加会议的南京张超先生迟到了，会务组没有给他安排房间，而我又是一个人居住，就请他同住。他刚刚送别作古的父亲，一脸疲惫，也许是出于强烈的事业心吧，刚到那天中午、晚上都忙于跟海外代表见面交流，很少休息，我劝过他，但无效，他居然半夜才回，连澡也不洗，累得倒头就睡了。结果，会议仅仅开了一天他就突发脑溢血住院了，只身远在外地开会，同室的我就自告奋勇地去医院陪伴，而他的大学同学陆士清则主动跟我交替守护，一连多日在医院陪伴，耐心等候他的家属到来，因此我和陆士清就没有正常地参加会议了。直到会议结束当天，张超的儿子才匆匆赶到，而他仍然昏迷未醒，我与陆士清教授也就离开了。就在这次大会闭幕式上，正式宣告成立"中国世界华文文学学会筹备委员会"，我和陆士清都被列为筹委会委员，由海内外媒体公布了，但我俩都不在现场。

三

1993年8月在江西庐山举办的台港澳暨海外华文文学国际研讨会，首次把会标改为"第六届世界华文文学国际学术研讨会"，从此这个起于1982年、两年一度、规模越来越大的学术会议，就由开始的"台湾文学研讨会"发展到"台湾香港文学研讨会""台港澳文学研讨会""台港澳暨海外华文学研讨会"，终于实至名归地落实为"世界华文文学国际学术研讨会"。虽然仍旧以台港澳与海外华文文学研究为主体，却也不排斥对于大陆当代文学的研究，这样就更加有利于学术视野的开拓与深化，对于整体学术水平的提升大有裨益，这自然也是形势发展的必然趋势和结果。

但是，由于进入这个领域的研究者学术背景、知识积累、个人修养等方面不一致，所以这个领域也同其他学科领域一样，存在一些亟待纠正的不良倾向，比较突出的或是急于求成炒冷饭，或是东拼西凑搞剽窃，不从阅读作品的基本功出发，有时连作者性别、与同类作品的关系、在文坛出现先后都弄不清，因此内行一看此类"论文"就不难发现漏洞百出、不堪卒读，而对于那些初入门的年轻人则就祸害无穷了。这无疑是学术界某些人心态浮躁、急于求成、不把学术的严肃性当成生命线的突出表现，绝对不能听之任之。因此，我在大会安排的发言中，就以《关于台港文学研究中存在的几个问题》为题专门讲了这方面的不良倾向，引起与会者的热烈呼应，掌声特别响亮。会后，陆士清又向我提供了一个信息：某边远省份刚入门不久的一个女士就带来一本"文学史"之类的书散发，他收到一本随便翻了一下，就发现是从哪些书籍中抄来的，而且抄也抄得乱七八糟，因为她并没有搞清楚被她抄的那些著作的来龙去脉，怎么能不画虎不成反类犬呢？这是抄袭者不可避免的通病。面对这种情况，我俩不免痛心疾首，却又苦于不能当众点名，只有徒唤奈何，等待她的良知苏醒了。

由此可见，在对待学术研究的立场、态度方面，陆士清始终坚持做学问的基本操守，这是他的一贯作风。推而广之，他跟我不谋而合，始终把阅读作品置于学术研究的首位，尽管这样做费时费力，也绝不吃别人嚼过的馍。

这在他2006年4月给我的专著（国家项目）《山外青山天外天——海外华文文学综论》所撰写的长篇序言《独辟蹊径　不同凡响——序〈山外青山天外天〉》中，体现得非常鲜明深刻。

四

2001年10月，第十一届世界华文文学国际研讨会在广东汕头市举办。

从广州到汕头，当时有两条路线：一是直接乘火车，要一夜；一是坐高速大巴，从深圳转道而去，费时短，人也舒服些。我选择了后面的路线，还有一个原因，那就是我有多名学生在那里工作，早就邀请我来看看，这次顺路，岂能错过。

当我还在办理临时通行证时，郑祎冰、陶寿松从李勇那里得到信息，也先后开车赶来了。于是我们一行直接赶到郑祎冰事前联系好的安徽省政府驻深圳办事处，先把我安排住下来，休息一会，就到他们预定好的一个海鲜楼包厢，不料里面已经来了鲍远琴、罗湘、程一木等3位同学，加上鲍远琴带来的小儿子，刚好坐了一桌。于是，边吃边聊，我才知道他们一个个不是某某公司老总，就是独立创业有成的老板，而我的学生李勇也是区政府办公室独当一面的副主任了。毕业刚4年，变化就这么大，真让我惊喜莫名了。更让我感到意外的是，这4年来，他们这样聚会还是第一次，平时太忙，最多打个电话问候一下罢了，还是借我来到的机会才有了这样一次"飞行聚会"。餐毕也就分手了，何时再来一次，那就说不准了，因为有人可能不在这里，或调动，或出差了，这在深圳乃是家常便饭，毫不为奇。什么叫"深圳速度"，这不就是一个活生生的例子吗？

汕头会议期间还有一个白先勇作品专题讨论会，本来白先生已经预定了机票要来参加，但临行前心脏病突然发作，就没有能来，会议还是按照预定日程举办。我有一个事前安排的大会发言《论白先勇的文化乡愁》，把起于台湾而延续到海外华文文学中的这一脉清流分为"小乡愁""大乡愁"和"文化乡愁"三个系列，并结合具体作品进行了诠释。这在学术界还是第一次，论文发表后被广泛引用，成为流行概念。

在世界华文文学大会发言中，从美国得克萨斯州达拉斯市来的少君先生提出，刚刚兴起不久的网络文学将代替纸媒文学一统天下，也就是说流传几千年的书本文学形式将要消失不见了。少君先生是开创华文网络文学第一人，功不可没，但这个预言不免太轻率、太武断了。依会议安排，我接着他发言，于是我临时改变了话题，就这个耸人听闻的新问题发表了两点看法：网络文学来势迅猛、发展很快，值得关注和欢迎，因为这种新的形式借助正在迅速发展的网络传播速度绝非传统纸媒能够比拟。但是，就我阅读到的那些文章来看，真正算得上文学作品的并不多，大量的东西属于一时兴之所至、信笔涂鸦之作，你说它是情绪宣泄或信息交流还可以，要说那就是文学作品，就不免混淆了"写字"与"创作"之间的界限，更何况信笔由之的文字垃圾所占比重很大，真正具有文学品位的还少得很，也许将来会慢慢有所改变，但从目前来看，还远远没有形成气候，不可危言耸听，此其一。其二，文学欣赏极具个人性，网络形式自然会有人喜欢，但纸媒形式更会有人喜欢，而且会一直喜欢下去，那种一杯茶、一本书的精神享受，那种坐拥书城的人生快乐，又岂是快餐速食式的网络文学能够取代的？我看不可能，今天不可能，将来也不可能，最大的可能就是作为一种补充以丰富阅读方式，如此而已，岂有它哉！

我的发言一结束，来自美国旧金山的华文报业领袖之一、老作家黄运基先生立即站起来即席发言，表示热烈支持，不同意少君先生的说法，得到与会者的鼓掌支持。少君先生即钱建军，毕业于北京大学物理系，赴美留学后从事高科技开发和公司管理，已经身家百万，转而致力于文学创作，也是一个突出个案。他毕竟是搞尖端科技的，脑子转得快，接受新东西也快。就在那天晚上，他带着自己刚出版的两本书，来到我和汪景寿教授所住的房间，一则赠书，二则拜访老师，三则表示放弃自己会上发表的意见，认同我的看法，态度非常诚恳，从此我们成为朋友，这也是这次会议的一个难忘经历。

这次会议还有一个有趣的插曲：我的好友张诗剑、陈娟伉俪一道由香港来参加会议，我们又一次欢聚。由于陈娟是作家中擅长看相的名家，一来到会上就引起相信此道的许多与会者的兴趣，但他们又与她不熟，不便直接讨教，就转而找我搭桥探路。我曾经接受过陈娟所赠一套中外相书，也随手翻阅过，略知一二，不过只是皮毛而已，在朋友间偶尔玩玩罢了，哪能上阵舞刀弄枪参加实战呢。我的老朋友陆士清教授偏要凑热闹，当众要我拿他试一试,在场的也都是熟悉的朋友,我就当作一种休息看了他的手相,主要是掌纹。那时香港报纸经常刊登花边新闻,稍稍留意就会了解一些名词术语,我大概就是这个还在门口张眼探望的水平。由于我早就知道陆士清教授的许多私人秘密包括婚恋故事,有些还是我俩同居一室、夜半联床而眠时他自己娓娓道来说给我听的,应该不是传闻,所以拿得比较准。于是,我就带着开玩笑的口吻说:"就你的爱情婚姻线来看,有些曲折,主要是面前鲜花太多,一时看得你眼花缭乱、举棋不定,无意中失去了多次机会,而耽搁了一些时日,但吉人自有天相,结果还是美满如意的,是吧?"他也半认真半玩笑地说:"你还真说得不错呢,可以开业了,我就算你的第一个顾客吧,不过是做你的试验品,要免费的。"说得大家不禁一起开怀大笑起来,房间里洋溢着非常融洽的欢乐气氛,好不快哉!哪知言者无意、听者有心,青海一个初次到会却颇为活跃的中年女士韩某某立马凑过来,平伸出右手掌要我也给她看看,我瞄了一眼,望着她一脸急切的表情,觉得很好笑,就不无戏谑地沿着士清兄的路子说道:"你跟陆老师命运相似,只不过位置倒过来了,你是面前白马王子太多,弄得眼花缭乱、举棋不定,性质相同,结局也一样,是吧?"她迫不及待地一边点头一边连珠炮式地说:"就是、就是,你真说得不差,我那时就是不知道找哪个好,弄得好几个人围着我转,我也拿不定主意,最后跑掉几个,只剩下一个了,我才赶紧决定下来了,你说'举棋不定',还真就是那么回事呢。"其实,这哪里只是他俩的经历呀,事实上也是几乎所有自由恋爱过来人的共同经历啊,我只不过是把这个一般性的经历落实到某一个人的身上罢了。至于韩女士有着比较开放张扬的个性,这在大学生女少男多的时代更易受到追捧,则纯属推论而已,这就是实情,但陈娟听了后却很认真地说:"你说的'举棋不定'这句话,相书上的确没有,属于文学性的描述,却很符合那种特殊阶段人的思想感情和心理状态,不失为一个创造,说明你有看相的慧根。"我被她说得只有点头之份,觉得她太会说话了,不愧为一个著名的小说家,你不佩服那是不行的。

可是,没想到我们的这场朋友休闲中的玩笑,却被在一旁搞卫生的两个旅馆青年女服务员听进耳朵、记在心里了。她们等到我一个人在房间里的时候,就专门来找我,一定要我也给她们看看手相的爱情婚姻线昭示的命运。我连忙摇手不迭,赶紧声明,那是朋友间的玩笑,当不得真的,我自己也不信,你们哪能信。不料她俩很执着,坚持说:"我们也就是看看玩玩,你别管我们信不信,不会有什么要紧的。"我明白,这个玩笑是绝对不能再开下去了,就坚决不答应,以至于她俩颇为失望地讪讪离开了我的房间,我也好一会才平静下来。

五

2002年10月,第十二届世界华文文学国际研讨会在上海举办。

这次会议是在刚刚开发不久的浦东新落成的张江路别墅区召开的。在这样一个优越的环境召开学术会议,除了陆士清,恐怕再无别人能够办到了,由此可见陆兄的社交办事能力之不同一般,实在是我们这批不谙世事的书生们莫大的幸运。

在这次会上,我和汪景寿教授被陆士清主持的会务组安排分别主持半天新移民文学专题讨论会,因而海外代表来得多,会场讨论气氛热烈,以至于一度把别的几个专题会场的代表吸引过来了,一个会场坐不下,就纷纷站在座位四周或门口,盛况空前。

在到会发言代表中,我发现基本上包括两个群体:以台湾上世纪五六十年代出国留学而居留国外(特别是美国)的作家诗人为一群,有杜国清等;以大陆八九十年代出国留学而居留国外(主要是北美)的作家评论家为一群,有张翎、陈瑞林等。这两拨代表年龄相差15岁上下,由于出身环境、教育背景、个人气质等诸多方面因素的不同,尤其各自创作起点、内涵、特色等方面的差异,在当前引起的社会反响自然也不同,国内学术界进行研究的状况也有差别。这本来是十分正常的事情,但因为观察角度不一样,看法、态度也就发生了差异乃至冲突,无形中引起超越学术层面的摩擦,这是不应该发生的,但却就是发生了,你能怎么办呢?有意思的是,争论双方从小会发展到大会,并一直延伸到会后,成为这次会议不同于以往历届会议的一个特点,又恰恰发生在我主持的那一场,双方又都是我熟悉、尊重的新老朋友,协调起来既有方便的一面,也有困难的一面,其中妙趣横生的对话场面和激烈争论的程度,非亲身经历那是难以想象的,也是一种难得的人生经验。

六

2004年7月，全国台港澳暨海外华文文学教学研讨会在徐州召开。

大陆台港文学研究一开始就是从教学需要出发的，因此第一批拓荒者基本上都是大学教师，无论年长的老教授还是年轻的助教、讲师，都是本着对事业尽职、对学生负责的精神来进行研究的。同一切白手起家的专业一样，都是单兵作战、披荆斩棘、筚路蓝缕、备尝艰辛的，从一点一点寻找材料、一节一章开课起步，由本科生选修课到研究生必修课，走上了一条不断探索前进的新路，各有创造与体会。同时，时至今日，科研也逐步进入学生特别是研究生作业和学位论文之列，也有互相借鉴已有经验的条件与可能，大家在一起开会交流一下，很有必要，也非常及时。因此，在这次会议上，发言的内容就集中在课堂教学、课外作业与科研两个方面。

我在大会发言中，也就沿着这个思路，把自己走过来的路做了一个回顾和总结，介绍了两点与众不同的做法：一是教学包括几个不同层次，有本科生的选修课、研究生的必修课，选修课又分为本系和全校理工科各系的，因为基础不同，教材、教法也就有所区别，但从文化变迁入手的课堂教学的总思路则是一样的，实践证明效果不错。二是，把学生作业与课程考核跟科研结合起来，即不搞应付"成绩"需要的一般练习或试卷测验，而是要求在教学范围内自选课题写论文，长短、篇数自定，但至少要交一篇，多交多看多推荐发表，凡是发表的一律给"优秀"，也就是把平时练习与科研结合起来、合二为一，突出的还及时印发全班传阅、讲评。事实证明，这对研究生来说不但必要，也有可能，对于训练、培养他们独立进行科研的能力意义很大，有利于加快人才的培养。本来，按照当时教育部规定，研究生毕业条件之一是要在省级以上刊物发表两篇论文，这对许多专业包括中文系的研究生来说，几乎是很伤脑筋的硬指标，但在我多年来所带的研究生中这不成问题，一般发表两篇论文的任务在二年级就能完成，到毕业时发表七八篇甚至十几篇的，也不乏其例，这不但在安徽大学，就是在全国高校中也是非常突出的。这就带动了后来的一批又一批学弟学妹们在上学阶段就走出了一条独立研究之路，在他们毕业后应聘工作时作用明显，那就是每每在众多求职者面试中脱颖而出、获得如意岗位，而就业后的发展空间也比较大，或很快做出成绩、成为单位骨干，或在工作中富有创造性、较快得到提拔。总之，从我手里毕业的莘莘学子，不论在省内、省外或者高校、企事业单位或政府机关，大都已经独当一面，表现都很突出，那影响就远远超过一篇学位论文的撰写价值了，作为曾经的导师自然与有荣焉。当然，这样做开始有一定难度，那就是学生要多写、导师要多看，工作量会加大许多，有时不得不放弃假日、休息时间，但看到学生们顺利走上社会后又能快速进步、成就出众的喜悦，也就是最好的补偿了。

对于我的发言，《世界华文文学论坛》主编刘红林有一个很好的回应。她在发言中提及一个情况，那就是研究生投稿和导师推荐越来越多，但刊物真正能用的却并不多，原因就是稿件不成熟，不是选题陈旧、缺乏新意，就是结构、语言表达方面存在常识性问题较多，编辑不改根本不能用，但编辑力量有限，哪能来改常识性错误呢？因此，她当众呼吁："安徽大学王宗法教授的研究生刘云投来的稿子，我们一个字没动就发表了，已经发过几篇，反响都不错，你们可以让学生看看，借鉴一下，不成熟的稿子就不要推荐或投来，省得彼此浪费时间和精力。只要是能用的稿子，我们会一视同仁地欢迎！"与会代表报以热烈掌声，我则对她如此直率的发言颇感意外，当然也佩服她的勇气与一片良苦用心，不能不对她刮目相看了。

在这次会议期间，再一次与我同室而居的老友陆士清跟我谈心时，回忆起自己在无锡银行工作时的初恋对象，被打成"右派"的往事，他告诉我："我几十年不知去向，心里一直放不下，要知道她后来的生活如果不错，那我也就心安了。巧得很，最近从朋友处得悉她就在徐州，我已经跟她联系上了，这次能见一面。"

七

2005年12月，全国首届世界华文文学高层论坛在广东增城召开。

增城之行除了就近期世界华文文学领域一些新问题展开讨论外，令人记忆犹新的还是会后的两次参观游览。

一次是在市内参观那个闻名遐迩的"挂绿"荔枝园。本来，荔枝在南国并不稀奇,稀奇的是有一片荔枝园,曾与历史上那个倾城倾国的杨贵妃联系在一起,那就是我们特别去看的"进贡过杨贵妃"的荔枝园。据说,那一棵看起来也不怎么特别的荔枝树,就是当年一路换马飞驰长安专送荔枝鲜果给杨玉环品尝的"贵妃树"。(杜牧《过华清宫》:"长安回望绣成堆,山顶千门次第开。一骑红尘妃子笑,无人知是荔枝来。")因为有了这番经历,这棵荔枝树如今不但加倍受到保护,而且身价陡增,每一颗荔枝鲜果要比寻常同样的果实价格贵上百千倍,即使这样,你也不一定买得到。我就不懂了,难道同样一块方寸之地长出的荔枝树、结出的果实,真有那么大的差别么?不用说,人为的因素改变了果实的市场价位,这也是千百年来"名人效应"的一种延伸吧?值得反思的是,此类现象早已超出这片荔枝林了,而仍然让许多人不假思索、趋之若鹜,确实值得研究研究,但这已经不是我们这一行所能胜任的了。

另一次是到粤北韶关参观游览南华寺和"阳元石"。这两个地方刚好位于韶关市两头,以至于来来回回花了一整天,也没尽兴。先去南华寺,也就是六祖慧能弘法之地,因此有关文物胜迹比较多,尤其那棵菩提树,让人情不自禁地想起慧能的那一则著名偈语:"菩提本无树,明镜亦非台,本来无一物,何处惹尘埃。"他凭此一举胜过师兄神秀的"身是菩提树,心如明镜台,时时勤拂拭,勿使惹尘埃",得以承传五祖弘仁衣钵。对着这棵悠悠千载的沧桑老树,我心里顿生许多遐思缅想,这种体验不到此树之前是不会萌生的,这大约正是拿脚丈量大地山川无可替代的必要性吧?至于那个硕大神奇的"阳元石",以栖霞艳丽之色、独立悬崖绝壁一侧而成顶天立地之状,不但使堂堂男子汉顿感一股威势从心头油然升起,而且也令许多超脱世俗之见的女士叹为绝景,以至于频频伸手相扶与之合影留念,也是大自然馈赠之外的一个人间奇观吧?只可惜,此刻夕阳西下、暮色四合,来不及再去领略近在咫尺的那块"阴元石"了。值得一提的是,这块"阳元石"已经成了中央电视台天气预报节目播到广州时的一个背景画面了,可是它与广州相距何止千里,不知实情的观众不被误导才怪呢。这也是新闻与真实之间有时十分接近,有时距离遥远的普遍现象吧?

在这次会上,士清兄一见到我就打了招呼,说等到出去参观的路上再跟我说徐州见面的事。是的,我听到了来自陆兄人生旅途的温馨故事。

八

  人是社会关系的总和，而这个总和之大小，又人各不同。一般来说，总是跟付出与索取的变量存在着此消彼长的辩证关系。说明白一点就是：付出的多，总和就大；索取的多，总和就小。而付出与索取又贯穿在每个人红尘旅途的各个方面，细分起来，当属工作第一、亲友次之，再及其他方方面面。由此观之，陆士清在本文涉及的若干人生侧面，总是不计回报地全身心付出，做到了尽力在己，成事在人。实际上，在他不断付出的过程中，除了失败的初恋之外，余皆卓有成效，不能不说是他人生成功的标志。于我而言，在一门新学科的建设中，遇到这样一位老朋友，实在是人生之幸，我不禁要为我的幸遇感谢上苍的眷顾、红尘的美好！真诚祈愿士清兄从耄耋之年快乐健康地走进期颐之境，让我们再来一次热烈庆祝的聚会吧！

2023年2月24日于美东新泽西橡树园

王宗法

安徽大学教授，长期从事中国现当代文学暨海外华文文学教学与研究，笔名一丁、唐诗等，发表论文、散文、杂文三百多篇，在大陆与台湾出版《当代文学观察》《台港文学观察》《昨夜星辰昨夜风》《山外青山天外天——海外华文文学综论》等著作20多种，获奖多项，历任合肥市作家协会副主席、安徽省文艺评论家协会副主席、中国世界华文文学学会副监事长等。2009年入选"安徽文学馆"优秀文艺评论家之列。

润物无声

——记陆士清教授

海 云

第一次见到陆教授是在2017年，那一年，我在上海主办了海外文轩第一届文学会议，陆士清教授随着周励姐一起前来为我们站台。那是我第一次见到陆教授，他一头花白的头发，但却身板硬朗，两眼炯炯有神，谈吐间不时发出温暖、风趣的笑声。那时，我只知道他是复旦大学中文系研究海外华文文学的知名学者。

上海会议之后，我又去了徐州师范大学开世界华人移民文学会议，在那次会议上，我才算了解了陆教授在海外华文文学研究史上的重要地位。他不仅仅是大学的教授，更是世界华文文学研究领域的重要奠基人和开拓者，是华文文学创作和研究学界备受尊敬的前辈学人。

我了解到上个世纪七十年代末，改革开放初始，陆教授就开始介绍和研究台湾文学，八十年代后期，更是负责招收了第一批台港文学研究生。这个世纪初始，中国世界华文文学会成立，德高望重的陆教授担任监事长，他组织召开的各种研究世界华文文学的会议更是不计其数。经由他的推手，一批又一批身处不同地域的华文文学创作者被关注，他们的文字也受到更多读者以及学者的阅读和重视。就拿我个人而言，陆教授在参加了我们海外文轩第一次文学会的两周后，就在徐州的移民文学会上介绍了我的长篇小说《金陵公子》，他敏捷以及快速的吸收力，着实令人吃惊，要知道那会儿他已是一位八十四岁的老者了。

那之后，又是两个四季轮回，有一次经过上海，在周励姐的安排下，我和上海文学界的好几位朋友相聚在小桥流水，那次，陆教授也在。

他总是笑眯眯地看着大家，随便你们怎么愤世嫉俗，随便你们怎么诗情画意，他就是那么稳稳地坐在那里，脸上挂着令人暖心的笑容。当大家谈论起一些文坛上令人担心的事，七嘴八舌间，并无解，便把目光转向陆教授，问他的看法，我记得他回答得比较中庸，当时我只是礼节性地点头倾听，现在回想，便深深体会到一个至诚的学者的境界：博学之，审问之，慎思之，明辨之，笃行之。

我与陆教授在微信上也有互动，有一次，我用心做了一个意大利的通心粉，拍了照片发在微信朋友圈，他不仅给我点赞，还特地私信给我夸色香味俱全！让我看到他平易近人的那一面。

谢谢周励姐邀请我来参与这一活动，有幸与大家一起对陆教授的学术思想和学术人生做个回顾，对先生这几十年对世界华文文学的研究和贡献做一个总结和展望。

而此刻，正逢万物复苏的春季，我们不论身处世界的哪个角落，也都刚刚经历了大疫的洗礼，世界华文文学肯定会有新的春苗在这样的世纪变迁的沃土之下滋生，一番新的文学的种子将会迎着春分春雨破土而出，我们必在不久的将来看见文学的草长莺飞、花红柳绿，我相信那也是陆教授润物无声、一生心血所付出之希望。

海　云

本名戴宁，英文名 Nina Dai Tang，海外文轩作家协会主席，海外女作家协会和纽约作家协会成员，香港《大公报》专栏作家；1987年留学美国，获美国内华达大学酒店管理学士，美国加州州立大学企业管理硕士；曾任职美国星级酒店和硅谷高科技跨国公司，从事金融财务管理。作品《生命的回旋》获全国散文作家论坛征文大赛一等奖；《金色的天堂》获美国汉新文学奖第一名；长篇小说《冰雹》参加书稿交易笔会获最佳影视小说奖；长篇小说《归去来兮》被改编成电视剧剧本；长篇小说《金陵公子》获台湾华侨联合会著述文艺创作小说类第一名。

学术敏锐、生命真挚

——记恩师陆士清

施 玮

2023年是陆士清教授九十大寿之年，作为深得恩师教诲和勉励的我，从年初就想写点文字，但时间一天天过去，我却无法把记忆中的陆老师与九十大寿的老先生联系起来。陆老师的许多生动、风趣的面容，跳出时间的顺序，也跳出了学术活动的事件背景，叠加在我面前，搅乱了我写文章的逻辑思路，却立体地构成了"这一个"的独特：极具学术敏锐度、敢为人先的开拓性学者；青春永在、生命充满激情和真挚的"赤子"。

一

从陆士清学术研究的方向变迁和时间节点，我们几乎可以看到中国当代文学研究不断延伸、外展的一条轨迹。这条学术轨迹既是一条向外的拓展之路，也是一条向内的接纳之路。对于散布在世界各地的华文写作者来说，这也是一条回家的、寻根的汇聚之途，其中蕴含着如陆士清老师这般的一大批学者的心血，他们有着文学开阔、交融的远见，更有着中华文化博大、接纳、爱的胸怀。

陆士清老师1960年从复旦中文系毕业留校任教后，主要研究中国现当代文学，1978年后，参与完成《中国当代文学史》的编写以及全书统稿。这些年，他的研究着重在中国当代文学的作者、作品和事件的史料梳理及评述上，可以说是功德圆满。作为历任复旦大学中国现代文学教研室、中国当代文学研究室主任的他，完全可以轻轻松松地顺着这个研究路子一直走下去，但他却在1979年开始重视起台湾文学。八十年代初正是中国当代文学百花齐放、精品群出的时代，是一个当代文学炽热的时代，作为中国当代文学研究会常务理事、副秘书长的陆教授，却没有趁势追逐热潮，反而关注起当时还少有人问津的台湾文学，并且将台湾文学研究作为一个学科来建设。这无论是从文学研究领域，还是从政治社会态势来说，都是一种有风险的开拓。

我曾经和陆老师聊过他为什么会开拓台湾文学研究，他的回答出乎意料地简单，说读到了香港1978年出版的《台湾乡土作家选集》，继而发现了许多好作家、好作品，便想把这些优秀的文学介绍给中国的读者。他说台湾是中国的一部分，台湾文学当然也应该成为中国当代文学研究者的研究对象。

在陆士清老师等的倡导和推动下，到八十年代中后期，台湾文学的研究成了显学，不仅於梨华、白先勇、郑愁予、王祯和等陆士清先生介绍的名家们为中国读者耳熟能详，台湾当代诗歌、武侠言情等流行文学也在中国大学生中广为流传，为中国当代文学注入了一股新鲜的血液。台湾文学属于同族同根同文的异域表达，相较于同时期大量涌入并影响中国当代文学的西方现当代文学，有着特别重要的借鉴和平衡的作用。如今看来顺理成章的发展，但若回到七十年代末的社会和文化环境中，仍让人不得不佩服陆士清先生对文学的赤子之心和对学术研究不甘自限、踊跃探索的勇气和激情。

陆士清老师为《中国大百科全书》撰写"现代台湾文学"条目（近25 000字），作为上海辞书出版社出版的《中国现代文学词典》的常务编委，又将130多位台港作家、作品和文学杂志，列入辞书条目。1988年起，作为新成立的复旦大学台港文学研究室副主任（第二年成立台港文化研究所），陆士清开始研究一些台湾旅美的著名作家、诗人和学者，例如：聂华苓、白先勇、於梨华、欧阳子、杜国清、洛夫、余光中、痖弦等。由此，作为中国台湾文学研究"鼻祖"的陆士清教授，他的研究触角不仅伸到了香港，而且已经伸向了北美华文文学。在整个九十年代，陆教授的研究对象从台湾文学到香港文学，从东南亚和日本的亚洲华文文学到北美华侨华文文学，随着他的研究也搭建起游子们"回家看看"的桥梁，他既用学术的热情，也用谦和、正直的人格魅力，伸出"兄长"的手，替祖国母亲接"华文文学"回家。

进入21世纪，2002年10月，陆教授以总策划身份参与在复旦大学召开的第十二届世界华文文学国际学术研讨会，会议首次邀请了北美新移民作家陈瑞琳、张翎、少君、王性初、沈宁。2004年8月，他又出席了南昌大学召开的海外华文文学学术会议。由这个节点开始，陆士清先生的研究目光再次拓宽，开始关注起越来越多的从中国大陆移民海外的新移民的华文写作。这个群体的写作与当代中国文学之间有着更为紧密的关联，从作者身份、写作经验、发表状态等方面看，甚至可以说新移民文学是中国当代文学的游子，"出于母腹，游于全球"。在这群作家的作品中，同质性与异变性都十分鲜明地交织呈现，是研究当代文学中西文化互渗互动的最好案例，对于反思和拓展中国当代文学也有着积极的效应。

但那时，即便是新移民文学重镇——北美，作家和作品仍比较少，文学理论和研究更是一片荒芜。而我自己也和许多出国的写作者一样，正忙于学业或生存，还没有进入海外的华人写作群体。在中国文学学术界大多轻看、忽略这个群体时，已经七十多岁的陆先生却再一次因着敏锐的学术眼光，更是怀着对文学、对作者充满关爱与热情的赤子之心，开始投入这个新的研究领域。正是依靠一群如陆士清先生和海外的陈瑞琳女士这样的文学评论家的不懈努力，才渐渐为海外的写作者建立了一个良好的生态环境、一个文学的家园，使得文学这位至美的女神没有消失在异域迷茫而白驹过隙般的日子里。

二

2008年10月在南宁召开的第十五届世界华文文学国际学术研讨会上我见到了陆士清教授，当时很多人围着他，有朋友对我说："陆老师是海外文学评论的祖师爷了，又正好是你们复旦的老师，你还不赶紧去打个招呼！"当年我正好刚主编了"灵性文学丛书"，并出版了自己的第二部长篇小说《放逐伊甸》，心中也十分盼望能向老师汇报几句。不过看着陆老师被那么多人簇拥着，自己只是个一直在"边缘"游走的写作者，犹豫再三，几次走近，又几次退远，最终也没有勇气挤进人群。这期间，陆老师的目光从人群的缝隙间不经意地看了我几眼，十八年过去了，我已经从一个写诗的女学生变成了一个"中年煮妇"，不知是怕他认出我，还是相信他已经认不出我，性格使然让我匆匆转身走开了。

接下来，中国国内越来越重视海外华文文学的写作，我也就多次在中国各地的世界华文文学会议上遇见陆老师。我在他面前总是怯怯的，不敢亲近，因为他严格意义上说不是直接教我课的老师。我在复旦时最为熟悉的是梁永安老师、陈思和老师、杨竞人老师等，与他们甚至是亦师亦友的关系，而陆士清是老师的老师，算是师祖了。学校见到，或是选修课上，他都给我一种德高望重的距离感。我从来就不是一个标准的好学生，现在也没什么骄人的成绩，自然就：目光带笑脸半迎，身态步子躲着行……直到有一次他大声喊我名字，把我叫到他跟前。

当时，觉得周围好多羡慕的目光看着自己，我这小作家居然认识大师祖，心中小得意着又羞怯忐忑……那次，我觉得他个子特别高，目光只能举到他的下巴，嘟噜了句："陆老师还记得我啊？我以为您肯定不认识我了。"他爽朗地笑了，声音像是从宽大的热乎乎的胸腔里共鸣着荡漾出来的，让我突然感受到以师为父的温暖，距离感和忐忑、自卑都消融于这笑声中。

后来，我陆续送给先生几本我的长篇小说，但一点都没有期待先生真的会读。因为送他书的人太多了，而且他主要是研究台港文学，虽然现在开始研究新移民文学，我想能入他眼的也必定是海外作家中在中国大陆出书多、比较火的"大咖"。送先生书就是一种学生和儿女的心态，就像我每次出版新书也会送给父母，但父亲一本也没看过，我也不觉得有什么失落。所以即便是一年后我们在上海再见时，陆老师对我说，我的小说写得不错，并介绍我的作品给上海作协办的华语文学网时，我也只认为是出于老师的鼓励。

意外的事却发生了，记得在一次世界华文文学大会中，一天夜里，我手机上收到陆老师发来的对我处女作《世家美眷》的评论文章初稿，这部长篇小说是我1995至1996年写的家族故事，写女性在中国百年历史的战争、革命、改革三个不同时期中的生存状态与自我觉醒。那夜，我把陆士清老师写的评论读了二三遍。第一个没想到的是，他的评论方式是文本细读。即使在年轻的评论家中坚持文本细读的也已不多见，他对细节的独到剖析给我最直接的震撼与感动是：他竟然一个字一个字地看得这么认真！以他这样的年龄，以他这样的身份，如此仔细地看一个师孙辈的28万字的小说，这是何等谦卑的为师胸怀，又是何等真挚的学者风范。当时我就萌生了一种要好好写作的想法，对语言和细节要精益求精，甚至精确到每个字每句话。直到今天，这种感动与提醒仍在心中，因为有这样的师长在认真阅读，以至不敢随便"玩"文学。

还有一个更没想到的是，陆老师对《世家美眷》的评论写得让我耳热心跳，他的评论文字鲜活、直接地挑开了小说优雅的语言面纱，剖露出写此书时三十岁的我在"性"与"情"上的欲望与不羁。诚实地说，那晚我看老师的评论时非常惊慌失措，好像生怕这评论一旦被别人看了，就会像是让我在众目睽睽下一丝不挂。相比于很多极致性的暴露性的女性作家，我总是紧紧地躲藏在我的小说背后，即便是这本90年代中以情欲和生存为主要探索内容的小说，我也下意识地回避着自己"被发现"。这从小说前后三版，书名从《柔弱无骨》改为《世家美眷》可见一斑。突然被一个男性评论者从字句间"看见"，又突然被他用这么直率的文字把那个"我"拉拽出来，我不由地觉得失去了"安全感"而"恼羞成怒"起来。当晚我没有回老师的信。

第二天早上，陆老师约我在会议的酒店大堂见，我们坐在沙发上时，我面对他的一头白发恍惚发愣，心里无法把那些"放肆"的、充满热度和气味的句子与这个八十多岁的老教授联系起来。而他却兴奋地对我说，这部小说虽然是将近二十年前的作品，却是他见过最具女性独立意识的小说。他问我对评论文章的看法，我先是真诚地感谢，然后便忐忑地问能不能不要写得那么直接。先生听了，大笑起来，笑声得意、顽皮，又带了宽容。这时，周励姐也走了过来，原来陆老师昨晚也发给她看了，她大笑着说陆老师的评论不像是八十岁老教授写的，而像是十八岁血气方刚的小伙子写的。

那天，我们三人关于女性意识和文学谈得很过瘾。不得不说，我们都被陆老师这篇评论激荡了，与这篇评论相比，大多数文学评论都像是穿着礼服、戴着假发一般。不过，最后我还是求老师正式发表此文时，删掉一些太直白的句子，周励姐也笑着表示理解我。现在想起来，我是让青春常在的陆老师为了约定俗成的"体面"，给活力四射的文章穿上了"制服"。当论文《辉耀女性意识的光芒——评施玮长篇小说〈世家美眷〉》发表时，我却发现这件制服也难掩青春跳动的"胸肌"。

三

2016年首届"华文文学上海论坛"在上海作协召开，九位华文作家和九位评论家出席了一对一评论对话交流，感谢陆士清教授选择了与我交流对话，更感谢他并没有坚持自己的率性表达，而是顾及我的小女儿家心态，在讨论我的长篇小说《世家美眷》时委婉了许多。七年后的今天，当我也近六十耳顺之时，脱离了自我的限制，我越来越羡慕、感佩陆士清老师在文学评论时的"不穿制服"的精神和永远不灭的率真之心。

还有一件让我非常感动的事，有一次在上海一家商店门口见面，相约一起去参加文友聚会，老教授认真地向我道歉说，自己老了，眼睛不是太好了，看书看得慢，我的另外两本小说还没全看完。我当时心中一疼，特别后悔把小说送给他，因为觉得自己的文字实在不值得先生费眼神、费心力地看，于是忙跟他说不用看的，送他只是做个纪念。先生却立住了，转过身来对着我，极认真地说："要看的，你写得不错的，我看完要写点东西。"我是一个内心羞怯的人，当时心里非常感动，却不好意思表达，只是低声说了句"谢谢，真的不必要看……"

2018年陆士清老师在洛杉矶的北美华文文学论坛上又发表了论文《横看成岭侧成峰——施玮长篇小说的人性波澜》，对我送他的三部长篇小说《世家美眷》《放逐伊甸》《红墙白玉兰》做了分别的评述和整体的综述。私下里，他更是一部部与我细致讨论，有鼓励，当然也有批评。之后，看完了我在美国出版的三十四万字的历史长篇小说《叛教者》后，他对我有一个评价："你还是很爱国的！"这句评价若是别人说，我会不以为然，但陆老师说，我心里却很感安慰，觉得是被父辈懂得。因为他常常真诚地与我谈他对我们这个国家的感激和感情，完全有别于现在一些"战狼"式的"爱国者"，我看得出他是一片赤诚，这种赤诚深深地感染了我这个喜欢特立独行的游子。

有朋友看到我和陆老师的合影说我和陆师母有点相像，我听了真是喜出望外，因为在学校时有一次看见过陆师母，那真是温婉端庄，透着书香的美丽。之后，陆老师介绍女儿陆雨与我相识，我俩喜滋滋地合影，还真是有一点儿姐妹相。我心里悄悄泛起了丝丝小幸福，因为自己从心就渴望父爱，特别盼着有一位高大的、对我宽容的父亲，但我的父亲却从来没有表扬过我。

也许是因着这点相像之缘，陆老师特别喜欢和我聊师母，于是，他们从相识相爱到相濡以沫的整个爱情故事都被我听来了。记得有一次大会安排游船，他聊着自己的青春时代，聊着和师母的爱情故事，我发挥了小说家的好奇心追问细节。一个爱说，一个爱听，别人都去甲板上看风景了，我却觉得人生的风景更胜一筹。

今年适逢陆士清教授90大寿，学生心中对先生的敬佩已经没有了高山仰止的距离感，而更多的是以师为父的亲切。陆老师一生爱国家、爱文学、爱家人、爱学生，"爱"是他一生的动力。他做学问真、写文章真、做事真、做人更真，"真"是他一生的状态。我对先生的认知十分浮浅，斗胆用两句话概括为：

学术的敏锐缘于赤子之爱；

生命的真挚滋养桃李之林。

2023年3月3日写于洛杉矶东谷书屋

施 玮

诗人、作家、画家。祖籍苏州。曾在北京鲁迅文学院、复旦大学中文系学习。一九九六年底移居美国，获硕士、博士学位，主修旧约文学。国际灵性文学艺术中心主席。获雅歌文艺奖文学第一名、华文著述奖小说第一名、首届华人影视文学成就奖等文学奖项。在中美及欧洲讲学，倡导并推动灵性文学艺术创作。自八十年代起，在海内外报刊发表作品五百万字。出版《歌中雅歌》《世家美眷》等共二十一部作品，举办多次个人灵性艺术诗画展。

谦谦儒雅　海派风采

——陆士清教授掠影

白舒荣

中国大陆研究世界华文文学早一代前行者开拓者有多位，其学术成绩各有千秋，个人形象气质多所不同。因写这篇小文最先拿起陆士清所著《探索文学星空——寻美的旅迹》，开篇即张炯书序，不免将二位的形象风采小作比较。

陆士清和张炯皆儒雅挺拔，衣装时时得体。不过张的儒雅蕴含着京都国家干部气息，陆的儒雅展现着大商埠海派风采。

在《探索文学星空——寻美的旅迹》的书序中，张炯娓娓道来同庚二人的不同经历，逐层展开陆士清在当代文学和台港海外华文文学双行道并举的学术史和成绩。一位勇于开拓，善于任事的学者陆士清形象，经张炯之笔鲜明挺立。

作为复旦大学中文系教师，陆士清曾于20世纪70年代末牵头22所高校，集体编写了一套三卷本《中国当代文学史》，大步走在中国大陆当代文学研究前列。改革开放后，不少台海名作家走进上海和复旦大学校园，陆士清得风气之先，机遇之便，投入台湾文学研究，80年代初便让"台湾文学"走进复旦大学教学课堂，更于1980年春撰写了第一篇台港文学论文《於梨华和她的〈又见棕榈，又见棕榈〉》。翌年春，他为复旦中文系毕业班和硕士研究生开设选修课"台湾文学"。对此张炯不吝赞美称"这是中国首次开这样的课程。新华通讯社为此向台港和北美发了电讯稿。当时美国旧金山大学中文系葛浩文教授访中后，曾认为中国大陆虽然已发表和出版台湾的文学作品，但大学的课堂上还没有讲台湾文学的。当他得知陆士清已开设此课时，就修改了自己的讲演稿。"[1]

"台湾文学"新课题新品种的教学和研究闸门打开后,陆士清以海派的敏锐和对时尚的追慕,认清时代,选准方向,从此与台港和海外华文文学紧密抱拥,陆续撰写了《白先勇的小说技巧》《论桑青与桃红》,编选《白先勇小说选》《王祯和小说选》,以及包含赖和、杨逵、吴浊流、钟理和、林海音、聂华苓、於梨华、陈若曦、白先勇、陈映真、王祯和及黄春明等34位台湾作家在内的《台湾小说选讲》(上下册),共57篇作品。

陆士清所撰和所编选涉及的这些台海作家,无论当年还是现在,以及将来,都是世界华文文坛的明珠。

《中国大百科全书——中国文学卷》设"现代台湾文学"条目,陆士清受命不辞辛劳,在当时台湾文学资料和对其认知尚有局限的条件下,"清晰地梳理台湾新文学运动的历史轨迹;通过对新文学运动的发动者的理论阐述和对作家作品的分析,论证了台湾新文学运动是在五四新文学运动影响下发生发展的,是中国反帝反封建的民族解放运动的一翼,台湾新文学是中国现代文学的一个有特殊性的分枝"[2];他"跳出以流派论高下优劣的观念,对现代主义文学思潮和作家创作进行实事求是分析,肯定它的历史作用和创作业绩"[3]。经他撰写的"现代台湾文学"条目,评价了115位小说家、诗人、戏剧和散文作家的活动,共约25 000字,可谓工程浩繁。

在世界华文文学研究方面的著述,陆士清尚有论文集《新视野·新开拓》,评论集《情动江海,心托明月》《台湾文学新论》《三毛传》(合作)、《曾敏之评传》(简、繁体字版)和《笔韵——他和她们诗的世界》等。此外执行主编了《旦园枫红》《心印复旦园》,这二书顾名达意,显然内容专属复旦大学,是他退休后对母校的特别贡献。

陆士清常把心血所著无私馈送文友,我荣幸收到多部。他将自己在研究领域所获慷慨献出,亦是一种对世界华文文学发展的推动。

在陆老师众多著作中,《曾敏之评传》让我想起了一些往事。对曾敏之先生我习惯称其曾老总,记得当年曾有多位老师建议曾老总应该有评传书

---

1 陆士清:《探索文学星空——寻美的旅迹》,张炯:《探索文学星空〈序〉》,香港文艺出版社2012年版。
2 同上。
3 同上。

写，我顺口推荐广东社科院研究员许翼心。许老师文采斐然，他同曾老总多年交往关系密切，只要曾老总从香港回到广州住宅，许便是座上客、亲密牌友，应该对曾老总了解很深，且写作中若遇问题联系方便。听了我的建议，曾老总果断摇头。我认真一想，确实不妥，非关学术水平和文学造诣。许翼心为人真诚，早年我每去广州办完公事闲暇，多是他不紧不慢地陪同，也曾在他家蹭饭。他似乎还生活在木心所说的一辈子只够谈一次恋爱时代，全方位电影镜头里的慢动作，且基本遵奉力行着孔圣人的"述而不作"，曾读到他寄给我写了一半的信，没弄明白下文究竟要说什么。

我如此这般不敬的调侃，若许翼心地下有知，想来也只会宽和地笑笑，断不会急急忙忙跳上来辩驳。其实这里特别借此提到他，也是一份纪念。

撰写曾老总的评传非轻而易举事，其生命丰富厚重精彩，诚如陈思和教授所言：曾老总被派任香港《文汇报》后，不辱使命，"他不仅有非凡的工作能力和足够的诚意，更主要的是，他的前半生的经历帮助了后半生的成就。他具有优秀记者资历和敏锐性，使他在鱼龙混杂的香港文化界纵横捭阖，游刃有余；他具有长期编辑的丰富经验和高瞻远瞩，使他能驾轻就熟地利用《文汇报》在海外的声誉指点江山，振聋发聩；他具有作家的才情与文笔，使他立足于香港纵情于文坛，文史杂论、诗词散文双管齐下，为香港文艺添了光彩；他更具有大学教师和学者的学科眼界和学术思维，从一开始他就把香港文学从一般报刊评论的小圈子里摆脱出来，使其与高校、研究所紧紧捆绑在一起，使之进入高校教学领域，逐渐发展成为一门重要学科。"[1]

如斯之人，其评传的撰写，必须是与之相匹配的能者高手。

陆士清显然堪当此大任。他勤奋、认真、重然诺、学养富瞻，对研究世界华文文学有深耕细作的积累；他敬重曾老总，同曾老总十分亲厚，深受曾老总信任看重。在曾老总的文学生涯中，有这么一笔，即陆士清策划主导、在杭州西子湖的宾馆为之召开了"曾敏之文学生涯七十年笔会"。那次会议也深刻烙印在我的记忆里。

为撰写曾老总评传，陆士清长年离家住宿广州，就近采访和搜集查找资

---

[1] 见《曾敏之评传·陈思和〈序〉》，香港作家出版社2011年9月初版，第3—4页。

料。评传是一种非虚构文学创作和学术研究论述的自然互渗性结合体。评传的书写，需深入了解传主的生命历程、所处时代及所受影响，其学识素养之生成缘由，所获成就在自身专业领域和宏观时代中的价值影响等。大量的阅读，深入的考察研究，工作量和脑神经都需要极大的付出。

经过陆士清坚毅的努力，曾老总一生的艰辛和辉煌，浓缩在四十多万字的皇皇巨著《曾敏之评传》，以大陆版和香港版的厚重姿态先后问世。

《曾敏之评传》共九编三十五章。"九编"依次为："漂泊苦学"，"桂林雨露"，"山城岁月"，"风雨羊城"，"报国素志"上、下，及"人·事述怀""浇灌百花""真情祝福"，全书基本以曾老总的生命历程为叙述线，推展其一路的生存和思想状态、事业所向和取得的成就，等等，在九编各章节中都有重点书写和深入细致的挖掘评述。曾老总作为世界华文文学研究的发动者、开拓者、领路人，作为"香港作家联会""世界华文文学联会"的创建者，他将永载世界华文文学研究史册，陆士清教授为之撰写的评传，将同曾敏之先生的贡献共存同耀。

陆士清不但研究世界华文文学成果丰厚，亦牵线台港作家和内地出版界联系，发挥了积极作用。

结识陆士清老师在1987年。当年我所在的人民文学出版社《当代》杂志1979年创刊号上曾刊载台湾白先勇先生的短篇《永远的尹雪艳》。1987年春，得知白先勇到上海再赴南京，出版社派我和负责图书出版的一位编辑同去南京看望白先生，时在四月底五月初。

飞机似乎知道我的同行者恐高，且是第一次飞行，在南京上空同淅淅沥沥的雨遭遇后，反复升高低就，并于宁沪之间往返盘旋。不得已，我们只好听从机长建议，傍晚在万家灯火中先落地上海，投奔了陆士清老师。

翌日晨，陆老师12岁的活泼小女儿陆雨带我们到了白先勇住处，随后陆老师陪同白先勇访问南京，我们亦随同，参观总统府、秦淮河，在南京大学听他与学生座谈。由此我同白先勇建立了多年的交往友谊，人民文学出版社于1988年出版了他的长篇小说《孽子》。其中皆有陆老师的功劳。

另一次受益于陆老师的牵线搭桥，缘于"台港海外华文文学研讨会"在上海的召开。中国大陆台港和海外华文文学研讨会在暨大、厦大和深圳大学召开了三届后，无单位接棒，在曾老的建议下，陆士清勇于承担了第四届会议,时在1989年4月1—3日。他广邀台港和海外华文作家,出席者众,会中格外吸引眼球的莫过于台湾作家高阳先生。

清癯的高阳落落寡合,酒不离口,自称"高阳酒夫"。高阳本名许晏骈,以历史小说著称,著作约90余部,105册,读者遍及全球华人世界,赫赫声名同于金庸。北京友谊出版公司出版了他不少书,《胡雪岩全传》和《慈禧全传》风靡大陆,我是他书迷。多年望乡,高阳离开大陆四十年后,在陆士清主持召开的第四届台港和海外华文文学研讨会达成心愿,这对他本人和邀请者陆士清,都颇有意义,在世界华文文学研究史册中当有一笔。

高阳的归来,也使内地出版界与高阳从之前的间接组稿,到建立了直接联系。上海会后,高阳到了北京,接待他的亲戚本家美国华人许先生恰好同我熟悉。我邀请高阳先生到中国文联大楼,陪他参观故宫,登了长城。方知他写了那么多著名的清宫小说,居然是第一次走进故宫,却对其中的巨细了如指掌,仿佛见了自己的家珍。高阳先生送我一本他的《梅丘生死摩耶梦》,内容关于著名画家张大千先生。我趁机录音采访了他,前不久刚出版过他的《避情港》,这次又约了新书。高阳这次回大陆后,本计划今后常来常往,六月北京发生了大事,这次归来成为他第一次也是最后一次。

陆士清老师从复旦退休后,曾一度成为港商代理,从学者变身总经理,西装笔挺,翩翩儒商,精明傲骄,出入有汽车专供,风光一时无两。

但他身在商海,心依然紧贴世界华文文学。当此期间,他曾与戴小华合作,获得宝钢支持,在上海首钢召开"海外华文女作家作品研讨会"。宝钢商务助理成为协助他与小华办会的依靠力量。最近整理旧资料,意外发现了那次会议照片,仔细查读,香港周蜜蜜、新加坡淡莹、马来西亚戴小华、法国吕大明和美国丛甦端坐其中。法国吕大明柔柔弱弱,她十分难得到大陆,散文创作极有功底。之后,我曾为她编选了几本著作在山东出版。

陆士清2000年初离开商界,但他2002年再次操办第十二届世界华文文学国际研讨会,在沪东花园宾馆为会议全方位效力服务的,除复旦中文系研究生外,仍有他当老板时的副总和员工们。他们的不离不弃,彰显了陆士清当老板和做人的成功。

我同陆老师结缘甚早,同在世界华文文学圈子里打转,大会小会,国内境外，交往频密，曾蹭饭他家，品尝他自诩拿手菜肴。他是我敬重的前辈，也是彼此比较熟知的老友，其为人治学，都是我的老师和榜样。

2023 年 3 月 9 日改定于北京蓝旗营

白舒荣

毕业于北京大学中文系，中国作家协会会员，中国文联出版社编审。现任香港《文综》杂志副总编辑、世界华文文学联盟副秘书长、香港世界华文旅游文学联会副理事长兼常委等，及多家海外华文文学社团顾问。曾任世界华文文学杂志社社长兼执行主编，中国作家协会台港澳暨海外华文文学联络委员会委员等。已出版《白薇评传》《热情的大丽花》《自我完成　自我挑战——施叔青评传》《华英缤纷——白舒荣选集》《海上明月共潮生》《以笔为剑书青史》等，以作家评传类为主的著作九本。主编多种华文文学丛书。

陆士清教授与加华文学[1]

赵庆庆

二十多年前，我结束加拿大留学，回到原先任教的南京大学外语部。同校文学院的刘俊教授得知我研读加拿大华人文学，便热心引荐我加入江苏省台港暨海外华文文学学会。有幸地，我拜见了时任会长的曹惠民教授，认识了在海外华文文学研究领域实力不凡的"江苏军团"，参加了学会在江苏不同高校召开的既严谨又活泼的年会。

也就是在年会上，我初次拜识了复旦名师陆士清教授。当时，还挺纳闷：这是江苏学人的年会，怎么会有复旦名师呢？后来，我发现，江苏省台港暨海外华文文学学会举办的年会和研讨会，经常会有陆老师加盟，身影端正，步履安然，笑语儒雅。我明白了：原来，他是我们江苏学人的好朋友、好师长，更是中国台港澳和海外华文文学学界的元老之一，是该领域众多学子、同仁和作家既敬且爱的对象。

我属于海外华文文学学界的新人，外国语学院毕业，专业为英语文学和比较文学——这种背景在华文文学研究圈比较另类，处于边缘。在这个圈子，评介加拿大华人的汉语创作，名正言顺，而我若评介其英语和法语创作，就感觉有点心气不足。毕竟，这是华文文学界的地盘啊！

然而，加拿大华人文学（简称"加华文学"）包括汉语、英语和法语写作，有的加华作家，如李彦、林婷婷、曹禅等，本身就是汉英双语作家。分语种研究加华文学，往往难窥全貌，所以，我既研读加华汉语文学，也研读加华英语和法语文学。这样，不仅能在华文文学学界立足，而且能为之打开

---

[1] 本文系江苏省社会科学基金项目"加拿大文学在中国的接受和批评史论"（22WWB002）的阶段性成果。

一扇窗口，浏览华人外语创作天地的万千风景。

2008年10月，第15届世界华文文学国际研讨会在广西民族大学召开，我提交论文《海外华文文学和非华文文学的比较和整合新论》，阐述了将华文文学拓展到华人文学的学术思路，发言的场次恰好由两位大咖——陆老师和曹惠民会长——主持。他们含笑鼓励，让我吃了定心丸，在规定时间内，顺利完成了我在全国性华文文学国际研讨会上的首次发言。在与旧雨新知的合影中，我特别珍惜抓拍下来的陆老师和曹老师主持、我发言的现场照片，正是有了像他们这样的前辈学者春风化雨，引领扶持，华人文学学界才一直生气盎然，保证了学术梯队的延续……

回顾国内的海外华文文学研究，其起步于20世纪80年代。学科概念从"台港澳地区"扩展到"世界华文文学"，研究的兴趣则分散或转移到"对海外"——先是对东南亚，后是对欧美新移民的关注上。[1]因此，相比于东南亚华文文学、美国华人文学和欧洲华人文学，国内对加拿大华人文学了解较晚。

就加华汉语文学来说，国内的海外华文文学史或教程，如广东省社科院文学所所长赖伯疆的《海外华文文学概观》(1991)、汕头大学陈贤茂教授主编的《海外华文文学史》(1999)、首都师范大学王景山教授主编的《台港澳暨海外华文作家辞典》(2003)、苏州大学曹惠民教授主编的《台港澳文学教程》(2000)和《台港澳文学教程新编》(2013)，对之仅有所简录，评介了洛夫、痖弦、阿浓、东方白、马森、梁锡华、陈浩泉、亦舒、梁丽芳等从台港移居加拿大的作家。约从2000年起，华文文学领域的前辈学者白舒荣、饶芃子、陈公仲等亦开始著文，评读在加拿大崛起的华文移民作家，白舒荣的《"拼命三郎"冯湘湘》(美国《华人世界》2002年第3期)、《加拿大"税吏"作家朱小燕》(《人民日报·海外版》2002年)等，饶芃子的《新移民文学的崭新突破——评华人作家张翎"跨越边界"的小说创作》(《暨南大学学报》2004年4月)、陈公仲的《一曲百年沉重的移民悲歌:〈金山〉读书笔记》(2009)[2]等，促进了加华汉语文学在大陆学界的进一步解读。深入的研究则

---

[1] 刘登翰、朱双一等:《台湾文学研究前沿问题（笔谈）》,《华侨大学学报》2005年第4期。
[2] 陈公仲:《一曲百年沉重的移民悲歌:〈金山〉读书笔记》,《灵魂是可以永生的》,南昌：二十一世纪出版社，2014年版，第96—100页。

集中于叶嘉莹、洛夫、痖弦等几位老一代大家,以及张翎、陈河、曾晓文、李彦等一批从中国大陆移民加国的中青年写作人。

而加华英语和法语文学,国内学者最早撰写的加拿大文学史或选读,如《加拿大文学作品选读》(黄仲文,1986)、《加拿大英语文学简史》(黄仲文,1991)、《加拿大文学简史》(郭继德,1992)、《魁北克文学》(孙桂荣,2000)等,均未提及。直到《加拿大短篇小说选读》(谷启楠等编,1994)选录总督奖得主余兆昌的代表作《草原孀妇》,加拿大女作家作品集《房中鸟》(申慧辉、孙桂荣主编,1995),收录两位加华女作家的英语短篇小说,安妮·朱的《喧闹的唐人街》和刘绮芬的《玻璃》,加华英语和法语文学才渐被国内学界了解、研读和翻译。

陆老师具有宽阔的学术视野,恒久的学术热情,乃至梦想。在台港文学、东南亚和欧美华文文学研究领域耕耘半个世纪,他硕果累累,德高望重。退休之后,不辍研究,开始关注起加拿大华文文学,和加华作家建立了友谊,为他们撰文鼓劲。

陆老师的《回顾与展望——记香港世界华文文学联谊会成立五周年庆典》(2011)、《共舞世界华语文学的春天——写在华语文学网上线时刻》(2014)等文,推出了陈浩泉、张翎、李彦等加华作家。2014年11月,中国国务院侨务办公室和中国作家协会在广州召开盛大的首届世界华文文学大会,他以一篇《迈向新世纪的世界华文文学》宏文,襄助盛举。此文提及了加拿大华裔作家协会(简称"加华作协")、加拿大华文作家协会等知名加华文学组织,开列了世界优秀华文作家名单,其中就包括加拿大的叶嘉莹、葛逸凡、张翎、李彦、陈河、洛夫、痖弦、梁锡华、陈浩泉、曾晓文、朱小燕等,并把李彦的长篇小说《嫁得西风》视作华人作家"跨国界跨文学书写"的著例之一。[1]

台港澳暨海外华文文学的学人共识:陆老师不仅长于学科观察和论述,而且长于作品细读和品评。他有三篇加华作品评论令我印象深刻。《亲情至爱的交响——读曾晓文的〈小小蓝鸟〉》(2015)情理交融,优美精当,和被

---

[1] 陆士清:《迈向新世纪的世界华文文学》,《品世纪精彩》,上海:文汇出版社,2020年,第36—43页。

评的佳作放在一起，堪称评作兼美，交相辉映。他在年过八旬时，远赴加国，出席加华作协在温哥华召开的"第十届华人文学国际研讨会"，提交论文《泉音淙淙——读陈浩泉的散文》（2017），用心"听"出了陈文中的家国和灵魂之歌，认为陈浩泉是一支"知名而活跃的健笔"，"朴质、清新而不乏犀利"[1]。

2016年，陆老师和上海作协副主席汪澜、王伟，以及复旦大学陈思和、梁燕丽教授，上海作协华语文学网总编辑刘运辉，一起创建了上海"海外华文文学论坛"，迄今已举办三届，得到了华文文学界的广泛支持。前三届每届都邀请10位海外华文作家来上海交流。美国的刘荒田、周励、薛海翔、王性初、卢新华、少君，加拿大的曾晓文、宇秀、江岚，英国的虹影，马来西亚的戴小华、朵拉，德国的穆紫荆等，都曾光临论坛。2018年，陆老师参加第三届"海外华文文学上海论坛"时，为了点评江岚的首部长篇小说《合欢牡丹》，撰写了近万字文稿。担心她迷路，他不顾八旬高龄，亲自去同济大学找这位晚辈讨论。江岚感念不已，以一篇《长管风骚不管愁：为陆老师上寿》记录了她与陆老师的点滴过往，再现了陆老师对加华作家充满长者情意的关怀。

作为新人，我受到了"江苏军团"曹惠民、刘红林、汤淑敏、章俊弟等前辈师长的亲切引领，陆老师的和蔼幽默，也化解着我这名新人的忐忑不安。

记得2013年9月，秋色宜人，秋水连天，"陶然文学创作40周年"研讨会在徐州师范大学召开。晚餐时，与会嘉宾们兴致勃勃，曹会长给大伙儿哄得亮开嗓子，高歌了一首非常好听的电影插曲《驼铃》。轮到陆老师，他也不推却，笑眯眯地站起来，聊展口才，讲了一个古代书生啰嗦至极地作诗描绘宝塔的故事。陆老师吴腔软调，慢慢悠悠，不动声色地讲述，酷似单口相声，笑得大家合不拢嘴……真没想到，满腹经纶的陆老师，如此雅谑！至今，我都忘不了那次欢乐祥和的学术聚会，尤其是陆老师故事的"笑果"。

曹惠民老师曾经惠赠我其心血之著《台港澳文学教程新编》，我拜读

---

[1] 陆士清：《泉音淙淙——读陈浩泉的散文》，《品世纪精彩》，第230—236页。

后，颇有感触，便写了一篇《学术的"气"和"度"》，不久便在《文学报》（2016年8月18日）发表。事后，曹老师才告诉我，"是陆老师的推荐"。陆老师不声不响，甘为人梯，重情重义，我想不少人都体验过吧。

二十多年，忽忽而逝。我初见陆老师时，他乌发郁郁，如今一片银白，挺拔的身材也显出了岁月的弧度。可他的心，依然年轻热诚，活泼深沉。米寿之年，他精神矍铄，戴着红围巾，在学子环绕、文星荟萃的生日宴上致辞、吟诵：

> 八八岁月无虚度，
> 夕阳时光惜如金。
> 真挚友情暖肺腑，
> 初心不改再前行！[1]

我则以一首嵌名联，遥致恭贺：

> 桃李精育复旦名师名士寿
> 华文广传海陆清风清心福

对于为之奋斗了大半生的台港澳和海外华文文学研究，陆老师依然一往情深："夕阳时光，我仍要献身于此项事业。希望年轻一代的学者鼓足干劲，继往开来，砥砺前行，奔向星辰大海。"[2]

可以让陆老师欣慰的是，台港澳和海外华文文学研究薪火相传，生生不息。仅就加华文学研究而言，国内既有硕博学位论文，也有相关专著，还出现了渐增的国家社科基金项目和教育部人文社科基金项目，如暨南大学王列耀教授主持的国家社科项目"加拿大华人新移民小说研究"（批准号10BZW101）、华南农业大学李良博副教授主持的教育部人文社科项目"加拿大华人汉英双语作家作品研究"（批准号15YJC752017）、吉林大学刘淑玲

---

[1] 周励：《外滩五号的米寿盛宴——陆士清老帅八八大寿侧记》，https://www.sohu.com/na/447193298_639570。
[2] 许慧楠、黄炜星、陆士清：《先行者的学术人生——世界华文文学研究专家陆士清教授访谈》，《华文文学》2022年第5期。

副教授主持的教育部人文社科项目"从'华人文学'到'华裔加拿大文学'"（批准号15YJC752019）。我自己也有幸主持了两个教育部项目"加拿大华人文学史论：多元和整合"（批准号11YJC752041）和"文本、史料、微纪录片——加拿大华人作家大型系列访谈的构建研究"（批准号21YJA752015），在加华文学研究道路上继续探索着。

人生有涯知无涯，桑榆非晚天满霞。我深深感念前辈学者们的开拓积累，感念一代又一代学人的守成创新，感念虽多难其犹不悔的赤子情怀。在学术的星辰大海中，陆士清教授，无疑是一颗让人无比敬爱和难忘的启明星。

2023年3月3日初稿

赵庆庆

南京大学外语部副教授，中国世界华文文学学会理事兼史料委员会副主任委员，加拿大华人文学学会委员。南京大学英美文学硕士、加拿大阿尔伯塔大学（University of Alberta）比较文学硕士。出版《加拿大华人文学史论：多元和整合》《枫语心香：加拿大华裔作家访谈录》《枫雪同行：加拿大华人作家访谈录》《讲台上的星空》《奇人·奇书·奇遇》及多部译著。曾获加拿大政府颁发的研究专项奖和项目发展奖、中加政府联合授予的中加学者交换项目奖、中国加拿大研究优秀专著奖等。

敢遣春温上笔端

——致敬鲐背之年陆士清教授

李 良

我在一篇文章里曾写到，自己自小就喜欢和老年人聊天，除了无意识里感受他们相对缓慢语速背后的人生悠闲之美，还渴望从老人们那里汲取短语慢词以及沉吟笑声背后的人生智慧，他们脸上流溢出来的光也给我以温暖。十余年来，因为加入世界华文文学研究队伍，我得以与陆士清老师等一代长辈学人或远或近地接触，这更加深了我的那种认识与习惯——于知识与智慧而言，与老人聊天，只有"赚"没有"赔"的机会。

自我第一次见陆老师，他就已是鹤发童颜，我想象不出（当然也包括我没有主动去寻找他年轻时的照片来看）他风华正茂时或青壮年时的样子，我不担心自己想象的结果是否被别人接受，或者惹恼了陆老师，因为我不会把这属于我的想象拿出来告诉别人；我担心的是自己的想象与曾经的现实不符，即使任何一个人的生命都是一步一步走过来的，后来（现下）必然留下过去的影子；我在意的是自己的想象既要朴素而真实，还要和未来的陆老师是一体的，是符合他的成长逻辑与生命情志的。于是，为了最大可能地完成这想象，我还是有必要阅读陆老师的文字，并努力回忆我和他的交往与交流，以期对这谜一般的想象给出一定的建构参数。

他是一名敢闯敢干的教师。"文革"刚结束的1979年，十一届三中全会还没召开，旅美台湾作家於梨华第三次访问大陆（1975、1977年两次来大陆，主要是寻亲访问，都到访复旦大学），陆老师"已清楚地意识到"研究台湾文学的必要性与重要性。赴暨南大学做调研后，"建议将台湾文学列入教学和研究计划"，这在"'文革'余毒犹存，触碰台湾文学心有余悸"的年代里，需要多大的胆量，是可想而知的，陆老师是有想法的"敢闯"的人。

"1981年春,给'文革'后首届本科毕业班学生、研究生和进修教师正式开设了'台湾文学'选修课","在当时中国大陆是首创"。1986年始,"招收台港文学硕士研究生,1987年为第一届",指导培养"中国内地高校以台湾文学为论题撰写毕业论文的第一位硕士研究生"。处事有胆识,思而后行,然后为天下先,陆老师是"敢干"的人。

他是一位敢首创的学者。在我读大学的时候,中国当代文学还陷于适不适合"写史"的争论中,工作以后陆续参考学习洪子诚、陈思和以及董健、丁帆、吴秀明等诸位先生有关当代文学史的论述,但再进一步放长眼光,必须去摩挲上世纪七十年代末、八十年代初由陆老师主持编写、海峡文艺出版社与福建人民出版社分别出版的《中国当代文学史》。能否写史是态度主张,如何写史涉及观念方法,也许是我的有些偏狭或片面的认识——从1到100的难度远小于从0到1,基于此,不得不敬佩于"敢首创"的陆老师。

他是一个敢为的儒者。从40岁出头担任复旦大学中文系中国现代文学教研室主任,到1979年夏参加接待美国纽约州立大学奥尔巴尼分校代表团,再到领衔"二十二院校编写组"成就首部《中国当代文学史》,包括在1989年4月勇于接棒并圆满承办"第四届台港澳暨海外华文文学国际学术研讨会",学术研究"走进去"的同时,陆老师还能"走出来",知行合一。于此,我不愿意称其为活动家,他是一位文学事业家,因为他的这些行为是足以引领照亮同行人与后来者的,也恰恰呼应了为人谋忠,与友交信,立心天地,继往圣绝学的高标。有为则有不为,知不可为而为,陆老师是一个"敢为"的人。

他是一尊蔼然长者。我生来也晚,得识陆老师也实在嫌迟,这一直是我内心遗憾之一种。陆老师"着力最著的当属对于曾敏之先生的研究"(刘登翰语),《曾敏之评传》是一位长者向另一位更长者的致敬。约30年来,陆老师一直关心支持我们江苏省台港暨海外华文文学研究会的发展,数次受邀参加学会的学术活动,所发宏论中肯有力。同时,对我们期刊《世界华文文学论坛》也是关爱倍加,不吝赐稿,据不完全统计约有20篇文章见刊。十余年来,每次相逢交流或隔空通话,"白头翁"陆老师便骤然间出现眼前,他不算很连续的声音总是稳稳的、温温的,而每次开始和结束时显得过于礼貌的语词也令晚辈我惴惴的、暖暖的。陆老师蔼然,仁者寿。

蒋孔阳先生为陆士清《台湾文学新论》撰写序言，称他"做任何事都生气勃勃，具有开拓进取精神"。陆老师自谦是"认真生活的平凡人"，"介入台港暨世界华文文学研究，实际上也是在中国改革开放的大时代环境下作出的选择，虽然这个选择有着某些无奈的成分"，近半个世纪里，陆老师勤奋耕耘，不息探索，有胆识然后敢闯敢干，具智慧才能敢为敢首创。谁又能离开他所处的时代生活在完全理想的真空一般的社会里呢？实干成事，敢字当头，"敢遣春温上笔端"，我把陆老师借鲁迅诗句送给曾敏之先生的这句话套用在陆老师身上，盖无错吧。

李　良

文学博士（后），江苏省社会科学院研究员、文学研究所副所长，学术期刊《世界华文文学论坛》主编，中国世界华文文学学会理事，江苏省台港暨海外华文文学研究会秘书长。

最年长的评论者

薛海翔

2023年2月4日，上海，阴冷的冬日早晨。

起床后，手机上有个未接电话，是陆士清教授打来的。急忙回拨过去，电话那头，传来陆老师明亮的苏南普通话：

"海翔，我正在写你非虚构长篇《长河逐日》的评论，有些看法，想跟你交流一下。你这本书是追踪探究父辈人生和那个时代的记录，我把你的探寻过程，概括为四个递进的阶段，依次为陌生、认识、理解、崇敬，我这样说，是否合乎你的实际写作过程？"

我说："作者自己没有想到，被老师总结出来了，只是最后一步，不算是崇敬吧，我这年纪不会仰视人了，都是凡夫俗子，但父辈这些平凡的人面对侵略者，不是躲起来，是挺身而出；换位比较，难说我能不能比他们做得更好，所以，对他们是钦佩的。"

陆老师说："好，那就是陌生、认识、理解、钦佩，四个阶段。"他挂断电话，又回到写作中去了。

我则久久坐着，一动不动，深陷电话带来的震撼之中……

陆老师九十岁，一个多月前，复旦大学和上海作协联手，计划发起一个别致的祝寿：举办"陆士清教授学术思想研讨会"。我参加了组稿会，应承了论文写作任务。组稿会上，陆老师告诉大家，他正在写《长河逐日》的评论，他即席大段复述书中情节，语速快捷，元气充沛，让大家惊叹不已，更让我感动得不知道说什么好。

散会不几天，疫情排天而至，海啸般地席卷大地，陆老师未能幸免，全家深陷疫病。与陆老师女公子陆雨联络,得知陆老师高烧后挺了过来,陆师母林老师因脑血管病一度危重抢救。陆雨的消息让我十分担忧,我亦染疫辗转病榻,知道一家人齐齐病倒,会是如何艰困和凶险,日夜期盼陆老师全家早日挣脱病魔的手掌。

我与陆老师结识,相比海外华文写作圈的同仁,是比较晚近的。

我1979年发表文学作品,次年加入中国作协上海分会(岁月久远,同一批入会的会员,如今依然写作的,只剩王安忆、陈村、王小鹰);1987年出国后,小说仍在国内发表出版,剧本在国内拍摄上映,作品获奖及研讨都在国内,作协会籍及文学活动一如既往,凡此种种,让我自觉仍是中国作家,我甚至不知道海外有华文写作群体。

直到2009年秋,我由陈瑞琳引荐赴西安,第一次参加海外华文文学会议,遇到阔别二十几年的严歌苓,结识少君、陈河、王威等海外作家,才知道海外华文写作人数众多,国内都有了专门的学术研究,中国文学与海外华文文学的界定及关系被谈论,对我们的定位是"新移民文学"北美作家……这都是让我颇为好奇的新景观。

此后,在一次次海外华文文学集会上,结识了越来越多的写作者和研究者,终于在2015年曼谷笔会,遇到了陆士清教授。

那是大会开幕前的预备会议,炎热的会议室里,主办方介绍着与会者,叫到我的名字时,满头银发、身姿挺拔的陆士清老师,大步走到我前面,一把搂住我的肩膀,拥抱我,大声说:"你就是海翔啊,我一直听新华说起你,今天见到了。"在陆老师的朗声大笑中,我忽然觉得,我们相识多年,此刻只是重逢。这个奇特的感觉,前所未有。第一次相见的开场方式,也就此恒定——后来的每次见面,陆老师都先给我一个结结实实的拥抱。

那晚,我知道了,陆老师是老友卢新华上大学时的班主任,八十年代我们读到的白先勇、於梨华等人的作品,就是陆老师开风气之先引进的,从台港文学到海外华文文学,不间断的发现,不停歇的引进,不止步的研究,在陆老师等一众先驱者筚路蓝缕的开垦下、栉风沐雨的推进中,"世界华文文学研究"从无到有,蔚为大观,如今已成为一门硕果丰盈的学科。这才晓得,那些让我好奇的新景观,对我写作身份的新定位,发轫的源头都在这里。

从泰国回来,陆老师邀我、卢新华和周励,去复旦校区的家中吃大闸蟹,在那个暖意融融的家宴上,就着肥硕的阳澄湖螃蟹,听陆老师讲述着水乡往事。

陆士清的故乡是苏南张家港的一个偏僻村庄,生逢乱世,四岁时,这个长江畔的小村被日军占领。及至上学,日方派警察站在教室门口,强迫他们学日语。小孩子憎恶占领军,他们用烂泥去堵塞日本人村头烧炭的烟囱,恼怒的日军全村抓小孩子,要抓去比对烟囱旁留下的脚印,找出"元凶";满村小孩四散奔逃,陆士清慌不择路,越河时掉进了冰窟窿,冻得不成样子,才算躲过一劫。

抗战胜利后又是内战,怕陆士清被抓壮丁上战场,父亲卖田地,缴学费,让陆士清念初中,国府规定中学生就可以免服兵役。初中还没毕业,新中国建立,陆士清不再读书,去无锡中国人民银行工作,小小年纪,自立谋生了。

陆士清勤勉工作五年多,这期间入党,当上营业所副主任,被送到上海业务培训。这是他人生的一个紧要关头:在上海生活的那几个月,他获知了一个信息,大学是可以用同等学力来考试入学的。

回到无锡,陆士清升任支行会计股副股长,谁也想不到的是,这个前程大好的金融才俊,暗自做出惊人之举:工作之余自学高中课程,明年考大学。知晓的同事十分诧异,初中没毕业就能考进大学?他觉得能,肯定要试一试。

一年后,陆士清真的考取了复旦大学中文系,1955年入学,从此开始了近70年的复旦生涯。驱使他放手一搏改换人生轨迹的最大动力,是爱读书,爱读文学作品,无论是翻译的世界名著,还是传统的古典作品,一直是他最为心仪的精神伴侣。踏进复旦中文系,他本以为大功告成,从此徜徉书海,再无他顾。

陆士清照例勤勉,成绩好,积极参与社会活动,突出表现引发的结果让他始料不及,五年本科尚未毕业,就破格抽调去校部,担任复旦大学团委副书记。这理应是一段荣耀的跃迁时光,却带来一个意想不到的难堪结局。

陆士清在复旦团委分管"青年教师部",青年教师上午都有课,陆士清无由与工作对象接近,他不想在办公室里一张报纸一杯茶,就去图书馆看书。不料,此举受到严肃批评,离开办公室去图书馆,就是不务正业,工作态度不端正。这让他心生疑虑,重新审视这份工作的意义。

就在这时,另一桩与团委有关的事,让陆士清不惜冒当时环境之大不韪,再次更换人生轨迹。

其时,陆士清恋爱了,恋人是来自福建的同系学妹,瘦瘦小小,文文静静。不料,学妹突遭家变,红色家庭翻为黑色,学妹不向噩运低头,她写入团申请书,来团委亲手递交,虽然男友就是团委副书记,她却依然入不了团。这让陆士清疼惜难忍,年轻的心像火炬一样燃烧,他要与列入另册的恋人共存亡。

陆士清又一次做出惊人之举——他正式提交报告,辞去复旦大学团委副书记一职,要求回中文系当助教。这不啻是一个政治地震,团委专门开会讨论,气氛沉重压抑。陆士清坐着,一言不发,足足40分钟;与会的其他成员也坐着,一言不发,整整40分钟,一个从头到尾无人发言的会议,最终还是散会了。不久,陆士清的辞职报告批了下来,他如愿以偿,回到中文系,开始了延续了半个多世纪的教学生涯,也开始了同样长久的婚姻生活,那位瘦小的、令人怜爱的、让陆士清不惜以政治前途相搏的学妹,就是如今的陆师母林老师。

这让人想起那句"塞翁失马焉知非福"的古语,陆士清的辞职报告,让复旦大学少了一名政工干部,多了一位学科宗师。但是,超出这个古语原有的"因祸得福"意涵的,是陆士清的品格和意志,以及由此驱动的有几许惨烈意味的决断和选择。在遭逢狭路时点燃勇敢与坚强,不计后果地选择正直与忠贞,又一次让陆士清的人生回到了通衢大道。

回首陆士清两次做出的"惊人之举",我看到,在陆老师温良典雅的风貌之下,有一种执拗到顽强的坚定,自古以来,这种坚定被称作"风骨",那就是,不从众,不唯上,择善固执,我行我素,虽千万人吾往矣。

也正是这"风骨",让陆老师在改开初起曙光乍露的时刻,有眼光更有勇气,去开垦禁封几十年的文学边界,破坚冰,引新流,无惧风险,不计得失,用黄牛牵犁的毅力,奋身耕耘,为世界华文文学研究拓展出一片崭新的疆域，在解放思想的时代交响乐中奏出一个光明的声部。

一个阴沉而寒冷的早晨，一位大病初愈的高龄老人，为了写一篇书评，为了书评中的一个论断，直接找到作者，逐句推敲，逐字商讨，一如半个世纪他一直做的那样。这个晦暗的早晨，因此变得光明而和煦，有如暖阳笼罩，春风拂面；这一刻，我忽然明白，光明而和煦，这不就是年届鲐背的陆老师一生特质的写照吗？

陆老师是我写作生涯中最为年长的评论者，我期盼这个记录一直保持下去，待到陆老师年届期颐，站在一百年的时光峰巅上，书写评论，以百岁老人的世纪智慧，继续点拨我。行笔至此，凝思遥想，那该是一幅多么壮美的画图，东海浩瀚，南山苍翠，长虹贯日，云蒸霞蔚。

为此，我也要继续写下去。从现在起，就等候那美妙一天的到来。

2023 年 3 月 3 日上海

薛海翔

出生于上海。1966 年辍学，曾在广西插队，黑龙江野战军服役，后在上海从事激光科研。1977 年参加"文革"后首届高考，进大学中文系。任过机关干部，深圳特区经过商。1987 年赴美留学，后创办《美中时报》。1979 年发表文学作品，1980 年加入中国作协上海分会。著有《早安美利坚》等多部长篇小说，作品译成英法日文发行国外。《一个女大学生的日记》获首届《钟山》文学奖。1996 年起创作影视剧本，播出九部 222 集。电影文学剧本《亲吻江河》获 2008 年"夏衍杯"创意电影剧本奖。2019 年发表长篇非虚构作品《长河逐日》。

亦师亦友陆士清

王新民

我和陆士清教授的情缘可概括为三句话：相识于激情燃烧的年代；相交于改革开放的岁月；相知于中华振兴的世纪。

上世纪五十年代后期，我和他都是复旦的助教，可他是搞文学的，我是搞化学的，专业不同是难以相识的。后来由于他出任校共青团委副书记兼青年教师团部长，而我从事化学系青年教师团支部工作，他是我的顶头上司，常来化学系参加政治学习和团的活动，我俩相识了但并无私交。那时正是"三面红旗"高高飘扬的时代，我们和广大青年一样，都有一颗天真热情的赤子之心。

1981年我和他都搬入第一宿舍新房，他住32号，我在33号，我的阳台和他的北窗相对，咫尺之遥，"鸡犬相闻"（陆属鸡，我属狗）。由于出入宿舍常常碰面，我俩从点头之交发展到交谈甚欢。时值改革开放之初，"新鲜事"层出不穷，我们不仅常常议论交谈，而且内容丰富多彩。我感到他对政治、经济、文化、社会风气……诸多方面不仅关心而且非常敏感，分析形势、矛盾、利弊、前景……精辟、理性，往往一语中的。他率真的谈吐大大地吸引了我，我们成了朋友，于是和他有了第一次的合作，成功地扩大了第一宿舍三十二户的住房。

当时，第一宿舍32、33、34号三栋宿舍36户人家，虽为高级职称和新中国成立前参加工作的老干部，住的却是62平米的小三室房，距当时的配房标准有相当的距离。1990年，我和老陆根据教育部关于可以通过改造或扩建旧房来改善教师住房条件的精神，通过深入调研和征求后勤部门意见，并做出了三栋宿舍可扩建的方案后，我们共同起草了申诉信，并发起住户集体签名。这个申诉有政策依据，又有兄弟院校事例佐证，还有可行性技术方案供领导参考，因而获得基建处的支持和校党委的关心。经校党委书记钱冬生同志深入宿舍实地考察拍板，扩建了这三栋楼，使每户增加了14平方米。还值得一提的是，此事是在"六四"事件以后的年把时间，36户中有数户不敢签名，因"反右""文革"余威尚在。我和老陆所以敢办又办成功这件事，一是我和他敢作敢为的脾气一拍即合，二是我们有个共同的信念，我们党的宗旨是为人民服务，除了官僚主义者、贪官、腐败分子外，我们的合法、合理又有可能的诉求，一般都会民有所呼，领导也必有所应的。通过这事，对老陆的政治水平、办事能力我也有了更深的了解。随后我们又争取到铺设新的煤气管线，将国顺路新铺设的煤气管开一支线引进第一宿舍，解决了第一、第二宿舍多年来每逢冬季尤其在春节期间煤气管内积水而断炊的烦恼。

我和老陆有缘，本世纪初，我们同时进入"退教协"工作，合作共事十余年而成了相知的挚友，他对我的帮助很大，主要是帮我从化学转轨到文学，使我的老年生活有了新的内涵和支撑点。老陆在协会做了不少有益的工作，对这位"有功之臣"我得记上一笔，也是对协会几十年发展的回顾。老陆进"协会"后即主持《简报》工作，在他策划下，将原来内容单薄的《简报》办成了会员爱看必看的季刊，成为联系广大会员的精神纽带，主要原因是内容接地气，会员写，写的都是会员身边的和关心的事。老陆一个人编了六年，打好了基础，定下了基调，再经过金邦秋、苏兴良、李振华、魏洪钟历届主编的加工打造，使《简报》成为协会的名片，"粉丝"还包括一些兄弟院校的老年朋友和会员的亲属。老陆和方校长也是知心朋友，他们一起深入思考老龄工作，团结全体会员，践行五个"老有"方针。在老有所养、老有所医等问题基本解决之后，老陆提出了"精神养老"的问题，认为老龄工作要更多地满足老年知识分子的精神需求，充实他们的精神生活，减少老年人常有的孤独感和被遗弃感。办好《简报》畅通退休老同志之间的精神联系，院系坚持月月茶聚，老同事见见面谈天说地，精神上得到温暖，这些都是"精神养老"的实践。同时协会组织动员会员写稿记录老同志一生中难忘的人和事，协会成立编审组，老陆作为主要成员承担大量工作，先后出版了《旦苑枫红》《心印复旦园》，还有反映协会老年学研究理论小组成果的两本书《为了夕阳红》和《微霞尚满天》，多角度展现我校老教师的风采，为校史留下丰富生动的材料。老陆还组织一些会员承担复旦老年大学的"文学欣赏"课，他以"悠然对夕阳"为题作为第一课，引用古代优秀诗词，阐述"夕阳仍然精彩"，他以激情洋溢的语调，优美动听的辞句，使这堂课成为散文式的励志动员，学员们至今难忘，经十余位教师努力，这门课成了复旦老年大学的品牌课。这里还得补一笔，在方校长领导下，老陆还主笔起草了复旦党委老龄工作条例。

老陆有很强的政治素养和政策水平，做事有担当，又热心为大家服务，是一块好的干部料子，我了解到上世纪五十年代复旦党委有心栽培他从政，不知何故他"不识抬举"，一心回中文系做学问，如以现在的每年几十万人考公务员的行情而论，岂不令人费解。但上述老陆的长处，在他进入协会领导班子，为退休教职工维权时发挥得淋漓尽致。改革开放后，政府执行了退休制度，到上世纪末，退休人员越来越庞大，但相关的政策法规尚欠完善，各地退休待遇差距之大，上海的有关部门重视不够，使上海退休的知识分子（如大学教师、报社编辑、科研人员等）的待遇和周边省市同类人员相比，差距可达千元以上，造成经济拮据、生活困难。因此"协会"在方林虎理事长的领导和支持下，开始了长达数年的维权工作，"协会"利用我校多学科的人才优势，充分发挥集体智慧，以上百位老教授签名的信件形式，向有关部门、市领导、人大、政协等反映，要求改变我们待遇不公的处境，老陆一马当先，担任信的执笔并定稿，由于我们事前学习了经济、法律等层面的政策和中央领导有关老龄工作的讲话精神，又在兄弟省市作了大量调查，因此信的内容有理有据，天衣无缝，老陆行文运笔不仅观点鲜明，条理清晰，并且犀利而不出格，激烈而有分寸，关键之处用我国传统的伦理道德，推动领导对老龄工作的重视。为了留有余地"保护"老方，老陆和我署名为联系人。"协会"前后三次维权均取得成功，改善了老教授们的经济情况，也提升了"协会"的凝聚力，并在全市"协会"中成为"龙头老大"。维权中最令人惊奇的是老陆对竹均一的预言。方校长和老陆一起去向我校的全国人大代表李大潜院士反映情况，大潜院士十分支持，说他和竹一起开人代会，有交谈，出面请他吃饭，你们当面向他反映。大潜院士去电约请，竹说得客气，"饭就不吃了，你们书面反映吧"。据此，老陆感到竹对老百姓十分冷漠，肯定是腐败之身，说两年之内一定倒台。到时要买两千响鞭炮，在复旦校园里放。果然预言成真,一年后,竹均一就倒台了。我们拍手称快,但鞭炮却没有放。我和老陆合作共事,相知愈深,我戏谑喊他"文痞",他回敬称我"刁民"。

老陆是个忙人,在为老龄工作服务的同时,他对自己从事的华文文学的学术研究从未停止。1979年元旦全国人大常委会发表《告台湾同胞书》,他以敏锐的政治嗅觉感到,两岸的文化交流要开始了,从此他开始关注台港文学,1981年春在全国第一个把"台湾文学"搬上了大学讲台。自兹起,他作为台港澳暨海外华文文学研究最早的开拓者之一,孜孜不倦四十年,他撰写论文、发表评论、推介作品、组织论坛,将旅居国外的华文作家如曾敏之、白先勇、聂华苓、於梨华、秦岭雪、彦火、周励、蓉子、戴小华、华纯等介绍给国内读者,他常来往于沪港穗,多次不远千万里到国外参加华文文学研讨会。他不仅见证了华文文学学科成长壮大的过程,也是国内外该学科的知名学者,他耄耋之年发表论文数十万字,出版专著和主编的学术著作十多本,践行了"老骥伏枥,志在千里,烈士暮年,壮心不已"的心愿,令人钦佩!

他岁至耄耋,却神态不老,你看他衣着得体,堂堂仪表,举止儒雅,像小说影视中的中年学者,其实另一面他还是一个懂生活、有趣味、平易可亲的人,他会当家、会购物、会美食,还会打麻将……和他相处会感染他那乐观向上、襟怀坦荡的"磁场",我赞他"干得精彩、活得精彩"!

原载于复旦大学退教协《简报》

王新民

教授。湖南岳阳人,1934年生,1956年毕业于武汉大学,曾任复旦大学化学系副主任、复旦大学老教授/退(离)休教师协会副理事长等职。

我的学术带头人

——记陆士清教授

苏兴良

在人生的旅途中，一个人如果能得到恩师的教诲、挚友的帮助与指导，那么他在身家事业方面定会有所收获，不枉此生。我大学毕业后，在复旦大学中文系工作近六十年的时光里，就得到陆士清教授的许多帮助和关爱，陆教授成为我的学术带头人、兄长加知己，我亲切地称他为老陆、陆兄。

我俩的友情始于"文革"时在干校劳动期间。那时我们整天吃住劳动在一起，同是干校劳动时中文系的"十根扁担"之一，挑稻、担肥、挖河等重体力活，我们都是主力军，从而也加深了我对他的了解。得知他出生于江苏张家港一个农民家庭，中学未毕业就参加了工作，还担任过中国人民银行无锡支行会计股副股长等职。1955年，他考入复旦大学中文系，当过学生干部。1960年大学毕业后，他留在中文系，曾担任复旦大学共青团团委副书记和青教部部长；1977年又开始担任中文系现当代文学教研室主任多年。正因为他有这样丰富的阅历，见多识广，政治素养和学术水平都很高，特别是他热情大度，乐于助人，故他成为我的学术带头人，亦兄亦友。

"文革"结束后，随着改革开放的深入发展，作为现当代文学教研室主任的他，即开始关注中华人民共和国成立后当代文学的发展，把中国当代文学当做一门独立的学科来加以研究，并联合22所兄弟院校的同事，一起编写并公开出版了全国第一部《中国当代文学史》。与此同时，他也没有忽视现代文学教学与研究工作。1979年，中国社会科学院文学研究所主持编辑"六五"社会科学规划项目，即"中国现代文学运动·论争·社团资料丛书"，下发各高校认领。老陆闻讯后就积极支持我认领资料丛书中的《文学研究会资料》及稍后的《中外文学关系史资料》共两书的编辑任务。这对于我来说是很大的激励，为我的学术研究开了个好头，使我有可能比较系统地对中国现代文学初期的文学社团、流派、中外文学关系有了比较全面的了解，进行系统的研究，从而促进了我的教学科研工作。《文学研究会资料》（上、中、下三册）公开出版后又再版发行，我也在中文系开设"文学研究会研究"专题选修课，并写作多篇研究论文，最后结集为论著《文学研究会评论选集》与《中日现代文学关系概论》。这些科研成果的取得，与当时作为教研室主任的老陆的支持有很大关系。我心存感激，决心继续努力钻研，不断提高自己的学术科研水平。

1979年元旦，全国人大常委会发表《告台湾同胞书》，陆士清教授敏锐感觉到大陆与台湾关系的变化，也必将影响到两岸文学出现新局面。于是，他把目光转向对台港澳文学发展的关注，开始有意识重视、阅读台湾文学作品，并调离中文系现当代文学教研室，到语言文学研究所任职，1977年倡议成立台湾文学研究室，担任研究室副主任（主任由校务管文科的副校长兼任），之后相继担任台港文化研究所副所长、中国世界华文文学学会与世界华文作家联合会监事长等职，并编辑、出版台湾与海外华人作家的著作，还撰写大量有关学术论文，编著出版十多部学术研究著作。此外，他还邀请台湾和海外华文作家来大陆访问，进行学术交流，为促进中国与海外华文文学的交流、发展作出了积极贡献。

后来，我与陆士清教授虽然不在一个教研室了，本人也没有对台湾及海外华文文学有深入研究，但老陆仍没有忘记我这位老同事，每每邀请我参加港台与华文文学研讨会，以扩大我的知识面和文学视野，鼓励我写作论文参会，因而我撰写了诸如研究香港作家的《梁凤仪的财经小说》《黄谷柳的〈虾球传〉》、讨论曾敏之的《笔投尘海为苍生》，以及有关新加坡华人诗人刘延陵、美国华人剧作家顾毓琇的文章，还出版了专著《中日现代文学关系概论》。总之，老陆在世界华文文学研究方面对我的关照、影响，使我的教学科研工作开阔了视野，促进了我探究学术研究的新领域，收获颇丰。

老陆自1994年退休后并没有赋闲，好像更加忙碌了。一方面继续在世界华文文学方面研究、著述，召集学术研讨会议，同时他还组织一些退休老教授给复旦老年大学开设《文学欣赏》课，宣讲中华传统文化，使这门课成为精品课程；另一方面还挑起复旦大学退休老教授协会工作的重担，曾任老教协的副会长、老教协会刊《简报》主编，并策划与编辑《旦苑枫红》《心印复旦园》《微霞尚满天》《为了夕阳红》等多部老年文学文化著作。另外，在维护退休教职工权益方面也做了许多工作，因而深受复旦广大退休教职工的好评。

这段时间，老陆对我有更多的指导与关心。2005年，他说自己在台湾和海外华文联合会工作很忙，就推荐我来主编复旦老教协会刊《简报》，于是我接手编了9年《简报》，后又被推荐主编上海市老教授协会会刊《上海老教协》季刊5年。这两个协会会刊的编辑，使我退休后从中文系步入校老教协，进而迈入市老教协，大大开阔了我的退休生活空间，密切了与更大范围老教授们的联系，也增多了动笔写作的机会，从而做到老有所学、老有所为，感到老年生活的充实、愉悦。这些都与老陆的推荐、信任有关，令我倍加感激。

老陆在职时和退休后都手不释卷，勤于写作，著述甚丰，故我也以他为榜样多写作，勤动笔，分别在2006年、2009年先后出版了散文集《枫林集》和《山河人文旅记》。老陆也欣然分别为这两本书作序。在《枫林集·序》中对书中文章详加点评，并勉励我："作为人文学科退休教授和知识分子，只要自己不懈努力，照样可以有所作为，照样可以继续为国家的文化事业作出贡献。"在《山河人文旅记·序》中也对书中游记多有剖析，还美言我的游记比之以前作品"显得圆熟了，笔触的开合伸张显得浑然有致了"。正是在老陆的这种鼓励下，我笔耕不辍，积极进取，之后又相继出版了六本书，比我在职时的写作收获还要丰满。这些成绩的取得，与陆士清这位老大哥的模范带头作用与他对我的鼓励和指导密切相关，他不愧是我的学术研究带头人。

榜样的力量是无穷的，老陆不仅在学术上是我的带头人，还在人格方面树立了榜样。他不仅精于教学和学术研究，还很关心公益，乐于为人服务，对同事朋友也是怀揣挚诚，心宽大度，对待生活积极乐观，无比热爱生活。这种种优秀的品格，积极的人生态度，永远值得我学习。他对于我，可以称得上亦兄亦友，有知遇之恩，令我终生难忘，是我永远学习的楷模！

2023年3月5日

苏兴良

生于1939年。复旦大学中文系教授,硕士生导师。长期从事中国现代文学的教学与研究。著有《文学研究会评论选集》《中日现代文学关系概论》《光华集》《山河人文旅记》《旦园走笔》《新桃花源漫记》《枫林集》《苏姓人,苏家事》;主编有《文学研究会资料》《中国现代文学翻译书目》《鲁迅作品分析》《中外文学关系史资料汇编》等十余部。曾获论文、著作奖多项。现为上海市作家协会会员、中国老年作协理事等。

溢满青春本色的"平凡人生"

——随感陆士清教授90华诞

陆卓宁

古语"人生七十古来稀"显然已经完全被破解,乃至,人生90在当下已不为稀。但是,能在历经了90个年轮的人生中依然葆有"青春"本色的,古来又能有几人?刘登翰先生给陆士清教授年近90(时年88)时所作的一部大作[1]作序,赫赫然,以"青春是一种生命的精神"为题,初看时着实被"惊艳"!然,细细品来,刘登翰先生这一神来之笔,不正是对陆士清教授人生90最贴切、最真诚的写照吗?

是的,青春无关岁月,它是一种人生状态,更是一种人生境界。

不算笔者从上世纪80年代末开始,对陆士清教授与其同侪一代学术前辈为世界华文文学学科筚路蓝缕而挥就的一部部开山之作的阅读,仅就笔者与亲爱的陆士清教授相识、直接受教的二十余年而言,体验最深的莫不如是。而我以为,其敏锐而谦逊的学术品格、平和却高远的人生情怀,始终如一地充溢着青春般热忱的活力则又最是令人感佩处。

如果说,具有世界性、多元性、包容性以及跨文化性突出表征的世界华文文学兴起于20世纪80年代,那么,陆士清教授当属这一学术新潮的弄潮儿之列,这已经是无可置疑的学界共识。然而,这并不仅仅是因着陆老师享有上海这一引领中国改革风气之先的国际大都市的地利之便,亦不仅仅是因着其身处中国大学领军高校之一的复旦大学这一学术高地,则更是在于陆老师对突出文学文化气象的敏锐感受力和捕捉力。我们不妨略举一二。

譬如,还在乍暖还寒的20世纪70年代中后期,旅美著名作家於梨华分

---

[1] 陆士清:《品世纪精彩》。

别于1975年、1977年先后两次访问复旦大学后，陆老师就极其敏锐地意识到，"这些事实告诉我们，海峡两岸交流一旦展开，上海将是前沿，复旦将是这前沿的窗口，我们应有所准备。"[1]于是，他南下地处改革开放前沿的广州暨南大学调研，广泛收集台港澳并海外华文文学资料；他在国内高校率先开出了《台湾文学》课程，一时引《光明日报》《解放日报》等国内重要媒体强烈关注……

譬如，20世纪80年代末，两岸初露解冻曙光，当"台湾文学"还在既模糊又亲切地向我们陆续走来之时，陆老师就已经在思考"台湾文学"的中华民族属性问题，并早在1990年就写下了《试论"台湾文学"与"台湾意识"》一文。而当台湾地区1987年解除了长达38年之久的政治戒严，台湾威权时代结束，尤其是2000年首次政党轮替，"文化台独"不再"犹抱琵琶半遮面"，而是赤裸裸地披挂上阵。陆老师则又极其敏锐地意识到这一甚嚣尘上且愈演愈烈的"文化台独"行径对民族历史、对两岸和平、对祖国统一大业所可能造成的严重危害，随即以台湾日据时期一批具有中华民族气节的重要作家为范型予以抨击。如《"去中国化的表演"——评"文化台独"对赖和的歪曲》一文，高度颂扬日据时期著名乡土作家赖和的爱国情怀与坚决抵抗殖民统治的斗争精神，直面台湾"文化台独"妄图抹黑和歪曲中国历史及其台湾历史的不良用心。该文的发表亦当属大陆学界开展"文化台独"批判的一批檄文中之前列。

……

如果说学术意识的敏锐是一个优秀的人文学者的重要品质，所不同的是，陆士清教授的敏锐则是来自他的谦逊。

伴随着"炮声，远去了；海浪，传来兄弟的心跳"[2]的无限感慨，陆老师毅然南下广州，作为校外学者率先敲响了在曾敏之先生的倡导下，暨南大学设立的台港澳文学研究室的大门，"贵为"复旦大学教师，他则谦逊地说"我是来读书的"；中国大陆出版的首部台湾作家长篇小说、於梨华的《又

---

[1] 许慧楠、黄炜星、陆士清：《先行者的学术人生——世界华文文学研究专家陆士清教授访谈》，《华文文学》2022年第5期。
[2] 陆士清：《笔韵·自题》，上海：复旦大学出版社，2013年版。

见棕榈,又见棕榈》[1]是由陆老师推荐出版的,中国高校《台湾文学》课程是陆老师首开的,作为责任编委,陆老师主持编写了全国首部正式出版的《中国当代文学史》,作为主要发起人,陆老师参与了"中国世界华文文学学会"筹建的全过程……这一趟趟敢为人先的学术拓荒之旅,每每遇到同行、学生的夸赞或访谈,陆老师总是谦逊地说:"这是巧合,是时势和条件造成的,并非有意争先","这也是时也势也,我不过起到了联系推动的作用"。[2]陆老师的谦逊甚至贯穿其为人为文的"全方位",1986年中国大百科全书出版社出版的《中国大百科全书》所收入的"现代台湾文学"条目,出版部门给出的原稿仅7 000字,陆老师接手承担编写任务后,定稿和正式出版则已经扩展到了25 000字,但陆老师却没有独自邀功,而是谦逊地也署上了第一稿作者的名字。那些不论是知人论世的作家作品评论、名人传记,还是史论互洽的文学史著、史实记述……都无不一如陆老师般谦逊,从不做高深之语,而呈现出平和、恳切的文风。所谓文如其人。

陆老师自认"是一个曾经认真生活的平凡人"[3]。倘若此,我以为他的"平凡"却又是真诚而高远的。

从世俗意义层面上说,陆老师仅"官拜"教研室主任或一个系属研究所所长,但不论是还在履职,或是退休离岗,陆老师却从未停止过"平凡"而充满真诚的脚步,以最个人的最微小的力量构筑起一道道对一个院系,甚至对一个学校来说都并非易事的学术胜景,这可参见发表在《华文文学》2022年第5期的《陆士清学术年表》一文,而其中最为令人难忘的、至今还仍然令人津津乐道的,便是在他退休8年后所承办的2002年的世界华文文学上海盛会。

"志愿者"一词似乎应该是属于年轻人的,如果这么说,陆老师未尝不是中国高校最年长的"青年志愿者"。退休后,他数十年如一日地坚持为数千名复旦大学退休教师主编交流心得的精神园地《简报》,义务为复旦大学老年大学讲授文学课;他不以善小而不为,不辞辛劳地为复旦大学退休员工排忧解难……

---

1 於梨华:《又见棕榈,又见棕榈》。
2 许慧楠、黄炜星、陆士清:《先行者的学术人生——世界华文文学研究专家陆士清教授访谈》。
3 陆士清:《品世纪精彩·后记》,第435页。

何为"平凡",又何为不凡?萧乾为自己撰写有如是墓志铭:"死者是度过平凡的一生的一个平凡人。……历史的车轮,要靠一切有志向的中国人来推进。他也希望为此竭尽绵力。这是一个平凡人的平凡志向。……"陆老师说,他认同萧乾的平凡人生的理念,并以此自勉要以一种青春般的火热精神走好人生的每一段路。

正是:如师如父如兄陆老师。如师者,陆老师的品格与境界让我仰止;如父如兄,同是陆姓本家,我们还曾在广东一个陆氏祠堂一起向祖先叩拜,这让我有幸与陆老师多了一份亲缘。值此陆老师90华诞之际,很荣幸地能够赴此盛宴,我发自肺腑地衷心祝福陆老师体健心怡,让我们继续跟着您仍然充满青春般热忱的脚步一起品世纪之精彩!

2023 年 3 月 15 日

陆卓宁

广西民族大学文学院教授。先后任中国世界华文文学学会副会长、名誉副会长,广西语言文学学会副会长、监事及国家相关一级学术团体常务理事等职。出版《海峡两岸文学——同构的视域》等学术著作多部,策划、合作或参编著作多种,在海内外报纸杂志发表论文数百万字。曾荣获广西高校教学成果奖一等奖一项,广西人文社科优秀成果奖、广西文艺评论奖和中国文联文艺评论奖等多项。

从你面前启航

——与陆士清教授在一起的历史片段

陈瑞琳

生命真的很奇妙，一个遥远的名字会激励我做一件不敢想的事；一次冥冥中的会议，竟然会决定我的一生。这些历史尘烟的故事就一直放在心里暖着，直到今天。

一个遥远的名字

那是1988年，正在陕西师范大学任教的我决定转入当代文学研究，虽然我的硕士研究方向是鲁迅和现代文学，但我觉得当代文学是一块急需开拓的处女地，有太多可以驰骋疆场的空间。在我的内心，还有一个小秘密，就是渴望接近台湾和香港文学。因为早在1979年的《当代》创刊号上，偶然读到了白先勇先生的《永远的尹雪艳》，大为震撼，汉语世界还有这样的小说！后来我听说了1987年的4月，阔别大陆39年的白先勇，竟然回到了上海，来到了复旦大学做破冰之旅。然而我不知道的是，正是复旦大学的陆士清老师，陪同着白先勇访问了苏大、无锡、南大、扬师、浙大、绍兴，并与他一起和谢晋、吴贻弓讨论将小说《谪仙记》改编成电影。再后来，我在图书馆里找到了福建人民出版社出版的於梨华女士的小说《又见棕榈，又见棕榈》，这是中国大陆出版的第一部台湾长篇小说，真是如获至宝。我更不知道的是，这本小说的出版正来自陆士清老师的推荐。远在千里之外的我，唯一知道的是：上海的复旦大学，有一位叫陆士清的老师，开设了一门独家的台湾文学选修课！这个确切传来的消息，还有这个叫陆士清的名字，已经足以激励我去做一件开创性的事情。

记得是九月开学前的某一天，我终于鼓足了勇气，跟系主任说要开一门新的选修课，叫"台港文学研究"！系主任瞪大了眼睛："哪个学校开过这个课？"我说："复旦大学！"系主任再问："谁会开这个课？"我底气十足："有一位叫陆士清的老师！"之后的系主任万万没想到，开学报名，来了300多人，必须换阶梯教室。每堂课讲得我声嘶力竭，搞得外系的学生都趴在窗户上，场面甚为壮观。

亲人的召唤

时光转到2002年，很多年后，我才明白这是我海外生涯中最重要的一年。这一年，距离我出国正好十年。这十年，是我茫然无措的十年，是我苦苦追寻的十年，更是我左冲右突的十年。这期间，我虽然出版了自己的第一部散文集《走天涯》，在美西《侨报》上开辟了"新移民作家扫描"的学术专栏，但我的内心依然充满惶恐，因为我不知道自己的努力究竟有没有意义。茫茫大海之中，我需要看见一盏灯，告诉我前行的方向。2002年，这盏灯出现了，它来自上海，来自复旦大学，来自陆士清老师！

就在2002年，中央民政部批准，中国世界华文文学学会正式成立（学会由中侨委管辖，挂靠中侨委属下的暨南大学），陆士清教授被选为监事长，复旦大学台港文学研究所所长朱文华和李安东当选为理事。这一年，"第十二届世界华文文学国际学术研讨会"在复旦大学隆重举行，由陆士清、朱文华、李安东三位挂帅！

这是中国世界华文文学学会创立后的第一次大型学术活动，也是学会的第一次正式亮相，放在有国际影响的大都市上海召开真是众望所归。那时的陆士清教授虽已退休，将近七旬，却勇挑重担，站在第一线，被誉为大会最棒的"操盘手"。

记得是一个深夜，远在美国南部的我收到一个来自大洋彼岸的电话，打电话的人是上海复旦大学的李安东，他告诉我复旦大学正在筹备世界华文文学的国际学术研讨会，他负责会务邀请。我能听出来，他特别兴奋，因为这是第一次邀请海外的新移民作家参会。我告诉他特别想见到陆士清教授、陈思和教授，他说："你来了就都见到了！"其实还没等他说完，我已经迫不及待地回应:"我来,我来!"李安东肯定不知道,那个晚上我激动到失眠,十年了,这一天终于到来。

人的生命里,有一个地方必定是你最想要归去的。年轻的时候义无反顾地浪迹天涯,待到中年回首,忽然发现,这一路走来所有的甘苦都是为了那个地方的归去。在我,好像已等待了很久,恍若一个远航的人一直在翘首盼望着亲人的召唤。2002年的10月,我的心里滚动的就是这样一股"踏风归去"的热流。不是为了那歌舞笙箫的上海,而是为了我魂牵梦绕阔别多年的学坛。

"北美兵团"

飞机降落在上海的浦东机场,华灯初上,万家灯火。上海啊,此刻的我驻足在你的身旁,不是歌里唱的"空空的行囊",而是跋涉了千山万水,负载着他乡丰饶的阳光。

第一次踏上浦东的大道,看两旁的楼宇高耸,绿荫漫布,俨然是一派现代化国际大都市的非凡气概,名人苑宾馆就坐落在豪迈宽阔的浦东主干道上,第十二届世界华文文学国际学术研讨会在这里拉开了序幕。

这是一次名副其实的国际学术研讨会,到会的有来自新、马、泰、印尼、日、美、加、澳及中国台港地区和内地作家、学者150多人,而且是首次关注到了海外新移民作家群,大会邀请了"北美兵团"的张翎、少君、王性初、沈宁和我,还有杜国清教授等学者作家与会。在我的记忆中,中国大陆学界是从七十年代后期开始正式关注本土以外的文学潮流,主要是以港台文学为聚焦点,近年来渐渐向外延伸,先是东南亚一带颇受瞩目,直到新世纪初,才将目光投向北美大地。所以我向大会提供的论文题目是《原地打转的陀螺》,就是希望海内的世界华文文学研究冲出台港的范畴,尽快地向全球扩展。

10月27日的早晨,仲秋的上海暑热刚过,微风的凉意舒适而清爽。办理完参会的手续,一进餐厅,就望见我们"北美新移民兵团"的几位同仁在热切招手。"团长"少君,带着他那一贯温情的笑容,告诉我此次北美新移民作家以"集团军"形象出现,意义非比寻常,一定要好好表现,给大会留下一个深刻印象。美国《中外论坛》杂志的总编辑王性初先生，说这一次他不再感觉自己是散兵游勇，腰杆挺得笔直，一副集体作战的精神武装。加拿大小说家张翎是我最心仪的文坛挚友，两位女子相拥，互相鼓励要"吹皱这一江秋水"。另外还有我的旧日同窗、纪实文学小说家沈宁，也是第一次参加这样的国际会议，大有"兵临城下"之感。大家真是喜出望外，因为在美国，也难得相见，只有文字神交，现在执手相看，竟有说不出的慨叹。当年我写《网上走来一少君》，国内五十多家报刊纷纷转载，后来写张翎小说的评论，一往情深介绍她的作品，以至于惹得读者们纷纷确信我是一位男性。沈宁是我的学兄，如今一展才华是他厚积薄发。性初先生是要特别感激的，很多论及北美新移民文学的长文都是经他的手全文刊发。我翻开花名册，更发现我们的"北美兵团"成员还有加州大学东亚语言系的教授杜国清先生，柯振中先生，夏威夷笔会的黄河浪先生、叶芳女士、连芸女士等，这相比起日本、德国的代表来，北美地区的阵容相当壮观，足以显示本次会议对北美作家的重视，尤其是对北美新移民作家的格外礼遇。当然，会议中来自中国香港地区、印度尼西亚、新加坡的兵团也相当壮观，但我们是新面孔，一露面就立刻成为大会的一道亮丽风景。

"鱼来了！"

开幕式好隆重，大礼堂的主席台上就坐着世界华文文学学会名誉会长、香港作联创会会长曾敏之先生，中国作协副主席、世界华文学会名誉会长张炯先生，世界华文文学学会会长饶芃子教授，上海作家协会副主席赵丽宏先生，复旦大学党委副书记燕爽教授，复旦大学中文系主任、著名评论家陈思和教授等，我的眼睛急急搜索着，心心念念的陆教授呢？因为没见过他长什么样，也不好问，想象着他正在幕后指挥若定吧！

在开会之前，我已经了解到，早在20世纪70年代末，陆士清教授就从中国现当代文学研究者转型为海外华文文学研究的领头羊，他不仅开创了复旦大学的台港华文文学研究，在1983年就主编出版了《台湾小说选讲》（上下册），而且在1987年设立了台港文学硕士研究生点，招收了第一届台港文学研究生，这可是开天辟地的贡献。

虽然在开幕式上没有见到陆教授，但是听到了著名的海外文学研究专家、世界华文文学学会副会长刘登翰教授作的主题发言,他提出海外文学已发展到一个百川汇海、熔铸经典的新时代,让台下的我激动不已。

余波的喜悦更是在分组讨论的热烈气氛中。大家济济一堂,畅所欲言。我们几位北美来的新移民作家,首先表达了我们在海外创作的甘苦。我们的写作,没有国内专业作家那么优厚的待遇,不仅没有"薪水",同时还要另外为生存搏斗。另外,我们常常听不到掌声,只能默默耕耘。所以我们是多么渴望得到国内学坛的热切关注和引导。我们的这番倾诉得到了与会同仁的深切回响,学者专家们纷纷检讨国内学界的研究偏向,表达他们渴望了解北美新移民文坛的迫切心情。

最难忘的是我们小组的主持人汪景寿教授在向大会作汇报时的精彩发言。这位北京大学著名的语言学专家,相声艺术家姜昆、大山的拜堂恩师,他一本正经地端坐在高高的主席台上,手里举着一页认真起草的讲稿,用他那纯正洪亮的北京卷舌音,一字一板地念道:"我们的小组,主要在倾听'北美兵团'的呐喊,让人好感动。我以前研究海外作家,采取的是'钓鱼政策'。1981年我在美国,花了很多钱购买海外作家资料,吃美国最便宜的鸡,别人说我再吃下去可能不会说话就会打鸣了,但我横下一条心,冒着打鸣的危险,坚持下去,回国出了两本书,稿费拿到4 000美元,可见生活的慷慨。我当年钓的鱼,已经研究了二十年。现在新的机会来了,美华文学作家这拨大鱼来了,千载难逢,赶快下钩。可如今,我年纪大了,钓不动了,寄希望于青年才俊。鱼钓到手,应沉下心来,慢火煎鱼,切忌爆炒腰花,应当像北美华人作家那样,不怕清贫和寂寞,死心塌地,默默耕耘,假以时日,你们就是北美华文文学研究的开拓者。"他的表情严肃而庄严,与他那诙谐的言辞正构成强烈的喜剧效果,台下爆发的笑声卷成一片。他的大会报告真可谓别具一格,令人铭心刻骨,成为大会最令人回味的段子。而我们的欢欣是发现自己成了学坛瞩目的"鱼",而且是"大鱼"。

陆士清老师的风采

大会的第二天下午,是安排代表们参观游览浦东新区,包括东方明珠塔以及世纪大道的名家建筑。我们几位北美来的作家因为被复旦大学中文系邀去讲课，所以未能前往。讲课罢，当晚我们赶到了上海国际会议中心的宴会厅，享用中华酒文化协会赞助的茅台宴。

那个晚上，我的眼睛完全不够用，通过大玻璃窗，我看见宽阔雄厚的黄浦江上船坞鸣笛，眼前是耸入云天的摩天大楼，那感人肺腑的气派庄严，真是举世罕见。正在我热血沸腾之际，有一位头发精致、身材修长、衣裤笔挺的长者，站在大厅中央，他高举酒杯，向大家敬酒，全场欢腾，满堂喝彩，文人墨客纷纷登台吟诗作对，我这才知道，站在眼前的这位玉树临风的长者，正是早已闻名的陆士清教授！那是我第一次看见他，好想上前去向他敬酒，告诉他我们之间曾经发生的那些遥远的故事，但是众目睽睽，人声鼎沸，不能太唐突。那一刻，陆教授高举酒杯在茅台的酒香里祝福世界华文文学的未来，也是在那一天，我在他的光耀里开始了真正的启航。

短短的三天会期，在时光的尺度里仅仅是眨眼，然而，这美丽的三天，却如同是我生命中毕生用来享用的盛筵。我们每一个人都对这次国际性的盛会充满了深切的感激，感激复旦大学动用了如此庞大的人力、财力，而将大会组织得如此严密，显示出"海派"人做事的风范。记得代表们报到时，印刷成书的会议论文集就已交在各自的手中，而当我们离开时，刊登着全体代表合影照片的纪念册也已到达我们手中。更有大会为每位代表特别篆刻的精美图章，真是美轮美奂，令人感慨。这次的大会，是由复旦大学校长和香港作家联会创会会长及学会会长亲自挂帅，中国作协、中国文联、中国社会科学院、上海对外交流协会均给予大力支持，但具体承担会务工作的却是复旦大学台湾香港文化研究所的人马，他们是如此精明强干。

在大会结束的那个灯火之夜，我们北美来的文友向与会的所有代表致以深深的问候和敬意，又特别将为大会付出最多辛苦的年轻的李安东教授"绑架"到浦西的一家美式酒吧，我们团团围坐，倾诉依依别情。在我心里，相信有一天，将会亲自去登门拜访陆士清教授，单独向他请教，说出珍藏了很久的故事。

游 学 南 北

正是因为这次久违的上海会议，让我们几位北美的新移民作家远涉重洋重归故里，感觉像漂泊多年的游子回到母亲的身旁，围绕着我们的满是亲切的关注和热烈的回响。我们也是渴望将域外的信息，将我们在海外多年的奋斗，一一地汇报给国内的学坛。

就在大会举行的第二天下午，借着代表们赴浦东参观的空当，我们"北美兵团"的四人（网络作家少君、小说家张翎还有我，更加上了"伤痕文学"的代表人物卢新华大哥）驱车前往复旦校园为中文系的学生讲述北美文学。

车子停在庄严的校门前。我因为是第一次来到复旦，心情特别激动。同行的卢新华大哥，还有加拿大女作家张翎因为早年就毕业于这所大学，他们的心情更是百感交集。观看着校门口的学生人潮，那景象曾是多么地熟悉和亲切。

走进中文系的教室，端坐在讲台上，颇有些心惊。早就听说复旦大学对演讲者的要求很高，须得是国际知名人士，比如诺贝尔奖获得者什么的。又听说台下坐的不光是本科生，还有不少硕士生和博士生，这更给我们添了几分紧张。黑板上的标题是"北美文学四人谈"，谈的内容我们则酝酿多时，成竹在胸，于是我们就把自己在大会上所作的主题发言作了进一步的伸展。新华兄的演讲围绕在他个人经历的心理演变；少君讲的是北美新移民文学中网络文学如何地飞速发展；我的演讲内容则主要是围绕着北美华文文坛这二十年来的重大变化，尤其是大陆新移民文学的崛起；张翎是代表小说家来讨论域外小说所诉诸的精神追求。说起来，我们几位真的都没有作过任何沟通上的配合，但在讲台上却默契地驾轻就熟，真让我心里暗暗称奇。

这次"北美新移民作家"的集体亮相，引起国内学坛的重视，各地学界纷纷邀请我们前去交流讲学。就在上海大会结束后的那个早晨，苏州大学的专车就停在楼下，中文系的名教授曹惠民先生希望我们前往苏州大学与他的博士生座谈。那个上海的早晨忽然星雨缠绵，更增加了离别的惆怅。我们与众师友挥别，负责《台港文学选刊》的杨际岚老师嘱托我："别忘了筹划一组'北美新移民作家'的集锦专刊！"我点头铭记，叫他放心。张翎因为与《收获》的主编李小林女士有约，不能与我们一同前往苏州，所以面包车上除了我、少君、沈宁之外，还有"香港兵团"的陶然先生一行数人。

苏大讲课的地点是在中文系的楼层上，入口处的广告牌上赫然地写着我们几位的名字,自己看自己的名字,不禁莞尔。因为是座谈,就没有像复旦那样的紧张气氛。来的学生多是曹教授的硕士和博士,看上去一个个风华正茂,尤其是女孩子,个个亭亭玉立,感觉是妙龄的少女,却已是博士将要毕业。学生们的问题相当有水准,已进入到文学的本质。我们几个也算是"久经沙场",回答得还够圆满。最后,我们把自己随身携带的书和杂志作为礼物送给了他们。

黄昏时,校方派了红旗轿车送我们离开苏州城。天色已暗,我们几人相约在上海火车站,要乘当晚的夜车再赴南昌大学。

登上久违的火车,包厢里正好是少君、张翎、沈宁和我,正在天南地北神侃,忽然从门外钻进一个人来,原来他就是邀请我们去南昌讲学的著名学者陈公仲先生。公仲教授与我们早有接触,对我们几个关爱有加,上海会上他处处为我们撑腰,感人至深。这次,又特别把我们邀到南昌来,还安排了一早先登庐山。

由公仲教授带领,我们鱼贯走入南大的文学院大楼,踏进教室,吓了一跳,眼前密密麻麻坐了几百号学生,礼堂般的大阶梯教室竟然座无虚席,门口也是水泄不通。真想不到,我们这些在国外苦苦笔耕的人,如今也成了受欢迎的"明星"。当晚我们的演讲因为听众的踊跃也发挥得淋漓尽致,尤其是少君,台下面真不知坐了多少他的崇拜者。让我至今想来仍然忍俊不禁的一个难忘场面是:有一个可爱的学生站起来向我发问:"您研究了这么多海外作家,是这些作家先有名您再研究他们然后您随之有名,还是他们未成名您先研究他们然后他们有名您也出名?"全场的人都为这绕口令般的问题笑成一团。其实这问题问得好!触及了我作海外文学研究的思维核心。我坦率回答他:"我特别倾心于后者,因为更有成就感。"最后的感动是学生们在讲课结束后涌上来请我们签字,我那签字的手几乎抬不起来,给学生们写的勉励的话也近枯竭。

收获的季节

在南昌机场,我登机回眸,翩翩的燕子在凌波飞跃,为的是衔木再回你的身边。果然,两年后的2004年,海外新移民作家国际笔会正式在南昌成立。

从那之后，几乎每两年，我都会与陆士清老师在世华大会上见面。最难忘2008年，我再次回到上海，参加文心笔会暨《一代飞鸿》的研讨会，陆士清教授特别邀请我和文心社的社长施雨访问复旦校园。那天，我们尽情地畅谈，一起在图书馆前合影，还享用了陆教授请我们吃的美味佳肴。

2010年，我为武汉举办的世华大会提供了一篇论文，题目是《论海外新移民女作家的"三驾马车"——兼及当代华语文坛的精神突破》，虽然此文被胡德才教授主编的大会论文集放在了首篇，但这是我第一次正式提出了海外新移民作家"三驾马车"的概念，而且对国内的文坛批评甚多，心里非常忐忑。有一天大会中午休息，一双大手拍在我的肩膀，回头一看，正是陆士清教授！他笑眯眯地说："你的这篇论文写得不错，虽然还可以商榷，但勇气可嘉！"我真是好高兴啊，陆老师的这个话给了我巨大的安慰和力量。

时光到了2014年，我们在南昌举办新移民国际笔会十周年大庆，特别邀请了陆教授与大家见面。快要告别的时候，陆老师把我拉到一旁，悄悄地说："我有一个设想，就是为新移民作家做一个高端的上海论坛！"这真是了不起的大手笔，我激动地与他击掌。

就在2016年，在陆士清教授的倡议和陈思和教授、上海作协汪澜副主席的支持下，由复旦大学世界华人文化文学中心与上海作家协会共同创办的世界华文文学上海论坛真的开幕了！独一无二的"海外华文文学上海论坛"是以作家和评论家一对一对谈交流的模式进行，第一届受邀的作家和评论家都是重中之重。那一年，陆老师给我来信：你要担当第一届论坛的海外总评人！这是多么大的信任，又是多么重的嘱托！

从这一年开始，"海外华文文学上海论坛"已成功举办了三次，对世界各地三十多位有影响的作家作品进行了面对面的研讨，并出版了论文和作品合集，在华文文学历史上留下了丰碑。

这些年，我们每次回到上海，都要想办法与陆教授见面。每次见到陆老师，他总是童颜鹤发、精神矍铄。我们曾一起在东南亚的泰国漫游，一起在美国西部的红岩山路上漫步，我眼前的他，还是像2002年那样身板挺直，玉树临风。

从复旦的校园，到上海的论坛，陆士清教授亲手画了一个又一个的"圈儿",为华语文学的历史留下了一阵阵绝响。整整九十年,他还是那个儒雅潇洒的上海小伙,还是那个青春畅想的温暖诗人,他的评论文字永远那么迷人,他对待晚辈的情怀永远宽如海洋。

陈瑞琳

美国华文作家、评论家。曾任国际新移民华文作家笔会会长、北美中文作家协会副会长,现任欧美影视协会会长,兼任国内多所大学特聘教授、国际汉学研究员。出版有散文集《走天涯》《"蜜月"巴黎》《家住墨西哥湾》《他乡望月》《去意大利》《将要忘却的事》及学术专著《横看成岭侧成峰——北美新移民文学散论》《海外星星数不清——陈瑞琳海外文学评论集》等,多次荣获海内外文学创作及评论界大奖,被誉为当代新移民华文文学研究的开拓者。

陆师杂记

张　翎

第一次见到陆士清老师，是在2002年复旦大学主办的海外华文作家大会上。之所以说"见到"，而不是"认识"，是因为我不敢确定在那样一个人头攒动的大会场里，陆老师是否知道并记得我。那时我是多伦多一家听力诊所的听力康复师，在可怜的业余时间里尝试着写小说，也没写出什么惊天动地的作品。

一个菜鸟级别的作家，第一次回国参加与写作相关的会议。与会的学者和评论家，我一个也不认识。在陌生的场合里，眼睛就变得比平日敏锐。我观察到了陆老师非同寻常的组织调度能力——他是那个聚集了几百位海外来宾的国际会议的灵魂人物。早就听海外作家中的"大姐大"陈瑞琳说过，陆老师是台港和海外华文文学研究领域的开拓者之一。他的学术成就我已有耳闻，让我惊讶的是，他在操办这样一个国际会议时显示出来的运筹帷幄的本事。那次会议的会务安排、嘉宾招待用天衣无缝来形容，并不过分。陆老师在人流和事流中来回穿插，游刃有余，让与会者如沐春风。象牙塔和大千世界之间，本来有一个宇宙的距离，而他一脚就迈过了，如此从容自如。

短短几天会议结束，我回到多伦多，依旧在维生和梦想之间困顿挣扎。梦想没有泯灭，但依旧离我很远，路途艰辛。慢慢地，我和陆老师熟悉起来了，一年里也会和他通几封电邮，大多是年节的问候。而后有一年，我跟陆老师说起要趁圣诞假期回国探亲。陆老师立刻提出他要在复旦大学中文系替我安排一次讲座。复旦是我的母校，能回到母校交流，我自然兴奋不已，却也诚惶诚恐，便认真准备了一份洋洋洒洒的讲稿。

那年年底，我如约到上海。陆老师安排我入住卿云楼，并带我参观中文系。当年我参加高考时,中文系是我的"梦中情人",后来却阴差阳错地进了外文系。那天走进中文系的楼道,我心情有些小激动,却没想到迎面就撞上了"自己"——一张巨大的设计精美的海报。在十几年前,电子时代尚未全面来临,这样精美的海报在我的视野里还不多见。我怔了一怔,一时无语,深深被一位资深学者对一个无名作家的扶持和体恤所震撼和感动。

讲座安排在周末。临近大考,刮着寒风,天上飘着大朵大朵湿沉沉的雪。我预感到不会有多少听众。陆老师预定了一个相当气派的电化教室,我俩是最早进入教室的人。过了一会儿,才陆陆续续进来几位学生。教室显得很是空荡,我悄悄数了数人头,总共是九个。我心里浮起一阵难言的愧疚,觉得自己亏负了陆老师的一番美意。陆老师却始终坦然自如,一脸温厚的笑容,仿佛在对我说:这就是讲座本该有的样子,九个是完美的人数。

我突然就感觉松弛下来,一把抛开精心准备的文稿,准备彻底由着性子开讲。陆老师像一根很知道方向的缰绳,闲闲散散的,就把话题牵入了正道。那天具体谈了些什么,我已完全不记得,只记得空荡而冰冷的教室里渐渐有了温度。学生们围成很紧的一个圈。九个。没有人再进来,也没有人中途离去。那天的教室里似乎没有明确的演讲者,也没有明显的听众,我们进入了忘我的热烈的讨论。角色随时在转换,这一刻的问话者会变为下一刻的答话者,而有时,问话者则在自问自答。无论是问还是答,都是在认真地叩门。等我们最终意识到时间的存在时,已经过去了两个多小时。

散去时,在电梯口,一个学生对我说:"老师,你说的一些观点,我们从前没有听过。"我把这话当作一句天大的好话,一直在心里藏了很多年。在心情晦涩的时候,我就会把它拿出来,像蜡烛一样照一照路。从那时开始,我意识到文学的影响力假如能抵达一个心灵,就已远胜过浮浮地飘过几百几千只耳朵。

我们离开中文系大楼,走进纷纷扬扬的大雪之中,却并不觉得冷,因为脸上都泛着激烈讨论之后的热气和潮红。我发现陆老师的眼睛很亮,腰板挺得直直的,步子跨得很大,从背影看几乎还像一个年轻人。一个人心中若无激情,很难有这样的背影和步态。那一晚陆老师带给我的感动,是一把温和却持久的炭火,温暖着我后来的写作路程。陆老师扶持着我练就了脸皮和胆气。有过了九个听众的讲座,从此我不再惧怕听讲座人的多少。即使只有一个听众，我依旧还会开口，把我对文学的敬畏之心真实地传给任何一对愿意聆听的耳朵。而这样的事情，陆老师已经做了一辈子。

原载2023年3月16日《解放日报》"朝花周刊"

附诗：贺陆老师九十大寿

九十岁离幼稚很远了，却依旧可以天真；

九十岁什么都见过了，却依旧可以像什么也没见过那样地好奇；

九十岁的心是沉稳的，却不一定安分，依然可以做梦，梦依旧有色彩和光亮。

九十岁是瓜果正熟树木常青的好时候，流水从高山泻下，进入平原，爱情从热烈走入宁静。云彩阳光都还在，爱你的和你爱的也是另一番风韵。

九十岁不纵酒放歌，更待何时？不再有重担压你，逼你早起，或者晚睡，你大可好好发一发少年狂。

少年和老年，在你身上本来就是同义词。你从未老过，还可以将许多好日子，一一尽情挥霍。

亲爱的陆老师九十大寿快乐！

张　翎

浙江温州人，海外华文作家、编剧，加拿大国家文艺基金、安大略省文艺基金获得者。代表作有《归海》《劳燕》《余震》《金山》等。小说曾获华语传媒年度小说家奖，华侨华人文学奖评委会大奖，《中国时报》开卷好书奖，红楼梦世界华文长篇小说专家推荐奖等文学奖项。根据其小说《余震》改编的灾难片《唐山大地震》，获得包括亚太电影展最佳影片和中国电影百花奖最佳影片在内的多个奖项。小说被译成多国语言。

破冰立业华文缘

——论陆士清老师的学术贡献

凌　逾

　　鲐背之年已是罕见，耄耋之年仍然笔耕不辍，出版40余万字大著《品世纪精彩》，高寿睿智，陆士清教授实在让人羡煞。陆教授生于1933年，一生经历传奇。前半段经历坎坷，三岁丧母，因日本侵略而丧家，中小学失学多年，1955年毅然舍弃新晋的无锡县银行会计股副股长之职，考取复旦大学中文系，1960年留校，1962年又决然辞去复旦团委副书记一职，回中文系当助教。后半段事业宽广，因热爱读书，热爱文学，而得安身立命之本，得一帮志同道合者结伴同行，在复旦任教60余年，学术之树常青；更又乘着改革开放的春风，顺应天时，得国际化大都市上海的地利之便，是华文文学最早的开拓者之一，开设相关课程、建立相关机构并进行国际化的交流学习，拓展多个第一。其学术贡献主要体现在以下四个层面。

　　第一，对当代文学研究和世界华文文学研究有开拓之功。（1）率先主编当代文学史。1978年夏至1984年11月，联合22所兄弟院校的同事编写全国第一部正式出版的《中国当代文学史》三卷本。（2）率先关注台湾文学，应和上海逐步重新走向国际化的风潮。自1979年春起挖掘、推荐出版名著，10月将於梨华《又见棕榈，又见棕榈》推荐给福建人民出版社，此书成为大陆首次出版的台湾长篇小说，初版十万册；1981年3月主编《白先勇短篇小说选》，收录自撰论文《白先勇的小说技巧》。（3）率先开设台港文学课程，拓展学科建设：1981年2月为复旦大学中文系改革开放后首届毕业生开设《台湾文学》专题选修课，为此新华社上海分社向港台和北美地区发电讯稿，《解放日报》《光明日报》作报道；1987年复旦大学中文系设台港文学硕士研究生点，招收第一届台港文学研究硕士研究生，1990年高校首位台湾文学硕士研究生林青毕业。(4)率先在国内学界成立台港文学研究机构；1988年1月筹备多时的复旦大学台港文学研究室成立，任副主任；1989年1月复旦大学台港文化研究所（世界华文文学研究中心前身）成立，任副所长，所长由潘旭澜教授担任。(5)率先接待境内外交流团，自1981年起与台湾、香港及海外华文作家学者交流日渐频繁，接待李欧梵、郑愁予、杨牧、庄因、刘绍铭、聂华苓、夏志清、叶维廉等旅美英法等国的作家访问团。1987年春促成白先勇离开大陆39年后的破冰之旅，邀请其到复旦讲学，陪同其访问苏大、南大、扬大、浙大、无锡、绍兴等地两个月，参与其和谢晋、吴贻弓讨论改编小说《谪仙记》为电影《最后的贵族》。(6)邀请境外华侨华人归国交流的同时，也实现了"自我—世界"的双向沟通，跨域跨国游历有助于更好地理解华文作家的跨文化创作语境，捕捉新移民文学特色。1987年6月，应香港中文大学新亚书院邀请，访问讲学两周，演讲《大陆对台湾文学的研究》。1988年10月，赴美国加州大学圣塔芭芭拉校区做研究半年，任客座副教授，演讲《白先勇的小说创作》《杜国清的爱情诗》。1994年退休以后，依然热心筹备策划各种华文文学活动，如2002年接受中国世界华文文学学会筹委会委托，筹备由复旦承办的学会成立后第一届世界华文文学国际学术研讨会。而且每年均参加华文文学研究会议，每次均写作研究论文。总之，陆老师是国内最早介绍和研究台湾文学的学者之一，是世界华文文学研究领域的权威学者。陆老师与很多创始者一道在世界华文文学研究领域开疆辟土，像普罗米修斯点亮了火种。

第二，拓宽世界华文文学研究领域。从当代文学转向台港文学又转向世界华文文学研究，个人著述丰富，学术视野宽广。不仅较早开始研究香港、台湾、大陆当代文学，也较早研究美国、加拿大、英国、法国、捷克、日本、新加坡、马来西亚等国华文文学；不仅研究作家作品如於梨华、聂华苓、陈映真、戴小华、华纯、蓉子、曾晓文、刘以鬯、秦岭雪、陈浩泉、老木、朵拉等，也研究学者论著，如评述刘登翰和曹惠民教授的华文文学研究，深入剖析他们的个体学术理念或人格精神，还研究报纸杂志，如论香港文学界的旗帜《香港文学》。出版了《台湾文学新论》《三毛传》《曾敏之评传》《探望文学星空》《笔韵》等专著，主编《台湾小说选讲》《台湾小说选讲编》《白先勇小说选》《王祯和小说选》等作品选，以及《新视野·新开拓》《情动江海心托明月》等评论集，执行主编《旦园枫红》《心印复旦园》等作品集。《血脉情缘——陆士清文选》入选《世界华文文学研究文库》第一辑，这本由中国世界华文文学学会、暨南大学及花城出版社联合出版的文集，囊括当代世界华文文学学科的优秀研究成果，是很有分量的研究文库。陆老师的《三毛传》是第一本关于三毛一生的完整传述，再现三毛传奇人生四十八年。40余万字《曾敏之评传：敢遣春温上笔端》浓墨重彩地评述梅县人曾敏之先生——华文文学界的重量级人物，2011年4月复旦大学出版社推出简体版，9月香港作家出版社推出繁体版，中国世界华文文学学会为此召开新书发布会，刊发了不少书评。该书详尽论述曾老在报业、学术界、文学界的跨界传奇和文学贡献：深有家国情怀，以笔为枪，写《十年谈判老了周恩来》等名文；其游记散文"山水人文总关情"，其诗词艺术"回归艺术回归美"，以创作丰富香港文坛；积极投身报刊建设，历任《文艺杂志》《大公报》《文汇报》的记者、采访主任、副总编辑；和文友们大力建设香港文坛，任香港作家联合会会长；既是报人又是学者，任暨南大学教授，号召成立学会，引领世界华文文学研究，一如秦岭雪所写挽联云："妙笔颂周公，重庆振铎凝望延河灯火；诗心通世界，香港创会又掀四海文涛。"陆老师耗时三年多写曾老评传，用心用情，写出了曾老的精神风骨、人格力量，以文字互相照亮、互相取暖。

第三，评论世界华文文学作品，专研名家名文，知人论世论文，抓点精准。评述周励自传体畅销书《曼哈顿的中国女人》魅力在于把握了改革先机，拓展海外华人开眼看世界的故事题材，书写华人女子勇于在美国开拓创业、不惧挫败、锤炼情商、重塑生命的传奇经历，写出了时空的纵深感，写透了崛起民族的精气神，富有新时代的精神深度。论述日本华人作家华纯的《沙漠风云》述写洲际治沙，对比CNN中心治理非洲撒哈拉沙漠的失败教训和中国对盐河庄治沙成功案例，在感人肺腑的治沙与爱情故事中交错推进，关注生态这个热点话题、时代课题、长期难题，展示地球人不屈不挠的精神。2003年主编出版《情动江海，心托明月——秦岭雪诗歌评论集》，又指出秦岭雪的《石桥品汇》实是品出了世纪的精彩，一语中的。聂华苓长篇小说的文化心态是失望、回归、期待；戴小华《忽如归》写透家国情怀的激荡；曾晓文的《小小蓝鸟》中有至情至爱的交响；蓉子的《品味》见出多棱镜下的斑斓；施玮情爱小说写出了人性波澜、辉耀女性意识的光芒、寻找诗情物欲的平衡；老木的《新生》熔铸诗情哲理；陈浩泉的散文泉音淙淙；论朵拉散文抓住其旅行特色，走向大自然、历史人文和亲情中净化陶冶心灵。陆老师80、90多岁都还勤于笔耕，尤其是大疫康复之后还写文不断，2023年2月为非虚构长篇《长河逐日》写评论，作者薛海翔感动地为此写文《最年长的评论者》回应，彼此惺惺相惜。

第四，勇立潮头，敢为人先。用心为文，文如其人。陆老师时刻关注新鲜事物，不以年龄自我设限，2014年4月上海作协华语文学网创立，陆老师受聘为该网顾问，即写《共舞世界华语文学的春天——写在上海华语文学网上线时刻》，为网络时代的新研究范式叫好。《桑榆微霞见情怀》述写复旦党委书记老钱退休后自学成了老年大学古典音乐欣赏老师、电脑指导老师，还自开博客，陆老师受益于老钱，很早开始使用电脑，成为"潮人"，一技养身。陆老师不仅从事学术研究，也善写报告文学、新闻报道，如其称誉苏步青教授德耀文林，树立数学的丰碑，为教育的巨擘。陆老师兴趣爱好广泛，喜欢观影赏剧，如评论恒源祥的戏剧精心打磨，走原创之路，演上海故事，塑戏剧之魂。陆老师待人真诚，没有架子，易与人打成一片，胜友如云。与人交往也不以年龄自我设限，与晚辈交流无碍，可见思想的先锋性。其知人识人，学人之长，赠人以言，授人以渔。第一次有缘认识是近20年前的会议，尤其是会后，我们几位与会者恰好都去机场候机，一个多小时闲谈，深切感受到陆教授的平易近人，让人感觉如沐春风。后来在华文文学会议上又有缘多次遇见，陆老师对后学总是鼓励有加，不时指点，多得前辈提携，使我在华文文学研究领域受益匪浅。陆教授的学术研究，敢于开拓新路，善于抓取核心关键问题，下笔快、稳、准，文笔如清风朗月，明白如话，条分缕析，可读性强，论述全面，视野宏阔，有深度的文化关怀，为世界华文文学研究的拓荒垦殖立下了汗马功劳。

凌　逾

华南师范大学文学院教授,博士生导师。粤港澳大湾区跨界文化研究中心主任,主持学术公众号"跨界经纬"(原名"跨界太极")。出版《融媒介:赛博时代的文学跨媒介传播》《跨界网》《跨媒介香港》《跨媒介叙事》《跨界创意访谈录》《跨媒介:港台叙事作品选读》等书,发表学术论文150余篇,主持国家社科基金重大、重点项目,省校级科研和教学项目十余项。

何幸湖山文义重，三秋载得古今情

——陆士清教授的世纪精彩与学术成就

周 励

一、序 言

2022年圣诞节刚过，得知即将庆祝90大寿的复旦中文系陆士清老教授也"阳"了，虽昨夜体温没有超过38度，但依然让已"阳"了多日的我万分焦急，因为这波"一夜之间两重天"的疫情来得太凶险了。今早先后收到陆老师女儿陆雨和陆老师本人报平安的微信，我这颗一整夜悬吊的心才踏实下来，看来，原计划在1月19日陆老师90大寿之际召开的祝寿座谈会要延期召开了。海内外文学界的朋友们都祈祷陆老师早日康复。

可喜的是，征稿不到一个月，已有几十位海内外作家学者向《陆士清教授学术研究论集》编辑组投来稿件了！

"何幸湖山文义重，三秋载得古今情。"这是陆老师挚友曾敏之先生写的诗，今天，我一边为陆老师祈祷，一边被海内外文友对陆老师的真挚赞美所感动，他们的每一个文字，都是献给陆老师90大寿的绚丽玫瑰，我以深情记录下来，也算是《留美学子》陈屹总编两年前刊登的我的纪实文学《88米寿：他成就了众多海外作家的梦想》的姐妹篇。

还记得我们在外滩五号为陆老师庆贺88米寿那天，大家都向德高望重的陆士清伉俪敬酒致意，是他于上世纪八十年代开拓了港澳台文学研究的先河，2016年又与上海作协一起创办了"海外华文文学上海论坛"，至今成功举办了三届，成为中国文学界具有特色和凝聚力的品牌。

那天，著名评论家、复旦大学图书馆馆长、复旦中文系原主任陈思和教授深情朗诵了他献给恩师的诗：

> 首破坚冰第一人,
> 杏坛声远用情深。
> 老师今晚米其寿,
> 桃李春风笑有痕。

二、站在成百上千优秀海外作家身后

在《陆士清学术年表》中,我很幸运地看到几处与我的文学创作有关的内容,读来令人感动,我仿佛看见白发苍苍的陆老师俯首在五角场翔殷路家中书房的窗前,为我和众多海外作家朋友(如张翎、陈瑞琳、薛海翔、施玮、少君、江扬、老木、江岚、华纯等)写下一篇篇力透纸背的论文。

> 2017年10月,出席在浙江大学人文学院召开的"含英咀华世界华文文学的理论与创作实践——'一带一路'与世界华文文学高峰论坛暨曾敏之先生百年诞辰纪念会",提交论文《崛起民族的精、气、神——评周励的〈曼哈顿的中国女人〉》。
> 2020年9月,出席在上海作家协会礼堂举办的周励散文集《亲吻世界——曼哈顿手记》新书发布及作品研讨会,作了《诗的情怀,史的血泪》的发言。
> 2020年10月,出席常州工学院召开的"新时代世界华文文学研究新走向"学术研讨会,提交论文《诗的情怀,史的血泪和辉煌——读周励的〈亲吻世界〉》。
> 2021年11月,出席浙江大学人文学院与哈佛大学世界文学工作坊联合召开的"灾难文化与华语文学:理论建构与批评实践的新方向"视频研讨会,提交论文《灾难烛照的人性——以周励的创作为例》。

陆老师在论文《崛起民族的精、气、神——评周励的〈曼哈顿的中国女人〉》中写道:

《曼哈顿的中国女人》，是旅美华文作家周励女士的自传体小说，1992年出版，发行160万册，跟《北京人在纽约》一起轰动了中国内地，先后获得北京《十月》文学奖、首届"中山杯"华侨文学奖，被誉为新移民文学的开山之作，成为载入文学史册的经典。

这本小说虽然已出版了28年，但今天依然得到学者和读者的持续关注。

2015年，一位网红白领写道：周励的《曼哈顿的中国女人》和陈忠实的《白鹿原》，都是直指人心，可以一读再读、对自己心灵造成不断冲击的经典小说。

2016年5月9日，北大陈平原教授在广东省一所大学文学院讲座的题目是"吟到中华以外天——现代中国文人的域外书写"。他以王韬、黄遵宪、梁启超、朱自清、徐志摩、萧乾、瞿秋白、周励等文人的域外书写为例进行分析，指出了现代中国文人"开眼看世界"之于中国的多重意义（摘自嘉应学院校刊）。

为什么《曼哈顿的中国女人》在读者和学者心目中享有这样的地位？我认为其原因在于：

一、《曼哈顿的中国女人》写出了历史的纵深感和历史的预期；

二、它生动地揭示了中华民族崛起的精、气、神；

三、这部小说具有动人的文本美。

文本美是文学作品基本的要求。所谓文本美，在我看来，除了主题、思想等美学要求之外，还要把故事讲得生动、丰富，要有焕然的文采和感人的魅力。《曼哈顿的中国女人》就是一部具有动人的文本美的小说。

首先小说的叙述中，贴切地引用了众多中外名著和名人格言，涵盖文、史、哲、经、商多个方面。文学艺术则包括了诗歌、小说、散文、音乐、绘画等，文化含量之重，在海外华文文学作品中似不多见。

董鼎山说：《曼哈顿的中国女人》"整部书40万字，读来就像她与你侃侃而谈，她对一个新时代新机遇的大气描写，以及对自己戏剧性曲折经历和人生价值观的倾诉，是有着无声的号角之催化作用的。她描述了一个时代，影响了一代人"，不仅具有历史的文本价值，今天"仍然有着向青年一代读者推荐的意义"。

《曼哈顿的中国女人》，是我们这个民族在新时代崛起的喻示和投影。

三、知音：灾难烛照的人性

2021年陆士清老师递交给浙江大学—哈佛大学联合工作坊的论文令我十分感动。这篇论文的标题是《灾难烛照的人性——以周励的创作为例》。

陆老师洋洋洒洒地写道：

> 灾难文学要把人写好，首先要写好灾难本身——以在突然发生的和长久的深深苦难中，烛照人性的样貌——文明的、正直的、高尚的；抑或是野蛮的、邪恶的、卑鄙的。在这方面，旅美著名华文作家周励有着杰出的表现。

2020年春，在新冠疫情席卷纽约，医院走廊摆满了包裹着橘色尸袋的罹难者遗体、形同炼狱时刻，她想起75年前的另一座人间炼狱——二战中太平洋跳岛战役血腥惨烈。疫情灾难和战争灾难，使她夜不能寐。她在曼哈顿寓所通宵达旦敲击字盘，写下《被遗忘的炼狱：跳岛战役探险录》，近十万字的战争灾难文学。包括《燃烧的太平洋：贝里琉战役与尼米兹石碑》《太平洋的"诺曼底登陆"：塞班岛、天宁岛与关岛战役》《穿越炼狱：冲绳岛启示录》等六篇。辑录在三联书店出版的《亲吻世界》中。周励以史学家的精神和文学家的激情写下这场灾难的大叙事。接着她又完成了灾难电影文学剧本——《南极大救援》的创作（刊于2020年3月《中国作家》）。

2013年12月24日，俄罗斯"绍卡利斯基院士"号在南极被厚冰围困，船上52名乘客和船员危在旦夕。航运在科考途中的中国南极科考船"雪龙号"离俄船最近，在接到澳大利亚和俄船的呼救信号后，船长王建忠毅然让雪龙号掉头，驶向俄船，投入救援。经过两天两夜的紧急航运和十天的奋战，终于将俄船旅客安全转移到澳大利亚"南极光号"破冰船上。

周励崇敬极地探险英雄，斯科特、阿蒙森、沙克尔顿极地探险先驱都是她的偶像。她自己也是探险女杰。她四上南极，登南极点；三临北极，达北极点；三次登临珠峰大本营。她跳入北极冰海冰泳，可谓冠绝全球女作家。她与我国南极科考队结下了不解之缘。她四次登临雪龙号科考船，与南极科考领队杨惠根、船长王建忠、徐挺等结下了深厚友谊。"雪龙号"感动世界的南极大救援，也深深感动了周励。在深入访谈的基础上，她创作了电影文学剧本《南极大救援》。剧本受到上海电影集团的重视，准备将之摄制成灾难片搬上银幕。

周励以她的激情和才华，两涉灾难文学，成果斐然。极有意味的是，这两部灾难文学，对比鲜明。一部战争的，一部是极地自然的；一部是人类厮杀，生命死伤惨烈，一部是国际合作，英勇救援，避免生命和财富的损失。两部作品放在一起读，我再次听到了周励内心的呼唤。

在跳岛战役中，周励充分展示了战争灾难的惨烈。

周励如考古发掘者，潜入水底，搜寻举目皆是的那击沉于海底的舰船和飞机。她写道："我脊背发凉，担心一个不小心触碰到日本'神风特攻队'飞行员的骸骨堆！心儿颤栗、胆大如虎的我穿在一堆堆庞大锈蚀、鱼儿出没的战机、坦克、舰艇残骸之间，深感战争的惨烈与凄凉。"

周励展示了美军将领对日军死亡将士的仁道和尊重。

最典型的是已被历史遗忘的尼米兹石碑的再发现。

碑文写道：

从世界各地来这里重温如烟往事的人们应当被告知：日本官兵在这场战役中是多么勇猛、爱国、顽拼死守贝里琉岛，直到流尽最后一滴血。

——盟军太平洋舰队司令切斯特·尼米兹

如周励所写："在败者面前，王者的谦虚、对失去生命的悲悯与对军事专业领域勇猛同行的敬佩，都放射着人格与教养的魅力光芒！"

船长驾驶"雪龙号"远征南极20年，"雪龙号"已融入他的生命。他告诉大家，"这次南极百慕大漩涡要吞噬我们了！我打算与'雪龙号'同生共死……兄弟们可以沿网绳爬出船体。我死也死在'雪龙号'上！"他抓起电话，忍住啜泣告诉妻子："老婆，前后冰山夹攻'雪龙号'，情况不好。我会尽力。"

船长领队，"雪龙号"人，舍己救人，视死如归，高尚情怀，感动天地！

有意思的是，剧本写了一场"绝境柔情，地狱玫瑰"的爱情。凯蒂被麦克的才华魅力所吸引，深深地爱上了他。她向麦克深情表白，希望麦克给她享受一次人间温暖。麦克欣赏她，理解她，也爱她。他们相亲相拥，情焰熊熊，但麦克没有越过底线，因为他热爱妻子白雪，他不能辜负白雪。凯蒂也从梦中醒来，她尊重麦克，把爱藏在心里，而把自己所有财产交给麦克处理。她回到巴黎两个月后就告别人世。她的墓地是麦克和白雪精心选择的。墓碑刻着泰戈尔的著名诗句："生如夏花之绚烂，死如秋叶之静美。"麦克将她的财产，一半转给了遗弃她的父亲，一半捐给了英国剑桥大学。剧本赞叹这种人性美：冰原之光，情可问天！

2022年，上影集团专门为我的电影文学剧本召开了文学、影视专家座谈会。会场气氛感人，作协原书记汪澜主持会议，作协王伟书记、复旦陆士清教授和雪龙号船长王建忠、2014元旦海冰救援组长徐挺、上海师范大学杨剑龙教授等都做了精彩发言。与会者一致认为题材十分有意义，文学剧本已为电影制作打下了坚实的基础。虽然拍摄极地救援有巨大的难度，但大家期望最终能拍出具有国际影响的精彩大片。

让我非常高兴的是，陆老师和雪龙号船长王建忠竟然是张家港老乡，他们通过座谈会和热气腾腾的晚宴，成了好朋友！

四、复旦精神之楷模：博学而笃志，切问而近思

88米寿宴会上，我在祝寿演讲中衷心感谢陆老师，陈思和师生两人在炎热的夏天读完我38万字的历史文化散文集《亲吻世界》，思和老师写了1万余字铿锵有力、广受好评的"序言"，陆老师写了2万余字深刻精辟的书评。

2022年十一月，人们奔走相告着一个好消息：曾经轰动海内外，2016—

2018三年深受文学界欢迎的"上海论坛"重启了系列活动。

十一月初,上海市作家协会的资深实干家、上海文学创作中心主任刘运辉找我:"周励,我们打算请您和作家协会原党组书记汪澜对话,做一场'文学走进社区,海外华文文学上海论坛系列',你看如何?"

刘运辉得到我大力支持的回复后,他立即去找了"上海论坛"的创始人、上海作家协会原党组书记、专职副主席汪澜,并定下在11月8日下午在作家书店作两场对话。

上海作协和文创中心发出了广告:11月8日,2022年海外作家上海论坛系列首发——对谈嘉宾:周励、汪澜。第一场主题:"追寻历史和人性的光亮——谈周励新作《亲吻世界——曼哈顿手记》"。

第二场主题:"从写自我到行天下的跨越——30年后重读周励成名作《曼哈顿的中国女人》"。

对谈三个小时,非常成功。这主要归功于陆老师的得意门生汪澜作为往日的资深媒体人、《文汇报》记者的精彩与精辟提问,引发对话氛围进入引人入胜的步步高潮。

以下是澎湃新闻记者的报道。

生活在世界各地的华文作家因其丰富的人生经历和阅历,多元文化的滋养和碰撞,作品各具特色,丰富多姿,成为中国当代汉语言文学一道别样的风景。

11月8日,知名海外华文作家周励与知名媒体人、上海市作家协会原党组书记兼专职副主席汪澜来到作家书店,就周励的新作《亲吻世界——曼哈顿手记》和三十年前的成名作《曼哈顿的中国女人》展开对话,上海文学创作中心视频号与抖音号全程直播。本次对谈是今年上海文学创作中心"文学走进社区"之系列活动的开场,也是华语文学网"海外华文文学上海论坛"系列活动之一。

周励1950年代出生于上海南下干部家庭,1982年开始发表散文、小说、报告文学等作品,1985年被纽约州立大学录取为比较文学研究生,后改读MBA,1987年经商。1992年,周励发表自传体小说《曼哈顿的中国女人》,一纸风行,发行160万册,获"十月文学奖",被评为上世纪九十年代最具影响力的文学作品之一。继2006年《曼哈顿情商》面世后,2020年,她又出版了"曼哈顿三部曲"之三——《亲吻世界——曼哈顿手记》。

《亲吻世界——曼哈顿手记》收录了周励28篇边走边写的文化历史散文。《燃烧的太平洋:贝里琉战役与尼米兹石碑》《樱花湖畔:从阿灵顿国家公墓到华盛顿国家档案馆》《穿越炼狱:冲绳岛启示录》……她实地考察跳岛战役遗址,透过二战的硝烟,追溯血染的战旗与人性的温热。她也环球探寻梵高、海明威、丘吉尔、伏尔泰等人的足迹,记录下那些发人深思的场景。她还奔赴南极、北极和珠峰,追寻探险家们广袤的精神世界。

"这本《亲吻世界》写的是以史为鉴,以史为镜,追寻历史和人性的光亮,这就是历史和人性的光亮。"周励透露,整本书从2020年2月开始写,那时她白天组织在纽约的海外华人作家为武汉捐款捐物,晚上就开始写作,"每天都是非常压抑。但是在黑暗的尽头有一束光亮,这个光亮就是文学,就是文学创作"。

从《曼哈顿的中国女人》到《亲吻世界》,周励的每一本书都是为心灵写作,为人类的苦难写作。"这是我们海外华人作家的特点。因为没有人给你规定什么题材,大家都是为心灵写作,这一点非常重要。"她还想起探险家沙克尔顿的墓志铭——"我相信,人的一生,应该竭尽全力去获得生命最好的奖赏","对作家而言,写作就是为心灵竭尽全力的探索"。

在作协任职期间,汪澜主导创办了"海外华文文学上海论坛"。论坛从2016年至2018年连续举办三届,旨在加强上海作家与海外华文作家的交流,促进世界华文文学的研究和发展。

2016年,周励与张翎、卢新华、叶周、薛海翔、施玮、王琰、陈瑞琳、戴小华、华纯10位海外华文作家参加了首届论坛。在之后的两届里,还有刘荒田、少君、江岚、王性初、曾晓文、王宇秀、陈永和、林湄、蓉子、张奥列、章平、陈河、陈谦、梅菁、黄宗之、陶然、虹影、李长声、朵拉、老木、穆紫荆等海外华文作家参与其中。

"因为疫情影响,2019年之后活动没有像过去那样继续举办,但我们一直在跟踪海外华文作家的创作。"汪澜说。

我在对话中首先感谢上海论坛邀请自己成为首届嘉宾，我特别回顾了2018论坛后，陆老师和我在和平饭店的私下长谈，陆老师语重心长地对我说："你1992年发表《曼哈顿的中国女人》，2006年发表了《曼哈顿情商》，现在十多年过去了，你的南北极探险散文写得很精彩，要赶紧出新书。作家是要靠作品说话的。"

望着和平饭店窗外波光粼粼的壮丽景观，陆老师说："我建议你的下一本书，让上海三联书店出版社替你出。"我回答陆老师："陆老师，谢谢你的关心，我会努力，我要把太平洋战争跳岛战役写好，等我满意了一定出新书。"

我记住了对陆老师的承诺，从2020年春节武汉疫情开始到2020年夏天纽约疫情以及"弗洛伊德事件"引发的暴乱，我在纽约家中埋头写了7个月，2020年8月，上海三联书店出版社隆重推出了我的新书，著名评论家陈思和教授将《亲吻世界——曼哈顿手记》推荐为当年十大好书。

汪澜和我的对话在海内外引起强烈反响，好评如潮，《解放日报》《文汇报》《文学报》《新民晚报》、澎湃新闻社、中新社等十几家媒体进行了详细报道。有文友留言：为心灵和人类的苦难写作，博学而笃志，切问而近思，独立之精神，自由之思想。这是复旦精神，更是复旦校歌，刻骨铭心，源远流长！

汪澜说，让人欣喜的是，很多当年参加论坛的作家之后都发表了新作，而且有些作品相当有分量，"这是一个非常有意思的现象。所以我们举办今天这样的活动，把它作为'海外华文文学上海论坛'的延续，也是论坛成果的回溯及作家创作的展示。"

在我眼里，这次文学创作对话，也是向将满九十大寿的上海论坛创意发起人陆士清教授的致敬与祝贺！

陆老师，冰雪融化，春天不远了。在此以苏轼诗献给敬爱的陆老师，祝愿早日康复，届时我们一起喜庆寿辰！

罗浮山下已三春，松笋穿阶昼掩门。
太白犹逃水仙洞，紫箫来问玉华君。

> 天容水色聊同夜，发泽肤光自鉴人。
> 万户春风为子寿，坐看沧海起扬尘。

五、青春是一种生命精神

春暖花开的季节终于来了！三月十八日，蓝天丽日，由复旦大学华人文化文学研究中心、上海作协华语文学网主办的"青春是一种生命精神——陆士清教授学术思想研讨会"在上海作协大礼堂举办。来自海外的作家和全国各地的世界华文文学研究学者、教授齐聚一堂，共贺复旦大学教授陆士清的90岁华诞。

澎湃新闻记者以《依然以青春之心，奔向星辰大海》作了现场报道，在此特摘录有关大会的感人片段：

"陆士清老师的学术年表几乎就是一部中国世界华文研究史。"

3月18日，复旦大学教授陈思和望着他的老师陆士清，动情地说："从当代文学到台港文学再到世界华文文学，陆老师的每一步都走在学科发展最前沿。今年他90岁了，他的很多策划，很多思想，很多著作依然还在学科的最前沿，非常了不起。"

陆老师是不为时代局限的先行者，回顾陆士清的学术生涯，人们总能想到许许多多的"第一""首先"。

1978年，复旦大学联合22所兄弟院校开始编写全国第一部正式出版的《中国当代文学史》，陆士清正是那套书的责任编委，主持编写工作，负责全书统稿；1979年，陆士清将於梨华的长篇小说《又见棕榈，又见棕榈》推荐给福建人民出版社出版。这是中国大陆第一次出版台湾作家的长篇小说，第一版就印了十万册；1981年，陆士清在大陆首先将《台湾文学》作为一门课程，搬上了复旦讲台。开课不久，旅美台湾作家第一个访问大陆代表团的七位作家，包括刘绍铭、李欧梵、郑愁予、庄因、杨牧等，访问了复旦；1987年，陆士清极力促成小说家白先勇来到复旦，实现了白先勇离开大陆39年后的"破冰之旅"。……

陆士清的另一位学生、上海作家协会原党组书记、专职副主席汪澜感慨道:"说起陆老师,出现频率最高的词是'先行者''开拓者'。"

在复旦大学中文系主任朱刚看来,陆士清先生为复旦当代文学开创了港台文学研究、世界华文文学研究,它们至今仍是复旦中文学科宝贵的财富。

六、他倡议创办海外华文文学上海论坛

暨南大学教授、世华会名誉会长王列耀认为,陆士清先生是将生命奉献给学术的典范:"他将创建奉献给学科,将智慧奉献给学术,将真诚奉献给学会。"

他对海外华文文学的发展也一直非常关注。上海作家协会党组书记、专职副主席王伟坦言自己每次见到陆士清先生都有一种特别的感情。"他为上海作协海外华文文学的相关工作做出了非常大的贡献,我们连续举办了三届海外华文文学论坛。陆老师总是充满热情,为海外华文文学事业尽心尽力。中国文学走向世界,海外华文作家是非常重要的一支力量,今后我们仍然会做好海外华文文学论坛,助力中国文学更好地走向高峰、走向世界。"

陆老师90岁生日有这么多人自费远道而来,有的坐飞机,有的坐高铁,有的是白天来晚上就回去,我真的感动到热泪盈眶。只有陆老师有这样的魅力。我想,如果我们到90岁的时候,能够以自身的品格和魅力吸引这么多人从很远的地方过来参加一场研讨会,吃一场生日宴,我们的人生就圆满了。

复旦大学中文系教授、长江学者郜元宝说:"我们都说陆老师是老寿星。感觉我们进复旦的时候老师就是这样,他的精神状态好像没有什么变化,这是中文系一笔很丰厚的财产。陆老师创新的精神、青春的朝气一直激励我们。他的文章也有一股青春朝气,读他的文章,总是很清新、灵动、真诚。"

最后,以我在大会上代表比利时作家章平朗读的赠陆老师诗作为本文结束:

在曼谷听雨

——记和陆士清教授在泰国参加国际笔会

不知从哪儿来的一阵旋风吹过，
清亮天空，突然飘起细雨。
那个瞬间，多年后的记忆，依旧比梦境更妙。

伸双手捧不住那美丽雨珠，
细小而温润，念起杜甫诗句是，
随风潜入夜，润物细无声。
相望陆老师满头银发及眼角细细纹路。

时间在陆老师身上犯下了错，
生活没有磨损清癯中的儒雅，
几十年如一日，桃李天下，默默奉献。

曼谷的魅力就是那阵雨，
陆老师身上不动声色的宽阔，
艰难岁月，忍辱负重。天地玄黄，宇宙洪荒。
心得天籁美妙，渐入晚年佳境。

在屋篷下听雨，是那趟泰国行的奢侈。
逆风吹过树叶，
悦耳如含银铃，
梦中的陆老师如翠鸟飞过，
留下满地水灵灵的春绿。
敬爱的陆老师，祝您九十大寿生日快乐！
健康百年，青春永驻！

2023年4月初稿
2023年9月定稿（纽约）

周 励

美国华文作家，生于上海，1985年被纽约州立大学录取为比较文学硕士研究生（改读MBA），1987创业经商。著有《曼哈顿的中国女人》《曼哈顿情商》《亲吻世界——曼哈顿手记》三部曲，电影文学剧本《南极大救援》等。其中自传体小说《曼哈顿的中国女人》发行160万册，获《十月》文学奖，被评为九十年代最具影响力文学作品之一。《亲吻世界——曼哈顿手记》，被著名评论家陈思和推荐为2020年度十大好书之一。复旦大学特约研究员，曾担任纽约美华文学艺术之友联谊会会长。

先行者的目光

江　扬

那年秋天，世界华文旅游文学研讨会在香港中文大学举行。校巴沿着湖边高大的杉树不断爬坡，把我们带到建在山上的香港中文大学联合书院。

来自海内外的华文作家和评论家分组发表论文，我的讲题是"拾起你的好奇心"。对于写作者来说，好奇心正是讲述与写作的魅力所在。我喜欢行走。行走的意义除了让目光沐浴美景，邂逅陌生人群，还有精神上的思考。移动中的思考，总能带来意想不到的收获。

会后，一位儒雅的长者走到我的面前，很有兴致地谈起好奇心。和蔼平易，熟悉的江苏口音自带一种亲切感，他就是陆士清老师。聊到兴头，我们互加微信，他嘱咐说以后发表文章寄给他。

面对透着浓郁书卷气的陆老师，好奇占据了我的心田。

后来，从朋友文中我目睹了陆老师的风采。在当代世界华文文学最初为人们所研究的时候，一个有学识、有眼力的奠基人和开拓者便拥有了某种尊严。陆老师多年的专注、丰富的见识，使得他对这个新兴的文学研究领域有着突出的贡献。

从此，逢新作发表，我都微信给陆老师，以求他的指教。每每读过我的散文，陆老师都会有一番评论：从《回望那片海》"轻灵的笔触，抒写景象的美妙，追忆历史的沉重"，到《你不是一座孤岛》的"温情凝重"，"把华人的守望相助"写得"动人心弦"；从《为爱隔离》"把这个爱字开掘得很深，但又温润剔透"，到《以海拔的名义》"对人文的思考"；《未来大地》是"中华民族振兴的一个预言，一面镜子"。他为我在"创作上的拓展"而"点赞"，让我感受到了鼓舞，信心与勇气的鼓舞。

我的新书《同一片天空下》由花城出版社出版后，欣然得知陆老师要写评论。不料写作期间，陆老师的右手拇指关节发炎，用汉王手写板的他，一段时间无法握住笔。他发微信说"评论尚没写完，未能如期交稿"，让我的心很不安。他是奔往九十的长者，手和眼都不那么灵光，做事依然那么认真，那么专注。

读过《放笔天地间》，一种感动油然而生。文中看出陆老师对作品读得仔细，有着与人不同的见解，独到的目光充满当代意识。

显然，陆老师对我说的"当代意识"很感兴趣，想听听我的理解与他是否有"共通之处"。

其实，陆老师在评论中所反映出来的当代意识，就是从使命感的高度，也是现代中国人以至人类的根本利益、愿望和历史流向的格局，剖析作品中所思考的人类精神现象，所感悟的当代人的情感，所表达的人们的生存体验。

"笔下没有小女人的家长里短，儿女情长，有的是，山的壮丽和海的波澜"（《放笔天地间》）。这种目光，直指作者无论穿越历史，还是呈现时代，都应该向美向真向善，接地气和有烟火味。

陆老师还常常洋洋洒洒地写上几千字鼓励作者。陆老师所做的这些事，得到世界华文文学作者的尊敬与景仰。

前不久收到陆老师的新书《先行者的学术人生》，这本倾注了他大量心血的书，展现的是一位饱学的学者。他的超前目光创造出具有价值的事业，使自己拥有九十年的精彩人生。

江 扬

中国汉语言文学学士，美国工商管理硕士。中国作家协会会员，中国作家协会第九次、第十次全国代表大会代表，香港作家联会永远名誉会长。曾任香港《文汇报》首席记者。出版报告文学集《九七香港风云人物》，散文集《岁月不曾带走》《留住那晚的星星》《同一片天空下》等作品。

蔼然长者陆士清教授

陈 谦

最早见到陆士清教授,是到上海参加海外女作家的活动。如果我要跟熟悉的朋友说,自己是个少言寡语的人,大家肯定不会同意。坦白地说,我不是惧怕热闹,只是作为自幼就喜欢游历在团体活动之外的散漫分子,习惯了做溜边的旁观者,习惯远远地观望。我就是在这样的背景里,看到了总是在活动中心舞台上、笑容可掬、态度亲切儒雅的陆士清教授。

那时的我,作为一个半路出家、一味凭着自己的兴趣,在远离中文核心语境的海外开始写作的理工背景写作人,对中国文学界的来龙去脉了解得非常有限,对陆教授作为文学研究学者、海外文学研究者的学术背景,更是所知甚少。终于有了机会近距离跟陆教授交谈时,看着他那种典型的老派中国知识分子的模样,说话声音语调平和亲切,举止温文尔雅,令从小在大学校园里长大的我,很自然地想起了我儿时身边的那些来自五湖四海的长辈们,感到特别亲切。陆教授第一次听人介绍我的时候,随口就说出了他读过的几部我的小说,令我很有些意外。我拘谨地应着,陆教授肯定是看出了我的紧张,笑着转移了话题,谈起他去海外旅行到过的地方、体会过的加州的风土人情,让我一下放松了下来。

我很快就从资料里和文友们的口耳相传中,知道了陆士清教授不仅是复旦大学文学院的资深学者,更是中国海外文学研究的先行者,同时也是海外文学研究学科的创始人之一。我心里自是佩服得紧。我随即跟作为复旦中文系77级大学生的卢新华兄聊起来,想要了解他们当年在复旦研学文学的情况,也好补补课。新华兄告诉我,在百废俱兴的1978年,陆士清老师就在复旦作为责任编委,主持编写了与22所兄弟院校合作的全国第一部《中国当代文学史》。因为有1979年后几次接待到访复旦大学并进行文化交流的台湾旅美作家於梨华的经历，陆教授敏锐地意识到海峡两岸文化交流的大门即将打开，并极有前瞻性地认为，复旦将是两岸交流的前沿和窗口，必须做好准备。秉持这样的理念，陆教授早在1981年就首开全国高校之先，为77级的本科生、研究生和进修教师开设了《台湾文学》专题选修课，包括新华兄在内的好几位作为历史见证人的当年复旦的学子告诉我，陆教授这个开先河的创举，当时在复旦校园里非常轰动，课程堂堂爆满，一位难求。陆教授乘此东风，在1987年秋天，负责招收了复旦大学中文系的第一批台港文学研究生。在我最早见到陆士清教授的时候，他已经是中国世界华文文学会的监事长。

跟陆教授逐渐熟悉起来之后，我还惊喜地发现，自己年轻时代最喜爱的海外作家於梨华的小说《又见棕榈，又见棕榈》，就是陆教授推介到国内并促成其在中国出版的。我由此更对陆教授生出了敬佩和感激。因为时代的变迁和个人生活阅历的增加，我今天对於女士那本书的理解和感受有了不小的变化，但《又见棕榈，又见棕榈》这本堪称留学生文学经典的小说，在我们对外面的世界还一无所知，并渴望了解的青春时代，无疑是为我们拉开了一个朝向那令人神往的陌生世界的宽亮窗口，透过它，我们对留学生活的甜酸苦辣、选择去国离家可能要面对的种种得失和情感考验，有了教科书般的启蒙。我甚至对它产生过一种几近带着个人情感般私密而又亲切的感情，以至我在已经完成了留美学子那山高水远的旅程之后的很多年，还专门写过一个本意是向《又见棕榈，又见棕榈》致敬的小说《谁是眉立》，刊发在《人民文学》杂志上。有些朋友在读过《谁是眉立》之后，颇为困惑，不理解我怎么想起写一部那样风格怀旧的校园文学般的小说。我没有解释，那其实是写给青春的一封情书。可见《又见棕榈，又见棕榈》对我们这代留美学子产生过的影响。由于这个我不曾道出过的渊源，陆教授在我眼里，就不再只是一个高高在上的大学者，而是跟我的青春有过颇为深刻联系的师长了。因了这样的认识，我再见到陆教授，就不再像过去那么拘谨，在一起说笑聊天，交流请教，都显得放松自然起来，至少在我，从此看陆教授，就有点像对过暗号的忘年之交了。

在后来的各种大大小小的海外文学相关的活动中，我经常会见到陆教授。熟悉之后，我跟陆教授聊得更多的是他学术生涯里的各种趣事。所谓趣事，其实并不只是快乐风雅的。但陆教授哪怕是谈起年轻时在时代洪流中经历的起起伏伏，遭遇过的磨难打击，都是像道家常一样讲来，好些事情给人带来的痛苦和委屈听起来难以忍受，但陆教授说起来总是那么淡定，一听就是已经在时间的长河里经历了反思后，带上了理性，令人佩服。我更喜欢听的是他和那些老一辈海外作家交往的故事。那些文学史上如雷贯耳的名字，在陆老师的叙说里，一一带上了非常亲切的人间烟火味儿，很多花絮和细节特别生动。比如在圣塔芭芭拉白先勇家里吃过的大餐，所亲历的那些感人的交往……帮助我更好地理解了一个立体的白先勇。还有聂华苓、於梨华等等，都在这些讲述里变得栩栩如生，而不再是一个个高冷形象，让人愿意学习，愿意在阅读中走近。

我一直以很慢的速度写作，多年来都是一个低产作者，陆教授对我写作状态的关心，和他的为人一样，总是退出一步，从不让人感到压力。2011年，我受邀到上海参加上海侨办主办的"品味上海"——海外华文作家笔会暨采风活动，又和陆士清教授近距离相处了好些时日。陆教授和以前一样，貌似不经意地问起我的写作和计划。我们还是像过往那样，聊些各自的日常见闻，各自学到的新知新见，轻松而开心。到了活动将要结束的时候，陆老师找到我，郑重其事地说要介绍我认识他的学生、一位在他引领下做着海外文学研究的女士。我与这位陆教授领来的女士一见如故，相谈甚欢，后来我才知道，这是陆教授的用心安排，他希望这位女教授能关注我的创作，并进行研究。虽然后来因为种种原因，我跟这位女士没有继续联系，但是陆教授的良苦用心，让我很是感动。

疫情前最后一次见到陆教授，是2017年到上海参加第二届"海外华文文学上海论坛"。陆教授一如既往的亲切儒雅，无论是会上会下，都是一派蔼然师长风范，笑眯眯地耐心看着我们在那儿叽叽喳喳。会后一路去往苏州等地采风，我跟陆教授便有了更多的机会近距离地交谈，一边欣赏着江南美景，一边很放松地从写作到生活，面面俱到地畅聊。看着年过八十的陆教授身板挺直，步伐稳健，状态好得让人羡慕，我们都雀跃地向陆教授讨教养生之道。陆教授总是笑着用他苏南口音的普通话说，无非就是要有好的心态，保持对这个世界的好奇，更重要的是有健康的生活方式，坚持适当的运动。

他特别强调,他几十年如一日地坚持天天散步,效果很好,这对我特别有启发。好几天的江南游走下来,陆教授一直毫无倦意,精神抖擞地走在我们中间,兴致勃勃地欣赏着风景,看花木园林,还像年轻人一样不停地换着姿势拍照,从来没有觉得疲劳的样子,真是让人佩服不已。

今年陆士清教授迎来了九十华诞。刚刚看到来自上海的消息,文学界、学术界和海外文学的作家们在上海作协举行了以"青春是一种生命精神"为主题的陆士清教授学术思想研讨会。会议的主题真的与我认识的陆士清教授的精神气质特别契合。远隔重洋,我为会议的成功举办感到高兴,也衷心地祝贺陆老师九十华诞,青春永驻!

2023 年 3 月 22 日于硅谷

陈 谦

女,生长于广西南宁。曾长期供职于芯片设计业界。现居美国硅谷。代表作有长篇小说《无穷镜》《爱在无爱的硅谷》,中、短篇小说《繁枝》《望断南飞雁》《特蕾莎的流氓犯》等,作品曾二度获人民文学奖,并获郁达夫小说奖、"中山杯"文学奖等多种文学奖项。作品多次进入中国小说学会"中国小说排行榜"及多种文学选本。

谦谦君子陆教授

少　君

第一次认识陆士清教授是在福建泉州，是在1999年10月召开的第十届世界华文文学国际研讨会上。那次会上才知道大陆学界有一批才华横溢的学者教授，在关注着中国大陆以外的华文作家。记得是香港作家联会创会会长曾敏之先生在吃饭时，给我和陆教授做了介绍，当时记得陆教授风度翩翩，一脸谦谦君子的笑容。同桌的还有中国台湾著名诗人洛夫，美国著名报人和作家黄运基先生等，每个人对我来说都是如雷贯耳。

再次近距离接触陆教授是时隔三年以后的上海，2002年10月，由陆士清教授主持筹办的第十二届世界华文文学国际研讨会在上海召开，一时上海浦东冠盖云集，来自四面八方的学者作家汇聚上海，共同探讨华文文学的过去与未来。陆教授不但和复旦大学承办了1989年的第四届世界华文文学研讨会，2002年又以退休之年，劳心劳力地筹办了这次第十二届世界华文文学国际研讨会，令人心生感动。这也是中国世界华文文学学会在国家民政部正式注册获批之后的第一次研讨会，"如何将海外华文文学进行整合研究——从文化上、美学上探讨这一领域各种特殊的理论问题，如文化认同、文化身份、族裔经验与文化想象，提升到更高的理论层次"。

中国大陆对于海外华文文学的关注和研究，起始于20世纪70年代末80年代初，最先关注这一领域的是广东、福建等沿海地区的学者，但最早进行研究探讨的则是原中调部和社科院的一些学者，在当时的社会封闭环境中，他们据有资料优势。如果说1979年广州《花城》杂志创刊号刊登的曾敏之撰写的《港澳与东南亚汉语文学一瞥》，为改革开放后大陆文学界第一篇关注港澳和东南亚华文文学的文章，那么八十年代，陆士清教授将白先勇、於梨华等台湾作家的作品及评论引入复旦大学课堂，则是一个里程碑式的动作。

　　从1981年中国当代文学会成立"台港文学研究会"到今天，海外华文文学研究已经走过四十年。陆教授几乎全程参与了这一学科的建设与发展，并在复旦大学保持了这个方向的研究和学生培养，直到今天，硕果累累。从百度百科上看，陆教授1960年毕业于复旦大学中文系，复旦大学中文系教授，中国作家协会会员。历任复旦大学中文系中国现代文学教研室、中国当代文学研究室主任，复旦大学台湾香港文化研究所副所长，复旦大学老教授协会副理事长，中国当代文学研究会副秘书长，上海台湾研究会常务理事，中国世界华文文学学会监事长等职。现任中国世界华文文学学会名誉副会长，香港世界华文文学联会副监事长，香港《文综》杂志编委。主持编写了我国第一部正式出版的《中国当代文学史》（三卷本，福建人民出版社1980年5月出版），主编出版了《台湾小说选讲》、《台湾小说选讲新编》、《白先勇小说选》、《王祯和小说选》、《新视野·新开拓》（论文集）、《情动江海、心托明月》（评论集），执行主编《旦园枫红》《心印复旦园》等作品和论著，出版了专著《台湾文学新论》（复旦大学出版社）、《三毛传》（合作，江西百花出版社和台湾晨星版）、《曾敏之评传》（复旦大学出版社、香港作家出版社繁体字版）、《探望文学星空》（香港文艺出版社）、《血脉情缘——陆士清文选》（花城出版社）、《笔韵》（复旦大学出版社）等。从陆教授的学术年表上看，1978年开始，复旦大学联合22所兄弟院校，一起编写了全国第一部正式出版的《中国当代文学史》。陆士清作为责任编委，主持编写工作，负责全书统稿。1975年、1977年、1979年，作家於梨华三次到访复旦大学，与中文系老师讨论文艺创作的问题，陆教授参与其中，并将於梨华的长篇小说《又见棕榈，又见棕榈》推荐给福建人民出版社出版。这是中国大陆第一次出版台湾作家的长篇小说，第一版就印了十万册。1981年，陆教授在高校首开风气，为中文系本科生、研究生和进修生开设《台湾文学》专题选修课，并接待刘绍铭、李欧梵、郑愁予、庄因、杨牧等台湾作家来访复旦。1985年，陆士清为《中国大百科全书》撰写"现代台湾文学"条目，近25 000字，这是大陆首次将现代台湾文学作为条目收入辞书。1987年，复旦大学确定中文系设台港文学硕士研究生点，陆士清负责招收第一届台港文学研究生，并促成白先勇访问复旦大学。2002年，中国世界华文文学学会成立，陆士清任监事长。

和陆教授私下的聊天恳谈回忆起来令人感到温馨，2018年陆教授微信我，希望我能参加由上海作家协会主办、华语文学网和复旦大学华人文化文学研究中心承办的第三届海外华文文学上海论坛，主题是"诗情雅意与时代担当"。11月到达上海会场后，看到陆教授以85岁的高龄依然忙碌着会务，令人无限感慨，也让我深深敬佩这位"将创建奉献给学科，将智慧奉献给学术，将真诚奉献给华文文学"的资深学者。这个"华文文学上海论坛"是陆教授和上海作协一手创办的，在大陆一领风气之先，令人耳目一新。正如论坛主持者所言："繁荣的文学批评是上海文学版图上一道特别的风景。在这道特别的风景中，应该有关于海外华文文学的批评留下的色彩。大家一对一地进行对话交流、互动研讨。这对于推动海外华文文学的深入研究和创新发展，一定会产生积极的作用。"

会议后，主办方安排了参观上海松江区的一处距今4 000至2 500年的广富林遗址，由于我和陆教授都曾经来过，所以我们就脱离大队人马，在附近的茶楼里等大家。陆教授来自江苏张家港一个农民家庭，双亲朴实勤劳，诚实质朴，他能上大学全靠当年父亲卖了一亩田地，让已经失学的陆士清重返校门。陆教授回忆说，他大学毕业后也曾留校任团干部，但后来发现仕途不是他的理想和兴趣所在，后来果断回归学术界，辛勤耕耘几十年，无怨无悔。

将近两个多小时的品茶聊天，我们也回顾中国大陆多年来世界华文文学研究的历程，虽然取得了不错的学术成果和影响，但在整个学科的建设中，文学资料的搜集和建档，始终是一个硬伤。研究世界华文文学毕竟不如研究大陆现当代文学那么直接便利，一个突出的问题便是资料的匮乏。陆教授谈到目前收藏比较好的几个研究机构，如汕头大学华文文学研究所、暨南大学东南亚华文文学研究所、厦门大学东南亚华文文学研究中心和台湾研究院、华侨大学华侨华人研究所、中国社会科学院文学研究所、同济大学海外华文文学研究所、复旦大学台港文化研究所、苏州大学世界华文文学研究中心等。虽然各有特色，但都不甚齐全。我说应该在学界中呼吁加强资料的统筹收集，实施电子建档和交换，建立资料共享系统。他哈哈一笑说，这些都是年轻一代学者应该努力的事了……

2023年3月18日，由复旦大学华人文化文学研究中心、上海作协华语文学网主办的"青春是一种生命精神——陆士清教授学术思想研讨会"在上海作协举办。来自全国各地的世界华文文学研究学者和海外作家齐聚一堂，共贺陆教授90岁华诞，也是对这位在世界华文文学研究领域辛勤耕耘的老寿星的一种肯定和爱戴。

回顾自己的学术生涯，陆教授说："方向重于努力，道路决定命运，选择是关键。既然是你选择的，就要全心投入。古人说'学有所长，术有专攻'。一门学问，持之以恒做下去，不管大小，都会有成果的。葱葱岁月，悠然走过。虽然成果有限，但倾注了心血，我无怨无悔，乐在其中。夕阳时光，我仍要献身于此项事业。希望年轻一代的学者鼓足干劲，继往开来，砥砺前行，奔向星辰大海。"

如此磊落，如此执着，如此坦荡。为之感动：

陆师学苑六十年

士风儒雅久依然

清纯文学云千里

好人鲐背情满天

2023年3月

少　君

博士，曾就读于中国北京大学声学物理专业，美国德克萨斯州大学经济学专业；曾任职中国《经济日报》，美国匹兹堡大学。著有《未名湖》《人生自白》等作品。为国际新移民华文作家笔会首任会长。

陆士清与江苏华文文学研究

方　忠

初识陆士清老师是在九十年代初。陆老师来南京参加江苏省台港暨海外华文文学研究会组织的学术活动，下榻在南京师范大学的南山专家楼。晚上我去房间拜访。陆老师热情、豪爽、好客、健谈，我就他白天在会上发言的内容和他交流，又就他专门研究的白先勇小说创作向他请教。他知无不言，悉心指点，房间里充满着他热情的话语、爽朗的笑声，令人如沐春风。

此后，我们的交往渐渐就多了起来。陆老师是学者，也是学术活动家。各种学术研讨会上常见他挺拔、忙碌的身影。他或端坐在主席台上主持大会，或穿梭于作家学者之间，少长咸宜，长袖善舞，举重若轻。

身为江苏张家港人，陆老师热爱江苏，关心江苏，尤其关心支持江苏的华文文学研究事业。他关心江苏省台港暨海外华文文学研究会的建设和发展，积极参加研究会组织的各种学术活动，是江苏省学会一位热心负责、不折不扣的编外会员。

我是2013年从曹惠民老师手中接过接力棒，担任江苏省台港暨海外华文文学研究会会长职务。从那以后的岁月里，我更加深切地体会到陆老师对江苏华文文学研究事业的关心和支持。

我下面介绍的是陆老师近十年来所参与的江苏省台港暨海外华文文学研究会的一些活动情况。从中可以看出陆老师对江苏的关心支持和帮助。

2013年9月28日至29日，江苏省台港暨海外华文文学研究会2013年年会在江苏师范大学召开。来自高校和研究机构的40余位专家、学者出席了会议。本次年会围绕"区域视角与华文文学"开展了深入的学术研讨，集中讨论了"台湾作家与江苏""台港海外华文文学与中国现代文学""陶然文学创作40年"等三个方面的议题。陆士清老师和中国现代文学馆的吴义勤馆长、中国社科院赵稀方研究员、山东大学黄万华教授、香港著名作家陶然、马来西亚著名作家朵拉等应邀参会。陆士清教授和与会专家及作家展开了热烈互动,在大会发言中从城市文学的角度对陶然小说进行了细致考察,他认为陶然小说地域性非常鲜明,用文字诠释城市,描写了香港城市的外在风貌和内在品格,取得了很高的成就。

2014年4月23日至25日,由中国世界华文文学学会主办、江苏省台港暨海外华文文学研究会和江苏师范大学文学院共同承办的"华文文学与中国梦书写"学术讨论会和"首届世界华文文学大会暨第十八届华文文学学术研讨会"筹备会,在江苏师范大学举行。此次会议的主要议题为探讨华文文学与中国梦书写,同时商议首届世界华文文学大会暨第十八届华文文学学术研讨会的相关筹备事宜。陆士清老师再次莅临徐州,和与会者就如何在"中国梦"的语境下看待台湾文学,尤其是"台独文学",提出了个人独到的见解,发人深思。

2015年1月11日至12日,由江苏省台港暨海外华文文学研究会主办、淮阴师范学院文学院承办的省学会2014年年会暨"华文文学与中华文化对外传播"学术研讨会在淮安召开。应邀出席会议的陆士清教授,在发言中缅怀了刚刚过世的曾敏之先生,他在回忆曾先生的同时追溯了华文文学学科建设的历史。陆老师认为,从倡导、关注和研究台港文学和世界华文文学到组织成立全国学会,从香港作家联会的筹组,再到中国世界华文文学学会正式成立,曾敏之先生做出了卓越的贡献。曾敏之无疑是世界华文文学研究中的一面旗帜。身处香港这个地区,曾敏之不仅助力倡导中国世界华文文学学会的成立,还身体力行,在创作中针对香港的社会现状传承弘扬中华文化。作为一个香港作家,曾敏之尽到了传扬中华文化的责任。陆士清教授勉励与会学者要为华文文学的研究和中华文化的对外传播奉献力量。

2015年12月18日至20日,江苏省台港暨海外华文文学研究会2015年年会暨"华文文学的经典化"学术研讨会在泰州举行。陆士清教授再次应邀出席会议,他在大会发言中认为,世界华文文学的发展已经进入了一个新的阶段、一个空前繁荣的新境界,其主要标志是世界各国各地区华文作家群的出现；华文文学创作呈现出世界性景观；华文文学的交流活动空前活跃。华文文学要成为跨语种、跨种族的世界华文文学还有很长的路要走，期待汉语成为全球通用语、华文作家的双语创作以及优秀翻译家的出现。

2016年8月26日至27日，由南京大学文学院、国家社科基金重大项目"华文文学与中华文化研究"课题组、中国世界华文文学学会主办，暨南大学海外华文文学与汉语传媒研究中心协办，南京大学台港暨海外华文文学研究中心承办的"华文文学与中华文化"国际学术研讨会，在南京大学召开。来自美国、日本、马来西亚以及中国大陆、台湾、香港、澳门等国家和地区的代表共80余人参加了会议。陆士清教授应邀出席会议，他以高远的视野和稳健的研究方法，对华文文学与中华文化间的复杂关系进行了扎实的解读。

2017年4月21日至23日，由中国世界华文文学学会、中国现代文学馆、江苏省哲学社会科学界联合会、江苏省台港暨海外华文文学学会、江苏师范大学联合主办的"华文文学与中华文化海外传播国际学术研讨会暨新移民作家笔会"，在江苏师范大学召开，来自国内外的80余位专家、学者、华文作家与会。陆士清教授在大会发言中系统论述了施玮的情爱长篇小说。

2018年5月25日至26日，由中国世界华文文学学会、江苏省台港暨海外华文文学研究会主办，盐城师范学院承办的世界华文文学高峰论坛暨第三届世界华文文学大会筹备会在盐城举行。八十五岁高龄的陆老师再次来到江苏，来到黄海之滨，与文友们欢聚畅叙，畅谈华文文学与学术事业，给青年学者以莫大鼓励。

此后，江苏的每次年会我们依然会邀请陆老师。不过因疫情的原因，陆老师来江苏少了，但他依然关心江苏的华文文学研究事业。他还常常和江苏的朋友们交流沟通……

衷心地祝愿陆老师，祝愿他生命之树常青，学术之路常绿！

方　忠

江苏师范大学党委书记，二级教授，文学博士，中国现当代文学专业博士生导师。中国世界华文文学学会副会长、江苏省台港暨海外华文文学研究会会长、江苏省现代文学学会副会长等。获评江苏省有突出贡献中青年专家,享受国务院政府特殊津贴专家。出版《雅俗汇流》《20世纪台湾文学史论》《台湾通俗文学论稿》《郁达夫传》《台湾散文纵横论》《多元文化与台湾当代文学》《台湾当代文学与五四新文学传统》等著作十余部。

砥砺前行四十载

——贺陆士清先生九十华诞暨研讨会召开

杨剑龙

筚路蓝缕著新篇[1]，

砥砺前行四十载[2]。

情动江海望台港[3]，

心托明月观未来[4]。

血脉情缘敬前贤[5]，

文学星空铸经典[6]。

笔韵人生有华章[7]，

世纪品读更精彩[8]。

2023 年 3 月 16 日

---

[1] 陆士清先生是海外华文文学研究的开拓者之一，在台湾文学研究与教学方面都敢为天下先，有学术著作《台湾小说选讲》《台湾文学新论》《三毛传》等。

[2] 陆士清先生于1981年开始在复旦大学开设"台湾文学研究"课程，至今已逾四十年。

[3] 陆士清先生有学术著作《情动江海 心托明月：秦岭雪诗歌评论集》，他的海外华文文学研究从港台文学研究起步。

[4] 陆士清先生在港台文学研究基础上，不断拓展至世界华文文学研究，并担任中国世界华文文学学会监事长。

[5] 陆士清先生有学术著作《血脉情缘》，并有《曾敏之评传》，都出于对文学前贤的敬仰和人生价值的认同。

[6] 陆士清先生有学术著作《探索文学星空——寻美的旅迹》，他在海外华文文学研究中，铸就经典作家与经典作品。

[7] 陆士清先生有学术著作《笔韵》，他认为："一门学问，持之以恒做下去，不管大小，都会有成果的。"

[8] 陆士清先生有学术著作《品世纪精彩》，陆士清先生自谦说："虽然成果有限，但倾注了心血，我无怨无悔，乐在其中。"陆士清先生的学术人生十分精彩。

杨剑龙

上海师范大学教授、博士生导师。教育部人文社会科学重点研究基地上海师范大学都市文化研究中心创始主任，上海市人民政府决策咨询特聘专家，香港中文大学客座教授，纽约大学访问教授，澳门城市大学特聘教授，中国作家协会会员，上海市作协理事。多次获上海市哲社优秀成果奖、上海市人民政府决策咨询奖、教育部高等院校优秀成果奖等。出版学术著作20余部，出版长篇小说《金牛河》、散文集《岁月与真情》、诗歌集《瞻雨书怀》等。

崭新的一天
——祝贺陆士清先生九十诞辰

饶　蕾

火红的朝阳冉冉升起
每一道光都用热情
舒展好奇和渴望
与八十岁、六十岁
甚至二十岁的太阳
站在同一道地平线上

朝霞孕育了多少色彩
尽情涂抹人生天空
遗失在田间的童年
深埋在文字里的少年
还有青壮年飞扬的粉笔灰
在霞光中时隐时现

文学的旷野浩瀚
开拓不只是一个词
它检验一个人的学识、洞见与肝胆
培育也不仅仅靠给予
爱心、耐心和语言撑起一只小船
不管岁岁年年，路遥路险

恒心雕刻的细节竖起里程碑
阳光沉淀的温暖绽开花瓣
你看，缤纷的朝霞正在呼唤
"老骥伏枥，志在千里"
九十岁的您眨着青年人的双眼
凝望旭日打开崭新的一天

2023年3月30日于纽约山居

喜闻复旦大学陆士清教授九十诞辰，我心里不胜欢喜，按捺不住想写点什么的欲望。不巧，最近我特别忙碌，找不出大块时间分享我与陆老师交往的感悟。然而，陆老师严谨开放的治学、风度翩翩的举止、文雅精准的言谈、耐心助人的品格，还有他在洛杉矶巴士上给我的谆谆教诲，都给我留下太深的印象，挥之不去。好在赶在征文的最后一天，完成了这首小诗，略表心意。祝贺陆士清老师在世界文学上的杰出贡献！感恩陆士清老师对海外作家，特别是对我个人文学创作的关心和鼓励！祝福您拥有东海之福，南山之寿！祝愿您在崭新的一天再展宏图！

饶 蕾

居纽约。已出版《远航》、《晚风的丝带》、《纽约七重奏》（中英文版）等五部诗集。诗歌入选《新世纪诗选》等四十多种选集。诗歌散见《诗刊》《诗选刊》《香港文学》等。曾多次荣获国际、中国大陆、美国和中国台湾诗歌竞赛奖。她是北美中文作家协会新闻部主任、纽约华文女作家协会理事、海外华文女作家协会终身会员和国学诗艺全球采风美洲诗社社长。

世界华文文学的先行者

——难忘与陆士清老师的二三事

戴小华

2018年我和陆老师、周励、华纯一起茶叙时，华纯提起日本盛行庆祝米寿，因为八十八直写是米字。我们三人约好届时一定要为陆老师办一场温馨又难忘的米寿盛宴，邀请他的家人好友和陆家班的学生出席。

正当我们期待这天来临时，没想到一场疫情，我和华纯因居住国封控，无法前来。还好周励在上海，她与汪澜以及陈思和教授、杨剑龙教授共同策划张罗，圆满完成陆老师的米寿盛宴。

由周励翔实记录的《陆士清老师八八大寿侧记》谈到，因为所有出席者都要表达对陆老师的敬意及谢意，所以当晚采取AA制。文中也写到陈思和教授满怀深情的贺寿演讲，以及众多在场与不在场的学者作家，纷纷送上的祝福语。都能让我从中深深感受到这位历经几十年的耕耘与奉献，为无数海内外作家引路、提携，成就无数海内外作家的陆老师，是如何被众人爱戴和铭记。

记得我在陆老师米寿时送上的祝福语是："有许多人，许多事，经历了，转身便会忘记，但在我的心灵深处，永远不会因为岁月的流逝而消减我对您那深深的尊重和思念；永远也不会忘记您曾带给我母亲般的快乐和温暖。"

今天（2023年3月18日），我终于能亲自参加由复旦大学华人文化文学研究中心和上海作协华语文学网主办的"陆士清教授学术思想研讨会"和他的90寿宴，心情兴奋，激动不已。

时间流逝得很快，一转眼，我认识陆老师已经三十二年了，这三十二年中，我常常回想起老师过去对我的教导和关爱。

第一次见到老师，是1991年出席在广州中山召开的"第五届台港澳暨海外华文文学国际学术研讨会"。

由于我是第一位受邀出席的马华作家,当我做完报告茶歇时,一位身材挺拔,有着文人的儒雅和学者的睿智气质的长者,面带微笑地向我走来,邀请我去他任职的复旦大学中文系,讲述我以马来西亚和新加坡股市大风暴所引发的经济大浩劫为背景所创作的《沙城》,并介绍马华文学和马来西亚的华文教育等情况。

原来他就是我久闻大名的陆士清教授。因为从许多海外作家口中早已知道,他是最早一批开拓"台湾文学研究"的中国学者之一。80年代陆士清老师率先主持编写了《中国当代文学史》(三卷本)、《台湾小说选讲》、《台湾小说选讲新编》,为《中国大百科全书》撰写"现代台湾文学"条目,都深具影响。

1979年6月,陆老师安排於梨华作了"台湾现代文学"讲演;1981年2月首设"台湾文学"专题选修课;1987年负责复旦大学中文系招收第一届台港文学研究生,安排白先勇首访上海的"破冰之旅"并在复旦大学讲学。陆老师永远敢为人先,不畏艰难;治学态度永远严谨细致,视野宏阔;为人处事又永远热情豪爽,真诚善良。

1992年,我趁陪母亲回她的沧州老家时,先到老师任教的复旦大学中文系做报告。由于学生对马来西亚社会及马华文学都很陌生,所以发言提问非常热烈。

陆老师还特别安排我和母亲去著名的水乡周庄一游。这一路,陆老师和母亲亲切交谈,聊新中国的变化和发展。

母亲1949年随父亲离开大陆,1988年台湾解严后才能再次回到祖国怀抱。她有太多想听想说的话题。陆老师学识渊博,思路清晰,口才极好又真有耐心,母亲听得入神也聊得畅快。

这次见面,完全感受到了老师对我们如亲人般的温暖。老师知道我还要陪母亲路经天津去沧州,特地联系沧州籍的天津作家协会主席蒋子龙接待我们。

至今,耳边仍会响起母亲当时叮嘱我的话:"华儿!你很幸运,到中国不久,就能结识到像陆老师这样一位学养深厚、人品高洁的人,一定要好好珍惜这份难得的情谊。"

我还记得陆老师当时带我来到外滩，指着正在开发的对岸说："未来浦东会非常繁荣，绝对值得投资。"没想到陆老师不仅文学评论见解独到，商业眼光一样具有卓越见识。

有人说，他是一个被文学耽误的企业家。幸好陆老师没投入商界，因为少一个企业家无所谓，但世界华文文学的领域缺了他，绝对是一大损失。

陈思和教授说，从现当代文学到台港文学到世界华文文学，陆士清每一步都走在学科发展前沿。他的可贵在于他在学术上永远不为时代局限，会想方设法去尝试摸索。学界形容，陆士清的学术年表几乎就是一部中国世界华文研究史；回顾其学术生涯，出现频率最高的词是"先行者""开拓者"。

1995年1月时任中国海峡两岸关系协会（"海协会"）会长汪道涵访问马来西亚，在一项为他特设的欢迎晚宴上，宝钢集团的孙总与我比邻而坐。他正好是一位文学爱好者，我当时又是海外华文女作家协会会长。他说，宝钢集团的时任董事长谢企华也是位女性，她是第一位引起世界瞩目的中国女企业家，遂建议在上海主办一场海外华文女作家的文学会议。我征求陆老师的意见并策划由上海宝钢集团赞助的"首届世界华文女作家创作研讨会"。

陈公仲老师在《华文文学研究：筚路蓝缕　砥砺前行》一文中写道："1995年在上海，由陆士清、戴小华共同策划举办的世界华文女作家创作研讨会上，学者对美国的聂华苓、於梨华、陈若曦、从甦，欧洲的赵淑侠、吕大明，泰国的梦莉，马来西亚的戴小华，新加坡的淡莹，中国香港的周蜜蜜等的创作进行了深入探讨。作家与评论家面对面对话，相得益彰。这种形式在世界华文文学学术活动中还属首创。"2016年，由陆老师倡议发起、连续办了三届的"海外华文文学上海论坛"应该也是缘起于此。

自此之后，我们不仅在全国各地举行的文学会议上经常见面，也经常在上海相聚。陆老师还两次受邀前来马来西亚出席我主办的文学研讨会。

我曾在陆老师米寿时说："今天，在这个属于您的日子里，虽然疫情阻隔，无法亲自为您庆米寿；但在千里之外，用我最真挚的心，献上祝福，送上温暖，并对您说：何止于米，相期以茶。"

期盼在陆老师百岁以及108岁时我们还能再为他庆祝欢聚。

戴小华

20世纪80年代中期开始从事文学创作和文化工作,至今出版作品《忽如归》《沙城》《因为有情——戴小华散文精选集》等25本,编辑出版65本。其中《当代马华文存》及《马华文学大系》被誉为马来西亚华人文化史的"双峰塔"。作品入选中国及马来西亚语文教材,并受邀担任中国多间大学客座教授。曾荣获中国徐霞客文学奖,全球华侨华人征文一等奖,马来西亚华文文学大奖等。曾担任马来西亚华文作家协会会长、马来西亚华人文化协会总会长及海外华文女作家协会会长。

桃李天下　士者至清

王　威

还是那挂满沧桑的老旧列车，略显混乱简陋，遗憾的是牵引它的已不是喘着粗气的蒸汽机车，不然会更多些历史陈年感。南方的湿热，让车厢里弥漫着多少有些浑浊的气息，有人吸烟有人淌汗，孩子们兴奋地跑来跑去，喧闹嬉戏声不绝于耳，这人气人声，透着一股半隔世的熟悉和陌生。同一个包厢里的陆士清教授、卢新华、李安东和我，毫不避讳地融入到这样的环境和气氛中，说笑、饮茶、嗑瓜子、凝视窗外、随心所欲谈论着目之所及的一切。行前，其他老师和文友不解地问，为何你们四个不跟我们一起乘飞机？坐这老火车多受罪。我们笑而不答，说不上是有意挑选，反正是再感受一下多年前的旅行滋味，找回点什么。这个时间是2004年，出发地南昌，目的地威海，也就是从第一届国际新移民华文作家笔会，转场到第十三届世界华文文学国际学术研讨会。清晰地记得，一路上陆老师与我们谈笑风生，不时拿起参会作家送的作品翻阅，读到尽情时还会朗诵一段，倏尔他对我们说，你们听听这句话措辞合适不合适，"她津津有味地哭着"，老学者就是这么认真，十几万字书中的一句话都会仔细推敲，即便指点瑕疵，也是语调温和，充满厚爱和商榷。列车慢悠悠地行进在田野山水间，气氛浓烈的笑语，无处不透着对这段难得时光的分外享受。

从那时至今，相识陆士清教授近二十年了。二十年来，我们这些曾正当年的活泼后生，已被光阴恶狠狠地霜染了鬓角。偷眼望去，九旬的陆士清教授，却依旧神采奕奕青春常驻，思维敏捷文笔动人，若阳春三月泛绿的垂柳吐艳的桃李，其精气神让后人羡慕不已。不由得想起很多年前，我的一位忘年交吴运铎屋里悬挂的他书写《论语》的一幅字，"其为人也，发愤忘食，乐以忘忧，不知老之将至云尔"。

多年来，每每见到陆老师，总感觉悠然拂过一股淡淡的爽爽的清风，这清风带来的是书香，是文韵，是教诲，是谈论，还是挚友的爽朗笑声，是长者的忠厚慈祥，是历尽沧桑的语重心长，是柴米油盐的关心呵护。

陆士清教授在文坛的重要贡献和地位，业内皆深知。而我们这些海外华文作家感受最深的，除了他对华文文学的深度研究，莫过于对华文作家与作品的大力扶持推介。他开拓性地把台港文学和作家介绍和引进到内地，首开先河将於梨华、白先勇等请到上海。不仅对曾敏之、白先勇、於梨华等台港作家和其作品有深厚的研究，其视角还广泛地覆盖了华文文学在世界的各个角落。我熟悉的华文作家中，大批人得到过他的关注、研究、评论，深深受惠于这位德高望重的老学者，像卢新华、薛海翔、周励、施玮、蓉子、陶然、陈瑞琳、穆紫荆、华纯、叶周、王琰，等等，一一进入老教授的书斋、笔端、脑海。特别是近年来兴起的新移民华文作家，作品多曾得到陆老师的关注和深度点评与推介。

先生一生执教，桃李遍天下，而今海内外文坛不少名家曾受教于他，出自其麾下，像陈思和、汪澜、卢新华等。他著作等身，文章作品洋洋洒洒，影响了一大批海内外作家和学者。

学者看他读他，普遍从他的著作，从他的学术论述和成就，得出宏观的深刻的评价。我看陆老师，更喜欢从另一个角度，从细微小事感受他的人格魅力。

那年，第一届世界华文文学大会期间，我拿着几本书从楼道走过，迎面而来的陆老师敏锐地一指："什么书？你的？我要！"他不止一次谆谆告诫，要多写多写。耕耘文坛，施教数十载，老学者最关心的是作品，最执着的是勤奋。

广东的一次学术会上，香港文坛大家曾敏之老先生，因高龄体弱站立不稳，陆老师和王列耀教授迅即冲上去扶住了曾老先生，要知道那时陆老师也已是年近八旬的人了。

陆老师作为资深学者，自然受到崇高的敬仰，然而在和他相处中，却始终有着亦师亦友的亲密无间，有时还有点没大没小的感觉。每次他发来的短语及对话，总是开口就称"王威兄，云云"，不由得想起近百岁高龄的王鼎钧老先生的来信，也每次必是"兄，如何如何"，结尾"弟鼎拜"。长者大家的谦恭厚礼，虽让晚辈的我等诚惶诚恐，却也愈发泛出满满的崇敬叹服。和陆老师在一起，没有顾虑，畅所欲言，无需话到嘴边留三分，他总能认真地倾听，与你认真地讨论，认真地答复，坦诚表达自己的见解和感受。

　　作为重要学者，陆老师常居各种会议的主宾席核心，他每次发言都言简意赅，句句到位。记得一次大会，由他致辞总结，在精练地讲完要说的话后，老人家顽皮地把双手一摊，曰："没了。散会！"还在等长篇大论的代表们愣了一下，旋即报以热烈的掌声和开心的大笑。陆老师的学者风范，他的亲和力，体现在方方面面，点点滴滴，从微小花蕊枝丫叶片中天然地渗透出来，所以说他"士者至清"，不仅是古人口中那种文人雅士，还是风轻云淡的飘逸，兢兢业业，本本分分，出淤泥而不染，拂过他所栽培的漫山桃李。

　　先生是从解放前走进新中国的，他的人生穿越了两个世纪、两个社会、两种制度，从张家港、从乡间、从人生各个转折点，最后长期扎根在誉满全国的复旦大学，在中国的文学版图上写下了浓重的一笔。他一生经历了许许多多，跌宕起伏也有，激情奋进也有，五味杂陈也有。与陆老师的交谈中，常听到他回顾那些难忘的经历。令人折服的是，不管个人遭际和历史波澜如何，他总能非常客观公正地、历史地、全面地认识和阐释社会与人生的种种，梳理出社会历史发展的清晰线条，不揉进个人情绪和偏激色彩。

　　每次来上海我都会想起这位老学者，又常因怕劳动老人家而不敢告之，陆老师知道后会略带嗔怪地说，不会麻烦别人的，就我们两人见见聊聊嘛。2020年1月，新冠大风暴前夕我又来到上海，老人家邀请了若干沪上文坛好友给我接风，席间的畅谈至今记忆犹新，大到世界格局，中到文学艺术，小到一件往事、一个菜肴。然后，就是大家知道的原因，迁延阻隔了三年。今天，在陆士清教授九十大寿福喜之际，我们也迎来了疫情风暴的消退和社会生活的复苏，世界继续沟通，阳光依然灿烂。先生的人格魅力和学术辉煌，吸引我们再次从全国各地和世界的四面八方涌向上海滩，成就了这三年来第一次线下的海内外华文文坛大聚会，记住了，2023年3月18日。

阳春三月的江南，花红柳绿，莺歌燕舞，万物生机盎然，此刻，我想迎着暖洋洋的拂面春风说：有陆士清教授，华文文学幸甚，华文作家幸甚。

王　威

美国华文作家。北京人。毕业于北京师范学院中文系。八十年代末赴美，定居纽约市。从事过影视、传媒等工作。曾先后担任过影视编导室主任、影视传媒集团副总、国际新移民华文作家笔会会长、美国《彼岸》杂志副总编等职。写作以散文、纪实文学为主，写有《纵然是举案齐眉到底意难平》《一张糖饼》《爸爸去哪儿了》《穿越时空的记忆拾贝》《意游大运河》等，编写出版有文集《纽约手记》《解密美国教育》等。

生命礼赞

——献给世界华文文学研究的先行者、开拓者陆士清教授

华 纯

3月18日,上海作协大厅里正在举办一场气氛热烈的以"青春是一种生命精神"为主题的陆士清教授学术思想研讨会。来自全国各地以及海外的世界华文文学研究学者、作家齐聚一堂,共贺陆士清教授的90华诞。爱神花园一改往日的静谧,欢声人语,簇拥的鲜花,经久不息的掌声,这一切无不洋溢着出席者对于陆士清教授的无比敬仰和感激之情。为这次别具一格的沪上学术研讨会,各路人马都全力以赴,让沉寂三年之久的世界华文文学线下学术会议拉开了持续复苏的序幕,不禁令人满怀欣喜和寄托希望。

陆士清教授精神矍铄、风度儒雅地站立在讲台上,他身姿依旧挺拔,心态依然开阔,几乎看不出来是一位已入耄耋之年的老者。身后现出一行刘登翰教授一语定音的标题:青春是一种生命精神。本人由衷地赞美之:是的,陆士清教授从青年时代进入复旦深造学习到执教于中文系,他的人生历程和学术研究成就,可以说是一个文学时代的缩影,其生命长河满载人生的精彩和芳华绽放。会场上陈思和教授对恩师做出精准概括,谓其著作年表和学术贡献几乎是一部中国世界华文研究史后,陆老师以谦和的语气缓缓道出了一句:"说我有成绩也好,说我有功劳也好,我主要的是不离不弃,我的事业一直会做下去。"

这一番话在我心中引起了巨大的反响,思绪飞进记忆中难忘的几个镜头。

三年前我们几位海外作家商量在陆老师进入米寿之际回沪祝寿,结果疫情肆虐全球,等到再次握手会面竟拖延了三年。这三年里世界发生了太多的事,陆老师在今年春节前不幸感染新冠,血压飙升,一时令人担忧不止,后

来在电话中听见陆老师痊愈出院的第一声,虽然有点虚弱,却告我不用担心,这时挂念的泪水止不住流了下来。这才发现多年受其教导深深浸润我心的恩师陆士清已成为我在上海最牵挂的亲人。

说来话长,我于上世纪六十年代考入复兴中学就读初中时,就对复旦大学充满了梦想。那时这所复旦大学的附属中学有百分之九十以上的升学率进入复旦大学,理工科是主要的专攻方向。我每天上学,首先完成的早课,是和高年级学生一起,从四川北路上的学校长跑到复旦大学门口,再折返回来。这个以复旦为目标、往返十几公里的跑步锻炼一直到"文革"爆发学校被迫停课才中止。后来我又跟随复旦大学学生游泳队去横渡长江,可以说很早就产生与复旦休戚相关的意识。自然,我的人生命运,也在复旦写下了重重的几笔⋯⋯

在今天这样的场合我更想说我是一个直接的受教者、获益者。1979年我开始渴望获得文学知识,在复旦中文系课堂我如饥似渴地听过陆士清教授讲授"中国当代文学"。那时学生们全神贯注地接受新知识、新文学,海峡两岸的文学交流也在这时初显端倪。於梨华登上复旦教坛演讲"台湾现代文学",引起了热烈的师生讨论。耳濡目染的见识让我理解为何八十年代的文学作品犹如雨后春笋,迅速带来文艺复兴的黄金时代。因此心中产生了更高的追求。不久我告别上海负笈东瀛,经过几年奋斗,终于在日本安身立命。1998年在北京出版第一部长篇小说《沙漠风云》,获得文学界肯定后渐渐走上文学道路。2006年由於梨华、陈若曦等台湾女作家创办的海外华文女作家协会预备召开第九届双年会,在北京白舒荣老师的建议下,时任协会会长的周芬娜命我回沪与陆老师商谈复旦大学作为会议选址方案。借此机会我与陆教授有了面对面接触的机会。陆老师思维敏捷,精力充沛,洋溢着鼓舞人心的感染力。他谈及对世界华文文学和港澳台文学的见解,有许多先创性的学术观点,在今天看来是具有前瞻性的。他对早期从台湾去美国留学的聂华苓、於梨华、陈若曦、戴小华等人的作品都进行过梳理、探讨和立论,同时对我的处女作长篇小说《沙漠风云》给予鼓励和肯定。那天我们走过绿茵场和双塔楼,看到校园欣欣向荣,年轻学生充满了蓬勃朝气。我在陆老师深入浅出的话语中初次了解到世界华文文学研究作为一门新兴学科,存在多种多样的意见分歧,学者们在研究时会有不同的见解。这消息对我来说,带来了一个转折点，写作不单是一种文字和生活经验的表达，还应深入思考文学意义和价值批判问题，海外华文文学作为一种跨国文学体裁，汇集了多元的文化、民族、种族、语言和文学风格等元素，具有多重身份和多元文化的特点。因此我和陆老师之间打开了一扇天窗，海阔天空，纵横上下，我的收获更上了一层楼。海外华文女作家协会第九届双年会在复旦大学中文系主任陈思和教授和陆老师的精心关照下终于圆满闭幕。不久，陆老师建议复旦中文系邀请我和王敏、王智新去光华楼演讲，与研究生做了交流。2009年我出版散文集《丝的诱惑》，收集近几年在台湾杂志上发表的专栏文章，陆老师为我写了序言《扶桑枫叶别样红》，文中写道：日本"也有一些作家，能面对异域现实，瞩目日本社会，写出探视日本社会生活和日本人精神世界的作品。他们已经把宣泄和乡愁变成了理性的反馈，在自由的风气中以独行的方式凸显文学的新意，显示了对东方和西方社会的解读"。"华纯就是这种解读的实现者。她的处女作——长篇小说《沙漠风云》和近期的散文写作，既显示了她的国际视野，又展示了对日本社会生活的深入挖掘，从而使她的作品区别于一般的留日华人文学。""她的纪行散文在展现环保理念的同时，将笔触伸向日本人的精神空间，以日本为出发点，探视中日文化的交流和联系，这是别具一格和别具风采的，也可以说是'别样红'的一个标志。"感谢陆老师吉言，这部新书获得了首届华侨华人"中山杯"文学奖。

其实，陆教授的启蒙言行与良师益友般的存在，早已起了潜移默化的作用。我深感陆老师是德高望重，学识渊博，思想深邃，品德高尚。在许多细节上都能反映出来，令人铭记。我参加各种学术研究会议，进一步见证陆老师倾四十年心血始终站于世界华文文学研究学科的最前沿。陆士清教授作为开拓者之一，马骋先鞭，泽被后世，功德无量。他关爱每一位海外华文作者，他书写的评论成为启迪和鼓舞我们这些海外作家坚持创作的源泉力量。不难想象海外华文作品包罗万象，每次书写论文要做大量的案头工作和收集资料的工作。更难能可贵的是，陆士清老师还是首肯几经兴衰沉浮重新振作的日本华文文学发展的一位伯乐。

2011年我和王敏、荒井教授赴香港参加文学会议，决定发起日本华文文学笔会，在日本鼓励华文写作者创作更多的好作品，陆士清教授、王列耀会长作为见证人，欣然接受我们邀请，成为笔会名誉顾问。创会伊始，究竟如何给日华文学定位，陆教授语重心长地指出，海外华文文学可以被视为中国文化的延伸，但也有自己的独立性和原创性。日华文学要重视中日文化背景差异性问题，一方面要面对历史，不遗忘历史，另一方面也要维护中日之间友好往来的文化交流和融合，在文学形式上呈现较高的创新性和多样性。

2016年6月，世界华文文学学会会长王列耀教授决定联合日本华文文学笔会在广州暨南大学召开一次国际研讨会，白发苍苍的陆教授从上海赶来，拿出厚厚的评论《沙漠风云》文稿宣读论文，这一幕刻印在所有人的心扉上。

如今我们迎来了陆士清教授高寿可期的九十华诞，我们依然感受到陆士清教授老当益壮、生命不息的拳拳之心。就在18日会议前夜，陆老师入住酒店后，又习惯性地打开了工作电脑，在键盘上为一位香港作家写下万言评论。陆士清教授就是这样以不离不弃、持之以恒的毅力，不断地阅读、思考、讨论和写作，努力挖掘作品的内涵和外延，灵活运用学科知识和理论，从而有力地推动了整个学科的发展和进步。这些功绩都会镌刻于历史，让后人永远记住。我相信对陆士清教授来说，最好的祝寿礼物就是继往开来，后人必承其章，谱写新篇。青春是一种生命精神，光华流芳，激励我们永不放弃。我在此恭祝陆士清教授九十华诞身体健康，吉祥如意！并感谢汪澜主持，40多位作家、学者和领导干部共襄盛举，汇聚成一场悠扬而生动的爱神花园的不朽之曲！

华　纯

1986年赴日留学，定居东京。现任日本华文女作家协会名誉会长、日本华人文联副主席、世界华文旅游文学联会理事、世界华人作家交流协会副会长等。处女作长篇小说《沙漠风云》入围中国首届环境文学奖，载入浙江大学编辑的《世界华文文学史》。散文集《丝的诱惑》获首届全球华文文学"中山杯"优秀奖。还曾获得第四届中山杯伯乐奖、诗刊年度桂冠诗人奖、第三届紫荆花国际诗歌大赛一等奖等。

他，与在岛屿写作的他们

宇 秀

> 青山一道同云雨，明月何曾是两乡。
>
> ——摘自王昌龄《送柴侍御》，是为题记

一

温哥华夏日的傍晚，阳光依然耀目，灿烂却并不火辣，仿佛人过了盛年迈入初老现出的温厚与舒缓。沐浴在如此光芒之下的大自然好似午睡中尚未醒来，有一种慵懒空茫的寂静，等待叩响。

这是大温哥华三角洲（Delta）一处幽静的居民区。我的车子停在一栋花木葱茏的独立屋前。说是门前，其实车子停靠的路边与房屋还隔着长长的斜坡，房子与车库大门及其后院边门一字排开，像一幅横轴展开在斜坡之上。那斜坡则是被我在另一篇文章里称作"排比句"的长长石阶，错错落落如唐诗宋词的平平仄仄。我曾多次独自拾级而上叩响屋门，但这次，随我下车的是一位身着紫绛红夹克衫的银发长者，我陪着他一道走上那些步步高升的"排比句"。

长者刚从著名的千古冰川之地洛基山脉（Rocky Mountain）返回温哥华，去那里可是要有好体力，尤其三天行程，一般人是吃不消的。陪同他的女儿连喊吃力，老父亲却淡淡地说道还可以。想到他刚从大洋彼岸的上海飞来，时差都来不及倒，赶着出席会议和各种活动，然后又马不停蹄地踏上冰川之旅。毕竟耄耋之年啊，我不由想去搀扶他一把。可他步态矫健，毫无耆老之蹒跚，我若去搀扶就显得做作了。

到了"排比句"的最后两三行,屋门拉开走出一位身着浅色休闲西装、拎着黑色手提包的老人。我太熟悉他的手提包了,那是他每次出门的标配。红衣长者加快了脚步,我的心跳也不由地加快。为能够安排这位远渡重洋的长者,与他一下飞机就念叨着最希望见上一面的人在远离故土的异邦相聚,我多少难掩激动之情,这或许将是中国当代文学史上值得记载的一刻。

二

2017年7月16日,加拿大华裔作家协会举办三十周年庆典与"第十届华人文学国际研讨会",来自复旦大学的陆士清教授是30位特邀嘉宾中最年长的,也是世界华文文学研究和教学领域的先行者,更是把台湾文学引入大陆高等院校讲坛的拓荒者和躬耕者。当时,我对大陆的海外华文文学研究知之甚少,在这次跨越太平洋来参会的学者中,陆教授是我唯一认识的一位,而且是从我移民之前的原居地上海来的,亲切感油然而生。

在接机大厅,一眼看到走出海关的陆士清教授及其女陆雨。教授斜挎的背包全部移至身前,跟防备小偷割包包的游客一样。我每每看到这样挎包,就想起卖五香豆的。这与2014年在南昌首届新移民文学研讨会初次见到的他大相径庭。那次会议结束时,代表们在宾馆大厅等候离会,每人座位旁都是行李,不少人东倒西歪地在打瞌睡。就在我对面座位上的一位鹤发老先生正兴致勃勃地跟我的文友、洛杉矶华文作家叶周先生学玩微信,俩人头碰头窃窃私语,形似父子。我听到叶周压低的沪语,对方回应的则是苏南口音普通话。老先生脖颈一条花色丝绸薄巾与鹤发相映,颇有点海派"老克腊"之风,令我忍不住偷偷抓拍了两张。尽管当时知道老先生就是复旦大学陆士清教授,但并未借机去认识他,他也根本没注意到有个偷拍者。而在温哥华机场看到"老克腊"变身"卖五香豆的",距离感顿消,心里竟涌上了"老家来人了"的温暖。

在去往饭店午餐和餐后送陆氏父女前往住处约有四五十分钟的车程中,我担心老人坐了一夜飞机,舟车劳顿会吃不消,但我的担心是多余的。老先生一路上兴致很高,他那口慢条斯理却又咬字铿锵的苏南普通话,在离开主席台话筒的零距离家常闲聊中,让我恍若回到老家长辈跟前。闲谈中,陆教授说希望我能联系痖弦先生,安排他们见一面。他说,他这次来温哥华就想,如果能拜访一下痖弦先生那是最好不过了。原来七年前,2010年10月,在武汉召开的"世界华文文学国际研讨会"上,痖弦致开幕词的时候,陆教授就在主席台上,那是他们的初识。会后,同游神农架,同行的钱虹教授还帮他们拍下一张珍贵的合影。同框里:一个身穿紫绛红夹克衫,另一位着休闲西装,两人的盈盈笑容里蓄满了阳光。痖弦戴着一顶浅色太阳帽,陆教授则一头乌发。我看着七年后的陆教授,他的"顶上风景"已彻底由黑变白,心想:痖公(我平时总是这样称呼他)因健康原因,已不可能飞越太平洋,陆教授恐怕此后也难得再有机会飞来温哥华,这对背负着两岸历史和当代文学史的同庚老人,这次温哥华如能相聚恐怕也是最后的机缘了。

  陆教授原以为此番来温哥华参加这么大的文学活动,自然能够遇见痖弦。遗憾痖弦并不出席这次作协庆典和学术活动。因为同一天,台湾《创世纪》诗刊的前任和现任两位主编张默和辛牧,率诗刊社一班人马专程从台北来温哥华看望痖弦。对台湾诗坛有所了解的人都知道,张默、洛夫和痖弦乃《创世纪》"三驾马车",叱咤台湾诗坛数十年。如今老伙计远道而来,痖公这一天自然是分身无术,无暇他顾。也好,私下的会面如能达成,一定比场面上的相遇更能深入,也更有温度,但我对安排这场会面并未有十分把握。痖公府上的电话常常是无人接听状态,痖公也不用手机微信什么的。平时跟痖公联系,今天打不通,明天再打,有时他会突然打我手机,并无具体事务,却总是一通上话就得聊上个把钟头,甚至更长。事后我总是自责,这个"马拉松"电话是不是累着了老人,兴许放下听筒,他正在揉搓发酸的胳膊呢,但每次通话又不忍主动喊停,聊天内容无一不是围绕着文学话题。和痖公多年的交往,就那么随意闲散的,像两朵没有目的地的云。但这次不同,陆教授在温哥华的时间有限,除去各种官方活动和陆雨预定的冰川行,他们的会面只有安排在父女俩离境前的一天了。可我还不知道能否及时与痖公取得联系呢。

  我没把上述顾虑流露给陆教授。虽然当时我并不详悉他在中国台湾文学研究与传播方面的卓著贡献,但我直觉到一位海峡这边的研究者和海峡那边的创作者,两位前辈文学家在两岸之外的太平洋西岸的会面,将是中国当代文学史和两岸文学交流史上的一段佳话,而促成此一历史性重逢,义不容辞。尽管陆教授话语不紧不慢,但我听得出蕴含着一份热切。在以后几天的接触中,愈加感觉到他对台湾作家、诗人的感情,有一份源于手足之情而又超越私人交际和个体情感的厚重的东西。

近年,台湾拍摄了一套非常有格调的传记文学纪录片——《他们在岛屿写作》,除了西西、也斯和刘以鬯三位,其余十位均为台湾作家和诗人。其中斩获第17届台北电影节纪录片大奖的《如歌的行板》是以瘂弦为传主的。2015年3月,我曾应瘂公邀请出席了他这部影片在温哥华的首映式。也是那时,我知道了台湾拍了这么一套被业内称为文学传记影片"标杆"的系列纪录片,也认识了几位我原先并无了解的台湾作家。然而,在"岛屿写作"的他们,早在1981年就被时任复旦大学中文系现代文学(含当代文学)教研室主任的陆士清老师——请进了国内著名高等学府的文学课堂,如杨逵、赖和、於梨华、白先勇、杨牧、陈映真、余光中、洛夫、瘂弦等等。

在今年与陆教授微信笔谈中,在阅读有关他的各种资料和他自己的作品中,我逐渐清晰地看到了一个在历史风云际会的时代洪流中,审时度势,抉择把握方向,而后专注坚定前行的中国学人和文学活动家的陆士清,那个我之前感觉到厚重的东西,正是在血浓于水的人性基点上的民族情结,并由此赋予自身的使命感。行文至此,我脑海里突然跳出2018年11月第三届海外华文文学上海论坛主题,那行醒目地悬挂在开幕式横幅上的大字:诗情雅意与时代担当。记得在作家书店海外作家与上海读者的见面会上,陆教授站在那条横幅下对这句话做了富有激情的阐释。而上海论坛就是陆教授倡议组织的,这次论坛主题也是他提出的。如今想来,他心头的"时代担当"是由来已久了。

我从陆续读到的有关陆士清教授的访谈、报道和各路名家以及他的弟子们记述他的文章中得知,陆教授在港台文学和世界华文文学研究领域有着不凡的学术生涯,在文坛有着广泛的人缘,早在七十年代两岸尚未破冰的时代就开始了与台湾文学大家们不寻常的交往。但在温哥华几天近距离接触交流中,却从未听他谈及,倒是不止一次听他说到自己是普通农家的孩子,贫苦出身,曾经失学务农,日本人侵略时被迫逃难。直到1949年春节前,父亲悄悄卖掉一亩田,让他重新就学,期望他以知识改变命运。如今已桃李满天下的陆教授，想到父亲当年的决断，甚是感恩，也深感自己的幸运，这幸运包括1949年中华人民共和国成立后有机会得到考大学的机会，只读了半年初三的他，以同等学历的资格考取了复旦，毕业后留校任教，由此重塑了自己的人生。

鲐背之年，陆教授谈到自己的学术人生，用两个字概括就是"专注"。他总结道："一门学问，持之以恒做下去，不管大小，都会有成果的。"平和低调的话语里道出的是真理，透出的是做人、做学问的最朴素也是最高贵的品质：诚实。当台湾文学尚未进入大陆学界视野之前，文学研究领域对台湾文学尚不屑一顾的时候，他如何就掉转了自己学术研究的方向，坚定地走上了这座独木桥呢？在本文撰写过程中，我的疑惑随之解开。

四十多年过去，陆士清教授与"在岛屿写作"的那些名家的交往，业已成为他文学研究的第一手资料和创立世界华文文学学科平台的基础，并熔铸在他一部部学术和文学著述中，如《曾敏之评传》、《三毛传》（合著）、《白先勇小说选》《台湾小说选讲》《笔韵》《王帧和小说选》《血脉情缘——陆士清文选》《品世纪精彩》等等。当荣誉褒奖和各种溢美之词蜂拥而至，陆教授总是淡淡地说"是时势和条件，我只是做了一点推动和联系"。他轻轻一言就把个人的功劳推到了一边，犹如交响乐激昂热情的第一乐章转入第二乐章，舒缓，平静，让我想起他晚年回老家张家港，微笑着站在油菜花田野里的留影，怡然，平和。

回到2017年夏日。

不知该算是我的运气，还是"陆士清"三个字被缪斯赋予了神力，电话一打过去，就听到痖公的声音，好像他就等在电话旁。一如既往的温润、富有金属光泽的嗓音。我问他记不记得复旦的陆士清教授。线那头立刻答曰："记得记得。大陆的陆，士兵的士，清廉的清。"没想到痖公竟把陆教授姓名的三个字拆开来逐一注解，跟着他的注解，我眼前浮现出一幅寥寥几笔的简笔速写画，倒也符合主人的样貌和性情。接着，电话里就定下了与陆教授会面的时间。于是就有了本文开头红衣长者一路登上"排比句"的那一幕。

三

温哥华七月的黄昏，落日熔金。

在痖公家门前，两位老人紧紧握手，拥抱，像是久别重逢的兄弟。相拥的两位"白头翁"都笑成了慈祥的"老奶奶"。夕阳的余晖为他们白得不分彼此的银发，撒上了一层淡淡的玫瑰金。在走下那排长长的石阶时，陆教授挽着痖公。虽说同庚，痖公则年长几个月，他的背明显地驼了，而陆教授从背影看依然挺拔，没有一点弧度。我抬头望望天空的云，不知何时好似围拢过来，如易安居士所称的"暮云合璧"。我忍不住想说，宋朝的天空还在今天的天上……

我预定的餐厅是痖公推荐的。碰巧餐厅的经理是我初到温哥华在一个课堂读书的同学，自然对我们这一桌照顾有加，菜品也很可口，色香味俱全。

一落座，痖公就从他的黑提包里拿出一份他写的关于建设海外华文文坛设想的打印稿交予陆教授。虽然痖公早已不再写诗，也早已离开台湾联合报系的副刊主编职位，却非常关注华文文学在海外的建设推广。这一点，与几十年专注于台湾和世界华文文学研究的陆教授，可谓心有灵犀。两位老人边吃边热烈交谈，从大陆的"伤痕文学"聊到台湾文学及其作家进入大陆，就说到了於梨华、白先勇。

四

1975年和1977年，旅居美国的台湾作家、被誉为"留学生文学鼻祖"的於梨华先后两次到访复旦。1979年她第三次来到复旦，陆老师与她有了深入的接触与交流，并请她为中文系学师生做了"台湾文学发展概况"的演讲。在当时对国内听众而言是非常新鲜的，正如陆教授在於梨华因感染新冠而去世的悼文里所追忆的："她的精彩讲演，为我们中文系师生打开了一扇文学之窗，使我们看到了中国大陆以外的天光云影。"当时的陆士清也从於梨华打开的那扇窗，看到了中国当代文学研究版图上一门有待开发的新学科的远景，他敏锐感觉到时代的某种期许。其时，他已经读过了作为留学生文学代表作的《又见棕榈，又见棕榈》和於梨华在上海发表的其他作品，如《收获》上的长篇小说《傅家的儿女们》，对她的创作已有相当程度的熟悉。于是就在同年，把《又见棕榈，又见棕榈》推荐给福建人民出版社，并积极鼓励出版社编辑："如果你们出版了，就创造了历史。"

小说在翌年9月出版，比琼瑶小说进入大陆还早两年（以《我是一片云》在《海峡》杂志刊登为时间点），成为中国大陆出版史上问世的第一部海外华文作家的长篇小说，而陆士清也自然成为创造这一历史的第一推手。著名文学评论家蒋孔阳在陆士清《台湾文学新论》序言里指出："1979年，改革开放刚刚起步，在人们对'左'的一套尚心有余悸，我国大陆文学界绝大多数人对海峡彼岸的文学情况尚茫然无知的情况下，士清同志又鼓起了勇气，开始介绍和研究台湾文学。"从这段叙述里也可见，当时政治气候下，举荐出版海峡对岸作家的作品还是需要勇气和胆略的，而且陆士清不仅是推荐，更是下了功夫为大陆版的"棕榈"写了序。因对原版序作者夏志清先生的尊重，大陆版仍沿用了旧序，但於梨华对新序非常赞赏，不忍割爱，她说："陆先生对我的作品有更深的理解，我很喜欢，附在书后，成为书的一部分。"既然作者本人把陆序当作书的一部分，那么研究於梨华的"棕榈"，也就不能绕过"这一部分"了。

於梨华是陆士清在现实生活里最先接触到的海外华文作家，对于站在人到中年门槛上的他有着不同寻常的意义，给予他对于台湾文学的具体切实的感性认识，加上之前就读到的香港在1978年出版的《台湾乡土作家选集》和南下广州暨南大学做相关调研所获信息，陆教授的台湾文学选修课便应运而生，复旦中文系因此成为开台湾文学教学和研究之先河者，陆士清也成为国内最早的海外华文文学"传道人"。

八十年代初，国内大学中文系基本上还是循规蹈矩地局囿于传统学科，连当代文学课在内地高校中文系课堂上也只是选修课而已，更别提港台文学以及海外华文文学了。记得我在内地大学读到大四的时候，才有机会选修当时在文学评论界声名鹊起的刘思谦教授的当代文学课，直到大学毕业的1984年对港台文学的认识也仅止于金庸、琼瑶、余光中等个别港台作家。陆教授当年的学生、如今大名鼎鼎的文学评论家陈思和先生在他为《曾敏之评传》一书所作序言里追述道："记得是在1981年，我还在复旦大学中文系念大四的时候，陆士清老师开设了台港文学课程，在当时大约也是全国高校里最早开设此类课程的先驱者。陆老师讲台湾文学不仅仅讲乡土派和现代派，还介绍了台湾在1950年早期的军中作家，讲司马中原和朱西宁的小说创作，这让我们大开眼界，知道了海峡的另一端还有着多姿多彩的文学创作。后来我在学术生涯里多少也涉及台港文学的研究，最初的兴趣就是陆老师教授予我的。"1987年，陆教授招收了以台湾文学为研究方向的首届研究生。

在於梨华之后，陆老师在现实里交往密切的台湾作家当属白先勇。1987年，世界华语文坛杰出的小说家白先勇先生以教授和作家的身份访问复旦，实现了他阔别大陆39年后的"破冰之旅"，在大陆文坛引起轰动。之后，他的《金大班的最后一夜》《孽子》《永远的尹雪艳》《玉卿嫂》《谪仙记》《游园惊梦》等小说、戏剧和影视相继风靡大陆，形成了一股"白先勇热"，而又有多少人知道在这热潮背后那位最初的"持微火者"呢？

九岁初到上海的白先勇，虽然在这座城市仅仅生活了两年半，童年的上海印象却是他文学创作中"所有故事的底色"。这位怀着浓重的上海情结的小说家，到了大陆进入改革开放的八十年代，在杂志上看到陆士清论文——《论白先勇的小说技巧》，知道复旦还有人研究他，便生出访问上海的念头。陆老师得知此信息后，即征得校领导同意，与白先勇取得联系，最后促成了白先勇受复旦之邀讲学两个月。在此期间，陆老师陪同他访问了苏大、无锡、南大、扬师、浙大、绍兴，与他一起和谢晋、吴贻弓讨论，将小说《谪仙记》改编成电影《最后的贵族》。同时，客观上也促成了白先勇的话剧版《游园惊梦》再度推上广州、上海、香港的舞台。之后的1988年，白先勇邀请陆教授到他执教的美国圣芭芭拉大学做了半年访问学者，陆教授得以与白先勇深入交流，并对其创作和治学仔细观察、研究，写出了多篇研究文章，在文学和治学以外，也建立了笃厚的友情。白先勇在《树犹如此——纪念亡友王国祥君》一文里曾提到，为了救治重病的挚友，在杂志上看到上海曙光医院有治疗相关病症的报道，就立刻联系陆士清教授，飞赴上海，陆教授则倾心倾力，一路陪同为挚友生死而焦虑的白先勇求医问药。

陆士清教授在海外华文文学的研究教学中，不仅搭建起了学科领域的平台，也建设着世界华文文学作家、诗人交流和友情的平台，这与痖弦先生建设世界华文文坛的理想也是不谋而合的。文学说到底是人学，文学研究的投入也离不开生命情感的注入。除了对时势的敏感洞察,孜孜不倦的脚踏实地,能够几十年如一日关注研究"在岛屿写作的他们",还必有一份大爱的情感支撑,这份情感,在陆士清身上是平静水面之下不懈的涌动。

五

　　饭桌上谈到於梨华,痖公遂问陆教授是否见过聂华苓。陆教授说她来上海时就见过,后来在白先勇邀请访学期间的1988年元旦,又到她美国的家里拜访过。"哦,那时安格尔还在。"痖公说。痖公曾是聂华苓和安格尔主办的爱荷华国际写作计划最早一批被邀请的华人作家,他曾说聂华苓是他的贵人。

　　陆教授说,聂华苓和於梨华她们两个人都是到大陆最早的台湾作家,也都是很看重自己的根在大陆的台湾作家。於梨华当初访问大陆还是压力很大的,但她也不顾,回去还写了很多文章。尽管后来於梨华也更正过她的某些看法,但对故土的赤子之心则无可置疑。

　　"於梨华和聂华苓,台湾称她们俩'红楼二妖'(聂华苓给她和安格尔在爱荷华河边的房子取名'红楼'——笔者注)。她们去大陆,在台湾就有人说'二妖'投'匪'了。那时候两岸还是很紧张的。"痖公呵呵笑道。

　　"那时候敌对情绪很厉害,好像生死冤家。实际上都是自己人,血肉同胞。"陆教授说。

　　"是是是,都是自己人,现在想一想,也没那么紧张。我看'国宝档案',每期都看,'一带一路'也喜欢看。"痖公又说。

　　这时,我那位做餐厅经理的同学亲自端上一条清蒸鳜鱼,鱼头正对着客人。陆教授和痖公礼让再三,谁也不肯先下箸。我说,鳜鱼头对着贵客,那就陆老师先吧。陆教授便夹起一块鱼肉放进了痖公的碟子里。接着两人的一段对话,包含着两岸文化人复杂的家国情愫、世俗人情与彼此尊重。我记录如下:

　　　　陆:你讲的一句话,我是非常感动的。那就是在去神农架的路上,你跟我讲的一句话,就是说到日本要把钓鱼岛国有化嘛,你就讲"我们温总理已经申明了这是我们固有的领土"。你讲"我们温总理",我是很感动于这句话的。……

痖:是是是,我们年龄一样,感情也一样。

陆:我们都经历过国家、民族的苦难。

我很理解陆老师的感动,但我有点担心会引起痖公的敏感,毕竟"我们"后面的人物不是普通人。痖公曾跟我说过,作家、诗人、艺术家,应该是广义的左派,所谓广义左派就是站在人民和土地一边,而不是狭义的党派立场。他不止一次提到艾青的诗《雪落在中国的土地上》,于是我就插言道:"就像艾青那种对土地的感情,大家都是一致的。"

痖:是。《雪落在中国的土地上》,你看,一个个的场景:江上,乌篷船,船里那个小灯,拉着大车在雪地里奔走……人民的形象都在那里了。"在漆黑的夜晚,我这点在灯下写的无力的小诗,能为中国增加些许暖意吗?"

痖弦用他自己的话复述了艾青诗结尾的那一段。早两年,他提到这几句是照原文背下来的。

艾青诗很好。……艾青是很有感情的,嗯,手法也很好。但是到了《吴满有》就比较差了,那个时候,作为诗人的形象就懈怠了。早期的很好。我没见过他,很遗憾!艾青是个人物啊,在左派的诗人里面,他地位最高。

接着,他们又谈起诗人杨牧、洪范、出版社等。七七八八聊了一阵,痖公突然又回到之前的话题,对陆教授提及的感动了他的那句话做了一番解释。

痖:我为什么在去神农架的路上说到习近平,加上"官称"?这个没有政治信仰问题,这个叫作"入境随俗",就是尊重。

我知道痖公口误，赶紧插言："您说的不是习近平，是温家宝吧。"

是是是，是温总理。为什么我加上"官称"呢？
陆：你是以中国人的身份来说话的，并没有政治含义。
痖：没有，没有。

我插了一句："我记得小时候我妈妈的朋友来我家，就跟着我妈妈也管我奶奶叫'妈妈'"。"对，对。就是这个意思！"痖公连声赞同。并顺着我的例子，说他碰到的事更绝。遂举出从上海到台北去的大摄影家郎静山为例，说郎静山在1992年百岁那年，在台北主持世界摄影展。影展上摆放着摄影集赠送来宾，痖弦就替自己喜欢摄影的岳父要了一本，郎静山写题赠时问了受赠人姓名，就在影集上写了痖弦岳父的名字张××，名字后面加上"世伯"二字。虽然郎静山已是百岁人瑞，但与痖弦作为朋友是平辈相处，故在朋友的长辈面前就以晚辈自称了。痖公说，你想他那个对人的尊重啊……

六

晚餐后，谈兴未尽，痖公邀大家到府上坐坐。

痖公的家，俨然是个小型博物馆，他在台北许多年里积攒的各种收藏，与古色古香的家具摆设相得益彰，一进房门就令人目不暇接。痖公让我帮他泡茶招待客人，陆教授连忙示意不要，我知道他的意思。作为台湾文学研究专家，在研究对象家里的所见所闻，属于文学研究的第一手感性资料，何况是在痖弦先生家里？时间宝贵。我便遵从陆教授的示意，随他们两位从客厅移步书房。

事实上，痖公的书并不在这里，多在地下室。他曾戏称自己是"地下工作者"。而这间摆放着宽大书案和若干展示柜的大房间，更像是一个博物馆的小展厅，应该是主人比较私密的会客室。一个镶着玻璃门的博物柜，错落有致地摆放着各种藏品，正中最大的一格，立着一帧痖公母亲黑白照的相架。痖公说，这是母亲唯一一张遗照，还是他阔别大陆四十年以后回乡探亲，从堂兄弟手里得到的，而父亲没有留下照片，他对父亲的容貌已经模糊了。我想，站在痖公母亲像前那一刻，陆老师一定也在想自己的母亲，他三岁时母亲就过世了。

  一阵肃然之后，痖公引陆老师走向房间尽头的办公台。书案一侧墙壁上挂着台静农的书法对联："春前有雨花开早，秋后无霜叶落迟"，给充满文物感的室内平添了一份庭院气息。另一侧顶到天花板的展柜，摆放着锃亮可鉴的各种金属茶壶，有的造型像古时的鼎。痖公说："有这么多的茶壶，却没让客人喝一口茶，真是讽刺。"大家都笑了。然后他又问陆老师，你看上哪个？我送你。陆老师笑说："不能破坏文物珍藏的完整。"痖公又说，我可是很小气的哦，快选一个，别等我改变主意。大家更笑了。

  从"展厅"出来，痖公得知我女儿在晚餐前刚上完钢琴课，便指着墙角一台棕色雅马哈让孩子去弹奏，然后请陆教授入座一起欣赏。一曲普列考夫耶夫和一曲贝多芬的奏鸣曲之后，一直跟着琴声在座椅扶手上轻轻打着节拍的痖弦说，我家这台世界上最寂寞的琴今天发声了，并赞"这不是学生的弹奏，有大家气象"。他问了女儿的名字说，你以后开音乐会一定要通知我，我要买票去看你！随后就跟陆教授从音乐又谈到文学，遂拿出厚厚的一本《众笔绘华章》赠给陆教授。我知道痖公很看重这本文集，这是他退休移居温哥华后主持的《世界日报》上的一个文学版面——"华章"的一部作品汇编，书里的每一篇诗文都经他亲自审阅。痖公一向在场面上很周全，很注意给身边人面子。他赠书时特别提示说："里面也有宇秀的诗。"

  临别，宾主在一面由大小一致的同款小木格筐垒成的隔墙前合影。这面别致的"墙"，30个小筐里分别存放着主人担任《联合报》副刊主编30年的编辑底稿，以及与作者的全部通信——一封不落地从台北运过来，包括张爱玲、巴金等耳熟能详的文学名家的信件，以及痖弦自己回信的复印件。那是一面承载着现当代丰厚的第一手文学史料的"墙"啊，其中很多内容或许正是大陆阙如的部分。

  离开痖公家回宾馆的途中，陆教授沉默不语。深蓝的夜色在车窗外匆匆后退，衬着车内异样的安静。我想，老先生是累了。突然他从前排回头对我说道："宇秀，你能不能动员痖弦把他那些信捐给大陆或者我们上海的巴金纪念馆？"

哦，我明白了陆教授离开痖公家之后的沉默。我很理解他身为大陆台湾文学研究拓荒者的心思和作为一个当代世界华文文学研究者的学术敏锐。可惜，晚了！痖公已经承诺了台北"国家图书馆"，将全部信件捐给他们，已有专人每天到痖公家整理和输入电脑。我不能帮陆教授达成心愿，好一阵让我遗憾。不过，如今想来无论这些信保存在台湾，还是大陆，都是中国文学史的一部分，都属于华文文学的财富，就像分藏于海峡两岸的《富春山居图》，不管在此岸还是彼岸，终究是一幅必须合璧展示才完整的中国山水画。

七

今年三月初，和陆老师微信私聊，我问他："隔了这许多年，回头再看您当年开设台湾文学课，您如何看待自己那段教学历史？又如何看待台湾文学在华文文学中的地位？"大约隔了近一个钟头，陆老师在微信里做了四点回复。

一，我当时开《台湾文学》课是正确的，及时的。因台湾是中国的一部分，台湾文学当然是中国文学的一部分，关注台湾文学是我的责任；二，改革开放，台湾问题有望和平解决，两岸文化交流，两岸中国人走到一起是必然的，我们应为此做文化和学术上的准备。……三，台湾新文学中，除去1949年后出现过的反共八股，鼓吹台独以及低俗的文化垃圾外，其余部分，都是中国文学宝库的一部分，包括陈映真为代表的乡土文学，白先勇为代表的现代小说，洛夫、痖弦为代表的现代诗，林海音为代表的怀想文学等等。四，上世纪60年代中期至70年代中期，因"文革"破坏，大陆文坛颇为荒凉，而这时台湾乡土文学和现代小说、诗歌都发展得很好。我任常务编委编写《中国现代文学词典》时，似乎感到，这时段的一些台湾作家作品，弥补和充实了这段历史。我把他们和他们的作品收入辞书。

他平静的文字里，表达的不仅仅是理性的文学观点，更有一份民族情感，这份情，便是具体地落实到对"在岛屿写作的他们"的惺惺相惜。说到这里，我忍不住要提及一位在大陆热度延续长达十五年且不是靠"触电"火出圈的作家，她就是三毛。而如果你想完整地了解三毛，在走近这位传奇女作家时，你会遇到"陆士清"这个名字。

1991年1月4日，三毛突然辞世，震惊海峡两岸、东南亚等世界各地华语读者。1992年6月，由陆士清、孙永超和杨幼力合著的《三毛传》出版。虽然在此之前，国内已有四五本写三毛的书，但这部新的《三毛传》一经问世，即被海峡对岸的出版界认为是一部更全面、更深入、更准确了解三毛、既有可读性又具有学术价值的书。台湾晨星出版社迅速向大陆百花洲文艺出版社购买了该书的版权，于翌年7月31日，推出台湾版《三毛传》，并且以"第一本关于三毛一生的完整传述"为封面导语。出版介绍称这部传记"从三毛的出生到生命停止，在每个人生阶段都有极为详尽的资料考究。完整地呈现了一个生命的个体在生命历程所展现的生活观察，了解三毛，请从《三毛传》做起点"。台湾图书资料部门还买了《三毛传》两章——《殒落了，沙漠之星》《透明的黄玫瑰》的版权，以作为对三毛的权威评论收藏。

一个传记作者，对自己笔下的人物，除了深刻的了解，还必须有一份特别的感同身受，才能使自己的文字富有代入感而打动读者。很难为情，我尚未读过这本传记，但我看到豆瓣上读者的感言："是这本，读完唏嘘不已。"另一个留言说："放下手中的《三毛传》，久久不能平静，几度感怀，几度落泪。"可见，该书除了学术价值被业界认可，其文学性也深深打动了读者。

说到当年的陆士清教授为何如此重视三毛的人生和创作，我以为，除了对于三毛创造的"撒哈拉魅力"这一华文文学界重要的文学现象的学术认知，和意识到三毛文字对当代人感情真空一定程度的填补与抚慰之外，更有传记作家内心里的青春激情。让我暗暗讶异的是，当时的陆士清已年过半百，对于更为年轻人追捧的三毛，他如何也有一股青春的热情？以他的年岁、个人成长经历、社会生活环境，如何能对一个在不同意识形态和社会语境中成长的年轻女作家的心灵世界有细致的体察与同情呢？从表面看，这位严肃的年长学者与一位浪漫不羁的台湾女作家，有很大的反差，然而，与他走近，便可感觉到波澜不惊的水面之下的湍流。想起一件事，那是他刚到温哥华的当晚。

　　那天晚餐后，应陆雨的要求，我和我先生带他们父女到市中心的英吉利海湾史丹利公园寻找张国荣的长椅，在著名的海湾景点 Tea House 前。温哥华荣迷们为其偶像捐献的长椅就在这附近面对大海的斜坡上，这里也是"哥哥"生前住在温哥华时与朋友经常小聚的地方。本来我想陆教授就在车里休息等我们好了，毕竟是八十多岁的老人了，又是长途飞行到达的第一天。没想到他竟兴致勃勃，跟我们一道在夜色下的斜坡草地来来回回地搜寻。那片斜坡闲散地放置着多条长椅，像自然生长在那里的树木一样并无规则，我也不能准确地指出哪一个是张国荣的，需要查看椅背上的铜牌，上面镌刻着逝者的姓名、生卒年月，长椅也是另一种形式的墓地。那晚的月躲在云层后面，夜幕像厚重的黑色大氅，陆老师就跟着我和陆雨在黑暗里上上下下、左左右右地兜来兜去，直到陆雨用手机上的"手电筒"照见一块长条铜牌上刻着张国荣的名字、生卒年月，和长达五十字的纪念文——这是我所看到的镌刻在椅背上最长的文字。陆老师也兴奋地凑近细看铜牌上的刻字。忘记当时是谁提议在椅子上坐一坐，我一摸椅子很潮，已被夜晚的露水打湿。

　　可惜陆教授在温哥华与痖弦先生重聚的时间有限，不然，如果谈及三毛，他们一定会有很多话说。要知道，三毛可是痖弦一手推出的明星作家，当初她投寄到《联合报》副刊的第一篇撒哈拉故事，就是发表在痖弦先生时任主编的《联合报》副刊上。之后在痖弦的鼓励下，她与荷西在撒哈拉生活的系列散文连续刊出，她的第一部散文集《撒哈拉的故事》便是这些文章的结集。而后她的《高原的百合花》就是在《联合报》"三毛中南美之旅"资助计划下写成的。痖弦根据报社计划为三毛设计了一系列演讲，观众的反响热烈到疯狂的程度，令痖弦始料不及，考虑三毛的安全，不得不喊停。如今想来，很是遗憾那天怎么没提起三毛的话题？一位《三毛传》的作者和一位三毛的文学伯乐，在一起谈三毛该有多少值得记载的内容呢！

　　再回到英吉利海湾那晚，一位耄耋老人陪女儿夜寻"哥哥"的长椅，陆士清之外，怕是没有第二人了。我忽然在陆教授三十年前写《三毛传》和陪女儿寻访张国荣长椅之间感觉到某种联系：一个学者和文学人的内心青春，青春总是具有超越意识形态和各种藩篱的人性力量。难怪《台港文学选刊》

创办人杨际岚先生以《归来还是少年》为题记述陆士清教授,著名诗人学者刘登翰先生则在为陆老师新著《品世纪精彩》所作序言里,以"青春是一种生命的精神"来形容和总结学界老友。

八

2016年秋,在北京第二届世界华文文学大会高峰论坛,我做了《转道台湾的中国新诗——从洛夫、痖弦和余光中看中国新诗的经典传承》的报告,没想到与陆士清教授不谋而合。他则说自己的观点"很高兴得到你的认同"。

正是在北京那次大会上,经陆教授学生、伤痕文学开先河者卢新华的推荐,我与陆教授才正式相识。之后应他要求,在微信里发给他一些我的诗文,包括长篇散文《痖弦,温柔之必要的广义左派》,还有一些对我诗歌的评论。一个不曾出版过任何诗集的诗人被关注、被评论,还是鲜见的。陆老师在读到中国诗歌网上安家石先生的评论《当下,宇秀的诗值得一读》后,发信来大为赞赏。等到在温哥华相见时的第一顿晚餐席间,他就催促我抓紧出版诗集。当时我的诗集全无踪影,虽然零零散散发了不少,在读者中也有一定影响,但是我对出版是有点畏惧的。诗集出版特别困难,我又没人脉关系,而且也惧怕找关系托人情。再则,诗集一般都是要自费。我被媒体和读者称为"痛感诗人",自费出版诗集,等于是花钱兜售自己的疼痛,岂不讽刺?但陆老师几乎是带有命令的口吻,"即使你来不及正式出版,也要编辑打印出诗集书稿"。我没有理由推三托四了。

2018年秋第三届海外华文文学上海论坛召开时,我向大会上呈送两部诗集,一部广西师大出版社出版的《我不能握住风》,一部台湾出版的《忙红忙绿》。如果没有陆老师这个"催生婆",我都不知道自己会拖延到何时才出诗集呢。

最近阅读有关陆老师学术生涯的资料才知道,他早在1981年开讲"台湾文学"课程时就相当重视诗。对于痖弦的创作,重点介绍过他的三首诗:《上校》《盐》《如歌的行板》,着重强调他在诗艺上的探索和作品的社会意义。陆老师把台湾诗人们"请进"课堂的时间,较流沙河在《星星》诗刊评介台湾诗人的专栏文章结集出版成《台湾诗人十二家》，还早两年。

1985年出版的中国首部百科全书词典《中国大百科全书》，由陆士清为之撰写"现代台湾文学"条目，乃是国内辞书第一次收入台湾文学条目。他将中央人民广播电台武治纯先生所写第一稿7 000多字扩大到近25 000字篇幅，使这个条目实际上成了现代台湾文学的"史纲"。更可贵的是，在梳理这些条目时，他纠正了以往偏重小说、忽略诗歌的现象，将诗歌摆到了应有的地位。点评了115位以上的小说家、诗人、戏剧和散文作家的活动和创作。

1994年夏，陆士清与上海人民广播电台合作了一档广播节目，叫作"台港暨海外华文文学百家精品展播"，介绍和展播近百位台港和世界华文作家的作品。每次半小时，由朗诵演员朗诵，每位作家持续一周。我曾看到陆老师当时为这个广播节目所写的介绍痖弦那一集的手稿中有这样一段文字：

> 痖弦吸取了超现实主义的技巧和手法，成为台湾诗坛勇于探索而自成一格的诗人。痖弦不否认文学的社会意义，认为诗人的全部工作似乎就在于"搜集不幸"的努力上，他在对众多小人物生存痛苦的描写中，概括了较为普遍的人生经验和人性感受，表现出了深厚的同情心和"人道主义"精神。

绿方格稿纸里娟秀的字迹，虽然已被岁月吃掉了墨色，但依然可见真情理解的饱满书写。当时的陆士清不会想到三十年后的一天，会与自己笔下介绍的诗人在温哥华拥抱在一起，但他对两岸文化交流的愿景是充满期待和乐观的，正如他在《笔韵》第一编中写下的题记："炮声，远去了；海浪，传来兄弟的心跳。"读到这一句时，我眼前叠化出另一个画面——

尾　声

温哥华七月深夜十点多，微蓝的月色清晖洒在大地上。痖弦先生将客人送到门口时，再一次上前拥抱住远道而来看望他的陆士清教授，动情地说："世界已经够寒冷，让我们用彼此的体温互相取暖吧！"

当时在场的陆雨事后跟我说：那最后的拥抱，让人落泪。我则想到王昌龄的两句诗："青山一道同云雨，明月何曾是两乡"，这诗的意境，也是陆士清教授四十多年来投身的台湾文学和海外华文文学研究的学术天空和他的心境的写照吧。

2023.4.9初稿于温哥华，2023.4.13二稿，2023.8.6三稿

宇　秀

加籍华裔。2001年从上海移居温哥华。文学、电影双学历，西南大学中国诗学研究中心《诗学》年刊编委。曾任大学教师、电视记者、编导、报刊编辑、餐饮业主等。现服务于加拿大智障非营利组织（IDS）。著有散文集、诗集《一个上海女人的下午茶》《一个上海女人的温哥华》《我不能握住风》《忙红忙绿》等。作品收录于各类年度选本和文集70余种。曾获中国电视奖、第40届中国时报文学奖新诗首奖、第13届叶红全球女性诗奖、2018年十佳诗集榜首、2018年十佳华语诗集第三名、2019年十佳华语诗人称号等。

缘结世华文学

——陆士清教授印象记

吕　红

接到励姐（周励）转来陆士清教授九十大寿举办学术思想研讨会信息，恰是《红杉林》春刊编校出版在即，国际青少年大赛评审最后揭晓之时……迫在眉睫，虽受时空所限无法飞越太平洋，亲临上海参与这场重要的研讨会，与诸多作家及学者共同表达对陆士清教授的敬佩之情，但现场活动通过视频发言仍感染了我。周励姐发来留言：陆老师专门跟我提起你呢，讲《红杉林》办得不错！周励姐强调说陆老师大半辈子都把他大量的精力、心血和爱心放在海外华文作家身上，放在海外华文文学评论上。让我回想多年前相遇，陆老师悉心关照新移民作家的点点滴滴——

陆老师在我们眼中，是一个非常值得尊重和敬仰的长辈。尤其是他在学术上的成就和他对海外作家的关怀与厚爱，点点滴滴，令人难忘。记得多年前受邀参加"上海复旦大学女性与视觉文化研究国际研讨会"，陆老师热情邀请我到中文系与老师同学们分享创作心得，相聚交流。陆老师的神情谦和敦厚，对我悉心关照。

陆老师对海外创作文本相当重视，尤其分析《〈文学杂志〉与台湾现代小说》和《略论〈现代文学〉杂志》两篇研究文章。在序中，张炯先生特别指出"作者通过检视自己阅读的这些杂志，从第一手资料来了解和把握台湾文学思潮的嬗变，以及他对作家创作的影响，避免人云亦云、道听途说，或者大而化之的谬误。无疑，对于做学问这种实事求是的态度极为必要"。

1993年在香港中文大学举办的学术研讨会中，陆老师的学术报告还得到了余光中等台港同行的"治学严谨"的好评。恰如张炯先生在序言中指出"他的基点和追求是全景关照，宏观把握与微观深入的结合。研究的范围相当广阔，另外他又对某个作家创作的特点、文艺思潮、文艺杂志，以至某部作品都进行了比较深入的诠释和探讨。他不为积习和成见所囿，不为毁誉与流言所惑，而力求以批评家的理论勇气，实事求是地作出自己的判断，因而独具慧眼，言人所未言"。

还记得初次领略陆老师学者风范是在威海参加大会，我与教授专家们齐聚一堂；我后来连续多年回国讲学，在上海复旦大学参加海内外研究专家聚会，研究潜能也被激发。那时陆老师过来和我交谈，并带我参观校园景致。想当年，在读书期间，本人接触了像白先勇、聂华苓、於梨华、余光中等作家的作品并选修台港海外文学，没想到后来移居海外，这些文坛大家都亲切可感地出现在自己面前，心里好激动。记得我曾经还写过文章，将多位作家的创作特色做分析对比。每当学术上有新的发现或灵感的冲击，我就会很感念当初为我们打开这扇窗的，像陆士清教授这样一批世华文学研究的"敢于吃螃蟹"的开拓者们。星云大师曾言：文人的精神是富有的，智慧也是高于一般人。心甘情愿，有责任感且不求富贵，为思想而开拓人生的理想。在我看来，陆士清老师就是这样有文人气质的资深教授。

在家中书架上，有陆老师给我的书。其中一本《探索文学星空》，他还特别在扉页签名，首先让我感动的是，陆老师特别题字：吕红存正。另一本《血脉情缘》是他的选集。也是非常厚重的书，装帧很清雅。我注意到了后面的学术年表，密密麻麻的行履真有一种星辰大海的感觉。

陆老师系复旦大学中文系教授，中国作家协会会员。历任复旦大学台湾香港文化研究所副所长和复旦大学老教授协会副理事长等职。现任中国世界华文文学学会名誉副会长、香港世界华文文学联会副监事长、香港《文综》杂志编委。主持编写了中国第一部正式出版的《中国当代文学史》。主编出版了《台湾小说选讲》、《台湾小说选讲新编》、《情动江海 心托明月》（评论集），出版了《台湾文学新论》、《三毛传》（合作）、《曾敏之评传》（复旦大学出版社版）、《曾敏之评传》（香港作家出版社版）、《探索文学星空》、《血脉情缘》、《笔韵》、《品世纪精彩》等著作。

《探索文学星空——寻美的旅迹》题记为"历史的画布没有空白，因为它烙有众多的心迹；春蚕吐丝，为的是化蛹成蝶；翰墨飘香，耕耘绿野一片；彩虹横空，那是他们才情的显现。"仿佛充满诗情的吟咏，令人回味。

细读一下，原来这是书中四编、每编题记的综合，精粹而凝练。而在后记中，陆教授深情回忆：自1980年春节期间写作《於梨华和她的〈又见棕榈，又见棕榈〉》至今，我介入台港澳及海外华文文学的教学和研究已有三十三个年头。从三十三个春风秋雨中走来，屐痕深深浅浅！收集在这里的论文是我行走其中的一串脚印。这本书里边，其中也包括了世界华文文学双重传统问题的思考。深入分析了台湾文学的缘起和发展；聂华苓、於梨华、白先勇等文艺先进作品特色及对世界华文文学的深远影响……

该书出版于2012年6月，恰好当年6月《红杉林》刊登了上海采风专辑，同时刊发了陆士清教授的论文《对世界华文文学双重传统问题的思考》，作为"文坛纵横"头条。2015年5月，伯克利加州大学与《红杉林》及北美文学社团联合举办跨越太平洋海外华人文学国际论坛。组委会邀请陆教授出席，虽然人未到场，却很及时发来论海外作家创作的论文。刊登于《红杉林》杂志并收录于《跨越太平洋》一书，被北美多所大学及公共图书馆收藏。

屈指数来，陆老师从事华人文学研究四十多年，可谓硕果累累、桃李满天下！

陆老师给人印象总是慈眉善目，温言细语，微笑着面对一切，几乎所有人都感受到他"才、胆、识、力，四者交相为济"；尤其是性格中绵长的韧性、谦和中坚持不懈的人生追求……恰恰是这些造就了他"敏锐的学术眼光、宏大的格局、从容激情的书写，以及恰如其分的论说与见地"。回想有一次在洛杉矶开会我带了些杂志分送与会者，原本担心书和杂志很重、人家会有负担，但实际上作者和学者们很在乎文本的收集，特别是对海外创作研究资料的收集。我也没想到陆老师见杂志上有他的评论文章，笑容满面，我感到很高兴。前些年《红杉林》刊载陆老师学术观察，陆老师洋洋洒洒铺展和论述，对于彦火的学术成就做了中肯的评价。我去香港开会，特带了些杂志分享，品茗论道，不亦乐乎。陆士清教授虽然没到场，但他的评论文章内容扎实，体现了开拓者对文化领域之拓展……

陆教授在论述中深刻揭示多元文化相互映衬并存的关系，创作是以有限的生命做无限的追求，并指出："我相信一切有成就的华文作家，对我们民族数千年创造的灿烂文化，对我们先贤创造的辉煌文学遗产和崇高的文学精神，是深怀崇敬之情的。"

值得一提的"小棉袄"是他的女儿陆雨，这些年陆雨陪伴父亲参加各种学术活动，使得陆老师不经意地流露出温和敦厚和慈爱。父女相互温暖支撑或鼓励。在加拿大温哥华开会，主办方安排住宿，我们就住隔壁。早餐大家一起活动，就像家的感觉。

九十高寿，鹤发童颜，身材笔挺，眼里总是闪烁着睿智坦诚之光。（周励语）

陆老师对北美创作群体如纽约、旧金山、洛杉矶、休斯敦、多伦多、温哥华等新移民作家极为关注。其实华人在背井离乡之后仍矢志不渝为文学，肯定是有其精神的追寻求索的，这也是当年《现代文学》主力相继成为《红杉林》顾问的内在因素，一脉相承的人文情怀，即不计成败得失，"以一股缓慢却悠长的力量表达对社会的关切，形塑一种值得骄傲、值得维系的文化品格"，潜移默化中影响我们的品性与价值观，影响我们的处世为人。文学艺术追求都是相通的，无论以什么形式呈现，都是作家对内在精神世界的观照与投射。那些年大型会议或许匆匆忙忙，常常是会后频密的联系，或小范围交流还有互相赠送的书，给人留下很难抹去的记忆，这是成长与青春的印记，是探索与追求的步履——在陆士清教授九十大寿之际，回望上海从率先开启两岸文学交流之窗口，到如今名家汇聚、佳作如云，已成海内外华文作家作品汇聚之都，感佩良多。

"我常说，方向重于努力，道路决定命运，选择是关键。既然是你选择的，就要全心投入。古人说'学有所长，术有专攻'。一门学问，持之以恒做下去，不管大小，都会有成果的。葱葱岁月，悠然走过。虽然成果有限，但倾注了心血，我无怨无悔，乐在其中。"陆士清说，"夕阳时光，我仍要献身于此项事业。希望年轻一代的学者鼓足干劲，继往开来，砥砺前行，奔向星辰大海。"事实上，陆士清对学术的专注、热情，总是充满朝气的精气神也一直鼓舞着他的晚辈们。

由于现代社会信息爆炸及碎片化阅读，一般人很难沉下心来钻研学问，去关注那些形而上的文学理念问题。但在陆老师身上，我们看到高远豁达的精神世界，大半生专注于学术，专注于华人文学学科建设。他理解海外作家在手足胼胝、夜阑人静时对母语"触摸"的虔诚；在异域夹缝中坚守文化理想，以及纯粹的不为名利、不计得失的激情；他理解每一份对文学的爱、心灵相通的世华之缘。

当今华文文学研究进入新的历史时期，陆老师得到大家的钦佩与爱戴，得益于他多年的学术钻研之认真。灵感之火花或许仅是稍纵即逝的一瞬，但创作却是殚精竭虑、持之以恒的追寻。从最初遇见，到有心构建海外华人文学平台，那些致贺与书法感言，都是学术印记的吉光片羽。

吕 红

文学博士。美国华文文艺界协会会长、《红杉林》美洲华人文艺总编。高校客座教授。著有《美国情人》《世纪家族》《女人的白宫》《午夜兰桂坊》《曝光》《让梦飞翔》等中英文作品。入选《美文》《美国新生活丛书》《北美新移民小说精选》《世界华语文学作品精选》《北美作家散文精选》《华夏散文选萃》《海外华文文学读本》《中国散文精选》等。主编《女人的天涯》《跨越太平洋》《蓝色海岸线》等。《身份认同与文化建构》由中国社会科学出版社出版。获世界华文文学奖、女性文学奖、华文著述奖、写作佳作奖。

海派文人陆士清老师

北奥

谁都知道我是一个老北京人,虽然说在美国洛杉矶生活了四十年,可是京腔京韵不改、北京人的习性不变,我还是美国南加州北京联谊会的会长,周围也几乎全都是北京朋友。突然有一天我感觉这风向有点变了,先是我儿子从中国女排的队医改任姚明上海大鲨鱼篮球队的队医,不仅全家从北京搬到了上海,还把孙子也生在了上海。接着就是洛杉矶的北京会和上海会搞联谊活动,让我一下子认识了很多上海好朋友。直到六年前我开始担任美国洛杉矶华文作家协会会长,并且主办了《北美华文文学论坛》,见到了从上海复旦大学来的陆士清教授,我才明白原来前面发生的一切都是铺垫,都是为这个海派文人、我人生的贵人的出场做准备。

老北京人以前习惯上把上海文化称为海派文化,把上海文人称为海派文人。其实所谓海派是资本主义最初在中国登陆的时候,江南人对欧美文化的一种借鉴和吸收而产生的一种与北方传统文化不同的东西。海派文化是在中国江南传统文化的基础上,源于欧美的近现代工业文明而逐步形成的上海特有的文化现象。海派文化既有江南文化的古典与雅致,又有国际大都市的现代与时尚。区别于中国其他文化,具有开放而又自成一体的独特风格。记得"文革"时期,北京人就连借出差的机会到上海买一件衬衫或者一条裙子、一双凉鞋带回来都能在单位或者街道引起围观,你就知道海派文化对于北方人特别是北京人来说有多么的高雅和神秘了。

初次见到陆士清老师就给我留下了极其深刻的印象,他修长的身材、清瘦的脸庞,两道浓眉、一头白发,一下子就让我联想到海派文化和海派文人。不禁也让我联想起在很多电影和电视剧中的那种西装革履、领带皮鞋、裤缝总是笔挺、头发总是纹丝不乱、遇事不跟风、棍棒不改嘴的老派文人形象。

　　美国洛杉矶华文作家协会有近百位会员，但是专业的和经过大学中文系训练的人却是不多，作为会长，承办这么大规模的海外文学论坛我还是有些诚惶诚恐地不踏实，特别是第一次要面对这么多从大陆飞来的文学专家学者。陆老师从一下飞机就不断地在鼓励我，让我打消顾虑。他还亲自准备了提交给大会的论文。经过几天的接触，我和陆老师有了一些了解，他把自己由复旦大学出版社出版的一本书《笔韵》送给了我，让我这个理工生提高文学理论有了依据。论坛举办期间我们搞了一个登山活动，陆老师健步如飞，一路走在前面，这时候我才知道他已经是一个八十五岁高龄的老人了！我赶紧跟了上去怕他有什么闪失，陆老师谈笑风生地对我说他没有问题，不用担心。要知道大学期间我是北京理工大学连续四年的万米长跑冠军，也是国家集训队的中长跑运动员，面对耄耋之年的陆老师我不能不佩服他的精神和体力啊！

　　我是理工科出身，在美国搞了几十年的大型建筑工程管理，虽然是酷爱文学，还担任了作家协会会长，可是对于自己的文笔却不是很自信，也几乎没有投稿参加过什么征文比赛。2018年上海文联主办"纪念中国改革开放四十周年"征文比赛，我也准备了一篇稿子，可是心里有些吃不准。这可是全国甚至全球范围的征文活动，题目又是中国近代史上翻天覆地的大事件，而我写的几乎就是一个小人物的成长变化和经历，会不会给海外华人作家丢脸啊？我先是把文章拿给一个在文学方面很有建树的专家看，他看后对我说，你的文章格局不够大、气势不够恢宏、语言不够精彩，虽然故事很感人，恐怕很难让评委们看上眼。这让我有点灰心，虽然不死心想想无所谓也就放弃了。直到北美华文文学论坛召开，陆士清等四十多位国内的专家学者来到了洛杉矶，经过一周的接触大家彼此有了相当的了解，陆老师虽然是一位在中国文学界享有很高声誉的教授，对于文学文章文字一丝不苟、严肃认真，可是私下里却是一位眉清目秀、非常慈祥和蔼的老人。这位在我眼里最初的神秘又高傲的海派文人，经过一周与他同吃同住，我们竟然也到了不分你我的境地，于是在分手的时候我一狠心一咬牙把自己准备投稿的文章又拿了出来，发给了陆士清老师，请他斧正，心想死马当做活马医吧，反正我也做好了不行就扔垃圾桶的准备!

很快我就收到了陆士清老师的回复:北奥:读了你的文章,感觉不错,甚至比你其他的几篇还要好。故事真实感人,以小见大、以点带面。不要犹豫,我们写作不是为了得奖,而是为了读者,为心而写,何况你是中国改革开放的直接受益者,更有责任把这个故事写出来。我们几个人都认为这是一篇经过认真修改后完全可以得奖的好作品。陆老师的这几句话极大地鼓舞了我,让我对自己的作品重新有了信心。我又结合了其他几位专家的意见,反复认真地把文章做了几次修改,然后毫不犹豫地发了出去。

几个月后,征文评审委员会主任委员、上海作家协会副主席、《上海文学》杂志社社长赵丽宏先生站在颁奖台上宣布:此次征文活动非常成功,收到了来自全球的七百多篇投稿,特别是北奥的《小安子的故事》以小人物烘托大背景、衬托大事件的故事感动了每一个评委,可以说我们等的就是这篇文章!最终这篇作品以全票荣获本次征文比赛的一等奖,我们向远在美国洛杉矶的北奥先生表示祝贺!

上海市作家协会诗歌委员会副主任杨秀丽担任了此次征文的评委,《小英子的故事》也是她最喜欢的参赛作品,她说:这是一篇散文,又有类似小说波澜起伏的情节。小安子一个人的成长历史就是时代的发展史,也是中国改革开放取得重大成就的最好佐证。文章扎根于生活,又有艺术的构思,读来引人入胜。大会还特意安排了由专业朗诵家全文朗诵了《小安子的故事》,令现场听众无不动容。[此次征文比赛邀请到了赵丽宏、缪克构、杨斌华、杨秀丽、张予佳等文学名家和资深编辑担任顾问、评委。经过历时一个多月的专业评审过程,评选出一等奖1名、二等奖2名、三等奖3名、佳作奖5名以及优秀奖50名。《上海文学》杂志2018年12月号(特刊)编印了此次获奖作品。]

由于工作繁忙我没能出席颁奖仪式,而是让我儿子代表,这让主办方有些担心,怕影响颁奖效果,但是当我高大帅气的儿子站在领奖台上,用他美式的中文说道:我是来自美国的医学博士,北京三零一医院的运动康复骨科专家,如果没有改革开放,我的父亲也许依然还是一个在乡下种地的人,那么我就是一个农民的孩子,这种巨大变化对于任何一个家庭来说,就是几代人不同命运的代价啊!立时,全场爆发出了热烈掌声。远在洛杉矶的我,站在窗前、面向大海、流着眼泪，默默地向上海的陆士清老师送上了我无限的感激和由衷的祝福。

一晃陆老师九十岁了，一个人的学问和受尊敬的程度虽说不能用年龄来衡量，但是陆老师在我心中的地位却是与日俱增。作为晚辈和学生我十分幸运能结识陆老师，有陆老师在前面引路我们海外的华文作家会坚定不移地沿着这条道路走下去。当然，作为一个北京人，我永远也不会忘记陆士清教授，这个海派文人在关键时刻对于我的支持和鼓励。

北奥

北美华文作家，曾任洛杉矶华文作家笔会会长，写有《小英子的故事》等三个小故事。《小英子的故事》获《上海文学》杂志"我与改革开放"征文奖。报告文学集《天使之城奥运往事》，再现1994年洛杉矶奥运往事，获报告文学奖。

师生情

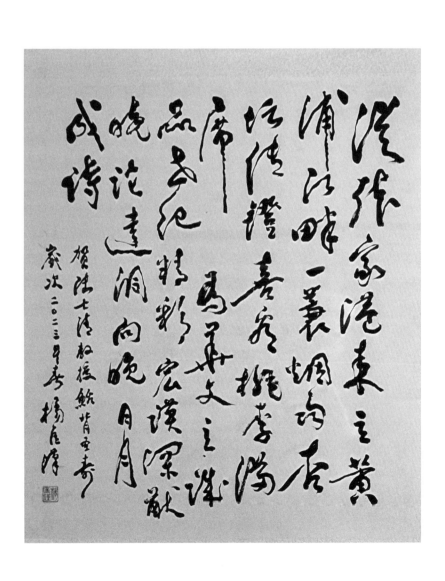

甘洒热血　诚滋天下莘莘学子
愿抛赤心　爱润人类灵魂工程

——献给恩师陆公八十寿辰

张晓林

敬爱的陆老师，我是您千百弟子中的一位，如果，我不算你弟子中最差的那一个，则，成功源自您的栽培，进步出自您的耕耘。

昨天您是我的老师，今天您还是我的老师，明天您仍然是我的老师！昨天的您，用真理和智慧塑造了我们这些弟子，而今天的我，要倾一腔热血度人类灵魂。饮其流者怀其源，学有成时更念吾师！

陆老师，您已走过了人生八十载——庆贺老师八十寿，最是师恩难忘时。

在这特别的日子里，谨向老师致以永恒的感激之情。祝老师开心健康，幸福永远。

静闻细雨欢笑声，倾听微风施爱歌。有一种精神叫奉献，有一种比喻为蜡烛，有一种职业是教师。儿时不识师恩重，长大才知老师亲。我曾写过一本书《太阳下最光辉的职业》，陆老师，您正是太阳下那最光辉的人。

在我这四十年人生中的六次最关键时刻，总有老师的大爱相拥——在弟子早年军旅小说被肯定时，有老师的身影；在弟子进入复旦校园时，有老师的身影；在弟子遭到重大打击时，有老师的身影；在将弟子留校从教时，有老师的身影；在弟子走向海外时，有老师的身影。

您，传道授业，排除迷茫，不辞辛劳，恩在我心。如果我是秤杆，那么，老师您就是秤砣，点拨我在关键时候找到平衡的支点。

老师，您知道吗，当我在香港接受"我心中的香港——全球华文散文大赛冠军奖"的时候，我感谢在台下的您，教师知识长流水，才能对学生以灌溉。如我也曾有过些微进步，应是出于您的栽培。看着老师一部又一部著作，听着老师一次又一次精辟见解，对弟子来说，这都是在授业释疑，化雨春风；都是在言传身教，频吐丹心。

当然，你不但将爱给了我，也给了所有学生。您在讲台上吟诵，在课堂里歌唱，回报的，或许不是掌声，不是鲜花，但您拥有世界上最宝贵的财富——您已经是一架人梯，让一个又一个学生，著名作家、优秀编剧、杰出编辑、大学校长……从您肩头走过去。讲台上，书桌边，寒来暑往，洒下心血点点；浇花朵，育桃李，春华秋实，奉献丹心一片。几十年的教学生涯，三尺讲坛，挥洒血汗，回眸一看，桃李数千；今天，老师已桃李满天下，春晖遍四方。一曲赞歌唱不尽您的培育与教养，一支粉笔却写就了您的人生轨迹；几千桃李报答不了您的如山恩情，三千青丝慢慢染霜却谱写出您的精彩人生。

老师，我不是李白，纵有李白横溢的才华，也谱写不出您对中国当代文学的贡献；老师，我不是达·芬奇，纵有达·芬奇绝妙的丹青，也描绘不出您开拓港台文学研究的辉煌；老师，我不是贝多芬，纵有贝多芬高深的造诣，也演奏不出您谱就世界华文文学动人乐章的赞歌。

老师，您一辈子都在耕耘，您已经把生命转换成使命了。

值此老师八十寿辰，敬祝老师一年365天，天天开心，8 760小时，时时快乐，525 600分，分分精彩，31 536 000秒，秒秒幸福。

2013年2月25日于香港

张晓林

教授、作家。复旦大学中文系毕业后留校任教。曾先后担任复旦大学校长办公室主任、台湾香港文化研究所副所长、东西方研究中心研究员。1989年移居香港。现为香港东亚管理学院院长、香港国际文化机构总裁；兼任多所大学特聘教授和客座教授。所著作品，曾入选大学教材及《二十世纪中国文学大典》。2009年和2011年，有作品获"我心中的香港——全球华文散文大奖赛"冠军。

毕生的良师，人生的榜样

——记我的导师陆士清

张德明

从小学到中学，从中学到大学，我遇到过无数的老师，但可以说陆士清老师是给我影响最深的老师。他不仅在知识上、学术上给我帮助，更是在做人上、事业上给我很多启迪。

他眼光敏锐，心胸开阔，勇于开拓，不守陈规。他不怕困难，不怕挫折，敢闯敢干，意志坚强。他格局大，事业心强，心有目标、有理想，想做大事，也总能做成大事。他不唯上，不媚俗，爱憎分明，永远坦坦荡荡。他为人真诚，乐于助人，朋友满天下。他勤奋刻苦，笔耕不断，学术上颇有造诣。他的人品、人格受到人们广泛的赞誉。他是我的毕生良师，人生榜样。

勇于开拓，成绩斐然

中文系著名美学家蒋孔阳先生曾经这样评价陆老师，"做任何事都生气勃勃，具有开拓进取精神"。

以前中文系开设的课程，以古代文学和现代文学为主，到了上世纪七十年代末，中国当代文学已经发展了30年，足以作为一门学科来研究和教学了。1977年，陆老师担任中国现代文学教研室主任后，就和同事们一起，从1978年开始，把《中国当代文学》作为一门独立课程进行教学。

同时，他联合了22所兄弟院校，一起编写了全国第一部正式出版的《中国当代文学史》（三卷本），作为责任编委，主持编写工作，负责全书统稿。

如果说，中国当代文学的开拓是团队合作的结果，那么台湾文学研究领域的开拓，那完全是他个人的贡献了。

党的十一届三中全会,确定了"解放思想,实事求是"的思想路线,确定了实行改革开放的国策,陆老师以他的政治敏感性认识到,两岸的接触、交流势在必行,而我们对台湾文学的了解还是一张白纸,需要有人去捅破这张纸,做个拓荒者,陆老师义不容辞地挑起了这副担子,他南下广州,联系海外,大量收集有关资料。这时大陆还刚刚开放,涉台问题还比较敏感,有朋友心有余悸地劝他"你'文革'中吃的苦头还少吗?"陆老师却坚定地回答"什么苦头我都吃过了,我还怕啥?"功夫不负有心人,经过艰苦的努力,他终于获得了成功。

在台湾文学的研究领域,他评论、研究、参加国际学术研讨会,与台港作家交流,几乎全方位地开展工作,并创造了多个"第一",填补了大陆的许多空白。

他把台湾旅美作家於梨华的长篇小说《又见棕榈,又见棕榈》推荐给福建人民出版社出版,并写下了洋洋(近)万言的评论文章(应於梨华的要求,收录在该小说的书后),这是中国大陆出版的第一部台湾长篇小说,陆老师的评论文章是大陆第一篇评论台湾作家的论文。

他第一个在国内高校开出了《台湾文学》的选修课,海内外媒体作了报道。

他主编了国内第一套台湾文学的教学参考书《台湾小说选讲》。

他在国内第一个招收台湾文学研究方向的硕士研究生。

二十世纪八十年代的《中国大百科全书》,是我国首部百科全书辞典,陆老师为之撰写了"现代台湾文学"条目,这也是国内辞书第一次收入台湾文学条目,洋洋洒洒25 000字,梳理了现代台湾文学的发展脉络,评价了一百多位主要作家的作品,条目几乎成了台湾文学的史纲。

1986年,陆老师又出任上海辞书出版社出版的《中国现代文学辞典》的常务编委,将130多位台港作家、作品和文学杂志,列入辞书条目。

1994年,他在上海人民广播电台开设了专栏"台港暨海外华人文学百家精品展播",用了整整一年时间,向听众介绍了(近)100位作家作品,深受大家欢迎。

随着台湾文学的研究深入,陆老师又把研究的视野拓展到香港文学、世界华文文学,就像石油开采一样,打下去一口井,下面却发现了一个大油田，他从台湾文学入手，拓展了一个更广阔的领域——世界华文文学。

陆老师认为，在改革开放以前，世界华文文学基本上还是地区性的，如日本、韩国、马来西亚、新加坡、越南、美国的华文文学，但改革开放后的四十多年中，华文文学却有了跨国界、跨地区、跨洲际的蓬勃发展，无论它所涵盖的地域宽广度，还是繁荣的态势，都可以与世界任何文学品种相媲美。陆老师认为，世界华文文学根在中国，它是中华文化的延伸，是中华文化的世纪的精彩。

陆老师从台湾文学开始，一步跨入了世界华文文学的研究，天地更宽广了，他与曾敏之先生等人一起，不失时机地提出成立中国世界华文文学学会，2002年终获批准，他荣幸地当选为监事长，他不辞辛劳地奔走于大江南北，海外多地，积极参加各类学术活动，认真评价、介绍多位华文作家。台港文学暨国际华文文学研讨会，先后举办了十九届，他除了其中一届因病没有参加之外，其余十八届都参加了，而其中有两届还是由他挂帅直接参与精心策划成功组织的。

从台港及华文作家作品的研究，到在大陆的积极推荐介绍，从高校选修课的开设、学科建设到专业研究生的培养，从《曾敏之传》《三毛传》的重要人物的传记撰写，到《台湾文学新论》《品世纪精彩》等理论专著的出版，从台湾文化研究所的创立，到《台港文坛》杂志的创办，从国际学术会议的组织和参与，到大批重要作家作品的介绍推荐，他对这个领域的贡献是全方位的。"开拓者""先行者""拓荒者"这些国内外对他的评价他是当之无愧的，可以说，他是大陆在这个领域的元老，是领军人物之一。

真诚待人，甘为人梯

大凡接触过陆老师的人，都为他的真诚待人、乐于助人所深深感动，凭着他的学识和人品，他在大陆与世界华文作家之间，架起了一座座沟通的桥梁，打开了一扇扇相知的窗户，他热忱地介绍了上百位台港和海外华文作家，让大陆人民认识了这批有才华、有爱国心的海外赤子，多少人也从此成为了他的知己挚友。

他重读著名女作家周励第一部长篇小说《曼哈顿的中国女人》，发表了《崛起民族的精气神》论文，从改革开放、民族振兴的历史大背景上，给予充分肯定，热烈赞扬。当她的第二部作品《曼哈顿的情商》出版后，陆老师又鼓励她把正在进行采访工作的历史文化散文集写出来，而当《亲吻世界——曼哈顿手记》出版后，陆老师又为她文写了两篇论文《诗的情怀，史的血泪》等。碰到这样一位德高望重的长者、学者，让周励感激不尽。

作家江岚回忆陆老师给她的印象是"平易亲近，慈爱温和，远胜于常人"，她的长篇小说《合欢牡丹》出版后，陆老师写了洋洋万言，评论她的这部作品。为了写好这篇评论，陆老师几乎读完了她所有公开发表的作品，当她抵达上海，欲参加讨论《合欢牡丹》论坛时，陆老师亲自把电脑打印好的评论稿送到她下榻的宾馆，征求她的意见，有没有不到位的地方，并谦虚地说"还在改"。江岚十分感动，论文不但高屋建瓴，分析了自己的作品，还提出了自己也意想不到的细微之处，给自己今后的创作指明了方向。陆老师的认真态度，令她十分感动，她以往的讲课发言从来不写发言稿的，往往只有几页PPT，从这次与陆老师接触以后，她改变了自己的习惯，每次都认真地写下稿子。

旅美作家董晶的小说《心事》写出来后，是陆老师亲自写了推荐文章，使董晶树立了信心，向《人民文学》投稿并得以发表。许多作家的作品都是经过陆老师的推荐，得以在大陆出版，周励说"陆老师成就了许多海外作家的梦想"。

陆老师还自己动笔，撰写人物传记，介绍海外华人作家，最令人感动的是，他花了几年时间，多次往返内地、香港，收集大量素材，为世界华文文学的杰出引领者曾敏之先生写了一本颇有价值的评传《曾敏之评传》，他以一个时代来映照一个人，也以一个人，来写一个时代。他和其他人合作撰写《三毛传》，台湾出版社评为这是"第一本关于三毛一生的完整传述"。

陆老师不但充分肯定台港及海外华人作家的成就，还旗帜鲜明地支持他们的正确立场，捍卫他们的正当利益，陆老师通过调查和研究，以其独特的眼光充分肯定了台湾旅美作家陈若曦的小说，扭转了别人对她的错误看法和评论。

赖和是台湾文坛上坚定地反抗日本殖民统治的斗士，也是台湾新文学运动的先锋，为此，他遭到了"文化台独"者的抹黑和歪曲，陆老师义正言辞地写下了《"去中国化的表演"——评"文化台独"对赖和的歪曲》，对此予以了坚决的抨击。

亦师亦友，爱生如子

七十年代的复旦中文系，增设了一个文学创作专业。

我有幸进了文学创作专业学习，陆老师是我们的班主任，可以说，陆老师为我们这个班尽心尽责，无限关怀。

先说招生，我们这个班13个学生，除了上海7位同学外，还有6位分别来自新疆、西藏、宁夏、广西、青海边疆地区。而上海的7位同学，2位来自工厂，2位来郊区农村，1位来自崇明农场，还有2位来自部队。上海的同学，都是陆老师下基层，一个点一个点地跑，物色好对象后，还要跟组织打交道，让他们推荐。我当时在公社担任团委书记，公社领导不同意放，和我素不相识的陆老师不辞劳苦，先后两次去县里，两次直接下公社做工作，才让我有了这个上大学的机会。可以说，没有陆老师的努力，就没有我的今天。

再说教学，陆老师和教研室主任翁世荣老师为我们联系安排了精彩丰富的课程。复旦中文系的一些名师名课，如朱东润的传记文学，赵景生的中国戏曲，蒋孔阳的美学，徐俊西的文艺理论，王运熙、王水照的中国古典文学，潘旭澜的中国现当代文学，等等，我们都有机会学习。陆老师还利用他在复旦的人脉关系，邀请了国际政治系的王邦佐、倪世雄等教授经常给我们讲国际形势，开阔我们的视野。

文学创作需要深入生活，陆老师为我们积极联系实践点，国棉31厂、南汇远征大队、长江航运公司……我们每年都有几个月的深入生活时间，陆老师就与我们一起"下生活"，在第一线结合创作实际开展教学。记得有一年，我们去江西余江县采访上海插队知识青年，前后半个多月，陆老师与我们同吃同住，一起讨论收获，一起提炼素材，一起创作构思，陆老师还帮我们联系报社、出版社，推荐我们习作的发表。

陆老师平时非常关心我们同学的思想、学习、生活，有困难找他，他总是满腔热情地尽力帮忙解决。过年过节，他总喜欢把外地留校的同学请到家里做客。

陆老师爱生如子，对我们关爱有加。有一件事给我们印象特别深。当时，我们班有位同学私下发表了对"四人帮"的不满，被人写信举报，"四人帮"在上海的余党批示要处分他。当时，"四人帮"的倒行逆施已经引起了群众的公愤，老师和同学们都很不满。陆老师和党支部书记于成鲲老师一起，冒着风险，想尽办法，巧妙地保护了这位同学。结果以"犯自由主义"的名义，在组织生活会上让他进行了自我批评，了结了这件事情。

陆老师总是把学生的事当作自己的事。凡是学生学业、工作、事业乃至个人生活的事，只要与陆老师商量，他都会热心地指导和帮助。他甚至可以远赴外地帮助学生做家长的工作。而熟悉他的学生也总愿意把不便向父母启齿的思想向陆老师倾诉。陆老师身上隐藏着不少生动的小故事。

陆老师与我们十三个同学朝夕相处，亦师亦友，建立了深厚的感情，毕业后，我们还与他保持着联系。十三位同学，有的去了报社、出版社，有的去了文化部机关，有的在高校任职，大家发表了不少优秀文学作品、影视作品，有的还获了大奖，这也是向辛勤培育我们成长的老师的回报。陆老师听到这些消息，总是非常高兴，给我们更多的鼓励！

提携后辈，不遗余力

我在复旦中文系毕业以后，留在了写作研究室当老师，与陆老师是同一教研室，我感到很幸运，可以继续得到陆老师的帮助和指导了。1977年，陆老师回现代文学教研室工作。

当时，以徐迟的《哥德巴赫猜想》为开端，国内掀起了一股报告文学的创作热潮，对于这种现象，中文系和新闻系的同学都很感兴趣，我花了几年时间，专门对这种介于新闻与文学之间的边缘体裁进行了研究，为两个系的同学开设了选修课，受到了他们的欢迎。

受陆老师研究台湾文学的启发和影响，我把目光聚焦到了海峡两岸。七十年代开始，台湾的文坛出现了一股"报导文学热"（台湾把"报告文学"称为"报导文学"）。1975年，《中国时报》倡导这种文体，在《人间》副刊上开辟了"现实的边缘"专栏,"用最深切的关怀与生动的语言把我们的社会现状反映在我们面前"。《台湾时报》《民生报》《台湾新闻》等纷纷响应。仅四五年时间,由于报纸的大力提倡,报导文学已在文坛内外蔚然成风。除了报纸之外,台湾的许多杂志为推动报导文学也十分积极,《综合月刊》《大同半月刊》大量发表有关作品,《皇冠》杂志还以心岱、马以工、桂文西三位女作家为自己杂志专门从事报导文学创作的主要健将。1985年,著名作家陈映真还专门创办了一本以发表报导文学为主的杂志《人间》,"以图片、文学去记录、报导和评论现实生活"。在台湾的一些大专院校里,专门开设了研究报导文学的课程。为了推动和促进报导文学的创作,台湾的报纸、刊物以及有关文艺协会、团体,还经常举办报导文学的评奖活动,其中尤以《中国时报》的影响最大,通过评奖,台湾文坛涌现了一批颇有成绩的报导文学作家。

我把了解到的这些情况向陆老师作了汇报,陆老师听了后,觉得这个领域很值得研究,报导文学是台湾文学的一个部分,它以真实反映社会生活为使命,通过它可以了解台湾的现状。陆老师提出,为什么台湾进入七十年代后会繁荣这种文体,其深刻的社会原因、历史原因是什么,台湾报导文学的理念是什么,它有什么特点,社会影响力如何,它与大陆掀起的"报告文学"热有何异同,陆老师鼓励我对这些问题深入研究。老师的指导,为我打开了这扇门,果然收获匪浅。

在这过程中,陆老师得知台湾的著名报导文学作家(也是散文家)心岱要来上海访问,他把这消息及时告诉了我,我专门到她下榻的宾馆采访了她,面对面地了解了台湾报导文学的现状和我关心的一些问题,我征得了她的同意,将访谈录音,在学生上报告文学选修课时,当堂播放,受到同学们的欢迎。

我在浏览和研究大量台湾报导文学的同时,精选了一批获奖作品,把它们汇编成集子,书名为《麻风病院的世界——台湾报导文学精选》,由人民日报出版社于1988年1月份出版。当我把样书送到陆老师手里时,他非常高兴,还充分肯定了我为该书写的代序《台湾报导文学鸟瞰》,并把它推荐给由他担任主编的《台港文坛》发表。

我在大陆研究台湾报导文学可以说是最早的,如果说取得了一点成绩话，应归功于陆老师的悉心指导。

今年，陆老师已经九十高龄了，但他还在关心海外作家的创作，关心海外华文作家上海论坛的筹备，他还在撰写有关作家的评论文章，他是个永不知疲倦的人，生命不止，学习不停，写作不断。他永远是我的学习榜样。我衷心祝愿他健康长寿！万事如意！

写于二〇二三年春节

张德明

1976年复旦中文系毕业后留校任教，先后任学生工作部部长、校长助理兼校办主任、出版社社长；1994年离开学校，先后任上海教育电视台台长、上海远程教育集团主任、上海电视大学（后更名为上海开放大学）党委书记、校长。

我心目中的陆士清老师

卢新华

仿佛是一眨眼的工夫，陆士清老师已经是九十高龄的耄耋老人了。

老同学陈思和、汪澜以及一些文友们在张罗着庆贺陆老师九十华诞之际，又提出编撰《陆士清教授学术思想论集》，这于是也给了我一个回顾往事，回顾在复旦大学中文系就读时，从陆老师受教并与其亲密交往的机会。

我属于恢复高考后进入复旦大学中文系文学评论专业就读的第一批新生，记得那时教我们写作课的有秦庚、廖光霞老师，教文学概论的有吴中杰老师，教古代文论和批评史的则有王运熙、陈允吉等老师，教作品分析课的则是邓逸群老师。

入学后一个月左右，大约也就是1978年三月下旬的一天吧，在老文科教学楼西侧底层一间可容纳近百人的阶梯教室里，邓老师为我们讲解鲁迅先生的短篇小说《祝福》，她说道："鲁迅先生的朋友许寿裳先生在评价《祝福》的时候曾说过这样一段很精辟和深刻的话——"说着，她便转过身去，捏起一支白色的粉笔，在黑板上写道："人世间的惨事不惨在狼吃阿毛，而惨在封建礼教吃祥林嫂。"

我考入大学前后，一直在努力反思"文革"，并试图以文学的形式来反映这一段对于我们来说曾经亲身经历并且还留有炽热体温的历史。因此，许寿裳先生的这段话，对于我来说，几乎就是当头棒喝，又似一道夺目的闪电突然划过眼前，一下子就照亮了我心中那块一直在苦苦思索着的营地，而那营地的天幕上很快也映现出这样一行醒目的文字："'文革'对中国社会的最大破坏，不在于把国民经济搞到了崩溃的边缘，而在于给几乎每个中国人的身心都留下了永远也无法愈合的伤痕。"自此，我神不守舍，夜不能寐，恍恍惚惚，犹有骨鲠在喉，不吐不快。两天后，我终于利用周六的晚上，伏案于未婚妻家中阁楼上的一台缝纫机，挥泪写下了我入学后的第一篇小说习作《伤痕》。

为什么会说到这一段，因为正是由于《伤痕》，我才和陆老师结下了一段亲密的师生缘。换句话说，我们真正熟悉起来，并建立起一种超出一般师生关系的友谊，也是因为《伤痕》。

《伤痕》先是刊载于班级的墙报头条，随即便在复旦校园引起轰动，几个月的时间里，4号宿舍楼底层拐角走廊处的墙报栏，曾经成为校园里十分亮丽的一道风景线，吸引着先是中文系、历史系，然后外文系以至全校各系学生和教师的围观。后来，《文汇报》高级记者钟锡知先生通过刚刚留校的孙小琪老师得知此一情况后，通过她向我索要了《伤痕》手稿，说是要看看。在经过了漫长的大约四个多月的反反复复的内部讨论和向社会各界征求意见，并让我作出他们认为必要的修改后，终于破例以一个整版的篇幅，于一九七八年八月十一日这天在《文汇报》上全文发表了，一时引起轰动，《文汇报》当天便加印到180多万份。

时值暑假期间，同学们都放假回家了。九月初一开学，《伤痕》便成了校园里热烈议论的话题。为此，学校和中文系的领导们决定召开一次有关《伤痕》的大型讨论会，期望在改革开放的春风的激荡下，以"时间是检验真理的唯一标准"的科学态度帮助全校师生进一步解放思想，弄清文学的使命和责任，厘清文学和政治、和社会现实、和历史之间的关系。讨论会安排在老文科教学楼三楼西侧可容纳几百人的1237大教室里。记得当时不仅是座无虚席，窗子上也坐满了人，教室进门处的空地上也挤满了人。论辩双方言辞激烈，且都慷慨激昂，反对者的主要意见是认为《伤痕》中主要人物王晓华不够典型，身上缺乏斗争性，也有论者认为《伤痕》写的是"中间人物"，且有否定"文革"的倾向和嫌疑。支持者则认为《伤痕》是典型的，塑造的人物是成功的，并且把握了时代脉搏，喊出了亿万中国青年的心声……

在论辩双方的阵营中，我第一次特别注意到了作为坚决支持《伤痕》的中文系教师代表陆士清老师。虽然这之前我已经认识他，也上过他的"当代文学"课，但他在我心中留下特别的印象，却是由于这一次有关《伤痕》的大型讨论和辩论会（关于这场讨论，《文汇报》曾发有长篇通讯报道，题目大约是《复旦大学校园里有关〈伤痕〉的一场大辩论》）。那时的陆老师，才四十五岁左右的年纪，人长得很帅，且给人一种总是精神抖擞，意气风发，神采飞扬的感觉，很有一种电影明星的风范。但他当时给我的最主要的感觉还是思想比较解放，在大是大非的问题面前，敢于直抒胸臆，畅所欲言。

今天没有经历过"文革"的人，是很难理解和体会到《伤痕》的发表可能会给作者本人带来极大的政治风险。我虽是初生牛犊不怕虎，但在一片赞扬声中，想想"文革"中许多老作家遭迫害的遭遇——投河的有之，上吊的有之，入狱的有之……静夜思之，有时也不能不心有余悸。我也清楚地记得，那天讨论会刚刚结束，我回到宿舍准备去校食堂吃饭，忽听到门外走廊上同班同学中有几位依旧沉浸在辩论的激情中，内中一位对《伤痕》持负面看法的同学正积极鼓动一位很受我尊敬的老师写批评文章参与《文汇报》的争鸣。但就在此时，忽有一位同学大着嗓门反对道："X老师，不要写，十年后再说！"他的这番话很令我吃惊，当时就觉得像是身上中了一支冷箭，心里涌出一阵透心的凉意。这不明摆着是要等着秋后算账吗？如果政治形势有一天回到从前去，岂不……

因此，多少年来，我一直在心里感恩陆老师以及复旦的绝大多数同学们对《伤痕》的义无反顾的热烈支持……当然，也感谢那几位曾经对《伤痕》持有不同意见的同学，是他们以及全国人民的热情关注才使得《伤痕》后来发展成"伤痕文学"运动。

从那以后，我和陆老师的交往也就显著增多了。学习上，生活上，写作上，有什么问题，我都经常向陆老师讨教和请益，甚至一段时间里，我也成了陆老师家蹭饭的常客。陆老师和他的夫人林老师也从不把我当外人，对我常常是有什么说什么，关怀备至。因此，陆老师与我，可以说是亦师亦兄亦友。工作和学习上，他是老师，生活上，他是兄长和挚友。

即便毕业后，我分到《文汇报》做记者，我们也一直保持着经常的联系。

我也知道，他后来的研究方向开始转向港台文学。

上世纪八十年代末，他曾应著名作家白先勇先生的邀约，到加州大学圣塔芭芭拉分校做访问学者一年。能够在异国他乡见到自己热爱的老师，在我而言，比起"他乡遇故知"自然更为开心和高兴。这期间，我曾几番驾车去圣塔芭芭拉看陆老师和白先勇先生，陆老师和白先勇先生也曾几番莅临洛杉矶相聚。印象特别深刻的是，有一次白先勇先生在洛杉矶的朋友王先生设家宴招待陆老师和我，餐前，白先生曾对我们说，王先生有一手绝技，能用海里的螃蟹做出阳澄湖大闸蟹的味道。我们听了，有些将信将疑，但品尝过后，却都十分惊诧，啧啧赞叹不已。

到了本世纪初，我因为新写了长篇小说《紫禁女》而被媒体目为"回归文坛"。自此，我也渐渐地由一位中国当代作家转型为旅美华人作家，从此与陆老师的研究领域有了更多的交接。记得还在《紫禁女》出版前，我就曾将电子文本发给陆老师看，希望听到他的意见。他看后，对《紫禁女》大为欣赏，赞誉有加，并说一定要好好为拙作写一篇批评文章。后来，2004年，在我应邀参加在山东大学威海分校举办的一个有关世界华文文学研究的大型会议上，陆老师也将此书推荐给大会作为研讨对象。

我曾写过一篇文章，叫做《众缘成就的〈伤痕〉》。其实，就我个人的创作道路而言，也是众缘成就的。而陆士清老师正是这"众缘"中特别重要的那一环。

同时，我也深知，陆老师不仅于我，而且于世界华文文学研究的创立、发展和推动，更是不可或缺的特别重要的一环。在这个领域，他可以说是立下了不朽的丰功伟绩。且有好几个第一。

1979年，是他第一次将於梨华的长篇小说《又见棕榈，又见棕榈》推荐给福建人民出版社出版。这是中国大陆第一次出版台湾作家的长篇小说。

1981年2月，是他第一次将台湾文学研究作为一个学科来建设，为复旦大学中文系毕业班学生开设《台湾文学》专题选修课。

1986年秋，是他得悉著名小说家白先勇有意愿访问复旦，即报告校领导，促成白先勇离开大陆39年后的"破冰之旅"。

2016年春，陆老师在耄耋之年，又倡议以上海作协华语文学网为依托，创建上海华文文学论坛。得到上海作协党组书记汪澜、王伟和复旦大学中文系华人华文文化文学中心主任陈思和教授的支持并顺利开坛。疫情以前，上海华文文学论坛已经举办了三届，涵盖华文作家近三十人。这种研讨活动，不仅更进一步促进了海外华文作家的创作，也帮助国内的相关专家和学者加深了对海外华文文学的认识和了解。他们中的许多人身份虽然是异国的,但他们用母语所进行的创作,字里行间所流露出来的对母国发展过程和趋势的各种忧思甚或批评,从本质上来讲,依然是中国当代文学的一部分,只不过是换了一个视角罢了。

著名学者蒋孔阳先生曾为陆士清所著《台湾文学新论》撰写序言,称陆士清给他一个强烈的印象,那就是"做任何事都生气勃勃,具有开拓进取精神"。此评语可以说是一语中的,深得我心。

陆老师也曾在一次回答别人的采访时这样说过:"世界华文文学,是特指中国包括台港澳文学之外的华文文学,它是历史悠长的世界性的文化现象。千百年前,朝韩、日本、越南等尚无本国文字时,他们书写用的都是汉字,那就是亚洲历史上存在的'汉字文化圈'。'汉字文化圈'中的文学创作,可以说是最早的世界华文文学,是异国民族借鉴、运用中国文化而生成的,这是一部分。另一部分是中国人移民造成的文化现象。公元九世纪中国人就到达菲律宾,对当地起到了开发、教化的作用。郑和下西洋,又将中国文化带进了马来亚、泰国等地。应该说那时,东南亚就已然有了华文文学的星火。清末的'过番''卖猪仔',广东、福建大量华人移居东南亚和北美。康梁的政治改良,孙中山先生领导的辛亥革命,促使东南亚华文文学火种蔓延,北美也诞生了'天使岛'诗歌。现当代几波次的中国人的外移,特别是我国改革开放后拥抱世界的新移民,更是催发世界华文文学的蓬勃生长,造成了世界性的文学现象……"

对于陆老师的这些观点,我是相当赞同的。

当然,我和陆老师之间有时也会在思想和文学观念方面,有一些不尽相同的意见和表述。但这从没有影响到我们之间的友情。他在我的心目中始终是一个治学严谨,对世界华文文学事业十分执着,充满了热爱之情的人。生活中,他也热情大方,光明磊落,常常急他人之所急,想他人之所想。比如,当他发觉国家经济建设高速发展的同时,复旦很多退休老教授的退休工资却不能与时俱进,甚至还不及一个退休中小学教师的水准时,便仗义执言,多次起草文稿向有关方面反映,最终得到改正并落实,获得了退休老教授们广泛的好评。

年届九十,陆老师无论从外貌还是精神来看,都显现出一种寿者相了。

我有时也会想，陆老师的健康与长寿是否与家族基因的优秀有关？也许是的。但我更相信那是出于一种心态：积极进取，兼收并蓄，慈悲为怀，有容乃大……在人生的路途中，他始终秉持一种善的信念，不随波逐流；在文学研究的事业中，他一直坚持不跟风，不搞歪门邪道，兢兢业业，踏踏实实，与人为善，心口如一，从不怨天尤人……

因此，我相信：正是因为有着这样的品格、素质和心态，90高龄的陆老师依然身板硬朗，腿脚利索，精神矍铄，志清神明……

故当此"陆士清教授学术思想研究论集"征稿之际，我愿以此文恭祝陆士清老师身心康健，福寿绵长，继续向茶寿迈进！

2023年3月6日记于美国蒙特利公园市

卢新华

著名作家。1977年考入复旦大学中文系。大学时代发表小说《伤痕》，开启新时期"伤痕文学"的源头。1982年毕业后，曾任《文汇报》记者。后赴美留学。出版和发表有中篇小说《细节》《梦中人》《米勒》，长篇小说《紫禁女》《伤魂》，另著有思想文化随笔集《财富如水》《三本书主义》（曾作为浙江省高考的作文材料）等。现任国际新移民华文作家笔会会长。

师生情缘四十载

汪　澜

学界评说陆士清教授的学术人生,出现最多的关键词是"拓荒者"和"开拓者",其中的一个标志性事件,即1981年春,他率先在复旦大学中文系开设了《台湾文学》课程,虽然一开始只是选修课,却因为"这是大陆各大专院校首次开设这样的课程"(引自新华社报道),而受到海内外文学和学术界的高度关注。本人作为恢复高考后复旦大学中文系第一届学生(俗称"77级"),恰巧选修了这门课程。可以说,我既是这门学科的受益者,也是陆老师参与创建的台港和海外华文文学这门新学科40年历程的亲历者、见证人。40多年来,我的人生和职业生涯多次与陆老师交集,与老师结下了亦师亦父亦友的深厚情谊。

一

1981年春,过完寒假返回校园,我们即将开始大四第一个学期的学习。选课时我发现了陆士清教授新开出的《台湾文学》选修课。前几个学期,我曾上过老师的现当代文学课,对他的儒雅、睿智和亲和力给我留下深刻的印象,于是毫不犹豫地选修了这门课。现在回想起来,学习这门课程,不仅满足了我对海峡对岸包括由台湾移民海外的那个未知华人作家群落的好奇,同时更打开一扇窗,白先勇、陈映真、於梨华、聂华苓、陈若曦、余光中……一个又一个以往很少听闻的作家及其作品进入我们的视野,让我们窥见台湾文学及上世纪中叶华语移民文学的独特风景。

这门课我提交的论文是关于白先勇小说《永远的尹雪艳》的评论。记得在跟陆老师讨论这部小说时，我提出，尹雪艳之所以"总也不老"，并非她有什么驻颜妙方，而是被她周围那些从大陆去台北，特别是经历过上海十里洋场纸醉金迷的人们视为一个梦，视为昔日生活的一个象征，他们希望她永远不老，其实是希望永远拥有那个虚幻的梦境，小说成功的原因，正在于作者准确捕捉到时代大变迁之际，那个独特群体的独特心理特征。陆老师肯定了我的观点，并启发我从大历史观和文学形象塑造的角度，去理解人物的典型性和深刻性。

当年和我一起选修这门课的，还有同班同学陈思和、卢新华等。后来陆老师将这门课的讲章和参考教材，汇编成上下两卷本的《台湾小说选讲》（复旦大学出版社1983年出版），收入其中的，有自上世纪20年代台湾新文学运动开始至70年代末的34位台湾小说家（包括从台湾移民海外的作家）的57篇代表作品。之后他又主编出版了《台湾小说选讲新编》，选入了21位台湾当代作家的21篇作品，每篇均有两千多字的讲评，对作家的生平、创作和在发展中形成的个性特色、艺术风格都作了概要的评述。这些讲评合起来就是一部台湾现当代小说简史，因此成为不少大学同类课程的教材。在此之前，陆老师曾将於梨华赠予他的长篇小说《又见棕榈，又见棕榈》推荐给福建人民出版社出版（1980年），这是中国大陆出版的第一部台湾作家的长篇小说，附在书中的陆老师撰写的《於梨华和她的〈又见棕榈，又见棕榈〉》，也成为中国大陆第一篇评论台湾小说的论文。这些都可视为台港及海外华文文学作为一门新学科，在其初创阶段，陆士清教授所做的开创性的重要贡献。

许多年之后，有采访者请教陆老师，当年如何会选择研究台湾文学？他以所著《笔韵》第一编的"题记"作答：

> 炮声，远去了；海浪，传来兄弟的心跳。

陆老师说："我研究台湾文学，首先是适应时代的召唤，是在中国改革开放时代环境下作出的选择"，"大陆改革开放的大门已经打开，海峡两岸接触、交流的潮流必将逐渐涌起……交流一旦展开，上海将是前沿，复旦将是这前沿的窗口，我们应有所准备"。

回想当年我们在复旦就读的年月，拨乱反正，百废待兴，伴随真理标准问题的大讨论和三中全会的召开，改革开放已成为不可阻挡的时代潮流。此时陆老师选择开启对台湾文学的研究，并率先将它引入大学课程，无疑顺应了历史潮流。这既体现了他作为知识分子的历史使命感和责任担当，也体现了他作为学人的学术敏锐性和洞察力。此时陆老师已过不惑之年，他勇于从零开始，开拓新学科的勇气和首创精神，对选修这门课程的学生们也是一种巨大的精神感召和重要的人生指引。

修完《台湾文学》的第二个学期，也即我大学本科的最后一个学期，陆老师又成为我毕业论文的指导老师。我论文的主题是关于新时期朦胧诗的评论。从开题到找资料到最后成稿，得到老师诸多细致、重要的启发和提点。记得这篇论文最后得到"优秀"的评分，这与老师的悉心指导和帮助是分不开的。

也正是在这个时期，由于频繁地去老师家登门求教，我与陆老师及其全家的情感和友谊迅速升温，陆老师和师母林之果老师都非常亲切好客，对学生就像对自己的子女一般关怀呵护。我常常去老师家蹭饭，拉家常，一来二往，跟他们的两个女儿也成为情同手足的姐妹。老师不仅关心学生的学业，更在生活及人生选择等方面给予我诸多关键的、重要的指导。我是外地考生，大学四年，我见陆老师的次数和时间甚至超过与父亲在一起的次数和时间。每次去陆老师家，都会感受到家的温情和暖意，见到陆老师，更有一种慈父般可亲近、可信赖的感觉。

这种关怀，一直持续到我毕业和工作之后。毕业后我被分配到复旦附中做老师，陆老师知道我希望"专业对口"，从事跟文学相关的工作，于是常常叮嘱我不要放弃专业提升，还亲自为我出题目，让我参与一些有关的项目。记得老师曾让我写过一篇关于香港诗人秦岭雪的评论，并推荐给《文学报》发表，这成为我在报刊上公开发表的第一篇文学评论文章。这一时期的实践和积累，为我日后调入《文汇报》，成为文艺记者及主编文艺评论和文化类专副刊，打下了很好的基础。

去报社工作后，因为工作节奏紧张而忙碌，我和老师除了节日里互致问候，平日的联系渐渐少了，但隔不了多久，我就会收到老师签名惠赠的新作，知道他在这个领域不断深耕，成绩斐然，已是世界华文文学研究界名扬海内外的著名学者。在他1993年出版的《台湾文学新论》中，我读到蒋孔阳先生题为《开拓的实绩》的序言，文中对其研究给予很高的评价。他认为陆老师的研究是"宏观把握与微观深入的结合。在宏观把握方面，他将台湾文学置于整个中国文学乃至世界文学发展的大背景中进行历史的追踪，对之进行全景的描述……在微观方面，他又对个别作家创作艺术的具体特点，对某些文艺思潮、文艺杂志以至某部作品，进行了比较深入的诠释和探讨。他不为积习和陈见所囿，不为毁誉和流言所惑，而力求以批评家的理论勇气，实事求是地作出自己的判断，因而独具慧眼，言人之所未言。"蒋先生的论述，十分准确地概括出陆士清教授的研究特色。

二

在做研究的同时，陆老师身体力行地参与推动两岸文学交流，与白先勇、陈映真、於梨华、聂华苓、曾敏之等知名作家结下了深厚的友谊。记得1987年早春时节，陆老师突然给我打来电话，约我次日上午去静安寺附近，说是要带我见一位重要的客人。第二天我如约前往约定地点，远远看见老师站在一辆停靠路边的小车旁。老师请出车里的客人，我几乎惊叫起来，他竟是我十分喜爱、敬重的台湾作家白先勇。陆老师将我介绍给白先生，说，这是我的学生，很喜欢先生的作品，还写过先生作品的评论。白先生微笑着向我伸出手来……

这是两岸隔绝四十多年之后白先勇第一次重访大陆，正是陆老师的疏通和努力，促成了这场轰动两岸文坛的"破冰之旅"。在白先勇复旦访学的两个多月时间里，陆老师一直陪伴左右，并为他安排了一系列的学术活动，包括举办"五四新文化运动与台湾文学"的演讲；与贾植芳、蒋孔阳、潘旭澜等中文系名教授的见面座谈；组织由白先勇小说改编的影片《玉卿嫂》《金大班的最后一夜》及话剧《游园惊梦》的观摩研讨活动。老师还陪同白先生访问了苏大、南大、扬大、浙大，游览了绍兴、无锡等地，并与他一起多次与谢晋、吴贻弓切磋商讨，促成了将小说《谪仙记》改编拍摄成电影《最后的贵族》。

陆老师介绍我见白先勇的那天，他正兴致勃勃地继续他申城忆旧的行程。白先勇与上海有着特殊的情缘。抗战胜利后，他因患肺病随家人从重庆来到上海静养，"既见证了当时所谓的京（南京）沪的繁华，又沐浴了中国传统的精致文化"（陆士清语），上海的林林总总在少年白先勇的心扉上烙下深深的印痕，读他的小说不难发现，他笔下的人物和故事，不少都跟上海有关，可见他的上海情结之深重。在复旦讲学的2个月间，白先勇重访了国际饭店、百乐门舞厅、大光明电影院、当年观看梅兰芳和俞振飞演出《游园惊梦》的美琪大戏院，等等。白先勇告诉我，两天前他去了汾阳路上的白公馆旧址，如今这里是上海越剧院院部，当工作人员引导他走进三楼老院长袁雪芬的办公室时，他惊喜地发现，这不正是自己当年的卧室吗，在卧室东面的小阳台上，他阅读了包括《红楼梦》在内的众多古代、近代的文学作品。交谈中，白先勇感慨今日上海的巨大变化，同时也表达了对保护好上海历史遗迹的期盼，言语中流露出深重的家国情怀和对上海的眷念。

因当时台湾尚未开放大陆探亲及白先勇身份的敏感性，这次的"破冰之旅"自始至终处在半公开状态，规定不接受访问、不做报道，不与官方机构接触，等等，以至于没能为先生此行做一篇独家报道，这对于曾是文艺记者的我，不能不说是新闻生涯中的一件憾事。

三

一转眼的工夫，我在《文汇报》已工作了近30年。2013年的夏秋之际，上海作家协会即将换届，我从报社转岗至上海作协主持日常工作。作协的工作有其特殊性，于我而言，这既是职业转型，也是一次人生挑战。记得那一年的9月23日，上海作协在浦东国际会议中心举行会员大会，会上要选举出新一届的主席团成员。我从主席台往下看去，黑压压近千名上海作家坐了满满一屋子，心里多少有点发怵。猛然间，一个熟悉的身影扑入我的眼帘——啊，是陆士清老师！只见他挺直腰板端坐在第一排，一头雪白的银发格外显眼，老师正双目含笑望向我，笑容中有欣慰，有鼓励，更有深深的期待。在与他目光接触的一刹那，我忐忑不安的心立时放松了下来。

之后几年，我们的互动又频繁了起来。那时陆老师已退休多年，却仍然活跃在学术研究的前沿，其研究视野，也早已从台港文学深入到整个世界华文文学研究领域，成为这个领域老一辈专家中，德高望重的代表人物。

2015年，上海作协顺应网络时代文学传播的特点，创办了华语文学网，陆老师主动请缨，帮助我们创设了"海外及台港华文作家经典读本"专辑。为了丰富专辑内容，陆老师充分调动多年积累的人脉资源，向身处世界各地的华文作家遍发邀请，一个一个地做工作，做动员。看着耄耋之年的陆老师一次次提着沉甸甸一大摞作家授权的图书走进作协大门，供华语文学网扫描上线，我们是既感动又感激。经过陆老师锲而不舍的努力和众多华文作家的支持，华语文学网的这个专辑迄今已上线了六七十位台港和海外作家的百余部代表作品，成为大陆读者了解世界华文文学的一个窗口，也由此形成华语文学网的一大内容特色。

2016年初，陆老师再次找到我，建议依托华语文学网，由上海作协联合复旦大学相关研究中心，共同创办海外华文文学上海论坛（以下简称"上海论坛"）。

我知道陆老师在担任世界华文文学学会（简称"世华会"）监事长期间，成功组织了多个大型国际性的学术研讨活动，"世华会"主办的世界华文文学国际学术研讨会，从1982年开始已举办了19届，成为被海外华文作家和研究界认可的品牌项目，为什么还要创办一个"上海论坛"？

陆老师大概看出了我的疑虑，他一口气给出了五条理由：第一，"世华会"的研讨会已发展成为世界华文文学大会，近年到会的海内外嘉宾多达两三百人，虽然隆重、喜庆、热闹，也发挥了团结身处世界各地的华文作家的作用，但因参会嘉宾众多，话题分散，各说各话，难以开展深入的理论探讨，作为对大会的补充，需要另辟蹊径，以弥补其不足；第二，当前华文文学创作进入一个新的活跃期，涌现出一大批新生代作家和有分量的作品，创作势头喜人，创作水准也在不断提高，当前亟须对成绩突出及有创作潜力的作家进行深入的研究；第三，陆老师设想，新创论坛可以让有资质的评论家与作家面对面对话，以达到彼此增进了解，互相促进，推动创作和研究水平提升的目的；第四，论坛放在上海举办，是希望借助上海作协的资源，关注、团结、凝聚上海籍和与上海有关联的海外华文作家，推动他们写出更好的作品；第五，举办这样的活动，也是为了担负起上海这座国际城市对外交流、弘扬中华文化的一份责任。

陆老师的理由十分中肯，也十分有见地，我没有理由拒绝。

这一年的秋季，在老同学陈思和与陆老师的策划、帮助下，首届"海外华文文学上海论坛"如期在上海作协大厅拉开帷幕。论坛由上海市作家协会主办，上海市作家协会华语文学网、复旦大学华人文化文学研究中心承办。论坛主题为"海外华文文学的今天和明天"，到会的海外作家有来自加拿大的张翎，来自马来西亚的戴小华，来自美国的卢新华、周励、陈瑞琳、叶周、薛海翔、施玮、王琰，来自日本的华纯等，他们或原籍上海，或曾在上海求学和工作过，几乎都与上海有着特殊的缘分；受邀的国内嘉宾则多为这个研究领域的知名评论家，包括陈思和、陆士清、王列耀、曹惠民、刘俊、杨剑龙、喻大翔、梁燕丽、钱虹、吴敏等。论坛采取作家评论家一对一评点的方式，每一位评论家在会前选定一位作家，对其一段时期的创作进行了深入的研究，并撰写论文，在会上与评论对象展开面对面的交流和研讨。这种别开生面的研讨方式得到华语文学创作和评论界的高度肯定，被誉为作家评论家的"强强对话"，是"开风气"之举。论坛活动期间，我们还组织与会的华文作家在思南读书会举办了读者见面会，和读者分享了他们在海外从事文学创作的心路历程。

从2016年到新冠疫情爆发前夕，"上海论坛"连续举办了三届，先后有30多位来自世界各地的华文作家出席了论坛活动。每一届论坛，陆老师都是我们策划团队的核心人物之一，从推荐、确定嘉宾人选，到为每一位作家物色评论专家，再到具体的联络邀请事务，他都亲力亲为。论坛举办期间，他不仅出任研讨活动的主持人，而且每次都认真撰写论文，亲自参与和作家一对一的评论交流。三届论坛，他分别为美国的施玮、捷克的老木、加拿大的江岚撰写了创作专论。论坛结束之后，他又和我一起，共同主编了论坛文集。"上海论坛"办了三届，论坛文集也出了三卷，每一卷都收入了当届受邀作家的代表作品选摘、创作自述，以及参会评论家对作家创作的评论。

"上海论坛"比较注重专业性，受到参与作家的认可，也受到海内外华语文学界的关注，产生了一定影响。论坛嘉宾与上海结下了特殊的情缘，同时加深了彼此间的了解。近年来，常有研究者向我们索要论坛文集，并有海外华文作家询问什么时候能够重启新一届论坛。论坛能产生一定的影响，能为华文文学的研究做出些许贡献，也是令我们所有参与组织和服务的同仁们感到高兴和欣慰的事情。

在海外华文文学创作和研究界，陆老师具有极好的人缘和很高的威望。著名评论家张炯评价他是"世界华文文学的'拓荒者''先行者'"；陆老师的学生也是同行戴冠青，称他是"亲和的纯学者，低调的先行者，执着的研究者"；作家施玮称他为"极具学术敏锐度、敢为人先的开拓性学者；青春永在、生命充满激情和真挚的'赤子'"；卢新华说："在人生的路途中，他始终秉持一种善的信念，不随波逐流；在文学研究的事业中，他一直坚持不跟风，不搞歪门邪道，兢兢业业，踏踏实实，与人为善，心口如一，从不怨天尤人……"江少川说："他卓越的组织能力、文化交流中的激情与亲和力，让人领略到一名学者的人格魅力与风采。"……

亲历三届上海论坛的创办过程，我更亲身感受到陆教授对众多海外华文作家，特别是新一代华文作家无微不至的关爱提携，以及对他们创作持续不懈的关注和推动。张翎回忆与陆老师的一次畅谈："那一晚陆老师带给我的感动，是一把温和却持久的炭火，温暖着我后来的写作路程。"老木回忆：在与陆老师相识相处后，得到"非常珍贵的思想方面和人格方面的启发。让我感觉与陆老师在哲学理念、社会理念、生活理念等许多方面都难得的接近。也让我感觉与陆老师之间的关系越加深入。成为一种既带有某种神秘色彩的男人之间的信任、欣赏的投契色彩，又有着我难得知己长辈的意味"。

周励是首届上海论坛的嘉宾。记得论坛结束之后，陆老师约她做了一次长谈，陆老师提醒她，《曼哈顿的中国女人》和《曼哈顿情商》问世之后，她已有十多年没有出版新书了。创作是作家安身立命的根本，陆老师鼓励她继续文学写作，连同近年零星发表的作品，汇编成新书出版。在陆老师的激励下，周励在2019年纽约疫情肆虐的日子里闭门写作数月，她调动自己近年环球旅行的积累，特别是极地探险、二战跳岛战役遗址考察的见闻和思考，写成一部纪实散文随笔集《亲吻世界——曼哈顿手记》，这部新作于2020年由上海三联出版社出版，旋即在二战史学界和文坛引发关注。

不仅周励，其他如张翎、卢新华、戴小华、薛海翔、陈河等，都在参加论坛活动之后陆续出版了新作，有的甚至迎来了创作生涯的又一个高峰。我想，这固然主要是因为作家自身的努力，但相信陆老师的关怀、"上海论坛"的激励，或多或少也产生了一些潜在影响和推动力吧？

江岚是第三届上海论坛的嘉宾,前些年,国内读者和评论界对这位优秀的加拿大学者型作家还不很熟悉。记得在定下那一届的受邀作家,为他们确定评论专家时,陆老师自告奋勇,亲自担任她的评论人,并提议重点分析她的长篇小说《合欢牡丹》。江岚闻之喜出望外。她回忆,为了做她的评论,陆老师几乎读完了她此前所有公开发表的文字,这让她既感到幸运,又"不免诚惶诚恐"。当陆老师将洋洋近万言的评论稿发送给她征求意见时,江岚说她生平第一次,彻心彻骨地体会到什么叫作"严谨守正的治学态度",什么是"静水流深"的大家风范,什么样的人才配得被称为"通儒达士"。

重视对文本的研读,是陆士清教授从事文学评论的一大特色。不久前的一次闲聊中,陆老师提及正在为一位海外作家的长篇小说新作撰写一篇评论,动笔前他将20万字的小说读了两遍,已经写了5 000多字,但感觉不是很满意,准备把小说再读一遍,将评论再做一次修改。

为了写一篇几千字的评论文章,竟会将20万字的作家作品细读两三遍,这在常人看来,也许太不可思议、太得不偿失了,所需付出的时间和精力,莫说像陆老师这般年龄的长者,即便是年轻一些的学者,也绝对是费心劳神伤眼的事,但这是陆教授做学问的常态。这种严谨认真的治学态度,也是他被作家敬重,被同行钦佩的原因之一吧?

转眼间,老师已跨入九旬之年。三月中旬,数十位陆老师的弟子、同行及海外华文作家从海外和全国各地聚拢到上海作协大厅,为陆老师举行了长达4个多小时的学术思想研讨活动。会场气氛温馨、热烈,来宾们总结研讨先生的学术贡献,争相表达对先生的敬意,欲罢不能。唯一的遗憾,是先生的夫人林之果老师因病未能出席盛会。

林老师不仅是陆老师和孩子们背后的贤妻良母,也是复旦新闻系极具亲和力的名师,如今上海新闻界的大佬,不少都曾做过她的学生。两位老师相濡以沫六十九载,互为彼此不可缺少的精神支撑。去年年底,就在我们着手筹划陆老师学术研讨活动的当口,林老师突发脑梗被送进了医院,至今仍在接受康复治疗。记得林老师手术后的那天晚上,我拨通了老师家的电话,此时他刚从医院回来。电话里,老师哽咽了,说:"林老师受苦了,我不舍得,不舍得啊……"印象中,这是陆老师第一次在学生面前袒露心底柔软脆弱的一面。

几天后,陆老师自己也因感染新冠住进了医院,所幸治疗及时,不久便恢复了健康。

1月19日,陆老师生日那天,周励和我手捧鲜花和蛋糕登门探望,为他送去90大寿的祝福。我们欣喜地看到,由"阳"转"阴"的陆老师已经恢复了往日的精气神,交谈中,他心心念念的还是他的研究、他的写作计划。目前排上议程已有5项,包括书评、作家专论和研究论文,其中不少是上万字的文章。

我们不禁感叹,陆老师不愧为华语文学界的一棵不老松,什么样的狂风骤雨都压不垮他。90高龄的陆老师,不仅思维敏捷,精力过人,还依然葆有充沛的学术激情和活力,活跃在学科的前沿,继续着他参与创建,并倾注了毕生心血的世界华文文学研究事业。

说起来,作为老师的学生,吾辈也大都到了退休的年龄,陆续从工作岗位上退了下来,但是,有陆老师的榜样和标杆在前,学生辈的我们岂敢懈怠。

衷心祝愿敬爱的陆士清教授健康长寿,永葆学术青春!

完稿于2023年4月初

汪 澜

中国作家协会会员,资深媒体人。1982年毕业于复旦大学中文系文学专业。曾任《文汇报》副总编辑、上海市作家协会党组书记兼专职副主席。作协任职期间,参与创办"海外华文文学上海论坛"(2016—2018年连续举办三届),与陆士清教授共同主编论坛文集(3卷)。现为上海炎黄文化研究会会长、上海交通大学战争与世界和平研究中心特聘研究员。

高贵而有尊严

——记恩师陆士清先生

张 荔

1989年9月初,乘坐38小时火车(硬座),终于来到了大上海。迎接我的,不仅是繁华的街市、复旦偌大的校园,更有可亲可敬的陆老师。为期一年的单科进修,我师从陆士清老师研读台湾文学。短短两个学期的学习,在我一生多次的求学生涯中不算长,却异常重要,无可替代。

一个学者在成长过程中,能遇上好老师,往往会影响到他的一生。正如刘跃进《从师记》所言,老师大体有三种:一是直接授业的老师,二是间接师承的老师,三是衷心私淑的老师。而陆老师尽管授业的时间有限,却兼顾了三种良师,对我的一生产生了不可估量的影响。

我1987年毕业于吉林师范学院中文系。大学本科刚刚毕业,我就有幸参与了北方几个高校教授主编、辽宁大学出版社出版的《现代台湾文学史》的编写工作;并在毕业后的两年里承担了一套"台湾女性文学"的出版编辑和推介工作。而在1980年代我国台湾文学研究界似乎有两个重镇,一是以陆老师为核心的上海,一是福建和广东诸位学者形成的研究阵营。之所以选择复旦进修正是因为陆老师的研究实力和学界影响力。如果说,复旦进修之前,在台湾文学方面的研读和写作,是我学术生涯的预热期,那么毕业两年后,复旦一年的单科进修则是我的起跑线。感恩复旦,让我赢在了起跑线,感恩陆老师——我学术生涯的领跑者。

多年来,陆老师的学术胸怀和治学精神已经融化在我的血液中,贯穿在我的求学生涯中。在我看来,作为学界领军的陆老师,"才、胆、识、力,四者交相为济",否则,很难有敏锐的学术眼光、从容自如的书写,以及恰如其分的论说与见地。如叶燮《原诗内篇》所言,"大凡人无才,则心思不出；无胆，则笔墨畏缩；无识，则不能取舍；无力，则不能自成一家"。陆老师著书立说、学术范式和体系，无不是大量阅读、系统专研、深入之后的浅出。

师从陆先生的一年里，我的课余时间基本是在图书馆度过的。按照陆老师的引领，我系统和大量地阅读，为我之后的学术研究和教学工作奠定了坚实的基础。特别是，陆老师对专业热爱、对学术研究敏锐与精进、教书育人中诲人不倦……都已经成为我精神世界源源不断、不可或缺的精神给养。当然，与此同时，陈思和老师的现代文学课、梁永安老师的外国文学精讲、朱立元老师的美学研究等都令我获益颇深。在2004年决定调整学术方向前，我在台湾文学及华文文学研究方面发表学术论文二十余篇，其中1994年的《台湾女诗人诗风景探幽》从众多论文中被选出，收入《走向新世纪——第六届世界华文文学国际研讨会论文集》。2000年参加马来西亚华文研讨会，并与吴岸、秋山等诗人深度对话，在马来西亚华文文学界结交了众多文友，多年来一直书信往来。

在学业训练的同时，陆老师也不断提升着我生命的质地和生活的格调。有滋有味、举重若轻，是生命智慧，也是生存本领。这是师从陆老师得到的生命领悟和生存智慧。而豁达、干练，坦坦荡荡，是陆老师在我心中树立的人格标杆。

2022年疫情肆虐的寒假里，翻出当年复旦求学时的日记，美好的过往历历在目，其中两则尤其令人唏嘘。

  1989年9月14日　星期四
  上午去陆老师家。总能遇到好老师，是当学生的福气。
  晚上赴陆老师家宴。
  （附：一天竟然两次叨扰！）
  1989年9月15四　星期五
  昨天是十五，今天月亮羞涩地遮起了面容。今年的中秋，是我一生中最别样的一次。
  美好，难忘。
  晚饭在陆老师家吃的。见到了陆老师的两位在读研究生，预想中的才子、才女。饭菜合口。饭后葡萄、哈密瓜、苹果……水果也极丰富。陆老师的爱人很温纯，女儿可爱。不能不记下的是，在陆老师家观看了大陆仅有三盘的录像——白先勇小说改编的电影《孽子》。

（附：《孽子》是由虞戡平执导，邵昕、管管、苏明明主演的剧情片，于1987年9月15日在加拿大上映。）

遗憾的是，因为结婚生子，更因为专业方向的调整和继续求学深造，与陆老师失联多年。但老师对我的教诲须臾也没有忘记。而且，我人生后半程的曼妙正因再续复旦求学的前缘。

2019年我主动提出退休，返聘到绍兴，圆梦江南。梦源自复旦、源自陆老师。

在复旦进修快结束时，陆老师希望我考研究生。彼时陆老师正在筹备台湾文学研究所，希望我考研，以创造留在上海的机会。可是，进修结束，工作的学校不同意我再考研。因为缺乏生活经验和远见卓识，年轻的我就如此轻易地放弃了考研，放弃了继续跟随陆老师深造。错失良机，成千古恨。

2019年刚到绍兴工作，与陆老师再度聚首。见到陆老师我迫不及待地告诉他，我提前退休来绍兴就是为了圆当年的梦。陆老师向身边华文文学的专家们介绍说，这位三十多年前在复旦进修，跟我读研究生课程，像我女儿一样的学生，如今已经是教授、博士，也退休了。我向陆老师汇报了我对戏剧的热爱和既有成果，老师很开心。而作为学生，看到陆老师神清气爽、精神矍铄，更是无比安慰。

三十余年，弹指一挥间。蓦然回首，恩师陆先生一直是我学术生涯中的灯塔。恩师就是一个播种者，在我生命中播撒的种子颗粒饱满、质地精良，这些种子不断提升着我的学业、优化着我的品性，更照亮了我的学术生涯和生命前景。恩师更是为人师表的楷模，不断传递给我们对学生的长者风范、仁者胸襟；面对艰难时世，恩师的达观超脱，更赐予我前行的力量……在陆家班微信群里、在私下聊天的记录里，在我人生每一个平凡和不凡的日子里，陆老师就是一道光，光线所及万物鲜丽，就是痛苦也成为带亮点的幸福。德国哲学家雅斯贝尔斯说："教育的本质是一棵树摇动另一棵树，一朵云推动另一朵云,一个灵魂召唤另一个灵魂。"如今我也是一棵树,摇动了众多的树;也是一朵云,推动了一朵朵云,也曾用灵魂的力量召唤着一个个灵魂——不仅活着,而且要高贵地活着、有尊严地活着。而陆老师是那棵硕大挺立的大树、那片能遮风避雨的云、那个唤醒我灵魂的人,正是陆老师让我懂得了如何成为有尊严的学者,怎样高贵地活着……

张 荔

先后就读于吉林师范大学、吉林大学和中国传媒大学。文学博士,沈阳师范大学剧场艺术研究所教授。现任教于浙江越秀外国语学院戏剧影视文学系。国际戏剧评论家协会(iatc)理事、中国话剧理论与历史研究会理事。曾参与《莱昂瑟与莱娜》、英文版《原野》、《弥留之际》等舞台剧的创作。出版《艺术与精神:20世纪80年代中国戏剧研究》《诗言志:黄健中艺术评传》《高维艺术视域下的中国当代戏剧》等专著。

陆老师帮我策划制作海外华文文学广播节目

张建红

以我的个性而言，从小到大都是对老师对领导敬而远之的。但也有例外，那就是当我被其言行、个性所深深折服时，于我而言，老师不再只是离我很远的站在讲台上的那个人，而是如父如友般的可亲可敬的人。陆士清教授就是这样一位让我敬重又让我感到亲近的老师。

在复旦读书期间，曾选修过陆老师的课，对台港澳文学乃至海外华文文学的了解，是由陆老师领进门的。当时不曾预料的是，这门课对我毕业后在电台的工作大有益处。

我进入电台后，在文学科做文学节目。机缘巧合，在陆老师的领军下，制作海外华文文学百家精品展播系列节目。陆老师以他对海外华文文学的深度研究，梳理出一个系列，并以严谨的治学态度为每一位作者撰写介绍和评论，精心挑选作品片段。甚至，每一档节目标题的确定都是殚精竭虑，以求体现作者的风格个性。

在节目制作期间，我还跟随陆老师赴云南参加了第七届世界华文文学国际学术研讨会，与曾敏之、洛夫、戴小华等著名华文作家有了面对面的交流，并采访了其中一些作家。当年，电台这套系列展播节目举办开播发布会时，幸邀余光中先生参加了我们的发布会。

这套精心打磨的系列节目，如今已成为我们上海电台节目库中的宝贵音频资料。深深感谢陆老师！

制作这套系列节目是一个慢工出细活的过程，我们这个制作团队，在陆老师的带领下默默耕耘。如今回头看，这是一个庞大的工程。广播电台以如此的规模，展现海外华文作家以及他们的作品，这是唯一的，绝无仅有的。

昨天，海外华文文学的作者、研究者们，以及陆老师的学生们，从世界各地汇聚上海，在上海市作家协会大厅举办"陆士清教授学术思想研讨活动"，并祝贺陆老师九十华诞，祝他生日快乐，健康长寿。文学评论家刘登翰赋诗一首：

满头须发白，正是青春焕发时！青春无关岁月，青春是一种生活状态，青春是一种生命精神。

正如陈思和先生所言，"90岁对陆老师来说，还是人生一个发展的发展期"。"青春是一种生命精神"这个主题，恰如其分地诠释了陆士清老师一生的精神品格。

张建红

资深媒体人，电台文学节目编导。1985年毕业于复旦大学中文系，现为上海广播电视台高级编辑，中国有声阅读委员会副秘书长，上海故事家协会理事。

春秋不老　古稀重新

李安东

今年是陆老师90上寿，可喜可贺。陆老师能够如此健康长寿，一是他的家族基因太好了，陆老师的父亲是非常长寿的；二是他老人家的心态也太好了，他一直跟随着时代的脚步，对于新鲜事物始终保持着兴趣，所以即使已入耄耋之年，他依然能以健朗的身体活跃在世界华文文学研究的舞台上。

在表达祝贺的同时，和陆老师共事的那些年的点点滴滴也浮上心头。和陆老师相识30余年，共事十来年。这十多年让我和陆老师由不熟悉慢慢成为忘年交。

陆老师身上有一个非常重要的品格，就是善于理解别人，愿意聆听他人意见，不倚老卖老。他长于和他人沟通，乐于和年轻人交往，所以他的朋友很多。从地域上来说，这些朋友遍及中国内地、台港和欧美、东南亚。从年龄层来说，既有年长于他的长辈，譬如已故著名报人曾敏之先生，他和陆老师情同父子；也有他的同辈，譬如白先勇先生，他们的友谊长达近四十年，白先生第一次来大陆访问，就是陆老师努力促成；还有他的晚辈，譬如香港诗人、书法家李大洲先生，上世纪90年代，李大洲先生把他在上海的事业完全托付给陆老师管理，这体现了老少朋友间的信任和信赖。

陆老师自上世纪70年代末改革开放、思想解放以后，就投入到台港澳文学的研究中，是大陆最早一批关注并以此为终身研究的专家学者，是世界华文文学研究的开拓者、领路人。四十多年来，陆老师在这一领域始终笔耕不辍，近些年来，更是佳作迭出，新著不断出版。一个耄耋老者能如此精力旺盛，文思泉涌，着实令人敬佩。

在我和陆老师共事的十多年里，印象最深刻的莫过于2002年10月底在复旦大学召开的第12届中国世界华文文学国际学术研讨大会了,因为那次大会主要是陆老师负责,我积极配合,使会议获得圆满成功。

记得2000年11月在汕头大学举行第11届世界华文文学会议时,世界华文文学学会刚好获得民政部批准,学会筹委会决定将第12届中国世界华文文学国际学术研讨会作为学会正式成立后的第一次学术研讨会。当时筹委会主任曾敏之先生提出为了扩大影响,这次会议应该放在国际大都市召开,最好是在上海。筹委会其他成员都表示赞同,把目光投向了陆老师,希望他能接下这个重任。举办一次世界华文文学国际学术大会,和举办一次国内的学术研讨会完全不同,因为它所需要花费的财力、人力绝非一般学术会议可以比拟。从财力上说,它要招待来自世界各地的华文作家和专家学者,包括住宿、餐饮、参观、交通,还有论文集的出版等等,都需要会议承办方拿钱补贴。从人力上来说,当时复旦大学台港文学研究所一共才3人,要接待160多位与会人员,几乎是不可能完成之事,压力可想而知。人在汕头大学的陆老师思来想去,觉得应该不负大家重托,他想事隔十三年之后、21世纪之初再在复旦大学举办一次会议(1989年4月在复旦大学举办了第四届台港澳暨海外华文文学国际学术研讨会),是复旦大学台港文学研究所的荣幸。他打电话给人在上海的朱文华所长,朱文华所长当时表态,只要确保经费到位,就同意在复旦大学举办。陆老师随即向筹委会表态,接下了这个任务。

经费是会议最大的问题,筹措经费自然就成了陆老师的事。他与曾敏之先生和李大洲等香港朋友,还有上海对外文化交流协会商量,筹措到了部分经费,曾敏之会长又通过他的人脉,找到了香港何小姐,何小姐承诺资助一部分经费,这些经费再加上复旦大学的拨款,会议的基本经费已经落实,这样陆老师总算松了一口气。后来何小姐又动用她的关系找到了茅台酒厂董事长季克良先生为会议赞助,这是后话。由此,2002年的第12届大会就由复旦大学和香港作家联会联合承办。

2002年5月,世界华文文学学会历经10年努力,终于在暨南大学挂牌成立,第12届中国世界华文文学国际学术研讨会就是学会正式成立后的第一次学术大会,对于我们承办方来说,任重而道不远,就在学会成立后,我们台港所也全力启动了具体的承办工作。

会议是在上海举办,所以首先要得到上海侨办的支持。在这里,也要特别感谢陆老师的好友、新加坡著名作家蓉子女士，她主动陪我们去上海侨办和上海媒体驻地联系工作，后来她还资助会议代表观赏越剧。在上海侨办的支持下，我们的筹备工作越来越顺利，进入了具体操作的程序了。这个时候，朱文华所长身体欠安，后来又住院，所以具体工作基本就由陆老师和我来做。在这段时间，我和陆老师的合作是非常愉快的，他不仅事必躬亲，也善于聆听我的建议，所以在许多事情上我们都是一拍即合，达到了1+1大于2的效果，使得这次会议好评如潮。

开会自然要选择举办会议的地点和代表们的住宿地。我在偶然中看见浦东一家名人苑宾馆，是花园别墅式的，我先打听了一下，价格不贵。这样的地段，这样的花园别墅，这样的价格，有点让人惊艳。我打电话向陆老师汇报，陆老师听了后也非常心动，表示可行。后来我们两个人专程前往名人苑，陆老师看了宾馆全貌后决定会议就定在这里，随即我们就和宾馆方面洽谈，最终以比较优惠的价格和宾馆签订了合同。

国内举办学术研讨会，有个不成文的规定，就是都会给与会代表赠送礼品。赠送什么样的礼品才能既别致又有意义，是一件让人费心思的事。有一次我在复旦大学礼品店挑选礼品时看见一款仿金狮子座印章，狮子底座四面刻的是上海新十大建筑，我觉得这个礼品不错，既文人雅致，又具上海特色，还有中国风格，就打电话向陆老师建议，陆老师听了后，不仅非常赞赏，而且马上给了一个更加出彩的建议，就是为每位出席会议的代表刻章。这个礼品后来惊艳了代表们，因为他们拿到的印章都刻着他们的名字，是独一份的。可是这也大大增加了我们的工作量。那个时候还没有微信，沟通主要靠电子邮件，我们要给每一位有意参加会议的代表发函，让他们确认能否与会，只有确定参加，我们才会给他刻章，否则就浪费了。当我们收到了所有确认函后，就决定找上海最好的老牌印章厂——长江刻字厂刻章。所以代表们后来拿到的是承载着浓浓上海文化且为他们度身定制的印章。

世界华文文学会举办国际学术研讨会一般都会出论文集，而且基本是在会后出，而收集和出版论文集的事情理所当然落到了承办方。我记得是在1999年泉州华侨大学承办第10届会议时，他们第一次做到了会议开始时就把正式出版的论文集发到了每位代表手中，这等于给后面承办会议的单位立了个标杆。所以早在会议开始之前我们就向代表们征求论文稿，同时联系出版社。这年头，学术论文集出版难上加难，陆老师联系了他的学生、当时复旦大学出版社的杜荣根先生，经过协商，在出版界享有较高学术地位的复旦大学出版社决定出版这次会议的论文集，书名《新视野·新开拓》，共30多万字，主编陆老师。

为了纪念会议，世界华文文学国际学术研讨会一般都在会后给代表们寄上一份会议纪念册或是简单地给代表们送一张集体合影照片作为留念，但是这一次我们决定争取在大会闭幕式上给大家送上一份精美的纪念册，这是我们给自己的一个挑战，因为事先得做许多准备工作。和几家广告公司联系后，我选了一家报给陆老师，然后陆老师和我与广告公司在一起商量版面等各种细节，最后拍板敲定。所以在会议前，各种版面格式都已安排好，会议开始时，广告公司就跟进场拍照，从集体合影到各种花絮捕捉，然后精心挑选，放进事先预留的空间。同时还把代表签到时的签字手迹通过扫描复印，也收入在纪念册中。为了赶在闭幕式上能够及时发给大家，我们通宵盯着印刷厂校对、验收。在大会闭幕式上，当代表们拿到这份印制精美的纪念册时，也是个个惊叹不已。

中国是一个美食大国，上海又是一个海纳百川的美食之城，怎样让与会代表吃得好，吃出上海特色，也是我们承办方要特别考量的事。好在有香港何小姐的资助，有茅台酒董事长季克良先生的大力支持，最后开幕式迎宾晚宴选定在当时最代表新上海的标志建筑东方明珠塔的下球体餐厅——东方明珠滨江大酒店举行茅台宴，季克良董事长亲自携带六十瓶飞天茅台酒出席晚宴。入夜，浦江两岸华灯齐放，浦西外滩万国建筑和浦东陆家嘴现代化大楼的灯光互相映照，餐厅内高朋满座，飞天茅台酒香四溢，北美诗人杜国清诗性飞扬，其他作家学者也都纷纷临场朗诵，气氛热烈欢快。闭幕式欢送晚宴经过陆老师和我考察后选定在浦东陆家嘴金融区的五星级紫金山大酒店，餐饮样式是体现上海美食的大闸蟹宴。10月底，正值菊黄蟹肥，是上海人大咬最爱的大闸蟹之时，此时请嘉宾们品尝极具上海风味的大闸蟹绝对是天赐良机。欢送晚宴上，来宾们不仅品尝到了美食，还拿到了刚刚出炉的精美的大会纪念册，可以说是精神物质双丰收，大家都依依不舍，给予作为承办方的我们极高评价。

会议中间，由长期旅居上海的新加坡作家蓉子女士出资赞助，请代表们观赏了代表上海戏曲艺术的越剧《蝴蝶梦》，这是根据庄生梦蝶的故事改变的。上海越剧院是中国越剧艺术的"顶流"，《蝴蝶梦》从舞台艺术到演员的表演和唱腔都美轮美奂，令人拍案叫绝。来自世界和国内各地的代表们大多是第一次现场观摩越剧，他们对庄生梦蝶的故事并不陌生，但是对越语方言的唱腔非常着迷，亲身领略了一次江南戏曲艺术的美妙。

万事俱备，第12届中国世界华文文学国际学术研讨会于2002年10月27日—29日在上海名人苑宾馆隆重举行，与会代表160多人，主办方是世界华文文学学会，承办方是复旦大学和香港作家联会。从大会提交的论文来看，既有宏观的整体或综合研究，也有微观的个体或专题研究。与之前的华文文学研讨会比较，这次会议的特点可以用论文集的书名《新视野·新开拓》来概括。本次会议第一次邀请了北美新移民作家群与会，这是他们第一次在国内集体亮相，有张翎、王性初、沈宁、陈瑞林、少君等人。北美新移民作家是指上世纪80年代后移居北美的华文作家，和早期北美华文作家主要来自台湾香港不同，他们主要是大陆改革开放后的早期大学生，后赴美加留学，生活经历坎坷而丰富，他们坚持以汉语写作，读者对象也是锁定汉语阅读者。上世纪90年代后半期这些新移民作家崭露头角，让他们能够顺时顺势在世界华文文学界出现并引起国内学术界的关注是本届研讨会的一大亮点。事实证明，这些作家后来在国内文学界、出版界和学术界都得到了很好的发展，日益成为大家关注的对象。

本次会议的另一个亮点就是关注青年学者的发展。一个学术领域如果没有后起之秀，就会后继乏力。我们希望这是一次世代共融和共荣的学术会议，老中青学者济济一堂，资深学者引领年轻学者，年轻学人开拓新的领域。大会闭幕式上，我和陆老师一起商量后决定推举吉林大学的年轻学人白杨老师作为青年代表发言，这也是第一次由一个完全新面孔的新人代表年轻学者在大会闭幕式上发言。后来的事实也证明，我们的推举是非常有眼光的，白杨女士现在已经是暨南大学中文系教授、博导，世界华文文学学会秘书长。

会议结束后，代表们给了很高评价。无论从会议的学术论文数量和质量到接待规格，都创了历史新高，所以有些代表戏谑地说，上海立了这么高的一个标准，让我们以后怎么敢承办会议。蓉子女士说，这次会议真正体现了上海水平。从接下重任到最后完美收官,陆老师无疑是本届会议的灵魂人物。

也是因为这次会议的合作,我和陆老师成为忘年交。如今陆老师90大寿,我衷心祝福陆老师松鹤长春,寿比南山,继续为世界华文文学研究发光发热。

李安东

文学博士。韩国成均馆大学中文系教授。曾任教于中国复旦大学、日本京都外国语大学、韩国梨花女子大学、韩国国立庆北大学。

从拓荒到收获

——记台湾文学研究专家陆士清

林 青

早在"文革"刚结束的时候，陆士清就开始把学术研究的兴趣和眼光转向台湾文学这块陌生的领域。在当时的情况下，这样做不仅需要学术勇气，而且需要某种超前的胆识。那时，一位搞社会科学的友人曾劝陆士清放弃对台湾文学的研究，资料少倒还在其次，因为台湾问题敏感，政治性强，将来若有风浪再起，容易产生过失。陆士清很感谢这位友人的善意，但他考虑到祖国统一和这一学科的前景，依然坚持自己的选择，努力搜求和潜心研读各种台湾文学作品，梳理、归纳、探讨。早在1981年，陆士清即为复旦大学中文系高年级学生开设专题课程《台湾文学》，选修者甚众，继而他又先后开设了《白先勇研究》《台湾小说研究》等课程，使台湾文学研究系统化、系列化，从高校教学的角度，为使台湾文学研究成为一门独立的学科作了开拓性的工作。不久，他撰写的长达二万五千字的阐述"台湾现代文学"条目的长文收录于《中国大百科全书》的"中国文学"分卷，成为当时莘莘学子研究台湾文学登堂入室的一把钥匙。

1988年初，在校领导的支持下，复旦大学创办了台湾文学研究室，作为研究室副主任的陆士清承担起了主要责任。时任香港《文汇报》社总编辑、著名作家曾敏之先生曾为之祝贺。在加强研究和与台湾学者作家的交流的同时，刊载学术动态和研究成果的内刊《台港文谭》同时编辑出版，以后共印行下十余期。学术活动频繁。在一次关于台湾"笠"诗社的学术研讨会中，前来参加的"九叶派"老诗人辛笛说："陆士清有个班子。"并赞许复旦台港文学研究室的工作效率。以后，该室又扩建为复旦大学台港文化研究所，陆士清担任副所长。自1987年起，陆士清任硕士研究生导师，先后招收了四名研究生,研究方向均为台湾文学。在导师的指导下,他们经过学制为三年的学习研究,各自写出了长达四万字的学位论文,即林青的《论高阳的史小说》、秦昕强的《论陈映真的小说》、孙永超的《放逐的形态——台湾放逐文学寻迹:以小说为例》、杨幼力的《台湾报纸副刊与文学的关系》,在有多位专家学者参加的答辩中,都以优秀硕士论文通过答辩,获得文学硕士学位。他们从复旦大学毕业后,现在分别担任文学编辑、调研干部、大学教师,或赴美深造。

陆士清先后主编了《台湾小说选讲》上、下两册和《台湾小说选讲新编》并撰写了书中长序和主要篇幅的评介文章,合著传记文学作品《三毛传》获得出版系统的"金钥匙"奖三等奖。撰写并在海内外发表了多篇学术论文,结集为专著《台湾文学新论》,即将出版。目前他应陈荒煤和辽宁大学出版社之邀,出任国家新闻出版署"八五"重点书目《现代台湾文学史·小说卷》的主编。

1987年,陆士清应邀去香港中文大学讲学,1988年10月,他又作为访问学者,赴美国加州大学圣塔巴巴拉校园从事学术研究和交流工作。作为台湾文学研究学者,陆士清曾应邀赴北京,出席台湾研究会举办的学术研讨会,与会者有研究台湾的政治、经济诸方面的专家,国务委员吴学谦出席了会议并作报告。陆士清的学术视野更开阔了。还由于陆士清在对台湾文学作出审美的、语义的文学分析的同时,坚持把台湾文学置于整个中国文学和台湾的历史、政治、经济的多重而立体的背景下进行认真的考察和研究,这就使他的研究成果增添了厚度和质感。而陆士清与众多台湾及海外华文作家的密切联系和交往,又有利于他进一步理解他们的各种文学作品的艺术风格和内涵。其中,有许多台港与海外华文作家与陆士清结有友谊,如旅美的白先勇、聂华苓、於梨华、非马、杜国清,在台湾的马森、郭风、洛夫,香港的曾敏之、黄维樑、梁锡华,新加坡的王润华、骆明,马来西亚的戴小华,等等,他们都曾应陆士清的邀请,先后来复旦大学讲学访问,聂华苓还担任了复旦大学顾问教授。

论从史出,尽可能详尽地占有原始资料,从而得出应有的轨迹和结论,这是陆士清坚持的基本研究方法。陆士清除对台湾文学研究外,还对台湾的政治、经济、社会等方面的情况颇为关注,曾发表过探讨"台湾意识"等问题的文章。

  时光流转，除旧迎新。在跨世纪的岁月里，海峡两岸的联系和交往有了不可遏制的多方位进展，对包括文学在内的台湾问题研究的价值既蕴于现在，更寓于未来。在新的一年里，陆士清教授的工作计划将更加充实，他也更有信心。

原载1993年9月3日《上海工业经济报》

林　青

中文学硕士，副编审。当过农场知青，毕业于上海师范大学。1987年考入复旦，师从陆士清攻读台港文学，获硕士学位。先后任《萌芽》杂志"台港与海外华文文学专栏"编辑、上海人民出版社编辑。单独编辑的七种图书，分别获全国和省市奖项。在硕士论文的基础上延伸研究，著有《描绘历史风云的奇才——高阳的小说和人生》、《屠纸酒仙高阳传》，均有大陆版和台湾版。另有青少年读物《奇妙的动手能力》，长篇小说《湿润的上海》等。

春天的约会

——感恩陆士清先生二三事

秦昕强

也许是久居都市的缘故,对季节转换的感受变得迟钝了,总觉得上海现在的四季越来越模糊了,春天的花、秋天的月、夏天的浓荫、冬天的旷野,这一切都成了摩天大楼林立的天际线下不甚分明的背景。但是,每年春节一过,总有一个日子在心底召唤着自己,那是陆家班的"春天的约会"。在早春二月里的一天,一众学生簇拥着我们的老师陆士清先生欢聚一堂,尽兴畅聊。而今年的春天更加令人期盼,因为是陆老师九十华诞的大日子。

在这样的聚会中,我时常感到愧疚和汗颜。因为学长们和晚入师门的后学,他们大都从事着与文学研究、与创作相关的事业,而且各自成就斐然,自己好像是师门中的另类,从复旦毕业后到政府部门供职,与文学研究的缘分渐行渐远,传承师门学术更无从谈起。而陆老师自己呢,八九十高龄,对海外华文文学研究的挚爱没有一丝消退,对艺术审美的感知依然是那么敏锐,见微知著,善于揭示作家的心灵秘境,而且著述不辍,真可谓"老树春深更著花"。望着满头白发、精神矍铄的陆老师,我在不安之中又甚感欣慰,也愈发感受到陆老师对自己的宽容。陆老师从不对我另眼相看,而是一如既往地关心,言谈之间常常嘘寒问暖、关爱有加,恰似春天般的温暖。

其实陆老师对学生的呵护、信任,是他为师的初心,一以贯之,从没改变。记得在1988年的夏天,那时我已经考取了复旦大学的研究生,还没有报到,陆老师通知我来复旦。原来台湾现代诗研讨会在复旦大学举行,陆老师正主其事,让我来见见世面。于是我跟随其他老师,在东苑宾馆参与研讨会的会务,也算是"躬逢其盛"了。更没想到的是,会后陆老师又交代了一项任务,要我陪同与会的台湾作家到无锡去考察。让一位还没正式入门的学生承担如此重要的事情，我既激动，又十分紧张，怕出差错，还好一路行程算是顺利。总之，那个夏天，徜徉在复旦的校园里，漫步在光影斑驳的林荫道上，来自外地一座小城市的我，原先的忐忑没有了，代之而起的是如在家一般的自在的感觉。

讲台上的陆老师是高大的，书斋里的陆老师是睿智的。而跟随老师多年，我深深感受到陆老师身上洋溢着的另一种力量，那就是拥抱社会、热爱生活的澎湃激情和与时俱进、勇立潮头的担当。我以为，这是陆老师所以能"中年变法"，于改革开放之初即在台湾文学研究领域拓荒、成为海外华文文学研究的先行者之一的原动力，这也是陆老师九十高龄却睿智如初、神采依旧的青春密码。陆老师是"身在书斋，心怀天下"的人。犹记得近二十年前的一件事，当时，高级知识分子的退休待遇普遍比较低，高校因为高知集中，议论较多，陆老师秉笔直书，给市领导写了一封信反映此事。而我服务的单位正与此项业务有关，所以我有幸读到老师这件不为发表而作的作品。陆老师"为民请命"的情怀和力量，深深地教育了我。至今想来，陆老师不仅在学术领域为学生们指路，在人生道路上也是我们的引领者。因为早年经历苦难、"文革"中遭受磨难的人生经历，陆老师对世事的洞察和预见也是深刻的，但家国情怀始终不变。回想我进入复旦读研不久，就碰上那场"政治风波"，有一次陆老师特意把师兄和我叫到他家里，给我们上社会课，"释疑解惑"，让我们少走弯路。此情此景，也总让我一直感怀师恩如山，"一日为师，终身为父"！

"革命者永远年轻。"祝福陆老师青春永驻、永远健康！期盼着每年与陆老师共赴春天的约会。

秦昕强

本科毕业于扬州师范学院中文系，1988年考入复旦大学中文系，攻读文学硕士学位，师从陆士清先生，研习台湾文学。毕业后长期在上海政府机关工作。现任上海市委第九巡视组组长、市人大常委会代表工作委员会委员。

晴雨人生

——陆士清先生印象

孙永超

晴、雨是陆士清先生为自己的爱女起的名字。

陆先生有两个女儿。一晴一雨，占尽了天气变化的两极。

曾私下里忖度，如果陆先生有第三个女儿，陆先生会给她起个怎样的名字呢？一直不曾就此问题请教过先生，怕太唐突。

大学里学《易经》，不敢说领悟了这天书的精髓，依稀间也还形成了一种大略的感觉：生生不息的世间万物，无始无终地相生相克，转换生成了这一个深邃的宇宙。

变化着的，才是生存着的。

陆先生为爱女所起的名字，是否也把对生命的领悟融入其中了呢？未曾从先生处印证过。

然而，陆先生的人生之路却是印证着生命的真谛的，陆先生的学术之路却是融入着他对生命的领悟的。

关于陆先生的最早印象是在复旦图书馆形成的。

确切的时日是记不得的，反正那时还是个懵懂少年，满心是躁动，满眼是新奇，常常怀着朝圣般的心情在复旦图书馆静穆的书架间穿行。那时候，花了不少时间在一套三本的《中国当代文学史》中寻找当代文学的踪影，并因此记住了那套书作者中排在第一位的那位先生的名字，他就是陆士清，书上所署的身份是责任编委。

后来专攻当代文学时，我才弄清楚，那套书是关于中国当代文学的第一部文学史著述，在这之前，中国当代文学的研究，在大学教学和学科建设中，还不怎么引人注意。学者们评价说，这套书"在中国当代文学学科建设中奠下了一块坚实的基石"。而陆士清先生在这套由二十二所高校合力编纂的文学史中，实际上担负着主编的职责。时至今日，这套当代文学史及与之配套的数十上百卷的"中国当代文学研究史料"仍然是不少研究者重要的参考资料。

以人们习惯性的表述方式，我想，陆士清先生该被称为"中国当代文学史学科建设的重要开拓者"。这称号意味着资历与权威，令人钦羡，并足以成为立身于学术之林的资本。

然而，当当代文学研究成为显学时，陆士清先生却悄然引退了。

今天，学人们提到陆士清先生，称他是港台文学专家。

我曾经问起陆先生缘何不再专攻当代文学，他淡淡一笑："太挤了。"

"太挤了"意味着什么呢？太多的人在做着同样的事情，太多的人在进行着同样的劳作，太多的人……

不知道从什么时候起，有了"做学问"一说，把自己围在乱纸堆中写呀写，那就是做学问了。凭着"做"出来的学问，你就可以有房子、有"位子"，运气再好些还可能有车子。至于有多少学问，全在你写了多少文字，印出来就作数。既然是在"做"学问，那当然就得讲效益，哪门学问热闹，哪门学问就有人气；哪门学问文章好发表，哪门学问凑上去的人就多。究其实，某些所谓的学问已经和贩夫走卒、引车卖浆者的行当一样，混饭吃而已。

因为"怕挤"，陆先生从当代文学走出来。

他开始研究台港文学时，这领域还不像现在这般走俏，时不时会有人讥笑这一领域是粗鄙无学。就在两年前，有人在一篇题为《秦家琪之死》的文章里，还在为秦家琪这位极有功力的港台文化研究者、复旦大学一代才女惋惜，说是如果秦先生当年抱定原本的学术专长那会如何如何。可见谬见之深。

八十年代早期，横亘在内地、台湾、香港之间的坚冰还未曾消释，那个时候在大学，接触港台资讯，被当成一种特殊待遇，跟阅读《金瓶梅》一样，只有副教授或者处级以上才可享受。平民学子至多是哼唱些港台流行过了的流行歌曲，或者是间或读到些港台流行过了的且未必完整的流行小说。即使如此，隔海飘过来的这股隔了年、打了折的清新，还是让很多学子激动不已。

当年的学子们，是该感谢陆士清先生及与他同时的几位港台文学研究者的。是他们，把这扇沟通华夏情感的"南风窗"打得更开；是他们，协助学子们领略了华夏文化的另一种雅致。

八十年代的复旦园，教授们的穿着是极随意的。现在穿西装、打领带的体面的教授们，那时候极可能还在脚穿解放鞋。然而，陆先生是个例外，他是常常穿西装、打领带的，与他走在一起的，也常常是西装革履，极体面的打扮，大多是来自海外的华人作家、教授，其中不少，是学子们心仪已久的人物。这样的场合一出现，大多便会联系着一次令人难忘的讲演，并成为日后学子们难忘的记忆。聂华苓、白先勇、於梨华、陈若曦、李欧梵、马森、杜国清、郭枫、许世旭、曾敏之、黄维樑、梁锡华等一大批台港文化名人，就是这样为那个时候的复旦学子所熟知的。八十年代是复旦校园文化的兴盛期，这里面该有着陆先生不小的一份功劳。

1981年，陆士清先生在复旦大学开设《台湾文学》专题课时，校内外反响非凡。海内外若干媒体纷纷报道，新华社为此发了专电："上海复旦大学中文系，这学期为文学专业的高年级学生开设了《台湾现代文学》选修课，这是祖国大陆的大学中文系首次开设的关于台湾文学的课程。这门课程的任课教师陆士清讲师，曾和台湾作家於梨华等交换过中国现代文学的情况和看法，建立了联系。近年来他还积极收集台湾现代文学的有关资料……"《台湾文学》的意义当然不仅止于是中国的名校开设了一门新课，它更是一种征兆：两岸的中国人需要沟通，也渴望沟通。也许，最大的受益者还数那些有缘听他讲课的学子们，陆先生给他们讲述的不仅仅是精彩的文学作品，也是在为他们开启着别一种观照文学乃至人生的视角。而他的讲课本身也成了一种艺术，让人不由自主陶醉于其中。1994年，陆先生退休前最后一次为学生开设这门课，这些被各种资讯包裹着的，自负、自得的，读着琼瑶、三毛、席慕蓉长大的新一代学子，面对着这位充满激情的教授，出现了与他们上一代的学兄、学姐们同样的场面：他们时而凝神静听，时而朗声大笑，全没了惯常上课时那满脸写着的倦怠。

文学是陆先生生存理念的一种载体，陆先生的文学观就是他的生命观。或许，就是出于这一原因，陆先生敢于问津少人问津的领域，敢于采取有别于一般学究的学术态度,他因此获得了成就。

当今的学界惯常以发表文字的多寡分胜负,也便因此,"著作等身"成了不少学人们的有着那么几分崇高的追求。虽然,从前的学人也曾崇奉过"十年磨一剑",不过,这信条,如今是不大行得通的。想一想,铺就一条教授之路,得用掉多少书。评上个讲师,没个半本一本是不行的;评个副教授,没个一本两本是不行的;评个教授,没个两本三本也是不行的。如果先哲老子在世,他大约是只能做个助教了,谁叫他博大精深的《道德经》只有区区五千字呢?

不知道陆先生是否也为著述的事困惑过。我所知道的是,他自己是不大轻易为文的。

学术研究原本该是件严肃的事,即使不再讲究"文章千古事",不必句句皆有来历,总还得有个依据才行。譬如说港台作家研究,至少,被研究对象的主要作品是该读一读的。至于提到对港台文学做史的梳理,那更是得以丰厚的资料、史实、作品做依托才可以。与港台的文化交流长久隔绝,不少人可能终其一生都无缘见到对方的出版物。即使是学者们,要查找到所需材料也绝非易事。除非有造无米之炊的本事,否则,在港台文学研究领域,要写出有水准、有分量的文章并不容易。

有一段时间,谁占有了材料,谁就占有了港台文化研究的主动权。有时,单凭手中的材料,就可以在学界发威。说起来,陆先生在港台研究上是绝对占有资源优势的。他是这一领域研究的开拓者之一,与海外作家交往密切。他到过美国、日本,数次去香港访学,主要也是为了搜集所需的研究资料。然而,他的学术著述倒似乎并未因此丰产起来。曾有出版社几次约他写《台湾文学史》,但他未接受,他自己解释说是"火候未到"。陆先生在大学讲过十几轮的《台湾文学》专题课,他的讲义略加编纂,本身就是一部精彩的专著。然而,他仍然是让讲义沉睡着,因为他觉得不成熟。

有一回,陆先生面对图书馆塞满印刷物的书架感慨到:那上面究竟有多少是真正的书,又有多少是印上了铅字的纸浆呢?为着让自己的文字厚重、再厚重些,他是不吝气力的。他在复旦开设过《白先勇研究》专题课,他也有意要写一本《白先勇评传》,为此,陆先生在美国对白先勇进行了数月访谈,回国时带回的资料,装了整整一旅行箱。为写一篇关于台湾《现代文学》杂志的论文,他把一套五十本《现代文学》杂志悉数阅读,并认真标记,遇到疑难问题,他甚至自费打越洋长途向当事人咨询。

数月前,东方电视台名牌节目主持人袁鸣赴台主持中秋晚会,行前,向陆先生讨教台湾文化。当时,陆先生正因腿疾住院。他索性将病房变成了讲堂,滔滔不绝数小时,不仅让袁鸣获益匪浅,也把凑热闹的小护士们深深感染了。陆先生研究台港文学十数年,港台文学是他谈不完的话题。然而,提笔为文时,却常要字斟句酌起来,他认为没有新意、不成熟的文字,是不肯轻易示人的。他的扎实学风赢得了余光中等台湾学者、作家的敬意。

陆先生主编的《台湾小说选讲》《台湾小说选讲新编》以简约、令人信服的文字对收录作品进行着实在的点评。《台湾小说选讲》出版后,即受到读者们的热烈欢迎,一些大学还把此书选为《台湾文学研究》课程的重要参考书。香港《晶报》《新晚报》等先后以较大篇幅介绍《台湾小说选讲》,不少作家、评论家也对此书在作品选目、评介上的客观、全面给予充分肯定。他与人合著的《三毛传》出版后也很受读者喜爱,荣获当年年度国家新闻出版署图书金钥匙奖,后又被引介到台湾出版,一版再版。

1993年,陆先生出版了《台湾文学新论》,这本论著被香港评论家黄维樑博士誉为是"先锋学者"的部分研究成果的结集,充分体现了陆先生广博的研究视野、深厚的学术功力。著名美学家蒋孔阳先生如此评价陆先生的学术研究:大凡台湾新文学运动发展的政治、经济、社会、历史、文化、文学的动因,文学思潮的演变,传统的继承和外来文化的冲击,创作题材的拓展,主题意识的变化,风格的形成和出新,文学样式的兴衰,等等,都在他研究探索的范围之内。但是,他的基点和追求目标却是全景观照,是宏观把握与微观深入的结合。

陆先生在港台文化研究方面花费了不少心力,由于他的努力,复旦大学创办了台港文化研究所,举办过第四届台港澳暨世界华文文学研讨会、香港作家研讨会、世界华文女作家研讨会等一系列很有影响的学术会议,还发行了一本叫做《台港文谭》的不定期刊物,不少人期待他也相信他还会为港台与内地间的文化沟通做更多的事,孰料他却退休了。

人们为他这个时候退休感到惋惜,他对此还是淡淡一笑:"学术不会退休,研究照常进行。"

他退休了，然而他又没有退休。

人们在电视台"香港知识竞赛"大赛上看到他在担任评委；人们在上海电台"世界华文文学百家精品展播"中听到他在担任主编；人们在报纸上读到他与华人著名作家间新年的相互问候。

他仍在努力，依然活跃。台湾文学研讨会，罗兰小说创作研讨会，乃至日本孙中山研究会召开的"孙文与华侨"的国际研讨会上，都回荡着他那探讨的声音。

他以往的熟人依旧称他陆教授，然而，在很多场合，不少人开始叫他陆总了。

他又一次拓宽了生存空间，真的成了老总，主管着一家医药保健品公司的产品开发。

很多人惊诧不已，文学专家也懂经商，他笑笑：那也是体验人生。

陆先生的人生阅历原本就是相当丰富的。

他曾经担任过无锡人民银行会计股副股长，那还是在新中国的初创期。那段岁月给他留下的印象极深，他常常绘声绘色地讲给他的学生听：芦苇丛生的河道中，载运稻谷的小船在急速穿行。河水淙淙，四野空寂。押运人肩扛长枪，立在船尾，四下环视，神情严峻，随时准备与劫匪进行殊死搏杀。

我曾与陆先生开玩笑："如果还干老本行，没准儿，您现在是银行行长了。您喜欢做银行家呢，还是大学教授？"

他曾经是银行里的业务骨干。直到今天，陆先生还保持着对数字的敏感。他甚至可以把一些体现上海变化的数字，比如南浦大桥的跨度，分毫不差地介绍给来访的海外友人。

成为有名的银行家，这对于陆先生原本是极有可能的。银行曾要保送他就读人民大学信贷系。

他还考取过军事院校，与他当年同时被录取的人，不少人成了将军。

即使在复旦大学，他面临的选择，原本也有多重。

六十年代，他做过复旦大学团委副书记。

当初，他肯定曾对各种可能进行过价值上的衡量，最终，他做了教师，研究起了文学，因为他钟爱文学。

如今，陆先生既是教授也是老总，又是一种全新的人生体验。

陆先生写过散文，也写过报告文学。"文革"结束后，他在《文汇报》发表的长篇报告文学《数学家的诗篇》讴歌着知识分子坚韧的人格，张扬着知识的力量，也唤起了无数人对著名数学家苏步青教授冬眠了的记忆，曾打动过不少读者。

陆先生正在书写着全新的人生，一番体验以后，他会不会将笔伸向新的创作领域呢？我们期待着。

以上文字写于数十年前，那时先生在很多场合被称作陆总。未曾太多听先生谈起他作为企业老总的林林总总，但从偶遇的员工对先生出自内心的爱戴、崇敬，可以推测得出，其中一定也会有很多非常精彩的故事。

先生爱文学，但又有足够的财商，轻松规避清贫的困窘；先生有产业经营的天赋，数理思维敏锐，但又不屑成为财富的奴隶。

上世纪九十年代初，贫困还是笼罩在这片土地上的难以摆脱的阴霾。我在那个贫困的年代开始师从先生攻读硕士学位。复旦南区汇聚着太多和我一样的贫家子弟，海德格尔、博尔赫斯、萨特、叔本华……书架上频繁更替着西方的文化符号，满脑子公平、正义的梦想，现实中却手足无措于一日三餐，一份稍微有料些的免费菜汤都能让大家欣喜。

是先生把港台滚滚红尘的喧嚣热闹与富足、精致呈现给我们：生活不必一定是柴米油盐、油条稀饭，也可以是摇曳灯光下的咖啡、红酒；律条的纯粹替代不了欲望的驿动。追逐世俗的快乐也是天赋人权。

在先生家中，和先生学做春卷、色拉，进入到满足口腹之欲的美食世界；听先生讲香港的股市跌宕，诱发起对于财富自由的梦寐以求。而新年从先生处领到的百元红包，更是让多日的三餐得以无忧……

先生不着意于财富，但也不刻意回避财富。

他曾经谈起由于在海外访学，错失了购买股票认购证的良机。但崛起的上海会不断涌现新的商机，一定要多加关注，譬如房产。陆先生自身对房产机会的把握绝对精准。他退休后先后三次置办产业，而且都是在上海具有绝对上升空间的地段。

陆先生依靠精准的趋势判断，人退休，财富不退休，进入到空前的经济自由状态，连带我们这些"抄作业"的晚辈，也充分感受到经济自由的快乐。

先生有过撰写自传的想法，他的产业经历以及对于财富趋势的判断一定也会是其中不同凡响的一个篇章。

但先生的世界仅靠财富的富足是远远不够的。

先生心心念念的还是文学。不经意间，先生的身影又开始高密度出现于重要的文学场合，他的名字也更频繁地出现在各类媒体，他再一次以学者的视角指点江山，而且这一次他的视野更为宏阔：古今中外、文化经济，既有当下被认可的热点作家，也涵盖对先贤大儒的再认知。借用先生《品世纪精彩》一书序的标题"青春是一种生命的精神"，作为学者的陆先生再度绽放出青春的精彩与灿烂。

先生退休前，惜墨如金。辞任港资公司总经理是陆教授的第二次退休，也是陆教授作为学者的第二个春天。

百度百科有关陆教授词条列举的著述，有很多是先生退休，尤其是第二次退休后的作品：

《曾敏之评传》

《探索文学星空》

《血脉情缘》

《笔韵》

《品世纪精彩》

《新视野·新开拓》

《情动江海　心托明月》

《旦园枫红》

《心印复旦园》

……

几乎是每年一本，甚至几本著述。先生不追求著作等身，却在不再有考核指标压力，乃至不再有功利目标的状况下，达到著作等身的境界。

作为文人的陆教授，爱憎分明，笔墨生香；

作为学者的陆教授，学贯古今，力透纸背；

作为总裁的陆教授，纵横捭阖，游刃有余；

作为导师的陆教授，爱生如子，亦师亦友……

陆教授致力于品鉴世纪精彩，他自己的人生又何尝不是立体多元、精彩纷呈！

孙永超

上海大学新闻传播学院副教授，上海珍岛集团监事会主席。广播电视、广告策划人。曾兼任上海电台主持达四年之久，并曾在复旦金仕达、上海因特耐、中国汽车电子商务网等企业担任要职。出版有学术专著《电视市场与电视策划》《三毛传》（与陆士清、杨幼立合著）、《最后驿站》等畅销书。

自由、踏实、快乐

——散记·跟着陆士清老师读书的日子

杨幼力

一

一九八九年开始跟着陆老师读研究生，因为从复旦本科直接读研，被送去基层社会实践一年。临行前去见陆老师，以为老师会给我一份长长的必读书单，却没有。老师只是交代，下去好好工作，有空了就读些感兴趣的书。

陆老师没有要求，我也就没有刻意带书。当时一起去社会实践的，是我们中文系同届的七个研究生，有和我一样读台港文学的，有读现当代文学的，有读西方美学的，还有读语言学的。我自己行李里没带几本书，读完了就读他们带的书。就是纯读书，读着开心，也没想过写文章做研究。最后手边的书都快读完了，就去啃一个同学带下来的英文小说。英文当时是我最不擅长也最不感兴趣的科目，去读英文书就是因为读得慢，一本书可以读很多天。

当时才二十一岁，对未来和职业都没有太多想法，学习兴趣真的是随心而至。中间几次回复旦见陆老师，汇报社会实践的工作和生活经历。记得有一次跟陆老师说，同去实践的一位同学，有很多港台歌曲的磁带，国语和粤语都有，我觉得很多歌词很有意境，那一段时间正在好好听歌。陆老师也听得饶有兴趣，并予以鼓励。

现在回想，我当时在读书上算是相当随性散漫、天马行空了，完全是一种自由散养的状态。而正是老师给予的这种在读书、研究上的信任和自由，使我在没有任何压力的情况下读了并享受了很多我以前都不知道的、更无从感兴趣的书，也大大拓宽了我的兴趣范围，并使我在探索和选择自己的研究课题时，少了很多顾虑。作为社会实践时打发时间的一个无心插柳之举，我和借给我英文书的同学一起翻译并出版了一本小说集。看电视剧《围城》后在宿舍有感而发，然后和另一位同学重读小说《围城》，一起写作发表了一篇关于《围城》中女性的文学评论。这些都和我的台港文学研究专业没太大关系，但陆老师都很支持，并为我感到骄傲。

二

陆老师在他的台港澳及海外华文文学的研究论文集《探索文学星空》的后记中曾总结他自己从事教学和研究的理念，"我认为任何事物都是先有事实，再有概念、推论。演绎的概念是从原有事物现象中导出的"。"我觉得华文文学研究从方法上说，要追求宏观的把握和微观的深入，通过对重要作家和作家群体的创作，以及体现群体意识的杂志的透视，才能更深入、更准确地把握文学发展潮流的流向。"

正是以这种理念为指导，陆老师在研究领域的探索上，给了我们学生充分的自由和坚定的支持；而在事实、资料和论证上，把握着严格的标准，要求务必翔实、踏实。

我硕士毕业论文选题时，曾经和陆老师有过反复的讨论。当时我已经写过好几篇作家创作评论，而且在陆老师的帮助下，手上有一些独家的、一手的资料。在原有文章架构上扩展、提升，应该不失为一种稳妥的选择。但我那时对文学传播的媒介非常感兴趣。正值九十年代初，我和陆老师都看到一个趋势。随着工商经济的发展，文学在社会生活中的影响和地位正在弱化。台湾副刊文学现象四十年的兴衰，在我看来非常值得去汇总梳理。选副刊文学现象做毕业论文，其实是有一定风险的。一是工作量大，二是资料少，甚至都不知道能找到什么资料。但陆老师还是选择了信任和支持，认为有兴趣、有价值的事情值得一试。

年代久远，我已记不太清当时复旦文科图书馆的内部结构了。只依稀记得在一个悬空层上、有一块上锁的区域，里面都是台湾方面的各种资料。我好像因为是跟着陆老师学台港文学的研究生，中文系批了条子，我才得以借阅里面的资料。

在论文的写作过程中，又跟陆老师有过无数的讨论。不知多少次又返回图书馆，看看还有没有可以发掘、补充的材料。不知多少次觉得无路可走，被陆老师点拨，试试换个角度。毫不夸张地说，复旦中文系和文科图书馆里当时有的台湾方面的资料，我基本都过了一遍。当年舍不得多花钱复印，很多资料都是手抄下来。厚厚的一大本，不知和陆老师讨论了多少遍。

在陆老师的指导和支持下，我终于在毕业论文提交截止日期的前几天，完成了这个"感兴趣、值得做"的项目。我的毕业论文，应该是国内最早系统研究台湾副刊和文学关系的论文，也是当时资料收集最完整的。我现在虽然离开了文学研究领域，但每每想起，还是很开心。

三

当时和我一起跟着陆老师读研究生的，还有我大学本科的同学孙永超。读研三年，陆老师给我们上课，都是安排在他在复旦教工宿舍的家里。

每周一次去陆老师家里上课，真的是很快乐的事情。永超师兄和我都不是上海本地人，都住在南区研究生宿舍。上课时往往是我们约好了一起骑自行车过去。到了陆老师家里，茶几上总会有准备好的零食。如果陆老师的夫人林老师也在家，林老师还会为我们准备一杯香甜的咖啡。遇到节日，陆老师还会特意把上课的时间协调好，叫上比我们高两届的秦昕强师兄，一起讨论、聚餐。

作为国内台港文学领域开拓者，陆老师引进、介绍了很多经典的台港文学作品到内地，并和许多标志性作家是朋友。陆老师给我们讲台港文学和作家，有着远超过文本甚至文学的高度、深度和广度。比如讲到白先勇的创作时，陆老师掌握的资料，远远超过当时任何的图书馆；有的资料，还是向作家本人求证过的独家信息。师生三人的课堂，常常是上着上着就忘了时间。而从陆老师家里上课出来后，我和永超师兄常常还意犹未尽，一路又讨论着回南区。

和陆老师、永超师兄一起写作《三毛传》，也是一件很快乐的事情。当时出版社催稿，我和永超师兄就把寒假回家过年的日期往后推了。每天都去陆老师家集中讨论，然后分头写作。日复一日，像是每天都去上一堂创作火花四溅的课。

旁人也许很难想象,上课和写稿会是这么快乐的事情。在我真的是像去参加一场精神聚餐。和陆老师、永超师兄一起徜徉于文学世界中,真如和他们一起,读了万卷书,行了万里路,见了万般人。

这些年我每次到上海,都会和永超师兄一起去看陆老师。像以往每次上课一样,老师都会给我们准备零食。我最近一次去上海,是二〇一七年夏天。老师给我们准备了冰激凌,还有又大又红的水蜜桃。坐下不久,老师就讲他最近在写的文章和准备去参加的会议。一切仿佛又回到二十多年前。

陆老师是我一生的恩师。他从学术研究、职业选择、为人处事到人生方向,都给了我很多弥足珍贵的指引和支持。陆老师长达半个多世纪在台港文学、世界华文文学领域开拓、耕耘所取得的卓越成就让我由衷感佩,他通过言传身教对我几十年学习、工作和人生的深远启迪和恩泽让我万分感激。我衷心祝愿老师健康长寿,笔耕不辍!

杨幼力

1989年复旦中文系本科毕业,师从陆士清教授攻读台港文学,于一九九三年获文学硕士学位。后赴美求学,获工商税务硕士。现在一美国公司任税务总监。

文学是缘

——记与陆士清老师的两次聚会

王 琰

2014年我应邀出席南昌国际新移民作家研讨会，会议期间见到了复旦中文系的陆士清老师。陆老师风蔼依旧，时隔近三十年，我一眼从人群中认出了他那经典儒雅的风采。身边文友都围过去与他亲切交谈，我却有些踟蹰，一时间，仿佛时光倒流，又回到当年的课堂，有了迟交作业的忐忑和不安。

上世纪八十年代末，复旦受教育部委托成立首届作家班，班里大部分同学从北京鲁迅文学院转学而来，他们本身的文学基础已经很好，所以系里并没有专门开设有关写作训练方面的专业课。这一点和西方的写作课（creative writing program）有很大不同：后者注重写作训练，而我们那时主要跟本科生一块修课。给我们上课的老师中，除陆士清老师之外，还有班主任梁永安老师、陈思和老师、骆玉明老师和杨竞人老师等，个个都是在各自专业领域的名家翘楚。如果说听他们一堂课有胜读十年书之感，那是一点不为过的。班里热爱学习的同学，每次为听课耽误饭点，一回宿舍即"贩卖"老师们的名言警句及真知灼见，写到这里，真希望时光能够倒流，让我听陆老师讲一堂完整的《台湾文学研究》。

陈思和老师在《曾敏之评传》的序言里写道："陆士清老师在复旦开设了台港文学的课程，在当时大约也是全国高校最早开设此类课程的先驱者。他讲台湾文学，不仅讲乡土派和现代派，还介绍司马中原和朱西宁的小说创作，这让我们大开眼界……"

这门让同学大开眼界、津津乐道的课程，我也上了，却三天两头旷课，因为当时我正准备报考复旦剧社，偶尔去次课堂，人坐教室，心却在与教室一墙之隔的剧社；耳朵听着陆老师如数家珍般介绍名家名作，脑袋却在反复背诵应考剧社的诗篇。陆老师永远都是笑眯眯的，不急不躁，更不对学生有任何严词厉色。记得他对我最严重的一次"警告"也即在经过我课桌时，似乎无意地用手指在我桌上轻轻地敲击两下。时隔多年，我往事重提，陆老师带着一脸宽厚的笑说："你们这个班特殊呀。我知道搞写作的人生性自由、不喜拘束，又习惯晚睡晚起，能来上我这堂早课已经不容易了。其实说到底，真正上什么课不重要，重要的是，复旦给你们提供了这么一个自由追逐梦想的天地，让你们在离开学校这么久，依然能够不忘初心……"

类似这样的谈话，在南昌会议期间的东林大佛、天沐温泉、江中等地发生过多次，所到之处，陆老师还热心地介绍我与其他评论家认识。苏州大学的曹惠民老师，后来在2016年首届海外华文文学论坛中担任我的文学评论导师，则用他精湛的摄影技术，捕捉到了我和陆老师开心交流的美好画面。曹老师把照片传给我时说，陆老师很喜欢这张照片。因为那天我们碰巧都穿黑色系列：陆老师是黑夹克配白衬衫，我是白色蕾丝裙外面披一件黑色风衣。陆老师风趣地称我们的穿着是"师生装"。

我后来又穿着这套"师生装"，出席了被评论界称为"陆老师大手笔"的"海外华文文学上海论坛"。2016年，在上海作协和复旦大学世界华人文学中心的支持下，陆老师与上海作协书记王伟、副主席汪澜以及复旦大学的陈思和老师等一起创建了"上海海外华文文学论坛"。论坛自2016年始到2018年连续成功举办三届，推出近三十名海外作家，给华文文学界添加了浓墨重彩的一笔。

说起"大手笔"的酝酿，其实早在南昌，陆老师就跟我透露过这个想法。记得那天是会议的最后一天，会议结束，大部分参会者们继续南下广州参加"世华会"，我因为手指意外受伤，不得不取消行程。在飞机场的候机厅里，我和陆老师再次相遇了。

陆老师按照他一贯平稳柔和的语调谈文学、谈人生、谈创作和研究。谈他四十年来一本初心，努力推动世界华文文学的研究成果，也谈白先勇、陈若曦、聂华苓等，接着话锋一转说："你们在海外创作首先必须体验异族文化和本土文化的强烈对比，还有异地生存的种种艰辛和考验等，这么多年坚持下来真的很不容易。你是如何做到一直坚持写作的？"面对他真挚和蔼的目光，我忍不住大吐苦水：其实说实话，我也曾沮丧，也曾想过放弃。因为我每次写好的稿件，是通过"自投稿"这个被网友称为只有"百分之一"命中率的方式进行投稿的。所以出自我手的大部分作品都必须在国内各大、小杂志的公共邮箱里兜兜转转、"巡回旅游"至少两三年，才能碰来一双"慧眼"。长篇《天才歧路》如此，其他中、短篇都是如此。长篇《我们不善于告别》从完稿到出版更是等了整整五年。类似这样的等待，似乎已成为我创作生涯中的常态。好在，一直记得毛姆的一句话，大意是：如果对写作除了自娱之外，还抱有其他目的，那你就是一个双料傻瓜了。

我不想成为这样贪心的傻瓜。我对陆老师说，能够在有生之年，拥有这份我手写我心的自由，还有您和其他同行师友的鼓励，就足够让我坚持下去了。我和陆老师相视而笑，我们的眼里都闪烁着一层晶亮的光。陆老师叹息着点了点头说："一个作家，最终靠作品说话。真正的好作品不怕等待。还有啊，通过这次会议，你也看到了，海外华文作家这支队伍越来越壮大。他们都跟你一样，在这条寂寞的路上，为了自己的理想默默地坚持着、奋斗着。所以，你不孤单。"

是的，我不孤单。谢谢您，陆老师！

分别在即，陆老师走出两步又突然回过头对我说："通过这次南昌会议，我突然产生了个想法，想创办一个上海海外华文文学论坛，邀请你们这些海外作家每年来上海和读者见面。我呀，虽然老了，还想为促进海内外华文文学的交流和发展添砖加瓦。你觉得怎么样？"我当时想，陆老师能有这份心已经叫人感动不已了，但一场盛会的举办耗钱耗时耗力不说，还有方方面面的材料需申请审批等，哪那么容易说办就能办成的呢？

回美国后，我和陆老师经常就写作方面互通微信，有关上海论坛的话题他没再提起，我也很快将此淡忘。2014年底，我的长篇小说《天才歧路》入围首届路遥文学奖总评，陆老师当即发来祝贺，并且推荐参评"中国小说学会2014年度好小说"，因评选作品要有推荐词，他又不辞辛苦写评论，文章短小精悍、句句点评到位，身边的文友看了羡慕不已。虽然，小说最终没能进入排行榜，但陆老师这份无私提携后辈的关爱之心让我倍感温暖。

长篇《繁尘过后》（原名《误入尘网》）初稿近30万字，这部年代小说时间跨度大，人物多，刚开始写非常不自信。写作期间，因顾及陆老师年事已高，不想让他费神看稿，只是简单地介绍一下创作思路，还有怕写不好的种种顾虑等。陆老师一遍遍来信鼓励，要我丢掉包袱、突破舒适圈、大胆创新，写出自己真正想要表达的东西。

就这样，陆老师的鼓励成了我前进的动力。那段时间，正是北美初夏最美好的季节，我每天坐阳台上从日出写到日落，真正到了废寝忘食的地步，当然也又一次品尝到写作给我带来的那股近乎"天神"般的快乐。小说完成于2016年8月，9月，"首届海外华文文学上海论坛"邀请函也不期而至。

接到邀请函的瞬间，我愣了片刻，才回忆起陆老师在南昌机场对于海外文学的"畅想和展望"，两年后，他真的在八十四岁高龄让梦想变成现实，那一刻，我的眼眶湿润了。

"海外华文文学上海论坛"以作家和评论家一对一对谈交流的模式进行，我们几位受邀作家和评论家欢聚一堂，畅谈文学和梦想。再次见到陆老师，他依然是童颜鹤发、精神矍铄，可以连续谈好几个小时都不带倦意。也是在这次论坛期间，陆老师送给了我一本他的著作《曾敏之评传》。

如果说，之前陆老师给我留下的印象大多停留在他作为恩师那宽厚、善良、无私提携后辈等美德的层面上，《曾敏之评传》却让我看到了另一个严谨治学、著书立说的学者陆老师。这本书洋洋洒洒四十多万字，详述了香港《文汇报》总编辑曾敏之色彩斑斓的文学人生。诚如刘登翰老师所言："这是一部全景式的评传，作者忠于传主的真实人生，也忠于对纷繁历史求真的史笔。"

老骥伏枥、志在千里。陆老师以伏枥之志成就了这部大书，给现当代文学史留下了非常珍贵的史料，也让"曾敏之"式的文化精神得以代代流传。

陆老师在引言里把他和曾敏之先生的相遇、相识归结于文学。我读着陆老师的文字，心中无限感慨："文学是缘"，一个"缘"是何等的奇妙和美好啊，它让我在离开学校近三十年后，还能和陆老师一起延续这份浓浓的师生情谊。

谢谢您，陆老师！

王　琰

美籍华文女作家。1991年毕业于复旦大学中文系作家班。1994年出国留学，获美国纽约州立大学英美文学硕士学位。现旅居美国纽约。八十年代中期开始发表文学作品并兼及影视剧本创作。长篇小说《天才歧路》进入2014年路遥文学奖总评。长篇小说《我们不善于告别》获2012年度世界华人周刊图书奖。长篇《落日天涯》2006年由上海文艺出版社出版，同年被列为该社优秀原创小说。电影《迷恋温哥华》于2013年12月在温哥华首映，媒体评论"这是一部展示移民大潮心路历程的情感大片"。

师恩，不灭的光照

——写在陆士清教授九十华诞之际

孙 思

回想一路走来，不管生活如何艰辛，始终不改热爱文学的初衷，直至成为一名诗人，在中国诗坛占有一席之地。首先应该得益于复旦大学中文系陆士清教授的正确引导，是他的学术、信仰和师德，是他的豁达与亲和力，对我后来的写作与教学，产生了持久和深远的影响。

人间有千百种生活，就有千百种悲喜，更有千百种看得见或看不见的忧烦。有时看得多了，即使是闹腾得沸沸扬扬的倾城大事，若站在一个更高的层面看，也不过是杯水风波而已，过了也就过了，甚至一点痕迹都留不下。那些经历过的往事，如一些瓷器的碎片，其光泽或如刀锋或如玉石，也都已沉入河底，哪怕现实中再风声过耳。唯有一种师恩，犹如光照，在世事沉浮里，没有任何力量可以遮挡它的光亮。

第一缕光照，发现与激励

1994年秋，陆士清教授为复旦大学第五届中文系作家班讲授《台湾文学》课时，他对白先勇、陈映真、於梨华、聂华苓等台湾著名小说家的小说，剖析得非常深刻，而在讲到台湾现代诗人洛夫、痖弦、余光中等的诗歌作品时，对诗思的敏感度和精准度，更超出了我们的想象。尤其是他在讲到当时走红的台湾诗人席慕蓉时，他那感性而又入骨的评析，使我们受到很大的触动和启发。

就在他授课期间，班上的几位同学去他家看望他，并带了一些诗作，朗读给他听。陆老师一边听，一边跟大家讨论。有一位同学读了一首《无题》：

"蓦然回首时／已离我很远的你／我仍看见／你如风的额头上／刻着我一生唯一的／一次虔诚／／我是一只缄默的鸟／晚来风骤浓时／你如林的掌／是我渴慕已久的家／／总是啼不出的心思／在你掌纹的沟沟坎坎里／年复一年的扁扁瘦瘦。"她刚读完，陆老师就说："这首诗写得不错，我们可以认真讨论一下，你们先说说意见。"几位同学们都赞扬这首诗，但好在哪里，说不到要点上。然后陆老师拿过那位同学手中的稿子，一边朗读一边分析。他说："这是一首爱情诗，在这首诗里，抒情主人不说爱你是真心，而说在你如风的额头上，刻下她一生唯一的一次虔诚；不说与你结缘，而是说自己是一只缄默的鸟，你的如林的手掌，是她渴慕已久的家；不说相思的痛苦，而是说啼不出的心思，在你掌纹的沟沟坎坎里，年复一年的扁扁瘦瘦。这里，真诚的爱的渴望和相思，写得既坦率而又含蓄。比喻的运用和意象的铸造，自然天成。通篇是爱的意境而不涉一个'爱'字。"陆老师笑问：这首是你们哪位的杰作？几位同学说："这是我们班上的'席慕蓉'的作品。""你们班的席慕蓉？不过坦率地讲，这种曲径通幽的情感境界，席慕蓉似乎尚未达到。"几位同学惊讶之后，又将我的几首诗交给了陆老师。

令我吃惊的是，这之后陆老师在课堂上讲到席慕蓉的诗时，再次把我与席慕蓉作对比，陆老师说："譬如同样是写奉献，看孙思是怎么写的：'我曾想尽其所有给你／我的年青的蜕变／我的痛／我的脱手而去的灵魂。'席慕蓉的《在黑暗的河流上》，里面也有写少女愿意奉献一切的诗句：'我于是扑向烈火／扑向命运在暗处布下的诱惑／用我清越的歌用我真挚的诗／用一个自小温顺羞怯的女子／一生中所能／为你准备的极致。'同样是写少女的奉献，同样写得很美。孙思的笔触平婉些，席慕蓉则炽烈些；但孙思写得更感性、更形象和更具震撼力。"

课后，陆老师把我叫住，对我说："孙思，文学艺术，需要努力，更需要才华甚至是天赋，尤其是诗。看得出来，你有诗的才质，好好写，不要浪费了自己。"听了陆老师的话，我很震动。诗是我的追求，我的梦，写了一些，也在一些刊物上发表过，得到过读者和同学的好评和欣赏。但"有诗的才质"则是陆老师的发现。这样的发现对一个尚未真正登上诗坛的青年人来说，是多大的鼓励呀！那是春天的一缕阳光！

后来，在陆老师的鼓励下，我认真创作，也把诗寄给陆老师指导，陆老师就把我的诗推荐给香港的陶然先生,并陆续发表在《香港文学》《香港作家》杂志上。有时,我的诗还作为重点推介作品与陶然的散文同时出现在《香港作家》封面上。陶然是香港著名的小说家和散文家,也是这两份杂志的主编。把我的名字跟他放在一起,对我不仅是鼓励,更是一种鞭策。

  2001年,我准备出版诗集《剃度》,请陆老师写序,陆老师欣然应允。令我感动的是,他不仅把以前与同学们的讨论和课堂里的分析写了进去,而且肯定我的诗是真情的投入。他写道:"人们常说,诗就是诗人的整个生活,诗人的整个世界,诗人的灵魂的告白,尤其是爱情诗。那么孙思在她的爱情诗中展示了怎样的灵魂,或者说灵魂的追求呢?仔细读她的诗,我发现,孙思笔下的抒情主人公深爱着自己的恋人。她渴望,她追寻,她思念,她等待,她愿为他奉献一切;但是一种说不清楚的原因,使她不能与之长相厮守,于是注定了的悲剧阴影笼罩着她的情天孽海。她痛苦;但又甘守寂寞和孤独。她痴恋着而至死不渝。她的这种古典式痴情,现在已不多见;但也正因为此,就显得格外动人。然而,更为重要的是,孙思以五彩的笔抒写了缤纷斑斓的爱的天地。写诗、绘景易,写情难。景是外在的,日日接触,处处留心,便可得之;但情从心出,没有一种芬芳悱恻之怀,便难以写得哀感顽艳。孙思这些诗,不仅有出自芬芳之怀的真情,而且她真正领悟到了诗的玄机,以诗的语言(意象和意境)出之。"又是"发现",陆老师的每一次"发现",都深深地激励着我。

第二缕光照,品格的滋养

  更令我感动不已的,是陆老师诚恳和谦逊的品格。

  我推出第二本诗集《月上弦　月下弦》时,再请他为我写序,他开始推辞,但我坚请,他接受了。在序里他把我的"请"改为"希望"。这样一改,把他学者和评论家身份完全放下的同时,又表达出对诗人的尊重。哪怕我只是他的一名学生。他一开头就这么写:

    今天孙思出版第二本诗集《月上弦　月下弦》,希望我再写些读她近期诗作的感想,我有些犹豫。一是我对诗的感觉欠敏锐,对诗学也缺少研究；二是对当代诗坛创作态势也缺乏关注和清晰的了解，因而不能全局在胸，不能将个案置于全息的背景上加以透视。在这样的情况下要对一个诗人的重要阶段的创作进行审视是有难度的，评价难以准确，更难说有深度。况且，现在的孙思，已不是9年前的孙思了。现在，她已是一个颇受关注的女诗人。正因为这样，我思之再三，才不避简陋，再次走进了她的诗歌天地。令人欣喜的是，我走进了孙思创作的艺术新境。

在这篇序中，他充分肯定了我诗风的变化，题材扩大了，更关注社会面了。尤其是他指出了我在诗思表达上的变化。他说："在《剃度》里，孙思的爱情诗几乎无一例外的是由抒情主体直接抒发的，而今的《西湖》《西湖月》等篇章，则是间接的表述，或者说是类似托物咏志式的抒写。如《西湖》，是诗人借着与西湖的对话来写自己的心声。在诗人看来，西湖因白娘子的故事而闻名（这是一种假定）。正因为此，那烟雨从五百年前'一直缠绵到现在/使得人们的脚步/在你的烟雨里/仍旧不停地打滑'。'虽然没有人知道/是传说选择了你/还是你选择了传说'。这就是说，西湖把自己看成了传说的本身。结尾'难道你真的不知道/你只是上帝伤心时/随手抹下的一滴眼泪/落到人间变成的一只湖'。好一句'上帝伤心时/随手抹下的一滴眼泪/落到人间变成的一只湖'。这被上海一位诗人说或许不是空前却是绝后的诗语，是诗人对湖的告诫和讽刺，讽刺她太过痴情，实际上也是说给诗人自己听的，也是诗人对自己所颂扬的爱情观的讽刺，饱含着对过分痴情的反思和质疑。"

同时陆老师进一步从想象力的角度肯定了我的诗。他写道："想象力，是人类改造世界、创造生活的原动力，更是诗人和艺术家创造诗和艺术的发动机。诗人艺术家在第一现实的基础上透过想象而创造第二现实——诗和艺术品。所以想象力对于诗人、文学家、艺术家来说是绝对不可缺少的。可喜的是，孙思在这方面十分富有，她的创作一开始就表现出了丰富的想象力，……如《老街》中写的'鸟的飞姿''儿孙们的高度''酒杯里孑然独立'，都不是现实的描摹，而是孙思在想象中创造的第二现实——艺术境界。孙思的这种想象力，今天有了更为突出的展示：'冬天的土地是穷人/衣服被秋天收走了/怎么也找不到//土地问树/树说他也在找自己的孩子/他的孩子被秋天掠走后/就再没有回来//找不回衣服/土地只能裸露着他的身体//风看到了/凶狠地抽打她的裸体/吼叫她伤风败俗'。一个季节的自然现象,在孙思的想象中,注进了生命呼唤的情趣。这样的想象新鲜、奇特但不怪异……至于《老农与农田》,更是孙思想象力建构的杰作。我仅举其中的几句:'下雨的日子/老农会端起酒杯/把窗外湿润润的稻田/当做下酒菜,直到酒杯里/长出青幽幽的秧苗//日子一天天过去/老农在农田边上盘成了一根藤/使他暮年的生命/在农田里依然扎根得/芳香四溢'!数千年来,我们中华民族以农立国,现今在工业化的过程中,'三农'问题也依然是重中之重。然在浩瀚而灿烂的农业文明包括诗歌中,除了如'锄禾日当午,汗滴禾下土。谁知盘中餐,粒粒皆辛苦'等一些诗之外,孤陋寡闻的我,真的还没有见到有诗把农民对农田的热爱、希望和期待,写得如孙思这样真切、深厚和奇妙,同时情感上却又如此的真实!"

在写序过程中,陆老师还经常给我打电话,征询他对某首诗的理解是否正确。比如他在电话里说:"孙思,你的《曲院风荷》是不是对荷和美的一种别解?"当我说是这样的时,他乐得笑了,并在序里写下了这段话:"孙思写《曲院风荷》之荷则别开生面,面对美荷摄取的却是讽喻的题旨。诗这样写道:'我知道,曲院风荷/就是你九曲十八弯的肠子//你端坐水上,一副端庄/清纯,出污泥而不染的样子//骨子里你风骚之极/你让北方人称你为荷/并在那个晚上/借用月色迷惑朱自清/让他对你用尽了情'。你让南方人称你为莲,'想占尽天下春色/让天下文人尽染//看来,水只能洗去你身上的污泥/不能洗净你的心/要不何来六根不净'。可以说这是对荷,也是对美的别解,想一想现实社会中有些所谓美的东西,哪一样不浸渍着欲望?"

陆老师是学院派评论家,但他的评论又不完全像一些学院派评论家那样,大多是认知和分析,如公式一样,文字过于冷静。虽然这些评论不缺理论高度,但却缺温度和才情。陆老师的评论不仅才华横溢,而且时常会有独到的发现,这种发现,也是他的认知和感悟。他体验着作者的体验,又超越作者的体验,所以他写出的评论才充满情感、温度和深度。特别是他对原作把脉的准确和敏锐,以及由发现和感悟衍生出的语言生动性与穿透力。这是读者是否愿意阅读的着眼点,它直接关乎才情。才情就是风采,风采就如同风景,有谁不愿看风景,而愿意去看长篇大论的诗学理论呢。所以陆老师不仅具备学者的丰富，更具备诗人的感性潜质。因为这两种目光互为观察和发现，让他的评论不仅好看，读者想读，还越读越有嚼头。

陆老师是当代文学评论家，台港暨海外华文文学研究专家，学术成果丰硕，九十高龄仍笔耕不辍。他享誉学界，德高望重，但他在我们学生面前，从来不谈自己的成就，自始至终把自己当平凡之人，反而对我们这样的学生，总是如此尊重。这样一种低调与谦和，我想应该不仅仅是他的文字到了我们无法企及的高度，更是他的境界和人格，具备了一位真正导师才具备的人格魅力。

第三缕光照，言传身教

作家班毕业了，即将回家乡前夕，我拜访陆老师，一方面与尊敬的老师告别，一方面也想听听他的教诲。陆老师很诚恳地对我说："回乡后，要在为家乡发展服务中体验生活，扩大视野。可以采访一些优秀企业，写一些报告文学，以回报家乡。"回去后，我一边工作，一边采访了一家轴承座厂，把写好的稿子寄给陆老师看。陆老师在电话里跟我说："稿子还不成熟，得修改。这样吧，你带那个企业家来一趟上海，我带着你再做一次现场采访。"

我带着轴承座厂厂长来到上海。采访前陆老师对我说："诗有诗眼，鸟鸣山更幽，就是用鸣来反衬幽。文也有文眼，那是重点，是金句。写报告文学，特别是人，就是为人画像，把人物竖起来。关键是他的思想动因、金点子、面对困难乃至挫折后的态度和应对，而采访就是要抓住这些节点……现在，我们一起采访李厂长，你细听，之后，你结合我今天的采访，重新修改这篇报告文学。"

那天的采访进行了两个多小时，我一边听一边做记录。一些被我忽略的关键点，陆老师却紧紧抓住。后来我才知道，很多东西不是人家没谈，而是我当初采访时不懂得去发现和挖掘。

事后，我把改好的报告文学交到陆老师手里时，陆老师高兴地说："孙思，改过的稿子，可打90分。"

这之后，我为上海广播电台报告文学栏目采访了好多企业家、银行家，报告文学还得了上海市优秀报告文学奖。

记得那是二十一世纪初，上海作协组织著名作家写地铁，我分配到的是地铁2号线延伸线段。

采访那天，我一进地铁公司的会议室，就被震惊到了。从公司书记、总经理到各部门负责人，三十多个人把会议室一个长桌整整围了一圈。本来他们准备一天时间供我采访，晚宴都准备好了。结果我只花了两个小时就完成了采访任务，不要说晚宴了，午饭都没吃就走了。

我能够在这样的场合游刃有余，完全得益于心里的底气，而这个底气是得益于多年来写报告文学的历练，更得益于最初陆士清教授传授的真谛。

第四缕光照，人生转折

1997年秋，陆老师给我写了一封信，信中说："孙思，我们常说性格决定命运，其实环境也决定命运。以你的创作能力如果来上海，可能会有更大的发展空间，不知你是否考虑过？"收到这封信后，我考虑再三，决定放弃原来家乡港口办公室主任的职务，来上海发展。

1998年春末，在陆老师的举荐下，我来到上海一所高校，顺利地通过了面试，根据我的特长，学校董事会研究决定，我担纲大学辅导员和校报主编的职务。

2003年，当时我所带的新闻专业学生有一门《美学原理新编》，因老师授课有些问题，学生听不懂，集体罢课。当时教授美学课的老师是学校外聘的一所名牌大学的美学教授。后学校又换了两位老师，课都上不下去。我打电话跟陆老师说，我有上课的想法。陆老师在电话里说："你挑战自我，想法很好，如有信心，做好了准备，可以打报告。但你要记住，上课不是照本宣科，课程的延伸性很重要。"在陆老师的鼓励下，我向教务处递交了申请上课的报告，理由是我除了当年在复旦作家班学过《散文美学》《小说美学》《诗歌美学》外，在复旦新闻系读新闻学专业时也学过《美学原理新编》这门课。而且受家兄的影响，多年来我一直在研究美学。报告递上去不久，我就接到了试讲的通知。接下来的试讲非常成功，在场的校领导、教务处负责人、督导，无一例外地给我的试讲打了高分。

接到上课通知是暑假前夕。整个暑假里，我备课从早上八点到晚上八点，一本《美学原理新编》我备了整整四十天的课，参考了朱光潜的《华夏美学》，吕荧的《西方美学》，李泽厚的《美的历程》，以及《模糊美学》《20世纪中外文艺学精要》等。原书上有的我有，原书没有的我也有。后来这门课不但是新闻专业和艺术类专业的必修课，还成为全校各专业的选修课。记得当时选修课一共八门，有两千余名学生选课，其中选我的课的就有八百多名学生。一周三次的选修课，在一个阶梯教室，有200个座位，但即便如此座位还是不够，每次上课没有座位的学生就贴墙一排排站着，门口走廊上也都站满了学生。

学期结束，学生给老师打分，我的分数在全校授课老师分数中排名第二。当年还得了优秀教师奖。

我知道我给学生们展示的不仅仅是一个小讲台，更是一个大世界。亦如陆老师当初展示给我们的那样。

学生如同一种顽石，这个人能把它雕成一座伟大的雕像，而另一个人却不能使它"成器"，这全在于雕刻它的人的品性与修养，即教师的师德与人格力量。所以人格影响力比言语教育具有更强的心灵渗透力。

除了在学术上的成果，陆老师身上还有很多品格值得我们终身去学习。譬如他的阳光，他的活力，他的与人为善，他的善于化解他人内心的郁结的品格。他就像太阳一样，把他的光均匀地照耀在每一个学生的身上和心灵里，让我们觉得温暖而厚实，让我们在世事沉浮中觉得生活不至于过于寒凉，不断地看到希望和光。

已经九十高龄的陆老师，依然没有停下他的笔，还在撰写评论文章。他就像一条奔腾不息的长河，总是不知疲倦地向前，不断地向前，一直向前。

是的，陆老师在帮助学生认识世界、认清自己所要走的路时，他自己也会作为一座丰碑和这个世界极重要的组成部分，留在我们这些学生的记忆和心灵里。所幸这么多年，作为陆老师的学生，我在文学上一直笔耕不辍，谈不上有多少成就，但在做人和行文上，一直不敢忘记陆老师的教诲。今天，在陆老师九十寿辰之际，写下这篇文章，以此感念师恩！

2023年2月23日于沪上

孙　思

诗人，原上海某高校美学讲师，中国作家协会会员，著有诗集五部。曾获刘章诗歌奖、海燕诗歌奖、中国长诗奖、《中国诗人》年度诗歌奖，2017《现代青年》"年度人物·最佳诗人"，诗收进百种诗歌选本。有理论专著获上海市高校理论研究优秀成果奖，该专著被全国各大高校图书馆收藏。另有评论获上海作协年度评论奖，《诗潮》诗刊年度诗歌评论奖，第七届冰心散文评论奖。现为中国诗歌学会理事、上海作协理事，《上海诗人》常务副主编。

非师非徒非孙女　亦师亦友亦亲人

陆　秀

陆士清老师也是我的陆爷爷，我们没有血缘关系，相差54岁。场面上叫他陆老师，私底下则叫他爷爷。

2009年的春天，当时的我还在复旦大学中文系读大三。有一天，我去听了加拿大华文作家张翎在复旦中文系的讲座，就在光华楼10楼或者11楼的会议室里。人不多，我坐在会议室中间的圆桌边，那次会议的主持人就是陆老师，那是我们第一次遇见。

讲座开始前，我把录音笔放在张老师面前录音。讲座结束后，陆老师叫住我说，因为忘戴助听器，讲座内容没有听清，问我是否愿意整理一下录音笔里的讲座内容，然后发给他。后来，陆老师为了感谢我整理录音，请我在光华楼喝咖啡。喝咖啡的时候，陆老师说起我的姓名，问我是否听说过南宋名相陆秀夫。他跟我缓缓讲述这位忠勇宰相背着小皇帝跳海的故事。听着陆老师的讲述，我突然想起，初中历史课上，老师讲到这个历史人物的人名时，全班同学哄堂大笑的情景。我的这段经历，也把陆老师逗得哈哈大笑。

后来因为我入围了复旦大学研究生支教团的项目，毕业后先去西部支教一年，因此大四阶段毫无毕业生的压力和焦虑，可以自由安排学习生活，正是最"自由而无用"的时候。那段时间，有华文作家来复旦开讲座，我有充裕的时间和陆老师一起去听，陆老师遇到电脑技术上的问题也会向我求助。我们相隔50多年的两代人彼此都觉得很投缘。在我眼里，这位上了年纪的退休老教授拥有与其年龄不符的旺盛的生命力，走起路来健步如飞，我的小高跟有时候只能在慌乱中勉强跟上。交谈过程中，陆老师思维异常敏捷，见识广博，风趣幽默，和蔼又潇洒。我心里既生敬佩，又觉亲切，丝毫没有两代人的年龄差带来的压抑感和隔阂感。

陆老师说起我们都姓陆，500年前可是一家，我小他两辈，都可以做他孙女啦！就因为这句玩笑话，我便开始称呼他"爷爷"了。

我也是受陆老师影响，开始关注世界华文文学领域的作家，并最终确定以此为自己的研究方向，我本科毕业论文和硕士毕业论文研究的都是华文文学作家的作品。虽然认识陆老师的时候他已经退休，我无缘成为他正式的学生，但我之所以踏足华文文学的领域，并且能有幸跟从梁燕丽老师成为她在复旦任教的第一届学生，受到梁老师悉心教诲和倾力指导，也是因为陆老师为我打开了这一研究方向的大门。

可是，我发自内心地称呼陆老师一声"爷爷"不只是因为他是我学术生涯上的引导者和启蒙者，也是因为陆老师身上闪烁的人性的光芒，让我产生由衷的敬意。

本科毕业后，我去西部支教，并且发起了一项扶贫助学的项目，为当地贫困学生提供学费资助。陆老师得知后，当即表示愿意申领两个学生名额，一个初三男生，一个初二女生，并一直坚持对他们的资助，直到他们高中毕业。这两位同学，最终也如愿考上大学，分别考入当地最好的大学和最好的医科大学。这一善举既是对我发起的公益活动的支持，也是陆老师自身古道热肠、侠心义肝的真实流露。资助关系确立之初，陆老师就特意嘱咐我不要留名，不必声张，希望我对两个受助学生只言其复旦老师的身份，不必透露太多个人信息。整个资助过程中，陆老师始终保持低调，从未在外人面前说起过。令我惊讶的是，后来我在无意中得知，竟然连林老师也是不久前才知道有这么回事！回想起我曾经自豪地跟人讲起自己在西部支教的经历，深感羞赧：毕竟还是把好事做得功利和肤浅了，如何及得上陆老师那般纯粹的古仁人之心。

虽然我和陆老师之间没有祖孙之实，但是陆老师却对我付出了爷爷般真诚的关切和爱护，在我遇到困惑、陷入迷惘的时候，在我不知道如何是好的时候，我对父母三缄其口，却愿意向陆老师畅怀诉说。因为我知道陆老师值得信任，他真心爱护我，向他倾诉是安全的。而且陆老师有一颗感性而丰富的心灵，他对万物理解和同情，更能理解年轻人的鲁莽和天真。他又有岁月和学识积淀的理性智慧，思想开放而又不强势逼人，他不会居高临下地评价或说教，也不会勉强我接受他的观点，和陆老师聊天总是在轻松愉悦的氛围中让人茅塞顿开。

  我结婚那天，陆老师是我的证婚人，恰巧陆老师在绍兴参加第六届新移民文学研讨会，陆老师放弃了下午的学术活动，特意坐火车赶回上海为我证婚。86岁的陆老师为我赶火车奔波，这份深情厚谊实在让我这个做晚辈的无比动容。

  陆老师曾多次跟我说"人生之路不是一步走完的"。我原以为这是他在我沮丧失意时对我的宽慰和鼓励，可是看着相识十四年来，陆老师从我认识的老爷爷，变成了90岁的更老的爷爷，他依然坚持每天阅读和写作，活跃在学术前沿，贡献他的才华和智慧，我才明白，这句话可不只是一句励志话，更是他始终躬身实践的人生信条，无关逆境顺境，无关年轻迟暮。

  我感激在我年轻的时候，遇到了这一位亦师亦友亦亲人的长辈，见证我的成长和变化，为我学术启蒙，为我人生指点迷津。我将铭记陆老师的教诲，爷爷的叮咛，高山仰止，景行行止。

写于2023.2.12

陆　秀

复旦大学文学硕士，现任某民办双语学校高中老师。

师生心灵之约　点燃思想火种

——缅怀复旦大学新闻学院林之果副教授

程　蔚

昨晚，不知怎的，竟成了最后一夜。

今天凌晨，复旦大学新闻学院林之果老师走了。

86岁高龄，也算高寿。有些突然，不算意外。

在她逝去短短几个小时内，她三十年前的学生们集体缅怀。大家不约而同地回想起《金大班的最后一夜》——一部根据白先勇先生小说改编的经典电影。

三十年前，她的学生们青春蓬勃。第一次观看这部电影时，单纯、新奇、渴盼；三十年后，她的学生们步入暮年。集体谈论这部电影时，老成、平淡、缅怀。

这部电影，像是一个约定，她与学生们约好了保持心灵之约——不在课堂上，却无处不在；像是一个符号，她带领学生们睁大观察生活的双眼——带着艺术眼光，摆脱严肃拘谨；像是一抹光亮，她以知识女性特有的魅力，为学生们揭示生活的真谛——人生最曼妙风景，在于内心淡定从容。

她这辈子，一定看了很多很多部电影。经典的、新潮的，与讲课有关的、与讲课无关的。

她走了后，学生们想起很多很多部电影。国内的、国外的，与她讲课有关的、与她讲课无关的。

一位88级学长深情地说："林老师是我理解电影艺术的领路人。"

我更觉得，林老师是复旦众多为我们开启自由、创新、开放思想的启蒙者之一。

上课带我们看电影

上世纪九十年代，林之果老师教授我们文学概论课程。漫长又浩瀚的文学大观，短短一个学期，讲什么好？怎能讲透？林之果老师将三尺课堂演化成"点将台"，课堂上只是提纲挈领，点到即止，更重要的是激发学生们的兴趣，让大家课后在文学、电影、艺术海洋里畅游——自觉自愿，自由自在。

甚至有些课堂时间，林老师并不讲课，而是让我们看电影。

《金大班的最后一夜》，大概是她在课堂上为我们放映的第一部电影，全班所有同学都印象深刻。

电影改编自台湾作家白先勇的同名小说，讲述二十世纪三十年代至五十年代，从上海"百乐门"到台北"夜巴黎"，风华绝代的舞女大班及"百乐门"四大美女的风月传奇和悲情因缘。它是由轻歌曼舞、灯红酒绿、朱颜白发、金钱爱情、苍凉华丽交织而成的醉梦人生，对我们这些只知"风声、雨声、读书声"的年轻学子来说，实在太遥远、太梦幻、太新奇。

时隔三十年，我已记不清电影细节，却依然想得起金大班在舞厅后台的形象，她间歇回忆，不断穿插、闪回到过往生活，那些首尾呼应、倒叙插叙的文学结构安排，切换得自然流畅；金大班对盛月如刻骨怆然的真心交付，从舞女身份到母性之爱的人性思考，我仿佛还能触摸到当年被震彻的那种感觉。

不用说，我们新闻系的学生，个个都充满强烈求知欲，没有人会仅此电影止步。课后，大家纷纷找来白先勇先生的原著阅读，读了爱了，越读越多；又从作者独特的身世经历，探索"最后的贵族"的心理特征，以及那代人的特殊命运；又从这部电影的艺术表现手法，探索更多电影的不同类型风格……文学和新闻、和历史、和电影、和艺术、和人生，随便抽几根丝线，都能编织出锦绣天地。林老师不想用枯燥的填鸭式教学框死我们，她希望学生们"鹰击长空，鱼翔浅底，万类霜天竞自由"！

林老师的课堂时间，我们除了听她讲课，看了不少好电影，记得有苏菲·玛索的《初吻》、梅丽尔·斯特里普的《法国中尉的女人》等，当年可真够大胆前卫新潮的啊！同学们陆续还回想起其他一些电影，有些未必是林老师课上的，但大家觉得那些美好的胶片故事，统统都是林老师带给我们的——毕业几十年后，全班所有同学都对她的教学拥有共同的深刻记忆。这样的老师，即便在复旦，也未必多。

学生上台教学生

林老师身材小小的，讲话柔柔的，亲切和蔼的，知性典雅的，无论男生女生，都很喜欢上她的课。有位同学回忆说："林老师的课，是我唯一一门需要上课抢位子的。"

我想，大家都被林老师开放的思想、清晰的讲解、审美性鉴赏、启发式引导所吸引吧。

林老师的课堂，并非总是老师站在讲台上滔滔不绝，学生也可以。

我们班有位"学霸"，涉猎广泛，饱读书目。有次他和林老师聊起自己的读书体会，林老师听了非常赞赏，觉得他读书广泛且思考深入，值得大力推广，于是特意安排了一次"学生教学生"的课。那天，学霸同学站在讲台上滔滔不绝，为大家讲解对郭沫若的分析（多面性哦！）以及五幕历史剧《棠棣之花》。这么稀罕的作品，我们自然都没读过，听得一愣一愣的。

一位同学回忆说："他具体讲什么，基本记不得了，只记得听完后，我狠下决心，要多读书！"这或许正是林老师"精心设计"这堂课前所预期的吧！

其实，按照当今流行说法，林老师算是新闻系较早开启多媒体教学的，勇于尝试"学生教学生"的互动教学。在上世纪九十年代，不仅极具创新精神，更需胆魄勇气。她上课时并不严格按照讲义照本宣科，而是通过为学生营造宽松、活泼、平等、自由的教学环境，打破条条框框，洞开想象空间，激发创造活力。培育复旦学生，最重要的不是传递知识的熊熊火炬，而是点燃思想的星星火种。

当年，我们只是感到林老师的课上得很新鲜、很有劲，甚至私下里议论"都不用背书，到底学到点啥？"现在，我们受惠感恩，体会到教学相长、师生互学的教学理念背后，是"不拘一格为人才"的开放思想。今天最流行的寓教于乐、寓思于学的开放式教学法，复旦的"林老师们"，几十年前就采用了。

学贵得师多感念

实在惭愧，大学毕业多年，认真地专程看望当年的老师，非常少。总觉得自己当初不够优秀，不是老师们特别关注的对象，也没受到多少特别待遇，不值得特别叙旧。

但在心底，我对每一位老师都充满深深感激。经历了半世的成长后，我愈来愈懂得，学贵得师。他们对我的深刻影响，早已用这样或那样的方式，融入了我的身体、思想、灵魂中。

最近几年，陆续传来当年给我们上课的老师去世的消息，每一次，都是心头的撞击。除了哀悼，我常常像打开珍宝盒子一样，摩摩挲挲地，翻出些陈旧的记忆。哪怕记得清的越来越稀少、零碎，我也尽己所能，努力地、费力地翻出来，想想，写写。

今天，大学班长翻出近两年看望林老师时的照片，她精神矍铄，风度翩翩，优雅如昔。真好！关于林老师的所有记忆，从三十年前延续至今天，都那么美好。

感念师恩，音容宛在！林之果老师千古！

2023年10月9日林之果老师逝世日

程　蔚

女，1995年毕业于复旦大学新闻学院，曾在上海从事媒体工作十余年，现任职于交通银行上海市分行。

在媒体工作期间，多篇新闻作品曾荣获全国"五四新闻奖"及上海新闻奖等重要奖项。在交行工作期间，荣获交通银行上海市分行先进工作者、优秀共产党员等荣誉称号。

工作之余还笔耕不辍,多篇摄影作品入选"中国梦·劳动美"全国职工摄影展、上海市摄影艺术展并多次获奖;多篇古典音乐乐评刊登在《歌剧》《音乐爱好者》《上海音讯》《爱乐者》等音乐专业报刊。

附 录

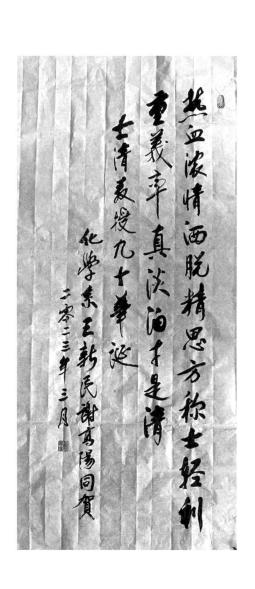

热血浓情洒脱精思方称士轻利
重义幸真淡泊才是清
古清教授九十华诞
化学系王新民谢高阳同贺
二零一三年三月

先行者的学术人生

——世界华文文学研究专家陆士清教授访谈

许慧楠　黄炜星　陆士清

复旦大学陆士清教授,是世界华文文学研究的开拓者之一。四十多年来,他孜孜矻矻,不懈奋进,对世界华文文学研究的发展做出了重要探索,取得了丰硕的成果并作出了重要贡献,我们甚为钦佩。作为晚辈,我们非常荣幸地就他研究世界华文文学的学术人生进行了访谈,他从五个方面回答了我们的提问。相信他的学术经验和学术精神,必将会启迪和鼓舞我们这些后来者。

一、华文文学,中华民族文化的世纪精彩

问：您曾担任复旦大学中文系中国现代文学（含当代文学）教研室主任,有从事当代文学研究的学术经历。

答：是的。改革开放后,我的学术生涯是从中国当代文学研究开始的。到上世纪七十年代末,中国当代文学已发展了30年,无论从文学思潮裂变、作家队伍的扩大,还是从创作（包括文学、戏剧、电影等）成果的积累等方面看,它都足以作为一门学科来研究和教学了。这几乎是当时各高校学者和文学界的共识。所以,我们复旦从1978年开始,就把《中国当代文学》作为一门独立课程进行教学。同时,我们联合22所兄弟院校的同事,一起编写了全国第一部正式出版的《中国当代文学史》（三卷本,福建人民出版社出版）。我是责任编委,主持编写工作,负责全书统稿定稿。

问：您从中国当代文学转向台港和世界华文文学的研究,您怎样看待世界华文文学？

答：世界华文文学，这是个特定的概念，是特指中国包括台港澳文学以外的、世界各国或各地区的华文文学，它是历史悠久的世界性的文化现象。千百年前，朝韩、日本、越南等尚无本国文字时，他们书写用的都是汉字，那就是亚洲历史上存在的"汉字文化圈"。"汉字文化圈"中的文学创作，可以说是最早的世界华文文学，是异国民族借鉴、运用中国文化而生成的，这是一部分。另一部分是中国人移民造成的文化现象。公元九世纪中国人就到达菲律宾，对当地起到了开发、教化的作用；郑和下西洋，又将中国文化带进了马来西亚、泰国等地，应该说那时，东南亚就已然有了华文文学的星火。清末的"过番""卖猪仔"，广东、福建的大量华人移居东南亚和北美；康、梁的政治改良，孙中山先生领导的辛亥革命，促使东南亚华文文学火种蔓延，北美也诞生了"天使岛"诗歌。现当代几波次的中国人的外移，特别是我国改革开放后拥抱世界的新移民，更是催发世界华文文学的蓬勃生长，造成了世界性的文学现象。这是中华民族文化走向世界、和平崛起的世纪精彩！

问：世界华文文学与中国文学关系密切，您怎样评价这种关系？

答：总体上说，世界华文文学是中华文化的延伸，它的根是中华文化和中国文学。它用方块字写作，承接着五千年中华文明的积累，即使加入了异域风情观念，只要没有完全被同化，总体上是摆脱不了中文的思维逻辑、情感逻辑、想象逻辑和道德逻辑的。千丝万缕，血脉情缘！

尽管如此，从社会属性的角度看，世界华文文学可以分为三个部分。一是异民族用汉字书写的文学，前已说过，它存在于朝韩、日本、越南等国家。二是华侨文学，上世纪五十年代前，东南亚的华文文学就是这样的华侨文学，它最明显的特点就是有强烈的祖国认同意识、归属意识、关切意识和依恋意识。三是别的国家和族群的文学，新加坡官方语言是英语，但承认华文文学是国家文学；马来西亚华族人口约占它总人口的三分之一，华文教育和文学创作也挺蓬勃，华文文学虽然可以合法印行，但政府不承认它是国家文学，所以只是马来西亚华族族群的文学，东南亚、北美、欧、澳的华文文学也大体如此，是华族族群的文学。

问：华族文学与华侨文学有明显的区别吗？

答：当然有。族群文学与华侨文学的区别在于：同是华人创作，可以有中国情结,有中国文化情怀;但他们有不同的国家认同、价值认同,有不同的梦想和追求,他们拥抱生存的土地,珍爱事业发展的空间,增添了异域的风土和人文环境。这几点,我在马来西亚华文文学研讨会上阐述过,得到与会者的认同。马来西亚著名华文诗人温任平先生说:"'不同的梦想和追求'真是说到我们心里了。"

当然,特例总是有的,有些作家在中国成名之后才移居国外,在国外说中国故事,作品的读者市场还在中国,他们的创作,可不可以像华侨文学一样,算是中国文学?有的作家爱乡爱国,把事业的基点落在中国,与祖国同呼吸共命运,这种特例,也可关注。

总结说一句:世界华文文学与中国文学有血亲的关系,但除华侨文学外,都不是中国文学,也不是中国文学的分支,不是从属的关系,而是互鉴与交流的关系。我们出版、评论、研究世界华文文学,是要促进这种有血亲关系的华文文学的发展。当然,在西方霸权主义打压中国崛起的氛围中,要警惕反华反共分子离间海外华文文学与中国文学的血亲关系。

二、现代台湾文学,进入拓荒者的视野

问:陆老师,您是台港澳暨世界华文文学研究的开拓者之一,现代台湾文学是怎样进入您的视野的?

答:在《笔韵》这本书的第一编中,我写了这样的题记:

炮声,远去了;海浪,传来兄弟的心跳。

我研究台湾文学,首先是适应时代的召唤,是在中国改革开放时代环境下作出的选择。1978年12月18日至22日,中共中央召开了十一届三中全会。全会确定了"解放思想,实事求是"的思想路线,确定了实行"改革开放"的国策。解决台湾问题,实现祖国统一,也进入了新的历史阶段,即由准备"解放台湾"进入到寻求和平统一的阶段。尽管其时台湾当局仍坚持不接触、不谈判、不妥协的"三不"方针,但中国大陆改革开放的大门已经打开,海峡两岸接触、交流的潮流必将逐渐涌起。事实也是如此,尼克松访华

后，中美关系逐渐解冻，旅居美国的一些台湾作家开始来大陆寻亲访祖。旅美台湾作家於梨华早在1975年就从美国来到北京、上海、宁波寻亲访问一个月。她踏上祖国大陆的土地时，就访问了我们学校，1977年她再次来访，两次都与我们中文系老师讨论过文艺创作的问题。这些事实告诉我们，海峡两岸交流一旦展开，上海将是前沿，复旦将是这前沿的窗口，我们应有所准备。

问：您当时就清楚地意识到要有所准备了？

答：是的。恰在此时——1979年春节期间，我读到了1978年出版的《台湾乡土作家选集》。这本集子介绍了自上世纪20年代台湾新文学运动开始至70年代的18位台湾作家的22篇作品，从乡土文学的视角为台湾文学的发展划出了一条朦胧的轨迹，为我们打开了台湾文学的视窗，看到了天光云影的一角。这些作品所涵容的扑面而来的海岛生活和时代面影，无论从文学史或是审美的视角看，都是不容忽视和不能不引起关注的。同时，《上海文学》杂志1979年3、4月号，连续刊登了聂华苓的《爱国奖券》、於梨华的《涵芳的故事》等短篇小说。1979年4月，《花城》创刊号刊出了曾敏之先生的评论《港澳及东南亚汉语文学一瞥》、阮朗的中篇小说《爱情的俯冲》。1979年7月，《当代》文学杂志在创刊号上刊出了白先勇的短篇小说《永远的尹雪艳》。1979年9月，《收获》刊出了於梨华的长篇《傅家的儿女们》（选载）。基于这种情况，经过慎重考虑并获得系领导同意，我南下广州到暨南大学，就台港文学状况做调查研究。

问：为什么去暨大做调研呢？

答：当时香港《文汇报》副总编（代总编）曾敏之先生，建议暨南大学设立台港澳文学研究室，暨大中文系系主任秦牧积极响应，并拨出款项，通过曾敏之先生在香港采购到了一批台湾文学的图书。我去暨大实际上就是去读书的。半个月时间读到了不少书，包括夏济安创办的《文学杂志》、白先勇创办的《现代文学》杂志（部分），白先勇的《台北人》、陈映真的《将军族》、林海音的《城南旧事》、於梨华的《又见棕榈，又见棕榈》等台港文学的资料。这使我对台湾文学有了一个基本的认识。回校后向校系建议，将台湾文学列入我系的教学科研计划，得到了学校的支持。

问：据我们所知，您在台湾文学研究和教学方面"敢为天下先"，且有几个第一,您能和我们说说吗?

答:这是巧合,是时势和条件造成的,并非有意争先。1979年6月,美国纽约州立大学校长率代表团访问复旦,与复旦正式建立校际交流关系,於梨华既是校长夫人又是代表团成员。这次我参与接待,不仅与她进行了长时间的交谈,探讨了她的长篇小说《又见棕榈,又见棕榈》,还安排她为我系七七级部分学生做了两个半小时的关于台湾现代文学的讲演。她希望复旦关注台湾文学,并愿意给予资料上的支持。她赠我的长篇小说《又见棕榈,又见棕榈》,我推荐给福建人民出版社,于1980年出版。这是中国大陆出版的第一部台湾作家的长篇小说,第一版就发行了十万册。这也促使我写了一篇《於梨华和她的〈又见棕榈,又见棕榈〉》的论文(附录于该书中)。这可能是中国大陆第一篇评论台湾小说的论文吧。

1981年春,在有一定资料积累的基础上,我在大陆首先将《台湾文学》作为一门课程,搬上了复旦讲台,新华社为此向港台和北美地区发了电讯稿,《光明日报》《解放日报》都发了报道。开课不久,旅美台湾作家第一个访问大陆代表团的七位作家,包括刘绍铭、李欧梵、郑愁予、庄因、杨牧等,由中国作协毕朔望先生陪同从北京到上海,访问了复旦。我与他们就台湾文学进行了友好的交谈。他们得知我开了《台湾文学》选修课,深为高兴。当时美国旧金山大学的葛浩文教授在一次讲演中说,迄今为止,中国大陆还没有一所大学对台湾文学展开过研究,但得知复旦已开课后,葛浩文修改了讲演稿。

问:您还主编了《台湾文学》教学参考书——《台湾小说选讲》。

答:是的。《台湾小说选讲》(1983年复旦大学出版社出版,上下册)共选了自上世纪二十年代初到七十年代末的34位作家的57篇小说。包括赖和、杨逵、吴浊流、钟理和、林海音、聂华苓、於梨华、白先勇、陈若曦、陈映真、王祯和、黄春明、施叔青等作家的作品。大体上说,自台湾新文学发生、发展以来的有代表性的小说家大都有作品入选。

虽然,透过《选讲》还不能看到六十多年来台湾现代文学和当代文学发展的全貌,但是也能够约略地看到台湾文学特别是小说创作发展的梗概。所以《选讲》是初窥台湾文学的一个窗口,也是深入了解台湾文学的一个梯次。1991年我又主编出版了《台湾小说选讲新编》,选入了21位台湾当代作家的21篇作品，每篇均有两千多字的讲评，对作家的生平、创作和在发展中形成的个性特色、艺术风格都作了概要的评述。这些讲评合起来实际上是台湾部分小说家的简史。

问：您在什么情况下为《中国大百科全书》写"现代台湾文学"条目的？

答：二十世纪八十年代出版的《中国大百科全书》，是我国首部百科全书辞典，我为之写了"现代台湾文学"条目，这也是国内辞书第一次上台湾文学条目。条目的第一稿，是中央人民广播电台武治纯先生所写（约7 000多字）。1984年初夏，"第二届台港暨海外华文文学研讨会"在厦门大学举行，《中国大百科全书（文学卷）》责任编辑杨哲女士携带了武稿到会上征求意见。当时涉足台湾文学教学研究较早的封祖盛、王晋民、潘亚暾、张超等都认真读了这个稿子，大家一致觉得这个稿子需要重写。杨哲希望广东、福建的朋友来承担，但无人响应。回上海后，杨哲来找我，诚望鼎力相助，我只好接受委托。在《中国当代文学史》第三册的统稿任务完成后，我着手重写这个条目。在当时有限的资料和认知的条件下，我理清了以下一些问题：一是论证了台湾新文学运动是在五四新文学运动影响下发生发展的，是中国反帝反封建的民族解放运动的一翼，台湾新文学是中国现代文学的一个有特殊性的分支；二是清晰地梳理台湾新文学运动的历史轨迹；三是跳出了以流派论高下、优劣的观念，对现代主义文学思潮和作家创作进行实事求是的分析，肯定了它的历史作用和他们在创作上取得的业绩；四是克服了偏重小说的倾向，将诗歌创作摆到了应有的地位，评价或点评了115位以上的小说家、诗人、戏剧和散文作家的活动和创作；五是将原有的7 000多字的篇幅扩大到近25 000字，使这个条目实际上成了现代台湾文学的"史纲"。在撰稿的过程中，我曾专程晤面香港中文大学黄维樑教授，听取了他对稿子的意见和建议，得到了他的支持。《中国大百科全书》列入"现代台湾文学"条目，标志着"现代台湾文学"这一名称的正式确立。因武先生写过一稿，我尊重这位朋友，所以我们共同署名。

问：我们还了解到，著名小说家白先勇阔别大陆39年后访问复旦的破冰之旅，与您的努力有关。

答：这也是时也势也，我不过起到了联系推动的作用。白先勇先生有上海情结。抗战胜利后,他随家人从重庆养病的山沟沟里来到十里洋场的上海,既见证了当时所谓的京(南京)沪的繁华,又沐浴了中国传统的精致文化,看了京昆泰斗梅兰芳和俞振飞演出的昆曲《游园惊梦》,在汾阳路白公馆三楼的小阳台上阅读《红楼梦》,也亲见了百乐门舞厅上流社会的生活迷醉……这一切深深烙印在他的心扉上。快40年了,大陆开放了,上海怎么样了?他想来上海看看。

问:他为什么首先选择访问复旦呢?

答:当时,台湾方面还未开放大陆探亲,他以小说家、教授身份,作学术访问比较合适。另外,他对复旦有印象。他的小说《金大班的最后一夜》中,就写了百乐门舞后金兆丽与复旦大学中文系三年级学生恋爱而被摧残。他在杂志上读到了我的论文——《论白先勇的小说技巧》,知道复旦还有人研究他。复旦邀请,他愿来上海访问。我得知信息后,即征得校领导同意,与白先生联系,最后由华中一校长发函,请他来复旦讲学两个月。1987年4月4日,阔别大陆39年之后的白先勇,来到上海复旦大学做了破冰之旅。消息披露,轰动华文文学界。我很荣幸,两个月中陪同他访问了苏大、无锡、南大、扬大、浙大、绍兴,与他一起和谢晋、吴贻弓讨论,将小说《谪仙记》改编成电影,也客观上促成了胡伟民导演将白先勇的话剧版《游园惊梦》再推上广州、上海、香港的舞台。

三、现代台湾文学经典作家,成为关注的重点

问:从您对现代台湾文学的论述中我们发现,您很关注赖和、杨逵、白先勇、陈映真、三毛等作家的创作。

答:是的。赖和、杨逵、白先勇、陈映真,都是现代台湾文学中的重要作家或经典作家,三毛散文所创造的"撒哈拉魅力"也是台湾文学中的重要现象。

赖和之所以重要,首先他是一个坚决反抗日本殖民统治的斗士,也是台湾新文学运动的先锋。他抓住了民众反对日本殖民统治的潮流,突破用白话文写作的困难,发表了具有强烈的反帝反封建意识的白话文学作品,包括诗、散文、小说。1926年元旦刊于《台湾民报》的赖和的《斗闹热》、

杨云萍的《光临》，是台湾新文学运动以来最早的白话小说。他的短篇小说《一杆"称仔"》既是现实的反抗日本殖民统治斗争的反映，又是一则寓言：那就是时代与生活有一杆秤在衡量你，在日本殖民主义者压迫面前你敢不敢反抗？甘当奴才还是当斗士？甘受侮辱还是捍卫尊严？小说的回答都是正面的。赖和的长诗《流离曲》和民间故事形式的《善讼的人的故事》，都表现了强烈的中国意识。正因为这样，"文化台独"者妄图抹黑和歪曲赖和，我写了《"去中国化"的表演——评"文化台独"对赖和的歪曲》，予以抨击。

问：杨逵也是反抗日本殖民统治的勇士，他与赖和有何异同？

答：杨逵和赖和一样，是绝不屈服的反抗日本殖民统治的斗士。他有一篇小说，原名《春光关不住》，后更名为《压不扁的玫瑰花》，现在收入我们中学语文课本中。压不扁的玫瑰花，正是杨逵精神的象征。他因反抗日本殖民统治，而被日本人关押十次。1949年他站出来呼吁和平解放台湾，国民党当局将他投入监狱十二年。在台湾"统独斗争"壁垒分明的年代，他坚定地反对"台独"，始终确认自己是中国人。杨逵是中华民族的仁人志士，是有强烈民族意识的爱国主义者。他在思想上突破了民族主义的局限，既能从爱国主义的立场出发，揭露批判殖民主义者的罪恶，又能以阶级分析的目光，洞察日本殖民主义的本质，表现出鲜明的社会主义倾向。1932年用日文创作的《送报夫》、"七七事变"后他躲在东京近郊鹤见温泉写成的中篇小说《模范村》，就是这样的作品。

问：杨逵的创作或者小说的基本特点怎样？

答：他的小说，既有尖锐的批判，也有犀利的讽刺，如《鹅妈妈出嫁》，更有理想的曙光。我在《论杨逵小说创作的历史地位》一文中，总结了三个基本特点：第一，杨逵探索了反抗殖民主义斗争的新道路，这一点在《送报夫》和《模范村》两篇小说中体现得非常鲜明；第二，杨逵的小说闪耀着新社会理想的曙光，希望确立人与人之间的新型的社会经济和道德关系；第三，杨逵的小说给人以希望和信心。在杨逵看来，作家应当像普罗米修斯一样，把火盗到人间，给人以光明、温暖和希望。杨逵的创作，标志着由赖和奠基的台湾新文学运动发展到了新的阶段。

问：在现代台湾文学中，白先勇是关注和研究的热点，您怎么评价他的创作？

答：白先勇是杰出的小说家，是中国五四新文学运动以来的经典作家之一。他阅世甚深，既有家国剧变的体验，又有洞穿人性的敏锐。短篇小说《台北人》是他的代表作。从社会历史发展层面来看，《台北人》不是中国国民党反动统治失败的宏大叙事，而是借这个政权一些上层人物，和依附或追随他们的底层角色衰微命运的叙事，构成了蒋家王朝落幕的风景。从这个意义上说，它是国民党衰败的寓言，或者说是预言。白先勇对人生哲理也有深入的思考。比如《永远的尹雪艳》中的尹雪艳这个形象，似乎是一种超越时空的破坏力量的象征。

问：陆老师，您怎样评价白先勇《台北人》等小说的价值？

答：首先是有很高的认识价值。这一点，上面已作了概说，不再重复。白先勇短篇小说，《芝加哥之死》《谪仙记》，特别是《台北人》可以说是艺术精品，深具美学价值。他融传统于现代，注重人物刻画。他笔下的人物大都栩栩如生，尤其是女人，玉卿嫂、尹雪艳、钱夫人、李彤、金兆丽……都是个性鲜明、过目难忘的"这一个"。所以於梨华说："在20世纪60年代的中国，没有任何一位作家，刻画女人，能胜过他。"白先勇的描写艺术高超，过去、现在时空转换的两个视点，戏中戏的构思，意识流的运用，以及清丽华贵的语言，等等，将他的小说砌成了艺术的宫殿。第三，文本价值。所谓文本价值，即是后人可以作为范本，从中学习小说艺术。

问：有人说，白先勇、陈映真是现代台湾文学的双璧，对于这样的评价，陆老师您是怎么看的？

答：我赞同这样的说法。陈映真是祖国统一的勇敢的追求者，台湾中国统一联盟的创党者。从文学创作的角度看，他是一个思考型作家，他有家道中落和政治压迫的体验，有改革社会的梦想和追求。他早期的小说糅合了现实的阴影、哲学的沉思、浪漫的情调、理想的光辉、宗教的悲怀。在描写死水般沉闷、机械般冷酷的生活中，他思考着贫困，物质与精神双重匮乏，使生活丧失积极意义的贫困——贫穷与愚昧。他思考着战争，特别是国民党发动内战对心存改革希望的青年理想的摧残。他思考流寓台湾的大陆人的问题，这些大陆人的沧桑传奇和他们与台湾人之间的关系，成为他许多小说的主题。他获得广泛赞誉的《将军族》中的三角脸（大陆人）和小瘦丫头相恋而殉情的故事，就是一则寓言，是生死超度的寓言。姚一苇先生在《陈映真作品集》总序中评价说:他是一位真正的艺术家。因为上天赋予他一颗心灵,使他善感,能体会别人难以体会的;上天又赋予他一双眼睛,能透视事物的内在,见人之所未见;上天复赋予他一支笔,挥洒自如,化腐朽为神奇。因此我敢于预言,当时代变迁,他的其他的文字有可能渐渐为人遗忘,但是他的小说将会永远留在这个世界。

问:陆老师,评论界一般把陈映真的创作分为三个时期,您怎么看?

答:这实际也是陈映真自己的看法,我没有异议。我只是不太赞成过分强调他早期小说的"忧郁、伤感,充满苦闷",而坚持我们上述的看法。比如《将军族》中的两个卑微的角色,面对死亡所表现的将军气度,就一扫他过去或多或少存在的感伤调子。当然,第二、三阶段的创作现实主义的色彩则更为浓烈,尤其是在绿岛度过了八个年头的牢狱之灾,和经历了"乡土文学"论战后,他的思想更趋成熟,思考也更为深刻。在国际资本将吞噬一切,台湾社会高度商业化的情况下,劳动者的命运、民族尊严和民族文化的捍卫,社会革命理想的坚持和赓续,等等,就是他的《云》《夜行货车》《山路》《赵南栋》等小说的思想内涵。他写小说、写评论、写散文和报告文学。他勇敢地为台湾乡土文学辩护,始终坚持台湾文学是中国文学的一部分。

问:1991年,三毛过世后,您和孙永超、杨幼力合写《三毛传》,您为何如此重视三毛的人生和创作?

答:三毛创造的"撒哈拉魅力",是华文文学界的重要现象。当时,中国大陆已出版四五本写三毛的书,这些书对了解三毛有一定作用,但我认为我们仍可以写出一本更全面、更深入、更准确了解三毛,既有可读性又具有学术价值的书。《三毛传》于1992年6月出版后不久,台湾的晨钟出版社就向江西百花洲文艺出版社买了版权,出了台湾版。台湾版介绍说:这是"第一本关于三毛一生的完整传述","从三毛的出生到生命停止,在每个人生阶段都有极为详尽的资料考究。完整地呈现了一个生命的个体在生命历程所展现的生活观察,了解三毛,请从《三毛传》做起点"。台湾图书资料部门还买了《三毛传》两章——《陨落了,沙漠之星——三毛的生与死》《透明的黄玫瑰——论三毛的散文创作》的版权,以作为对三毛的权威评论收藏。这里要特别说一下,《三毛传》的大部分篇章,都由永超和幼力执笔,功劳主要归于他们。

问：三毛的作品建构了怎样的艺术空间，为何会在华文世界掀起了"三毛热"？

答：三毛写"我"为中心的故事，包括生活世界、艺术世界、情感世界，构成了独特的表达空间。在浪漫的萍飘中，她的足迹遍及59个国家，经受着异民族的"文化惊骇"，正是这种一次次"文化惊骇"震撼了读者，造成了长达十五年的"三毛热"。三毛写人写事，感情细腻，即便是一草一木，她都柔肠百转，温情脉脉。对于生活在紧张焦虑的竞争角逐、相对隔膜的人际关系中渴望感情的抚慰的人们来说，这些蕴含着人文情怀的作品，的确在一定程度上部分地填补了当代人的感情真空。

问：三毛与荷西的爱情故事的真实性是被热议的话题，站在严肃的学术研究角度，您是如何考证的？

答：人们怀疑三毛爱情故事的真实性，原因之一是它太过传奇。但她作品生动、刻骨铭心的叙事，尤其那些生活细节的点滴刻画，是难以编造的。旅居匈牙利的华文作家张执任先生，曾亲访大加那利岛，寻找到了三毛和荷西生前住所（西班牙大加那利岛东岸特尔德镇的Lope de Vega街），并与三毛作品中常常提及的邻居甘蒂进行了交谈。去年，西班牙政府把三毛故居正式确定为旅游观光点。这些都是三毛爱情故事真实存在的确凿证据。

问：从您的评论中可以看出，您相当关心世界华文文学女作家的文学创作，这些作家和她们的作品对于世界华文文学有何重要意义？

答：其实对男女作家，我一视同仁，并未特别偏重，这点我的论著可以作证。不过，华文女作家大量涌现，是中国和华人社会进步的重要标志。当下世界华文文学作家队伍中，女作家可能占有一半，真的是半边天，她们的创作也很出彩，对华文文学的丰富和提升贡献良多，值得关注。我能关注到的只有一小部分，如台湾旅美的於梨华、聂华苓、陈若曦，新马泰的蓉子、尤今、戴小华、梦莉，新移民作家中的陈瑞琳、周励、张翎、虹影、华纯、陈谦、施玮、施雨、王琰、梅菁、江岚、凌岚、燕宁吕红、陈永和、宇秀、曾晓文、李彦、林湄、穆紫荆、崖青，还有香港的江扬等等。这些女作家我大都写了评论，有的经我提议，在上海论坛会议上研讨过，有的则还在研读中。

问：这些女作家的创作都是很有特点的吧？

答：是的。於梨华是我接触过的第一个华文女作家，她是上世纪50年代后留学生文学的鼻祖。她的长篇小说《又见棕榈，又见棕榈》表达的无根的寂寞中，潜藏着寻根和归根的向往。聂华苓是小说艺术的探索者，在文化精神上，她认同中国社会历史的发展进程。蓉子、戴小华、梦莉，她们虽是新马泰的公民，但都有深深的国族情怀。蓉子旅居上海，将事业融入中国的发展，她的创作很大部分是中国在地书写，见证中国建设和发展。戴小华的非虚构长篇小说《忽如归》，以她弟弟反抗国民党在台湾的统治的故事，表达了期望祖国统一的强烈愿望。周励的《曼哈顿的中国女人》写出了改革开放时代中国人的精、气、神。2020年出版的旅游散文《亲吻世界》，视野宏阔，诗的情怀与史学精神结合，崇敬英勇而张扬生命的活力，引起了文坛的热烈反应。华纯的散文，切进了日本人的社会生活，她的《沙漠风云》，是写中日合作治沙的生态文学，表达了地球人的愿望。施玮的《世家美眷》闪耀着强烈的女性主义光芒。

四、撰写《曾敏之评传》，崇敬华文文学前贤

问：2011年，您出版了复旦版《曾敏之评传》，接着又出版了香港作家版，您为什么写《曾敏之评传》？

答：我写《曾敏之评传》，不仅因为曾先生是香港作家，更主要的是出于对他的敬仰，对他人生价值的认同。曾先生是个既传统而又有现代精神的文化战士。他虽生活在新时代，但身上融注着中华民族志士仁人的血液和精神。他追求光明，投身革命，历经风雨，道路坎坷，但无怨无悔；他虽无戎装，也未驰骋疆场，但书生报国，健笔一支，无论在新闻战线或文学创作上，都屡创突出业绩；他既有新闻记者、编辑的敏锐，又有作家的文情和学者的哲思；他是我国并不多见的博学多识、擅长文史的散文家、诗人；他以自己的创作丰富了香港纯文学宝库，团结香港作家，凝聚了香港文坛；他引领世界华文文学研究，为创建中国世界华文文学学会作出了突出的贡献；他尚德重义，襟怀坦荡，执着事业而不计得失；他已然到达"难得旷怀观万物，最宜识趣拥书城"的境界，但依旧忧怀国事，笔耕不辍。他不愧为我们中华民族优秀的革命知识分子和文化战士。他坎坷而辉煌的人生旅途，从一

个侧面烛照出中国革命和建设的曲折和辉煌，有一定的典型意义。将他传之于书，这既是对过往的历史和时代的一个交代，也必将能启示后人。如评传的后记所写，能为曾敏之先生写评传，是我的荣幸。

问：曾先生对香港文学做了哪些重要贡献？

答：首先他以自己的散文、杂文、游记和随笔精品，充实和丰富了香港的纯文学宝库。第二，他在香港《文汇报》创办《文艺》周刊，既为香港作家特别是青年作家创作提供了发表园地，也发表内地经典作家的作品，促进了内地与香港文坛的沟通与交流。第三，编辑出版香港小说和散文作品选，鼓励香港的纯文学创作。第四，1980年，《海洋文艺》杂志的停刊，香港已经没有了大型的文学杂志。文坛的荒漠对内外文化交流不利，对弘扬中华民族文化不利，也不利于香港同胞民族文化认同感的增强。有鉴于此，他与罗孚一起向新华社的领导建议，创办一份大型的纯文学杂志。这就是后来由刘以鬯、陶然等先生主编、已有37年刊龄的《香港文学》的由来。第五，他推动和联合香港31位作家于1988年创办了"香港作家联谊会"，后更名为"香港作联"，使原先散在的香港作家有了一个"家"，推动了香港作家的联合和创作的发展。"香港作联"在上世纪八九十年代，是海峡两岸和中外文学文化交流的重要桥梁。此后曾先生又和刘以鬯先生一起推动、建立了"香港世界华文文学联会"，促进世界华文文学的交流。现在香港三份纯文学杂志，其中《香港文学》可以说是由他催生的，《香港作家》（"香港作联"的刊物）是他创办的，《文综》（"香港世界华文文学联会"的刊物）也是由他推动创刊的。历史将记下，香港纯文学文坛的历史性变化，曾敏之先生起到了关键作用。

问：曾敏之先生在推动内地学术界研究台港暨海外华文文学方面，发挥了怎样的作用？

答：概括地说，是倡导、组织、推动、引领作用。曾先生是第一只春燕。1978年底，他就在"广东文联的文艺创作座谈会"上作了题为《面向海外，促进交流》的发言，呼吁内地文学界关注港台海外华文文学。1979年春节期间，他与时任暨大中文系主任的秦牧共同筹划，在暨大组建港台文学研究室，他受聘客座教授兼任研究室主任。接着，他在《花城》创刊号发表《港澳和东南亚汉语文学一瞥》，并相继以《海外文情》为总题在《光明日报》、上海《文汇报》和广州《羊城晚报》等报刊发表系列文章，向内地读者介绍港澳台和海外华文文学现状，引起了文学界和学术界的关注。此后，京、沪、闽、粤的一些学者，也逐渐开始关注台港暨海外华文文学的研究。1982年6月，在曾先生策划和主持下，暨大中文系联合厦大台研所、广东省社科院、福建省社科院文研所等单位，召开了首届"台港暨海外华文文学国际学术研讨会"，在全国和世界范围内举起了台港和世界华文文学研究的旗帜。这个学术会议基本上两年召开一次，已连续开了十九届，从未中断（第十八、十九届与国务院侨办举办"世界华文文学大会"结合进行）。这个没有中断，也是与曾先生的努力分不开的。曾先生不仅关注学术会议的连续性，同时十分关注会议的学术性和学术成果的积累。在这个学术会议的基础上，曾敏之先生又推动和创建了"中国世界华文文学学会"。

问："中国世界华文文学学会"创建的过程中，您有过怎样的经历？

答：我是发起者之一，筹委会委员。1991年夏天，第五届"台港暨海外华文文学国际学术研讨会"在广东中山市召开，曾先生协助广东省社科院主持会议，发出建立全国性"中国世界华文文学学会"的倡议，倡议是许翼心先生起草的，与会的学者大都是发起人。1993年夏，第六届中国世界华文学国际学术研讨会在庐山召开，会上正式成立了"中国世界华文文学学会"筹委会，筹委会推举萧乾、曾敏之为筹委会主任，张炯、饶芃子教授为副主任，设立了秘书处，并向民政部申报。但因复杂的原因，民政部一直没有批复。后来，是曾先生将成立学会的申请通过国务院参事室的友人转至钱其琛副总理，获得了钱副总理支持后，民政部才正式准予学会的成立。学会从发起到2002年正式成立，历经了十年岁月。学会成立，曾先生因年龄等关系，只能出任名誉会长，实际上他是学会的创会会长。他对学会创会的作用，无人可替代。

问：回到《曾敏之评传》上来，您在这部学术著作的写作上，表达了怎样的追求？

答：首先，曾先生曲折辉煌的人生旅途具有典型意义，不仅是不少前辈知识分子所走过的道路，也从一个侧面烛照出中国革命和建设道路的曲折和辉煌。将曾敏之斑斓的革命的文学人生传之于书，就是希望让他的高尚精神品格流传于世。第二，人是社会的人、时代的人，曾敏之和我们所处的时代,是中华民族反抗帝国主义侵略压迫,追求民族解放和民族振兴的时代。时代赋予他使命,也决定了他的命运。我将之置于大时代背景中,叙述和描写他的人生轨迹,烛照他的性格光芒和时代面影。同时,我追求摄取曾先生人生的全景,揭示他的思想河流,把他这个大写的"人"写好。第三,曾敏之先生就是一部大书,高山仰止;同时他也是一部诗意盎然的长篇叙事诗。写作结构上追求严谨的同时,我追求篇章安排和叙述中赋予某些诗意,如用诗作题记,诗意的小标题,引用曾先生的诗来表达他的思想情感等。

五、创建研究机构,支持中国世界华文文学学会活动

问:您是复旦大学原台港文化研究所原副所长,而这个研究所正是现在复旦大学世界华文文学研究中心的前身。请您和我们谈谈您在这个研究机构创建过程中的故事。

答:我最初在创作教研室工作,1977年我调到现代文学教研室,并被选为教研室主任,后来再调到文研所工作。在1985年前,我除了继续主持《中国当代文学史》编写外,教学、研究的重点已放到台港文学方面了。1986年,我开始招收以台湾文学研究为方向的硕士研究生。台港文学研究室和复旦大学台港文化研究所的创建,是跟当时改革开放的进程,以及我的教学和研究分不开的,特别是白先勇的来访起到了催化作用。

白先勇访问期间,我们举行了一系列学术活动。中文系主任主持大型报告会,白先勇发表了"五四新文化运动与台湾文学"的演讲。学校放映了由白先勇小说改编的电影录像《玉卿嫂》和《金大班的最后一夜》,观看了改编为话剧的《游园惊梦》,召开了座谈会。贾植芳、蒋孔阳、潘旭澜等教授都与之见面,并参加了座谈。学校党委书记林克同志、华中一副校长分别设宴招待了他。这些活动催生了我校的台湾文学热,校系领导都觉得应当重视台港文学的研究。于是,建立台港文学研究机构被提上了议事日程。经学校研究批准,1988年1月成立了台港文学研究室,学校以示重视,任命分管文科工作的庄副校长任研究室主任,我和校外事处副处长任副主任。研究室成立后,我们展开了多方面活动。一是通过白先勇的努力,与美国加州大学圣芭芭拉分校建立了学者互访的关系。二是举办了"海峡两岸现代诗讨论

会"。三是我们创办了一本内刊《台港文谭》,由我和朱文华主编。刊登台港文学研究的论文、信息、动态和资料,与兄弟学校学者交流。这本刊物出版到1990年因经费不济而停刊。四是筹备台港文化研究所。这是创业,创业难首先难在经费。要成立一个真正有一定规模,涵盖经济、历史、文化和文学的研究所,真正做出研究的成绩,没有相应的经费、必要的人才团队和持久的努力,是难成其事的。经过我的努力争取和学校的支持,部分经费问题得到了落实。1989年1月,台港文化研究所成立。潘旭澜教授任所长,副所长由我和孟祥生、张晓林担任。

问:研究所成立后,举办了哪些学术活动?

答:台港文化研究所成立后,举办了不少活动。第一个大型学术活动就是举办"第四届台港暨海外华文文学国际学术研讨会"。这个国际会议,两年一次,由粤闽几个高校轮流接棒举办,已开了三届,但到1988年夏天还无单位继续承办。曾敏之先生对我说,"国际学术研讨会已有了好的开端,它的历史进程不能中断"。他希望复旦能接下第四棒,并表示香港作联可以给予部分经济赞助。我接了下来。1989年4月1日到3日,我们复旦主持召开了第四届会议。这个会议成果丰硕,台湾的高阳、陈千武、郑炯明,香港的犁青、陈耀南、梁秉钧、金东方、萧铜、梁荔玲,美国的杜国清,韩国的许世旭等海内外作家和学者近百人出席了会议。会议期间,上海作协举行了海峡两岸作家座谈会,《文学报》还宴请了台、港和海外作家。福建海峡文艺出版社出版了我主编的第四届台港澳暨海外华文文学国际学术研讨会论文集,40多篇20多万字的论文,体现了研讨会的学术成果。由于高阳的到会,本人的硕士研究生林青将高阳的创作列为毕业论文选题,此后延伸研究,写了两本书:《描绘历史风云的奇才——高阳的小说和人生》《屠纸酒仙——高阳传》。这两本书都出版了大陆版和台湾版。

1994年我退休了,但所长潘旭澜和递补为副所长的朱文华教授仍要我协助台港所工作。我又策划了两个活动。一是与香港作家联会合作,于1994年12月召开首届"香港作家创作研讨会",这次研讨会有30位学者和作家出席,规模不大,但影响不小。不仅上海新闻媒体作了报道,《香港作家》杂志也发表了《香港文学研究的新拓展——记第一届香港作家创作研讨会》的长篇报道。香港作联将研讨会作为一个重要的活动,记入了该会20年纪念的大事记中:"12月25—27日,作联与上海复旦大学台港文化研究所联合主办的'香港作家创作研讨会(第一届)',在上海复旦大学举行"。作联曾敏之、张文达、陶然、梦如出席研讨会。会上研讨了香港14位作家,包括曾敏之、刘以鬯、张文达、彦火、陶然、黄维樑、小思、西西、颜纯钩、梁秉钧、梁锡华、施叔青、梦如、钟晓阳等的作品。二是经我与马来西亚女作家戴小华一起策划,朱文华教授筹备,与宝钢合作召开了世界华文女作家创作研讨会,对当时世界上比较著名的华文女作家如美国的聂华苓、於梨华、陈若曦,欧洲的赵淑侠,泰国的梦莉,新加坡的淡莹,马来西亚的戴小华,中国香港地区的周蜜蜜等的创作进行了探讨。来自美国的丛甦、法国的吕大明和新加坡的淡莹、戴小华、周蜜蜜以及大陆学者30多人出席了会议。上海新闻媒体也作了报道。这两次会议,由于经费等的原因,都未能出论文集,这是十分遗憾的。

问:您曾担任"中国世界华文文学学会"的监事长,现任名誉副会长,一直支持学会的学术活动,其中有没有印象特别深刻的?

答:印象特别深刻的有两次。一是前已说过的1989年的"第四届台港暨海外华文文学国际学术研讨会"。这次会议举办的贡献在于,使这个学术会议不至于中断。二是2002年我们复旦承办的"第十二届世界华文文学国际学术研讨会"。2002年,中央民政部批准,中国世界华文文学学会正式成立(学会由中侨委管辖,挂靠中侨委属下的暨南大学),我被选为监事长。我们台港所所长朱文华和李安东都当选为理事。在筹备学会成立大会的过程中,就研究了学会成立后第一次学术会议,也即是"第十二届世界华文文学国际学术研讨会"在何处召开的问题。成立大会筹委会主任曾敏之先生、副主任饶芃子教授都认为,这次学术会议是学会第一次正式向世界亮相,应当放在有国际影响的大都市上海开,而且一定要开好,希望我们复旦主力承办。当时,潘旭澜教授已退休,所里除朱所长外,正式成员就只有李安东,我是编外的学术顾问。我和朱文华教授商量后,接下了这个任务。我们有策划组织能力,问题是经费。召开150人左右的学术会议,出版学术成果,当时,没有二十五万元是办不成的。我作为会议统筹,筹款的任务主要落在了我的肩上,我使出了浑身解数筹集到二十多万元,加上学校、暨大和香港作联的支持,使这次会议成为一次精彩的令人难忘的会议。

问：陆老师，您能否简单说一下这次学术研讨会的特点。

答：首先这是一次名副其实的国际学术研讨会。到会的有来自新、马、泰、印尼、日、美、加、澳及台、港地区和内地作家、学者150多人，而且在国内首次关注到了新移民作家群，邀请了陈瑞琳、张翎、少君、王性初、沈宁，以及杜国清教授等作家与会。第二，我们制作了精美、大气的会标，举行了隆重的开幕式。第三，编辑出版了会议论文集《新视野·新开拓》，于会前就发给了到会代表，这也是首创的。研讨中，有围绕一些问题的讨论，有交锋、有碰撞，热烈活跃，学术气氛浓郁。第四，请会议代表登上金茂大厦，欣赏了上海越剧院专门为我们会议排演的越剧《蝴蝶梦》，展示了上海的建设成就和特色的文化。第五，设计了精制而独特的礼品。一枚金色狮座印章，预先刻好到会代表的名字，赠送给到会代表，既体现中国传统文化气派，又是代表独有、可以长期保留使用的观赏品、实用品。会议开得精美、大气、成果丰富。台湾女作家罗兰在来信中说，这次会议"是我此生最值得记住的一次盛会"。会议也受到国务院侨办的赞赏，成为研讨会的上海范儿。

再补充说一下，2016年，在我的倡议和陈思和教授、上海作协汪澜副主席的支持下，我们复旦大学世界华人文化文学中心，与上海作家协会共同创办了"世界华文文学上海论坛"。论坛已举办了三次，对世界三十多位有影响的作家作品，进行了面对面的研讨，并出版了论文和作品合集，在华文文学界产生了广泛而积极的影响。

问：您如何看待当今世界华文文学研究的现状，对于学科发展的未来，您有何愿景和建议？

答：前已说过，世界华文文学是世纪精彩。这个"世纪"不是纪年意义上的世纪，是指世界华文文学发展的一个崭新的阶段。世界华文文学，在我国改革开放以前，基本上还是地区性的；但在改革开放四十多年后，华文文学开始了跨国界、跨地区、跨洲际的发展，从它所涵盖地域宽广度和蓬勃繁荣的态势看，它可以与世界任何语种文学媲美。世界华文文学进入新世纪的主要标志包括：一是世界各大洲主要国家都形成了作家群，大多成立了华文作家协会，菲华作协、马华作协、澳华作家协会、北美华文作家协会、欧华作家协会，等等，加拿大温哥华、美国洛杉矶等地的华文作家协会都已成立了三十年。二是出现了一批优秀和比较优秀的华文作家，他们创作出了不少有影响的文学作品，丰富了华文文学宝库。三是他们的创作中，呈现出了世界性的文化生活景观，更显出华文文学的多姿多彩。四是世界华文文学交流活动空前活跃（这两年受疫情影响交流受限）。蓬勃发展的世界华文文学有着光明的前景。华人写作的队伍还将扩大和更趋成熟，而且随着中国的崛起，汉语运用的自然扩展，中文写作必将突破民族和种族的限制而真正走向世界。

世界华文文学的发展形势，决定了我们要重视对它的研究。四十多年来，我们许多高校和文研所对此作出了很大的努力，尤其是在中国世界华文文学学会的组织引领下，我们的研究队伍不断扩大，学术成果也可谓硕果累累，形势是可喜的。然而，现阶段，世界华文文学研究基本上是个散在的个体存在，有组织有系统而深入地进行研究尚很不够。我们应认识到，世界华文文学是一门新兴的、极具前瞻性、有前途的学科，我们要从学科建设的高度培养队伍，规划建设，我希望暨大、复旦、浙大、南大等带头。

问：作为世界华文文学研究的先行者，您对现在和未来立志从事世界华文文学研究的青年学者们有何建议？

答：世界华文文学是一座百花齐放的花园，内容、形式丰富多彩，期待青年学者关注。前已说过，这是一个极具前瞻性的、有前途的学科，研究才刚刚开头，还有许多空白需要填补，许多方面需要开拓。比如华文文学学科的理论建构，各国或地区华文文学的历史追踪、文学史的建构、作家群体的演变、流派的更替、重点作家创作的跟踪和评论、史料和作品的收集和集成，再进一步，华文文学与所在国家文学的比较，华文文学对所在国家文化文学的影响，华文文学与中华文化文学尤其与中国当代文学的关系和影响。世界华文文学天广地阔，深井一口，值得有志者作为终身事业。青年学者要适应时代的召唤，以你们宏阔的文化视野、跨语种和跨学科的能力，在条件许可的岗位上，热情投身到研究中去。面向华文文学世界，秉持交流互鉴宗旨，践行着传播中华文化的理想追求，弘扬着中华民族优秀文化传统而努力奋进。我相信广大青年学者，必将在传统与现代、赓续与创新、宏观与微观等思考与探索中，步步推进世界华文文学研究的格局。他们也必借鉴学习前辈的学术理路，以新的视野，探索出新的观照、新的方法、新的生长点，把世界华文文学研究推向新的高度。

问：访谈即将结束之际，我们特别好奇，如果用一个词形容您的学术人生，您觉得什么词最合适？

答：用一个词就是：专注。我常说，方向重于努力，道路决定命运，选择是关键。既然是你选择的，就要全心投入。客观上我接触台港和海外华文文学时已46岁了，已没有时间在学术研究上旁顾左右、三心二意了。古人说"学有所长，术有专攻"。一门学问，持之以恒做下去，不管大小，都会有成果的。葱葱岁月，悠然走过。虽然成果有限，但倾注了心血，我无怨无悔，乐在其中。夕阳时光，我仍要献身于此项事业。希望年轻一代的学者鼓足干劲，继往开来，砥砺前行，奔向星辰大海。

原载《华文文学》2022年第5期

陆士清学术年表

黄炜星　许慧楠

1933年
1月,生于江苏张家港一个农民家庭,三岁时失去母亲,家乡被日寇占领,小学、中学期间失学多年。

1950年
1月,中断中三学业,到无锡中国人民银行工作,曾任中国人民银行无锡支行会计股副股长等职。

1955年
7月,以同等学力考入复旦大学中文系。

1960年
1月,留校。任复旦大学共青团委副书记。

1962年
5月,回中文系工作。历任中国现代文学教研室、中国当代文学研究室主任。

1978年
任教研室硕士研究生导师组长,招收中国现代文学硕士研究生。
1978年夏至1984年11月,联合22所兄弟院校的同事,编写了全国第一部正式出版的《中国当代文学史》(三卷本,福建人民出版社出版)。任责任编委,主持编写工作,负责全书统稿定稿。

1979年

春节期间,因读到了1978年出版的《台湾乡土作家选集》,打开了台湾文学的视窗,开始重视台湾省文学。

3月,到暨南大学调研台港文学状况,在暨大读台湾省文学作品和杂志半月余。

6月,接待来校访问的旅美作家於梨华,与她就台湾文学状况交流深谈,并邀请她为复旦大学中文系学生作"台湾现代文学"的讲演。

10月,将於梨华的长篇小说《又见棕榈,又见棕榈》推荐给福建人民出版社出版。这是中国大陆第一次出版台湾作家的长篇小说,第一版就印了十万册。

1980年

1月,撰写《於梨华和她的〈又见棕榈,又见棕榈〉》,经於梨华确认,收录于福建人民出版社版《又见棕榈,又见棕榈》书内。

11月,参加"第二届中国当代文学学术研讨会",加入中国当代文学研究会,被选为常务理事、副秘书长。

1981年

2月,将台湾文学研究作为一个学科来建设,为"文革"后中文系首届毕业班学生开设《台湾文学》专题选修课。新华社上海分社分别向港、台地区和北美地区发了电讯稿,《解放日报》和《光明日报》作了报道。

3月,主编《白先勇短篇小说选》,论文《白先勇的小说技巧》收录于该书。

4月,接待李欧梵、郑愁予、杨牧、庄因、刘绍铭等旅美作家访问团,与他们探讨了台湾文学。写《试论聂华苓创作思想的发展》(与王锦园合作),刊于《复旦学报》。加入上海作家协会。

1982年

2月,接待旅英台湾作家马森,陪同他参访上海一周。

6月，出席在暨南大学召开的首届"台港暨海外华文文学国际学术研讨会"。发表论文《论桑青（桃红）》（与王锦园合作）。此后，除第九届会议因病缺席外，每届会议都出席，并提交论文。

1983年

3月，主编《台湾小说选讲》（上下册），由复旦大学出版社出版，撰写长篇序言——《汉魂终不灭，林茂鸟知归》，初步梳理了台湾小说发展的历史轨迹。

1984年

6月，出席在厦门大学召开的"第二届台港暨海外华文文学国际学术研讨会"，为会议提供了《台湾小说选讲》。同年主编《王祯和小说选》出版。

1985年

3月，开始为《中国大百科全书》撰写"现代台湾文学"条目（近25 000字）。写作期间专程赴深圳，与香港中文大学黄维樑教授晤面，征求他对书稿的意见，得到了他的肯定和热情支持。

1986年

12月，出席在深圳召开的"第三届台港澳暨海外华文文学国际学术研讨会"，撰写了《关于〈家变〉的对话》，因举办方将此稿遗失，会议论文集未能收入。

出任上海辞书出版社出版的《中国现代文学辞典》的常务编委，将130多位台港作家、作品和文学杂志，列入辞书条目。

1987年

春，得悉著名小说家白先勇有意愿访问复旦，立即报告校领导，并主动与其联系，就来访事宜达成共识后，华中一副校长发出邀请，促成白先勇离开大陆39年后的破冰之旅。

4—5月，白先勇应邀来复旦大学讲学，受到热烈欢迎。全程陪同他两个月，访问了苏大、南大、扬大、浙大、无锡、绍兴，并参与他和谢晋、吴贻弓的讨论，把小说《谪仙记》改编为电影《最后的贵族》。因台湾尚未开放大陆探亲和身份敏感，白先勇的破冰之旅是半公开的。不上报道、不接受访问、不与作协机构接触。

6月，应香港中文大学新亚书院邀请，访问讲学两周，发表《大陆对台湾文学的研究》的演讲。其间白先勇因大陆访问顺利，通过《信报》公开访问信息时，陆士清在深夜将信息电告曾敏之先生，曾先生执笔在香港《文汇报》披露白先勇访问大陆信息。这是轰动两岸文坛的盛事。

9月，复旦大学确定中文系设台港文学硕士研究生点，招收第一届台港文学研究硕士研究生，筹备台港文学研究室。

1988年

1月，复旦大学台港文学研究室成立，任副主任（主任由校分管文科的副校长兼任）。研究室成立后相继接待了聂华苓、夏志清、叶维廉等著名台湾旅美作家和专家的访问。

6月，应香港龙香文学社邀请，再访香港。接受曾敏之先生建议，在筹组复旦大学台港文化研究所的同时，筹备"第四届台港澳暨海外华文文学国际学术研讨会"。

7月，复旦大学与美国加州大学圣塔巴巴拉校区建立学术交流计划，杜国清教授应邀来复旦讲学。

9月，台湾"创世纪"诗社洛夫、张默一行访问复旦大学，与洛夫就台湾作家身份问题作了交流，对将台湾作家作品收录入《中国现代文学辞典》，洛夫深表高兴。

10月，赴美国加州大学圣塔巴巴拉校区做研究半年，任客座副教授，发表《白先勇的小说》《杜国清的爱情诗》的演讲。

本年，与朱文华共同主编出版《台港文坛》内刊。

1989年

1月，复旦大学台港文化研究所成立，任副所长，所长由潘旭澜教授担任。

3月，自美回校参与筹备和主持4月在复旦大学召开的"第四届台港澳暨海外华文文学国际学术研讨会",主编出版会议论文集。

1990年

1月,台湾著名作家陈映真到访上海,有幸与他见面交谈。

3月,撰写论文《试论"台湾文学"与"台湾意识"》,刊于《台港文坛》。

秋,高校首位台湾文学硕士研究生林青毕业。

本年,主编《台湾小说选讲新编》,后由复旦大学出版社出版。

1991年

1月,与硕士研究生孙永超、杨幼力合著《三毛传》,次年出版了大陆版和台湾版。

7月,出席香港作联召开的"台港澳暨世界华文文学国际研讨会",参与发起成立在香港的世界华文文学联会。出席在广东中山召开的"第五届台港澳暨海外华文文学国际学术研讨会",发表论文《魂之所系——试论日据时代台湾新文学的中国意识》。曾敏之先生发起成立中国世界华文文学学会,签名成为发起人之一。

11月,同硕士研究生孙永超、杨幼力一起出席汕头大学召开的"潮人文学国际学术研讨会"。

1993年

6月,晋升为复旦大学教授。《台湾文学新论》由复旦大学出版社出版。

7月,出席在庐山召开的"第六届世界华文文学国际学术研讨会"。中国世界华文文学学会筹委会成立,任筹委会委员。

10月1日,参加复旦代表团出席在日本神户大学召开的"上海神户两城埠际文化交流大会",撰写论文《西方文明与传统社会——以中国现代小说为例》。

1994年

1月,与上海人民广播电台合作,策划《世界华文文学百家精品展播》,展播81位作家和其作品。6月开播,途经上海访问的余光中、梁锡华等参加了开播仪式。展播每天两档，历时一年有余。

9月，退休。被聘为台港文化研究所学术顾问。

11月，出席在玉溪举办的"第七届世界华文文学国际学术研讨会"，撰写《站在坚实的大地上——略论曾敏之散文与传统血脉》。

12月，策划由复旦台港文化研究所与香港作联合作，在复旦大学召开了首届"香港作家创作研讨会"。

1995年

11月，与马来西亚戴小华女士共同策划，由复旦大学台港文化研究所与上海宝钢宣传处合作，在宝钢召开了"世界华文女作家创作研讨会"，撰写论文《笔卷当代风云——略论戴小华的创作》。

1996年

4月，出席在南京召开的"第八届世界华文文学国际学术研讨会"，提交论文《青苍岁月——陈映真的〈笔汇〉时代》（与杨幼力合作）。

11月，出席日本神户大学山田敬三先生主持召开的"孙文与华侨——纪念孙中山诞辰130周年国际学术讨论会"，撰写论文《华文文学世界》，收入大会出版的中、日文两个版本论文集。

1999年

10月，出席在泉州华侨大学召开的"第十届世界华文文学国际学术研讨会"，撰写论文《还望华文文学根深叶茂》。

2000年

10月，出席在汕头大学召开的"第十一届世界华文文学国际学术研讨会"，撰写论文《白先勇与上海》《理想、境界、风格——略论蓉子的生活与创作》，其间，接受中国世界华文文学学会筹委会委托，筹备复旦承办学会成立后召开的第一届，也即是"第十二届世界华文文学国际学术研讨会"。

2001 年

5月，应香港作联邀请，与朱文华、李安东组团访问香港，与香港作联曾敏之、彦火、陶然等共商合作筹办"第十二届世界华文文学国际学术研讨会"，获得热情接待和支持。著名诗人秦岭雪为是次学术会议捐款。

2002 年

5月，中国世界华文文学学会成立，当选为监事长。

10月，以总策划身份参与朱文华、李安东精心筹备的"第十二届世界华文文学国际学术研讨会"，大会在复旦大学召开，主编出版了会议论文集《新视野·新开拓》。首次邀请北美新移民作家陈瑞琳、张翎、少君、王性初、沈宁与会。

2003 年

9月，主编出版《情动江海，心托明月——秦岭雪诗歌评论集》。

11月，出席在徐州师范大学召开的"世界华文文学教学研讨会"。

2004 年

8月，出席在南昌大学召开的海外华文文学学术会议。出席威海"第十三届世界华文文学国际学术研讨会"，发表论文《"去中国化"的表演——评"文化台独"对赖和的歪曲》。

2005 年

10月，与秦岭雪、钟晓毅共同策划，在杭州主持召开曾敏之先生创作生涯七十年暨八十八米寿庆贺笔会。中国作协党组书记金炳华转达了对曾先生的米寿祝贺，中国作协邓友梅、陈建功、张炯三位副主席，香港作家联会执行会长潘耀明、副会长陶然、张诗剑，《香港文坛》杂志主编汉文，诗人秦岭雪、天地图书公司的孙立川博士、香港中文大学教授黄坤尧、台湾佛光大学教授黄维樑、新加坡著名女作家蓉子、中国世界华文文学学会会长饶芃子，以及著名作家、评论家季仲、徐开垒、杨匡汉、刘登翰、陆士清、王列耀、曹惠民、钟晓毅、白舒荣、杨际岚、许翼心、钱虹、吴锡河、杨芳菲、甘以雯等近50人与会。

2006年

7月，加入中国作家协会。出席长春"第十四届世界华文文学国际研讨会"，发表论文《独辟蹊径，不同凡响——序〈山外青山天外天〉》。

12月，世界华文作家联会在香港成立，被聘为副监事长。

2007年

4月，出席在焦作召开的"世界华文文学高峰论坛"，撰写论文《血脉情缘——泰华作协、〈泰华文学〉素描》。

5月，参加以彦火为团长、贝钧奇为顾问、白舒荣为秘书的香港世界华文文学联会访问团，出访新、马、泰，与三国华文文学界进行友好交流，得到骆明、戴小华、司马功、梦莉等华文作家的热情接待。

12月，出席暨大的"曾敏之与世界华文文学研讨会"，撰写评论曾敏之先生文学旅程的论文——《深深闪光的历史履痕——曾敏之与华文文学研究》。

2008年

10月，出席在南宁召开的"第十五届世界华文文学国际学术研讨会"，发表论文《现实与现代的诗情升华——对非马创作的一种解读》。

2009年

1月，出席复旦大学中文系与马来西亚拉曼大学合作在复旦大学召开的"马来西亚华文文学研讨会"，发表论文《世界华文文学双重传统问题的思考》。

4月，应日本创价协会邀请，参加以彦火为团长、贝钧奇为顾问的世界华文作家联会访问团，出访日本。

6月22日，出席在徐州师范大学召开的"第三届世界华文文学高峰论坛"。

11月，赴港出席香港旅游文学学会与香港中文大学联合召开的第二届"世界华文旅游文学学术研讨会"，撰写论文《山水人文总关情——评曾敏之的游记散文》。

2010年

10月，出席武汉"第十六届世界华文文学国际学术研讨会"，撰写论文《传统的格调，现代的情韵——曾敏之的古体诗词创作》。

2011年

4月，历经三年多写作40余万字的《曾敏之评传》，由复旦大学出版社出版，中国世界华文文学学会，暨大文学院、华文传播学院联合召开"新闻与文学的关系"座谈会暨《曾敏之评传》新书发布会。《世界华文文学论坛》《香港文学》《文综》杂志开设专栏，刊出多篇论文评论该书。

8月，出席温州市举办的"两岸琦君文化节活动"会议，提交论文《守望中华文化——略谈杰出的散文家琦君》。

9月，出席世界华文文学联会成立五周年和香港作联永久会址落成庆典，撰写论文《理想与追求——世界华文文学联会成立五周年回眸》。参加由蓉子策划、上海市侨办举办的"世界华文作家看上海"活动。《曾敏之评传》由香港作家出版社出版繁体字版。

11月，出席中国世界华文文学学会和台北世界华文作家协会联合举办的"共享文学时空，世界华文文学研讨会"，发表论文《守望、薪传中华文化——略谈杰出的散文家琦君》。

12月，出席在香港中文大学和华南理工大学召开的"第三届世界华文旅游文学学术研讨会"，撰写论文《缤纷的一树——略论彦火的游记创作》。

2012年

4月，参与策划筹备在复旦大学召开的"世界华文文学学科建设研讨会"。

5月，《探索文学星空——寻美的旅迹》由香港文艺出版社出版，张炯先生为本书作序。

6月，出席在西安陕西师范大学召开的"世界华文文学高峰论坛"，发表论文《航船仍需扬帆——台湾小说史研究中的几个问题》。

10月，出席在福州福建师范大学召开的"第十七届世界华文文学国际学术研讨会"，提交回忆性论文《三十岁月悠然走过——我与世界华文文学研究》。

2013年

1月，论文集《笔韵》由复旦大学出版社出版。

春，参加蓉子与广东省侨办举办的海内外华文作家"品读广东潮汕"之行。

9月，出席在徐州江苏师范大学（前徐州师范大学）召开的"江苏省台港澳暨海外华文文学研究会2013年会"。

11月赴深圳、澳门出席第四届"世界华文旅游文学学术研讨会"，提交论文《旅游是心灵的出走——朵拉的旅游观念及创作》。

2014年

4月，上海作协华语文学网创立，受聘为该网顾问。出席在徐州江苏师范大学召开的"华文文学与中国梦书写"学术研讨会暨首届世界华文文学大会暨第十八届世界华文文学学术研讨会筹备会。

11月，出席在南昌大学召开的"新移民作家文学创作研讨会"。出席国务院侨办召开的"第一届世界华文文学大会暨第十八届世界华文文学国际学术研讨会"，提交论文《沥沥心血溉紫荆——曾敏之与香港文学》。

2015年

1月3日，著名作家、诗人、学者和报坛健笔，中国世界华文文学学会名誉会长、香港作联创会会长、香港世界华文文学联会会长，众所敬仰的曾敏之先生悄然仙逝。赴广州参加由中国世界华文文学学会举办的曾先生追思会和追悼会。出席在淮阴师范学院召开的江苏省台港暨海外华文文学研究会年会。

11月，出席"2015年世界华文文学论坛暨第七届文心作家曼谷会议"。

出席第五届"世界华文旅游文学学术研讨会",提交论文《多棱镜下的斑斓——浅议(游记)散文集〈品味〉》。

12月,出席在泰州学院召开的"华文文学经典化——江苏省台港暨海外华文文学研究会2015年会"。

2016年

春,倡议以上海作协华语文学网为依托,创建华文文学论坛。得到上海作协党组书记、作协副主席汪澜和复旦大学中文系华人文化文学中心主任陈思和教授的支持,上海作协与复旦中文系华人文化文学中心,合作创建"世界华文文学上海论坛"。

7月,出席福建省社科院举办的"跨越与越界——刘登翰教授学术志业六十周年研讨会",提交论文《思考·阐述——略谈刘登翰教授对华文文学研究的贡献》。

8月,出席在南京大学召开的"华文文学与中华文化国际学术研讨会",提交论文《失望、期待、回归——聂华苓长篇小说创作的文化心态》。

11月,出席国务院侨办在北京召开的"第二届世界华文文学大会暨第十九届世界华文文学国际学术研讨会",提交论文《辉耀女性意识的光芒——评施玮长篇小说〈世家美眷〉》。首届"华文文学上海论坛"在上海作协召开,汪澜主持开幕式,新任党组书记、作协副主席王伟、副主席陈思和分别致辞,九位华文作家和九位评论家应邀出席会议。梁燕丽和陆士清分别主持作家、评论家面对面对话交流,发表论文《辉耀女性意识的光芒——评施玮长篇小说〈世家美眷〉》。

2017年

3月,出席"戴小华《忽如归》新书发布会暨作品研讨会",提交论文《家国情怀的激荡——读戴小华的纪实小说〈忽如归〉》。

4月,出席在杭州召开的"世界华文文学区域关系与跨界发展"国际学术研讨会。出席在徐州江苏师范大学召开的"华文文学与中华文化海外传播国际学术研讨会暨新移民作家笔会",为研讨会做了会议总结发言。

6月,出席香港旅游文学研究会和马华协会在吉隆坡召开的"'一带一路'与旅居文化"会议。

7月，出席加华作协在温哥华召开的"第十届华人文学国际研讨会"，提交论文《泉音淙淙——读陈浩泉的散文》。

10月，出席在浙江大学人文学院召开的"含英咀华世界华文文学的理论与创作实践——'一带一路'与世界华文文学高峰论坛暨曾敏之先生百年诞辰纪念会"，提交论文《崛起民族的精、气、神——评周励的〈曼哈顿的中国女人〉》。为纪念曾敏之先生百年诞辰，与曾琮合编的《曾敏之散文选》出版。与汪澜共同主编的《海外华文文学的今天和明天——2016海外华文文学上海论坛文集》出版。第二届"海外华文文学上海论坛"在上海作协召开，提交论文《诗情哲理的熔铸——评老木（李永华）的创作》。

11月，出席第六届"世界华文旅游文学学术研讨会"，提交论文《"一带一路"与欧华文学——以老木的创作为例》。

2018年

5月，出席盐城师范学院召开的"世界华文文学高峰论坛"。

6月，出席在洛杉矶召开的"北美华文文学论坛"，提交论文《致敬，洛城——华文文学创作的重镇》和《横看成岭侧成峰——施玮长篇小说的人性波澜》。访问纽约，得到周励的热烈接待。

10月，与汪澜共同主编的《丰富的作家，丰富的文学——2017海外华文文学上海论坛文集》出版。

11月，第三届海外华文文学论坛在上海作协召开，提交论文《绚丽绽放的牡丹——评江岚的长篇小说〈合欢牡丹〉》。

2019年

4月，出席在韩国首尔召开的"潘耀明文学事业国际学术研讨会"，济州岛召开的"潘耀明与世界华文文学"国际学术研讨会，提交论文《业绩耀文林，香港一书生——略论潘耀明先生的文化建树》《益友潘耀明》。

9月，出席在菲律宾马尼拉召开的"千岛之国与华人文化足迹"第三届旅居文化国际论坛，提交论文《彦火笔下的"千岛之国"》。

11月，出席绍兴越秀外国语学院召开的第二届"华裔/华文文学学术会议"。为第七届"世界华文旅游文学——茶文化学术研讨会"提交论文《苏轼欲终老宜兴与茶文化的关联》,并推荐合作者紫砂工艺美术师王息娟、李伯明赴澳门、深圳出席会议。

2020年

9月,出席周励散文集《亲吻世界——曼哈顿手记》新书发布及作品研讨会,作了"诗的情怀,史的血泪"的发言。

10月,出席复旦大学中文系召开的纪念贾植芳先生105周年暨《贾植芳全集》出版座谈会,作了追忆贾老的发言。出席在常州工学院召开的"新时代世界华文文学研究新走向"学术研讨会,提交论文《诗的情怀,史的血泪和辉煌——读周励的〈亲吻世界〉》。

12月,梁燕丽教授主持,复旦大学中文系现当代文学教研室陈思和教授等同事,提前为台港暨海外华文文学教学科研先行者陆士清教授庆贺八十八岁米寿。

2021年

1月,上海作协原党组书记、副主席汪澜,著名华文作家周励和上海师范大学杨剑龙教授共同发起,陈思和及上海文学文化界二十多位朋友聚会,为陆士清教授庆贺八十八岁米寿。中国作协名誉副主席张炯和海内外数十位作家、评论家或赋诗或微信祝贺。

11月,出席浙江大学人文学院与哈佛大学世界文学工作坊联合召开的"灾难文化与华语文学:理论建构与批评实践的新方向"视频研讨会,提交论文《灾难烛照的人性——以周励的创作为例》。应邀出席由新加坡著名女作家蓉子倡议义捐建立的潮州龙阁小学成立三十周年庆典仪式,并作为特邀嘉宾致辞。应邀出席潮州韩山师范学院文学院召开的"蓉子创作国际学术研讨会",撰写论文《苦难是你,杰出是你》和《可喜的升华——评蓉子纪实长篇小说〈别人家神〉》。

原载《华文文学》2022年第5期

他与世界华文文学研究一起进步、一起丰厚

张滢莹

"说起陆士清老师,出现频率最多的词就是先行者、开拓者。"作为陆士清的学生,上海市作协原党组书记、专职副主席汪澜如是说。日前,以"青春是一种生命精神"为主题的陆士清教授学术思想研讨会在上海作协大厅举行。多位海外华文文学作家、来自全国各地的世界华文文学研究学者齐聚一堂,共贺陆士清教授的九十华诞。

如郑州大学教授樊洛平所言,"在世界华文文学研究领域,陆老师像一本读不尽的大书,满蕴着中国知识分子的人间情怀"。"一名敢闯敢干的教师,一位敢首创的学者,一个敢为的儒者,一尊蔼然长者。"这是陆士清在江苏省社会科学院研究员、《世界华文文学论坛》主编李良心中的印象。

与会者由过往谈至当下,在暖意融融的记忆中共读"这一本大书"。

"四十多年来,他每一步都走在学科发展最前沿"

"陆老师的著作年表、学术活动几乎就是一部中国世界华文研究史,"复旦大学教授、复旦华人文化文学研究中心主任陈思和说,"这四十多年里,陆老师每一步都走在学科发展最前沿,四十年前是这样,四十年后的今天他已经九十高龄,许多他的策划、思想和著作依旧在学科前沿,非常了不起。"作为陆士清的学生和后来的同事,陈思和与他有过多年合作,并在读书期间见证了当代文学史这一新兴学科的建设发展。"陆老师最可贵的精神是他在学术上永远不被时代局限所限制,一直会突破局限,想方设法发展这个学科。"

1978年开始,复旦大学把《中国当代文学》作为一门独立课程进行教学,同时联合22所兄弟院校的同仁,共同编写全国第一部正式出版的《中国当代文学史》。陆士清作为责任编委,主持编写工作,负责全书统稿。

1975年和1977年,旅美作家於梨华两次到访复旦大学,与中文系老师讨论文艺创作的问题。陆士清深深意识到,两地交流一旦展开,上海将是前沿,"而复旦将是这前沿的窗口,我们应有所准备"。1979年陆士清安排於梨华做了"台湾现代文学"讲演,并将其长篇小说《又见棕榈,又见棕榈》推荐给福建人民出版社出版。

1979年春节期间,读到了不久前出版的《台湾乡土作家选集》,在慎重考虑并获得系领导同意后,陆士清南下广州到暨南大学,展开对台港文学状况的调查研究。

1981年2月,陆士清在全国高校内首开风气,为77级中文系本科毕业班学生、研究生和进修教师开设《台湾文学》专题选修课。

1985年3月,陆士清开始为《中国大百科全书》撰写"现代台湾文学"条目,近25 000字,这是我国首次将现代台湾文学作为条目收入辞书。

1987年9月,复旦大学确定中文系设台港文学硕士研究生点,陆士清负责招收第一届台港文学研究生。

2002年5月,中国世界华文文学学会成立,陆士清任监事长。

陈思和回忆说,因种种因素,当时很多人认为当代文学不宜成史,但陆老师属于"吃螃蟹的人",在没有先例的条件下敢于尝试,通过实践和摸索推动这门学科的发展。"在我看来非常难的学术环境中,陆老师游刃有余,一直在往前走,一直在开拓。他做学术有胆有识、有能力、有灵活性,又有思想原则和学术的良知,更重要的是他的工作能力,那种亲和力、人际交往能力,以及统筹决策的能力,加上他的真诚、他的学术素养,使得这个学科不断在发展,而陆老师也跟这个学科一起发展、一起进步、一起丰厚。"

"没有陆老师这几十年的开拓耕耘,上海在华文文学研究领域就没有我们现在看到的堪称繁盛的场景,也难以成为海内外华文文学一个重要的连接点或者说枢纽。在庆贺陆老师九十华诞时,我们特别感谢他做出的这份特别的贡献。"上海市作协党组书记、专职副主席王伟表示。学科领域的种种"第一"和"创举",在暨南大学教授、中国世界华文文学学会(以下简称

"世华会")名誉会长王列耀看来,使陆士清成为将生命奉献给学术的典范。"二十年前,就有世界华文文学界的'八老'之说,说的就是陆士清教授等一批老先生作为学科创建筹划者、建设者,学术研究的先行者、开拓者,学会重要的发起者、推动者的历史性功绩。"

46岁才开始接触台湾地区文学,开始转向世界华文文学研究的陆士清自陈"学者生涯开始于46岁"。至今,他对于这份事业的热爱质朴如初:"既然选择了,就不离不弃。说我有成绩也好,有功劳也好,我主要是不离不弃,我的事业会一直做下去。"

"这种生命精神,在他的学术研究里具体发声"

"说到先行者,令人不禁想起19年前在绍兴出现的感人一幕:曾敏之先生端坐在轮椅上,陆老师推着往前,一位白头翁推着另外一位白头翁。"福建省作协原副主席、世华会监事长杨际岚感慨道,"鲁迅先生有一句名言,世上本没有路,走的人多了也变成了路。从没有路的地方蹚开一条路,披荆斩棘,走在'世华路'上最前列的正是曾老师和陆老师这样的先行者,几多艰辛、几多磨难。"

如浙江越秀外国语学院教授任茹文所言,人文科学的研究者,既要有充分的学术理性,也要有充足的人文情感。与研究对象之间有足够的了解、尊重、欣赏,和在文学艺术价值基础上的相互促进,这是人文科学研究者的内在动力和学术源泉。"陆老师和曾敏之先生他们的研究既考验学术能力,也验证情感付出,这种学术品格对青年一代的学术道路,有重要启发意义。"

对于更多作家来说,陆士清这个清澈响亮的名字,则是在他们创作和成长道路上良师益友般的存在。

本来要参会的加拿大华文作家张翎因腰伤突发未能成行。在文章中,她深情回忆了与陆士清的多年交集。2002年参加复旦大学主办的海外华文作家大会时,张翎还是多伦多一家听力诊所的听力康复师,在业余时间里尝试写小说。她看见了陆士清作为台港和海外华文文学研究领域的开拓者之一,在操办有着几百位海内外来宾的国际会议时的运筹帷幄与游刃有余。数年后,陆士清为她安排了一次在复旦大学的讲座,并由此帮助她打开自我,把对文学的敬畏之心真实地传给那些愿意聆听的人。张翎久久不能忘怀的,是那次讲座结束后走出大楼时陆士清的身影:"我发现陆老师的眼睛很亮,腰板挺得直直的,步子跨得很大,从背影看几乎还像一个年轻人。一个人心中若无激情,很难有这样的背影和步态。"

新加坡著名女作家蓉子说:海外华文文学开研以来,有好些学者认真阅读海外作家文章,但能持续的不多,毕竟嚼蜡也苦!何况有的稿子还十几万字。有的名家,根本就没看原文,所写评语与原文搭不上边,仅凭自己的名气,写了几句似是而非的空话。而陆老师不但读,还细读,并以独特的视角,不吝溢美,心存鼓励,真实扶掖后学。

马来西亚华文作家戴小华记得,1991年第五届台港澳暨海外华文文学国际学术研讨会在广州中山举行,她是首位受邀出席的马华作家。会议期间,一位有着儒雅人文学者气质的老先生向她走来,邀请她去自己就职的复旦大学中文系讲述她的第一本著作,这位老者,就是陆士清。次年,戴小华赴复旦大学中文系作讲座,学生的反响和提问都很热烈,这也是她多年来第一次携母亲回国。1995年,时任海协会会长汪道涵带队访问马来西亚,其间因一次机缘,戴小华受委托邀请几位海外华文女作家,"我想这事一定要和陆老师说,后来由陆老师策划邀请一些学者和这些作家展开对话。我看到有一篇论文里说,这样作家和评论家面对面谈话的形式,在世界华文文学学术活动中是首创。后来倡导海外华文文学的上海论坛也是缘起于此"。

因小说《曼哈顿的中国女人》声名鹊起的美国华文作家周励并不多产。她一直记得,在2018年海外华文文学上海论坛后不久,陆士清致电邀请她去和平饭店吃饭。"陆老师点完菜掏腰包买单,说,我请你来,因为你要出书了,作家是以作品说话的,你要把作品拿出来。"饭桌上,陆士清分析了她关于极地探险的文章,并提醒她,要再加把劲,写更有力的东西。在他的鼓励下,2020年,囊括28篇文化历史散文的《亲吻世界——曼哈顿手记》问世,成为周励写作中的一个新篇章。

"日本没有专业的作家,大家都是一边工作一边写作,华文文学在这里究竟如何定位?"一次参与筹备海外华文文学协会的经历,让日本华文作家华纯与陆士清相识。她的困惑,在他的指点下拨云见月,"陆老师说,一方面要面对历史,不要忘记历史,另一方面也要维护中日之间文化交往、互相的影响。日本很多华文作家非常热爱中国,华文作家写作中不可避免受到日本文学的影响,陆老师给我们把脉指导,给了我很多意见。"

陆士清这种清晰的判断和历史责任意识,也是令厦门大学教授朱双一最为感佩的地方。"我们是读着陆老师的书,跟随他进入这个领域的。对于一些错误观点,我们需要针锋相对的批判,很可贵的是,陆老师很早就有这种警觉性、使命感和问题意识。陆老师能有这种敏锐和批判性,与他的文学观密切相关。"

在暨南大学教授温明明看来,从当代文学研究转向世界华文文学研究,陆士清身上体现了中国现代知识分子家国意识和文化使命感。"他1933年出生,经历了抗战、新中国成立到改革开放,见证了国家和民族的苦难和兴盛,这些东西最后会酝酿成为一种生命精神,这种生命精神又在他的学术研究里具体发声。"

"90岁,青春还在前面"

正如陈思和所言,"90岁对陆老师来说,还是人生一个发展的启发期。""青春是一种生命精神"这个主题,恰如其分地诠释了陆士清的精神品格。

在自己进校求学到如今执教多年的记忆里,复旦大学教授郜元宝感觉陆士清的精神状态始终如一,构成了中文系一笔丰厚的财富,"陆老师的创新精神、青春的朝气一直激励着我们,他的文章也充满了青春的朝气。读陆老师的文章,会感到很清新、灵动、真诚"。

二月的一个清晨,美国华文作家薛海翔看到手机上来自陆老师的未接来电。回电过去才知道,大病初愈的陆老师正在写关于他作品的评论,有地方要跟他核实和探讨。"电话里,陆老师和我一点点核实,讨论了很长时间。电话挂掉后我特别激动,也放下心来,陆老师的身体好了。陆老师德高望重,还认认真真给后辈写书评,九十高龄的他写作还和年轻人一样。我就知道,他的青春还在前面。"

美国华文作家王威谈及的,也是一个细节。2004年在结束一个会议,共同坐火车赶赴另一个会议之时,他与陆士清同乘一列火车。陆老师一直在读会上作家送给他的书，读到高兴或精彩时，还念给大家听。"他突然停下来说，跟你们讨论一下，这句话妥当不妥当？一个知名学者、老人家对一部作品的每一句话都非常认真仔细，这是我们想象不到的。我至今还记得他那种充满着包容商榷的口吻，这种人格魅力对我有最大的吸引力。"

"陆老师说过，他是一个认真生活的平凡人。他的平凡表现在总是以最个人、最微小的力量，构筑起一道道文学的盛景。"广西民族大学教授、世华会名誉副会长陆卓宁说。面对大家的赞誉，陆士清只是淡淡地说，并不是他个人做得怎么样，主要是大家对世界华文文学研究这个学科的认同和尊重，也是大家对世界华文文学这个文学现象的敬重和喝彩。"为人，要把人字写端正，这是贾植芳先生的教导。为师，要有母亲的胸怀，这是陶行知先生的精神。为友要相互成就。为文要执意立诚，忠实于事业，诚实地做这个工作，不要粗粗糙糙。为事要敢于担当。我遵循这些前辈教导，在余生中和在座朋友们携手前进。"

研讨会由复旦大学华人文化文学研究中心、上海作协华语文学网主办，汪澜主持，上海复旦大学原副校长方林虎，复旦大学中文系主任朱刚，江苏师范大学党委书记、世华会副会长方忠及40多位作家、学者与会发言，卢新华等多位海外华文作家通过视频分享了他们的发言。

原载2023年4月6日《文学报》

致答词

陆士清

主席，各位领导和各位嘉宾好！

首先衷心感谢思和、汪澜、周励、瑞林、白杨、德明、剑龙、运辉为我筹办这次会议！谢谢各位作家、教授从海内外赶来参加这次会议，或以视频发言参加会议，对我这个平凡的学人进行审视和评论。我想，这首先是对世界华文文学教学研究的认同和尊重，也是对世界华文文学这个"世纪精彩"的敬重和喝彩。朋友们的论文、发言和祝福是对我的鼓励和教育。鼓励使我如沐春风，也心有愧疚，因为我确确实实做得还很不够。我知识结构的局限，我的性格，做不出有很高水平的大事。

我也说过："方向重于努力，道路决定命运，选择是关键。"我选择了世界华文文学研究，心无旁骛，不离不弃，如此而已。

我取得了一些成果，但这要归功于复旦精神对我的抚育，归功于上海作协如汪澜、王伟书记的爱护和支持，归功于我的老师贾植芳、蒋孔阳、胡裕树、章培恒等先生的教导和影响，归功于我杰出同事如方林虎副校长、杰出学生如陈思和教授等的激励和支持，归功于曾敏之先生为旗个，张炯、饶芃子、王列耀等领导的学会团队的团结奋进，更要归功于创造"世纪精彩"的华文作家和诗人们！我深深地感谢你们！我也要感谢一直支持我的老伴林之果教授。谢谢！但谢谢两字，此时真不能完全表达我对大家的感激之情。

匡汉先生贺联中写道："向晚日月成诗"！坦率说，我难以达到这个境界，但我将遵从先贤的教导：为人，要把人字写端正；为师，要有母亲般的胸怀；为友，要互相成就；为文，要执意立诚；为事业要勇于担当。我将保持登翰教授嘉誉的青春心态，和朋友们一起为世界华文文学事业携手同行。

最后以顺口溜再次表示感谢!

> 平凡人生平凡事,为师为文意立诚。
> 幸得群贤文谊重,莺飞三月赐我情。

谢谢大家!

2023 年 3 月 18 日

图书在版编目(CIP)数据

青春是一种生命精神:陆士清教授学术思想研究文集/陈思和主编.—上海:复旦大学出版社,2024.4
ISBN 978-7-309-17046-7

Ⅰ.①青…　Ⅱ.①陈…　Ⅲ.①陆士清-文学思想-文集　Ⅳ.①I206.7-53

中国国家版本馆 CIP 数据核字(2023)第 217947 号

青春是一种生命精神:陆士清教授学术思想研究文集
陈思和　主编
责任编辑/郑越文

复旦大学出版社有限公司出版发行
上海市国权路 579 号　邮编:200433
网址:fupnet@fudanpress.com　http://www.fudanpress.com
门市零售:86-21-65102580　　团体订购:86-21-65104505
出版部电话:86-21-65642845
浙江新华数码印务有限公司

开本 787 毫米×1092 毫米　1/16　印张 39.25　字数 622 千字
2024 年 4 月第 1 版
2024 年 4 月第 1 版第 1 次印刷

ISBN 978-7-309-17046-7/I·1378
定价:128.00 元

如有印装质量问题,请向复旦大学出版社有限公司出版部调换。
版权所有　　侵权必究